W0272333

NICOLA MARNI

DIE GEHEIME WAFFE

NICOLA MARNI

DIE GEHEIME WAFFE

THRILLER

PAGE & TURNER

Das Geschehen des Romans sowie sämtliche Handlungen und Dialoge der Figuren, auch der real existierenden, sind frei erfunden.

FSC
Mix
Produktgruppe aus vorbildlich bewirtschafteten Wäldern und anderen kontrollierten Herkünften

Zert.-Nr. SGS-COC-001940
www.fsc.org
© 1996 Forest Stewardship Council

Verlagsgruppe Random House FSC-DEU-0100
Das FSC-zertifizierte Papier *EOS* für dieses Buch liefert Salzer, St. Pölten.

Page & Turner Bücher erscheinen im Wilhelm Goldmann Verlag, München, einem Unternehmen der Verlagsgruppe Random House GmbH.

1. Auflage
Copyright © 2010
by Page & Turner/Wilhelm Goldmann Verlag, München,
in der Verlagsgruppe Random House GmbH
Redaktion: Regine Weisbrod
Gesetzt aus Janson Antiqua bei omnisatz GmbH, Berlin
Druck und Einband: GGP Media GmbH, Pößneck
Printed in Germany
ISBN: 978-3-442-20342-0

www.pageundturner-verlag.de

ERSTER TEIL

KNALLEFFEKT

EINS

Das Tor schwang auf, und ein Mann trat heraus. Das schmale Gesicht, das von dunklen Augen über einem langen, mit weißen Strähnen durchsetzten Vollbart beherrscht wurde, glänzte zufrieden, verriet aber auch Verachtung und eine gewisse Schadenfreude.

Bekleidet war der Mann mit einem langen, hemdartigen Gewand und einem kaum auftragenden Turban aus dunklem Tuch. Vor der hohen Klinkermauer, die oben mit Stacheldraht gesichert war, wirkte er wie ein Fremdkörper, und er schien es durchaus darauf anzulegen, seine Andersartigkeit herauszustreichen.

Mehrere Fernsehteams hatten ihre Übertragungswagen auf dem gepflasterten Vorplatz geparkt und filmten die versammelten Anhänger des Bärtigen, der diesen unermüdlich gepredigt hatte, die westliche Welt, in der sie nun lebten, sei nicht die ihre.

Nachdem sich der Imam, der sich Asad al Wahid nannte, in Positur gestellt hatte, hob er die Arme, um einige Männer zu begrüßen, die ebenso wie er lange Hemden und Vollbärte trugen. »Die Gerechtigkeit Allahs hat über die Schlechtigkeit der Ungläubigen gesiegt!«, rief er.

Seine Gefolgsleute skandierten seinen Namen und jubelten ihm zu. Bis vor wenigen Tagen hatten sie befürchtet, die Justiz der Ungläubigen werde ihren Anführer für lange Zeit, möglicherweise sogar für immer, ins Gefängnis stecken. Doch ihrem Idol war es gelungen, alle Beweise des Staatsanwalts auszuhebeln und die Schuld, die man ihm hatte zusprechen wollen, weit von sich zu weisen. Nun war Asad al Wahid wieder frei, und dieser Auftritt unterstrich, dass er den Sieg nutzen wollte, um seinen Einfluss unter den Muslimen dieses Landes zu vergrößern. Auch war das Gerücht aufgekommen, er plane, treue Männer um sich zu scharen, die verhindern sollten, dass ihn noch einmal ein ungläubiger Polizist packen und in eine schmutzige Zelle sperren könne. Davon ließ er jedoch nichts verlauten, sondern predigte das, was seine Anhänger hören wollten.

Obwohl Asad al Wahid kein Mikrophon hatte, hallten seine Worte weit über den Platz. Er kannte die Macht seiner Stimme und wusste, dass alles, was er sagte, noch am selben Tag über Al Jazeera und andere arabische Fernsehsender in allen Winkeln der islamischen Länder zu hören sein würde. Das würde sein Ansehen weiter erhöhen und ihm Spenden von reichen, frommen Männern einbringen, die ihre Glaubensbrüder in diesem kalten, fremden Land zu unterstützen wünschten.

»Sie glaubten, mich in ihrem Kerker brechen zu können, doch ich bin stärker als je zuvor!« Al Wahid steigerte die Lautstärke, um die Jubelrufe seiner Männer zu übertönen. Doch als er weitersprechen wollte, zuckte er wie unter einem Schlag zusammen. Die Stimme versagte, und auf dem Gesicht erschien der Ausdruck überraschten Staunens. Mit einer seltsam unbeholfenen Bewegung senkte er den Kopf und sah das kleine, schwarze Loch in seinem Kaftan, dessen Stoff sich rot färbte. Ohne einen einzigen Laut brach er zusammen.

ZWEI

Die letzte Sequenz noch mal abspielen!«, drängte Torsten Renk ungeduldig.

Petra Waitl zuckte die Schultern. Mehr als arbeiten konnte sie nicht, auch wenn Torsten anzunehmen schien, sie könne Wunder wirken. Ihre Finger flitzten über die Tastatur und brachten die letzte Szene noch einmal auf den Bildschirm.

Als das Einschussloch in Al Wahids Brust erneut zu sehen war, rief Torsten: »Halt, ein wenig zurück!«

Petra ließ die Aufnahme rückwärts laufen. Als der Kaftan wieder unversehrt war, stoppte sie und startete die Aufzeichnung erneut.

»Langsamer! Wir müssen den Zeitpunkt fixieren, in dem die Kugel den Kerl trifft.« Torsten beugte sich über Petras Schulter und starrte so angestrengt auf den Bildschirm, als könne er ihn kraft seines Willens steuern.

»Hier!« Petra hielt die Aufzeichnung an und zeigte auf die Stelle, an der ein kleiner, dunkler Fleck auf Al Wahids Hemd zu erkennen war.

»Sieht aus wie ein Fliegenschiss«, sagte sie in dem lahmen Versuch, Torstens Anspannung durch einen Scherz zu mindern.

Der ging gar nicht darauf ein. »Fahr die Aufnahme noch eine Zehntelsekunde zurück!«

Petra tat ihm den Gefallen und hörte Torsten im nächsten Moment durch die Zähne pfeifen. »Dachte ich es mir doch. Schau genau hin!«

»Was meinst du?« Petra sah ihn verwirrt an. Erst als sie seinem ungeduldigen Wink folgend die Aufzeichnung vergrößerte, bis nur noch der Oberkörper des Mannes zu sehen war, entdeckte sie einen schwachen, blauen Lichtpunkt, der exakt die Stelle markierte, auf der Millisekunden später das tödliche Geschoss eingeschlagen hatte.

»Ein blauer Ziellaser! Ich wusste gar nicht, dass es die Dinger bereits auf dem freien Markt zu kaufen gibt«, rief sie verblüfft aus.

Torsten schnaubte. »Den gibt es nicht zu kaufen! Blaue Ziellaser dieser Präzision findest du nur in den geheimsten Waffenarsenalen der USA, vielleicht auch noch in Russland – und bei uns! Es ist unmöglich, an einen solchen heranzukommen. Kannst du die entsprechende Sequenz des anderen Mordes abspielen? Wir sollten auch dort den Augenblick vor dem Einschlag der Kugel kontrollieren.«

Erneut flogen Petras Finger über die Tasten. Das Bild des Predigers verschwand vom Bildschirm und machte dem eines Europäers mit schwammigem Gesicht und glasig schimmernden Augen Platz. Der Mann trug Jeans und einen dicken Pullover.

»Wer sind die Opfer eigentlich?«, fragte Petra. Sie war ein Genie am Computer und baute feinmechanisches Werkzeug von höchster Präzision, interessierte sich jedoch kaum für das Tagesgeschehen.

»Der Kerl in dem komischen Nachthemd ist Asad al Wahid. Er war einer der muslimischen Hassprediger, die schneller aus dem Boden schießen, als wir sie abschieben können. Er hatte im Ruhrgebiet eine kleine Gemeinschaft um sich versammelt und stand in direkter Konkurrenz zu einem anderen Imam, der die hiesigen Muslime dazu aufgefordert hat, sich als Bürger in unserem Land zu integrieren und die deutschen Gesetze anzuerkennen, ohne dabei den eigenen Glauben zu verleugnen. Es gab mehrfach heftigen Streit zwischen den beiden. Schließlich hat Asad al Wahid seinen Konkurrenten als Verräter am Glauben bezeichnet, der vernichtet werden müsse.

Wenige Tage später stand kurz nach Mitternacht das Haus des moderaten Imams in Flammen, von den Bewohnern überlebte niemand. Das Tragische ist, dass sich unter den Toten auch Gäste mit insgesamt acht Kindern befunden hatten. Al Wahid wurde verhaftet, aber es gab keine anderen Beweise als die Predigt gegen seinen Konkurrenten, von der wir nur erfahren haben, weil sie einigen liberalen Moslems übel aufgestoßen ist. Seine Verteidiger stellten den Brandanschlag als Werk von Rechtsradikalen hin, was glaubhaft wirkte, weil irgendein kahlköpfiger Idiot im Internet verkündet hatte, es sei die Tat eines ›aufrechten Patrioten‹ gewesen, nämlich die seine. Natürlich war er es nicht. Aber dem Gericht blieb nichts anderes übrig, als Al Wahid laufen zu lassen.«

Petra war blass geworden. »Acht Kinder, sagst du? Das ist ja schrecklich.«

»Allein dafür hätte Al Wahid hinter Gitter gehört, denn ich habe keinen Zweifel daran, dass der Kerl hinter dem Anschlag steckt. Aber es fehlten die Beweise. Es ist nicht einfach, Vertrauensleute in solche Gruppen einzuschleusen, und wenn es einer geschafft hat, lässt man ihn nicht gleich wegen der ersten Sache wieder auffliegen.«

»Haben wir tatsächlich einen Informanten unter Al Wahids Anhängern?«, fragte Petra ungläubig.

Torsten verzog das Gesicht. »Keine Auskunft ohne meinen Rechtsanwalt! Auf jeden Fall bin ich der Ansicht, dass der Kerl bekommen hat, was er verdiente.«

»Und was ist mit dem?« Petra wies auf den Mann in Jeans und Pullover, dessen Bild immer noch wie eingefroren auf dem Monitor stand.

»Der Kerl ist im letzten Jahr als Kindermörder angeklagt worden. Von der Sache hast du sicher gehört. Zwei kleine Mädchen sind aufs Widerlichste vergewaltigt und schließlich getötet worden. Der Verteidiger des Angeklagten konnte einen Verfahrensfehler geltend machen und seinen Mandanten bis zu einer Wiederholungsverhandlung freiboxen. Wie sich später herausgestellt hat, wollte sich der Kerl nach Südamerika absetzen. Freunde von ihm aus der Pädophilenszene hatten seine Flucht bereits organisiert.«

Petra nickte bedrückt. »Davon habe ich gehört. Immerhin soll es sich um den größten Justizskandal der vergangenen Jahre gehandelt haben.«

Während sie sprach, tippte sie weiter, bis die Gestalt des Kindermörders so vergrößert war, dass man ebenfalls den kleinen blauen Punkt eines Zielerfassungslasers erkennen konnte.

»Der hat auch bekommen, was ihm zustand«, kommentierte Torsten trocken.

Petra, die den Blick sonst kaum von ihrem Monitor lösen

konnte, drehte sich zu ihrem Kollegen um. »Weißt du, was du da sagst? Du klingst genauso wie einer dieser Radikalinskis, denen ein Menschenleben nichts gilt. Wenn diese Männer wirklich das getan haben, wessen man sie beschuldigt, dann gehören sie den Gesetzen unseres Landes gemäß bestraft und nicht über den Haufen geschossen wie tollwütige Hunde!«

Im ersten Moment sah Torsten so aus, als wollte er Petra eine scharfe Antwort geben. Dann aber atmete er ein paarmal tief durch und hob beschwichtigend die Hand. »Tut mir leid! Ich meine es nicht so. Aber es kotzt mich an, dass diese Kerle straffrei ausgehen konnten, obwohl der eine der Anstifter und Drahtzieher des Mordes an einem Konkurrenten war und der andere ein übler Kinderschänder.«

Petra nickte verständnisvoll. »Die Sache scheint dich stark zu belasten. Vielleicht solltest du diesen Auftrag abgeben und erst einmal Urlaub machen. Du hast eine Pause bitter nötig.«

Torsten schüttelte heftig den Kopf. »Ich kann Wagner nicht enttäuschen. Er vertraut darauf, dass ich herausbringe, wer diese Männer umgebracht hat, und vor allem: mit welcher Waffe!«

Er griff über Petras Schulter und drückte ein paar Tasten. Das Bild des Mannes verschwand. Dafür war nun ein stiftartiges Gebilde zu sehen, das aussah wie der vordere Teil eines Kugelschreibers. »Das ist ein Bild der Geschosse, mit denen diese beiden Männer umgebracht worden sind. Im Dienstjargon wird sie Patrone 21 genannt. So ein Ding kostet in der Herstellung mehr als tausend Euro. Dabei sind die Entwicklungskosten noch nicht mitgerechnet. Allerdings ist dieses Geschoss eine solche Geheimsache, dass selbst ich erst davon erfahren habe, als die Kacke schon am Dampfen war.«

»Wenn die Patronen so etwas Besonderes sind, müsste es doch möglich sein, ihren Weg nachzuvollziehen«, wandte Petra ein.

»Glaubst du, das hätten wir nicht versucht? Aber laut Herstellungsprotokoll wurden nur so viele Patronen angefertigt, wie man an unsere Leute übergeben hat. Die Patronen sind noch in unserem Besitz, oder wir wissen genau, wie sie verwendet worden sind. Und doch werden nun Leute mit dieser Munition erschossen!«

Torsten merkte selbst, dass er ein wenig laut geworden war. »Tut mir leid, ich wollte dich nicht anschreien.«

»Du bist wirklich urlaubsreif. Ich fürchte, die Sache mit Graziella hat dich geschafft. Es wäre wirklich besser, du würdest eine Zeit lang ausspannen, bevor du dich wieder in einen Auftrag verbeißt.«

Auch dieser Versuch, Torsten zur Vernunft zu bringen, ging ins Leere. Er winkte nur heftig ab und forderte sie auf, den Bericht über den dritten Toten aufzurufen.

Während Petra das Bild dieses Opfers einstellte, brummte sie vor sich hin und sah Torsten schließlich fragend an. »Kannst du mir erklären, warum es den da erwischt hat, einen angesehenen Geschäftsmann und beliebten Lokalpolitiker aus dem Münchner Umland?«

Torsten stieß ein böses »Ha!« aus und holte tief Luft. »Wenn ich das wüsste, hätte ich wahrscheinlich auch den Täter. Zuerst hatten wir den Verdacht, es handele sich um einen unentdeckten Neonazi in unseren Reihen, der die Pläne für diese Patronen an sich gebracht und diese nachgebaut hat. Doch selbst dir traue ich nicht zu, sie absolut baugleich mit den Originalpatronen kopieren zu können.«

Petra setzte eine beleidigte Miene auf, die Torsten jedoch ignorierte. »Außerdem zeigt der dritte Tote, dass es dem Mörder nicht allein darum geht, missliebige Ausländer und Kinderschänder abzuknallen. Halt. Warte! Lass das Bild so stehen!« Renk deutete aufgeregt auf den Monitor. Das Opfer war nur von hinten zu sehen. Trotzdem konnte Torsten ein kurzes, blaues Flimmern erkennen, das Petra nun zu vergrößern versuchte.

»Ich würde sagen, wir können davon ausgehen, dass dies ebenfalls ein Strahl aus einem Zielerfassungslaser ist«, sagte sie mit belegter Stimme.

DREI

Eine Zeit lang war es in Petras Büro so still, dass man eine Nadel hätte fallen hören. Torsten hatte sich bis an die Wand zurückgezogen und versuchte, Schlüsse aus den mageren Fakten zu ziehen. Dabei mahlten seine Kiefer, und manches Mal ballte er unbewusst die Fäuste.

Petra musterte ihn besorgt. Früher war Torsten recht ausgeglichen und ruhig gewesen, auch wenn er in brenzligen Situationen blitzschnell reagieren konnte. Doch seit die hübsche Italienerin Graziella Monteleone ihm den Laufpass gegeben hatte, hatte er sich sehr verändert. Petra korrigierte sich sofort. Es hatte bereits nach dem Mord an seiner Freundin Andrea begonnen. Bis zum heutigen Tag hatte Torsten es nicht verwunden, dass er einen schweren Fehler gemacht hatte, als er ohne Rücksicht auf die Wünsche seiner langjährigen Freundin Andrea den Aufenthalt in Afghanistan verlängerte. Wäre er so zurückgekehrt, wie es ursprünglich geplant gewesen war, hätte die junge Ärztin wohl nie das Apartment in jenem Hochhaus in München-Neuperlach bezogen, in dem sie kurz darauf umgebracht wurde.

Petra seufzte. Wenn Torsten nicht bald über Andrea Kirschbaums Tod hinwegkam, würde sie mit ihrem gemeinsamen Vorgesetzten Major Wagner darüber sprechen müssen. So konnte es nicht weitergehen.

Torsten stieß sich von der Wand ab. »Kannst du feststellen, ob der dritte Tote auch mal mit der Justiz aneinandergeraten ist?«

Petra tippte rasch ein paar Befehle ein, und auf dem Bildschirm erschienen mehrere Seiten aus dem Archiv der Ebersberger Zeitung. Während sie die Seiten langsam vorwärtsscrollte, lasen beide die Texte durch und sahen sich schließlich konsterniert an.

Torsten schlug sich mit der rechten Faust in die linke Hand. »Das ist doch nicht zu fassen! Da fährt dieser Kerl im besoffenen Zustand mit seinem Protzauto zu schnell in eine Kurve, streift einen Kleinbus, der dadurch von der Straße abkommt und einen Abhang hinabstürzt, und dem Fahrer des anderen Fahrzeugs wird die Hauptschuld zuerkannt.«

»Sag jetzt bloß nicht, der Mann hätte ebenfalls nur das bekommen, was er verdient hat«, warf Petra bissig ein. Auch sie war schockiert über den Verlauf des Prozesses, bei dem die Verteidiger alle Register gezogen hatten, um ihren Mandanten als unschuldig hinzustellen.

»Ich sage es nicht, auch wenn es mir schwerfällt. Der Fahrer des Kleinbusses, eine Begleitperson und sechs behinderte Kinder sind dabei ums Leben gekommen – und der Unfallverursacher wurde gerade mal zu einem Jahr auf Bewährung verurteilt. Irgendwie ist unser Justizsystem aus dem Gleichgewicht geraten.«

»Du kannst nicht wegen eines Urteils, das dir nicht passt, gleich das ganze System verdammen«, wies Petra ihn zurecht.

Torsten zuckte mit den Schultern. »Da der Mörder die geheime Munition verwendet hat, muss er auch das dazugehörige Gewehr besitzen. Das verrät schon der Laserpunkt. Lass mich mal bitte von deinem Apparat aus telefonieren.«

Torsten wählte die Nummer seines Vorgesetzten. »Herr Major, Petra und ich haben die Aufnahmen, die die Überwachungskameras während der Morde aufgezeichnet haben, noch einmal analysiert. Wir sind davon überzeugt, dass der Täter ein Gewehr mit einem blauen Zielerfassungslaser benutzt hat. Sie wissen, was das heißt!«

Wagners Antwort bestand aus einem Fäkalausdruck, der es in sich hatte. Dann fasste er sich wieder. »Ich hatte es befürchtet. Man kann die Patrone 21 nur mit einem Spezialgewehr wie dem unseren abschießen. Renk, da ist eine Teufelei im Gange!«

»Der Kerl verfügt über einen Nachbau unseres angeblich supergeheimen SG21 und macht damit Zielschießen auf Leute, die aus dem Gefängnis entlassen wurden. Es ist nicht zu fassen«, antwortete Torsten mit einem bitteren Auflachen.

»Mir ist nicht nach Lachen zumute!«, fuhr Wagner ihn an. »Verdammt, Renk! Wir haben unsere Entwicklungsabteilung und die Firma, in der die Waffe gefertigt wurde, von oben bis unten durchleuchtet. Alle schwören Stein und Bein, dass sie die Pläne nicht weitergereicht haben. Und ich glaube diesen Leuten! Der Plan der Waffe wurde aus Sicherheitsgründen nie im Ganzen außer Haus gegeben. Selbst die Arbeiter in der Fabrik haben nur die Detailpläne für das jeweilige Werkstück zu Gesicht bekommen.«

»Trotzdem läuft ein Kerl frei herum, der diese Waffe benutzt und die gleiche weit tragende Munition verwendet«, konterte Renk. »Da ist etwas oberfaul!«

»Schön, dass Sie es endlich kapiert haben, Renk. Oder glauben Sie, ich habe Sie aus Spaß auf diese Sache angesetzt? Verschaffen Sie mir mehr Informationen, und zwar so schnell wie irgend möglich. Wenn bekannt wird, dass wir nicht in der Lage sind, unsere geheimsten Pläne sicher zu verwahren, bekommen wir von unseren NATO-Partnern nicht einmal mehr die Blaupause eines Karabiners aus dem Ersten Weltkrieg zu sehen. Was das für unsere Waffenindustrie bedeutet, können Sie sich vorstellen.«

»Mir kommen gleich die Tränen!« Torsten ärgerte sich über Wagners harsche Art, obwohl er begriff, dass sein Vorgesetzter tief in der Bredouille steckte. Wagner gab nur den Druck weiter, der von höheren Rängen auf ihn ausgeübt wurde.

»Weinen Sie aber nicht zu lange, sondern tun Sie was!« Mit diesen Worten warf Wagner das Telefon auf die Gabel.

Torsten legte ebenfalls auf und blickte Petra auffordernd an. »Wagner will Ergebnisse sehen.«

»Du meinst, ich soll wieder einmal hexen«, antwortete sie spöttisch. »Also, schieß los! Was brauchst du?«

Torsten betrachtete die pummelige Computerspezialistin, die nicht nur seine Kollegin, sondern auch eine gute Freundin war, und zuckte unschlüssig mit den Achseln. »Wenn ich das wüsste, würde ich es dir sagen. Aber vielleicht kannst du deinem Zauberkasten einen heißen Tipp abluchsen.«

»Ich tue mein Bestes!« Petra begann damit, Vergleiche zwischen den einzelnen Taten zu ziehen, und stellte Wahrscheinlichkeitsrechnungen darüber an, wer sowohl einen islamischen Hassprediger als auch einen Kinderschänder und einen konservativen Lokalpolitiker als Ziel für einen Mordanschlag wählen würde.

Als sie eine Stunde später noch immer kein Ergebnis in Händen hielt, drehte sie sich verärgert zu Torsten um. »Statt hier herumzuhocken und ein langes Gesicht zu ziehen, könntest du mir aus der Kantine Kaffee holen, und zwar viel und stark. Außerdem einen Joghurt, ich bin nämlich auf Diät.« Sie schluckte. »Ach was, bring mir zwei Wurstsemmeln. Für diese Arbeit brauche ich Kalorien!«

»Meinetwegen musst du deine Diät nicht unterbrechen«, sagte Torsten.

Petra winkte mit einer heftigen Bewegung ab. »Deinetwegen tu ich es auch nicht. Ich mag einfach keine Nüsse, die sich nicht knacken lassen wollen. Also braucht mein Gehirn Nahrung. Das Zeug geht übrigens auf deine Kosten!«

»Klar!«, sagte Torsten und schüttelte insgeheim den Kopf. Obwohl Petra nicht mehr das verkannte Genie war, das kaum einen Cent in der Tasche hatte, war sie immer noch sparsam, um nicht zu sagen geizig. Nur bei Computern und Werkzeugen sah sie nicht aufs Geld. Allerdings gab es kaum einen Spezialisten, der ihr auf diesem Gebiet das Wasser reichen konnte. Petra war einmalig, und im Vergleich zu ihr kam Torsten sich beinahe minderbemittelt vor. Bei dem Gedanken musste er grinsen. Wenn Petra doch ihren Verstand auch einmal nutzen würde, um etwas aus ihrem Äußeren zu machen. Zehn Kilo weniger, ein passendes Kleid und ein wenig Make-up, dann sähe sie passabel aus.

Während Torsten sich um die Nervennahrung kümmerte, klopfte Petra wie besessen Daten in ihren Computer ein. Doch jeder Ansatz erwies sich als Sackgasse. Aufgrund der Erfahrungen, die sie mit den Terroristen Feiling, Hoikens und deren Gesinnungsfreunden gemacht hatte, nahm sie an, dass auch hinter dieser Sache Neonazis stecken mussten. Aber als sie den Computer befragte, wem die höchste Wahrscheinlichkeit zugeordnet werden konnte, um an die Pläne für das Spezialgewehr 21 zu kommen, spuckte der Kasten nur die Namen mehrerer ausländischer Geheimdienste aus, darunter die CIA und den Heeresnachrichtendienst AI aus den USA, den israelischen Mossad und den Geheimdienst der russischen Streitkräfte GRU. Doch welchen Grund sollten diese haben, mitten in Deutschland Menschen mit einer streng geheimen Waffe zu erschießen?

»Du musst es anders angehen«, sagte Petra gerade laut, als Torsten mit einem Tablett zurückkehrte, auf dem sich mehrere Pappbecher voll Kaffee und zwei mit Salami belegte Semmeln befanden.

»Was hast du gesagt?«, fragte er nach.

»Stell das Zeug hin und stör mich nicht!«, knurrte sie und angelte sich den ersten Pappbecher. »Eine Kanne hast du nicht bekommen?«

Torsten lachte kurz auf. »Woher? In der Kantine gibt es nur den einen Kaffeeautomaten.«

Petra unterließ es, ihm zu erklären, dass er bloß ins Abteilungssekretariat hätte gehen müssen. In solchen Dingen waren Männer fürchterlich ungeschickt. Sie vergaß Torsten aber sofort wieder, biss von einer Wurstsemmel ab, wischte sich die fettigen Finger an ihrer Jeans sauber und begann wieder zu tippen. Jetzt glaubte sie, endlich den richtigen Ansatz zu haben. Sie durfte sich bei ihrer Suche nicht auf die Waffe versteifen, sondern musste die Mordfälle analytisch miteinander vergleichen und Gemeinsamkeiten zwischen ihnen herausfinden.

VIER

Etliche Kaffee und mehrere Wurstsemmeln später sah Petra auf und wischte sich den Schweiß von der Stirn. »Die Sache passt zwar in kein Schema, aber all diese Fälle weisen zumindest zwei Gemeinsamkeiten auf.«

»Welche?«, fragte Torsten und beugte sich gespannt über ihre Schulter. Doch er sah auf dem Monitor nur verwirrende Zahlen und Zeichen.

Petra drehte sich auf ihrem Stuhl, stand auf und machte ein paar Freiübungen.

»Pass auf, dass du nicht das Gleichgewicht verlierst und auf die Nase fällst«, spottete Torsten, der sich darüber ärgerte, wie ihn seine Kollegin auf die Folter spannte.

Petra brauchte die Zeit, um ihre wild wirbelnden Gedanken zu sortieren. Das, was sie zu erkennen glaubte, erschien ihr so unwahrscheinlich. Doch nachdem sie noch einmal kräftig durchgeatmet hatte, begann sie: »Also gut! Meinen Berechnungen zufolge sind in allen Fällen Menschen zum Opfer geworden, die für ihre Verbrechen aus unterschiedlichen Gründen nicht zur Verantwortung gezogen werden konnten.«

»Wenn unsere Vermutungen stimmen, ja«, gab Torsten zu.

»Danke, dass du von deinem Rachetrip wieder heruntergekommen bist und den Leuten zugestehst, dass sie unter Umständen auch unschuldig gewesen sein könnten«, antwortete Petra spitz.

»Das waren sie nicht! Wir haben nur den letzten Beweis nicht vorlegen können. Außerdem waren die Verteidiger mit allen Wassern gewaschen und haben jede Gesetzeslücke genutzt.«

Petra hob die Hand, um Torsten zu unterbrechen. »Auf jeden Fall ist das der eine Fakt. Ich will ihn mal so im Raum stehen lassen. Die zweite Parallele besteht darin, dass in allen drei Fällen Kinder ums Leben gekommen sind.«

»Und was soll das mit dem Ganzen zu tun haben?«, warf Torsten missmutig ein.

»Vielleicht eine ganze Menge. Fakt eins: Es wurden drei Menschen umgebracht, die auf den ersten Blick unterschiedlicher nicht sein könnten. Fakt zwei: Jeder dieser drei ist höchstwahrscheinlich am Tod von Kindern schuld. Fakt drei: Keiner von ihnen ist dafür bestraft worden. Mehr Gemeinsamkeiten gibt es nicht. Also habe ich ausgerechnet, wie eng diese drei Punkte zusammenhängen. Die Wahrscheinlichkeit, dass sie es tun, ist fast zehnmal so hoch wie jede andere Möglichkeit. Die drei wurden umgebracht, weil ihretwegen Kinder gestorben sind und sie dafür von der Justiz nicht zur Rechenschaft gezogen werden konnten.«

»Und das mit einer Waffe, die so geheim ist, dass keine zehn Leute davon wissen?« Torstens bissiger Tonfall zeigte, was er von Petras Vermutungen hielt.

Diese zog die Augenbrauen hoch. »Wenn du es besser kannst, dann setze dich gefälligst selbst an den Computer. Ich kann mir Schöneres vorstellen, als mir die kleinen grauen Zellen wegen deinem Scheiß weichzukochen und zum Dank dafür deine depperten Kommentare anhören zu müssen!«

Torsten fasste sie an der Schulter. »Bitte reg dich nicht auf. Ich bin eben sehr angespannt. Mir ist schon klar, dass jeder Anhaltspunkt wichtig ist, auch wenn er noch so unwahrscheinlich erscheint. Nehmen wir also an, irgendjemand hat die Pläne für das SG21 und die entsprechende Munition geklaut und nachgebaut, um damit Jagd auf Leute zu machen, die Kinder auf dem Gewissen haben. Mich interessiert dabei eigentlich nicht, weshalb er das tut, sondern wie er an das Gewehr und die Patronen gekommen ist. Ich …«

»Vielleicht sollte es das aber! Dann könntest du herausfinden, wer hinter der ganzen Sache steckt«, unterbrach Petra ihren Kollegen barsch.

Torsten begriff, dass er eine Grenze erreicht hatte, die er besser nicht überschreiten sollte. Wenn Petra ihm die ganze Sache vor die Füße warf, stand er wieder am Anfang dieses Rätsels, und seine Chance, den Waffendieb zu fangen, war gleich null. Daher beherrschte er sich und zählte in Gedanken bis zehn, bevor er antwortete. »Es ist mein Job, das herauszufinden. Aber dafür brauche ich deine Hilfe. Ich kenne niemand außer dir, der das schaffen könnte.«

Petra lächelte ein wenig gequält und nahm wieder auf ihrem Drehstuhl Platz. »Gut, dass du das einsiehst. Allerdings bin ich keine Hellseherin, und mein Computer kann auch nur die Daten auswerten, mit denen ich ihn füttere. Sind diese falsch, stehen wir in der Wüste. Aber nehmen wir mal an, die Informationen stimmen. Dann müssen wir uns überlegen, wen dieser Kerl mit seinem Wundergewehr als Nächsten umbringen will.«

»Die Auswahl ist nicht gerade klein. Sie reicht von einem Sexualstraftäter bis hin zu jemandem, der beim Baumfällen nicht aufgepasst und mit dem Stamm ein Kind erschlagen hat.«

Diesmal nahm Petra Torstens Sarkasmus nicht übel, sondern lächelte überlegen. »Richtig – und doch falsch. Unser Freund hat Männer erschossen, die ihrer Strafe entgangen sind. Warum sollte er von diesem Schema abweichen? Damit aber fallen jene 99,9 Prozent der Straftäter aus seinem Raster, die für ihre Taten verurteilt worden sind. Wir müssen uns daher nur auf einige wenige Fälle konzentrieren.«

»Mach das!«

»Wie war das mit dem Datenschutz?«, fragte Petra, während sie bereits die Tasten bearbeitete. Aus den Augenwinkeln sah sie Torstens wegwerfende Handbewegung und wusste, dass diesem die Datenschutzgesetze im Augenblick gleichgültig waren. Die Informationen, die sie brauchte, hätte sie nach einem entsprechenden Papierkrieg auch auf offiziellem Weg erhalten können. Sie aber zog die schnellere Methode über die Datenleitung vor. Wenn es herauskam, würde sie einen Rüffel erhalten, doch das war ihr die Freundschaft mit Torsten wert.

Nach einer Weile sah sie wieder zu ihm hoch. »Hier habe ich was. Da ist zum einen ein amerikanischer Pilot, dessen Flugzeug bei einem waghalsigen Flugmanöver außer Kontrolle geraten und in ein Wohnhaus gestürzt ist. Er hat sich mit dem Schleudersitz retten können, aber drei Bewohner des Hauses, darunter zwei kleine Kinder, hat es erwischt.«

Torsten schüttelte den Kopf. »Den Kerl hält die US Air Force unter Verschluss. Außerdem ist er schon unauffällig zurück in die Staaten geschafft worden.«

Petra suchte weiter und stieß schließlich einen triumphierenden Laut aus. »Hier ist etwas Interessantes, das in unser Raster passt. Morgen wird in Lingen an der Ems ein Mann entlassen, der als Müllkönig bezeichnet wird. Ihn hat man beschuldigt, in seinen Deponien illegal Giftmüll gelagert zu haben. Auf einer aufgelassenen Deponie wurden später preisgünstige Wohnungen für junge Familien gebaut. Fünf Kinder sind dort gestorben, bis die Behörden herausgefunden haben, dass die Giftrückstände der alten Deponie daran schuld waren. Die ganze Siedlung musste abgerissen und der Giftmüll entfernt werden. Der Müllkönig kam in Untersuchungshaft, und alle haben damit gerechnet, dass er etliche Jahre hinter Gittern verbringen würde. Doch dann brachten seine Anwälte entlastendes Material zum Vorschein, das die Schuld an den Giftmülllagerungen einem vor Jahren verstorbenen Mitarbeiter seiner Firma zuschob. Der sei von verschiedenen Seiten bestochen worden, damit die Leute giftige Rückstände auf seiner Deponie abladen konnten. Aus diesem Grund kam der Müllkönig mit einer lächerlich geringen Strafe davon, die mit der Untersuchungshaft als verbüßt angerechnet wurde. Morgen wird er entlassen.«

»Es kann doch sein, dass dieser Mitarbeiter die Sache wirklich auf eigene Rechnung durchgezogen hat«, wandte Torsten ein.

»Dann müsste er das Geld unter seinem Kopfkissen versteckt haben. Der Mann hatte bis zu seinem Tod keine besondere Summe auf dem Konto und seiner Frau und den beiden Kindern nur ein mit Hypotheken belastetes Haus hinterlassen. Außerdem ist er wahrscheinlich selbst an den Folgen dieser Giftmülllagerungen gestorben. Eigenartigerweise konnte seine Frau während des Prozesses ihre Hypotheken tilgen und eine teure Auslandsreise antreten. In meinen Augen ein guter Preis für ein Stück Papier, auf dem sie bezeugt hat, ihr Mann habe Drohungen gegen seinen Chef ausgestoßen und erklärt, er würde es ihm noch heimzahlen, weil er zweimal keine Gehaltserhöhung bekommen hätte.«

»Wie bist du eigentlich an diese Daten gekommen?« Torsten schüttelte ungläubig den Kopf.

Petra lachte. »Betriebsgeheimnis. Na, was sagst du jetzt zu unserem Müllkönig?«

»Ein geeignetes Opfer für jemanden, der sich als Rächer toter Kinder aufspielen will.« Torsten war zwar nicht hundertprozentig überzeugt, aber bereit, auch nach einem Strohhalm zu greifen. »Du sagst, der Mann wird morgen entlassen?«

»Punkt acht Uhr in der Früh! Offiziell wird die Zeit allerdings mit vierzehn Uhr angegeben. Wie es aussieht, wollen die Behörden jedes Aufsehen vermeiden.«

»Dann hoffen wir, dass unser Mörder sich nicht auf die offiziellen Informationen verlässt. Druck mir die Daten aus, damit ich mein Navi programmieren kann. Das muss irgendwo in Niedersachsen sein. Ich hole meine Sachen und fahre dann los.«

Petra sah auf ihre Armbanduhr. »Es ist gleich acht. Deinetwegen habe ich heute schon wieder Überstunden gemacht. Vielleicht solltest du besser fliegen. Dann könntest du dich noch ein Stündchen aufs Ohr legen.«

»Und habe eine Menge Ärger am Hals, bis ich ein entsprechend ausgerüstetes Ersatzfahrzeug bekomme. Nein danke! Ich nehme meinen Wagen. Den bin ich gewohnt. Also bis gleich. Beeil dich bitte!« Mit diesen Worten verließ Torsten Petras Büro.

Petra sah ihm nach und fragte sich, ob sie Major Wagner informieren sollte. Sie machte sich Sorgen um Torsten und fürchtete, er könnte über kurz oder lang durchdrehen, wenn er nicht besser auf sich achtete. Mehrfach schon hatte sie versucht, mit ihm darüber zu sprechen, doch auf diesem Ohr war Torsten taub. Jetzt konnte sie nur hoffen, dass er die nächtliche Autofahrt über achthundert Kilometer gut überstand und am nächsten Morgen fit genug war, um richtig zu handeln.

FÜNF

Torsten Renk spürte seine Anspannung bereits auf den ersten Kilometern und versuchte, dagegen anzukämpfen. Im Grunde war es verrückt, auf eine an den Haaren herbeigezogene Theorie hin in die Nacht hineinzufahren, nur um am nächsten Morgen in einer fremden Stadt darauf zu warten, ob etwas passieren würde. Petra hatte zwar zweifelsohne ihre Qualitäten, aber diesmal beruhten ihre Schlussfolgerungen auf einer Kette von Zufällen und Vermutungen.

Dennoch fuhr er weiter Richtung Norden. Lieber kehrte er ohne Ergebnis zurück, als am Tag darauf in der Zeitung lesen zu müssen, dass jemand diesen niedersächsischen Müllkönig über den Haufen geschossen hatte.

Jeder Hinweis darauf, wer die Pläne des SG21 gestohlen und die Waffe nachgebaut hatte, war relevant. Schließlich war dieses Gewehr noch um einiges revolutionärer als das HK G11, dessen Einführung bei der Bundeswehr nicht zuletzt wegen seiner der heutigen Waffentechnik weit überlegenen Konstruktion gescheitert war. Die verantwortlichen Stellen hatten zu viel Angst, es könnte im Dauerbetrieb versagen oder der Munitionsnachschub sei nicht gewährleistet.

Um sich abzulenken, rief Torsten sich ins Gedächtnis, was er über das neue Scharfschützengewehr wusste. Es glich äußerlich dem G11, das nur durch den Pistolengriff und den Abzugsbügel überhaupt als Gewehr zu erkennen war. Da es sich um ein spezielles Scharfschützengewehr handelte, war die neue Waffe allerdings länger als das G11 und verfügte über ein paar technische Neuerungen, für die fremde Geheimdienste Millionen zahlen würden. Anstatt das Ding auf dem illegalen Waffenmarkt anzubieten, trieb der Dieb sich allerdings in Deutschland herum und spielte den unheimlichen Rächer.

Ein Hupen riss Torsten aus seinen Gedanken. Gleichzeitig betätigte der Fahrer hinter ihm die Lichthupe. Ein Blick auf den Tacho zeigte, dass er selbst mit fast zweihundert Stundenkilometern unterwegs war. Mit diesem Tempo konnte er nicht so einfach hinter den Lkw einscheren, der mit etwa neunzig auf der rechten Spur unterwegs war.

»Leck mich …«, stieß Torsten aus und drückte sein Gaspedal bis zum Anschlag durch. Doch der andere Wagen blieb förmlich an seiner Stoßstange kleben und blendete erneut auf.

Mühsam bezwang Torsten seine Wut und nützte die nächste Lücke auf der rechten Fahrspur, um den anderen vorbeizulassen. Seine Finger fassten bereits nach der Lichthupe, um es diesem mit gleicher Münze heimzuzahlen, er unterließ es dann aber doch, um nicht noch andere Fahrer zu blenden.

Gänzlich ungeschoren wollte er den Drängler jedoch nicht davonkommen lassen. Über das Autotelefon rief er die Autobahnpolizei an. Wenn der Kerl Pech hatte, würde das nächste Auto, das er auf eine so rüde Weise verscheuchen wollte, ein Polizeiauto sein, dessen Besatzung ihn umgehend aus dem Verkehr zog.

Dieser Gedanke brachte Torsten zum Grinsen, und er fühlte sich um einiges besser als vorher – bis ihm einfiel, dass er einen wichtigen Aspekt außer Acht gelassen hatte. Wenn er wirklich auf den Schuft mit der geheimen Waffe traf, half ihm seine eigene Pistole, die Sphinx AT2000, welche er im Schulterhalfter trug, herzlich wenig. Das SG21 feuerte auf mehr als zweitausend Meter mit tödlicher Präzision und würde mit seinen Projektilen auch das Panzerglas seines Wagens durchschlagen. Er musste also versuchen, nah an den Kerl heranzukommen, sonst würde er möglicherweise selbst ein Opfer dieser Waffe werden.

SECHS

Torstens Hoffnung, die Strecke in fünf Stunden zurücklegen zu können, zerrann kurz hinter Würzburg. Dort war die Autobahn wegen eines Unfalls gesperrt, und weder Flüche noch Gebete halfen ihm weiter. Während er zur Seite fuhr, um Polizei und Krankenwagen durchzulassen, verwünschte er sein Pech. Dann sagte er sich, dass er die Zeit auch anders nützen konnte. Mehr als eine oder zwei Stunden lang würde die Autobahn nicht blockiert bleiben, und in der Zeit konnte er ein wenig schlafen. Er stellte den Motor ab, schaltete die Beleuchtung auf Standlicht und drehte den Liegesitz ein wenig zurück.

Obwohl er sich müde und ausgebrannt fühlte, dauerte es eine ganze Weile, bis er wegdämmerte. Sogleich fiel er in einen wirren Traum. Zuerst drehte dieser sich um Andrea, seine tote Freundin. Sie stand vor einem hoch aufragenden Wolkenkratzer, den man eher in New York vermuten würde als in München-Neuperlach. Aus einem bleichen Gesicht sah sie ihn vorwurfsvoll an. »Warum bist du nicht früher zurückgekommen? Dann wäre es nicht passiert«, klagte sie.

Torsten rannte auf sie zu. Doch bevor er sie erreichen konnte, verzerrte sich ihr Gesicht, und sie zeigte nach hinten. »Dort kommt er!«

Torsten schnellte herum und sah eine schattenhafte Gestalt. Diese hielt einen länglichen Gegenstand in der Hand, den er erst auf den zweiten Blick als Gewehr erkannte. Da legte die Person auch schon die Waffe auf Andrea an und zog den Stecher durch.

Torsten hechtete in die Schusslinie, um seine Freundin zu schützen. Das Projektil machte jedoch einen Bogen um ihn und schlug in Andreas Oberkörper ein. Während sie mit einem Seufzer niedersank, stürmte Torsten mit einem wütenden Aufschrei auf den Schützen los. Als er ihn packen wollte, löste dieser sich in Luft auf, und er war mit Andrea allein.

Als er auf sie zuging, lag statt seiner toten Freundin auf einmal Graziella vor seinen Füßen. Aus dem Loch in der Brust floss das Blut wie ein breiter Strom. Mit Mühe öffnete sie die Augen und sah ihn an. »Immer wenn man dich braucht, bist du irgendwo anders!«

»Aber ich bin doch hier«, rief Torsten verzweifelt.

Graziella hustete und wollte etwas sagen, da hupte es auf einmal von allen Seiten. Torsten fuhr hoch, fand sich in seinem

Auto wieder und sah, wie um ihn herum die anderen Autos anrollten. Erneut hupte es, und ein Fahrer ließ das Seitenfenster herunter und tippte sich an die Stirn. »Du hast sie wohl nicht mehr alle, mitten auf der Autobahn zu schlafen!« Er gab Gas und brauste davon.

Torsten brauchte einige Sekunden, bis er den Wagen in Gang brachte. Seine Gedanken kreisten immer noch um Graziella Monteleone, und er begriff zum ersten Mal, dass seine Beziehung zu ihr womöglich an seiner Angst gescheitert war, ihr könnte ein ähnliches Schicksal drohen wie Andrea.

Mit einem ärgerlichen Ausruf sah er auf die Uhr. Wenn die Anzeige stimmte, hatte er beinahe zwei Stunden geschlafen, dabei schien es ihm, als wären nur wenige Minuten vergangen. Noch immer hielt ihn der Alptraum in seinen Klauen, und er ertappte sich mehrmals, dass er zusammenzuckte, nur weil das Schattenspiel zwischen Autoscheinwerfern und der Dunkelheit der Nacht ihm Bewegungen vorgaukelte.

SIEBEN

Dennoch erreichte Torsten die Stadt Lingen so früh, dass er noch ein paar Stunden hätte schlafen können. Aber um zu vermeiden, dass ein weiterer Alptraum an seinen Nerven zerrte, zwang er sich, wach zu bleiben. Er hatte sein Auto nicht direkt auf dem Parkplatz neben dem Gefängnis geparkt, sondern ein paar Meter weiter in der Kaiserstraße.

Übermüdet, wie er war, fröstelte er in der Morgenkühle. Um sich aufzuwärmen, stieg er aus dem Auto und ging die Kaiserstraße mehrfach auf und ab, wobei er immer wieder einen Blick auf den Platz vor der Justizvollzugsanstalt warf. Dabei suchte er nach Stellen, von denen aus der Mordschütze einen Mann ins Visier nehmen konnte, der das Gefängnis verließ.

Gegen fünf Uhr morgens wurde es im Osten hell. Um nicht aufzufallen, beschloss Torsten, durch ein paar andere Straßen zu schlendern. Die Stadt erwachte. Menschen kamen aus den Häusern und hasteten die Gehsteige entlang, ohne Torsten mehr als einen beiläufigen Blick zu schenken. Die ersten Autos fuhren vorbei, und vor einer Verkaufsbude luden zwei Frauen Gemüsekisten aus einem Kleinbus. Torsten bekam Hunger. Doch ihm war nicht nach Obst, und so ging er weiter, bis er auf eine Metzgerei traf, die bereits geöffnet hatte. Die Verkäuferin füllte gerade die Auslage. Als er eintraf, unterbrach sie ihre Arbeit und fragte freundlich: »Was darf es denn sein?«

Torsten hatte Appetit auf Leberkäse, doch dafür war er einige Kilometer zu weit im Norden. »Geben Sie mir zwei Wurstsemmeln … äh, -brötchen oder wie sie hier heißen und eine Flasche Cola!« Kaffee wäre ihm zwar lieber gewesen, doch den gab es hier nicht.

Die Verkäuferin machte die Semmeln zurecht, steckte sie in eine Tüte und stellte sie zusammen mit einer Colaflasche auf die Verkaufstheke. »Vier Euro fünfzig, bitte.«

Torsten kramte in seinem Geldbeutel, fand aber nicht genug Kleingeld und reichte ihr einen Fünfeuroschein. »Stimmt so!«

Er kehrte zu seinem Auto zurück, setzte sich hinein und begann zu essen, wobei er stets die Umgebung im Auge behielt. In der Straße und auf dem Parkplatz waren weitaus mehr Autos unterwegs als vorher, die meisten hatten das Gefängnis zum Ziel. Torsten nahm an, dass es sich um Vollzugsbeamte handelte, die dort Dienst taten. Einige warfen seinem Wagen fragende, wenn nicht sogar abweisende Blicke zu. Möglicherweise hielten sie ihn wegen seines Münchner Kennzeichens für einen Journalisten auf der Suche nach einer guten Story.

Torsten legte seinen Feldstecher bereit. Nun spürte er, wie die Anspannung, die während des Laufens ein wenig nachgelassen hatte, mit voller Wucht zurückkehrte. Sein Jagdtrieb war erwacht, und er betete schier darum, dass der Kerl, der das modernste Gewehr der Bundeswehr gestohlen hatte, hier erscheinen würde.

Dabei ging es ihm nicht allein um die Morde. Jeder, der diese Waffe an die Amerikaner, Russen oder Chinesen verkaufen konnte, hatte für den Rest seines Lebens ausgesorgt. Auch um das zu verhindern, musste die Waffe unbedingt sichergestellt werden.

In Gedanken versunken hatte er nicht auf die Zeit geachtet. Daher schreckte ihn der Stundenschlag vom Kirchturm auf. Acht Uhr. Ein paar Autos fuhren an ihm vorbei, doch keiner schien sich für das Tor der Justizvollzugsanstalt zu interessieren.

Die Minuten vergingen. Torsten fragte sich, ob der Müllkönig das Gebäude bereits verlassen hatte oder ob die Gefängnisleitung doch bis vierzehn Uhr warten wollte. Wenn das der Fall war, würde er sich ein Café suchen und ausgiebig frühstücken.

Auf einmal schreckte ihn der Klang eines schweren Automotors auf. Ein großer Wagen schoss aus der Georgstraße, wurde langsamer und blieb vor dem Tor der Justizvollzugsanstalt stehen. Ein Mann stieg aus und öffnete die dem Gebäude zugewandte, hintere Tür. Beinahe gleichzeitig trat ein groß gewachsener Mann in einem dunkelblauen Anzug aus dem Gefängnistor und stieg in die Limousine ein. Der andere Mann schloss die Autotür und nahm neben dem Fahrer Platz. Dieser gab sofort Gas und raste davon.

Kein Schuss war gefallen. Torsten spürte die Enttäuschung und nahm sich vor, Petra nach seiner Rückkehr kräftig aufzuziehen. Doch als er den Wagen startete, entschloss er sich dennoch, der Limousine des Müllkönigs zu folgen. An der Abzweigung, die der Wagen genommen hatte, war das Fahrzeug nur noch in weiter Ferne zu sehen. Der Chauffeur legte ein Tempo vor, das nicht mit der zugelassenen Höchstgeschwindigkeit innerhalb einer geschlossenen Ortschaft vereinbar war, und als Torsten Gas gab, stieg sein Tacho auf über siebzig Stundenkilometer, ohne dass er einen Meter aufholte.

ACHT

Außerhalb der Stadt trat der Fahrer des Müllkönigs das Gaspedal offensichtlich bis zum Anschlag durch. Torsten war froh um seinen schnellen Wagen, denn mit einem schwächeren Fahrzeug hätte der andere ihn locker abgehängt. Während er der Limousine folgte, fragte er sich, wieso sein Instinkt ihn dazu trieb, sich an den Wagen dieses Mannes zu hängen. Die bisherigen Opfer waren direkt vor dem jeweiligen Gefängnis erschossen worden. Und dennoch, sein Gefühl gebot ihm, dem Wagen zu folgen.

Die Straße verlief über flaches Land, die weidenden Kühe hoben beim Lärm der vorbeibrausenden Autos die Köpfe. Torsten hatte jedoch keine Augen für die Umgebung. Nachdem sie ein Dorf durchquert hatten, bog die Limousine ab und wurde langsamer. Kurz darauf kam eine schlossähnliche, mit dunklen Klinkern verkleidete Villa in Sicht. Ein schmiedeeisernes Gitter mit scharfen Spitzen überzog die Krone der mannshohen Mauer, die das Gebäude weiträumig umgab. Als die Limousine auf das Tor zufuhr, schwang dieses auf und schloss sich hinter dem Wagen wieder.

Torsten blieb nichts anderes übrig, als vor der Umfriedung anzuhalten. Er kam sich vor wie ein Trottel. »Wagner wird mich zusammenfalten, wenn ich ihm von dieser Dienstfahrt erzähle«, meinte er sarkastisch zu seinem Abbild im Rückspiegel und wollte wenden. Da glaubte er einen blauen Widerschein im Spiegel zu entdecken.

»Der Ziellaser!« Er griff nach seinem Feldstecher und sprang aus dem Wagen.

Durch die Stangen des Tores sah er den Müllkönig aus der Limousine aussteigen und die Freitreppe zum Eingang hinaufgehen. Ein winziger, selbst mit dem Feldstecher kaum auszumachender blauer Punkt tanzte auf seinem Rücken. Den

Bruchteil einer Sekunde später erschien auf derselben Stelle ein schwarzes Loch, dessen Umgebung sich rasch rot färbte. Der Mann wollte sich noch umdrehen, brach aber in der Bewegung zusammen und rollte die Treppe hinab.

Da Torsten den Laserpunkt ganz kurz wahrgenommen hatte, glaubte er zu wissen, aus welcher Richtung der Schuss abgefeuert worden war. Dort aber war weit und breit nichts zu sehen. Erst als er den Feldstecher benützte, entdeckte er mehr als einen Kilometer entfernt einen dunklen Wagen, der eben Fahrt aufnahm.

Torsten hechtete in sein Fahrzeug und legte einen Kavalierstart hin. Innerhalb kürzester Zeit erreichte er die Stelle, an der das fremde Auto gestanden hatte, und konnte es gerade noch mit dem bloßen Auge ausmachen.

Er stürzte sich in die zweite Verfolgungsjagd an diesem Tag. Das Gaspedal trat er bis zum Anschlag durch und schnitt die Kurven so, als gäbe es auf der Welt keine Autos, die ihm entgegenkommen konnten. Das Dorf, das er auf der Hinfahrt durchquert hatte, kam in Sicht, doch Torsten war so konzentriert darauf, den Mörder zu verfolgen, dass ihm nicht bewusst war, wie schnell er durch den Ort fuhr. Eine Frau, die gerade aus einem Haus trat, wurde vom Fahrtwind gegen die Tür gedrückt und schimpfte empört hinter ihm her. Da bog er bereits um die nächste Kurve und sah den verfolgten Wagen nur noch gut zweihundert Meter vor sich. Doch von diesem Augenblick an ging alles schief.

Vor dem Kirchhof stand ein Mann in grüner Schützenjacke und schwarzem Hut und starrte dem heranschießenden Wagen entsetzt entgegen. Er winkte verzweifelt, um Torsten aufzuhalten. Doch der fuhr mit zusammengebissenen Zähnen weiter und bemerkte erst im letzten Augenblick den mit Blumengirlanden geschmückten Wagen, der eben den Parkplatz verließ und auf die Straße einbog.

Torsten riss das Steuer herum, aber es war zu spät. Er rammte den Wagen mit voller Wucht und schleuderte ihn gegen zwei parkende Fahrzeuge. Zu seiner Erleichterung war sein Wagen noch fahrtüchtig, und so wollte er trotz des Unfalls den Mörder weiter verfolgen.

Da versperrten ihm die Fahrer einiger Autos, die weiter vorne gewartet hatten, den Weg. Voller Wut trat Torsten auf die Bremse und ließ das Seitenfenster herab. »Verschwindet, ihr Idioten. Ich habe es eilig!«

Es war nicht gerade der Tonfall, der den anderen angemessen erschien. Sie stiegen aus und kamen auf Torstens Wagen zu. Es waren große Kerle, jeder mindestens ein Meter fünfundachtzig groß und um die neunzig Kilo schwer. Andere Männer gleichen Kalibers keilten Torstens Wagen jetzt von hinten mit ihren Autos ein. In den Gesichtern stand Wut, und sie ballten trotz ihrer festlichen Kleidung die Fäuste.

»Du bist wohl von allen guten Geistern verlassen, was? Rast wie ein Irrer durch den Ort. So etwas wie du gehört ungespitzt in den Boden geschlagen«, schrie einer der Männer. Weiter hinten stieg eine blutende Frau im Brautkleid aus dem beschädigten Auto und heulte Rotz und Wasser, während ihr Bräutigam daneben stand, als hätte ihn der Blitz gestreift.

»Verdammt, Leute, ich muss weiter! Diese Sache hier können wir später regeln«, rief Torsten. Doch die handfesten Niedersachsen um ihn herum schüttelten schweigend den Kopf. Einer packte Torsten bei der Brust.

»Das haben wir gern. Einen Unfall verursachen und dann abhauen wollen. Aber nicht mit uns, Bürschchen. Du bleibst schön hier, bis die Polizei kommt. Du kannst froh sein, wenn ich dir nicht vorher noch eins überziehe. Das ist nämlich meine Schwester, und ich mag es gar nicht, wenn ihr so ein Kerl wie du die Fahrt zum Standesamt versaut.«

Er hielt Torsten kurz seine Pranke vor die Nase. Torsten trat einen Schritt zurück und hob beschwichtigend die Hände. »Lass den Scheiß, sondern organisiere lieber einen Arzt!

Ich habe den Wagen nicht mit Absicht gerammt, sondern bin hinter einem Mörder her.« Er wollte noch mehr sagen, doch jetzt drängten weitere Hochzeitsgäste hinzu, und die sahen ganz so aus, als wollten sie handgreiflich werden.

Mit einem ärgerlichen Laut wich Torsten zu seinem Auto zurück und zog seine Waffe. »Halt, stehen bleiben. Sonst schieße ich!« Die Drohung wirkte auf die Festgäste ebenso, wie sie auf einen angreifenden Bullen gewirkt hätte, nämlich gar nicht.

Wütend senkte Torsten den Lauf und jagte zwei Kugeln in den Asphalt der Straße. Jetzt erst hielten sie an und stierten ihn verdattert an.

»Und nun schafft die Autos vor meinem Wagen weg!«, befahl Torsten. Er hatte zwar nicht mehr viel Hoffnung, das Mörderfahrzeug noch zu finden, wollte es aber wenigstens versuchen.

Da klang das Heulen einer Sirene auf. Ein Polizeifahrzeug schoss um die Ecke und hielt an. Zwei Männer stiegen aus, der eine noch recht jung, der andere mittleren Alters. Dieser kam breitbeinig näher und winkte dem Burschen, der Torsten Prügel angedroht hatte, kurz zu. »Es gibt wohl Probleme, Hinner, was?«

»Das kannst du laut sagen, Sven. Der Kerl hier ist wie ein Irrer durch den Ort gebrettert und hat den Wagen mit Saskia und Thiemo gerammt, obwohl Busso die Straße abgesperrt hat, damit der Brautzug ausfahren konnte.«

»Außerdem hat er mit seiner Knarre in der Gegend herumgeballert und uns bedroht!«, rief eine Frau, die sich hinter einem Auto verschanzt hatte.

»Das werden wir sehen!« Der wuchtige Polizist stapfte mit grimmiger Miene auf Torsten zu. Dieser steckte seine Sphinx AT2000 ins Schulterhalfter zurück und verschränkte die Arme vor der Brust.

»Hände hoch und mit dem Gesicht zum Auto«, schnaubte

ihn der Polizist an, während er seine Dienstpistole zog und damit auf Torsten zielte.

Dieser zog ärgerlich die Stirn in Falten. »Lassen Sie diesen Unsinn. Ich bin Oberleutnant Renk von der Bundeswehr und hinter einem Kerl her, der gerade einen Mord begangen hat.«

»Ich habe gesagt, mit dem Gesicht zum Auto. Ich warte nicht gerne!« Die Waffe des Polizisten wanderte ein Stück abwärts und zielte auf Torstens Oberschenkel. Dieser drehte sich zähneknirschend um. Im nächsten Augenblick stöhnte er schmerzhaft auf, denn der Mann rammte ihm den Lauf seiner Pistole in den Rücken.

»Schön ruhig bleiben, sonst ... Mit Rowdys wie dir machen wir hier nämlich kurzen Prozess.«

Torsten gelang es nur mühsam, sich so weit zurückzuhalten, um dem Mann keine Lektion im Nahkampf zu erteilen. Die Waffe, mit der dieser ihn bedrohte, schreckte ihn nicht, zumal der zweite Polizist seine Pistole noch im Halfter stecken hatte und sie nicht schnell genug herausbekommen würde, um eingreifen zu können.

Aber er war nicht in diese Gegend gekommen, um Polizisten niederzuschlagen oder gar zu erschießen. Daher ließ er es zu, dass man ihm die Waffe aus dem Schulterhalfter zog und die Papiere abnahm.

Der Polizist steckte diese ein, ohne sie anzusehen, dann bog er Torstens Arme schmerzhaft nach hinten und legte ihm Handschellen an. Schließlich trat er ein paar Schritte zurück und winkte mit dem Lauf der Waffe. »Los, zum Polizeiwagen. Und keine Faxen.«

Dorftrottel!, dachte Torsten und verfluchte sein Pech, bei der Verfolgung des Mörders ausgerechnet auf diese Hochzeitsgesellschaft gestoßen zu sein. Ihm blieb jedoch nichts anderes übrig, als vor dem Beamten zum Polizeiauto zu gehen. Der andere Polizist öffnete ihm die Tür. »Sie sollten besser brav bleiben. Mein Kollege ist eh schon angefressen, weil er für die

Hochzeit seiner Nichte keinen Urlaub bekommen hat«, warnte er Torsten, dann setzte er sich wieder hinter das Steuer. Dafür kam der verhinderte Hochzeitsgast an Torstens Seite und fuchtelte ihm mit der entsicherten Waffe vor dem Gesicht herum.

NEUN

Die Polizisten sperrten Torsten Renk in eine Arrestzelle und ließen ihn dort schmoren. Zuerst versuchte er noch, mit ihnen zu reden, gab es dann aber auf, weil Sven ihm einen Knebel androhte, wenn er nicht den Mund hielt.

Torsten verfiel in Schweigen und haderte mit sich selbst. Den Auftrag hatte er wahrlich verbockt. Wagner würde ihm den Kopf rasieren, und Petras Reaktion mochte er sich nicht einmal vorstellen. Sie hatte präzise eruiert, wer als Nächster auf der Todesliste gestanden hatte, und anstatt den Mord zu verhindern oder wenigstens den Täter dingfest zu machen, saß er hier in diesem kahlen Raum, in dem es nur ein schmales Bett und eine Toilette ohne jeden Sichtschutz gab.

Irgendwann war Torsten zu müde, um weiter nachdenken zu können. Er legte sich auf die Pritsche, zog die dünne Wolldecke über sich und schlief sofort ein. Daher bekam er nicht mit, wie in der Polizeiwache Alarm gegeben wurde. Sven und sein Kollege stürmten zur Tür hinaus und rasten mit dem Streifenwagen davon. Dabei fuhren sie kaum weniger schnell durch die Ortschaften als Torsten, doch diesmal warnten Blaulicht und Sirene die anderen Verkehrsteilnehmer, ihnen in die Quere zu kommen.

Einige Zeit später kehrten die Polizisten zurück. Die Blicke, mit denen sie die Tür bedachten, hinter der Torsten eingesperrt war, sprachen Bände. Trotzdem ließen sie ihn in Ruhe, denn das war eine Sache, die weit über ihre Kompetenzen hinausging. Sie warteten auf die Kriminalpolizisten aus Lingen, die den Mord an dem Müllkönig übernehmen würden, und freuten sich, ihren Kollegen auch gleich einen Verdächtigen präsentieren zu können.

Der zornige Sven gab am Telefon Torstens Daten nach Lingen durch und legte auch dessen Ausweis auf den Fotokopierer, um die Kopie als Fax an seine vorgesetzte Stelle zu schicken.

»Ein gefährlicher Bursche«, sprach er aufgeregt ins Telefon. »Er hatte eine Spezialpistole bei sich und hätte sich wahrscheinlich den Weg freigeschossen und eines der unversehrten Autos gekapert, wenn wir nicht rechtzeitig eingeschritten wären. Wir können von Glück sagen, dass nicht mehr passiert ist. Meine Nichte, die in dem gerammten Auto gesessen ist, hat Gott sei Dank nur ein paar Prellungen und eine Platzwunde davongetragen, und ihr Bräutigam ist auch in Ordnung. Es ist schon eine Sauerei, ausgerechnet bei der eigenen Hochzeit auf so einen Schweinehund zu treffen. Wenn ich nur an die Angst denke, die das arme Mädchen ausgestanden hat.«

Sein Kollege verdrehte ein wenig die Augen. Auch der Mann am anderen Hörer schien Svens Bericht nicht ganz ernst zu nehmen, denn er unterbrach dessen Redeschwall: »Wir werden uns um den Fall kümmern.« Ohne ein weiteres Wort legte er auf.

»Arrogantes Arschloch!«, knurrte Sven und drehte sich zu seinem Kollegen um. »*Wir werden uns darum kümmern*! Als hätten wir nicht schon die ganze Drecksarbeit erledigt. Ein Mord ist geschehen, und wir haben den Mörder. Punkt!«

»Wenn du das sagst, wird es schon stimmen.« Sein Kollege kannte ihn gut genug, um zu wissen, wann es sinnlos war, ihm zu widersprechen. Er war sich nicht so sicher, dass Renk der Mörder des Müllkönigs war. In dem Fall hätte dieser sich gewiss nicht von den Hochzeitsgästen aufhalten lassen, sondern die Leute mit seiner Pistole bedroht und sich den schnellsten Wagen und mindestens eine Geisel geschnappt.

ZEHN

Torsten schlief noch, als die Tür seiner Zelle geöffnet wurde. Zwei Männer blieben noch einen Moment davor stehen und betrachteten den Schlafenden. Einer davon war Major Wagner. Der andere Mann trug Zivil und sah Torstens Vorgesetzten scharf an. »Ist das Ihr Mann?«

Wagner nickte. »Das ist Renk. Er hatte eine verdammt gute Nase, aber leider auch verdammtes Pech.«

»Ich weiß nicht, ob es Pech ist, wenn einer mit über hundert Sachen durch eine geschlossene Ortschaft rast und dabei einen Unfall verursacht.«

»Auf jeden Fall ist er nicht der Mörder dieses ominösen Müllkönigs. Sie haben selbst gehört, was der Gerichtsmediziner gesagt hat. Den Mann hat keine Pistolenkugel getötet.«

»… sondern dieses komische Ding, das Sie sofort an sich genommen haben, obwohl es für die Aufklärung des Mordes wichtig gewesen wäre«, fiel ihm der Zivilbeamte erbost ins Wort.

Wagner griff mit der Rechten unwillkürlich in die Seitentasche seiner Uniformjacke, in die er das Geschoss gesteckt hatte. »Das ist geheime Verschlusssache! Aus diesem Grund übernimmt das Bundeskriminalamt den Fall.«

Für Wagner war die Angelegenheit damit erledigt. Dem Lingener Kriminalpolizisten war jedoch anzusehen, wie wenig es ihm behagte, dass ihm die Ermittlung einfach aus den Händen genommen wurde.

Er trat neben das Bett, doch Wagner kam ihm zuvor. »Aufstehen, Renk! Schlafen können Sie später noch.«

Erschrocken fuhr Torsten hoch und griff im Reflex unter seine Jacke. Erst als er dort keine Waffe fand, erinnerte er sich an das Geschehene und stieß einen Fluch aus.

»Verdammt noch mal, Renk, was haben Sie sich dabei gedacht, andere Autos über den Haufen zu fahren und dann auch noch eine ganze Hochzeitsgesellschaft mit Ihrer Knarre zu bedrohen?«

»Ich hatte keine Lust, von diesen niedersächsischen Bauernbüffeln zu Hackfleisch verarbeitet zu werden«, antwortete Torsten.

Der Kriminalbeamte räusperte sich missbilligend. Da er selbst Niedersachse war, mochte er keine Bayern, die in seinem Bundesland das Maul aufrissen und über die Leute herzogen. Auf einen Wink Wagners verließ er aber dann doch wortlos die Zelle.

Unterdessen stand Renk auf und strich sich über die Stirn. Im Traum hatte er diesen Unfall immer und immer wieder erlebt, nur schlimmer. Die Braut war dabei ums Leben gekommen und hatte dabei stets entweder wie Andrea oder wie Graziella ausgesehen.

»Im Vertrauen, Renk, Sie sehen aus wie ein Landstreicher. Schauen Sie, dass Sie unter eine heiße Dusche kommen und sich rasieren. Es wird in diesem Nest ja sicher einen Gasthof geben, in dem Sie das erledigen können. Später fliegen Sie mit Frau Waitl und mir nach München zurück. Im Moment sucht Ihre Kollegin in der Villa des toten Müllkönigs nach Spuren.«

Während des Fluges hatte Petra, geschockt von Torstens Unfall, mit ihrem Vorgesetzten über ihren Kollegen gesprochen. Wagner ärgerte sich über sich selbst, weil er die Anzeichen von Renks nervlicher Überlastung nicht bemerkt hatte. Der Junge war mental am Ende. Wenn er nicht bald über den Tod seiner Freundin hinwegkam, würde er seinen Job beim MAD an den Nagel hängen müssen.

»Petra ist auch da?«

»Frau Waitl versucht zu retten, was zu retten ist, nachdem Sie die Chose verbockt haben. Ich glaube aber kaum, dass sie Erfolg haben wird. Der Kerl, mit dem wir es zu tun haben, ist mit allen Wassern gewaschen und kennt sich in seinem Metier aus.«

»Dann sollten wir mal ein Auge auf professionelle Auftragsmörder werfen«, schlug Torsten vor.

Wagner schüttelte den Kopf. »Sie werfen vorerst auf niemanden mehr ein Auge, denn die Sache geht Sie ab heute nichts mehr an. Kollegen werden sich ab jetzt um den Fall kümmern. Sie machen erst einmal Urlaub, und zwar richtigen Urlaub, verstanden? Diesmal werden Sie mir keine gefälschte Mail schicken, dass es Ihnen an einem Ort gut geht, an dem Sie gar nicht zu finden sind.«

»Hören Sie, Herr Major, ich …«

Wagner fuhr ihm über den Mund. »Ich will von Ihnen nur ein ›Jawohl, Herr Major!‹ hören und sonst gar nichts. Übrigens trifft es sich gut, dass Frau Waitl am nächsten Montag für zwei Wochen nach Mallorca fliegt. Sie wird sich über Ihre Begleitung gewiss freuen. Legen Sie sich an den Hotelpool und genießen Sie die freie Zeit. Wenn Sie zurückkommen, werden wir zwei uns ernsthaft unterhalten. Und jetzt kommen Sie! Ich habe nicht alle Zeit der Welt.«

Torsten hatte seinen Vorgesetzten noch nie so zornig und gleichzeitig so beherrscht erlebt. In Wagner musste es toben. Inzwischen war der vierte Mensch mit einer Waffe ermordet worden, die es eigentlich nicht geben durfte, und die einzige Spur, die zum Mörder hätte führen können, war durch sein Versagen in einem Dorf in Niedersachsen verloren gegangen. Mit hängendem Kopf stapfte er hinter Wagner her und stand kurz darauf in der Amtsstube dem Polizisten gegenüber, von dem er bislang nur den Vornamen Sven kannte.

Der Beamte wirkte recht kleinlaut und wagte es nicht, Torsten in die Augen zu sehen. Mit nach unten gerichtetem Blick häufte er auf seinem Schreibtisch die Sachen auf, die er Torsten bei dessen Gefangennahme abgenommen hatte. Dieser begutachtete alles genau und zählte auch das Geld im Portemonnaie nach.

»Hier ist das Protokoll. Ich habe es selbst unterschrieben.

Da steht exakt die Summe drauf, die im Geldbeutel war. Wir haben schon nichts weggenommen.«

Torsten blickte auf die gestochen scharfe Unterschrift und musste trotz seines Ärgers grinsen. »Hühnermörder, das ist gerade der richtige Name für Sie.«

Jetzt blickte der Polizist ihn doch an. »Das heißt Hünermörder, ohne H. Mit dem Federvieh habe ich nichts zu tun.«

»Dafür haben Sie aber einen schönen Brathendlfriedhof, wie man in Bayern sagt.« Renk wies dabei auf die stattliche Figur des Mannes. Für einen Augenblick stellte es ihn zufrieden, dass er dem Beamten auf diese Weise einen Teil des Ärgers heimzahlen konnte.

Wagner rümpfte die Nase. »Lassen Sie den Unsinn, Renk! Der Mann hat nur seine Pflicht getan. Seien Sie froh, dass nicht ich an seiner Stelle war. Gebt euch jetzt die Hand und lasst es gut sein!«

Torsten zögerte.

»Renk, ich habe nicht viel Zeit, aber verdammt viel Lust, Sie einfach hier zurückzulassen. Geben Sie dem Mann die Hand! Oder wie hätten Sie sich an seiner Stelle bei dem Kerl bedankt, der Ihrer Nichte die Hochzeit verdorben und ihr einen Aufenthalt in der Klinik verschafft hat?« Das war wieder der alte Wagner, der sein cholerisches Temperament kaum im Zaum halten konnte.

Torsten sah zuerst ihn an, dann Hünermörder und verzog das Gesicht zu einer Grimasse, die Bedauern ausdrücken sollte. »Es tut mir leid, das mit Ihrer Nichte, meine ich! Ich wollte wirklich nicht, dass so etwas passiert.«

Hünermörder starrte auf die Hand, die Torsten ihm hinhielt, und schlug ein. Doch als er Torstens Hand mit seiner Pranke zusammenquetschen wollte, verstärkte Torsten seinen Griff und bemerkte zufrieden, wie Hünermörders Gesicht sich vor Schmerz und Anstrengung dunkelrot färbte.

»Ihnen ist doch nicht etwa heiß?«

Hünermörder schüttelte den Kopf und setzte seine letzte Kraft ein, um den Griff des MAD-Mannes zu brechen.

Nun feixte Torsten. »Beim Händedrücken ist es ähnlich wie beim Denken. Für das eine braucht man Verstand, für das andere Muckis.«

Wagner fand dieses Spiel lächerlich. Allerdings begriff er, dass Renk diese kleine Rache brauchte, um sein inneres Gleichgewicht wiederzufinden. Aus diesem Grund griff er nicht mehr ein, sondern sammelte die restlichen Sachen seines Untergebenen ein und steckte sie in eine Plastiktüte.

»He, da fehlt doch was! Wo ist mein Führerschein?«, rief Torsten und wurde für einen Augenblick unaufmerksam.

Hünermörder nützte dies aus, um seine Hand aus Torstens Griff zu befreien. »Kraft hast du ja ausreichend«, meinte er mit widerwilliger Anerkennung. »Aber ob sich das mit dem Verstand genauso verhält, kann ich nicht sagen.«

»Wo ist mein Führerschein?«, fragte Torsten, ohne auf die Bemerkung einzugehen.

»Wahrscheinlich auf dem Weg nach Flensburg. Wer in einer geschlossenen Ortschaft zu schnell fährt, muss die Konsequenz tragen, und die heißt nun einmal Führerscheinentzug. So leid es mir tut, aber Sie werden die nächsten Monate auf die Taxibranche angewiesen sein«, spottete sein Vorgesetzter.

»Aber …«, rief Torsten empört.

»Seien Sie froh, dass Ihnen die Behörden in Niedersachsen eine Gerichtsverhandlung ersparen. Selbst ich hätte dann ein Disziplinarverfahren nicht verhindern können. Und jetzt kommen Sie! Sie haben mich genug Zeit gekostet.«

»Einen Moment, bitte!« Renk griff in den Plastikbeutel und holte seine Sphinx AT2000 samt Schulterhalfter heraus.

»So, jetzt können wir«, sagte er, während er die Pistole umschnallte.

Wagner musterte Renk und hatte den Eindruck, dass er auf dem Weg der Besserung war. Anscheinend war der Unfall der

Nasenstüber zur rechten Zeit gewesen. Der Major wagte jedoch nicht, sich vorzustellen, was geschehen wäre, wenn Renk das andere Auto nicht am vorderen Kotflügel, sondern voll von der Seite erwischt hätte. Die junge Frau hätte tot sein können, und über eine solche Schuld wäre sein Untergebener wohl nie mehr hinweggekommen.

ELF

Petra Waitl fühlte sich unbehaglich, und das lag einzig und allein an Torsten. Ihr Kollege hockte mit einer Leichenbittermiene neben ihr, als würde sie ihn ins hinterste Sibirien verschleppen und nicht auf die beliebteste Ferieninsel der Deutschen.

»Wenn es dir so zuwider ist, mit mir zu fliegen, hättest du es vorher sagen können. Mir wäre schon etwas eingefallen, um Wagner davon abzubringen.«

Torsten rieb sich mit einer unbewussten Geste über die Stirn und schüttelte den Kopf. »Warum sollte es mir zuwider sein, mit dir in Urlaub zu fliegen? Ich glaube, mir tut es genauso gut wie dir, unserem Verein ein paar Wochen lang den Rücken zu kehren.«

»Meinst du das ernst?« Petras Nachfrage bezog sich allerdings weniger darauf, ob er gerne mit ihr verreiste, sondern ob er sich damit abgefunden hatte, seinen letzten Auftrag an Kollegen abgeben zu müssen. Er tat ihr leid, denn er hätte in Niedersachsen genauso gut Glück haben und den geheimnisvollen Mörder erwischen können. Doch der vermaledeite Autounfall war ihm dazwischengekommen.

»Ich brauche Abstand«, erklärte Torsten und winkte der Stewardess. »Entschuldigen Sie, würden Sie mir bitte ein Bier besorgen?«

»Gerne.« Die junge Dame in ihrem orangefarbenen Kostüm, das nichts mehr mit den steifen Uniformen früherer Luftfahrtjahre gemein hatte, lächelte und verschwand. Schon nach kurzer Zeit kehrte sie mit einer Büchse Bier und einem Plastikbecher zurück.

Torsten stöhnte. »Warum können die hier kein richtiges Bier bringen? Diese Brühe kann doch kein Mensch trinken.«

»Um bayrisches Bier zu bekommen, sitzen wir im falschen Bus«, erklärte Petra trocken. Ernst fügte sie hinzu: »Ich hoffe, du willst in diesem Urlaub nicht zu trinken anfangen. So was hast du doch nie angerührt?«

»Gelegentlich trinke ich schon mal ein Bier. Aber keine Angst, ich werde nicht besoffen auf Mallorca herumlaufen.« Torsten lachte leise, denn im Grunde hatte er genau das vorgehabt. Petra aber hatte ihn rechtzeitig daran erinnert, dass Alkohol kein Heilmittel für das war, was ihn bedrückte. Daher goss er das Bier in den Plastikbecher und trank es in kleinen Schlucken. Es war eiskalt, und schon bald kämpfte er mit einem Schluckauf.

Petra bestellte sich bei der Stewardess Kaffee und blickte zum Fenster hinaus auf die Wolken, die wie eine Landschaft aus Watte unter ihnen hingen. Für München war Regen vorhergesagt worden, und sie freute sich darauf, in den nächsten zwei Wochen Sonnenschein genießen und sich so manches Eis auf der Zunge zergehen lassen zu können. Dabei musste sie jedoch auf Torsten aufpassen, damit der Junge keinen Unsinn machte. Den Unfall bei Lingen hatte Wagner so hinbiegen können, dass ihr alter Freund halbwegs ungeschoren davongekommen war. Vielleicht würde Torsten nun langsam zu sich selbst zurückfinden und begreifen, dass sein Chef es wahrlich gut mit ihm meinte. Vor allem aber musste er lernen, Andrea in Frieden ruhen zu lassen.

»Es wird gewiss nett werden«, sagte sie, um das eingeschlafene Gespräch wiederzubeleben.

»Ganz bestimmt«, antwortete Torsten geistesabwesend. Tatsächlich kränkte es ihn zutiefst, dass nun andere Jagd auf den infamen Mörder machten und er selbst kaltgestellt worden war, auch wenn ihm klar war, dass er Abstand zu der Sache brauchte. Zwar war Mallorca nicht gerade sein Traumziel, doch es war ein Ort, an dem er in Ruhe über alles nachdenken konnte. Petra würde ihn nicht stören. Zum einen war sie selbst eine Einzelgängerin, die wenig für Rummel und Festivitäten übrig hatte, und zum anderen schleppte sie auch jetzt ihren Laptop mit. Anscheinend konnte sie sich in keiner Lebenslage von dem Ding trennen. Er würde wohl dafür sorgen müssen, dass sie oft genug ins Freie ging, um Sonne zu tanken. Am besten war es, wenn er sie zu ein paar ausgiebigen Spaziergängen ermuntern konnte. Die würden seinem Seelenfrieden und ihrer Figur guttun.

ZWÖLF

Als sie in ihrem Hotel in Arenal eincheckten, wunderte sich nicht nur das Hotelpersonal über das ungleiche Paar. Was mochte der hochgewachsene, schlanke Mann mit dem leicht knochigen, aber sympathisch wirkenden Gesicht und den durchdringenden blauen Augen an der um mehr als einen Kopf kleineren, molligen Frau mit den kurzen, am Kopf klebenden Haaren finden?

»Sieh dir die zwei an!«, sagte eine Urlauberin zu ihrer Freundin. »Er ist ja ein cooler Typ, aber das Pummelchen neben ihm ist zum Weinen. Ich schätze, die hat sich ihn mit einem Haufen Geld geangelt.«

Die Angesprochene nickte. »Den Kerl werde ich mir auf alle Fälle näher ansehen. Er scheint mir gerade der Richtige für einen aufregenden Flirt zu sein.«

»Da hast du aber Konkurrenz …«, antwortete ihre Freundin, erhob sich und ging so nahe an Torsten vorbei, dass sie ihn fast streifte. Sie lächelte: »Willkommen auf Mallorca und in unserem Hotel!«

»Danke!« Torsten begriff sofort, worauf die Frau aus war. Aber an einer Affäre hatte er nun wahrlich kein Interesse. Genau genommen war er für keine Beziehung offen, denn er hatte weder Andreas Tod noch die Trennung von Graziella verwunden.

Petra musterte die aufdringliche Urlauberin nicht ohne Neid. Die Frau war in ihrem Alter, hatte eine perfekte Bikinifigur, ein hübsches, sonnengebräuntes Gesicht und schulterlange blonde Haare. Auch ihre nicht minder attraktive Begleiterin starrte Torsten an, als würde sie ihn am liebsten sofort auf ihr Zimmer schleppen. Mit solchen Frauen konnte sie niemals konkurrieren. Andererseits wollte sie das auch nicht. Sie mochte Torsten, war aber mit der langen, vertrauensvollen Freundschaft, die sie verband, absolut zufrieden. Für eine richtige Beziehung mit allem, was dazugehörte, war sie bei all ihren Interessen und ihrer Lebensweise nicht geeignet.

Unterdessen sprach Torsten den Mann an der Rezeption an. »Guten Tag. Petra Waitl und Torsten Renk. Für uns sind zwei Einzelzimmer bestellt worden.«

Der Hotelangestellte, der trotz der Hitze Anzug und Krawatte trug, blickte kurz auf seinen Bildschirm und hob dann abwehrend die Hände. »Ich bedaure sehr, aber diese Buchung ist nicht im Computer zu finden. Da wir völlig ausgebucht sind, ist es uns auch nicht möglich, Ihnen zwei Einzelzimmer zur Verfügung zu stellen. Aber Frau Waitl hatte bei ihrer ersten Buchung ein Einzelzimmer geordert, das auch als Doppelzimmer genutzt werden kann, und das Hotelmanagement wird sogleich alles Notwendige veranlassen.«

Petra war klar, dass die Betreiber des Hotels dieses komplett überbucht hatten und nun kämpfen mussten, um die zahlreichen Gäste unterzubringen. In diesem Fall half es nicht einmal mehr, wenn sie ihren Laptop auspackte und sich an den Buchungsdaten des Hotels zu schaffen machte. Daher sah sie Torsten fragend an.

Er dachte kurz nach und nickte seufzend. »Ich glaube, die zwei Wochen werden wir es zusammen aushalten. Oder meinst du nicht?«

»Vorausgesetzt, es ist kein französisches Bett. Ich habe was gegen Trampoline.«

Ohne dass sie es ahnte, hatte Petra damit ihren Spitznamen weg. Für die beiden weiblichen Hotelgäste, die sich für Torsten interessierten, war sie ab jetzt die Trampoline – und sie hatten vor, den Spottnamen schnell weiterzutragen.

Torsten diktierte dem Mann an der Rezeption die nötigen Daten und nahm die Codekarte für die Zimmertür entgegen. »Können wir zwei davon haben?«

Erneut schüttelte der Hotelangestellte den Kopf. »Es tut mir leid, aber wir haben pro Zimmer nur eine Karte zur Verfügung.«

»Nimm du sie! Ich kann ja klopfen, wenn ich ins Zimmer will.« Torsten reichte Petra die Karte. Die enttäuschten Mienen der beiden Bikinischönheiten ignorierend, hob er das Handgepäck auf und ging zum Lift.

Petra blieb stehen und blickte den Mann an der Rezeption fragend an. »Ist unser Gepäck bereits ins Zimmer gebracht worden?«

Der Hotelangestellte bedauerte ein drittes Mal. »Leider ist das Fahrzeug, welches Ihr Gepäck vom Flughafen holen soll, noch nicht zurückgekommen. Sie erhalten Ihre Sachen, sobald sie hier sind.«

»Es wäre mir angenehm, wenn das bald geschehen würde, denn ich würde mich gerne frischmachen.« Petra nickte dem Mann freundlich zu und folgte Torsten, der bereits den Lift betreten hatte und dessen Tür mit dem Fuß blockierte.

»Hoffentlich geht es hier nicht so zu wie damals in London-Heathrow bei der Eröffnung des neuen Terminals.«

»Warum? Was war da?«, fragte Torsten, während er die Taste für den vierten Stock drückte.

»Weißt du das nicht mehr, oder warst du damals auf Auslandsmission? Hunderttausende Koffer sind liegen geblieben, weil totales Chaos geherrscht hat.«

»Ich glaube, davon habe ich gehört«, antwortete Torsten in einem Ton, der keinen Hehl daraus machte, dass ihn die Sache nicht im Geringsten interessierte.

Unterdessen waren sie auf ihrem Stockwerk angekommen und verließen den Lift. Petra hatte bei ihrer Buchung auf einem Eckzimmer mit Blick auf das Meer bestanden und stellte erleichtert fest, dass sie wenigstens das bekommen hatte. Nachdem sie ihren Laptop auf eines der beiden Betten gelegt hatte, öffnete sie die Balkontür und sog die warme, leicht salzig schmeckende Luft in die Lungen ein.

»So lasse ich es mir gefallen! Wir sind weit genug von allen Sauftempeln entfernt und dürften unsere Ruhe haben. Wenn das Essen genauso gut ist wie das Zimmer, bin ich zufrieden.«

»Ich hoffe, dass du nicht nur ans Essen, sondern auch an Bewegung denkst.« Torsten lachte leise und wies auf die Betten. »Welches willst du haben?«

»Das am Fenster«, antwortete Petra schnell.

Torsten verfrachtete ihren Laptop von dem Bett, das nun ihm gehörte, auf das andere und setzte sich auf die Bettkante. »Ich hoffe, unsere Kameraden kriegen den Kerl mit der Geheimwaffe, während wir hier auf Mallorca sitzen«, sagte er ansatzlos.

»Das hoffe ich auch.« Petras zufriedener Gesichtsausdruck machte einer besorgten Miene Platz. »Du solltest nicht mehr daran denken, sondern dich entspannen.«

Zuerst ließ er nur ein Brummen hören, bequemte sich dann aber zu einer Antwort. »Als Erstes wäre ich froh, wenn wir endlich unsere Koffer bekämen. Die Klamotten, die ich jetzt anhabe, sind arg warm für diese Gegend.«

»Glaubst du, mir ginge es anders?«

In dem Augenblick klopfte es, und ein Hotelpage steckte den Kopf ins Zimmer. »Guten Tag. Ich bringe die Koffer!«

DREIZEHN

Etwa um die gleiche Zeit, zu der Petra und Torsten in ihrem Hotel auf Mallorca eincheckten, saßen viele Kilometer entfernt in Deutschland fünf Herren im Turmzimmer einer burgähnlichen Villa aus dem neunzehnten Jahrhundert. Die Fensterläden waren geschlossen und die Türen versperrt. Mehrere kreisförmig an der Decke angebrachte Lampen spendeten jedoch so viel Licht, dass man jede Staubfluse hätte erkennen können.

Der jüngste der fünf mochte zwischen vierzig und fünfzig Jahre alt sein, während die anderen ihren siebzigsten Geburtstag schon hinter sich gelassen hatten. Ihre Anzüge waren ebenso nach Maß gefertigt wie die Schuhe, und ihre Krawatten und Einstecktücher zeugten von einem teuren, aber konservativen Geschmack.

Die Stühle, auf denen sie saßen, waren in historisierendem Stil angefertigt worden, wiesen aber gepolsterte Sitzflächen und Rückenlehnen auf, und auch der mächtige Tisch zeugte von erlesener Schreinerarbeit. Im Augenblick bedeckte ein Tuch aus blauem Samt den größten Teil der exquisiten Intarsien, auf die ihr Besitzer zu Recht stolz war.

Mitten auf dem Tisch stand ein hölzerner Ständer – ähnlich jenen, auf denen japanische Samurai ihre Schwerter aufbewahrten. Das Ding auf dem Ständer war jedoch kein Schwert, sondern ein längliches Rohr aus Metall, aus dessen dickerem Ende ein Pistolengriff herausragte. Auf dem Rohr befanden sich mehrere Schienen, auf denen kleine Geräte befestigt werden konnten.

Der Jüngste legte vier fingerlange Stifte neben die Waffe und sah auffordernd in die Runde. »Wie ihr seht, habe ich neue Patronen besorgen können. Damit sind wir in der Lage, weitere Urteile zu vollstrecken.«

Der Älteste, ein hinfällig wirkender Mann in einem hellgrauen Anzug, schüttelte missbilligend den Kopf. »Wir sollten es uns nicht zur Gewohnheit machen, zu rasch und damit möglicherweise falsch zu entscheiden.«

»Hermann hat recht, Geerd. Ein Urteil ist rasch gesprochen, doch haben wir es erst einmal vollstreckt, kann es keiner von uns zurücknehmen«, wandte ein nur wenig jüngerer Mann ein, während die beiden übrigen unschlüssig wirkten.

Geerd Sedersen stand auf und stemmte die beiden Fäuste auf den blauen Samt. »Ich höre wohl nicht recht? Wir haben hier an diesem Ort einen Eid geschworen, die Schuldigen, die der Justiz entgehen konnten, der Strafe zuzuführen, die ihnen zusteht! Von vier Schurken haben wir die Welt bereits befreit. Warum sollen wir plötzlich damit aufhören?« Sein Mienenspiel konnte seine Faszination, Richter und Henker in einer Person zu sein, nicht verbergen.

Auf seine Worte hin klopfte der Gastgeber mit der flachen Hand auf den Tisch. »Ich muss Hermann und Jost zustimmen. Es ist leicht reden, Hüter der Gerechtigkeit sein zu wollen. Doch ich glaube nicht mehr, dass wir richtig handeln, wenn wir versuchen, unserem Schöpfer ins Handwerk zu pfuschen.«

»Wir führen eher seinen Willen aus. In der Bibel steht geschrieben …«, meldete sich jetzt der Fünfte zu Wort.

»Unsere Gerichte entscheiden nicht nach der Bibel, sondern nach den Gesetzen unseres Landes«, unterbrach ihn Hermann Körver, der sich als Erster gegen ihr bisheriges Vorgehen ausgesprochen hatte.

Während Friedmund Themel den Kopf schüttelte und erregt erklärte, dass es ihre Pflicht sei, Verbrecher zu töten, die von der Justiz nicht in vollem Maße bestraft würden, starrte Geerd Sedersen auf das Gewehr, das bereits vier Menschen den Tod gebracht hatte. Begriffen die anderen überhaupt, wie schwer es gewesen war, an diese Waffe zu kommen?, fragte er sich. Dabei war ihm durchaus klar, dass er ohne die alten Männer hier am Tisch nicht einmal von den Plänen für diese Waffe erfahren hätte. Zu dem Zeitpunkt, als er jene kleine, heruntergekommene Waffenfabrik im thüringischen Suhl gekauft hatte, um dort Gewehre für den Export fertigen zu lassen, hatte die Bundeswehr einen Hersteller für den Prototyp eines Scharfschützengewehrs gesucht, das einer neuen Generation angehörte. Zwei der Anwesenden, die er bislang als Freunde bezeichnet hatte, pflegten immer noch gute Kontakte zu wichtigen Leuten im Ministerium und hatten ihm diesen Auftrag verschafft.

Er musste ein Lachen unterdrücken, als er daran dachte, wie er sowohl die Bundeswehr als auch die vier alten Männer an der Nase herumgeführt hatte. Nun fragte Sedersen sich nicht zum ersten Mal, ob er das SG21 hatte kopieren lassen, um es meistbietend an Interessenten zu verkaufen oder um es selbst zu verwenden. Anfänglich hatte er wohl mehr an das Geld gedacht, das ihm die Waffe einbringen würde. Als die vier alten Herren die Hüter der Gerechtigkeit aus der Taufe gehoben hatten, war er auf die Idee gekommen, ihnen den heimlichen Nachbau der Spezialwaffe vorzuschlagen, damit sie ihre Pläne ausführen konnten. Und während diese Idee nach einer längeren Diskussion in ihren Köpfen Fuß fasste, ging er einen Schritt weiter und bot sich ihnen auch als Vollstrecker ihrer Ziele an.

In früheren Jahren war er in Afrika unter den fest zugedrückten Augen der dortigen Regierungsbeauftragten auf die Jagd gegangen und hatte Elefanten, Nashörner, Löwen und Flusspferde erlegt. Doch Großwild abzuschießen war nicht mit dem Gefühl zu vergleichen, das ihn überkam, wenn er die Waffe auf einen Menschen richtete und abdrückte. Das würde er sich auch von diesen Tattergreisen nicht mehr nehmen lassen. Er stand auf und sah jeden Einzelnen von ihnen an.

»Freunde, diese Waffe ist die einzige Möglichkeit, um unsere Urteile aus der notwendigen Entfernung vollstrecken zu können. Ich habe sehr viel riskiert, um an dieses Gewehr zu kommen. Soll ich es jetzt in die Ecke stellen und verstauben lassen? Es gibt eine Reihe von Gesetzesbrechern in unserem Land, die die Justiz als Narrenhaufen vorführen und für die eine Kugel im Grunde noch zu schade ist.«

»Vor allem, wenn dieses Geschoss über tausend Euro kostet«, warf Körver mit herabgezogenen Mundwinkeln ein.

»Das Geld ist nicht wichtig«, tat Sedersen den Einwand mit einer ärgerlichen Handbewegung ab. »Wichtig ist, dass wir ein Instrument der Vergeltung besitzen und es einsetzen können. Vier Todesurteile haben wir bereits verhängt und vollstreckt. Jetzt sollten wir vier weitere fällen.«

Andreas von Straelen sah den Sprecher aufmerksam an. Seit Geerd Sedersen diese Waffe hatte bauen lassen, strahlte er etwas aus, was ihm nicht gefiel. In ihm wuchs der Verdacht, der Mann könne es nicht erwarten, ein weiteres Opfer zu erschießen und dann das nächste und das übernächste. Er musste an Robespierre denken, den gnadenlosen Wächter der Französischen Revolution, der ebenfalls in einen Taumel des Tötens geraten war, und schüttelte den Kopf.

»Wir werden heute keine Urteile fällen und auch in den nächsten Wochen nicht. Erst müssen wir uns im Klaren darüber sein, ob wirklich das Blut weiterer Menschen an unseren Händen kleben soll – Gerechtigkeit hin oder her.«

Da Hermann Körver dem Gastgeber lebhaft zustimmte, knirschte Sedersen mit den Zähnen. Nach ihrer Vereinbarung mussten die Richtersprüche einstimmig erfolgen, daher waren ihm im Augenblick die Hände gebunden. Mit verkniffener Miene sah er zu, wie Hermann Körver einen rechteckigen Kasten auf den Tisch stellte, diesen öffnete und das Gewehr samt den vier Spezialpatronen hineinlegte.

»Aufgrund des Beschlusses, den wir letztens gefasst haben, werde ich die Waffe aufbewahren, bis wir entschieden haben, ob sie noch einmal eingesetzt werden soll.«

Unwillkürlich streckte Sedersen die Hand aus, um dem alten Mann das Gewehr wegzunehmen, zog sie aber schnell wieder zurück, um keinen Streit mit seinen einstigen Freunden und Gönnern zu provozieren. Körver und von Straelen waren ausgemachte Narren, die den Wert der Waffe nicht einmal erahnten. Aber letztlich taten das auch die anderen beiden nicht. Ihnen war ihr alter Debattierclub lediglich zu fade geworden, so dass sie Hüter der Gerechtigkeit hatten spielen wollen. Themel und Olböter hatten vor ein paar Wochen noch getönt, sie wollten jeden Verbrecher bestrafen, der den Fängen der Justiz entgangen war. Als einzige Einschränkung hatten sie sich dabei auferlegt, dass durch die Straftaten Kinder zu Schaden oder ums Leben gekommen sein mussten.

Sedersen war erst während der Diskussionen die Idee gekommen, das Gewehr, an dessen Fertigungsauftrag er mit Körvers und von Straelens Hilfe gekommen war, zur Vollstreckung zu benutzen. Während dieser Zeit war es seinem Ingenieur nämlich gelungen, die Pläne für das SG21 und die Spezialmunition, die trotz der geringen Abmessungen eine ausgefeilte Elektronik enthielt, buchstäblich unter den Augen der dafür verantwortlichen Offiziere und Geheimdienstleute der Bundeswehr zu kopieren. Deshalb verfügte er über einige Patronen mehr als die vier, die Körver eben weggepackt hatte.

Es zuckte ihm in den Fingern, auch diese Munition auf lebende Ziele abzuschießen. Beim letzten Mal hatte er in anderthalb Kilometern Entfernung auf einem Hügel gestanden und sein Ziel dennoch so genau getroffen, als hätte er sein Opfer direkt vor dem Lauf gehabt. Bei der Erinnerung daran brauchte er alle Kraft, um ein gleichmütiges Gesicht aufzusetzen. Es war seine Waffe, und niemand, auch nicht Körver und von Straelen, würden ihn daran hindern, sie wieder einzusetzen.

Sedersen wusste, dass ausländische Geheimdienste ihm Unsummen für dieses Gewehr zahlen würden. Doch das Geld ersetzte ihm nicht die Macht, die ihm das SG21 verlieh. Es war einfach zu ärgerlich, dass Körver die Waffe aufbewahrte. Doch da die anderen darauf bestanden hatten, war es ihm unmöglich gewesen, sich zu sträuben. Nun fragte er sich, ob von Straelen und Körver ihm bereits damals misstraut hatten. Er war ein Narr gewesen, auf deren Forderung einzugehen, aber diesen Fehler würde er noch an diesem Tag beheben.

Während Körver den Kasten mit der Waffe zu seinem Auto brachte, öffnete von Straelen die Fensterläden und ließ Sonnenlicht in den Raum.

»Ich glaube, wir sollten uns ein Glas Cognac gönnen«, schlug er vor, um die noch immer greifbare Spannung am Tisch zu mindern.

»Ich habe nichts dagegen.« Sedersen stand auf, trat an eines der Fenster und blickte auf den Hof hinaus, auf dem Körver gerade den Gewehrkasten im Kofferraum seines Autos verstaute. Die Vorstellung, dass die geheimste Waffe der Bundeswehr auf eine so primitive Weise transportiert wurde, brachte ihn zum Lachen. Gerade dieser Umstand würde seinem Plan, zu dem er sich auf seiner letzten Fahrt hierher durchgerungen hatte, in die Hände spielen. Mit einem Lächeln, als habe er eben ein ausgezeichnetes Geschäft abgeschlossen, tastete er in seiner Jackentasche nach dem Handy und drückte einen Knopf. Der Rückruf schaltete sich automatisch ein, und er vernahm ein Motiv aus dem Fliegenden Holländer.

»Entschuldigt bitte, aber irgendjemand scheint nicht zu

wissen, dass ich heute nicht gestört werden will«, sagte er zu von Straelen und den beiden anderen Herren im Raum und zog das Handy aus der Tasche. »Sedersen hier! Halten Sie sich bitte kurz. Ich bin in einer wichtigen Besprechung.« In den Ohren der alten Herren klang das so, als ärgere er sich über die Störung. Dabei war auch dieses Telefongespräch Teil seines großen Plans. Wie erwartet meldete sich sein Vertrauter.

»Rechmann hier, Chef! Die Vorbereitungen sind abgeschlossen. Sollen wir die Sache so durchziehen wie besprochen?«

»Himmelherrgott, deshalb rufen Sie an? Natürlich sollen Sie das. Legen Sie mir hinterher das Ergebnis vor.«

Sedersen schaltete das Handy aus und wandte sich kopfschüttelnd an von Straelen. »Wenn man nicht alles selber macht, ist man aufgeschmissen.«

Er steckte das Handy weg und nahm den Cognacschwenker entgegen, den sein Gastgeber ihm reichte. »Zum Wohl! Den kann ich jetzt brauchen.«

Er lachte, schnupperte kurz an dem Getränk und ließ die ölige Flüssigkeit langsam durch die Kehle rinnen. Danach streckte er den leeren Schwenker von Straelen erneut entgegen. »Auf einem Bein steht man schlecht!«

Während sein Gastgeber einschenkte, kehrte Hermann Körver zurück. Als ihm klar wurde, dass Sedersen schon beim zweiten Cognac angelangt war, runzelte er missbilligend die Stirn. »Du solltest dich beim Trinken zurückhalten, Geerd. Schließlich bist du, wie wir es vereinbart hatten, ohne Chauffeur gekommen.«

»Zwei Cognacs werfen einen Mann wie mich schon nicht um«, gab Sedersen lachend zurück. Er trank aus, stellte den Schwenker auf den Tisch und sah von Straelen fragend an. »Stehst du noch zu der Wette, die du mir letzte Woche angeboten hast?«

Von Straelen bedachte ihn mit einem nachsichtigen Blick.

»Du meinst die Partie Billard? Natürlich! Ich werde dich so schlagen, wie ich es dir prophezeit habe.«

»Das werden wir sehen!« Im Grunde war es Sedersen egal, ob er gewann oder verlor. Er musste nur die nächsten Stunden in von Straelens Gegenwart verbringen.

Als nun auch Olböter und Themel erklärten, Billard spielen zu wollen, atmete Sedersen auf. Hermann Körver, der dem Spiel nichts abgewinnen konnte, winkte ab. »Ich fahre jetzt, denn ich will dieses Teufelsding so schnell wie möglich wieder in meinem Safe wissen.«

»Tu das, Hermann«, erklärte Sedersen so gelassen, dass Körver und von Straelen sich erleichtert anblickten. Wie es aussah, hatte der Jüngste in ihrer Gruppe seine Nerven wieder im Griff.

VIERZEHN

Hermann Körver war trotz seiner achtundsiebzig Jahre ein sicherer und aufmerksamer Autofahrer. Doch als er nach dieser Sitzung der Hüter der Gerechtigkeit in seinen Wagen einstieg und ihn startete, vermochte er sich kaum auf die Straße zu konzentrieren, so sehr bedrückte die Situation seine Seele. Er dachte daran, wie sie sich vor etlichen Monaten in von Straelens Gründerzeitschlösschen versammelt und voller Zorn ein Gerichtsurteil kommentiert hatten, in dem der Täter aufgrund von Verfahrenstricks von Seiten der Verteidigung nahezu ungeschoren davongekommen war.

Damals hatten sie beschlossen, in solchen Fällen selbst Gericht zu halten. Wer den Vorschlag eingebracht hatte, vermochte Körver nicht mehr zu sagen. Ihm war jedoch damals schon aufgefallen, wie begeistert Geerd Sedersen diese Idee aufgenommen hatte. Von ihm war auch das Angebot gekommen, die geheime Waffe, die in seinem Labor gebaut wurde, trotz aller Sicherheitsmaßnahmen von Seiten der Bundeswehr zu kopieren und für die Bestrafung der Schuldigen einzusetzen. Als dies geschehen war, hatte er sich überdies bereiterklärt, die von ihnen einstimmig für schuldig Erklärten zu exekutieren. Nun bedauerte Körver, dass er Sedersens Beweggründe nicht schon zu jenem Zeitpunkt hinterfragt hatte. Inzwischen bezweifelte er, dass dem Mann an Gerechtigkeit gelegen war. Seines Erachtens war es Sedersen junior nur darum gegangen, Macht über das Leben anderer zu erhalten, und er bedauerte, dass sie dem Sohn ihres viel zu früh verstorbenen Freundes den Platz des Vaters in ihrer Runde eingeräumt hatten.

»Jetzt muss Schluss sein mit der Selbstjustiz!« Körver sprach den Gedanken laut aus und zuckte unter dem Klang seiner Stimme zusammen. Zum Glück hatten sie damals beschlossen, dass nicht der Exekutor die Waffe aufbewahren sollte, sondern er als der Älteste der Runde. Sobald er zu Hause war, würde er das Monstergewehr im Safe einschließen. In den nächsten Tagen würde er noch einmal das Gespräch mit von Straelen, Olböter und Themel suchen, um zu verhindern, dass dieser Wahnsinn weiterging.

Körver dachte wieder einmal bedauernd darüber nach, wie wenig Geerd Sedersen seinem Vater glich. Der alte Sedersen war in Haltung und Denken ein Aristokrat gewesen, aber sein Sohn entpuppte sich mehr und mehr als aalglatter Managertyp, der Moral eher als Hinderungsgrund für seine Geschäfte ansah.

Der Weg, der von der Hauptstraße zu dem kleinen Schloss führte, war schnurgerade, aber so schmal, dass kein Gegenverkehr möglich war. Körver hatte die Strecke schon unzählige Male zurückgelegt, doch sie war ihm noch nie so lang erschienen wie an diesem Tag. Kurz vor der Hauptstraße führte der Weg zwischen einem Waldstück und einem kleinen See hindurch. Körver war so in seine Überlegungen verstrickt, dass er keinen Blick für die Schönheiten des alten Schlossparks hatte. Beinahe wäre ihm auch der Kastenwagen entgangen, der den Weg blockierte. Daher musste er mit aller Kraft bremsen, um einen Zusammenstoß zu verhindern. Zwei Männer in Monteurskittel redeten neben dem Lieferwagen so heftig aufeinander ein, dass sie ihn nicht zu bemerken schienen.

Der alte Herr war normalerweise recht geduldig, aber nun brannte ihm die Zeit unter den Nägeln. Da er die gefährliche Fracht in seinem Kofferraum so bald wie möglich hinter den Wänden seines Safes wissen wollte, drückte er mehrmals auf die Hupe. Daraufhin drehten die Arbeiter sich zu ihm um, und einer kam auf ihn zu. Körver ließ das Seitenfenster hinunterfahren und steckte den Kopf hinaus. »Können Sie nicht den Weg frei machen?«

»Wir sind gleich so weit.« Der baumlange Kerl mit breiten Schultern und schwellenden Muskeln, die nicht so recht zu seinem runden Babygesicht passen wollten, blieb neben Körvers Wagen stehen, legte die linke Hand auf das Dach und schlug ohne Vorwarnung mit der anderen zu.

Körver sah noch die Faust auf sich zuschießen und spürte den Schlag. Dann wurde es schwarz um ihn. Zufrieden lächelnd griff der angebliche Monteur in den Wagen, zog den Schlüssel ab und öffnete den Kofferraum. Vorsichtig hob er den Gewehrkoffer heraus und warf seinem Kumpan den Autoschlüssel zu.

»Du weißt, was du zu tun hast«, sagte er, während er zu dem Kastenwagen zurückkehrte.

Sein Kollege nickte, schob sich auf den Beifahrersitz und ließ den Wagen wieder an. Dann schaltete er das Automatikgetriebe ein und lenkte den langsam anfahrenden Wagen auf den See zu. Am Ufer sprang er heraus, warf die Tür zu und beobachtete ungerührt, wie das Auto samt seinem Besitzer auf den Bootsanleger rollte, an dessen Ende in den See kippte und versank.

»Warten wir, bis wir sicher sind, dass der Alte hinüber ist?«, fragte er, als er zu seinem Begleiter zurückgekehrt war.

»Der geht auch ohne uns drauf. Wir müssen schleunigst von hier verschwinden!«

Wenige Augenblicke später kündeten nur noch ein paar Luftblasen, die aus dem See aufstiegen, von dem heimtückischen Mord.

FÜNFZEHN

Als Geerd Sedersen an diesem Abend nach Hause kam, stand der Kasten mit dem Spezialgewehr 21 auf seinem Schreibtisch, und in einem der bequemen Ledersessel fläzte der Hüne mit dem Babygesicht.

»Na, Chef? Wie waren wir?«

Sedersen öffnete wortlos den Gewehrkasten und überzeugte sich, dass Waffe und Munition unbeschädigt waren. Dann erst nickte er dem Muskelprotz zu. »Sie und Jasten haben gute Arbeit geleistet, Rechmann. Nun kann ich endlich so über die Waffe verfügen, wie es mir beliebt!«

Es juckte Sedersen in den Fingern, das Gewehr zu laden und damit zu schießen. Doch dafür fehlte ihm ein lohnendes Ziel. Außerdem musste er sparsam mit der Munition umgehen, denn mehr als zwei oder drei Patronen pro Woche konnte sein Ingenieur nicht zusätzlich herstellen.

»Ist das Ding wirklich so gut, wie Karl behauptet?« Rechmann ärgerte es, dass nicht er Sedersen bei dessen Mordtaten hatte chauffieren dürfen. Doch sein Anführer wollte auf solchen Fahrten nicht mit ihm zusammen gesehen werden, denn er war offiziell als dessen Bodyguard angestellt. Zudem sah er selbst ein, dass Jasten ein weitaus unauffälligerer Typ war als er.

Sedersen wusste, dass Rechmann sich hinter Jasten zurückgesetzt fühlte, ging aber nicht darauf ein. »Das hier ist das beste Gewehr der Welt. Damit könnte ich den Präsidenten der Vereinigten Staaten vor der Eingangstür des Weißen Hauses erschießen, ohne dass die CIA oder irgendein anderer Geheimdienst dieser Welt herausfinden würde, wer es war.«

»Dazu müssten Sie die Waffe aber erst nach Amerika schmuggeln, Chef.«

»Das wäre das geringste Problem. Ich habe genug Geschäftspartner in den Staaten, so dass ich die Waffe in Einzelteile zerlegt in verschiedenen Warenlieferungen hinüberschaffen könnte. Auch die Amerikaner können nicht jeden Quadratzentimeter eines Containers unter die Lupe nehmen. Sie würden die Teile für Maschinenzubehör halten.«

»Da Sie gerade von Containern sprechen, Chef: Unser Gewährsmann beim Bund hat sich gemeldet. Die planen eine zweite eisenhaltige Hilfslieferung für Afrika. Werden wir uns auch um die kümmern?«

»Selbstverständlich! Treffen Sie die notwendigen Vorbereitungen.«

Wenn Sedersen diesen geschäftsmäßigen Ton anschlug, wusste Rechmann, dass er sich zurückzuziehen hatte. Zwar durchschaute er Sedersens Absichten und Pläne noch nicht, begriff aber, dass es um Einfluss, Macht und Geld ging, drei Dinge, die auch er sich erhoffte. Irgendwann einmal, sagte er sich, würde er in einem ähnlichen Büro sitzen und nur noch seine Anweisungen geben.

Unterdessen schaltete Sedersen seine Computeranlage ein und erhielt als Erstes die Nachricht, dass ein Anruf für ihn aufgezeichnet worden war. Er rief die Datei auf und vernahm eine gehetzte Stimme. »Ich muss dringend mit Ihnen sprechen, Herr Sedersen. Hier ist der Teufel los. Man hat mich heute zum dritten Mal in die Mangel genommen. Das halte ich nicht mehr länger aus! Inzwischen müssten Sie doch längst einen Kunden für dieses Ding gefunden haben. Denken Sie daran: Ein Teil des Geldes steht mir zu! Ich …« In dieser Art ging es noch einige Minuten weiter.

Sedersens Gesicht spannte sich von Satz zu Satz mehr an, und zuletzt hieb er mit der Faust auf den Schreibtisch. »Dieser Idiot! Der Kerl muss doch wissen, dass wir abgehört werden könnten. Verdammt! Der Mann wird noch zu einem Sicherheitsrisiko.«

Er stand auf und ging im Zimmer auf und ab. So schnell, wie sie gekommen war, legte sich seine Unsicherheit, und ein grimmiges Lächeln erschien auf seinen Lippen. Nun wusste er, was er zu tun hatte. Er drückte auf einen Knopf der Haussprechanlage. »Rechmann, kommen Sie noch einmal ins Büro. Ich habe einen Auftrag für Sie!«

Am liebsten hätte Sedersen sich selbst um seinen Ingenieur gekümmert, der offensichtlich die Nerven verloren hatte. Doch dazu fehlte ihm die Zeit. Rechmann würde wissen, wie dieser Auftrag am besten auszuführen war. Zufrieden setzte er sich an den Computer und verschickte mehrere kurze E-Mails. Als Rechmann im Büro auftauchte, war der Bildschirm wieder dunkel.

»Setzen Sie sich!«, befahl Sedersen und erklärte seinem Angestellten in knappen Worten, was getan werden musste.

Rechmann nickte. »Wird prompt erledigt, Chef. Wenn es keine unvorhergesehenen Zwischenfälle gibt, kann ich morgen Abend Vollzug melden.«

»Passen Sie auf, dass Sie nicht mit der Angelegenheit in Verbindung gebracht werden. An so einen Charakterkopf wie den Ihren würde man sich noch lange erinnern.«

Diese Anspielung auf sein Babygesicht brachte Rechmann zum Lachen. Sein Anführer durfte sich diese Bemerkung erlauben. Jedem anderen hätte er dafür das Gesicht eingeschlagen.

SECHZEHN

In Torstens Hotel herrschte Krieg. Es hatte ganz harmlos mit ein paar spitzen Bemerkungen der beiden Bikinidamen begonnen, denen Petra und er bei ihrer Ankunft im Hotel begegnet waren. Die zwei waren hierhergeflogen, um etwas zu erleben. Bisher aber hatte sich kein prickelnder Urlaubsflirt ergeben. Nun lief zwischen all den Buchhaltern und Bierbauchträgern ein Mann herum, der mit seiner sportlichen Figur und dem energischen Gesicht herausstach. Ein diskret gereichter Geldschein hatte einen der Hotelangestellten dazu gebracht, ihnen Petras und Torstens persönliche Daten zu besorgen. Daher wussten die beiden Frauen, dass die Neuankömmlinge kein Ehepaar waren, und versuchten ganz offen, Petra aus seiner Nähe zu verscheuchen.

Auch an diesem Morgen lagen die beiden Freundinnen wieder am Swimmingpool, als Petra auf die Terrasse trat. »Schau, Monika! Da kommt die Trampoline«, rief eine von ihnen so laut, dass es alle hören mussten.

»Hast du diesen Badeanzug gesehen? Das ist ja glatt ein Dreimannzelt!«

Petra war es inzwischen leid, immer wieder hören zu müssen, wie unbeholfen und fett sie sei. Sie kannte ihre Schwächen, aber das ständige Gerede zerrte an ihren Nerven. Ohne die beiden Frauen anzusehen, ging sie an ihnen vorbei und suchte nach einem freien Liegestuhl.

Ein Hotelpage sah es und entfernte blitzschnell das Handtuch, mit dem jemand anders eine Liege reserviert hatte, und wies dann Petra darauf hin. »Hallo, Señora, hier ist ein Stuhl frei!«

»Danke!« Petra sah eine erwartungsvoll geöffnete Hand und holte eine Münze aus dem Brustbeutel, den sie sich unter den Badeanzug gesteckt hatte. Der Bursche nahm das Geldstück entgegen und verschwand. Es würde einigen Ärger geben, wenn die Person zurückkam, die das Handtuch auf die Liege gelegt hatte, aber der traf nicht ihn, sondern die dicke Frau, die sich eben dort breitmachte.

Monika und ihre Freundin hatten die kleine Szene verfolgt und warteten voller Schadenfreude auf die Ankunft des Handtuchbesitzers, um diesen gegen Petra aufzuhetzen.

Es dauerte auch nicht lange, da kam der Mann in einer lächerlich engen Badehose und blauen Badeschlappen auf den Pool zu, sah, dass auf seiner reservierten Liege jemand lag, und schnappte zornig nach Luft. »He, Sie, das geht wirklich nicht! Das ist meine Liege!«

Petra drehte sich kurz zu ihm um. »Ich glaube, die Liege gehört immer noch dem Hotel, und jeder Gast, der früh genug kommt, kann sich darauf legen.«

»Das ist doch eine Unverschämtheit! Meinst du nicht auch, Yvonne?«, stichelte Monika.

»Da hast du recht. Ich habe genau gesehen, wie diese dreiste Person das Handtuch von der Liege geschmissen hat, obwohl Herr Drescher bloß ein paar Minuten weg war«, blies Yvonne ins gleiche Horn.

Drescher war sich seines Publikums bewusst und machte eine wedelnde Handbewegung. »Wollen Sie jetzt meine Liege frei machen oder nicht?«

Petra dachte nicht daran, klein beizugeben. »Als ich gekommen bin, war die Liege frei.«

»Ich hatte mein Handtuch darauf gelegt«, fuhr Drescher sie an.

»Ich habe keines gesehen«, erklärte Petra und drehte ihm den Rücken zu.

Drescher hörte Monika und Yvonne kichern und sah rot. »Runter von meiner Liege, sonst …« Er hob den Arm. Da schob ihn jemand beiseite, und als er sich umdrehte, stand Torsten vor ihm.

Drescher sah an ihm hoch, schluckte und sagte sich, dass er nicht wie ein geprügelter Hund fortschleichen durfte, wenn er nicht jedes Ansehen bei den weiblichen Hotelgästen verlieren wollte. Daher brüllte er sogleich los: »Was erlauben Sie sich?«

»Ihnen erlaube ich gar nichts«, gab Torsten gelassen zurück. Aus den Augenwinkeln nahm er wahr, dass ein Hotelangestellter eine weitere Liege brachte, holte diese und stellte sie neben Petras Liegestuhl.

Drescher wollte ihn wegdrängen, doch Torsten machte nur eine kaum wahrnehmbare Armbewegung, und der Mann stolperte rückwärts. Zu Dreschers Pech befand sich hinter ihm der Hotelpool. Er klatschte rücklings ins Wasser und ging sofort unter. Als er sich wieder an die Oberfläche gekämpft hatte, hörte er alle ringsum lachen.

Monika und Yvonne wechselten sofort die Fronten. »Der Herr Renk, das ist ein Kavalier! Der beschützt eine Frau, wenn es nottut«, hauchte Yvonne mit einem Augenaufschlag, den Torsten wohl unwiderstehlich finden sollte.

»Das kannst du laut sagen!«, erklärte Monika mit schmelzender Stimme. »Hast du gesehen, wie stark er ist? Dazu schaut er so gut aus! So etwas findet man selten bei einem einzigen Mann.«

»Nervt dich das Gesülze der beiden Weiber nicht allmählich?«, fragte Petra Torsten leise.

Torsten zuckte mit den Schultern. »Was soll ich machen? Ich kann ihnen ja schlecht den Mund zukleben, damit sie still sind.«

»Das ist schon richtig. Mich ärgert nur, wie die zwei auftreten. Dabei kann sich keine von ihnen auch nur im Entferntesten mit Andrea oder Graziella messen.« Im nächsten Moment hätte sie sich am liebsten auf die Zunge gebissen. »Tut mir leid, das wollte ich nicht«, flüsterte sie und schnupfte ein paar Tränen.

»Was?«, fragte Renk und begriff erst dann, dass sie seine tote und seine verflossene Freundin erwähnt hatte. Doch es gelang ihm zum ersten Mal, ohne Selbstvorwürfe oder bittere Gefühle an die beiden Frauen zu denken. Dabei hatte er noch vor wenigen Tagen geglaubt, die Wunde in seinem Innern würde nie verheilen. Es sah so aus, als hätten ihm die Zeit auf Mallorca und die langen Gespräche mit Petra gutgetan.

Unterdessen ging Monika zum zweiten Teil ihres Angriffsplans über. Sie rückte ihren Liegestuhl so, dass er in Torstens Sichtfeld lag, setzte sich darauf und legte mit einem wohligen Seufzen das Oberteil ihres Bikinis ab. Sie präsentierte wohlgeformte Brüste mit kecken, kleinen Spitzen, die sofort die Blicke aller Männer auf sich zogen. Auch Torsten sah unwillkürlich hin und empfand eine sexuelle Spannung.

Das blieb Petra nicht verborgen. Normalerweise hätte sie ihrem Kollegen ein erotisches Abenteuer gegönnt, doch sie fühlte sich von den boshaften Bemerkungen der beiden Frauen und den Beleidigungen verletzt. Rasch musterte sie die übrigen weiblichen Gäste, die sich am Pool versammelt hatten, und fragte sich, wer von diesen Frauen für ihren Freund interessant sein könnte. Aber kaum eine konnte sich mit den zwei Bikinischönheiten messen, und die wenigen, die ähnlich hübsch waren, hatten Ehemänner oder Partner bei sich und zeigten keine Lust, ihre Beziehung durch einen zu intensiven Urlaubsflirt zu gefährden. Ein alleinstehendes, recht hübsches Mädchen schien Petra noch zu jung, denn es würde sich höchstwahrscheinlich wie eine Klette an Torsten hängen und ihn nach kurzer Zeit zu Tode langweilen.

Sie hatte die Lust am Pool verloren. »Ich gehe nach oben und sehe nach, ob ich Mails bekommen habe«, sagte sie, stand auf und trippelte mit kurzen Schritten davon.

Torsten blickte gerade zu Monika hinüber, die ihre Oberweite sogleich noch stärker zur Geltung brachte, und spürte, dass auch ihm die Lust vergangen war, am Pool zu bleiben. Zuerst überlegte er, ob er ein wenig am Strand entlangschlendern sollte, aber dann suchte er die Hotelbar auf. Der Barkeeper mixte gerade Cocktails für mehrere Gäste und tat dies mit einem derartigen Aufwand, dass Torsten das Warten zu lang wurde. Daher verließ er die Bar wieder und lief ziellos umher. Kurz darauf fand er sich vor seiner Zimmertür wieder und fragte sich, worauf er wirklich Lust hatte. Da er keine Antwort fand, klopfte er, damit Petra ihm öffnete.

Es dauerte eine Weile, bis sich drinnen etwas rührte. »Wer ist da?«

»Ich bin es, Torsten. Kannst du mir aufmachen?«

»Einen Moment!«

Torsten musste erneut warten, bis Petra an die Tür kam und diese öffnete. Als er eingetreten war, schloss sie hinter ihm wieder ab. Nun sah er, dass Petra unter der Dusche gewesen war und sich rasch in ein Badetuch gehüllt hatte.

»Ich gehe gleich wieder ins Bad«, erklärte sie und verschwand hinter der schmalen Tür.

Torsten ertappte sich dabei, dass er ihr nachblickte. Das Badetuch hatte nicht alles an ihr verhüllt, und trotz ihrer üppigen Figur stieg eine Erregung in ihm auf, wie er sie seit langem nicht mehr verspürt hatte. Daher war er froh, als Petra bei ihrer Rückkehr in ihren weiten Morgenrock gehüllt war.

»Kannst du mir ein Glas Rotweinschorle mischen?«, fragte sie, um ihre Unsicherheit zu verbergen. Sie sah Torsten zu, wie er Wein und Mineralwasser in ein Glas schüttete, und spürte, dass er unter Spannung stand. Während sie das Glas entgegennahm, überlegte sie, wie sie ihm helfen konnte.

»Diese Monika ist eine recht attraktive Frau, findest du nicht auch?«, sagte sie und verdrängte dabei heroisch ihren Ärger über das Weibsstück.

»Sie zeigt ihre Reize etwas zu sehr herum. Aber für eine Nacht würde sie schon gehen.« Ohne es zu wollen, verriet er Petra mehr von seinen Gefühlen, als er eigentlich wollte.

»Wenn es dir nur um Sex geht, könnten wir zwei das erledigen. Da brauchst du nicht so einer blöden Kuh nachrennen«, entfuhr es Petra.

Im nächsten Moment wäre sie am liebsten in ein Mauseloch gekrochen und hätte sich dort selbst ausgelacht. Sie und Torsten waren wahrlich kein Paar mit Zukunft. Und doch war ihr spätestens in diesem Moment klar geworden, dass sie hier auf Mallorca nichts gegen eine zärtliche Stunde mit ihm hatte.

Petras Bemerkung traf Torsten unvorbereitet. Bisher hatte er sich nicht vorstellen können, dass sie irgendwelche sexuellen Wünsche haben könnte. Zudem war eine längerfristige Verbindung zwischen ihnen aussichtslos. Dafür waren ihre Vorstellungen vom Leben viel zu unterschiedlich. Er wollte Petras Angebot schon mit einem Scherz ablehnen, dann fiel ihm ein, dass er sie damit kränken würde, und er atmete tief durch. Im Grunde war es ihm gleich, ob er mit Monika schlief oder mit Petra. Nein, korrigierte er sich, die Bikinischönheit mit dem boshaften Mundwerk war ihm unsympathisch, während er Petra mochte. Doch würde ihre Freundschaft es aushalten, wenn sie miteinander intim wurden?

Für diese Frage war es bereits zu spät. Er trat auf Petra zu, fasste sie bei den Schultern und sah sie an. »Mir wäre es wirklich lieber, mit dir ins Bett zu gehen als mit einem dieser aufdringlichen Weiber.«

Petra hob die rechte Hand und strich ihm sanft über die Wange. »Ich hätte nie gedacht, dass es zwischen uns irgendwann einmal so etwas geben würde. Keine Angst, ich werde keine Ansprüche danach stellen. Ich möchte nur, dass du hinterher entspannt und zufrieden bist.«

»Das gilt aber auch für dich«, antwortete Torsten und schälte Petra aus ihrem Bademantel. Sie war sehr barock gebaut, sah aber auf ihre Weise ästhetisch aus und hatte, wie er nun bemerkte, eine feine, makellos glatte Haut. Selbst das schwarze Haar lag nach dem Duschen locker um ihren Kopf. Torsten spürte, dass es ihn keine Überwindung kosten würde, sie zu lieben, und er begann, ihre großen, festen Brüste zu liebkosen.

Zuerst stand Petra starr vor ihm. Ihre eigene sexuelle Spannung stieg, und sie sagte sich, dass sie auch selbst aktiv werden musste. Mit zitternden Fingern öffnete sie Torstens Hemdknöpfe und spürte die harten Muskeln unter seiner Haut. Mit den breiten Schultern und den schmalen Hüften hätte er in jedem Film mitspielen können, in dem kein Schönling, sondern ein richtiger Mann gebraucht wurde. Sie überlegte, ob sie ihn küssen sollte. Doch das wäre wie eine Forderung für die Zukunft gewesen, und mit solch einer Geste wollte sie den Augenblick nicht belasten. Daher ließ sie die Hände tiefer gleiten und löste seinen Gürtel. Während sie seine Hose nach unten schob, stellten ihre tastenden Finger fest, dass er bereit war. Sie rieb ihren Körper an dem seinen und zog ihn langsam in Richtung Bett. Zwar war der Tag noch lang, doch sie wollte nichts versäumen.

Die Zeit der Enthaltsamkeit und seine Anspannung brachten Torsten dazu, sich völlig zu verausgaben, und zuletzt biss Petra in die Bettdecke, um ihre Lust nicht zu laut hinauszuschreien. Als Torsten schließlich erschöpft von ihr herabglitt, richtete sie sich auf und strich ihm mit dem Zeigefinger über die Brust.

»Das hat gutgetan, nicht wahr? Aber ruh dich jetzt ein bisschen aus. Ich mache uns inzwischen etwas zu trinken.«

Während Petra aus dem Bett stieg und Wein und Wasser in zwei Gläser mischte, verschränkte Torsten die Hände hinter dem Nacken und ließ seine Gedanken schweifen. Es war zweifelsohne schöner, mit einer Frau zu schlafen, mit der man sich gut verstand, als mit einer Fremden ins Bett zu steigen.

»Hier!« Petra kam mit den vollen Gläsern auf ihn zu und reichte ihm eins. »Auf dich und auf mich und auf unsere Freundschaft! Ich weiß, Mallorca ist nicht München, aber ich bedaure nicht, dass wir es getan haben.«

»Ich auch nicht«, sagte Torsten. In dem Moment wussten beide, dass sie vor ihrem Rückflug mindestens noch ein Mal im Bett landen würden. Aber zu Hause würde es wieder so sein wie immer. Beinahe bedauerte Petra es, schob den Gedanken aber mit einem Auflachen beiseite. Torsten war ein lieber Kerl, doch im Grunde hatte sie ihre Beine für ihn nicht breitgemacht, weil sie ihn liebte, sondern weil sie ihn in seiner Verzweiflung trösten und sein Selbstwertgefühl wieder aufrichten wollte. Alles andere war ein angenehmer Nebeneffekt gewesen, aber mehr nicht.

»Ich setze mich jetzt an meinen Laptop und sehe nach meinen Mails«, erklärte sie und kehrte dem Bett den Rücken. Torsten trank noch etwas Weinschorle, stellte das Glas auf das Nachtkästchen und schloss die Augen.

SIEBZEHN

Mit einem Mal schreckte Torsten hoch. Er musste eingeschlafen sein, denn im Traum hatte er eben den Wagen des infamen Mörders so dicht vor sich gesehen, dass er beinahe das Kennzeichen hätte ablesen können. Unwillkürlich versuchte er sich daran zu erinnern und lachte dann über sich selbst. Ein Traum half ihm nicht, diesen Dreckskerl zu fangen.

Er stand auf, trank noch einen Schluck und trat dann hinter Petra. Seine Kollegin musste auf etwas Wichtiges gestoßen sein, dann sie hatte sich nicht einmal die Zeit genommen, ihren Bademantel umzulegen, sondern saß in rosiger Nacktheit und mit angespannter Miene vor ihrem Laptop.

»Gibt es etwas Wichtiges?«, fragte er.

Petra nickte, ohne vom Bildschirm aufzusehen. »Das kannst du wohl sagen! Eine geheime Waffensendung, die für Verbündete in Afrika gedacht war, ist spurlos verschwunden.«

»Was?« Torsten sah ihr über die Schulter und las die Mail, die Major Wagner an Petra geschickt hatte. »Tatsächlich! Aber wieso schreibt Wagner dir das im Klartext? Das ist doch viel zu gefährlich. Wenn jemand darauf zugreift, fliegt die ganze Sache auf, und das wäre kein Ruhmesblatt für unseren Verein.«

Obwohl sie saß und er stand, gelang es Petra, den Eindruck zu erwecken, als sähe sie auf ihn herab. »Die Nachricht war selbstverständlich verschlüsselt. Ich habe mein eigenes Entschlüsselungsprogramm darüberlaufen lassen – und das ist sicher!«

Da Torsten Petras Stolz auf ihre Fähigkeiten kannte, lächelte er ein wenig verlegen. »Sorry, ich habe auch nicht angenommen, dass du einen Fehler machst, sondern unser Alter. Aber jetzt rück mal ein bisschen, damit ich das Ganze lesen kann. Das ist ja wirklich unfassbar! Wie können Waffen so einfach verschwinden?« Torsten dachte dabei nicht nur an diese Sendung für Afrika, sondern auch an das SG21, von dem es eine unbekannte zweite Ausgabe geben musste, und fragte sich, ob die verantwortlichen Leute in der Bundeswehr und dem MAD auf einen Schlag unfähig geworden waren oder ob mehr dahintersteckte. »Wie es aussieht, haben wir eine Menge Arbeit, wenn wir nach Hause kommen!«

Petra nickte und dachte bedauernd, dass die Wirklichkeit sie schneller eingeholt hatte, als sie angenommen hatte. Daher bat sie Torsten, ihr den Bademantel zu reichen, streifte ihn über und machte sich an die Berechnungen, um die Major Wagner sie gebeten hatte.

ZWEITER TEIL

AUFRUHR

EINS

Als Petra und Torsten Major Wagners Büro betraten, fuhr dieser sogleich auf. »Und? Was haben Sie herausgefunden, Frau Waitl?«

Petra schüttelte den Kopf. »Tut mir leid, aber mit den mageren Daten, die Sie mir geschickt haben, konnte ich nichts anfangen. Vielleicht komme ich weiter, wenn Sie mir neue Informationen geben.«

»Es gibt nichts weiter! Wir wissen nur, dass der Inhalt eines Containers auf dem Weg von hier nach Berbera spurlos verschwunden ist. Wo und wie ist ein Rätsel.«

Torsten versuchte, die Fakten im Stillen noch einmal zu ordnen. Der Zielort der Sendung lag in Nordsomalia oder Somaliland, wie es die dortigen Machthaber nannten. Diese hatten ihr Herrschaftsgebiet vom restlichen Somalia abgespalten und forderten vehement die Anerkennung als unabhängiger Staat. Da es sich um eines der größten Krisengebiete Afrikas handelte, waren Waffenlieferungen in diese Gegend international geächtet. Doch manchmal war es nötig, Leute zu unterstützen, die man für seine Freunde oder zumindest für die Feinde der eigenen Feinde hielt. Allerdings durfte Hilfe dieser Art keinesfalls an die Öffentlichkeit dringen. Vor diesem Hintergrund kam das Verschwinden der Sendung einer Katastrophe gleich.

»Es geht nicht allein um die Geheimhaltung«, erklärte Wagner gerade, als habe er Torstens Gedanken gelesen. »Wir haben uns auch bei den Empfängern blamiert, die statt der versprochenen Gewehre, Maschinenpistolen und leichten Luft- und Panzerabwehrraketen einen Haufen Eisenschrott in den Containern vorgefunden haben.«

Torstens Augen glitzerten. Die Suche nach den verschwundenen Waffen war nun genau der richtige Job für ihn. Übertrieben zackig salutierte er. »Herr Major, Oberleutnant Torsten Renk meldet sich zum Dienst zurück. Wenn Sie wünschen, werde ich mich zusammen mit Petra um diese Sache kümmern.«

»Frau Waitl wird ihren Teil an diesem Job übernehmen. Für Sie, Renk, habe ich jedoch eine andere Aufgabe«, antwortete Wagner mit einem Gesichtsausdruck, der zu Torstens Verwunderung trotz der angespannten Situation amüsiert wirkte.

»Soll ich weiter nach dem Mörder mit dem SG21 suchen?«

Wagner schüttelte den Kopf. »Hinter dem sind längst andere her. Nachdem Sie, Renk, in den letzten Monaten so sehr im Stress waren, haben Sie einen ruhigeren Job verdient. Daher werden Sie einen neuen Kollegen ausbilden. Es handelt sich um Leutnant H. C. von Tarow.«

»Sagten Sie von Tarow?«, fragte Torsten so entgeistert, als habe man ihm ein Erschießungskommando angekündigt.

»Sie haben ganz richtig gehört. Der Leutnant stammt aus einer alten Soldatenfamilie. Sein Vater war Brigadegeneral bei der Bundeswehr, und der ältere Bruder ist im letzten Jahr zum Major befördert worden.«

»Sie müssen mir nichts über Dietrich von Tarow erzählen, Herr Major. Er war mein erster Kompaniechef bei der Bundeswehr. Alle, die ihm zur Grundausbildung unterstellt waren, haben ihn gehasst. Der hat einen Dreißigkilometermarsch mit voller Kampfausrüstung im Laufschritt zurückgelegt, ohne auch nur hastiger zu atmen, während uns bereits die Zunge am Boden schleifte. Wissen Sie, was er geantwortet hat, als ihm einer das sagte? Wir sollen uns die Zunge ein paarmal um den Hals wickeln, dann würde sie uns nicht mehr beim Laufen behindern!« Torsten schüttelte es bei der Erinnerung an jenen Vorgesetzten, der ihn und seine Kameraden geschliffen hatte.

Wagner hörte nicht zum ersten Mal, welchen Eindruck Dietrich von Tarow auf die verweichlichten Rekruten mit ihren Bauchansätzen gemacht hatte. Heute jedoch würde sein Untergebener nicht mehr keuchend hinter diesem Mann zurückbleiben. Dietrich von Tarow mochte ein eisenharter Kerl sein, doch Renk war ihm, was Zähigkeit und Ausdauer betraf, durchaus ebenbürtig.

»Ich glaube, Sie hatten auch schon mit General von Tarows zweitem Sohn zu tun«, sagte Wagner, ohne auf Torstens Bemerkung einzugehen.

Dieser nickte mit verbissener Miene. »Ja, bei einem Offizierslehrgang. Allerdings hat er die Schlägerei vom Zaun gebrochen, nicht ich. Dafür gibt es Zeugen.«

»Ich habe den Eintrag in Ihren Akten gelesen. Sie müssen ganz schön wütend auf Michael von Tarow gewesen sein, denn er brauchte hinterher einen Kieferchirurgen.«

»Er hat unfair gekämpft!«, fuhr Torsten auf.

»Sie haben damals auch einiges abgekriegt.«

»Ein blaues Auge und eine angeknackste Rippe.« Torsten winkte ab und sah Wagner mit vorgeschobenem Kinn an. »Damit Sie es wissen, Herr Major: Ich werde diesen von Tarow nicht ausbilden. Wahrscheinlich ist er derselbe zwei Meter große niedersächsische Kleiderschrank mit Spatzengehirn wie seine Brüder.«

»Die von Tarows stammen aus Westfalen. Das gehört nicht zu Niedersachsen«, klärte Wagner Torsten auf.

»Es ist derselbe Menschenschlag!« Torstens Liebe zu Niedersachsen war seit seinem Unfall und der nachfolgenden Behandlung durch Sven Hünermörder nicht gerade gewachsen.

Wagner war jedoch nicht bereit, die Launen seines Untergebenen zu dulden. »Sie übernehmen den Job, verstanden? So dumm kann dieser von Tarow nicht sein, sonst hätte er die Tests nicht mit Auszeichnung bestanden.«

»Ich will nicht!« In diesem Augenblick glich Torsten mehr einem zornigen kleinen Jungen als einem erfahrenen Agenten des MAD.

»Sie werden mit von Tarow ein Team bilden und ihm alles beibringen, was er wissen muss. Punkt! Auf den Mann werden Sie mehr angewiesen sein, als Sie denken. Oder haben Sie vergessen, dass Ihr Führerschein für ein paar Monate Urlaub in Flensburg macht?«

Die Antwort, die Torsten darauf gab, war nicht stubenrein. Wagner beachtete ihn jedoch nicht weiter, sondern stupste Petra an. »Los, an die Arbeit, Frau Waitl! Von selbst kommen die verschwundenen Waffen nicht zurück. Und Sie, Renk, sehen zu, dass Sie sich und Ihre Angelegenheiten in Ordnung bringen. Am Mittwoch will ich Sie um neun Uhr hier in meinem Büro sehen. Dann lernen Sie Ihren neuen Kameraden kennen.«

»Der Teufel soll ihn holen!«

Petra klopfte ihm gegen den Arm. »Bis dahin adieu! Schön war es mit dir! Aber der Alltag hat uns wieder.« Es war wie ein Abgesang auf ihren Mallorcaurlaub, denn beide wussten, ohne darüber gesprochen zu haben, dass sich jene angenehmen Stunden nicht wiederholen würden.

ZWEI

Es war ein sonniger Morgen, noch ein wenig kühl nach der sternenklaren Nacht, doch auf der Terrasse der hübschen, am Fuße eines langgestreckten, bewaldeten Hügels stehenden Backsteinvilla ließ es sich aushalten. Heinrich von Tarow, Brigadegeneral a. D., setzte sich zufrieden an den Frühstückstisch, den seine Gattin liebevoll gedeckt hatte, und dankte Gott nicht zum ersten Mal für diese wunderbare Frau. Ohne sie hätte er wohl keinen Tag wie diesen mehr erlebt.

Er blickte Concepción lächelnd an und bewunderte die Geschicklichkeit, mit der sie die Frühstücksbrötchen aufschnitt und auf die Teller verteilte. Wenn sie beide aufrecht standen, reichte Concepción ihm gerade mal bis zur Brust. Zwar war sie in den letzten Jahren ein wenig in die Breite gegangen, aber das tat ihrer Attraktivität keinen Abbruch. Ihr rundliches Gesicht wirkte fröhlich, und sie war stets bereit, seine kleinen Launen hinzunehmen und ihm das Leben so behaglich wie möglich einzurichten.

An diesem Morgen hatte sie sich selbst übertroffen. Auf dem Tisch standen Platten mit so vielen Sorten Schinken, Wurst und Käse, dass es für eine halbe Kompanie gereicht hätte. Dazu gab es Rührei mit Speck, warme Würstchen sowie Honig und Marmelade aus eigener Produktion.

Es war aber auch ein ganz besonderer Tag. Zum ersten Mal seit fast einem Jahr hatte sich die Familie wieder vollzählig am Tisch versammelt. Von Tarows Blick wanderte von seiner Frau weiter zu seinem Ältesten. Dietrich war noch ein paar Zentimeter größer als er und wirkte mit den kurzen, blonden Haaren, dem muskulösen Körper und dem kantigen Gesicht wie das Urbild eines Soldaten. Der alte General wusste zwar, dass Dietrichs Untergebene ihn einen Leuteschinder nannten, aber die Jungs würden trotzdem für ihn durchs Feuer gehen.

Sein jüngerer Sohn war noch nicht so weit. Obwohl Michael wie eine etwas schmalere Kopie seines Bruders wirkte, hielt der General ihn für unausgegoren. Außerdem war Michael vom Ehrgeiz getrieben und wurde fuchsteufelswild, wenn er eine Beförderung oder Auszeichnung nicht im gleichen Alter erhielt wie sein Bruder.

Der General beschloss, mit Michael ein ernstes Wort zu reden. Der Junge musste lernen, dass sein eigener Wert für ihn zu gelten hatte und nicht der von Dietrich. Schließlich wandte von Tarow sich dem Jüngsten seiner Kinder zu.

»Kannst du mir die Butter reichen, Henriette?«

»Gerne, Papa.« Eine sonnengebräunte Hand ergriff die Butterdose und streckte sie dem alten Herrn hin.

»Danke!« Auch am Frühstückstisch legte General von Tarow Wert auf Höflichkeit. Daher traf sein strafender Blick Michael, der sich auf seinem Stuhl lümmelte. »Kannst du nicht gerade sitzen, mein Sohn?«

Während Michael sich sofort aufrichtete und den Rücken straffte, musste sein Bruder grinsen. »Michael ist nicht oft genug hier, da verlieren sich die guten Manieren …«

»Idiot!«, raunte ihm der Bruder zu, aber nicht leise genug, so dass das Wort auch an das Ohr des Vaters drang.

Der General räusperte sich, strich die Butter auf das Brötchen und wählte bedächtig ein Stück Schinken aus, bevor er sich wieder seinen Söhnen zuwandte. »Michaels Manieren lassen manchmal zu wünschen übrig. Die deinen übrigens auch, Dietrich.«

»Soldaten sind nun einmal ein raues Volk. Das müsstest du doch am besten wissen, Papa. Immerhin warst du General«, wandte seine Tochter lächelnd ein.

»Trotzdem war ich immer höflich, solange es keinen Grund gab, die Stimme zu heben.« Von Tarow betrachtete das Mädchen schmunzelnd. Gegen ihre beiden Halbbrüder wirkte sie sehr klein, überragte aber ihre Mutter um ganze fünfzehn Zentimeter. Henriette Corazon war schlank wie eine Gerte, konnte aber mit den runden Hüften und dem zwar kleinen, aber wohlgeformten Busen ihr Geschlecht nicht verbergen. Sie trug eine dunkelblaue, wenig kleidsame Hose und eine gleichfarbige Uniformjacke mit den Rangabzeichen eines Leutnants der Luftwaffe. Anders als ihre Brüder hatte sie ihr Barett neben sich auf den Tisch gelegt. Von Tarow bedachte beide mit einem mahnenden Blick und wies auf ihre Köpfe. Michael riss sich sogleich das Barett vom Kopf, während Dietrich dem stummen Befehl bedächtiger folgte und sich dann an seine Stiefmutter wandte. »Entschuldige bitte, Concepción, aber im Dienst scheinen unsere Manieren wirklich zu leiden.«

»Aber das macht doch nichts.« Von Tarows Frau lächelte,

so wie sie es fast immer tat, wenn sie mit einem der Söhne ihres Mannes sprach. Sie mochte beide, auch wenn der Umgang mit Michael etwas komplizierter war als mit seinem älteren Bruder. So wie Dietrich musste ihr Mann einmal ausgesehen haben, bevor ihm jener schreckliche Unfall zugestoßen war, dachte sie, ein großer, starker Mann, der sich seiner sicher war und keine Zweifel kannte.

Dietrich und Michael hatten ohne zu zögern den Beruf ihres Vaters ergriffen, weil es bei den von Tarows Sitte war, im Militär zu dienen. Concepcións Blick wanderte weiter zu ihrer Tochter. Henriette Corazon war ein hübsches Mädchen, und sie hätte sie gerne in einem schmucken Kleid gesehen. Doch zu ihrem Leidwesen hatte ihre Tochter darauf bestanden, ebenfalls der Familientradition zu folgen und in die Bundeswehr einzutreten.

Vergeblich hatte Concepción versucht, sie von diesem Schritt abzuhalten. Mit einer Hartnäckigkeit, die für sie erschreckend war, hatte das Mädchen den einmal eingeschlagenen Weg verfolgt und sich weder von ihren Vorhaltungen noch von den spöttischen Bemerkungen ihrer Halbbrüder davon abhalten lassen. Nicht zufrieden damit, Transportflugzeuge und Rettungshubschrauber zu fliegen, hatte sie nun die Einheit gewechselt, und dieser Schritt gefiel ihrer Mutter noch viel weniger.

»Du hättest Cory diese verrückte Idee mit dem Geheimdienst ausreden sollen«, sagte Concepción klagend zu ihrem Mann.

Ihr Gatte lächelte. »Noch ist sie nicht aufgenommen. Die Ausbildung ist hart, und es kann durchaus sein, dass Henriette bald zu ihrer alten Einheit zurückkehrt.«

Er wechselte einen verständnisinnigen Blick mit seiner Tochter. Im Gegensatz zu seiner Frau war er stolz auf sie. Wäre es nach Concepción gegangen, würde seine Tochter mit irgendeinem aufreizenden Fummel bekleidet hier sitzen und sich die Fingernägel lackieren. Zu seinem Leidwesen hatten auch seine Söhne solche Vorstellungen und behandelten die kleine Schwester eher wie ein liebenswertes, exotisches Haustierchen, dem man mit einer gewissen Nachsicht begegnen musste. Aber seine Tochter hatte allen gezeigt, dass sie trotz ihres Aussehens eine echte von Tarow war.

»Am Mittwoch muss ich mich in München bei meinem neuen Vorgesetzten melden. Dann werde ich einem Kollegen zugeteilt, mit dem ich zusammenarbeiten soll«, erklärte Henriette stolz.

»Weiß man schon, wer der arme Kerl ist, der dich dann am Hals hat?«, wollte Michael wissen.

»Ich habe vor ein paar Tagen eine Mail bekommen. Es ist ein Oberleutnant namens Torsten Renk.«

»Renk? Dieses Schwein?« Michael sprang auf und stieß seinen Stuhl zurück, so dass er umfiel.

»Wenn dieser Mann so schlimm ist, ist es vielleicht besser, Cory geht nicht nach München«, rief Concepción erschrocken aus. Im Gegensatz zu ihrem Mann, der die Tochter immer bei ihrem ersten Vornamen Henriette nannte, kürzte die Mutter ihren zweiten Vornamen Corazon zu Cory ab.

»Renk ist in Michaels Augen nur deshalb ein Schwein, weil der Mann es gewagt hat, bei einem Lehrgang besser abzuschneiden als mein Bruderherz.« Dietrich von Tarow grinste, denn er konnte sich noch gut an den Rekruten Torsten Renk erinnern, den er vor Jahren ausgebildet hatte. Später hatte er dessen Spur verloren und erst vor kurzem erfahren, dass er noch immer beim gleichen Verein war, wenn auch jetzt unter dem Flammensymbol des MAD.

Michael blieb ihm die Antwort schuldig, doch der General hob den rechten Zeigefinger. »Was auch immer man von einem Menschen halten mag: Ich dulde es nicht, dass jemand am Frühstückstisch mit einem Schwein oder einem ähnlichen Tier verglichen wird. Und nun zu Renk: Ich habe mich gestern kundig gemacht, was von ihm zu halten ist. Das Ergebnis ist erstaunlich.«

General von Tarow machte eine kurze Pause, um die Spannung zu erhöhen. »Torsten Renk hat an mehreren Auslandseinsätzen der Bundeswehr teilgenommen und wurde jedes Mal mit der Einsatzmedaille in Gold ausgezeichnet. Für Afghanistan und den Kosovo hat er zusätzlich die vergleichbaren Medaillen der Nato erhalten. Dazu trägt er das Ehrenkreuz der Bundeswehr in Bronze, den Verdienstorden der Italienischen Republik, den Orden des Marienland-Kreuzes von Estland und ist zudem Ritter der französischen Ehrenlegion.«

Henriette schnappte nach Luft.

Auch Dietrich war beeindruckt. Michael aber kaute auf seinen Lippen herum. »Der Kerl ist ein übler Streber.«

»Dein Ehrgeiz ist auch nicht gerade klein, Brüderchen. Wenn es nach dir ginge, wärst du jetzt bereits Generalinspekteur der Bundeswehr oder wenigstens Generalleutnant«, warf Dietrich ein.

Henriettes Mutter griff einen anderen Aspekt auf. »Wenn dieser Renk so viele Orden erhalten hat, lebt er auch sehr gefährlich. Ich glaube nicht, dass ich mir das für Cory wünsche.«

Der alte General nahm ihre Hand und streichelte sie. »Ein Soldat muss damit rechnen, in Erfüllung seines Dienstes in Gefahr zu geraten, meine Liebe. Mir ist es lieber, Henriette erhält einen Ausbilder, der bereits gezeigt hat, was er kann, als einen Schreibtischhengst, dem sie zeigen muss, wie man eine MP5 nachlädt, während ihnen bereits die Kugeln um die Ohren fliegen.«

Michael tat den Einwand seines Vaters mit einer verächtlichen Handbewegung ab. »Die Schnüffler vom MAD gehen doch nirgends hin, wo es für einen richtigen Soldaten brenzlig werden kann!«

»Renk war im letzten Jahr sowohl in Afghanistan wie auch im Kosovo und ist mindestens ein Mal verwundet worden.

Sonst hätte er nicht die Einsatzmedaille in Gold erhalten.« Der alte General zeigte seinem jüngeren Sohn deutlich, was er von seinen hämischen Bemerkungen hielt. Daher hielt Michael verärgert den Mund und widmete sich seinem Brötchen, während Henriette sich besorgt fragte, was ein so erfahrener Offizier wie Torsten Renk von ihr halten würde.

DREI

Rechmann stoppte seinen Wagen und zog die Handbremse. »Das muss es sein«, erklärte er Jasten, der das heruntergekommene Gebäude misstrauisch musterte.

»Bist du dir sicher, Igor?«

»Verdammt, du sollst mich nicht bei diesem Namen nennen! Für dich und alle unsere Kameraden heiße ich Walter!« Rechmann spuckte fast vor Wut, denn in seinen Augen war sein slawischer Vorname ein Schandfleck im Lebenslauf. Ruhiger fuhr er fort: »Natürlich bin ich mir sicher. Unsere Kameraden haben mir den Weg genau beschrieben. Lass dich nicht vom Aussehen der Hütte täuschen. Das ist so gewollt. Seit ein paar Monaten sind die Bullen nämlich verschärft hinter unseren Leuten her. Du kannst selbst in dieser Gegend keinen Raum in einem Gasthaus mehr mieten, weil die Wirte Schiss haben, ihre Konzession zu verlieren. Aber es gibt genügend abgelegene Gebäude, deren Besitzer gerne die paar Kröten einstecken, die sie von unseren Kameraden als Miete bekommen, und die halten dicht. Wenn die Polypen tatsächlich mal eines unserer Verstecke ausheben, haben die Besitzer natürlich keine Ahnung, wer ihre Mieter waren.«

Rechmann grinste. Gerade weil die freien Kameradschaften aus für ihn unerklärlichen Gründen seit einigen Monaten von der Justiz besonders eifrig verfolgt wurden, machte es ihm besonderen Spaß, die Polizei an der Nase herumzuführen. Vor einigen Jahren hatte er sich Rudolf Feiling anschließen wollen, der damals als der neue Führer der Bewegung gegolten hatte. Nun war er froh, es nicht getan zu haben. Feiling war ein jämmerlicher kleiner Wicht gewesen im Vergleich zu dem Mann, für den er jetzt arbeitete. Außerdem war der selbsternannte Führer spurlos verschwunden, nachdem sein Versteck bei München ausgeräuchert worden war. Nicht wenige, die damals an ihn geglaubt hatten und sich nun von ihm verraten fühlten, spotteten, dass der Kerl, anstatt die nationale Revolution voranzutreiben, irgendwo in der Karibik säße und sich von braunhäutigen Mädchen Rumcocktails servieren lasse.

Mit einem Schnauben beendete Rechmann seinen gedanklichen Ausflug in die Vergangenheit und stieg aus. Jasten schob die rechte Hand in die Jackentasche, umklammerte den Kolben seiner Pistole und folgte ihm. Er hatte bislang kaum etwas mit der rechten Szene zu tun gehabt, im Grunde war er ein kleiner Krimineller, dessen besondere Fähigkeiten Geerd Sedersen veranlasst hatten, ihn in seinen Stab aufzunehmen.

Kurz vor der schief in den Angeln hängenden Tür blieb Rechmann stehen und rief: »He, ihr könnt aufmachen! Wir sind keine Bullen!«

Unterdrücktes Gelächter klang auf. »Die haben wir auch nicht erwartet, Kamerad Walter. Kommt rein! Kamerad Robert wird euren Wagen zu einem Schuppen in der Nähe bringen und dort unterstellen. Du willst doch nicht, dass jemand euer Kennzeichen sieht und sich merkt.«

Da Rechmann sich seine Nummernschilder nach Bedarf in einer geheimen Werkstatt anfertigte und mit gefälschten Prüfplaketten versah, hätte ihn das nicht sonderlich gestört. Diese Tatsache ging die Kameraden hier in Sachsen-Anhalt jedoch nichts an. Daher warf er einem der Burschen, die auf ihn zukamen, den Autoschlüssel zu.

»Hier! Pass aber gut auf den Wagen auf. Für jede Beule, die du hineinfährst, bekommst du eine von mir.«

»Keine Sorge, Robert kann mit Autos umgehen. Er ist einer unserer Fahrer, wenn wir zu größeren Aktionen unterwegs sind«, beruhigte ihn Lutz Dunker, der Anführer der Gruppe.

Rechmann folgte dem Mann ins Haus. Auch innen wirkte das Gebäude nicht gerade wohnlich. Nur in einem Raum standen ein paar Möbel, die ihrem Aussehen nach vom Sperrmüll stammten, und auch der Rest der Einrichtung wirkte schmuddelig. Selbst die Hakenkreuzfahne an der Wand hätte eine Reinigung dringend nötig gehabt.

»Ihr hattet es schon einmal besser, Kamerad Lutz«, sagte Rechmann mit gerümpfter Nase.

Dunker zuckte mit den Schultern. »Es lohnt sich nicht, viel in diese Hütte hineinzustecken. Irgendwann werden die Bullen herausfinden, dass wir uns hier versammeln, und dann geht es eben ab zum nächsten Versteck.«

»Gefällt euch dieses Leben?« Rechmann zog eine Flasche Bier aus dem noch halbvollen Kasten und öffnete sie an der Tischkante. »Prost, Kameraden! Auf euer Wohl.«

Lutz nahm ebenfalls eine Bierflasche und stieß mit Rechmann an. »Auf den Endsieg!«

Rechmann verfolgte andere Pläne als das Dutzend Kerle, das sich hier versammelt hatte. Da er aber ihre Gefühle nicht verletzen wollte, erwiderte er den Spruch und setzte sich in den am wenigsten schäbigen Sessel. »Ich hoffe, es geht euch gut, Freunde!«

»Könnte besser sein! Ein paar unserer Kameraden sitzen im Knast, und einige andere haben die Hosen voll. Aber wir werden nicht aufhören, für unser Ziel zu kämpfen.«

Dunkers Pathos amüsierte Rechmann, während Jasten eine Hand mit der anderen festhielt, um sich nicht an die Stirn zu greifen. Seiner Meinung nach waren bei den Burschen etliche Schrauben locker. Andererseits konnte es ihm gleich sein, wie viel oder besser gesagt wenig Verstand in ihren Köpfen steckte. Hauptsache, sie taten das, was Rechmann und er von ihnen verlangten.

Deswegen stupste er Rechmann an. »Wollen wir nicht zur Sache kommen?«

»Nur mit der Ruhe«, wehrte dieser ab und trank einen weiteren Schluck aus der Flasche. Er wusste aus Erfahrung, wie er die Leute hier nehmen musste, von denen der Jüngste gewiss noch keine sechzehn und der Älteste nicht über vierundzwanzig war.

»Nicht übel, die Brühe. An die könnte ich mich fast gewöhnen«, sagte er lachend.

Lutz Dunker wurde immer neugieriger. »Du bist doch sicher nicht gekommen, um ein Bier mit uns zu trinken, Kamerad Walter.«

Rechmann lehnte sich zurück und ignorierte dabei das Knacken in der Rückenlehne des Sessels. »Da hast du recht! Ich weiß ja nicht, wie es um eure Finanzen steht.«

Dunker verzog das Gesicht. Geld war eine heikle Sache, seit die Gerichte dazu übergegangen waren, über die Teilnehmer von Aufmärschen, bei denen verfassungsfeindliche Fahnen und Abzeichen mitgeführt wurden, Geldstrafen zu verhängen. Die Alternative waren etliche hundert Stunden Sozialarbeit, und wer die nicht zur völligen Zufriedenheit ableistete, landete schnell im Knast. Daher waren Dunker und andere Anführer gezwungen, die Geldstrafen für ihre Gefolgsleute aus eigener Tasche zu zahlen, damit die Kerle bei der Stange blieben. Nun sah er eine Chance, rasch an eine größere Summe zu kommen, und beugte sich interessiert vor. »Gibt es einen besonderen Auftrag für uns?«

»So kann man es nennen. Es ist nichts Weltbewegendes. Ihr müsst nur morgen Nachmittag am Marktplatz in Suhl aufmarschieren und Lärm machen.«

»Mehr nicht?«, fragte Dunker enttäuscht. Das klang nicht

danach, als würde sein Gast dafür eine größere Summe springen lassen.

»Der Rest bleibt eurer Phantasie überlassen.« Rechmann zog grinsend einen Stadtplan von Suhl aus der Tasche und zeigte Dunker und dessen Leuten die Stelle, an der sie Randale machen sollten, und nannte ihnen auch die genaue Zeit.

»Ihr müsst mindestens zwei Stunden lang die Stellung halten«, setzte er hinzu.

»Zwei volle Stunden? Mit meinen Leuten allein schaffe ich das niemals.«

»Dann hol dir weitere Kameraden zur Unterstützung. Diese Kröten sollten wohl für einen größeren Aufmarsch reichen!« Rechmann nahm ein Kuvert aus der Tasche und warf es ihm zu. Blitzschnell öffnete Dunker den Umschlag einen Spalt. Als er das dicke Bündel Zweihunderteuroscheine entdeckte, starrte er Rechmann verdattert an. »Soll das alles nur für morgen sein?« Rechmann nickte. »Dafür müsst ihr eure Sache aber richtig machen. Passt auf, dass die Bullen euch nicht erwischen. Wenn alles glattgeht, habe ich möglicherweise einen richtig guten Job für euch.«

»Arbeit?« Dunkers Gesicht war abzulesen, dass er sich mit der Führung seiner Gruppe ausgelastet sah und keine Lust hatte, wertvolle Stunden mit einem Job zu vergeuden.

»Es ist eine ganz besondere Arbeit«, erklärte Rechmann freundlich. »Ihr müsst bloß ein bisschen die Straße kehren!«

»Die Straße kehren? Igitt, das ist wohl ein Job für Türken!« Dunker dachte in diesem Augenblick nicht daran, dass es in dem Deutschland, das er sich vorstellte, keine Türken mehr geben würde.

»Ich habe mich wohl nicht richtig ausgedrückt. Ihr sollt ein paar Leute von der Straße verscheuchen, die dort nicht hingehören«, korrigierte Rechmann sich.

»Also Ausländer und Schmarotzer!« Die Sache begann für Dunker und seine Freunde interessant zu werden.

»Es geht um eine ganz bestimmte Sorte von Ausländern, die unsere Freunde nicht bei sich haben wollen. Diese Freunde brauchen dringend Unterstützung. Ich hoffe, ich kann auf euch zählen!«

»Sicher kannst du das! Wenn es gegen Schwarzköpfe geht, sind wir immer dabei«, rief ein pickliger Junge mit fettigen, dunklen Haaren.

Dunker warf ihm einen wütenden Blick zu. Er war hier der Anführer, und sie würden nur dann auf das Angebot eingehen, wenn er es für richtig hielt.

Rechmann hatte sich inzwischen ein paar bedruckte Blätter geangelt, die auf dem Tisch auslagen. Es handelte sich um eine der Untergrundzeitungen, die von rechten Gesinnungsgenossen über das Internet verbreitet und von Interessierten ausgedruckt wurden. Auf der ersten Seite war ein Foto zu sehen, wie sich Polizisten verzweifelt gegen vermummte, mit Brecheisen und Baseballschläger bewaffnete Burschen zur Wehr setzten. Darunter stand die Zeile: »Kampf um Beersel!« Mit einer beiläufigen Handbewegung reichte Rechmann das Blatt an Lutz weiter.

»Hier, lies!«

»Das kenne ich schon.«

»Dann weißt du auch, dass unsere flämischen Kameraden bei ihrem Kampf um ihre nationalen Rechte um einiges erfolgreicher sind als wir. Ich meine, ihr solltet von ihnen lernen.«

Rechmann bedauerte, dass die Anführer der Szene, die er von früher gekannt hatte, entweder im Gefängnis saßen oder untergetaucht waren. Dunker gehörte zu einer neuen Generation von Neonazis, deren Verstand meist nicht über das eigene Kuhkaff hinausreichte. Mit solchen Kerlen war keine nationale Revolution zu machen, aber für grobe Arbeiten waren sie gerade gut genug. Aus diesem Grund gab Rechmann sich kameradschaftlich und klopfte Dunker auf die Schulter.

»Sieh dir das Bild genau an. Siehst du die Angst in den Augen der Bullen? So weit müssten wir auch einmal kommen.«

»Wir werden unser Bestes tun.« Dunker interessierte der angebotene Job zunehmend mehr als die Randale in Suhl. »Also, wo brauchst du uns noch?«

»Das werde ich euch mitteilen, wenn ihr die Sache in Suhl zu meiner Zufriedenheit erledigt habt. Oder glaubt ihr, ich riskiere es, dass einer von euch von den Bullen geschnappt wird und singt? Wir treffen uns übermorgen in Kassel in derselben Kneipe wie letztes Jahr. Die Adresse hast du doch noch?«

Der junge Neonazi nickte und sah dann auf die Uhr. »Ich muss los und unsere Kameraden informieren. Wenn wir morgen keine zwei- oder besser noch dreihundert Leute beisammenhaben, machen die Bullen Kleinholz aus uns.«

»Du schaffst das schon!« Rechmann klopfte ihm noch einmal auf die Schulter und winkte den Burschen heran, der sein Auto weggefahren hatte. »Du kannst meine Kiste holen.«

Auf dem Weg zur Tür drehte er sich noch einmal zu Dunker um. »Viel Glück für morgen! Ich will am Tag darauf etliche Berichte in den Zeitungen sehen.«

»Das wirst du!«, versprach der junge Mann, der sich schon an der Spitze einer großen Truppe die paar Polizisten verprügeln sah, die die Behörden auf die Schnelle zusammentrommeln konnten.

Als Rechmann wieder mit Jasten im Auto saß und in Richtung Magdeburg fuhr, schüttelte sein Kumpan den Kopf. »Was soll der ganze Aufwand mit diesen Idioten?«

»Die werden uns morgen die Bullen vom Hals halten. Oder hast du den Auftrag vergessen, den der Chef uns gegeben hat?«

»Nein! Aber wir könnten diesen Kerl doch umlegen, ohne diese Hirnis in Marsch zu setzen.«

»Das sind keine Hirnis, sondern gute Kameraden«, fuhr Rechmann ihn an, um sofort abzuwinken. »Na ja, früher waren sie besser. Aber man muss halt mit dem auskommen, was man hat. Und jetzt noch mal zu unserem Job: Mit einem einfachen Mord ist es nicht getan. Wir müssen zusätzlich ein paar Sachen besorgen und etliche alte Spuren verwischen. Aus dem Grund brauchen wir die Kerle. Wenn wir es geschickt anfangen, können sie uns sogar als Sündenböcke dienen.«

»Hast du auf dem Herweg nicht gesagt, du willst sie nach Flandern schicken?«, fragte Jasten verwirrt.

»Wenn sie morgen den Bullen entkommen und es bis nach Kassel schaffen, werde ich das auch. Du weißt ja, wie sehr der Chef an Flandern interessiert ist. Da kämen ihm ein paar dieser Kerle als Leibgarde gerade recht. Aber jetzt genug von diesen Schwachköpfen.«

Letztlich hielt Rechmann von Dunker und dessen Kumpanen ebenso wenig wie Jasten. Vor allem aber würden sie am nächsten Tag dafür sorgen, dass in einem anderen Stadtteil von Suhl alles so ablaufen konnte, wie Sedersen es wünschte.

VIER

Henriette Corazon von Tarow war noch nie so nervös zum Dienst aufgebrochen. Das lag weniger an dem tränenreichen Abschied, den ihre Mutter ihr bereitet hatte, oder den spöttischen Bemerkungen ihrer Halbbrüder, sondern an der Aufgabe, die ihr bevorstand.

Michael hatte noch einige bissige Worte über Torsten Renk verloren. Anscheinend hatte er es bis heute nicht verwunden, dass er bei einem wichtigen Lehrgang hinter diesem Mann nur Zweiter geworden war. Für Henriette war es unverständlich, wie ein Mensch sich so von seinen Launen leiten lassen konnte wie ihr zweiter Halbbruder. Sie selbst hatte früh gelernt, ihre Gefühle zu beherrschen. Es war nicht leicht für sie gewesen, als Erbin zweier Kulturen aufzuwachsen. Zwar hatten ihre Halbbrüder jeden anderen Jungen verprügelt, von dem sie auch nur schief angesehen worden war. Dennoch war Henriette sich stets bewusst gewesen, dass sie sich doppelt anstrengen musste, um anerkannt zu werden.

Sie versuchte, sich wieder auf das Naheliegende zu konzentrieren. An diesem Tag würde sie zum ersten Mal ihre neue Dienststelle betreten und damit ein weiteres Kapitel ihres Lebens aufschlagen. Während der Zugfahrt nach München versuchte sie sich ein Bild von ihrem neuen Vorgesetzten zu machen. Seinen Auszeichnungen nach musste Torsten Renk ein wahrer Superheld sein. Also würde es schwer für sie werden, mit ihm Schritt zu halten. Andererseits erhielt sie wohl den besten Ausbilder, den sie sich vorstellen konnte.

Nach Frankfurt war es mit der Ruhe im Zug vorbei. Eine Frau stieg mit zwei Kindern zu und nahm neben Henriette Platz. Der Junge und das Mädchen setzten sich gegenüber, stritten sich bald und kamen immer wieder einzeln zu ihrer Mutter, um sich über den anderen zu beklagen. Der Junge versuchte, sich zwischen die Frau und Henriette zu drängen, und versetzte dieser dabei einige derbe Tritte.

Die Mutter sah Henriette um Verständnis bittend an. »Der Junge ist halt ein wenig lebhaft«, sagte sie, ohne ihren Sprössling zu bremsen. Als dieser es wieder zu wild trieb, holte Henriette ihre Tasche aus dem Gepäcknetz und stellte sie wie einen Schild neben sich.

Nun fand der Junge noch weniger Platz und maulte. »Musst du dich so breitmachen?«

»Zu fremden Leuten sagt man erst einmal Sie, und zum anderen bist du es, der sich hier breitmachen will. Das hier ist nämlich mein Sitzplatz, und ich mag es auch nicht, mit schmutzigen Schuhen getreten zu werden.« Henriettes Stimme klang sanft, aber bestimmt.

Die Mutter des Jungen schnaubte kurz, wagte aber nicht, etwas zu sagen, während seine Schwester kicherte.

Mittlerweile kam ein Reisender den Gang entlang, entdeckte den leeren Platz neben dem kleinen Mädchen und setzte sich. Als der Junge das sah, sprang er wütend auf.

»Das ist mein Platz! Da darfst du nicht sitzen.«

»Das stimmt. Mein Sohn ist nur kurz bei mir gewesen«, sprang die Mutter ihrem Sprössling bei.

Der Mann überlegte einen Augenblick, packte dann sein Handgepäck und verschwand mit ein paar unfreundlichen Worten. Sofort setzte sich der Junge auf den Sitz und grinste seine Schwester triumphierend an. »Na, wie habe ich das gemacht?« Dann wandte er sich wieder seiner Mutter zu. »Ich möchte neben dir sitzen, Mama!«

Diese sah Henriette an. »Könnten Sie vielleicht …«

»Ich kann nicht«, antwortete diese freundlich. »Dieser Platz hier ist auf meinen Namen reserviert, und ich werde ihn vor München nicht freigeben. Aber Sie können sich mit Ihrem Sohn drüben hinsetzen, während Ihre Tochter neben mir Platz nimmt.«

»Ich will aber durch dieses Fenster schauen«, plärrte der Bengel.

Da Henriette keine Anstalten machte, ihren Platz zu räumen, warf die Mutter ihr einen anklagenden Blick zu, zog den Jungen an sich und tröstete ihn mit der Aussicht auf das große Feuerwehrauto, das sie ihm nach dieser Reise kaufen würde. Dann wechselte sie die Sitzreihe und scheuchte ihre Tochter von deren Platz. Das Mädchen zuckte mit den Schultern, schlenderte zu Henriette herüber und setzte sich neben sie.

Eine Zeit lang beschäftigte das Kind sich mit dem Buch, das es in der Hand hielt, sah dann aber zu Henriette auf. »Sind Sie Stewardess?«

»Wie kommst du darauf?«

»Wegen Ihrer Uniform! Stewardessen haben auch solche Jacken an und solche Mützen auf dem Kopf«, erklärte die Kleine.

Henriette hatte die vorschriftsmäßige Uniform einer Luftwaffenangehörigen angezogen und ihr Schiffchen aufgesetzt. Nun für eine Stewardess gehalten zu werden amüsierte sie. »So etwas Ähnliches bin ich auch. Allerdings fliege ich selbst. Ich bin nämlich Pilotin.«

»Wirklich?« Das Mädchen klatschte begeistert in die Hände.

»Bäh, das glaube ich nicht!« Der Junge streckte Henriette die Zunge heraus, doch weder diese noch seine Schwester kümmerten sich um ihn.

»Und was fliegen Sie?«

»Verschiedene Typen«, antwortete Henriette.

Das Mädchen stellte die nächste Frage, und schon bald waren sie in ein Gespräch vertieft, das beiden Freude machte. Der Junge sah mehrmals neidisch herüber, denn mit einer echten Pilotin hätte er sich auch gerne unterhalten. Als er jedoch Anstalten machte, seine Schwester von deren Platz wegzudrücken, brachte ihn ein einziger Blick aus Henriettes stahlblauen Augen dazu, sich hinter seiner Mutter zu verstecken.

FÜNF

Nicht nur das Mädchen im Zug, auch der Wachtposten am Eingang des Feldafinger Ausbildungszentrums der Bundeswehr hatte Schwierigkeiten, Henriette richtig einzuordnen. Als die junge Frau auf ihn zutrat, salutierte er und sprach sie auf Englisch an.

Henriette antwortete automatisch in dieser Sprache und kniff dann irritiert die Augen zusammen, als er sie fragte, aus welchem Land sie stamme. In dem Augenblick wechselte sie ins Deutsche über und reichte ihm ihre Papiere.

Dem Mann gingen die Augen über, als er die Formulare und

Stempel der Bundeswehr erkannte. Er blickte noch einmal Henriette an, die mit ihrem asiatischen Gesichtsschnitt und den schwarzen Haaren nicht gerade so aussah, wie er sich eine deutsche Soldatin vorstellte, und sah noch verblüffter drein, als er begriff, dass sie von Adel war.

»Leutnant von Tarow? Entschuldigung, ich … Sie müssen zu dem dritten Gebäude in jener Reihe da drüben, Eingang zwei. Dort ist Ihre Dienststelle untergebracht. Melden Sie sich beim Empfang.«

»Danke!« Henriette nickte dem jungen Mann kurz zu, schwang sich den Seesack über die Schulter und klemmte sich die Tasche unter die Achsel. Dann ging sie mit raschen Schritten weiter und ließ den verdatterten Wachtposten hinter sich zurück.

SECHS

An diesem Tag hatte Torsten Renk sich rechtzeitig bei Major Wagner eingefunden und wartete nun auf den Leutnant, für den er den Bärenführer spielen sollte. Auch Petra war auf der Bildfläche erschienen – mit der Ausrede, Wagner ihre neuesten Berichte übergeben zu wollen. Dabei hielt sie sich mit Pokerface im Hintergrund, als spiele sie um ein dickes Bündel Euroscheine. Sie hatte diesem Leutnant H. C. von Tarow in den Computern der Bundeswehr ein wenig nachgespürt und wettete nun mit sich selbst, ob Torsten bei dessen Anblick der Schlag treffen oder ob er explodieren würde.

Während der Major Uniform trug, wie man es von ihm in der Kaserne gewohnt war, steckte Renk wie sonst auch in Jeans, T-Shirt und schwarzer Lederjacke. Er warf einen Blick auf die Wanduhr. »Allmählich müsste dieser Tarow auftauchen!«

Es klang wie das Knurren eines Kettenhunds. Bevor der Major etwas sagen konnte, klingelte das Telefon. Wagner nahm den Hörer ab und meldete sich. Er sagte »gut« und »danke« und legte ohne ein weiteres Wort wieder auf. »Das war ein Wachtposten. Leutnant von Tarow hat eben die Kaserne betreten.«

Petra trat unauffällig ans Fenster. Sie entdeckte eine kleine, schlanke Person in blauer Uniform, die mit forschem Schritt auf das Gebäude zuhielt. Zufrieden damit, dass sie wieder einmal mehr wusste als die beiden Männer, wartete sie schmunzelnd auf das, was nun kommen würde.

Als es klopfte, setzte Wagner sich aufrecht hin und räusperte sich kurz, bevor er »herein« rief. Als statt des erwarteten baumlangen Leutnants eine junge, zierliche Frau mit exotischem Aussehen eintrat, schüttelte er verärgert den Kopf. »Sie haben sich anscheinend in der Tür geirrt«, sagte er und wiederholte es noch einmal auf Englisch.

Henriette blickte auf ihre Unterlagen und sah ihn dann lächelnd an. »Hier steht, dass ich mich auf Zimmer 210 zu melden habe, und das ist doch das Zimmer 210.«

»Das schon, aber …« Wagner brach ab und winkte Henriette, näher zu kommen. »Geben Sie den Wisch her! Ich werde sehen, ob ich Ihnen weiterhelfen kann.«

Henriette reichte ihm die Unterlagen und versuchte dabei, nicht allzu neugierig auszusehen. Wagner war ein Mann mittleren Alters, nicht allzu groß, aber kompakt gebaut. Trotzdem traute sie es ihm zu, einen Dauerlauf über fünf Kilometer gegen die meisten Rekruten zu gewinnen, die heutzutage in die Bundeswehr eintraten.

Mehr interessierte sie jedoch der zweite Mann im Zimmer. Er war nicht ganz so groß wie ihre Brüder, wirkte mit den breiten Schultern und schmalen Hüften jedoch agiler als diese. Sein Gesicht war eher interessant als schön und zeigte im Augenblick einen eher genervten Ausdruck. Wenn das Torsten

Renk war, würde sie wohl nicht so leicht mit ihm auskommen. Schnell warf Henriette der dritten Person im Raum einen kurzen Blick zu.

Die Frau war mindestens sechs Zentimeter kleiner als sie, wog aber gewiss doppelt so viel. Das rundliche Gesicht wirkte gemütlich, die Augen über den Hamsterbacken sprühten vor Intelligenz. Henriette nahm sich vor, diese Frau nicht zu unterschätzen. Sie wandte ihre Aufmerksamkeit wieder Renk zu und wunderte sich über seine nachlässige Kleidung. Zumindest hier in der Kaserne hätte sie erwartet, ihn in Uniform zu sehen.

Unterdessen hatte Wagner Henriettes Unterlagen durchgesehen und reichte sie mit schwer zu lesender Miene zurück. »Wie es aussieht, bin ich einem Irrtum aufgesessen. Ich dachte, Sie wären ein junger Mann.«

»Das war wahrscheinlich mein Fehler. Aber da in den Formularen nie genug Platz für meinen vollen Namen ist, kürze ich ihn immer mit H. C. von Tarow ab. Wird dann nicht auf die Zeile geachtet, auf der ich mein Geschlecht angekreuzt habe, kann dies zu Verwirrungen führen.« Henriette blieb freundlich, auch wenn ihr im Moment ziemlich unbehaglich zumute war. Zwar war es nicht ihr Fehler, wenn Major Wagner ihr Geschlecht nicht beachtet hatte, dennoch befürchtete sie, dass er es ablehnen würde, eine Frau in sein Team aufzunehmen.

Ihr fiel ein, dass sie noch nicht gegrüßt hatte, und sie salutierte so zackig, dass Generationen von Offizieren derer von Tarow noch aus dem Jenseits applaudierten. »Leutnant Henriette Corazon von Tarow meldet sich wie befohlen zum Dienst, Herr Major!«

»Rühren!« Wagner wusste nicht, was er tun sollte. Seine Anweisungen besagten, dass H. C. von Tarow ab diesem Tag zu seiner Abteilung gehörte. Am liebsten hätte er sie ja Petra als Helferin zugeteilt. Doch die Computerspezialistin war nicht einmal eine richtige Soldatin, ihr Dienstgrad als Oberfähnrich war ihr als Belohnung für ihre Verdienste bei der Aufdeckung der Tallinn-Verschwörung verliehen worden. Doch ob Petra je die Offizierslaufbahn einschlagen würde, war fraglich. Wahrscheinlich würde man sie im Lauf der Jahre ihrer Fähigkeiten wegen bis zum Hauptmann befördern, ohne dass sie auch nur eine einzige Stunde Grundwehrdienst abgeleistet hatte. Alles Nachdenken über Petras Karriere brachte ihn nicht weiter. Im Moment war sie rangniedriger als Henriette von Tarow und damit nicht als deren Vorgesetzte und Ausbilderin geeignet.

Wagners Blick blieb auf Torsten haften. »Renk, Sie zeigen Leutnant von Tarow anschließend die Räumlichkeiten, lassen ihr ein Einzelzimmer zum Schlafen zuweisen und besorgen sich einen zweiten Stuhl für Ihr ab jetzt gemeinsames Büro.«

»Das soll wohl ein Witz sein«, sagte Torsten mit gepresster Stimme.

»Ich sehe nicht, was daran witzig sein sollte. Leutnant von Tarow gehört ab heute zu unserem Verein, und Sie werden sie ausbilden.« Wagners Laune hatte in den letzten Tagen genug gelitten, daher antwortete er noch schärfer als gewohnt.

»Hören Sie, Wagner. Ich denke nicht daran, das Kindermädchen für ein Generalstöchterlein zu spielen, das unbedingt unserem Club beitreten will. Suchen Sie sich dafür einen anderen Idioten!«

»Derzeit steht aber nur einer zur Verfügung, und das sind Sie! Ihre Kameraden sind alle beschäftigt, da sie unter anderem auch den Job erledigen müssen, den Sie versaubeutelt haben. Außerdem sind wir hier beim Militär, falls Sie das noch nicht bemerkt haben sollten. Befehl ist Befehl, und der wird ausgeführt, solange er nicht sittenwidrig ist oder dem Grundgesetz der Bundesrepublik Deutschland widerspricht. Daher werden Sie Leutnant von Tarow ungeachtet ihres Geschlechts und ihrer Herkunft unter Ihre Fittiche nehmen. Haben Sie mich verstanden?«

Wagner war laut geworden und zeigte jetzt mit eisiger Miene zur Tür. »Ich habe zu tun«, setzte er hinzu und beugte sich über seine Akten.

Torsten begriff, dass er nichts mehr erreichen konnte, und stürmte wutentbrannt aus dem Zimmer. Zuerst sah es so aus, als wolle er die Tür hinter sich zuschlagen, doch dann drehte er sich mit verbissener Miene zu Henriette um. »Mitkommen!« Henriette schulterte ihren Seesack und folgte ihm lächelnd.

Wagner sah den beiden nach und schüttelte den Kopf. »Wenn das nur gut geht! Renk zerreißt das Mädchen in der Luft, wenn es auch nur einen Fehler macht.«

»Henriette Corazon von Tarow ist aus einem härteren Holz geschnitzt, als Sie denken, Herr Wagner. Sie hat in all ihren Aus- und Fortbildungskursen als eine der Besten ihres Jahrgangs abgeschnitten und war im vergangenen Jahr sogar bei den Militärweltmeisterschaften als Judokämpferin dabei. Sie ist in ihrer Gewichtsklasse Dritte hinter zwei Chinesinnen geworden. Allerdings war sie nicht gedopt.«

Wagner starrte Petra fassungslos an. »Sagen Sie bloß, Sie haben gewusst, dass H. C. von Tarow eine Frau ist?«

»Aber Herr Major! Leutnant von Tarow hat auf dem Formdruck unmissverständlich angekreuzt, dass sie weiblich ist«, antwortete Petra lächelnd.

Wagner schnaufte wie ein wütender Bulle und zeigte ein weiteres Mal zur Tür. »Raus! Und kommen Sie nicht wieder, bevor Sie herausgefunden haben, wer für die verschwundene Waffensendung verantwortlich ist.«

»Soll ich auf – wie heißt es gleich wieder? – Felderkundung gehen?«, fragte Petra feixend.

»Verschwinden Sie an Ihren Computer und treten diesen so lange, bis er die richtigen Daten ausspuckt«, bellte Wagner und nahm sich die erste Akte vor.

Erst nach einigen Minuten merkte er, dass er gar nicht las,

denn das Blatt stand auf dem Kopf, ohne dass er es gemerkt hatte. »Wenigstens ist Renk jetzt beschäftigt«, brummte er vor sich hin und bemühte sich, jeden Gedanken an Leutnant von Tarow aus seinem Kopf zu verbannen.

SIEBEN

Igor Rechmann zeigte zufrieden auf eine Gruppe junger Männer in gefleckten Kampfanzügen und Springerstiefeln, die in Richtung des Suhler Stadtzentrums unterwegs war. »Na, habe ich zu viel versprochen? Die Kerle sorgen für genug Aufmerksamkeit, so dass wir unseren Job in aller Ruhe erledigen können.«

Jasten starrte die Neonazis angewidert an. »Ich mag keine Leute, die wegen irgendeiner blödsinnigen Idee zu prügeln beginnen. Wenn ich einen Job übernehme, hat der Hand und Fuß und bringt vor allem etwas ein.«

»Keine Sorge! Das Ding hier wird sich für uns lohnen. Der Chef hat eine große Sache vor, und unser Job ist nur ein kleiner Teil davon. Aber er ist wichtig.« Rechmann startete den Motor und fuhr aus der Parklücke heraus. Er hatte das Auto, das er am Vortag benutzt hatte, durch jenen Kastenwagen ersetzt, der nach dem Mord an Hermann Körver umgespritzt worden war und nun ein Berliner Kennzeichen trug.

Er lenkte den Wagen durch enge Altstadtstraßen und fuhr dann Richtung Stadtrand. Unterwegs sahen sie immer wieder Gruppen mit schwarz-weiß-roten Fahnen und provokanten Schriftbändern in Richtung Steinweg und Marktplatz marschieren. Etliche der Kerle hielten Stangen oder Baseballschläger in den Händen, als könnten sie es nicht erwarten, auf Polizisten und Bürger einzuschlagen. Die Fernsehberichte aus Belgien, in denen flämische und wallonische Extremisten in wüster Weise aufeinander und auf die überforderte Polizei eingeknüppelt hatten, feuerten sie offensichtlich zusätzlich an.

Eine dieser Gruppen kam Rechmann mitten auf der Straße entgegen. Er hupte, doch die Kerle feixten nur. Schließlich musste er bremsen, um keinen von ihnen zu überfahren. Während sie an seinem Kastenwagen vorbeigingen, skandierten sie rechte Parolen, und einer hieb mit seinem Baseballschläger gegen die Fahrertür.

»Idioten!«, schimpfte Rechmann und ließ den Motor aufheulen. Eine stinkende Qualmwolke hüllte die Neonazis ein. Dann legte er den Gang ein und ließ den Wagen durchstarten. Im Rückspiegel sah er, wie einige der Kerle wütend hinter ihm herliefen und erst aufgaben, als sie begriffen, dass sie den Wagen nicht mehr einholen konnten.

»Der Schlag dürfte eine ordentliche Beule gemacht haben«, sagte Jasten.

»Das macht nichts. Ärgerlicher wäre es gewesen, wenn uns dieser Kerl eine Seitenscheibe oder gar die Frontscheibe eingeschlagen hätte. Dann hätte ich ihn mir gekrallt, das sage ich dir!«

Jasten traute es seinem hünenhaften Begleiter zu, den Schläger mitten aus der Schar seiner Freunde herauszuholen und zu verprügeln. Rechmann war stark wie ein Bär und fürchtete sich vor nichts und niemandem.

»Hoffentlich laufen uns diese Kerle nicht noch einmal über den Weg!« Jasten blickte besorgt nach hinten, doch von den Neonazis war nichts mehr zu sehen. Mittlerweile hatten sie ihr Ziel fast erreicht. Nicht weit vom Stadtrand waren vor einigen Jahren mehrere Plattenbauten aufwendig renoviert worden, und wer es sich leisten konnte, hier zu wohnen, zählte zu der kleinen Schicht in dieser Gegend, die weit besser verdiente als der überwiegende Rest. Das verrieten schon die neben der Straße geparkten Autos, die größtenteils zur gehobenen Mittelklasse gehörten.

Rechmann stellte den Kastenwagen ab und sah auf seine

Armbanduhr. »Ich glaube, wir können.« Mit diesen Worten stieg er aus, öffnete die hintere Tür und holte einen Werkzeugkasten heraus. Ebenso wie Jasten hatte er einen blauen Monteuranzug über seine normale Kleidung gezogen. Er zog zwei Paar Arbeitshandschuhe aus dem Werkzeugkasten und warf ein Paar seinem Kumpan zu.

»Hier, zieh die Dinger an! Oder willst du Fingerabdrücke hinterlassen?« Danach reichte er Jasten eine Pudelmütze und setzte selbst ebenfalls eine auf. »Das ist für die Haare. Wenn die Wohnung durchsucht wird, dürfen sie nichts finden, das auf uns hindeutet. Wenn du also in der Nase popelst, lass es nicht auf den Teppich fallen.« Rechmann packte grinsend seinen Werkzeugkasten, ging auf das mehrstöckige Wohnhaus zu und suchte auf dem Klingelbrett nach dem Namensschild. Das war nicht schwer, denn das entsprechende Schild war erst vor kurzem angebracht worden und stach unter den anderen hervor. Grinsend drückte er auf den Klingelknopf und zählte dabei in Gedanken bis fünf.

»Damit kriegst du sogar einen Toten wieder wach«, spottete Jasten, hielt aber sofort den Mund, als sich eine Frauenstimme meldete. »Wer ist da?«

»Wir sind vom Gaswerk. Irgendwo ist eine Leitung undicht, und wir müssen nachsehen, ob das bei Ihnen ist!«

Die Frau entriegelte die Tür. Ohne den Lift zu beachten, stiegen Rechmann und Jasten die Treppe hoch und standen kurz darauf vor einer Wohnungstür, auf der der Name Gans stand. Auf Rechmanns Wink läutete Jasten.

Die Tür wurde so schnell geöffnet, als hätte die Frau bereits dahinter gewartet. Sie war etwa vierzig Jahre alt, klein und zierlich gebaut und hatte ein spitzes Gesicht, das jede Farbe verloren zu haben schien.

»Was ist mit dem Gas?«, fragte sie ängstlich und schnupperte. »Also, ich rieche nichts!«

»Das können Sie auch nicht. Das Zeug ist leider völlig geruchlos. Lassen Sie mich mal sehen.« Rechmann schob die Frau beiseite und trat ein. Sein Kumpan folgte ihm und zog die Tür hinter sich zu.

»Wo ist die Küche?«, fragte Rechmann.

Die Frau zeigte auf eine Tür und drehte ihm dabei den Rücken zu. In dem Augenblick packte Rechmann sie von hinten und hielt ihr den Mund zu.

»Im Werkzeugkoffer ist Klebeband!«, wies er Jasten an. Dieser holte es samt einer Schere heraus, und bevor die Frau es sich versah, hatten ihr die beiden Männer einen breiten Streifen Isolierband über den Mund geklebt. Trotzdem versuchte sie noch zu schreien, doch sie brachte nur noch ein dumpfes Lallen hervor.

»Wenn du nicht aufhörst, kleben wir dir auch noch die Nase zu!« Die Frau war nun so eingeschüchtert, dass sie sich widerstandslos die Arme fesseln ließ. Dann setzten die Männer sie auf einen Stuhl und banden ihre Fußknöchel daran fest.

»Das ging ja wie geschmiert!« Rechmann klopfte seinem Kumpan zufrieden auf die Schulter und blickte dann auf seine Uhr. »Jetzt müssen wir nur noch warten, bis der richtige Fisch ins Netz schwimmt.«

»Wird das lange dauern?«

»Ein, zwei Stunden.«

»Und so lange sollen wir uns die Beine in den Leib stehen? Ich wüsste Besseres mit der Zeit anzufangen.«

»Was denn?«

Der Blick, mit dem Jasten die gefesselte Frau betrachtete, sagte Rechmann genug. »Du willst die Alte pimpern? Hier in der Wohnung geht das nicht, wir dürfen keine Spuren hinterlassen. Wenn die Bullen auf die Idee kommen, hier könnte so etwas passiert sein, suchen sie doppelt genau.«

Jasten fluchte leise, nickte aber. Sein Kumpan kümmerte sich nicht weiter um ihn, sondern sah sich in der Wohnung um. Zwei der fünf Zimmer waren zum Schlafen eingerichtet, ein weiteres als Wohnzimmer und das vierte als Büro. Im letzten Raum standen nur ein paar Umzugskartons.

Rechmann interessierte sich vor allem für das Büro. Er schloss den Schreibtisch auf, holte alle Papiere heraus und verstaute sie in einer Plastiktüte. Ganz unten hinter einem Stapel leeren Papiers versteckt stieß er auf eine eiserne Kassette mit einem Zahlenschloss.

Er stellte sie auf den Tisch und rief nach Jasten. »He, Karl, dein Typ wird verlangt!«

Jasten kam herein und sah die Kassette. »Na, Großer? Bei dem Ding ist doch eher Verstand gefragt als Muskelmasse!«

Einem anderen als Jasten hätte Rechmann die Nase gebrochen oder ihm wenigstens ein blaues Auge verpasst. Stattdessen aber grinste er nur erwartungsvoll und sah zu, wie sein Kumpan mit flinken Fingern an dem Zahlenschloss hantierte. Jasten brauchte keine drei Minuten, dann war die Kassette offen.

Innen lag ein dickes Bündel Papiere. Jasten warf einen kurzen Blick darauf. »Sieh dir das an! Dieser Ingenieur hat doch tatsächlich heimlich die Pläne des Supergewehrs kopiert. Fragt sich nur, was der Dreckskerl damit vorhatte.«

Rechmann schnaubte. »Wahrscheinlich wollte er sie an denjenigen verkaufen, der ihm am meisten dafür zahlt. Der Chef wird froh sein, dass wir früh genug gekommen sind. Pack das Zeug ein! Die leere Kassette nehmen wir ebenfalls mit, sonst fällt das auf.«

Ihm war klar, dass die Pläne seines Anführers durch unvorhergesehene Ereignisse dieser Art höchst gefährdet waren. In Zukunft musste er noch besser aufpassen, um rechtzeitig eingreifen zu können. Er dachte an den alten Mann, den sie vor mehreren Tagen samt seinem Wagen in einem kleinen See versenkt hatten. Bis jetzt hatte noch niemand sein Verschwinden bemerkt.

»Auch hier wird ihnen nichts auffallen«, sagte Rechmann zu sich selbst und setzte die Durchsuchung der Wohnung fort.

ACHT

Ein Geräusch an der Tür ließ die beiden Eindringlinge aufhorchen. Jemand steckte den Schlüssel ins Schloss und sperrte auf. Gleich darauf schwang die Tür auf, und ein mittelgroßer, hagerer Mann trat ein.

»Linda, ich bin wieder da!«, rief er. »Du kannst das Abendessen in einer halben Stunde auf den Tisch stellen. Ich gehe inzwischen in mein Büro.«

Ohne auf eine Antwort zu warten, öffnete Mirko Gans die Bürotür und sah sich Jasten gegenüber, der ihn spöttisch angrinste. Bevor Gans etwas sagen konnte, trat Rechmann aus der Küche und packte ihn. Innerhalb kürzester Zeit lag Gans geknebelt und verschnürt am Boden und starrte ängstlich zu den beiden Männern hoch.

Rechmann kniete neben ihm nieder und legte ihm die Hand auf die Brust. »Hören Sie, Gans! Ich hab nichts gegen Sie, sondern mache hier bloß meinen Job. Wenn Sie kooperieren, passiert Ihnen nichts. Es könnte sich sogar für Sie lohnen. Mein Auftraggeber ist nicht kleinlich.«

Zu Rechmanns Erleichterung schluckte Gans den Köder, denn er nickte und versuchte trotz des Klebebands auf dem Mund etwas zu sagen.

»Ich nehme Ihnen jetzt das Ding ab, damit wir uns wie anständige Menschen unterhalten können. Aber in dem Moment, in dem Sie Zicken machen, klebe ich Ihnen den Mund wieder zu.« Nach dieser Drohung zog Rechmann das Isolierband ab.

Mirko Gans schnappte nach Luft, bevor er zu sprechen begann. »Sie sind hinter dem SG21 her, stimmt's?«

»So könnte man es sagen«, antwortete Rechmann freundlich.

»Ich habe die Pläne nachgezeichnet. Ihre Ingenieure müssten damit klarkommen und das Gewehr nachbauen können. Aber ohne mich kommen Sie nicht ran.« Trotz der bedrohlichen Lage, in der er sich befand, versuchte der Ingenieur, Geld herauszuschlagen. Zwar hatte er die Detailpläne des Spezialgewehrs nur sehen, aber nicht kopieren dürfen. Doch diejenigen, die diese Waffe in der kleinen Fabrik fertigen ließen, hatten nicht mit seinem photographischen Gedächtnis gerechnet. Er hatte jede Einzelheit im Kopf behalten und zu Hause nachzeichnen können. Diese Pläne waren sein Kapital, und aus diesem Grund betrachtete Mirko Gans die beiden Eindringlinge eher als mögliche Geschäftspartner denn als simple Verbrecher.

Rechmann verstärkte diesen Glauben mit einigen Bemerkungen und brachte den Ingenieur dazu, mehr zu erzählen, als dieser eigentlich wollte. »Auf die Idee hat mich der Besitzer der Waffenfabrik gebracht. Er heißt Sedersen und ist ein recht großes Tier in der Wirtschaft. Er wollte unbedingt eine Kopie des Spezialgewehrs 21 haben und hat mich mit Drohungen dazu gebracht, es für ihn zu kopieren!«

Gans verdrängte dabei die Tatsache, dass die Drohungen aus mehreren dicken Bündeln Geldscheinen bestanden hatten. Das Geld hatte es ihm ermöglicht, diese Wohnung zu kaufen und einzurichten. Aber die Summe, die er bekommen hatte, war in seinen Augen noch lange kein ausreichender Gegenwert für den Stress, den die Angelegenheit ihm eingebracht hatte. Irgendetwas musste die Bundeswehr auf den Nachbau aufmerksam gemacht haben, denn in den letzten Tagen waren immer wieder Spezialisten eines Sonderkommandos in der Fabrik aufgetaucht und hatten alles auseinandergenommen und durchsucht. Er selbst hatte die Verhöre nur mit Mühe überstanden. Dabei hatte er verdammt viel Glück, den die Schnüffler hielten die Vorsichtsmaßnahmen, die bei der Fertigung des Prototyps der Waffe getroffen worden waren, für ausreichend und hatten ihn daher ohne direkten Verdacht befragt. Doch ein weiteres Mal, das ahnte Gans, würde er so ein Verhör nicht durchstehen.

»Vielleicht ist es ganz gut, dass wir miteinander sprechen können«, sagte er daher zu Rechmann. »Ihr könnt die Pläne für das Gewehr und die dazugehörige Munition haben. Aber das hat natürlich seinen Preis.«

»Ich glaube, wir dürften uns einig werden!«

Rechmanns beinahe freundschaftlicher Ton ließ Gans aufatmen. »Ich möchte von hier fort, versteht ihr? Allmählich wird mir der Boden zu heiß. Aber dafür brauche ich Geld.«

»Unser Auftraggeber ist nicht kleinlich. Du bekommst so viel, dass du dir den Rest deines Lebens keine Sorgen mehr zu machen brauchst. Dafür musst du nur mit uns zusammenarbeiten!« Das maliziöse Grinsen Rechmanns konnte Gans nicht sehen.

»Ich arbeite mit euch zusammen! Also macht endlich die Fesseln ab. Sie schneiden so ein. Außerdem – wo ist meine Schwester?« Gans schämte sich ein wenig, weil er erst jetzt an Linda dachte, rechtfertigte es aber in Gedanken sogleich mit dem Schock, den er nach seiner Ankunft erlitten hatte.

»Die haben wir in einem der Schlafzimmer auf einen Stuhl gefesselt. Es wäre doch nicht in deinem Sinn gewesen, wenn sie die Nachbarn zusammenschreit.«

Rechmann gab Jasten die Anweisung, die Kabelbinder, mit denen Gans gefesselt war, durchzuzwicken. »Pack sie ein und nimm sie später mit. Nichts darf in der Wohnung zurückbleiben.«

Jasten gingen diese ewigen Mahnungen mittlerweile gewaltig auf die Nerven. Außerdem begriff er nicht, worauf Rechmann hinauswollte. Spielte der Mann sein eigenes Spiel, um die Pläne des Gewehres selbst verkaufen zu können?

Unterdessen unterhielt Rechmann sich scheinbar angeregt mit dem Ingenieur. »Wie sieht es jetzt in der Fabrik aus? Wird noch gearbeitet?«

Der Ingenieur schüttelte den Kopf. »Nein, um siebzehn Uhr ist Feierabend. Derzeit fertigen wir in einer Halle Pistolen in Lizenz für irgendwelche ausländische Kunden und in der anderen die Munition für das SG21. Wir haben nicht so viel zu tun, dass wir Überstunden oder gar Schichtbetrieb machen müssten.«

»Was ist mit der Munition? Wird die bei euch gelagert, oder geht die sofort an die Bundesheinis?«

»Wir fertigen derzeit zehn Stück pro Tag. Die werden einmal pro Woche abgeholt. Wieso wollen Sie das eigentlich alles wissen? Ach so! Sie wollen Ihrem Auftraggeber ein paar Geschosse mitbringen. Aber das können Sie sich aus dem Kopf schlagen. Die Fabrik wird so scharf bewacht, dass selbst ich keine einzige Patrone hinausschmuggeln kann.«

»Wer bewacht die Fabrik?«, fragte Rechmann weiter.

»Zwei Mann von Sedersens Werkschutz und vier Männer von der Bundeswehr.«

»Sind die Leute die ganze Nacht dort?«, fragte Rechmann.

»Ja! Das heißt, nicht dieselben. Um Mitternacht werden sie abgelöst.«

»Um Mitternacht also!« Rechmann blickte auf die Uhr und grinste Jasten an. »Da werden wir noch ein wenig hierbleiben müssen.«

»Ich muss auch, und zwar zur Toilette.«

»Mach's im Sitzen und spül zweimal nach.«

»Ich weiß, sonst bleiben Spuren übrig!«, fauchte Jasten und schluckte seine Wut hinunter.

Unterdessen sagte Rechmann sich, dass es auffallen würde, wenn es in der Wohnung absolut still war, und schaltete den Fernseher ein. Ein aufgeregter Reporter stand neben einem Übertragungswagen und sprach hastig in sein Mikrophon, während im Hintergrund junge Burschen mit Stangen und Baseballschlägern auf geparkte Autos und Schaufensterscheiben einschlugen.

»... weiß niemand, wie das passieren konnte. Nach einigen Verhaftungen im Frühjahr und Sommer hat es so ausgesehen, als wären die Rechtsradikalen in Deutschland im Untergrund verschwunden. Heute aber zeigt es sich, dass sie ihre Kräfte neu gesammelt haben, um heftiger denn je wieder losschlagen zu können. Die Organisation dieses Aufmarsches muss unter strengster Geheimhaltung geschehen sein, denn die Polizei wurde ihren eigenen Angaben zufolge vollkommen überrascht. Es müssen etliche hundert, wenn nicht gar tausend Randalierer sein, die die Innenstadt von Suhl förmlich zerlegen. Ein Kollege sagte vorhin, es würden bereits die ersten Autos angezündet. Die hiesigen Polizeikräfte versuchen nicht einmal mehr, der Horde Herr zu werden, sondern haben sich zurückgezogen und warten auf Verstärkung. Das hier sind Verhältnisse wie in Belgien, meine Damen und Herren. Viele Bewohner der Innenstadt flüchten in Panik, andere verschanzen sich in ihren Häusern. Es ist die Hölle! Wir werden diesen Standort gleich räumen müssen, da die Schlägertrupps in unsere Richtung unterwegs sind. Wir …«

Der Reporter brach ab, als ein Mann des Fernsehteams ihm auf die Schulter tippte. »Los, rein in den Wagen! Sonst kannst du zu Fuß gehen!«

Der Sender schaltete ins Nachrichtenstudio zurück, und eine junge Frau las den Text von einem Blatt ab, den ihr jemand reichte. »Der Innenminister von Thüringen hat vorhin am Telefon erklärt, dass …«

Rechmann schaltete den Ton ab und drehte sich zu Jasten um, der von der Toilette zurückkam. »Dunkers Jungs machen einen ganz schönen Wirbel. Das hätte ich ihnen gar nicht zugetraut.« Danach schaltete er auf einen anderen Sender um, auf dem irgendein Drittligafußballspiel übertragen wurde.

»Kann ich Ihnen was zu trinken anbieten?«, fragte Gans, den die Gelassenheit der beiden Männer nervös machte.

Rechmann schüttelte den Kopf. »Das ist sehr aufmerksam von dir, aber wir trinken nichts.«

»Darf ich mir ein Glas einschenken?« Gans wagte erst aufzustehen, nachdem Rechmann es ihm erlaubt hatte. Als er sich ein Wasserglas voll Wodka einschüttete, zitterten seine Finger, und er verschüttete etwas von der Flüssigkeit auf den Boden.

»Schade um den guten Schnaps«, spottete Rechmann und wandte sich dann wieder den drittklassigen Fußballspielern zu.

NEUN

Kurz nach Mitternacht brachen sie auf. Mirko Gans durfte sich frei bewegen, seiner Schwester aber blieben die Hände gefesselt, und der Mund war immer noch mit weißem Isolierband verklebt. Damit das aus der Ferne nicht auffiel, hatte Rechmann mit einem im Badezimmer gefundenen Lippenstift einen Mund darauf gemalt.

Auf ihrem Weg nach unten begegneten sie jedoch keinem Menschen. Rechmann und Jasten führten ihre Gefangenen zum Kastenwagen, schoben sie ins Innere und befahlen ihnen, sich hinzulegen. Jasten fuchtelte ihnen dabei mit seiner Pistole vor der Nase herum, so dass es selbst Rechmann zu viel wurde. »Pass auf, dass du nicht aus Versehen damit herumballerst. Und schraub gefälligst den Schalldämpfer auf.« Nachdem sie losgefahren waren, ließ Rechmann das Seitenfenster ein wenig herunter und lauschte auf die Geräusche, die aus der Innenstadt zu ihnen drangen. Anscheinend lieferten sich Dunkers Gesinnungsfreunde immer noch Straßenschlachten mit den Polizeikommandos. Ein Einsatzfahrzeug der Polizei raste so scharf an ihnen vorbei, dass Rechmann instinktiv auf die Bremse trat. Gleichzeitig schlug er Jastens Rechte nach unten, der im ersten Schreck mit der Pistole auf den Polizeiwagen gezielt hatte.

»Idiot! Was wäre, wenn einer von denen die Knarre gesehen hätte?«

»Hat aber keiner! Wie du siehst, fahren sie weiter, ohne sich um uns zu kümmern«, giftete Jasten, obwohl der Tadel seines Kumpans berechtigt gewesen war.

»Dein Glück!« Rechmann gab wieder Gas. Auf Umwegen fuhr er zur Waffenfabrik seines Chefs. Dort ließ er den Wagen ausrollen und zog die Handbremse an. Als er die Fahrertür öffnete, war von den Unruhen in der Stadt nichts mehr zu hören und zu sehen. Zufrieden stieg er aus und bedeutete Mirko Gans, ihm zu folgen.

»Du wartest hier. Pass aber gut auf! Ich werde dich bald brauchen«, sagte er zu Jasten und schob Gans auf das Werkstor zu. Mit der einen Hand hatte er seinen Gefangenen gepackt, und in der anderen hielt er seine mit einem Schalldämpfer versehene Pistole.

Zwei Männer – einer in der dunkelblauen Dienstkleidung von Sedersens Werkschutz, der andere in einem Bundeswehrkampfanzug – kamen von innen auf das Tor zu. Beide hielten ihre Waffen schussbereit, senkten sie aber, als sie im Licht der Außenbeleuchtung Mirko Gans erkannten.

»Frag die beiden, ob hier alles in Ordnung ist«, soufflierte Rechmann seinem Gefangenen.

Der Ingenieur befeuchtete sich nervös die Lippen mit der Zunge und begann dann mit rauer Stimme zu sprechen. »Ist bei euch alles in Ordnung?«

Der Wachmann winkte lachend ab. »Keine Sorge, Herr Gans. Wir haben alles im Griff.«

»Wie viele Leute sind hier und bewachen das Gelände?«, ergriff nun Rechmann selbst das Wort.

Der Wachmann sah ihn misstrauisch an. »Wer sind Sie?«

»Herr Sedersen schickt mich. Er hat von den Unruhen in der Stadt erfahren und will wissen, wie es hier aussieht. Sie können verstehen, dass er besorgt ist!«

»Ach so ist das! Herr Sedersen braucht keine Angst zu haben. Die Fabrik ist sicher. Außer mir ist noch ein Kollege da, dazu kommen drei Mann von der Bundeswehr. Der Feldwebel ist losgefahren, um zu erfahren, was draußen los ist.«

Rechmann wandte sich an Gans. »Haben Sie einen Schlüssel für das Tor?« Als Gans unbewusst nickte, schoss Rechmann. Weder der Wachmann noch der Soldat kamen dazu, zu schreien oder gar ihre eigenen Waffen einzusetzen.

Rechmann sah ungerührt zu, wie die beiden leblos zusammensanken, und versetzte Gans einen Stoß. »Aufschließen, und zwar dalli!«

»Aber … Warum haben Sie sie erschossen? Wenn jemand das gehört hat!«, rief Gans entsetzt.

»Das Ding hier heißt nicht umsonst Schalldämpfer. Und jetzt mach auf. Sonst blase ich dir die nächste Kugel in den Schädel!« Um zu unterstreichen, wie ernst es ihm war, versetzte er dem Ingenieur einen Stoß mit der Waffe und winkte dann Jasten, ihnen zu folgen.

»Es sind noch drei Leute auf dem Gelände. Einer ist unterwegs. Das heißt, wir müssen aufpassen.«

Jasten nickte, obwohl er Aktionen wie diese hasste. In solch einer Situation konnte er selbst eine Kugel einfangen, und die Vorstellung gefiel ihm ganz und gar nicht. Während er das Gelände beobachtete und dabei den Lauf seiner Pistole hin und her schwenkte, zwang Rechmann den Ingenieur, das Tor aufzuschließen. Da er nicht riskieren wollte, dass Gans im Gewirr der Fabrik verschwand oder die Waffe von einem der Toten an sich nahm, um den Wachleuten zu helfen, stieß er ihn vor sich hier.

In der Halle hatte man offenbar bemerkt, dass das Tor geöffnet worden war, denn ein Mann trat aus einer Kabine, in der sich wohl die Überwachungszentrale verbarg. Ein Zweiter streckte den Kopf heraus.

»Einfach weitergehen«, wies Rechmann den Ingenieur an und hielt seine Waffe so hinter Gans' Rücken, dass sie in dem Halbdunkel nicht von Kameras erfasst werden konnte.

Unterdessen hatte der Wachmann den Ingenieur erkannt

und blieb überrascht stehen. »Aber Herr Gans, was machen Sie um die Zeit hier?«

»Herr Sedersen hat uns geschickt, um nachzusehen, ob etwas passiert ist«, sagte Rechmann, da Gans kein Wort mehr herausbrachte.

»Hier ist alles ruhig. Gekracht hat es nur in der Innenstadt«, antwortete der Mann arglos. Dann aber wurde er misstrauisch. »Wo ist mein Kollege? Er muss Sie doch am Tor gesehen haben.«

In dem Moment stürmte Rechmann los und begann zu feuern. Der Wachmann sackte zu Boden, während der Bundeswehrsoldat den Kopf zurückzog, um Rechmann die Tür vor der Nase zuzuschlagen. Doch der Körper des schwer gebauten Mannes schlug wie ein Rammbock gegen das Türblatt und stieß es auf. Noch in derselben Bewegung richtete er die Waffe auf den Soldaten und drückte ab. Obwohl der andere noch seine MP hochriss, hatte er keine Chance.

»Bleibt nach Adam Riese noch einer. Los, Karl, gib mir Feuerschutz.« Rechmann ließ Jasten und Gans hinter sich zurück und rannte weiter zum Aufenthaltsraum der Wachleute. Dort kam gerade ein junger Mann in Uniform heraus, der sich krampfhaft an seiner Waffe festhielt.

Rechmann sah ihm seine Angst an. »Mach keine Dummheiten, die du später einmal bereuen könntest. Wirf die Waffe weg, dann passiert dir nichts!«

Der Soldat zögerte. Zwar hätte er Rechmann über den Haufen schießen können, doch seine Phantasie gaukelte ihm Dutzende von Angreifern vor. Beinahe in Zeitlupe senkte er den rechten Arm und ließ die Waffe fallen. Er kam nicht einmal mehr dazu, die Hände zu heben, denn Rechmann zog den Stecher durch.

Doch die Pistole hatte Ladehemmung. Während er wütend mit dem Handballen gegen den Abzug hämmerte, kam Leben in den Soldaten, und er bückte sich nach seiner Waffe. Bevor er sie auf Rechmann anschlagen konnte, klang zweimal ein gedämpftes Plopp auf. Mitten im Schritt zur Seite zuckte der Soldat zusammen. Die MP entglitt seinen Händen, und er schlug zu Boden.

Jasten kam auf Rechmann zu und feixte. »Na, Rambo? Heute hast du anscheinend dein Kampfmesser nicht dabei. Beinahe hätte es dich erwischt.«

»Halt's Maul! Wir müssen einen Zahn zulegen, denn wir wissen nicht, wann der letzte Bundesheini zurückkommt. Schaff die beiden Leichen herein und leg sie dort hinten ab. Bring auch die Alte aus dem Wagen hierher. Ich will sie nicht zu lange allein lassen. Sie könnte sonst versuchen, sich zu befreien. Und was ist mit Gans?«

»Den habe ich mit einem Kabelbinder an die Drehbank gefesselt«, antwortete Jasten lachend.

»Gut. Und jetzt weiter. Wir sind nicht zum Vergnügen hier.« Während Rechmann sein Ersatzmagazin in die Pistole schob, schleifte Jasten den toten Soldaten nach vorne. Rechmann holte den zitternden Gans und stieß ihn in die Halle.

»Wo ist die Munition für das Spezialgewehr?«, bellte er ihn an.

Gans wies auf eine Falltür, die so geschickt angebracht war, dass Rechmann sie erst auf den zweiten Blick als solche identifizierte. »Dort unten sind die Patronen und alle Werkstücke des Gewehrs, die ich als Ausschuss gekennzeichnet habe.«

»Du bist ein ganz Schlauer, was? Du wolltest nicht nur die Pläne des Gewehrs, sondern auch gleich einen Prototyp an wen auch immer verkaufen.« Rechmann klopfte Gans lachend auf die Schulter.

Der schüttelte den Kopf. »Das stimmt nicht! Die Bundeswehr wollte alle Teile abholen lassen.«

»Ohne dass du dabei etwas gedreht hast? Aber klar … Mach das Ding auf!«

Ein weiterer Stoß traf Gans. Dieser holte zitternd seinen Schlüsselbund aus der Tasche und öffnete die Falltür.

»Halt, hiergeblieben! Ich möchte zuerst sehen, was da unten ist«, rief Rechmann, als der Ingenieur hinabsteigen wollte. Er scheuchte Gans in eine Ecke und stieg selbst hinab. Das Kellergeschoss war in mehrere streng voneinander abgetrennte und gesicherte Räume aufgeteilt. In einem standen Fässer eines leicht brennbaren Reinigungsmittels. Ein anderer am gegenüberliegenden Ende verfügte über besonders dicke Mauern. Als Rechmann diesen mit einem Schlüssel von Gans' Schlüsselbund öffnete, wunderte er sich nicht, zahlreiche Kisten einer hochbrisanten Schießpulvermischung zu sehen. Obwohl hier pro Tag nur wenige Stücke der aufwendig herzustellenden Geschosse für das SG21 gefertigt wurden, war genug Pulver vorhanden, um eine ganze Brigade mit solchen Patronen ausrüsten zu können.

Rechmann kam das Zeug gerade recht. Er rief Gans zu sich und befahl ihm, die Kisten nach oben zu tragen und an der Stirnwand zu stapeln. Der Mann gehorchte ihm widerspruchslos, er klammerte sich an die Hoffnung, mit heiler Haut davonkommen zu können.

Im letzten Kellerraum, der mit einem Spezialschloss versehen war, fand Rechmann in zwei olivgrünen, länglichen Kisten schließlich das, was er suchte. Eine enthielt etwa fünfzig fertige Spezialpatronen, die andere die angeblichen Ausschussteile des Spezialgewehrs. Rechmann brachte beide Kisten selbst nach oben und verstaute sie im Kastenwagen.

ZEHN

Als Rechmann wieder in die Fabrik trat, sah Jasten ihn fragend an. »Was machen wir jetzt?«

»Warten, bis der Feldwebel zurückkommt. Wir können es uns nicht leisten, dass er, ein oder zwei Minuten nachdem wir losgefahren sind, hier aufkreuzt und Alarm schlägt«, antwortete Rechmann gelassen.

»Das kann aber dauern!« Jasten war nervös und wollte fort. Dennoch begriff er, dass Rechmann recht hatte. »Wenn wir wenigstens einen Schluck zu trinken hätten«, setzte er stöhnend hinzu.

»Im Wagen ist eine Büchse Cola. Wirf sie aber ja nicht weg, sondern leg sie wieder auf ihren Platz!« Nach diesen Worten ging Rechmann zum Fenster und sah hinaus.

»Mir geht die Warterei auf den Sack. Ich werde mich ein wenig beschäftigen«, hörte er Jasten sagen. Gleich darauf ließ Gans' empörter Ausruf Rechmann herumfahren.

»Lass die Finger von meiner Schwester!«

Jasten hatte der Frau den Rock hochgeschlagen und zerrte an ihrem Schlüpfer. Gleichzeitig versuchte er, sich Gans vom Hals zu halten. Angesichts der Gefahr für seine Schwester hatte der Ingenieur endlich seinen Mut wiedergefunden.

Mit einem Schritt war Rechmann bei ihnen und trennte sie. »Bist du jetzt vollkommen durchgeknallt? Dieser Bundeswehrfuzzi kann jeden Moment kommen, und du denkst nur ans Rammeln«, herrschte er Jasten an.

Dieser schüttelte sich und betastete sein Kinn, das der Ingenieur mit einem harten Schlag getroffen hatte.

»Brauchen wir den Kerl noch?«, fragte er Rechmann.

Der schüttelte den Kopf. »Jetzt nicht mehr!«

»Gut!« Jasten zielte auf Gans' Kopf und drückte ab. Ein kleines, schwarzes Loch erschien auf der Stirn des Ingenieurs. Während der Schütze ungerührt zusah, wie sein Opfer zu Boden sank, bäumte sich dessen Schwester auf und wollte Jasten mit den gefesselten Beinen treten.

Dieser versetzte ihr eine schallende Ohrfeige und gesellte sich zu Rechmann, der ans Fenster zurückgekehrt war und wieder die Zufahrt zur Fabrik überwachte. Plötzlich spannte sich der Hüne an. »Da vorne kommt ein Auto. Los, zum

Werkstor. Dort müssen wir den Kerl abfangen!« Im Rennen zog Rechmann seine Pistole.

Der Bundeswehrfeldwebel machte es ihm leicht, denn er fuhr direkt vor das Gittertor und hupte. Noch bevor er merkte, dass der Mann, der auf ihn zukam, weder vom Werkschutz noch einer seiner Kameraden war, erschoss Rechmann ihn durch die Frontscheibe.

»Der wäre auch erledigt«, sagte er zu Jasten und öffnete das Tor. »Wir fahren den Wagen in die Werkshalle und lassen das Benzin ab. Das gibt ein Feuerchen, sage ich dir!« Er öffnete die Fahrertür, schob den Toten beiseite und lenkte das Auto auf das Werksgelände, wo Jasten bereits das große Tor der Halle geöffnet hatte. Kurz darauf parkte Rechmann das Fahrzeug des Feldwebels neben den übrigen Toten.

Während Rechmann eine Pulverspur von den aufgestapelten Sprengstoffvorräten zur Tür zog, wollte sein Kumpan zum Kastenwagen zurückkehren.

»Hast du nicht etwas vergessen?«, fragte Rechmann.

»Was meinst du?«

»Die Frau! Oder willst du sie bei lebendigem Leib verbrennen lassen?« Rechmann zog seine Waffe, legte auf Gans' Schwester an und schoss. »Jetzt sind wir fertig.«

Auch Jasten fühlte sich wie im Rausch. Sie hatten zu zweit sechs bewaffnete Männer ausgeschaltet und den Auftrag ihres Anführers erfüllt. Außerdem verdankte Rechmann ihm sein Leben, denn ohne den finalen Treffer auf den dritten Soldaten hätte der seinen Begleiter mit der MP erschossen. Das wusste Rechmann genauso wie er selbst, und irgendwann würde er den Preis dafür einfordern. Nun aber sah er zu, wie Rechmann mehrere Zeitungsblätter zusammenknüllte, mit einem Feuerzeug ansteckte und dorthin warf, wo das auslaufende Benzin auf die Schnur aus Sprengstoff traf.

Rechmann wartete noch, bis die ersten Flammen hochschossen, dann stieg er rasch in den Kastenwagen und fuhr an.

ELF

Am ersten Tag zeigte Torsten Renk seiner neuen Kollegin mit mürrischer Miene alles, was sie auf dem Kasernengelände kennen musste, auf ihre Fragen aber antwortete er nur einsilbig. Punkt siebzehn Uhr machte er Feierabend und fuhr mit dem Bus in den Ort, um in einem Biergarten gegen seinen Frust anzukämpfen. Den Rest des Tages blieb Henriette sich selbst überlassen.

Nun zeigte sich, dass sie als Frau und angehende Geheimdienstlerin gewisse Vorteile genoss. Ein nicht unwesentlicher war ein Zimmer für sich allein, auch wenn es winzig war. Die spärliche Ausrüstung bestand aus einem schmalen Bett, einem Spind, einem Klapptisch und zwei Stühlen, es gab weder einen Fernseher noch ein Radiogerät. Henriette war jedoch zufrieden. In diesem Raum konnte sie ungestört ihren Gedanken nachhängen und telefonieren, ohne dass jemand mithörte.

Da sie versprochen hatte, sich so rasch wie möglich zu Hause zu melden, setzte sie sich auf die Bettkante und rief ihre Mutter an. Es kostete sie eine Viertelstunde, ihr zu erklären, dass es ihr gut gehe, das Essen im Casino erträglich sei und auch noch kein fremder Agent auf sie geschossen habe. Während des Gesprächs bedauerte Henriette nicht zum ersten Mal, dass sie ihren Wechsel zum MAD daheim nicht verschwiegen hatte.

Nachdem sie ihre Mutter mit dem Hinweis, das Ganze sei eher ein Schreibtischjob, so weit beruhigt hatte, dass diese den Hörer dem Vater überließ, atmete Henriette auf. Als ihr Vater sie jedoch nach ihrem Ausbilder fragte, geriet sie in die Bredouille. Was sollte sie über einen Mann sagen, der Orden sammelte wie andere Briefmarken, sich ihr gegenüber aber wie der größte Stoffel benahm?

Kurzentschlossen berichtete sie ihrem Vater, wie Renk sie durch die Dienststelle geführt und ihr alles gezeigt hatte, und wunderte sich selbst über das positive Bild, das sie von ihrem neuen Kollegen gezeichnet hatte.

Ihr Vater lachte. »Du brauchst mir nichts vorzumachen, Kleines. Ich kann mir vorstellen, dass ein Mann mit einer solchen Erfahrung wie Renk nicht gerade begeistert ist, einen Frischling anlernen zu müssen. Schätze, der hat dich behandelt wie einen Rekruten am ersten Tag. Aber mach dir nichts draus. Er wird schon noch merken, was in dir steckt!«

»Nein, ganz so schlimm war es wirklich nicht«, verteidigte Henriette Renk, musste vor sich selbst aber zugeben, dass es noch viel schlimmer gewesen war. Ein Rekrut würde einmal zu einem richtigen Soldaten werden. Doch in Renks Augen war sie nicht einmal das, sondern nur das Generalstöchterlein, das seine neugierige Nase in seine Abteilung steckte, um hinterher mit genauso leerem Kopf zu verschwinden, wie es gekommen war.

»Kein Sorge, Papa. Ich werde mir Renk schon zurechtbiegen!« Bis jetzt war Henriette noch mit allen Schwierigkeiten fertiggeworden, und das sollte sich auch nicht ändern. Mit diesem Vorsatz beendete sie das Telefongespräch und begann, sich in dem kleinen Zimmer so häuslich einzurichten, wie es ihr möglich war.

ZWÖLF

Als Torsten Renk am nächsten Morgen das Büro betrat, das man ihm auf dem Bundeswehrgelände zur Verfügung gestellt hatte, saß Henriette bereits auf einem Stuhl und arbeitete an ihrem Laptop. Bei seinem Anblick schoss sie hoch und salutierte.

»Guten Morgen, Herr Oberleutnant!«

»Guten Morgen.« Torsten sah sie an und schüttelte den

Kopf. »Ihre Stewardessenuniform können Sie hier ausziehen. Oder glauben Sie, ich will mit jemandem unterwegs sein, der kilometerweit nach Bundeswehr riecht?«

»Entschuldigen Sie, Herr Oberleutnant, aber ich bin neu und habe nicht gewusst, dass die vorschriftsgemäße Bekleidung der Kameraden vom MAD aus Turnschuhen, Jeans und Lederjacken besteht. Wenn Sie mir sagen, in welchem Shop Sie Ihre Dienstkleidung erworben haben, werde ich mich umgehend dort ausrüsten!« Henriette hatte nicht patzig sein wollen, aber die Bemerkung »Stewardessenuniform« war zu viel gewesen.

»Ich wollte damit sagen, dass wir außerhalb des Bundeswehrareals meistens in Zivil herumlaufen. Wenn Sie keine geeignete Kleidung mitgebracht haben, sollten Sie mit Petra reden.«

Torsten war so genervt, Henriette ausbilden zu müssen, dass er jede Höflichkeit über Bord geworfen hatte. Wenn man ihm schon einen Kameraden zur Ausbildung zuteilte, sollte es jemand sein, mit dem er etwas anfangen konnte. Diese Henriette von Tarow war viel zu klein und zu zerbrechlich für diesen harten Job.

»Danke, Herr Oberleutnant! Ich werde mich an Oberfähnrich Waitl wenden.«

Irritiert sah Torsten Henriette an. Doch bevor er fragen konnte, was sie von Petra wollte, fiel es ihm wieder ein, und er musste lachen. »Sie sollten vor Petra nicht salutieren und sie Oberfähnrich nennen. So militaristisch ist sie wahrlich nicht.«

»Als Ranghöhere salutiere ich selbstverständlich nicht vor einer unter mir stehenden Kameradin«, erklärte Henriette mit einer gewissen Schärfe.

»Sie sollten von Petra allerdings nicht verlangen, dass sie vor Ihnen salutiert. Bei so was kann sie grantig werden.« Kaum hatte Torsten die Warnung ausgesprochen, ärgerte er sich darüber. Petras Revanche für eine solche Zumutung hätte er zu gerne erlebt.

Unterdessen fragte Henriette sich, was es mit dieser Petra Waitl auf sich hatte. Frauen wie diese saßen sonst als Zivilangestellte in den Vorzimmern und hatten vor allem keinen militärischen Rang.

»Bitte um Erlaubnis, das Zimmer verlassen zu dürfen, um mit Frau Waitl sprechen zu können!«

»Erlaubnis erteilt!« Torsten stöhnte auf, als Henriette gegangen war. So zackig wie sie hatte er bei der Bundeswehr noch niemanden erlebt. Dann aber dachte er an Henriette von Tarows Brüder und sagte sich, dass auch dieser Apfel nicht weit vom Stamm gefallen war. Da sie mit ihrem exotischen Aussehen nicht so recht in die Reihe der männlichen Tarows passte, fragte er sich, ob sie ein Adoptivkind des Generals war. Neugierig geworden schaltete er seinen Laptop ein und rief die Stammakte seiner neuen Untergebenen auf.

Sie war tatsächlich Heinrich von Tarows leibliche Tochter. Die Mutter hingegen schien dem Namen nach von den Philippinen zu stammen. Solche Ehen gab es viele, aber in Offizierskreisen waren sie eher ungewöhnlich. Nun, was ging es ihn an. Er zuckte mit den Schultern und widmete sich seinen Mails.

Im nächsten Moment schrillte das Telefon. Im Reflex griff Renk nach dem Hörer. »Hier Renk!«

»Hier Wagner! Kommen Sie sofort in mein Büro und bringen Sie Ihren Lehrling mit.«

In der Stimme des Majors schwang schiere Panik. Daher sprang Torsten auf und raste zur Tür hinaus. Ein kurzer Gedanke galt Leutnant von Tarow, doch er hatte keinen Nerv, sie vorher noch zu suchen.

DREIZEHN

Wagners Kopf war so rot wie eine reife Tomate. Die Lippen fest zusammengepresst saß er auf seinem Stuhl und starrte auf seinen Bildschirm.

Torsten blieb an der Tür stehen und räusperte sich. »Da bin ich, Herr Major.«

»Kommen Sie her und sehen sich diese Sauerei an.«

Gespannt trat Torsten näher. Auf dem Bildschirm war eine ausgebrannte Halle zu sehen, um die Polizisten und Zivilbeamte herumliefen. Einige der Männer sperrten das Gelände weiträumig mit weiß-roten Plastikbändern ab, andere machten Fotos von den Überresten eines Autos, das in der Halle verbrannt war.

»Was ist da los?«, fragte Torsten.

»Haben Sie von der gestrigen Zusammenrottung von Neonazis in Suhl gehört?«

Torsten schüttelte den Kopf. »Nein, ich habe weder gestern noch heute Nachrichten gesehen.«

»Hätten Sie aber tun sollen! Die braune Pest ist wie aus dem Nichts aufgetaucht. Mehr als tausend dieser Kerle haben die Stadt überfallen und Schäden von etlichen hunderttausend Euro, vielleicht sogar von mehr als einer Million verursacht. Die Polizei war machtlos. Erst lange nach Mitternacht ist es den in Marsch gesetzten Einheiten der Bundespolizei gelungen, die Rechtsradikalen zu zerstreuen. Wie es aussieht, lassen sich unsere speziellen Freunde von ihren Gesinnungsgenossen in Flandern inspirieren, denn das Ganze ist beinahe exakt so abgelaufen wie die Unruhen in Beersel.«

Wagner starrte wieder auf den Monitor. »Ich vermute jedoch, dass die Randale ein Ablenkungsmanöver war. In der Nacht ist nämlich eine der dortigen Waffenfabriken überfallen worden. Das da«, Wagner tippte mit dem Finger auf den Bildschirm, »ist davon übrig geblieben.«

Torsten betrachtete die zerstörte Halle und zuckte mit den Achseln. »Ich finde, das ist eine seltsame Art, sich Waffen zu besorgen.«

»Sie verstehen anscheinend gar nichts! Das da war die Fabrik, in der der Prototyp des SG21 hergestellt worden ist.«

Wagner sah Renk durchdringend an. »Und dabei haben wir bis jetzt noch nicht einmal die undichte Stelle gefunden, über die der Mörder, der Ihnen in Niedersachsen durch die Lappen gegangen ist, an die Pläne für die Waffe gekommen ist. Ich persönlich habe Mirko Gans, den leitenden Ingenieur der Fabrik, im Verdacht. Der hat wichtige Einzelteile des Prototyps höchstpersönlich angefertigt. Allerdings hat er die Pläne des SG21 nie im Ganzen zu Gesicht bekommen, sondern immer nur die der jeweiligen Komponenten, und die durfte er weder auf den Computer laden noch sonst wie kopieren. Unsere Kollegen vor Ort haben ihm scharf auf die Finger geschaut. Trotzdem muss er die Pläne kopiert und das Gewehr nachgebaut haben.«

»Wie hätte er das tun können?«, wandte Torsten ein.

»Mirko Gans wurde zwar überwacht, als er das Gewehr und die Spezialmunition hergestellt hat. Sonst aber konnte er tun, was er wollte, und er hatte genug Zeit, um das SG21 Stück für Stück nachzubauen.«

»Welchen Grund sollte Gans dafür gehabt haben?«

»Geld! Was sonst?«, mutmaßte Wagner. »Immerhin hat er sich vor ein paar Wochen eine neue Wohnung gekauft. Sie wissen ja, bei solchen Dingen kommt es ausländischen Geheimdiensten nicht auf ein paar Euro an.«

Torsten dachte kurz nach und schüttelte den Kopf. »Das Ganze passt nicht zusammen!«

»Warum?«

»Kein ausländischer Geheimdienst würde hierzulande Menschen erschießen, die eigentlich ins Gefängnis gehörten, aber durch Verfahrenstricks davongekommen sind.«

»Und wenn man uns damit auf eine falsche Fährte locken will? Während wir hinter einem scheinbaren Irren her sind, lachen sie sich in Peking, Washington oder Moskau ins Fäustchen. Renk, das ist eine verdammt ernste Sache! Dieses Werk wurde von vier Bundeswehrkameraden und zwei Wachleuten gesichert, und diese sechs Männer sind spurlos verschwunden. Da ich nicht annehme, dass sie mit den Schurken, die das Gewehr an sich gebracht haben, zusammengearbeitet haben, müssen sie umgebracht worden sein. Unsere Leute können die niedergebrannte Halle noch nicht untersuchen, weil die Trümmer zu heiß sind. Aber es gibt bereits Hinweise auf menschliche Überreste.«

»Wenn das stimmt, haben wir es mit einem Gegner zu tun, der bedenkenlos über Leichen geht!« Renk beugte sich vor und betätigte ein paar Tasten.

»Was haben Sie vor?«, fragte Wagner.

»Ich will mir die Informationen über diesen Gans ansehen. Wenn er wirklich der Schurke ist, für den Sie ihn halten, hat er unsere Leute umgebracht und die Halle in Brand gesetzt, um alle Spuren zu beseitigen.«

»Tun Sie das in Ihrem Büro. Ich brauche meinen Computer selbst. Halt!«, rief Wagner, als Renk sich umdrehte und die Tür öffnen wollte. »Zuallererst setzen Sie sich in Ihr Auto und fahren nach Suhl. Sehen Sie sich alles an und suchen Sie nach Spuren. Ihr Wagen ist übrigens wieder repariert und daher wie neu.«

»Und was ist mit meinem Führerschein?« Torsten hoffte bereits, das begehrte Stück Plastik zurückzubekommen.

Sein Vorgesetzter schüttelte den Kopf. »Ich habe Ihnen Leutnant von Tarow nicht ohne Grund zugeteilt. Sie werden sich in den nächsten sechs Monaten von ihr chauffieren lassen.«

Torstens Antwort war äußerst grob, doch Wagner ging nicht darauf ein, sondern starrte angespannt auf seinen Bildschirm.

VIERZEHN

Torsten traf Henriette bei Petra. Die beiden Frauen schienen sich gut zu verstehen, denn ihr Gelächter drang bis auf den Flur.

»Leutnant, packen Sie alles zusammen, was Sie für die nächsten drei oder vier Tage brauchen. Ich will Sie in einer halben Stunde unten am Fuhrpark sehen. Sie können doch Auto fahren, oder?«

»Torsten ist vor ein paar Wochen seinen Führerschein losgeworden und braucht daher einen Chauffeur«, klärte Petra Henriette auf.

Torsten drohte ihr mit der Faust, doch sie drehte ihm den Rücken zu und griff zur Tastatur. »Tz, tz! Du willst doch sicher, dass ich ein paar Sachen für dich herausfinde. Oder etwa nicht?«

Torsten musste trotz der beängstigenden Nachrichten, die er von Wagner erfahren hatte, lachen. »Dir kann man wirklich nichts vormachen. Ich brauche dringend alle Informationen, die du auf die Schnelle über die Waffenfabrik in Suhl zusammentragen kannst, in der das SG21 gebaut worden ist, sowie über deren Chefingenieur Gans. Außerdem interessieren mich die Leute, die gestern Nacht in der Fabrik Wache gehalten haben. Solltest du überdies etwas über diese Randale in Suhl herausfinden, hätte ich auch nichts dagegen.«

»Und das alles in einer halben Stunde? Wie stellst du dir das vor?« Noch während sie es sagte, huschten Petras Finger über die Tasten.

»Warum meinst du, habe ich dich gefragt? Von den anderen hier im Bau schafft das keiner!«

»Ist das ernst gemeint?«, hakte Petra nach.

Torsten nickte mit einem herzerweichenden Augenaufschlag. »Zutiefst ernst! Du bist nun einmal die Beste.«

Obwohl Petra nicht daran zweifelte, dass sie ein Genie war, lächelte sie erfreut und wies dann mit dem Kopf zu Tür. »Verschwinde und lass mich arbeiten! Ich bin in einer halben Stunde beim Fuhrpark und bringe dir alles, was ich herausgefunden habe, auf einer SD-Karte. Beeil dich aber, sonst bin ich schneller dort als du.« Damit hatte sie Torsten bereits vergessen und verschmolz mit ihrem Computer zu einer unschlagbaren Einheit.

Torsten machte nicht den Fehler, Petra noch einmal zu stören. Leise ging er hinaus und in sein Büro. Leutnant von Tarows Laptop war bereits verschwunden und ihr Drehstuhl korrekt unter den Schreibtisch geschoben.

»Die hat anscheinend einen Ordnungsfimmel!«, brummte Torsten und fragte sich, weshalb die Frau nicht bei einer Putzfirma angeheuert hatte. Verärgert, weil seine Gedanken sich mit seiner neuen Kollegin befassten und nicht mit dem Problem, das er zu untersuchen hatte, packte er alles zusammen, was er für notwendig hielt. Zuletzt schulterte er die Laptoptasche und wandte sich zum Gehen. An der Tür machte er noch einmal kehrt und schob seinen Stuhl ebenfalls unter den Schreibtisch. Dann eilte er davon, um Ersatzwäsche, Zahnbürste und Rasierzeug aus dem Raum zu holen, in dem er schlief.

Als er kurz darauf zum Fuhrpark kam, saß Leutnant von Tarow bereits hinter dem Steuer seines Wagens. Der Soldat, der für die Bewachung der Autos verantwortlich war, grinste, sagte aber nichts, sondern zog sich hastig zurück, als er Torstens angriffslustige Miene wahrnahm.

Von Petra war weit und breit nichts zu sehen. Daher blieb Torsten neben dem Wagen stehen und hoffte, dass er nicht noch einmal zurücklaufen musste, um die verlangten Unterlagen zu holen.

Henriette ließ das Seitenfenster herunterfahren. »Soll ich Ihr Gepäck in den Kofferraum legen, Herr Oberleutnant?«

Sie erhielt nur ein Knurren als Antwort. Doch er verstaute seine Sachen, nur die Tasche mit dem Laptop behielt er bei sich. Während die Zeiger seiner Uhr gnadenlos weiterwanderten, drehte er in Gedanken Petra den Hals um.

»Eine Frage, Herr Oberleutnant: Fahren wir die ganze Strecke nach Suhl, oder nehmen wir ein Flugzeug?«, fragte Henriette.

»Wir fahren! Mit dem Flugzeug sind wir kaum schneller, weil wir zuerst eine Flugmöglichkeit finden und uns am Ziel einen anderen Wagen besorgen müssten. Außerdem bin ich den Kasten hier gewöhnt.« Erst nachdem er es gesagt hatte, fiel Torsten ein, dass diesmal nicht er, sondern das Generalstöchterlein am Steuer sitzen würde. Er überlegte, ob er Henriette auffordern sollte, den Platz zu räumen, damit er selbst fahren konnte. Doch so pingelig, wie er sie einschätzte, würde sie es umgehend Wagner melden, und einen weiteren Fauxpas bei seinem Vorgesetzten konnte er sich wahrlich nicht leisten.

FÜNFZEHN

Petra kam in dem Moment, in dem Torsten wie ein gereizter Stier losstürmen wollte, um sie zu suchen. Sie sah abgehetzt aus und wirkte auch nicht besonders zufrieden. »Hier ist alles drauf, was ich bis jetzt herausgefunden habe. Dazu der erste Bericht, den die Polizei wegen des Brandes in der Waffenfabrik geschickt hat. Ich dachte, er würde dich interessieren, darum habe ich gewartet, bis er durchgekommen ist.«

»Danke, Petra, du bist ein Schatz!« Torsten vergaß alle Mordabsichten und klopfte seiner Freundin anerkennend auf die Schulter. »Ich sagte doch, wenn es jemand schafft, dann du!«

»Sei bitte nicht enttäuscht, wenn du die Ausbeute sichtest.

Viel habe ich nicht herausgefunden.« Damit steckte sie Torsten eine SD-Karte zu und trat beiseite.

Torsten überlegte, ob er besser hinten einsteigen sollte, um in Ruhe an seinem Laptop arbeiten zu können. Doch hinten saßen gewöhnlich die Generäle und jene höheren Offiziere, die sich für wichtig hielten. Daher nahm er auf dem Beifahrersitz Platz.

Noch während er die Tür zuzog, startete Leutnant von Tarow den Wagen. Sie fuhr im vorschriftsmäßigen Tempo über das Kasernengelände, und Torsten, der sich nie um das Beschränkungsschild auf zehn Kilometer pro Stunde gekümmert hatte, konnte sich eine bissige Bemerkung nicht verkneifen.

Er vergaß seine Fahrerin jedoch in dem Augenblick, in dem er seinen Laptop einschaltete und die Daten einspielte. Petra mochte die Ausbeute für enttäuschend halten, doch er sah eine Fülle an Material vor sich, das ihm sowohl einen Einblick in die internen Verhältnisse in der Waffenfabrik als auch über deren Brand und den Ablauf der Randale der Neonazis verschaffte.

Die Fabrik gehörte zum Firmenimperium eines gewissen Geerd Sedersen und war von diesem erst kurz vor der Entscheidung, den Prototyp des Scharfschützengewehrs SG21 dort herstellen zu lassen, gekauft worden. Sedersen hatte auch Mirko Gans als leitenden Ingenieur in die Fabrik geholt. Außer einer Lizenzfertigung von Pistolen für einen ausländischen Auftraggeber und der Munition für das SG21 waren in der Fabrik keine weiteren Waffen oder Geräte hergestellt worden.

Die für die Spezialpatronen benötigte Treibmischung war der zweite Punkt, der Torsten auffiel. Der Auftrag an die Firma hatte eintausendfünfhundert Projektile für Versuchszwecke umfasst. Durch einen Fehler im Beschaffungsamt war jedoch so viel Treibmasse dorthin geliefert worden, dass mehr als hunderttausend Geschosse hätten angefertigt werden können.

»Dem müssen wir auf den Grund gehen«, sagte Torsten leise zu sich selbst.

»Wem müssen wir auf den Grund gehen?«, fragte Henriette.

Torsten hatte schon eine patzige Antwort auf den Lippen, sagte sich dann aber, dass Wagner ihm schließlich aufgetragen hatte, sie auszubilden. Daher blickte er von seinem Laptop hoch und starrte in die Landschaft, die an ihnen vorüberflog. Die Nadel des Tachos stand leicht über hundertsiebzig. Leutnant von Tarow mochte vielleicht auf dem Kasernengelände vorsichtig fahren, doch auf der Autobahn schien sie sich nicht vor hohen Geschwindigkeiten zu fürchten.

»Die Waffenfabrik, zu der wir fahren, hat fast das Hundertfache der benötigten Treibmasse für die Patronenherstellung bekommen. Das ist etwas, worum sich Petra und Wagner kümmern sollten.«

Torsten senkte wieder den Kopf und schrieb eine Mail an Petra. Das Verschlüsselungsprogramm hatte diese selbst geschrieben und behauptet, die besten Geheimdienste der Welt würden ihr System nicht knacken können. Er schickte sie über den eingebauten Sender des Wagens ab und vertiefte sich wieder in Petras Berichte. Als er das nächste Mal aufschaute, lag Nürnberg hinter ihnen, und zur Rechten tauchten bereits die bewaldeten Gipfel des Fichtelgebirges auf.

»Wir kommen gut voran«, bemerkte Torsten zufrieden.

»Ich hatte den Eindruck, bei diesem Auftrag sei Eile nötig«, antwortete Henriette, die nicht sicher war, wie Torsten das gemeint hatte.

»Das Wort Eile ist relativ. Im Grund ist das Kind ja schon in den Brunnen gefallen, und wir können nichts mehr daran ändern. Andererseits aber könnten wichtige Spuren verschwinden oder durch Unachtsamkeit beseitigt worden sein, wenn wir nicht schnell genug vor Ort sind.«

»Damit ist höchste Eile gefordert«, erklärte Henriette und drückte das Gaspedal voll durch.

»Fahren Sie nicht schneller, als Sie es verantworten können, Leutnant«, mahnte Torsten sie und rief die Datei über Ingenieur Gans auf.

Mirko Gans hatte bereits in verschiedenen Firmen gearbeitet, war jedoch nie in den Führungszirkel aufgestiegen, obwohl seine Fähigkeiten stets gelobt worden waren. Häufig hatte er Verbesserungsvorschläge gemacht, für die er mit ein paar Euro Prämie abgespeist worden war, dabei waren seine Ideen zweifelsohne Millionen wert. In Torstens Vorstellung entstand das Bild eines Mannes, der sich und seine Fähigkeiten nie richtig gewürdigt gesehen hatte.

Er atmete tief durch und schaltete seinen Laptop aus. »Ich bin gespannt, was wir herausfinden werden!«

»Sind Sie auf etwas gestoßen, Herr Oberleutnant?«, fragte Henriette.

»Nur ein paar Fäden, denen ich folgen werde.« Torstens Jagdtrieb war erwacht und vertrieb den Ärger über die ihm aufgezwungene Kollegin. Nun sah er Henriette von Tarow auch nicht mehr als Hindernis an, sondern als jemanden, der ihn tatkräftig zu unterstützen hatte. Immerhin konnte sie recht gut Auto fahren und hatte ihm dadurch die Zeit gegeben, Petras Informationspaket durchzusehen.

Henriette spürte, dass ihr Begleiter in Ruhe nachdenken wollte, und tat ihm diesen Gefallen. Sie selbst wusste zu wenig über das Vorgefallene, um irgendwelche Schlüsse ziehen zu können. Während sie jede Lücke auf der Autobahn nutzte, um schneller voranzukommen, fragte sie sich, wieso Renk ihr so abweisend gegenübertrat. Lag es an ihrer halbphilippinischen Herkunft? Für so engstirnig hätte sie ihn nicht gehalten. Oder passte es ihm nicht, dass sie eine Frau war? Wenn ja, würde sie ihm beweisen, dass sie um keinen Deut schlechter war als ihre männlichen Kollegen.

Schließlich ergriff Torsten das Wort. »Was halten Sie davon, wenn wir an der nächsten Raststätte eine Kleinigkeit essen?«

»Ich dachte, Sie wollen so schnell wir möglich nach Suhl kommen, Herr Oberleutnant.«

»Das will ich auch. Aber wenn wir durchfahren, habe ich keine Ahnung, wann wir wieder was zwischen die Zähne bekommen. Es kann Nacht werden, und ich will Sie nicht den ganzen Tag fasten lassen.«

»Auf mich brauchen Sie keine Rücksicht zu nehmen, Herr Oberleutnant«, antwortete Henriette bissig.

»Tu ich auch nicht. Aber ich mag es nicht, wenn mein Magen knurrt, während ich etwas untersuche. Fahren Sie bei der nächsten Raststätte raus.«

»Wie Sie befehlen!« Nach Henriettes Ansicht hätten sie sich in Suhl zu essen besorgen können, ohne dabei Zeit zu verlieren. Notfalls wäre sie mit einem oder zwei Müsliriegeln aus ihrer eisernen Ration und einem Becher Wasser zufrieden gewesen. Im Vergleich zu den Soldaten der Teilstreitkräfte, bei denen sie gedient hatte, schienen die Mitarbeiter des MAD verweichlicht zu sein.

An der nächsten Raststätte fuhr sie von der Autobahn und blieb in der Nähe des Restaurants stehen.

»Dann wünsche ich Ihnen guten Appetit, Herr Oberleutnant!«, stichelte sie.

»Sie kommen mit!«, bellte Torsten und stieg aus. Henriette folgte ihm und stellte sich hinter ihm an.

»Zweimal Bratwurst mit Kartoffelsalat«, bestellte er und zeigte dann auf den Getränkeautomaten. »Sie können mir eine Cola light herauslassen, Leutnant, dann geht es schneller.«

»Haben Sie deswegen Bratwurst bestellt?« Henriette betrachtete die beiden fetten Würste, die eben auf zwei Tabletts geladen wurden, mit einem gewissen Misstrauen.

»Das Spesenkonto unseres Vereins reicht nun einmal nicht für ein Nobelrestaurant mit einem Siebengängemenü. Und jetzt gehen Sie schon zum Getränkeautomaten, bevor die Leute aus den beiden Reisebussen da draußen hier einfallen.«

Schnell legte Henriette die paar Schritte zum Getränkeautomaten zurück, nahm ein Glas und füllte es mit Cola light. Für sich selbst wählte sie Tafelwasser.

Als sie den Automaten wieder verließ, reichte die Schlange hinter ihr bereits bis zur Tür. Unterdessen hatte auch Renk die beiden Tabletts gefüllt, und sie trafen sich an der Kasse.

»Danke, dass Sie mich gewarnt haben. Ich hatte die Leute nicht gesehen«, sagte Henriette.

»In unserem Verein muss man in jeder Situation die Augen offen halten.« Torstens Lächeln nahm seinen Worten die Spitze.

Ihr Begleiter sah mit einem Mal weniger mürrisch aus, fand Henriette. Auf jeden Fall war er ganz anders, als sie sich ihn vorgestellt hatte. Bei einem Mann mit seinen Auszeichnungen hatte sie sich einen Offizier in korrekter Uniform und mit Ordensband vorgestellt; vielleicht auch einen Haudegen mit derbem Wortschatz und dem unstillbaren Drang, allen weiblichen Wesen, auf die er traf, an den Hintern zu greifen. Renk glich weder dem einen noch dem anderen Bild, und sie wusste noch nicht recht, was sie von ihm halten sollte.

Sie fanden einen freien Tisch in der Ecke. Leider befand sich dort ein Lautsprecher, der sie wechselweise mit Musik und Nachrichten beschallte. Torsten schaufelte das Essen so schnell in sich hinein, wie er es gewohnt war, und bedachte Henriette mit einem tadelnden Blick, weil sie bedächtiger aß.

Die junge Frau merkte rasch, dass sie das Essen hinunterschlingen musste, um ihren ungeduldigen Ausbilder nicht zu verärgern. Allerdings war Wasser nicht gerade das ideale Getränk, um eine fette Bratwurst und Kartoffelsalat hinunterzuspülen. Daher ließ sie, als Renk fertig war, den Rest stehen und stand auf.

»Meinetwegen können wir aufbrechen.«

»Bringen Sie das Geschirr weg. Wir treffen uns draußen am Auto!« Torsten stiefelte los und überließ es Henriette, den Tisch abzuräumen.

Diese sah ihm kurz nach, stapelte die Teller auf das Tablett und trug es zu dem bereitstehenden Geschirrwagen. Dabei dachte sie, dass Renk eines nicht war, nämlich ein Kavalier. Dann erinnerte sie sich daran, dass er höher im Rang stand als sie, und zuckte mit den Schultern.

Draußen musste Henriette ein paar Minuten warten, bis Renk auftauchte. Er hatte sich mehrere Zeitungen unter den Arm geklemmt und stieg ein, ohne ein Wort zu verlieren. Während sie losfuhr, nahm er sich das oberste Blatt vor und las die Artikel über die Vorfälle in Suhl. Zu seinem Leidwesen hatten die meisten Reporter mehr auf ihre Phantasie als auf sichere Informationen zurückgegriffen, doch allen Artikeln war der Schock anzumerken, den der Angriff der Neonazis hinterlassen hatte. Nicht wenige Berichte verglichen die Unruhen mit den Vorfällen in Belgien. Abgelenkt durch seine eigenen Probleme hatte Torsten die letzte Entwicklung in dem Nachbarland nicht verfolgt und erfuhr erst jetzt, dass dort eine Gruppe fanatischer Flamen die Ordnung im Land mit überfallartigen Angriffen auf Gebäude und Organe des Staates störte.

»Wenn die rechten Knilche das bei uns auch versuchen, dann gute Nacht!« Torsten erwartete, dass Henriette etwas zu dem Thema sagte, doch sie richtete ihre ganze Konzentration auf die Straße und riskierte keinen Seitenblick auf die Zeitungen.

»Wir sind bald da, Herr Oberleutnant«, meldete sie.

»Sehr schön!« Renk warf die Zeitungen nach hinten und vergaß Belgien. Nun ging es darum, in Suhl gute Arbeit zu leisten.

SECHZEHN

Die Fabrikhalle sah aus, als wäre in ihr eine Bombe explodiert. Das Dach war heruntergebrochen und die Mauern teilweise nach außen gedrückt. An der Stelle, an der sich das ausgeglühte Wrack eines Autos befand, stützten Handwerker die wacklige Wand mit Brettern ab, und ganz in der Nähe untersuchte ein Beamter den Boden.

»Da sind unzweifelhaft menschliche Überreste. Aber ohne eine gründliche Untersuchung kann ich nicht sagen, ob sie von einer Person stammen oder von mehreren!«, rief er einem Kollegen zu.

Torsten hatte einem Polizisten seinen MAD-Ausweis unter die Nase gehalten und trat nun mit Henriette im Schlepptau in die Überreste der Halle. Ein Polizist, der den Kriminalbeamten assistierte, sah sich zu ihm um und grinste schief.

Es dauerte einen Augenblick, bis Torsten ihn erkannte. »Ah, der Hühnertod! Was machen Sie hier in Thüringen? Ihr Verein ist doch in Ostfriesland beheimatet.«

»Wenn schon, dann Hünentod. Außerdem komme ich aus dem Emsland und habe mit Ostfriesen nur dann etwas zu tun, wenn sie wie gewisse Bayern unsere Ortschaften mit einer Formel-1-Strecke verwechseln«, antwortete der Polizist. »Aber zu Ihrer Frage: Wir sind im Assistenzdienst hier, um die hiesigen Einsatzkräfte zu unterstützen.«

»Haben Sie wenigstens ein paar von den Kerlen erwischt?«

Sven Hünermörder schüttelte bedauernd den Kopf. »Nur vier, die zu besoffen waren, um rechtzeitig abhauen zu können. Wir hätten vielleicht noch die eine oder andere Gruppe abfangen können, aber dann ist der Scheiß hier losgegangen.«

»Ich werde mir die Kerle später anschauen. Jetzt möchte ich erst einmal mit dem leitenden Beamten der Spurensicherung sprechen.«

»Der ist dort drüben«, erklärte Hünermörder überraschend zuvorkommend. Dann wies er auf Henriette. »Ihre Chauffeurin, was? Ist auch besser so bei Ihrem Fahrstil!«

»Das ist meine Kollegin«, knurrte Torsten und bedauerte es, dem Polizisten nach seinem Unfall nicht doch ein paar gescheuert zu haben.

Da Henriette die Vorgeschichte nicht kannte, freute sie sich, weil Renk sie als Kollegin vorgestellt hatte. Sie gab Hünermörder die Hand und folgte dann ihrem Ausbilder zum Leiter der Ermittlungen.

Torsten hielt dem Mann seinen Ausweis vor die Nase. »Grüß Gott! Was gibt es Neues?«

Der Kriminalbeamte zuckte mit den Achseln. »Unsere Untersuchungen sind noch nicht weit gediehen. Eines ist schon sicher: Das Feuer muss dort an der Stirnwand ausgebrochen sein. Was für ein Material da verbrannt ist, können wir noch nicht sagen. Die Hitze muss enorm gewesen sein, vierzehnhundert Grad oder höher. Sehen Sie sich das Auto an. Es ist total verformt worden. Da drinnen muss jemand verbrannt sein. Doch die Hoffnung, bei der Hitze, die hier geherrscht hat, genug organisches Material zu finden, um eine DNA-Bestimmung durchführen zu können, ist gering.«

»Wer auch immer hinter dieser Sauerei steckt, hat ganze Arbeit geleistet!«, mischte sich nun der Kripomann ein, der eben noch am Boden gekratzt hatte. »Meiner Meinung nach sind in dieser Halle mehrere Menschen verbrannt, aber ich kann Ihnen noch nicht sagen, wie viele es waren. Vielleicht werde ich es auch nie herausfinden.«

»Tun Sie alles, was in Ihrer Macht steht. Jeder Hinweis kann wichtig sein. Gibt es weitere Spuren?«

»Nichts. Es gibt weder Augenzeugen noch Aufzeichnungen von den Überwachungskameras. Die Geräte sind zerstört.«

»Haben Sie die Arbeiter befragt? Was ist mit dem Chefingenieur?«, bohrte Torsten weiter.

»Die Arbeiter haben gestern ganz normal um siebzehn Uhr Feierabend gemacht und sind heute um sieben wiedergekommen. Von Chefingenieur Gans wissen wir derzeit gar nichts.«

»Waren Sie in seiner Wohnung?« Torsten fragte ein wenig scharf, da er insgeheim fürchtete, die Kriminalbeamten nähmen den Fall nicht ernst genug.

Der Chefinspektor lachte unfroh auf. »Sie sind gut! Wir haben die ganze Innenstadt zu untersuchen, zusätzlich zu dieser Fabrik. Hier werden wir Tage brauchen, bis wir alle Spuren aufgenommen haben.«

»Wenn Sie etwas finden, sagen Sie uns Bescheid. Ich schaue mir inzwischen mal die Wohnung des Ingenieurs an und will dann die Festgenommenen sehen.« Torsten verabschiedete sich von dem Ermittlungsteam und kehrte zu seinem Wagen zurück. Sven Hünermörder wechselte ein paar Worte mit seinem Vorgesetzten und ging hinter Torsten und Henriette her. »Wenn Sie nichts dagegen haben, komme ich mit.«

Torsten wies mit dem Kinn auf den Rücksitz. »Steigen Sie ein. Vielleicht kann ich Sie ja brauchen.« Er nahm ebenfalls Platz und sah zu, wie Henriette den Wagen wendete und auf der Zufahrtsstraße zurückfuhr. Denselben Weg mussten auch die Leute genommen haben, die für den Brand in der Fabrikhalle verantwortlich waren. Die organischen Spuren deuteten darauf hin, dass diese skrupellos den Tod von Menschen in Kauf genommen oder diesen gar von eigener Hand herbeigeführt hatten.

SIEBZEHN

Auf den ersten Blick erkannte Torsten, dass in diesem Viertel keine armen Leute lebten. Die Fassaden der Gebäude glänzten wie neu. Auch befanden sich Straßen und Parkplätze in bestem Zustand. Verglichen mit den Autos hier gehörte sein Dienstwagen zur unteren Kategorie.

Henriette fuhr auf den Parkplatz des Hauses, in dem Gans gelebt hatte, und stellte den Wagen dort trotz einiger schiefer Blicke von Anwohnern auf einem freien Stellplatz ab. Da der wuchtig gebaute und überdies uniformierte Hünermörder als Erster ausstieg, wagte niemand zu protestieren.

Auch Torsten verließ den Wagen und wandte sich dem Haus zu. Nach ein paar Metern drehte er sich noch einmal zu Henriette um. »Sie können den grauen Koffer aus dem Kofferraum holen und mitbringen!« Er ging weiter und blieb vor dem Klingelbrett stehen.

»Da wohnt unser Mann«, sagte er zu Hünermörder und wies auf das blanke Namensschild.

»Wie wollen Sie hineinkommen?«, fragte der Polizist.

»Irgendetwas wird mir schon einfallen!« Torsten drückte mehrere Klingelknöpfe gleichzeitig. Gewöhnlich drückte dann jemand auf den Öffnungsmechanismus, ohne nachzufragen. Die gestrigen Vorkommnisse hatten die Leute jedoch verschreckt, und so hörte er gleich mehrere Frauen und einen Mann, die wissen wollten, wer vor der Tür stehe.

»Aufmachen, Polizei!«, sagte Torsten barsch.

»Polizei, was …?« Die Frau brach ab, und dann war für eine gewisse Zeit nichts mehr zu hören.

Unterdessen war Henriette mit dem Koffer erschienen. Diesmal beklagte sie sich nicht einmal stumm, dass Renk kein Kavalier wäre. Sie bildeten ein Team, und als Untergebene war es ihr Job, die Sachen zu schleppen.

Als eine Frau die Tür von innen öffnete, sah sie Henriette als Erste. Diese steckte zwar in ihrer Uniform, was die Verwirrung aber eher noch verstärkte. »Sie sind aber nicht von der Polizei!«

»Nein, das ist der Herr hier«, sagte Torsten und zeigte auf Hünermörder.

»Sie sind aber aus Niedersachsen und nicht von hier«, wunderte sich die Frau, die das Emblem mit dem weißen Ross auf rotem Grund auf Hünermörders Uniform entdeckt hatte. »Haben Sie überhaupt einen Durchsuchungsbefehl?«

Jetzt wurde es Torsten zu dumm. »Nach dem, was gestern in dieser Stadt passiert ist, bekomme ich jeden Durchsuchungsbefehl, den ich will, selbst für Ihre Wohnung. Und jetzt sagen

Sie, ob es hier einen Hausmeister mit einem Generalschlüssel gibt. Ich breche ungern Türen auf!«

Der eisige Ton zeigte Wirkung. Die Frau wich zurück, drehte sich um und lief zu einer Tür im Erdgeschoss. Dort läutete sie Sturm. »Herr Wintrich, Herr Wintrich, kommen Sie rasch! Hier sind Leute, die alles durchsuchen wollen.«

Hünermörder drehte sich grinsend zu Torsten um. »Sie haben wirklich rustikale Methoden. So etwas könnte ich mir nicht erlauben!«

Torsten war froh, dass der Hausmeister aus seiner Wohnung trat, sonst hätte er Hünermörder ein paar passende Worte zurückgegeben.

»Guten Tag! Sie wünschen?« Der Hausmeister blieb vor dem Polizeibeamten stehen und blinzelte diesen aus kurzsichtigen Augen an.

»Wir wollen uns die Wohnung des Ingenieurs Mirko Gans ansehen«, antwortete Torsten anstelle des Niedersachsen.

»Haben Sie einen Durchsuchungsbefehl?«

»Sie haben heute wohl noch keine Nachrichten gehört? Das Innenministerium von Thüringen hat alle Polizeikräfte, die diesen Aufruhr untersuchen, mit Sondervollmachten ausgestattet. Dazu gehört auch die Durchsuchung verdächtiger Wohnungen, vorausgesetzt, der entsprechende Durchsuchungsbefehl wird nachgereicht«, sagte Henriette, die diese Meldung während ihres Aufenthalts in der Raststätte gehört hatte.

»Dann kommen Sie mit«, brummte der Hausmeister und sah Henriette misstrauisch an. »Seit wann kümmert sich ausländisches Militär um solche Angelegenheiten?«

Auf Henriettes sonst so beherrschtem Gesicht zuckte es. Dann musste sie an den salutierenden Wachtposten in der Kaserne denken, und sie zuckte mit den Achseln. Wenn schon ein Bundeswehrsoldat die Uniform der eigenen Luftwaffe nicht erkannt hatte, wie sollte es ein einfacher Hausmeister können?

Torsten hatte nicht so viel Verständnis wie sie, sondern

schnauzte den Mann an. »Leutnant von Tarow ist Angehörige der Bundeswehr! Und Sie zeigen uns jetzt gefälligst die Wohnung von Mirko Gans.«

»Ich bin ja schon dabei«, brummte der Hausmeister und drückte den Aufzugknopf. Dabei warf er immer wieder einen Seitenblick auf Henriette. Er schien nicht begreifen zu können, dass diese zierliche Frau bei der Bundeswehr sein sollte und dann auch noch ein »von« im Namen trug. Er brachte die Gruppe jedoch brav zu Mirko Gans' Wohnungstür und wollte schon aufschließen, als Torsten die Hand hob.

»Noch nicht. Vorher möchte ich mir das Schloss genauer ansehen. Leutnant von Tarow, wo ist mein Koffer?«

Henriette reichte ihm das Gepäckstück und sah zu, wie er das Zahlenschloss öffnete.

Torsten holte als Erstes ein Paar Gummihandschuhe heraus und streifte sie über. »Ich möchte Sie alle bitten, in der Wohnung nichts anzufassen. Wenn Ihnen etwas auffällt, sagen Sie es mir.« Nach dieser Anweisung untersuchte er das Schloss mithilfe einer kleinen Taschenlampe und eines monokelähnlichen Vergrößerungsglases. »Ich sehe keine Spuren eines gewaltsamen Eindringens.«

»Meinen Sie denn, es hätte jemand die Wohnung aufgebrochen?«, fragte Henriette neugierig.

»Ich meine gar nichts. Aber ich musste es von vorneherein ausschließen«, antwortete Torsten und wandte sich dem Hausmeister zu. »So, jetzt können Sie aufsperren und dann wieder an Ihre Arbeit gehen. Wenn wir Sie brauchen, rufen wir Sie.«

Der Mann wusste nicht so recht, ob er nicht doch besser ein Auge darauf haben sollte, was hier geschah, verschob die Entscheidung aber auf den Moment, in dem er die Tür geöffnet haben würde. Doch ehe er sich's versah, hatte Torsten den Generalschlüssel an sich genommen und ihm die Tür vor der Nase zugesperrt.

Während der Hausmeister grummelnd abzog, wies Torsten Henriette und Hünermörder an, im Flur stehen zu bleiben. Er nahm wieder die kleine Taschenlampe und sein Vergrößerungsglas und begutachtete die Tür von innen. Anschließend untersuchte er den Flur. Der Teppichboden schien nagelneu. Verwertbare Spuren fand er dort nicht. Daher öffnete er die Tür der Garderobe und sah dort nach.

Diese war fein säuberlich in zwei Bereiche gegliedert. In dem einen hingen Jacken, Mäntel und Blusen, die einer zierlichen Frau gehören mussten, in dem anderen befanden sich Sakkos und Westen für einen dünnen, mittelgroßen Mann.

Nachdenklich schloss Torsten die Garderobe wieder und ging weiter. Die Küche war neu und durch eine Essecke aus hellem Edelholz erweitert worden.

Als Nächstes betrat er das Wohnzimmer. Der Fernseher war auf Stand-by geschaltet, und auf der ovalen Steinplatte des Couchtisches stand ein noch zum Teil gefülltes Glas, als wäre der Betreffende nur kurz hinausgegangen.

Torsten hob das Glas auf und schnupperte daran. Die Flüssigkeit sah aus wie Orangensaft, aber nicht nur die ebenfalls auf dem Tisch stehende Wodkaflasche, sondern auch ihr Geruch wies eindeutig darauf hin, dass mehr darin sein musste.

Unterdessen erinnerte Henriette sich daran, dass er sie ja ausbilden sollte. »Wonach suchen Sie eigentlich?«

»Nach Auffälligkeiten, die zusammen einen Sinn ergeben«, lautete die nicht gerade erschöpfende Antwort.

Torsten nahm sich nun den aus mehreren Teilen bestehenden Wohnzimmerschrank vor. In den meisten Schubfächern befand sich Porzellan sowie ein recht wertvolles Besteck. Zwei Fächer waren zugesperrt. Allerdings stellten die Schlösser kein Problem dar, denn schon Torstens zweiter Dietrich reichte aus, um sie zu öffnen. Die beiden Kassetten, die sich darin befanden, stellten seine Fähigkeiten stärker auf die Probe. Schließlich waren auch sie geknackt, und die drei starrten auf ein dickes Bündel Geldscheine sowie mehrere Schmuckstücke, die Hünermörder auf mehr als zwanzigtausend Euro taxierte. Das Bargeld ergab etwa noch einmal die gleiche Summe.

Er wandte sich an Henriette. »Sie bekommen hier eindrucksvoll vorgeführt, wie eine Theorie gleichzeitig erhärtet und ad absurdum geführt wird.«

»Sie hatten den Ingenieur im Verdacht, den Brand in der Fabrik gelegt zu haben?« Obwohl Henriette noch kaum Informationen besaß, hatte sie sich aus Torstens kurzen Kommentaren eine erste Meinung gebildet.

»Es geht nicht nur um den Brand in der Fabrik, sondern auch um eine andere Sache, bei der ich den Herrn dort kennengelernt habe.« Torsten streifte Hünermörder mit einem vernichtenden Blick und wies dann auf den Schmuck. »Die Sachen hier waren nicht gerade billig. Dabei hätte Gans sich nach seinem letzten Schufaeintrag von vor zwei Jahren weder diese Wohnung leisten noch solche Klunker kaufen können.«

»Also muss der Ingenieur in letzter Zeit zu Geld gekommen sein, und das nicht zu knapp.« Hünermörder betrachtete seufzend den Schmuck und sagte sich, dass er sich so ein Zeug von seinem Gehalt bestimmt nicht leisten konnte.

Torstens Gedanken gingen derweil andere Wege. Mehr denn je war er sicher, dass Gans mit dem Nachbau des SG21 zu tun hatte. Doch er hatte angenommen, Gans habe die Pläne für das SG21 an einen ausländischen Geheimdienst verkauft und sich aus dem Staub gemacht. In diesem Fall hätte der Ingenieur das Geld und den Schmuck mitgenommen.

Es fand sich keine Spur, wohin der Mann verschwunden sein könnte, auch dann nicht, als er das Arbeitszimmer des Ingenieurs unter die Lupe nahm. Nur in Gans' Papierkorb stieß er auf etwas Verdächtiges, nämlich ein paar zerknüllte Blätter, auf denen Zeichnungen halbfertiger Bauteile unbekannter Art zu sehen waren. Torsten steckte sie in einen Plastikbeutel und legte diesen in seinen Koffer.

»Darum soll sich Wagner kümmern – oder Petra«, sagte er zu Henriette und sah sich die übrigen Räume an. Im Badezimmer steckten noch die Zahnbürsten in den Bechern, daneben lagen zwei unterschiedliche Sorten Zahnpasta. Nichts deutete darauf hin, dass die Bewohner die Wohnung für längere Zeit hatten verlassen wollen.

Auch die Kleiderschränke in den beiden Schlafzimmern waren voll, und in dem Nachtkästchen in Gans' Schlafzimmer lag eine Brieftasche mit mehreren tausend Euro. Im Nachttisch der Frau fand Torsten weitere Schmuckstücke.

Enttäuscht fertigte Torsten ein kurzes Protokoll der gefundenen Gegenstände, ließ es von Henriette und Hünermörder unterzeichnen und steckte es zu seinen Unterlagen. »Hier müssen andere ran, Spezialisten, die aus einer aufgefundenen Gewebefaser alles über die Person herausfinden, die das entsprechende Kleidungsstück getragen hat«, kommentierte er die Situation und verließ die Wohnung. Wegen der nicht unbeträchtlichen Geldsumme und des Schmucks versiegelte er die Eingangstür mit mehreren Klebestreifen, die mit seiner, Henriettes und Hünermörders Unterschriften gekennzeichnet wurden, und lieferte den Generalschlüssel wieder beim Hausmeister ab.

»Was haben Sie herausgefunden?«, fragte dieser neugierig.

»Nicht viel. Die Wohnung darf vorläufig von niemandem betreten werden«, antwortete Torsten kurz angebunden.

Der Hausmeister starrte ihn verdattert an. »Aber was ist, wenn Herr Gans und seine Schwester zurückkommen und in die Wohnung wollen?«

»Ich bezweifle, dass sie je zurückkommen werden. Und nun auf Wiedersehen!« Torsten winkte Henriette und dem Polizisten, ihm zu folgen, und schritt mit grimmiger Miene davon.

ACHTZEHN

Bevor Torsten sich um die vier Kerle kümmerte, die von der Polizei festgesetzt worden waren, nahm er die Innenstadt in Augenschein. Deren Bewohner standen unter Schock, und die Polizisten und Sachverständigen, die die Schäden aufnahmen, wirkten so fassungslos, als habe eine riesige Hand sie nach Kabul versetzt.

Als Torsten und Henriette über den Marktplatz gingen, knirschten Scherben unter ihren Sohlen. Überall standen die Wracks ausgebrannter Autos, mehrere Häuser zeigten deutliche Brandspuren. Vor dem Rathaus lagen Akten, die von den Rechtsradikalen aus den Fenstern geworfen worden waren.

»Wieso tun Menschen so was?«, fragte Henriette leise.

»Wer die Antwort darauf weiß, hätte wahrscheinlich schon Kains Mord an seinem Bruder Abel verhindern können. Menschen sind eben so. Wie es im Oberstübchen des Einzelnen aussieht, kann vielleicht ein Seelenklempner herausfinden, aber nicht ich.« Torsten trat auf einen der Beamten zu. »Guten Tag. Die Schäden sind ja gewaltig. Wie sieht es sonst aus? Gab es viele Verletzte?«

Der Mann sah zuerst Hünermörder an und bequemte sich zu einer Antwort, als dieser nickte. »Insgesamt wurden etwa fünfzig Menschen verletzt. Zwanzig liegen noch im Krankenhaus, einige werden bleibende Schäden davontragen. Zum Glück waren die meisten klug genug zu verschwinden, als diese Rabauken kamen. Na ja, vielleicht merkt jetzt auch der Letzte, dass man diese Kerle und ihre Handlungen nicht länger verharmlosen darf. Aber hier wohnen nicht nur Unschuldslämmer. Die Besitzer und die Angestellten des thailändischen Restaurants dort drüben, das von den Randalierern in Brand gesteckt worden ist, wollen zwei der Schurken erkannt haben. Sogleich haben ein paar Einheimische heftig widersprochen und behauptet, die Angeschuldigten seien brave Burschen, die so etwas niemals tun würden.«

»Und was machen Sie mit den Kerlen?«, fragte Renk.

»Was wohl? Wir werden einen Haftbefehl beantragen und sie einsperren. Dann werden wir zusehen, ob wir sie weichkochen können. Nach dem gestrigen Tag haben sie vor Gericht schlechte Karten.«

Das war reiner Zweckoptimismus, das spürte Torsten. Gegen ein gut fingiertes Alibi war die Polizei machtlos. »Ich würde mir gerne mal die Kerle ansehen, die gestern Abend verhaftet wurden.«

»Da kommen Sie gerade noch zur rechten Zeit. Aufgrund einer Verfügung des Bundesinnenministeriums werden die Gefangenen in eine Haftanstalt in einem anderen Bundesland überführt. Sie sind bereits in dem Mannschaftswagen dort vorne.« Der Beamte zeigte auf einen VW-Bus und rief dem Fahrer zu, er solle noch nicht losfahren.

Kurz darauf wurde die hintere Tür geöffnet. »Sehen Sie sich die Brüder mal an!« Torsten und Henriette sahen vier Festgenommene vor sich, die mit Handschellen an die Seitenwand gefesselt waren.

»Lass uns gefälligst frei! Wir sind ehrliche Bürger und haben einen festen Wohnsitz«, beschwerte sich einer, der anscheinend glaubte, Torsten wäre ein höheres Tier in der Polizeihierarchie. Dann sah er Henriette hinter diesem auftauchen. »Igitt, was ist denn das?«, rief er und spuckte aus.

Im selben Augenblick hatte Torsten ihn gepackt und hochgerissen. »Vorsicht, Freundchen! Es könnte sein, dass du mich sonst kennenlernst.«

»Lassen Sie den Kerl. In einen wie den können nicht einmal Sie Verstand hineinprügeln. Dafür ist er zu dumm«, beschwichtigte Henriette ihn.

»Von einer Negerhure wie dir lasse ich mich nicht beleidigen!«, schimpfte der Gefangene und versuchte jetzt Torsten anzuspucken. Der stieß ihn jedoch rechtzeitig beiseite, so dass der Kerl einen seiner Gesinnungsgenossen traf.

»Bist du verrückt geworden?«, schimpfte dieser und wandte sich dann an die Polizisten. »He, ihr Bullen, macht das weg! Oder macht meine Hände los, damit ich es selbst tun kann.«

»Eure Frechheit wird euch schon vergehen, wenn ihr vor Gericht steht. Das da«, Torsten wies nach hinten auf die Verwüstungen, »wird euch einige Jahre Gefängnis einbringen.«

»Das waren wir nicht. Ihr könnt uns nichts beweisen!« Seinen aufmüpfigen Worten zum Trotz war der Sprecher blass geworden.

Hünermörder, der Renk gefolgt war, legte dem Burschen seine Pranke auf die Schulter und grinste. »Laut dem im letzten Jahr verabschiedeten Versammlungsgesetz ist bereits die Beteiligung an gewalttätigen Demonstrationen strafbar, und darauf gibt es auch keine Bewährung mehr.«

»Wir waren doch gar nicht dabei! Wir haben in einer Kneipe etwas getrunken und wollten nach Hause. Dabei haben uns eure Bullen abgefangen. Das ist gegen das Grundgesetz«, schrie der Mann und begann zu toben, so dass zwei Polizisten ihn bändigen mussten.

»Wir sollten fahren, damit wir die Kerle so bald wie möglich loswerden«, drängte einer der Beamten.

Torsten hob abwehrend die Hand. »Noch nicht! Erst will ich den Kerlen noch eine Frage stellen.«

Nacheinander sah er die vier an. »Wer hat euch ausgerechnet hier zusammengerufen?«

»Uns hat keiner gerufen«, behauptete einer, drehte aber den Kopf weg.

»Ach nein? Wir können die Sache auch anders regeln. Chefinspektor, die Männer übernehme ich. Meine Leute bringen die schon zum Reden. Machen Sie hier unterdessen weiter!«

Die Beamten starrten Torsten verdattert an und wollten schon sagen, das könne er nicht tun.

Doch ehe er den Mund auftun konnte, brüllte einer der Festgenommenen: »Das dürfen Sie nicht. Wir sind ehrliche Bürger!«

Einer seiner Kumpane fiel jedoch auf Torstens Bluff herein. »Kamerad Lutz hat uns geholt. Er ist der Anführer der größten Kameradschaft in Sachsen-Anhalt. Wir wollten schon länger etwas Großes machen, da kam uns das gerade recht.«

»Verdammter Idiot! Damit hast du ein Geständnis abgelegt. Jetzt sitzen wir wirklich in der Scheiße!« Ein anderer Gefangener wollte den Mann treten, doch da legten ihm die Polizisten Fußfesseln an, so dass er sich nicht mehr rühren konnte.

»Und wo finde ich diesen Lutz?«, fragte Torsten weiter. Der Bursche, der eben noch gesungen hatte, zuckte mit den Schultern. »Keine Ahnung. Ich habe ihn nur auf ein paar Veranstaltungen getroffen.«

»Kennst du seinen Nachnamen?«

»In Kameradenkreisen werden keine Nachnamen genannt, der Verräter wegen, verstehst du?«

»Verräter wie du!«, giftete der Kerl, den die Polizisten hatten fixieren müssen. »Dafür wirst du bezahlen, das schwöre ich dir!«

Einer der Polizisten packte ihn mit einem schmerzhaften Griff. »Halts Maul, sonst kleben wir es dir zu!«

Torsten sah derweil den Burschen an, der seine Fragen beantwortet hatte. »Du solltest dir überlegen, ob es für dich nicht besser ist, die Seiten zu wechseln und das Zeugenschutzprogramm in Anspruch zu nehmen. Bei denen dort«, er wies mit der Hand auf die anderen Gefangenen, »wirst du nicht mehr glücklich werden.«

Der Blick des jungen Mannes war Antwort genug. Ihn hatte die Gewaltorgie seiner Gesinnungsgenossen schockiert, und es war ihm klar, dass die Drohungen seiner Kumpane ernst gemeint waren. Womöglich erinnerte er sich jetzt daran, wie es Mitgliedern der freien Kameradschaften ergangen war, die als Verräter gegolten hatten.

»Ihr dürft mich nicht mehr mit denen allein lassen!«, rief er zitternd.

Torsten klopfte dem Burschen auf die Schulter und trat dann zurück. »Sie können jetzt abfahren!«, sagte er zu den Polizisten.

Dann wandte er sich an Hünermörder. »Sollen wir Sie wieder zur Fabrik bringen, oder wollen Sie hier in der Innenstadt bleiben?«

»Sie können mich ruhig hierlassen.« Der Polizist streckte ihm die Rechte entgegen. »Nichts für ungut, Mann. Aber es steckt halt jeder in seiner eigenen Haut, aus der er schlecht herauskommt.«

Torsten ergriff die Hand und erinnerte sich an das Wettdrücken beim letzten Mal. Diesmal aber blieb Hünermörders Händedruck zwar so fest, wie man es bei einem Mann seiner Statur erwarten konnte, aber mehr auch nicht.

»Machen Sie es gut, Hünermörder!« Torsten ließ die Hand des Mannes los, verabschiedete sich von dem leitenden Kriminalbeamten und winkte Henriette, ihm zu folgen.

»Was machen wir jetzt?«, fragte sie.

»Wir fahren nach München zurück und erzählen Wagner, dass unser Ausflug ein Schuss in den Ofen war!«

NEUNZEHN

Major Wagner bedachte Renk mit einem nachsichtigen Blick. »Ich glaube, Sie sind am besten, wenn Sie mit dem G3 in der Hand zwischen Felsen herumspringen, während Ihnen die Kugeln um die Ohren pfeifen. Bei der Kripo würden Sie keine Karriere machen.«

»Tut mir leid, Herr Major.« Torsten kniff die Lippen zusammen, um nicht einige weniger höfliche Worte zu sagen.

Henriette räusperte sich.

Wagner sah auf. »Sie wollen etwas sagen, Leutnant?«

»Ich möchte betonen, dass Oberleutnant Renk seine Untersuchungen mit äußerster Umsicht und Genauigkeit durchgeführt hat, Herr Major!«

»Natürlich hat er das. Aber für so einen Job habe ich ein halbes Dutzend anderer, die es genauso gut können. Renks spezielle Talente sind dabei verschenkt.«

»Herzlichen Dank, Herr Major, dass Sie mir wenigstens ein paar Talente zubilligen«, warf Torsten ein.

Wagner sah ihn nachdenklich an. »Sie waren in den letzten Wochen nicht Sie selbst, Renk. Aber jetzt habe ich das Gefühl, als könnten Sie wieder der Alte werden. Ich brauche Sie in Bestform. Unsere Lage ist nämlich beschissen. Entschuldigen Sie den Ausdruck, Leutnant.«

Henriette lachte leise. »Sie vergessen, dass ich in einem Soldatenhaushalt aufgewachsen bin. Auch wenn Mama auf gute Manieren achtet, geht meinem Vater und meinen Brüdern doch gelegentlich der Gaul durch, und das ist wahrlich nicht immer stubenrein.«

»Und Sie, Leutnant?«, fragte Wagner neugierig.

»Ich weiß zwischen meinem Zuhause und dem Dienst zu unterscheiden.«

»Eine gute Antwort. Aus Ihnen kann etwas werden, aber nur, wenn Renk Ihnen einiges beibringt. Also halten Sie sich ran, Oberleutnant. Wenn wir unseren Auftrag erfüllen wollen, brauchen wir gute Leute. Und jetzt nehmen Sie Ihr Zeug und übergeben es Frau Waitl. Vielleicht findet die mit ihrem Computer den Anhaltspunkt, den wir brauchen, um diese Sauerei aus der Welt zu schaffen.«

»Meinen Sie jetzt den Neonaziaufruhr oder das geheimnisvolle SG21?«, wollte Torsten wissen.

»Das Gewehr natürlich. Um diese braunen Idioten soll sich gefälligst das BKA kümmern. Und jetzt raus, ich habe zu tun!«

»Sie haben den Befehl des Majors gehört, Leutnant. Verschwinden wir und gehen zu Petra. Bei ihr werden wir hoffentlich einen Kaffee bekommen.«

»Wenn Sie noch weiter so dumm daherreden, fliegt Ihnen meine Tasse an den Kopf!«, drohte Wagner und musste sich dabei ein Lachen verkneifen. Wie es aussah, war Renk jetzt wieder zu gebrauchen, und das erleichterte ihn sehr.

DRITTER TEIL

DER TOD
AUS DEM NICHTS

EINS

Geerd Sedersen nippte an seinem Cognac und lehnte sich zurück. Dabei musterte er die drei übrigen Hüter der Gerechtigkeit in der heiteren Stimmung eines Mannes, der sich seines Erfolgs sicher ist. Sie hatten sich wieder im Turmzimmer getroffen. Doch auf dem mit blauem Samt bedeckten Tisch stand diesmal nicht das Gestell mit dem Supergewehr, sondern ein Tischaufsatz in Form zweier silberner Elefanten, die auf ihren hochgereckten Stoßzähnen eine Alabasterkugel trugen.

Andreas von Straelen, der Gastgeber, rutschte unruhig auf seinem Stuhl hin und her. »Wo Hermann nur bleibt!«

Diese Worte wiederholte er schon seit einer guten Stunde, mittlerweile klang er weniger vorwurfsvoll als besorgt.

»Er wird schon noch kommen«, versuchte Jost Olböter ihn zu beruhigen.

Friedmund Themel schüttelte den Kopf. »Hermann hat sich noch nie verspätet. Da muss etwas passiert sein. Er ist schließlich nicht mehr der Jüngste!«

»Wir sollten ihn anrufen. Hat einer von euch seine Handynummer?« Sedersen musste vorgeben, die Sorge um den alten Mann zu teilen. Dabei war Körver seit über einer Woche tot, und kein Mensch hatte ihn bisher vermisst.

Von Straelen nickte. »Ich mache das. Bin gleich wieder zurück!«

Während er das Zimmer verließ, schüttelte Olböter den Kopf. »Es ist schon eigenartig, dass Hermann nicht anruft, wenn er sich verspätet.«

Sedersen betrachtete den Mann, der ebenso wie Themel früher Richter gewesen war und seit seiner Pensionierung ständig auf die zu milden Urteile der jetzigen Gerichte schimpfte. Olböter war einer der Initiatoren für die Hüter der Gerechtigkeit gewesen. Auch Körver hatte sofort zugestimmt, während Themel zunächst ablehnend reagiert hatte. Doch gerade dieser hatte inzwischen Gefallen daran gefunden, über Tod und Leben anderer zu entscheiden, und bereits mehrfach gefordert, bei dieser Versammlung endlich neue Urteile zu verhängen. Deshalb brachte es ihn besonders auf, dass Körver mit dem Spezialgewehr nicht auftauchte.

Themel schlug mit der flachen Hand auf den Tisch. »Ich will nicht hoffen, dass Hermann die Hosen voll hat. Immerhin hat er beim letzten Mal dafür plädiert, dass wir die Sache aufgeben. Womöglich hat er das Gewehr inzwischen in die Lippe geworfen!«

»Das wäre fatal. Immerhin handelt es sich um eine Spezialentwicklung aus meiner Fabrik, und die war nicht gerade billig«, warf Sedersen ein.

Olböter versuchte, ihn zu beruhigen. »Hermann weiß, dass die Waffe dir gehört, und wird sie dir zurückgeben, falls wir die Sache hier beenden sollten.«

»Ich bin dagegen, dass wir sie beenden! Ich habe noch einige Leute ausgeforscht, die vor Gericht viel zu billig davongekommen sind. Hier ist zum Beispiel ein Iraker, der seine Kusine erschossen hat. Ein klarer Fall von Ehrenmord. Seine Familie hat ihm jedoch ein Alibi verschafft, und die einzige Zeugin, die den Mörder gesehen hat, ist spurlos verschwunden.«

Da Olböter eine abweisende Miene aufsetzte, blickte Themel Sedersen beschwörend an. »Du sagst doch auch, dass der Kerl erschossen gehört! Ich habe da noch ein paar Ausländer, die sich vor Gericht durch dubiose Aussagen ihrer Clans und Einschüchterung von Zeugen durchmogeln konnten.«

Olböter schüttelte den Kopf. »Findest du nicht, dass deine Auswahl arg einseitig ist, Friedmund? Wenn wir so urteilen, wie du vorschlägst, stellen wir uns geistig auf eine Stufe mit den Schurken, die Suhl verwüstet haben.«

»Willst du etwa behaupten, ich wäre ein Neonazi?« Themel sprang auf und ballte die Fäuste.

»Ich sage nichts anderes, als dass Hermann mit seiner Kritik an unserer Handlungsweise recht hat. Wir hätten diese Sache niemals anfangen dürfen. Auf jeden Fall ist es jetzt zu Ende. Ich werde keinem Urteil mehr zustimmen.«

»Dann machen wir eben ohne dich weiter. Das sagst du doch auch, Geerd?«

Die Rückkehr ihres Gastgebers enthob Sedersen einer Antwort. Von Straelens Stimme klang brüchig. »Hermann ist weder zu Hause noch auf dem Handy zu erreichen. Ich fürchte, ihm ist etwas zugestoßen!«

Sedersen musste einen spöttischen Ausruf unterdrücken. In seinen Augen war von Straelen ebenso senil wie Olböter und wie Körver es gewesen war. Themel war auch nicht viel besser. Zwar hatten die vier ihm mit ihren Verbindungen zehn Jahre lang geholfen, seine Geschäfte auszuweiten und vermögend zu werden. Dennoch empfand er keine freundschaftlichen Gefühle für sie. Er hielt sie für ewig Gestrige, die unsinnigen Idealen und Moralvorstellungen aus dem vorletzten Jahrhundert anhingen. In ihrer Mitte hatte er sich stets zusammenreißen und heucheln müssen, denn Kritik von seiner Seite kam bei diesen starrsinnigen Greisen schlecht an.

Inzwischen aber hatte er ihre Hilfe nicht mehr nötig. Da sich der Nachbau des SG21 wieder in seinem Besitz befand, würde es das Beste sein, die Brücken zu diesen Leuten abzubrechen. Er hatte bereits den Fehler begangen, die Waffe aus den Händen zu geben. Im Nachhinein konnte er kaum noch begreifen, warum er so gehandelt hatte. War es ihm um die Anerkennung oder gar um die Bewunderung dieser alten Knacker gegangen? Das waren Beweggründe, von denen er sich auf keinen Fall weiterhin leiten lassen durfte, wenn er seine Ziele erreichen wollte.

Er war schon im Begriff aufzustehen, um diese lächerliche Versammlung auf Nimmerwiedersehen zu verlassen, doch gerade noch rechtzeitig wurde ihm klar, dass dies ein schwerwiegender Fehler wäre. Auch wenn die Männer hier am Tisch alt und senil waren, wäre es fatal, wenn einer von ihnen ein falsches Wort an entscheidender Stelle äußern würde und er daraufhin die Behörden und die Geheimdienste am Hals hätte.

»Wie stehst du zu der Sache, Geerd?« Von Straelens Frage riss Sedersen aus seinem Sinnieren.

»Was meinst du? Entschuldige, ich habe eben an Hermann gedacht und mich gefragt, was ihm passiert sein könnte.«

»Hoffentlich nichts Schlimmeres als ein verstauchter Fuß und eine übereifrige Krankenschwester, die ihm das Handy abgenommen hat«, erklärte von Straelen. »Jetzt geht es darum, die Sache mit den Hütern der Gerechtigkeit zu beerdigen. Von Hermann wissen wir bereits, wie sehr diese Angelegenheit sein Gewissen belastet. Jost ist ebenfalls dafür, dass wir aufhören. Friedmund will weitermachen. Und was ist mit dir?«

Sedersen kam nicht zu einer Antwort, weil Themel erregt auffuhr. »Wenn ihr nicht mehr wollt, machen Geerd und ich eben allein weiter. Schurken, die eine Kugel verdient haben, gibt es mehr als genug!«

Von Straelen hob beschwörend die Hand. »Es war vermessen von uns, uns über Gott stellen zu wollen. Ich hoffe, dass der Herr uns unsere bisherigen Taten verzeihen wird.«

»Als wir diesen Bund gegründet haben, war Gerechtigkeit für dich das höchste Gut. Jetzt schiebst du auf einmal Gott vor, den es vielleicht gar nicht gibt. Ihr seid allesamt Feiglinge – bis auf Geerd natürlich.«

Sedersen spürte Themels drängenden Blick. Doch der Spaß musste ein Ende haben. Zwar war es erregend gewesen, Männer aus der Ferne zu erschießen, doch inzwischen war Sedersen klar geworden, welch grandiose Möglichkeiten ihm diese

Waffe bot. Er würde andere Ziele suchen als irgendeinen Kerl, der einen Ehrenmord auf dem Gewissen hatte.

»Heute bist du wirklich nicht recht bei der Sache, Geerd«, tadelte der Gastgeber Sedersen, der wieder vor sich hingestarrt hatte, anstatt zu antworten.

»Tut mir leid. Aber das ist nichts, was man auf die leichte Schulter nehmen darf.« Sedersen reichte seinem Gastgeber den leeren Cognacschwenker. »Einen kann ich mir noch erlauben. Ich habe nämlich meinen Chauffeur in Delbrück zurückgelassen. Die paar Kilometer bis dorthin schaffe ich auch mit zwei Cognacs. Aber jetzt zu den Hütern der Gerechtigkeit: Ich gebe zu, ich war zuerst begeistert davon, Verbrecher dieses Kalibers selbst zu richten. Mittlerweile sind auch mir Zweifel gekommen. Zwar haben wir die Urteile gemeinsam gefällt. Aber ich habe sie ausgeführt. Und nun fühle ich mich wie ein Henker …«

Sedersen brach scheinbar erschüttert ab und lobte sich insgeheim für sein schauspielerisches Geschick, denn er sah, wie die anderen darauf hereinfielen. Während Themel empört schnaubte, atmeten von Straelen und Olböter auf.

Der Hausherr klatschte sogar Beifall. »Es freut mich, dass du ebenfalls zu unserer Überzeugung gekommen bist, Geerd. Was die vier Toten angeht, so sind wir alle dafür verantwortlich und nicht du allein. Immerhin bist du der Jüngste in unserer Gruppe und hast im Prinzip nur das getan, was wir von dir erwartet haben.«

In seiner Freude, dass Sedersen sich auf seine Seite gestellt hatte, vergaß von Straelen ganz, dass der Sohn seines verstorbenen Freundes sich freiwillig bereiterklärt hatte, die Urteile zu vollstrecken.

Themel wollte Sedersen schon an diese Tatsache erinnern, als dieser ihm, ungesehen von den anderen, zuzwinkerte. In diesem Augenblick glaubte Themel zu begreifen, was den Jüngeren antrieb. Immerhin hatte Körver das Gewehr in Verwahrung und würde es sicher nicht herausgeben, wenn ihm klar wurde, dass damit weitere Menschen getötet werden sollten. Daher gab auch er vor einzulenken. »Also, wenn ihr alle der Meinung seid, wir sollen aufhören, dann soll es mir recht sein. Immerhin seid ihr meine besten Freunde!«

Ihr Gastgeber füllte noch einmal die Gläser und stieß mit jedem an. »Unsere Freundschaft hat sich seit unseren Jugendzeiten bewährt, und so soll es auch weiterhin sein. Auf euer Wohl, Freunde! Ich freue mich jede Woche aufs Neue, wenn ihr zu mir kommt.«

»Darauf freuen wir uns ebenfalls«, antwortete Sedersen und sah demonstrativ auf die Uhr. »Ich habe noch einen Termin. Entschuldigt daher, wenn ich mich jetzt schon verabschiede. Einen schönen Gruß an Hermann, falls er doch noch auftauchen sollte. Sagt ihm, er soll mir das Gewehr und die restliche Munition beim nächsten Mal mitbringen. Schließlich ist es mein Eigentum und gehört in einen gut gesicherten Panzerschrank, wie ich ihn in meiner hiesigen Firma besitze.«

Sedersen verabschiedete sich und verließ das Turmzimmer – froh, nie mehr wieder an diesem Altherrenstammtisch teilnehmen zu müssen.

Entspannt ließ er seinen Wagen an und fuhr los. Die Straße führte an Wiesen vorbei, die sich mit Waldstücken abwechselten. Schließlich glänzte zu seiner Rechten das Wasser des kleinen Sees im Licht der Nachmittagssonne. Sedersen mochte kaum glauben, dass niemand Hermann Körvers Wagen entdeckt hatte. Am liebsten hätte er angehalten und nachgesehen, ob man das Auto wirklich nicht sehen konnte.

Aber das war unnötig. Körver gehörte der Vergangenheit an, und auch von Straelen, Olböter und Themel würden bald vergangen sein. Die Erkennungsmelodie seines Handys erklang. Gewohnt, im Fond des Wagens zu sitzen, während sein Chauffeur am Steuer saß, hatte er keine Freisprechanlage einbauen lassen. Daher holte er das Handy mit der linken Hand aus der Innentasche seines Sakkos, wechselte es in die Rechte und meldete sich. »Sedersen, was gibt es?«

»Hallo Geerd. Ich bin es. Du musst mir helfen!«

Sedersen erkannte den Sprecher nicht auf Anhieb und ging im Geist die Liste der Leute durch, die das Privileg besaßen, ihn beim Vornamen zu nennen. »Wenn ich kann, helfe ich gerne«, antwortete er, um niemanden vor den Kopf zu stoßen.

Sein Gesprächspartner atmete hörbar auf. »Danke, Geerd! Ich wusste, dass du mich nicht im Stich lassen würdest. Können wir uns heute noch treffen?«

»Gern! Mach einen Vorschlag.« Mittlerweile hatte Sedersen den Anrufer erkannt, einen Geschäftsfreund, mit dem er bereits einige gute Deals abgewickelt hatte. In letzter Zeit allerdings war der Mann weniger in den Wirtschaftsnachrichten als in den Klatschblättern aufgetaucht, da seine Frau sich scheiden lassen wollte und sich der Kampf um das Vermögen dem Höhepunkt zu nähern schien.

»Wo bist du im Augenblick, Geerd?«

»Auf dem Weg nach Delbrück.«

»Können wir uns dort in dem Café treffen, in dem wir uns auch beim letzten Mal getroffen haben? Ich bin in einer Dreiviertelstunde dort.«

»Versuche, schneller zu sein, Caj. Ich habe noch einen wichtigen Termin und darf nicht zu viel Zeit verlieren.«

»Immer auf dem Sprung nach dem nächsten Geschäft, was? So kenne ich dich. Aber keine Sorge, ich komme, so schnell ich kann. Bis gleich!«

Caj Kaffenberger legte auf, und Sedersen steckte sein Handy ebenfalls zurück. Trotz der unliebsamen Verzögerung war er neugierig darauf, was sein Geschäftsfreund von ihm wollte.

ZWEI

Sedersen musste nicht lange auf Kaffenberger warten. Dieser stürmte durch die Eingangstür, sah sich kurz um und kam winkend auf ihn zu. »Grüß dich, Geerd. Schön, dass du Zeit für mich hast.«

»Das ist doch selbstverständlich, Caj. Setz dich erst einmal und bestell dir was zu trinken.«

Kaffenberger drehte sich um und winkte die Serviererin heran. »Einen doppelten Espresso, bitte. Außerdem können Sie mir einen Cognac bringen. Den brauche ich zur Beruhigung«, setzte er an Sedersen gewandt hinzu.

»Wenn ich eines in meinem Leben gelernt habe, so ist es die Tatsache, dass Alkohol kein Problem beseitigt, sondern eher neue schafft«, antwortete Sedersen, während er den mittelgroßen, aber wuchtig wirkenden Mann musterte.

»Ein Cognac fällt doch nicht ins Gewicht. Du kommst wohl wieder von deinem Altherrentreff, was? Diese Männer sind doch längst jenseits von Gut und Böse.«

»Von Straelen und seine Freunde haben mir sehr geholfen. Ohne sie wäre ich nicht dort, wo ich jetzt stehe.«

»Du bist unverschämt reich und kannst dir alles leisten, was du willst. Vor allem aber hast du keine gierige Harpyie am Hals, die dich aussaugen will.« Kaffenberger verzog das Gesicht und schüttete den Cognac, den die Bedienung vor ihn gestellt hatte, in einem Zug hinunter.

»Nicole besteht also weiterhin auf einer Scheidung?«

»Wenn es nur die Scheidung wäre, könnte sie die wegen mir mit Kusshand haben. Aber das Miststück will mich fertigmachen. Sie hat sich von einem Staranwalt ausrechnen lassen, wie viel Geld sie von mir verlangen kann. Über drei oder vier Millionen hätte ich noch mit mir reden lassen. Aber sie will mehr als siebzig Millionen – stell dir das mal vor! –, und das geht an meine Substanz. Wenn sie recht bekommt, und das wird sie wohl wegen unseres idiotischen Ehevertrags, bin ich ruiniert. Ich müsste den größten Teil meiner Firma verkaufen, um das Geld aufzubringen, und angesichts der wirtschaftlichen Lage kann ich das meiste nur mit hohem Verlust abstoßen.«

Kaffenberger schnaufte und bestellte sich einen zweiten Cognac. Nachdem er diesen getrunken hatte, packte er Sedersen am Ärmel und dämpfte die Stimme. »Du hast bei unserem letzten Treffen erklärt, du würdest eine solche Frau eher niederschießen, als ihr Geld zu geben.«

»Mein Gott, du kannst doch nicht jedes Wort von mir ernst nehmen!« Sedersen wehrte heftig ab, spürte aber gleichwohl den Reiz, nach mehreren Männern das SG21 auch einmal auf eine Frau anzulegen und abzudrücken.

»Du musst mir helfen, sonst bricht meine Firma zusammen. Vergiss nicht, du hast fast zehn Millionen bei mir investiert. Die wären dann ebenfalls weg!«

»Das kann ich verkraften.«

»Kannst du auch verkraften, wenn das da an die Öffentlichkeit gelangt?« Kaffenberger zog ein Foto aus seiner Brieftasche und schob es Sedersen hin.

Dieser blickte kurz darauf und legte es mit der Bildseite nach unten auf den Tisch. »Woher hast du das?«

»Ich habe es damals bei der Sonnwendfeier unserer Burschenschaft aufgenommen. Du siehst gut darauf aus, mit ausgestrecktem Arm, aufgemaltem Bärtchen und Hakenkreuzbinde. Gewiss würde es manch einen außerdem interessieren, wer einige der vaterländischen Gruppen alimentiert. Wie du siehst, weiß ich Bescheid.«

Sedersen ärgerte sich weniger über die Forderung, Kaffenbergers Ehefrau aus dem Weg zu räumen, als über die Art, in der sein früherer Kommilitone und langjähriger Geschäftsfreund ihn erpresste. Zwar hatte er gewusst, dass auch Kaffenberger der rechten Szene Sympathien entgegenbrachte, ihn aber nie in seine Pläne einbezogen. Dennoch war es dem Mann gelungen, ihn als Unterstützer gewisser Gruppen auszumachen. Sedersen drehte in Gedanken mehreren Anführern der freien Kameradschaften den Hals um. Warum hatten die Kerle das Maul nicht halten können? Nun wurde es wirklich Zeit, dieses Land zu verlassen und an jener Stelle aktiv zu werden, an der es sich für ihn lohnte. Dafür aber musste er reinen Tisch machen, und dazu gehörte auch, dass er das Negativ dieses Fotos in die Hand bekam und jedes Speichermedium, auf dem es sich befinden konnte.

»Du weißt also Bescheid«, setzte er das Gespräch fort. »Wenn du allerdings zu laut plärrst, finden gewisse Leute heraus, dass auch du zu den Freunden der Szene gehörst. Nicole würde sich freuen, dies vor Gericht gegen dich verwenden zu können.«

»Wenn es ihr gelingt, mich zu ruinieren, kommt es darauf auch nicht mehr an«, antwortete Kaffenberger achselzuckend.

Sedersen schüttelte langsam den Kopf. Kaffenberger hatte schon immer zu emotional gehandelt, obwohl er mit kühlem Verstand weiter gekommen wäre. Diesen Umstand wollte er sich zunutze machen. Daher beugte er sich lächelnd vor. »Also gut, ich werde dir helfen. Es wundert mich nur, dass du unter deinen … äh, Freunden vom rechten Rand keinen gefunden hast, der diese Sache für dich regelt.«

»Wenn die Kerle zuverlässig wären, hätte ich es getan. Aber ich wollte nicht erpressbar werden.«

»Und du meinst, über mich wärst du es nicht?«, fragte Sedersen amüsiert.

»Du wirst mich nicht hinhängen. Denn danach wärst du ebenfalls fällig.«

»Bitte keine Drohungen. Die verfangen bei mir nicht. Wenn ich diese Sache für dich regeln soll, will ich etwas mehr dafür als das Foto eines alten Studentenulks.«

»Was willst du? Geld? Mir ist die Sache schon einiges wert.«

»Geld? Nein, nicht direkt! Aber wir könnten gemeinsam in Flandern investieren.«

Kaffenberger sah ihn verblüfft an. »Ausgerechnet in diesen Kochtopf, der jeden Augenblick hochgehen kann?«

»Wer jetzt dort zugreift, kann ein Vermögen machen. Du wollest deiner Frau doch fünf Millionen schenken. Stecke diese Summe in unser gemeinsames Geschäft und gib mir die Bilder von mir und alle gespeicherten Kopien, die du davon hast. Dann werden wir handelseinig.«

Kaffenberger nickte zögernd. »Also gut, ich mache es. Aber erst dann, wenn meine Frau keine Ansprüche mehr an mich stellen kann.« Deutlicher hatte er nicht werden wollen, da die Serviererin gerade an ihrem Tisch vorbeiging.

»Ich stelle mir die Sache ein wenig anders vor«, antwortete Sedersen spöttisch. »Wir beide fahren jetzt zu mir nach Hause und schließen einen Vertrag, der alles regelt. Wie du weißt, verlasse ich mich ungern auf Versprechungen.«

Ohne Kaffenberger noch einmal zu Wort kommen zu lassen, rief er der Bedienung zu, dass sie zahlen wollten. Innerlich grinste er, denn es war ihm mühelos gelungen, den Spieß umzudrehen. Statt erpresst zu werden, war er in der Lage, nun selbst Forderungen zu stellen, und mit Kaffenberger als Juniorpartner konnte er in Flandern noch stärker einsteigen als geplant. Wenn alles so lief, wie er und seine Verbündeten es sich vorstellten, würde er sein Vermögen in Kürze verzehn- oder gar verzwanzigfachen können. Er stand auf und blickte auf Kaffenberger herab. »Was ist jetzt? Kommst du mit, oder überlässt du dein gutes Geld deiner Frau?«

»Die soll der Teufel holen«, zischte Kaffenberger und sprang auf.

»Worauf du dich verlassen kannst!« Sedersen ging voraus und streichelte in Gedanken bereits sein Gewehr, das ihm schon bald den nächsten, noch intensiveren Nervenkitzel bescheren würde.

DREI

Als Torsten Renk an diesem Morgen in sein Büro kam, saß Henriette bereits an ihrem Platz und studierte die Nachrichten im Internet. Sie war so vertieft, dass sie ihn zunächst nicht bemerkte. Als sein Schatten über sie fiel, sprang sie erschrocken auf und salutierte. »Guten Morgen, Herr Oberleutnant!«

»Guten Morgen, Leutnant. Was gibt es Neues auf der Welt?«

»Bürgerkrieg im Irak, Kämpfe in Afghanistan, Überfälle im Kongo, eben alles, das einem das Leben verbittern kann.«

»Das sagen Sie als Soldatin? Ohne Kriege und Bedrohungen wären wir doch überflüssig«, spottete Torsten.

»Wie Sie wissen, ist die Bundeswehr nicht dafür da, andere Länder zu bedrohen, sondern das eigene Land zu schützen. Wenn alle so dächten wie wir, wäre das Leben leichter.«

»Sie sind ja eine wahre Philosophin, Leutnant. Aber diese Welt zu verbessern hat nicht einmal Jesus Christus geschafft.« Torsten setzte sich und schaltete ebenfalls seinen Laptop ein.

Henriette fragte sich wieder einmal, was sie von ihm halten sollte. Hier in der Kaserne wirkte er mürrischer als während der Fahrt nach Suhl in der vergangenen Woche, und sie hatte den Verdacht, dass die Schreibtischarbeit ihn langweilte. Sie hingegen studierte mit Begeisterung jede Akte, die er, Major Wagner oder Petra Waitl ihr hinlegten. Es war ein neues Leben für sie, und sie hatte noch keine Sekunde bedauert, ihre Karriere bei der Luftwaffe aufgegeben zu haben, weil die Vorschriften ihr als Frau den letzten Schritt verwehrten, nämlich die Ausbildung zur Kampfpilotin.

»Manchmal ist die Polizei doch zu was gut. Man hat noch ein paar Kerle erwischt, die in Suhl dabei waren! Vielleicht finden wir jetzt heraus, wer dahintersteckt«, erklärte Torsten, der einen Hoffnungsschimmer am Horizont zu sehen glaubte.

Henriette blickte seufzend auf. »Das wäre schön! Es ist keine angenehme Vorstellung, dass diese Gruppen jederzeit erneut zuschlagen könnten.«

»Das, was die Kerle in Suhl veranstaltet haben, machen die kein zweites Mal! Das können sich weder Polizei noch Justiz leisten. Aber mich interessieren weniger diese prügelnden Idioten als die Hintermänner, die sie dorthin geschickt haben. Selbst Petra hat nichts herausgefunden.« Torsten hasste es, im Büro herumsitzen zu müssen, während draußen ein Schurke mit einem nachgebauten SG21 herumlief und schon bald weitere Menschen töten konnte. Obwohl Wagner ihm den Fall entzogen hatte, griff er zum Telefonhörer und tippte die Nummer von Petras Büroapparat ein.

»Hallo Petra, hast du schon herausgefunden, wer als nächster Haftentlassener mit einer Kugel unseres speziellen Freundes rechnen kann?«, sagte er, nachdem sie sich gemeldet hatte.

»Gestern ist ein heißer Kandidat entlassen worden. Aber da ist nichts passiert. Jetzt dauert es einige Wochen, bis der Nächste freikommt. Ich habe ein paar Berechnungen gemacht. Mein Computer sagt zu sechsundvierzig Prozent, dass der Typ es nicht noch einmal versuchen wird. Glaubst du, er hat gemerkt, dass du ihm gefolgt bist?«

»Wenn ich das wüsste, würde ich es dir sagen.« Torsten versuchte sich zu erinnern, wie nahe er dem Wagen des Mörders vor diesem idiotischen Unfall gekommen war, und schüttelte den Kopf, obwohl Petra das nicht sehen konnte. »Ich glaube nicht, dass der Mörder Verdacht geschöpft hat.«

»Dann frage ich mich, warum er gestern nicht in Aktion getreten ist. Der Entlassene ist ein Sexualmörder übelster Sorte. Normalerweise kommt so einer in Sicherheitsverwahrung, aber sein Verteidiger hat alle Register gezogen und ihm nicht nur dieses Urteil, sondern auch etliche Jahre Gefängnis erspart. Damit wäre er ein ideales Opfer für unseren Mörder gewesen.«

Petra klang enttäuscht. Obwohl sie niemandem den Tod wünschte, hoffte sie doch, der unheimliche Rächer würde es erneut versuchen und dabei erwischt werden. Allerdings gab es da noch ein Problem. »Du kannst den Kerl ohnehin nicht jagen, da Wagner dir den Fall entzogen hat«, erinnerte sie ihren Freund, um zu verhindern, dass er Dummheiten machte.

»Das habe ich nicht vergessen. Aber wenn ich schon in dieser Bude herumhocken muss, will ich wenigstens etwas Sinnvolles tun. Es liegt mir nicht, nur alte Akten zu wälzen.«

»Lass dich nach Afghanistan versetzen. Dort geht es derzeit so zu, dass du dich bald wieder an deinen Schreibtisch zurücksehnen wirst. Und jetzt … Entschuldige, der Boss ruft!« Petra legte auf und schaltete die Verbindung zu Wagners Zimmer durch. »Hier Waitl, was gibt es?«

»Kommen Sie sofort in mein Büro und bringen Sie Renk mit. Der Kerl telefoniert gerade.«

»Dann sollten Sie ihm vielleicht auch ein so modernes Telefon hinstellen lassen wie mir«, riet Petra ihm.

»Für die paar Mal, die er hier vor Ort ist, lohnt sich das nicht. Und jetzt setzen Sie Ihren Hintern in Bewegung, verstanden?«

Wagners Ausbruch überraschte Petra. Rasch verließ sie ihr Büro, lief die paar Schritte zu Torstens Zimmer und platzte hinein. »Los, mitkommen! Wagner will uns auf der Stelle sehen.«

»Hast du etwas ausgefressen? Ich bin mir nämlich diesmal keiner Schuld bewusst.« Torstens Scherz verpuffte angesichts des hektischen Ausdrucks auf ihrem Gesicht, und er sprang auf.

»Soll ich mitkommen?«, fragte Henriette, als Torsten zur Tür hinausstürmen wollte.

»Sie kommen mit. Immerhin hat Wagner uns wie Ochs und Esel zu einem Team zusammengespannt.«

»Fragt sich nur, wer von uns der Ochse ist«, murmelte Henriette leise genug, dass Torsten es nicht hörte. Petras feinem Gehör jedoch war es nicht entgangen, und sie kicherte leise vor sich hin.

VIER

Geerd Sedersen streichelte das SG21 auf seinem Schoß, als wäre es ein Haustier. Seit einer Stunde lag er bereits auf der Lauer, gut gedeckt durch ein Gebüsch auf dem Hügel, von dem er die Rückfront von Kaffenbergers Villa unter Kontrolle halten konnte. Mit seinem Lasergerät hatte er die Entfernung bis zur Villa gemessen, beinahe zwei Kilometer. Mit dem derzeitigen Standardscharfschützengewehr der Bundeswehr, dem G22, hätte er keinen sicheren Schuss abfeuern können. Doch mit seiner Spezialwaffe würde es ihm gelingen.

Sein Opfer befand sich bereits in seinem Sichtfeld. Allerdings hatte Nicole Kaffenberger sich zum Sonnen auf die Terrasse gelegt und bot ein zu kleines Ziel. Sedersen wartete, dass sie endlich aufstehen möge.

»Ich darf nicht ungeduldig werden«, mahnte er sich. Dabei war der Wunsch zu töten in ihm übermächtig geworden. Erneut blickte er durch sein Fernglas. Nicole Kaffenberger lag auf der Liege wie ein Stück Fleisch auf dem Grill. Der Vergleich amüsierte ihn. Um für den entscheidenden Augenblick bereit zu sein, setzte er das brillenartige Gestell mit dem kleinen Multifunktionsbildschirm auf. Als er diesen einschaltete, blickte er durch die Sensoraugen des Gewehrs. Zuerst sah er nur das Grün der Blätter vor sich, deren Büsche ihm Deckung gaben. Dann schob er den Lauf der Waffe nach vorne und richtete sie auf die Villa.

Es dauerte einen Moment, bis er sein Ziel fand. Doch die Zeit hatte ausgereicht, um die Situation zu verändern. Nicole

Kaffenberger war aufgestanden und hatte die Terrasse verlassen. Sedersen fluchte. Er hätte sich auf sein Supergewehr verlassen und auf die liegende Frau schießen müssen. Jetzt war es vielleicht zu spät, denn er wusste nicht, ob er Nicole Kaffenberger an diesem Tag noch einmal vor den Lauf bekommen würde. Es passte auf keinen Fall in seine Pläne, sich hier tagelang auf die Lauer zu legen, und es war auch zu riskant. Für einen Augenblick erwog er, diese Sache Rechmann zu überlassen, ließ diesen Gedanken jedoch sofort wieder fallen. Er wollte die Frau mit eigener Hand töten.

Er zuckte zusammen. Nicole Kaffenberger kam auf die Terrasse zurück, diesmal nicht mehr nur mit einem Bikinihöschen, sondern mit Rock und weißer Bluse bekleidet. Sedersen wusste, dass er nicht länger zögern durfte. Er schaltete den Zoom des elektronischen Zielfernrohrs auf die höchste Stufe, legte an und wartete, bis der blaue Punkt des Ziellasers genau über dem Herzen der Frau aufleuchtete. Dann drückte er ab.

Wegen des speziellen Treibmittelgemischs war der Knall nicht besonders laut. Bereits in wenigen Metern Entfernung konnte ein Unbeteiligter ihn für das Knacken eines Zweiges halten. Dennoch hallte er in Sedersens Ohren wie Kanonendonner. Er atmete tief durch und sah durch das elektronische Auge des Gewehrs zu, wie die Frau rückwärtstaumelte und der weiße Stoff ihrer Bluse sich rot färbte.

Diesen Schuss soll mir erst einmal einer nachmachen, dachte Sedersen, obwohl er wusste, dass er seine Treffsicherheit der komplizierten Elektronik seiner Waffe verdankte und, wenn er ehrlich war, vor allem auch seinem Ingenieur. In der Hinsicht fand er es bedauerlich, dass Mirko Gans hatte sterben müssen. In diese Überlegung mischte sich das Bedauern, dass er den Mann nicht selbst hatte umbringen können. Es wäre eine Ironie des Schicksals gewesen, Gans mit dem Gewehr zu erschießen, das dieser heimlich nachgebaut hatte.

Während dieser Gedankenspiele verstaute er seine Waffe

in dem Kasten, den Rechmann dafür angefertigt hatte. Nach einem prüfenden Blick verließ er sein Versteck und ging die etwa zweihundert Meter zu seinem Wagen. Bei den ersten Morden hatte er noch sein eigenes Auto benutzt, aber diesmal war er mit einem motorstarken Kleinwagen gekommen, den Rechmann ihm organisiert hatte. Gleich nach dieser Fahrt würde sein Leibwächter ihn wieder verschwinden lassen.

Daher fungierte Rechmann an diesem Tag als Chauffeur, während Jasten mit der großen Limousine zwei Dutzend Kilometer entfernt auf einem Wanderparkplatz wartete. Sedersen verstaute den Gewehrkasten auf dem Rücksitz und nahm neben Rechmann Platz. »Die Sache ist erledigt. Wir können losfahren.«

FÜNF

Wagner zog ein Gesicht, als sei ihm die Frau weggestorben. Den Blick starr auf den Bildschirm gerichtet, sah er nicht einmal auf, als seine drei Mitarbeiter hereinkamen. »Setzt euch«, befahl er. Torsten und Henriette überließen Petra die einzige freie Sitzgelegenheit und besorgten sich Stühle aus dem Besprechungsraum. Als sie alle saßen, drehte Wagner den Bildschirm so, dass sie die Frau erkennen konnten, die mit weißer, blutverschmierter Bluse am Boden lag. Als Wagner den Zoomfaktor erhöhte, war das dunkle Loch in Höhe des Herzens nicht zu übersehen.

»Scheußlich.« Petra hatte als Erste ihre Stimme wiedergefunden.

»Das können Sie laut sagen! Und noch scheußlicher ist, dass diese Frau mit unserem vermissten Supergewehr erschossen worden ist.« Wagner ballte die Faust und hieb so heftig auf den Schreibtisch, dass Bleistifte und Kugelschreiber hochsprangen. »Jetzt stehe ich vor meinen Vorgesetzten da wie der letzte Idiot! Wir haben bis jetzt nicht die geringste Spur dieses Schurken, und der mordet lustig weiter.«

»Sie hätten mir den Fall nicht entziehen sollen«, wandte Torsten ein.

Wagner zuckte mit den Schultern. »Vielleicht haben Sie recht.« Er musterte Renk kurz und überlegte, ob er ihn erneut auf diesen infamen Mörder ansetzen sollte. Dann aber fiel sein Blick auf Henriette. Sie war zu neu im Dienst, um Renk eine echte Hilfe sein zu können. Außerdem durfte er sie nicht einer solchen Gefahr aussetzen. Wütend, weil er sich mit seiner Entscheidung, Leutnant von Tarow Renk zu unterstellen, selbst die Hände gebunden hatte, hob er einen Bleistift auf, der zu Boden gefallen war, und knallte ihn auf den Schreibtisch. »Sie bleiben erst einmal aus dem Spiel, Renk, und bilden Leutnant von Tarow weiter aus. Ich hatte letztens schon einen Ausbildungsplan erstellt, bin aber noch nicht dazu gekommen, die einzelnen Punkte mit Ihnen zu besprechen. Das hole ich morgen Vormittag nach. Bis dahin werden Sie Frau Waitl helfen, alle Fakten über diesen Mörder und seine Waffe zusammenzutragen.«

Renk rieb sich mit der rechten Hand über die Stirn. »Ich bin mir sicher, dass die Sache mit dem Neonaziaufmarsch in Suhl zu tun hat, Herr Major!«

»Geht Ihnen da nicht die Phantasie durch, Renk? Außerdem ist es unser Job, den militärischen Bereich zu überwachen. Um die Neonazis sollen sich gefälligst das BKA und die zivilen Sicherheitsdienste kümmern.«

»Dann hoffe ich, dass die mit unserer Dienststelle zusammenarbeiten, Herr Major.« Torstens Zweifel kamen nicht von ungefähr, denn die verschiedenen Geheimdienste betrachteten ihre Informationen als so geheim, dass sie sich allzu häufig weigerten, sie an eine andere Behörde weiterzuleiten.

Das wusste Wagner mindestens ebenso gut wie Renk, und

da er nicht mehr tun konnte, als immer wieder nachzufragen, wandte er sich an Petra. »Frau Waitl, Ihr Job ist es, alle möglichen Daten zu sammeln und auszuwerten. Sie werden sich um nichts anderes mehr kümmern, verstanden?«

»Auch nicht um die verschwundenen Waffenlieferungen?«, fragte Petra.

Ihr Vorgesetzter fluchte. »Die Sache hätte ich beinahe vergessen. Dabei geht in den nächsten Tagen eine weitere Sendung ab. Wenn die auch nicht ankommt, sind wir einen Verbündeten los.«

»Soll ich die Container begleiten und überwachen?«, fragte Torsten hoffnungsvoll, doch Wagner schüttelte den Kopf.

»Dafür habe ich schon Leute eingeteilt. Was ich mit Ihnen und dem Leutnant mache, sage ich Ihnen morgen. Und jetzt gehen Sie an die Arbeit. Oder glauben Sie, der Schurke mit dem Supergewehr meldet sich von selbst bei uns?«

»Nein, Herr Major, das glauben wir nicht!« Renk salutierte übertrieben und verließ das Zimmer. Henriette folgte ihm wie ein Schatten, während Petra an der Tür stehen blieb.

»Wie heißt die Tote eigentlich? Ich brauche den Namen, wenn ich nach Informationen suchen soll.«

»Nicole Kaffenberger. Sie ist die Ehefrau des Geschäftsmannes Caj Kaffenberger, eines vielfachen Millionärs. Wenn Sie mir sagen könnten, weshalb unser Schlumpschütze statt entlassener Verbrecher diesmal eine unbescholtene Frau erschossen hat, halte auch ich Sie für ein Genie!«

»Ich werde mich bemühen.« Petra verließ ebenfalls Wagners Büro und kehrte in ihr Zimmer zurück. Sie fand dort Torsten vor, der inzwischen seinen Laptop geholt hatte und, von Henriette unterstützt, nach verwertbaren Daten suchte.

SECHS

Torsten Renk wusste, dass es so mit ihm und seiner Auszubildenden nicht weitergehen konnte. Obwohl er das Generalstöchterchen auf den Mond wünschte, durfte er sich bei seiner Arbeit nichts zuschulden kommen lassen. Da Wagner ihm befohlen hatte, sie auszubilden, würde er es auch tun. In sich hineingrinsend legte er sich die ersten Schritte zurecht. Leutnant von Tarow sollte es gründlich bedauern, sich zum MAD gemeldet zu haben.

»Je eher sie das Handtuch wirft, umso besser«, sagte er sich. Sobald er dieses Anhängsel los war, würde Wagner ihm wieder vernünftige Aufträge erteilen.

Zufriedener als in den Wochen vorher betrat Torsten an diesem Morgen sein Büro. Wie immer saß Henriette von Tarow bereits vor ihrem Laptop.

»Ach ja, Leutnant. Da Sie schon einmal hier sind, können Sie mir von nun an jeden Morgen die wichtigsten Nachrichten zusammenstellen und ausdrucken, damit ich sie gleich parat habe.«

»Guten Morgen, Herr Oberleutnant!« Henriette war verblüfft, denn so munter hatte sie Renk noch nicht erlebt.

»Ach ja! Guten Morgen. Das hatte ich ganz vergessen.« Torsten setzte sich an seinen Schreibtisch, schaltete seinen Laptop an und sortierte die eingegangenen Mails.

Unterdessen rief Henriette die wichtigsten Nachrichten auf und druckte die Texte aus. Den kleinen Papierstapel schob sie zu Renk hinüber. »Hier sind die gewünschten Informationen, Herr Oberleutnant.«

»Danke!« Torsten nahm das erste Blatt zur Hand und überflog es. »Der Waffentransport nach Somaliland sollte diesmal nicht schiefgehen. Sonst haben wir dort einen Verbündeten weniger.«

»Das hat auch der Major letztens gesagt!«

»Ach ja? Ich kann mich nicht erinnern.« Torsten legte den Bericht über die Unruhen in Somalia beiseite und ergriff das nächste Blatt.

Gut eine Viertelstunde konnte man im Büro nur das Klappern der Tasten und das Rascheln von Papier vernehmen. Dann schob Torsten die ausgedruckten Blätter beiseite und musterte Henriette nachdenklich. Sie ist zu klein und zu zierlich für diesen Job, sagte er sich. Zwar konnte sie gut Auto fahren, aber darauf kam es nicht an. Wenn sie in Wagners Truppe blieb, würde sie bald in Gegenden kommen, in denen Kugeln bereits zum Frühstück serviert wurden.

»Wie steht es eigentlich mit Ihren Schießkünsten?«, fragte er.

Henriette blickte überrascht auf. »Ich habe die für die BW-Laufbahn vorgeschriebenen Lehrgänge gemacht und dabei mit der jeweils vorgestellten Waffe geschossen.«

»Um es auf den Punkt zu bringen: Sie sind nicht im Training. Aber bei unserer Arbeit ist es überlebensnotwenig, seine Waffe zu beherrschen. Ich glaube, wir lassen den Papierkram fürs Erste liegen und sehen uns den Schießplatz an.«

»Aber wir sollen doch Frau Waitl helfen«, wandte Henriette ein.

»Was wir für Petra tun konnten, haben wir getan. Wir müssen uns endlich um Ihre Ausbildung kümmern. Da Wagner noch immer nicht dazu gekommen ist, den versprochenen Plan fertigzustellen, werde ich erst einmal improvisieren. Kommen Sie mit!«

Torsten stand auf und sah Henriette auffordernd an. Diese ahnte, dass etwas im Busch war, und nahm sich vor, alles zu tun, um ihm den Spaß zu verderben.

»Wie steht es mit Ihrer persönlichen Artillerie?«, fragte Torsten auf dem Weg zum Schießplatz.

»Sie meinen, ob ich Schusswaffen besitze?«

»Genau das meine ich!«

»Ich habe zu Hause ein Kleinkalibergewehr«, sagte Henriette und verschwieg, dass sie damit im letzten Jahr zum Unmut aller männlichen Schützen Siegerin im großen Preisschießen ihres Heimatorts geworden war.

»Ich glaube nicht, dass so eine Kinderflinte zu den für unseren Job relevanten Waffen zählt. Ich hatte eher an so etwas hier gedacht!«

Bevor Henriette seine Handbewegung richtig erkennen konnte, hielt Torsten seine Sphinx AT2000 in der Hand.

Ein Soldat, der ihnen entgegenkam, wich erschrocken zurück.

Um Henriettes Lippen zuckte es. »Wenn Sie nicht einmal aus Versehen erschossen werden wollen, sollten Sie solche Scherze unterlassen, Herr Oberleutnant.«

Der Soldat stierte Torstens zivile Kleidung verdattert an. »Das ist ein Oberleutnant? Und bei mir meckert der Spieß schon, wenn ich mal ne private Unterhose anziehe.«

Sein Blick wurde anzüglich. »Und wie ist das bei euch Amazonen? Bekommt ihr auch vorgeschrieben, was ihr unter euren Röcken zu tragen habt?«

»Sicher! Wir bekommen jedes Jahr zu Weihnachten die Kataloge der edelsten Dessoushersteller aus Paris und dürfen uns etwas aussuchen.« Henriette sah amüsiert, wie der Bursche schluckte. Solche Anzüglichkeiten kamen unter Soldaten immer wieder vor. Wenn eine Frau es nicht fertigbrachte, sich Respekt zu verschaffen, wurde sie rasch zur Zielscheibe aller aufgeblasenen Kerle.

Torsten tippte den jungen Soldaten mit dem Zeigefinger an. »Du hast sicher zu tun, Kleiner. Wenn du das nächste Mal den Mund aufreißen willst, denke vorher nach. Einen weiblichen Offizier so anzumachen, wie du es eben getan hast, könnte dich das nächste freie Wochenende kosten.«

Es war direkt komisch, wie schnell der Bursche verschwand.

Henriette musste sich das Lachen verkneifen. Dennoch passte es ihr nicht, dass Renk sich eingemischt hatte. »Ich wäre mit dem Mann auch allein fertiggeworden. Sie hätten ihm nicht gleich mit Urlaubsentzug drohen müssen.«

»Wie es aussieht, bekommt er den auch so!« Torsten deutete nach hinten.

Offenbar hatte der junge Mann nicht aufgepasst und war mit einem Offizier im Hauptmannsrang zusammengestoßen. Dieser begann auch sogleich zu brüllen. »Was fällt Ihnen ein! Haben Sie keine Augen im Kopf? Oder haben Sie Ihr Hirn im Spind zurückgelassen?«

»Ich glaube, wir sollten weitergehen. Das sieht nicht so aus, als würde das so schnell aufhören.« Torsten schlug ein so strammes Tempo an, dass Henriette immer wieder einen Zwischenschritt einlegen musste, um mithalten zu können.

Kurz darauf erreichten sie die Halle, die für das Schusstraining mit leichten Handfeuerwaffen gebaut worden war. Torsten winkte dem Feldwebel, der das Ganze überwachte, kurz zu und fragte ihn nach einer freien Schussbahn.

»Sie können von mir aus die ganze Halle haben, Renk. Oder sehen Sie hier irgendjemanden außer Ihnen, der schießen will?«

»Auch gut. Haben Sie zufällig eine Pistole hier, mit der Leutnant von Tarow üben kann?«

»Die müssten Sie sich leider selbst bei der Waffenausgabe holen. Ich würde es ja gern tun, aber die sind in letzter Zeit arg pingelig geworden.«

Torsten drehte sich zu Henriette um und feixte. »Also das Ganze kehrt, Leutnant. Bevor Sie schießen können, brauchen Sie das Instrument dazu.«

»Sie haben doch Ihre Pistole dabei. Die könnte ich doch benützen«, wandte Henriette ein.

Der Feldwebel verdrehte die Augen. So wie er Renk einschätzte, würde dieser eher seine Freundin verleihen als diese Pistole, denn die war bekanntermaßen sein Heiligtum. Zu seiner Verwunderung blieb der MAD-Mann ruhig und lächelte sogar, als er dem jungen Ding antwortete, das besser in ein hübsches Sommerkleid als in eine Uniform gepasst hätte. »Mit meiner Pistole schießen zu dürfen müssen Sie sich erst einmal verdienen, Leutnant. Und jetzt kommen Sie! Die Leute in der Waffenausgabe sind Beamtenseelen. Die machen um Punkt neun Uhr Brotzeit, und nicht einmal der Ausbruch eines Weltkriegs könnte sie daran hindern.«

Zum ersten Mal musste Henriette über eine Bemerkung von Renk schmunzeln. Anscheinend hatte er doch eine Spur Humor. Da sie aber nicht wollte, dass die Laune sogleich wieder umschlug, folgte sie ihm stumm, als er mit langen Schritten das Kasernengelände durchquerte und vor einem grauen Gebäude stehen blieb.

Torsten trat erst ein, als er sah, dass seine Auszubildende mit ihm Schritt gehalten hatte. Zuerst ging es einen schier endlos langen Flur entlang, dann eine Steintreppe hoch in einen weiteren Korridor. Vor dem letzten Zimmer blieb er stehen und klopfte.

»Reinkommen!«, erscholl es von drinnen.

Torsten öffnete die Tür und hielt sie Henriette auf. Diese schüttelte den Kopf. »Wir sind hier nicht beim Flanieren, sondern bei der Bundeswehr. Hier heißt es Dienstgrad vor Schönheit!« Damit nahm sie ihm die Tür aus der Hand und zeigte nach drinnen.

Torsten war zuerst baff, sagte sich dann aber, dass seine Untergebene ihre Frechheiten bald bereuen würde, und betrat als Erster das Zimmer. Als Henriette ihm folgte, sah sie einen Mann an einem Schreibtisch sitzen und auf seinen Bildschirm starren, während ein anderer Soldat hinter einer Theke stand.

»Guten Morgen!«, grüßte Renk.

»Grüß Gott«, antwortete der Mann hinter der Theke, während der am Schreibtisch nicht einmal den Kopf hob.

»Was darf's denn sein, Torsten?«, fragte der Soldat, der den Gruß erwidert hatte, und kam hinter seiner Theke hervor.

Zuerst wunderte Henriette sich, weil er Torsten die Linke entgegenstreckte. Erst als sie genauer hinsah, bemerkte sie die Prothese am rechten Arm. Sein leicht schwankender Gang brachte sie darauf, auf seine Beine zu schauen. Auch hier sah es so aus, als steckte ein künstlicher Fuß im Schuh.

Erschüttert blieb Henriette im Hintergrund, während Torsten dem Mann fröhlich auf die Schulter klopfte. »Na, wie geht's zu Hause, alter Gauner?«

»Gut! Du solltest mal wieder bei uns vorbeikommen. Carina würde sich freuen.«

»Wenn ich Zeit habe, tu ich es auch, Hans. Aber jetzt bräuchte Leutnant von Tarow eine Pistole fürs Schießtraining. Hast du etwas Geeignetes für sie?« Torsten zwinkerte dem anderen verschwörerisch zu.

Der Mann nickte und verschwand im Nebenraum. Kurz darauf kehrte er mit einer Waffe mit abgewetzten Griffschalen und etlichen Schrammen am Lauf zurück.

»Das ist die Standardpistole für unsere Schießschüler. Damit müsste der Leutnant zurechtkommen.«

Torsten untersuchte kurz die Waffe und nickte. »Sehr gut. Jetzt brauche ich noch zwei Schachteln Munition.«

»Gleich zwei Schachteln? Willst du den Leutnant für einen Wettkampf trainieren?«

»Nein, aber ich will mitschießen, und du glaubst doch nicht, dass ich das auf eigene Kosten tue.«

»Also gut!« Der Mann ging noch einmal ins Nebenzimmer und brachte zwei Schachteln Munition.

»Wer unterschreibt mir das Formular?«, fragte er.

»Bei der Pistole der Leutnant, bei den Patronen ich«, erklärte Torsten.

»Auch gut!« Sein Freund füllte zwei Zettel aus und reichte sie den beiden.

»Wollen Sie die Waffe behalten?«, wollte er von Henriette wissen. »Dann müsste ich es vermerken. Wenn nicht, müssen Sie sie bis heute Abend, Punkt siebzehn Uhr, zurückbringen.«

»Ich sagte ja, hier sind Beamtenseelen am Werk«, spottete Torsten.

Da hob der Mann am Computer den Kopf. »Noch so einen Spruch, Renk, und Sie brauchen morgen die Unterschrift des Verteidigungsministers, wenn Sie bei uns etwas abholen wollen!«

Renk winkte verächtlich ab. »Blasen Sie sich nicht so auf, Mentz, sonst platzen Sie noch.«

Er reichte Henriette die Pistole und steckte die beiden Patronenschachteln ein. »Wir bringen die Waffe heute noch zurück. Bis dahin Servus, Hans. Ach ja – auf Wiedersehen, Hauptfeldwebel. Wenn ich das nächste Mal hier hereinkomme, nehmen Sie gefälligst Haltung an!«

»Sie können mich mal!«, biss Mentz zurück.

Torsten lachte nur und verließ mit Henriette zusammen das Zimmer. »Hans Borchart ist schwer in Ordnung, während Mentz ein ausgemachtes Arschloch ist«, erklärte er unterwegs und hatte die beiden im nächsten Moment vergessen. In der Trainingshalle angekommen, reichte er Henriette eine Handvoll Patronen und sah zu, wie sie die Waffe lud. Da inzwischen einige Soldaten hereingekommen waren und sie grinsend beobachteten, verstärkte sich Henriettes Ahnung, dass etwas im Schwange war.

SIEBEN

Torsten schob die Männer beiseite. Dann zeigte er nach vorne auf eine Zielscheibe, auf die menschliche Umrisse gezeichnet waren, und zog seine Pistole.

»So, Leutnant! Jetzt zeige ich Ihnen, was Sie können müssen, wenn Sie mit Ihrer Ausbildung fertig sind.«

»Da bin ich ja mal gespannt.« Henriette trat ein wenig zurück und ignorierte dabei einige anzügliche Bemerkungen ihrer Zuschauer. Ihre ganze Aufmerksamkeit galt Renk. Dieser lud seine Pistole durch und steckte sie wieder ins Schulterhalfter zurück.

Henriette wunderte sich schon, doch da sackte Renk auf einmal zusammen. Noch im Fallen riss er die Waffe heraus und schoss das erste Mal, rollte dann über den Boden und feuerte dabei zwei weitere Kugeln ab. Als Nächstes sprang er auf und hechtete nach links. Erneut spuckte seine Sphinx 2000 zweimal Blei. Kaum war er am Boden, schnellte er mit dem Rücken zur Scheibe wieder hoch, drehte sich blitzschnell um die eigene Achse und schoss aus der Hüfte. Eine Sekunde später lag er wieder am Boden und warf sich nach links und dann nach rechts. Dabei ballerte er aus jeder Lage.

Schließlich blieb er stehen, blies theatralisch über die Mündung seiner Pistole und drehte sich zu Henriette um. »Und? Haben Sie gezählt, wie oft ich geschossen habe?«

Die junge Frau schüttelte den Kopf und handelte sich sofort einen Rüffel ein. »Das sollten Sie aber. Im entscheidenden Fall müssen Sie wissen, wie viele Schuss Ihr Gegner noch hat und wie viele Sie selbst.«

Er drehte sich um. »Jungs, habt ihr mitgezählt?«

»Es waren zwölf Schuss«, rief einer.

»Nein, elf«, widersprach ein anderer.

»Dann schauen wir mal nach!« Torsten ging zur Scheibe und zählte kurz die Treffer. Ein zufriedenes Lächeln trat auf seine Lippen, als die anderen laut mitzählten.

»Zehn, elf, zwölf. Ich hab's doch gewusst«, rief der eine Soldat triumphierend.

»Und wie gut habe ich getroffen?«, fragte Torsten und streckte Henriette die Zielscheibe hin.

Diese starrte darauf und schluckte. Wäre die gezeichnete Person wirklich ein Mensch gewesen, hätte jeder Treffer ausgereicht, um ihn kampfunfähig zu machen.

»Sie sind wirklich gut, Herr Oberleutnant.«

»Renk ist ein Teufel. Wenn ihm die Kugeln in seiner Pistole ausgehen, klemmt der sich noch einen Panzer unter den Arm und schießt damit!«, spottete einer der Zuschauer.

»Jetzt übertreibt nicht, Leute. Ihr seid auch keine Nichtskönner. Aber wie steht es mit Ihnen, Leutnant? Probieren Sie es mal. Sie brauchen es mir nicht nachzumachen, sondern können gerne stehen bleiben.«

In Renks Stimme schwang ein Unterton, der Henriette stutzig werden ließ. Sie atmete kurz durch, holte die P8 aus der Tasche, schlug sie an und zielte über Kimme und Korn.

»Sie sollten das Ding auch durchladen, wenn Sie schießen wollen. Sonst können Sie am Abzugbügel ziehen, so viel Sie wollen«, setzte Torsten süffisant hinzu.

Einige Zuschauer lachten, doch Henriette ließ sich nicht aus der Ruhe bringen. Sie setzte die Waffe wieder ab, zog das Magazin heraus und überprüfte, ob es voll war. Dann stieß sie es wieder in die Pistole, lud mit einer energischen Handbewegung durch und zielte erneut auf die Scheibe. Als die Stelle, die das Herz des Ziels markieren sollte, genau in der verlängerten Linie von Kimme und Korn lag, zog sie durch.

Der Schuss peitschte durch die Halle, doch als Henriette nach vorne schaute, schlug die Kugel fast fünfzig Zentimeter vom anvisierten Ziel in die obere Ecke der Zielanlage ein. Um sie herum brandete Gelächter auf. Selbst Renk lachte mit und erbitterte Henriette damit noch mehr. Kurz entschlossen setzte sie die Waffe erneut an und ließ den Lauf genau um die Entfernung, die sie eben danebengeschossen hatte, in die andere Richtung wandern.

Als sie diesmal feuerte, traf die Kugel zwar nicht direkt ins Herz, doch der Treffer hätte gereicht, um einen Menschen auszuschalten. Innerhalb kurzer Zeit schoss Henriette das gesamte Magazin leer und sah die still gewordenen Soldaten spöttisch an. »Na, meine Herren, wollen wir mal zählen, wie oft ich getroffen habe?«

Zwei Burschen liefen nach vorne. »Fünfzehn Schuss, davon dreizehn Treffer und einer ganz knapp daneben. Acht Treffer für kampfunfähig.«

Henriette atmete erleichtert auf. Das war besser gelaufen, als sie befürchtet hatte. Mit herausfordernder Miene wandte sie sich an die Männer im Rund. »Nun, meine Herren? Will es einer von euch ebenfalls probieren?« Sie streckte ihnen die Pistole entgegen und sah lächelnd, wie die Soldaten unwillkürlich zurückwichen. Jeder hatte bereits von dieser speziellen Pistole aus Hans Borcharts Arsenal gehört, und sie wussten, dass sie damit nicht einmal ein Scheunentor treffen würden.

Torsten war von Henriettes Schussleistung überrascht worden. Nun ärgerte er sich über die Kameraden, die der Herausforderung des Leutnants aus dem Weg gingen und damit der jungen Frau das Gefühl gaben, sie wäre besser als sie.

»Geben Sie her!«, sagte er und nahm ihr die Pistole aus der Hand. Er lud das Magazin neu, suchte sich eine noch unbeschädigte Zielscheibe und stellte sich in Position. Bevor er schoss, blickte er noch kurz auf die Scheibe, auf die Henriette geschossen hatte, und schätzte die Abweichung der Waffe anhand ihres ersten Schusses ab. Sein Arm wanderte daraufhin leicht schräg nach rechts unten. Ein letzter prüfender Blick, dann feuerte er die Schüsse im Sekundentakt ab.

Um ihn herum wurde es still. Henriette starrte auf die Stelle, die das Herz markierte, und konnte nicht glauben, was sie sah. Jede von Renks Kugeln hatte exakt in diese etwa handgroße Stelle getroffen.

»Nun? Zufrieden?«

Renks Stimme riss Henriette herum. »Nicht schlecht«, sagte sie mit einem gezwungenen Lächeln. »Wenn Sie jetzt dieselbe Schau abgezogen hätten wie vorhin, würde ich mir wirklich wie ein Wurm vorkommen.«

»Ich berichtigte mich. Renk ist kein Teufel, sondern der Satan schlechthin«, rief der Mann, der vorhin schon gespottet hatte.

Renk drehte sich zu ihm um und grinste. »Was sagt euch das? Dass ihr trainieren müsst! Ein guter Soldat trifft auch mit einer schlechten Waffe, aber ein schlechter Soldat schießt auch mit dem besten Gewehr daneben.«

»Gib das Ding her!« Ein Soldat, der als guter Schütze bekannt war, nahm die Pistole an sich und lud sie voll. Danach ging er zu Henriettes Zielscheibe und sah sich ihren ersten Fehlschuss genau an. Als er zurückkam und konzentriert seine Schüsse abgab, zeigte sich, dass auch er etwas konnte.

Sein Trefferergebnis war schlechter als Henriettes, aber dennoch war der Mann zufrieden. »Mit so einem Ding muss man erst einmal schießen können«, meinte er zu seinen Kameraden und legte Henriette gönnerhaft die Hand auf die Schulter. »Ich wollte Kavalier sein und Sie gewinnen lassen. Wäre das nicht heute Abend einen Schluck im Kasino wert?«

»Ich werde es mir überlegen.« Henriette mochte solche Zusammenkünfte, bei denen viel Alkohol floss, nicht besonders. Unsicher sah sie Renk an.

Der überlegte kurz und nickte. »Wenn nichts Wichtiges dazwischenkommt, schaue ich heute Abend ebenfalls vorbei!«

»Du kannst ruhig wegbleiben. Für die Unterhaltung des Leutnants sorge ich schon.«

»Nach dem dritten Bier fängt er an zu nuscheln, und nach dem sechsten liegt er unter dem Tisch«, sagte Torsten spöttisch zu Henriette und sah dann auf seine Uhr. »Mittagszeit! Da ist Hans beim Essen. Und wir könnten uns ebenfalls in Richtung Kantine verabschieden. Ich habe nämlich Hunger.«

»Ich auch«, erklärte Henriette und dachte bei sich, dass Renk und sie das erste Mal einer Meinung waren.

ACHT

An der Essensausgabe trafen sie auf Petra, die sich bereits einen doppelten Schlag Spaghetti Bolognese auf den Teller hatte laden lassen und nun beim Nachtisch zwischen einem Stück Schokoladenkuchen und einer Schale mit drei Kugeln Eis schwankte. Schließlich stellte sie beides auf ihr Tablett. Als sie Torstens mahnendes Räuspern hörte, drehte sie sich seufzend zu ihm um. »Mein Gehirn braucht heute die Kalorien. Ich habe hunderttausend Fragen und keine einzige Antwort darauf. Es ist, als wäre ich ein vollkommener Idiot geworden.«

»Das glaube ich nicht. Du kriegst die Sache schon hin«, tröstete Torsten sie und stellte ebenfalls ein Eis auf sein Tablett.

Henriette wählte den Schokoladenkuchen und sagte sich, dass sie bald wieder joggen musste, wenn ihr die Uniform noch länger passen sollte. Unterdessen winkte Hans Borchart, der mit seinem Vorgesetzten Mentz an einem Tisch saß, Torsten zu.

»Welche Ehre, dorthin eingeladen zu werden«, spottete Petra.

»Wieso?«, fragte Henriette.

Anstelle von Petra übernahm Torsten die Antwort. »Hauptfeldwebel Mentz und Hans sehen diesen Tisch als ihren Stammplatz an. Dort setzt sich höchstens ein frisch eingezogener Rekrut unaufgefordert hin. Die Soldaten, die sich bereits auskennen, quetschen sich lieber zusammen, als die Männer von der Materialausgabe zu verärgern.«

»Das kann ich mir denken!« Henriette dachte, dass Menschen ohne Rituale nicht glücklich wurden.

»Setzt euch!«, rief Hans Borchart und zeigte einladend auf die freien Plätze.

»Danke, wir wissen es zu schätzen.« Torsten stellte sein

Tablett hin und half Petra, das ihre ebenfalls unfallfrei abzustellen.

Auch Henriette fand, dass Petra eher Essen für drei als für eine Person aufgeladen hatte, und konnte sich eine Bemerkung nicht verkneifen. »Sie müssen heute aber großen Hunger haben!«

Petra sah sie unglücklich an. »Ich wäre gerne so schlank wie Sie. Aber immer, wenn ich fasten will, streikt mein Kopf. Ich kann dann einfach nicht mehr denken.«

»Darum ist Petra auch lieber ein pummeliges Genie als ein dürres Dummchen«, sagte Hans Borchart lachend.

»Glauben Sie, dass ich ein dürres Dummchen bin?«, fragte Henriette mit einem Lächeln, das ihr Gegenüber nicht einzuschätzen wusste.

Hans zog den Kopf ein und hob die Prothesenhand. »Gott bewahre! Ich habe schon gehört, wie Sie beim Schießen den Burschen eingeheizt haben. Besser als Sie hat mit dieser speziellen Pistole noch keiner geschossen.«

»Doch, ich!«, korrigierte Torsten ihn.

»Du läufst außer Konkurrenz.« Hans winkte lachend ab und widmete sich wieder seinem Essen. Dabei hantierte er so geschickt mit Messer und Gabel, dass Henriette erstaunt die Augen aufriss. Jemand, der ihn nicht kannte, würde nicht erkennen, dass seine rechte Hand künstlich war.

Auch so war Hans Borchart ein erstaunlicher Mensch. Er lachte viel, erzählte Witze und schien das Leben zu genießen. Henriette dachte daran, wie ihre Brüder in seiner Lage handeln würden. Dietrich, dem älteren, würde es vielleicht gelingen, die Sache ähnlich zu sehen, doch für Michael wäre es eine Katastrophe. Man würde keine Waffe in seiner Nähe liegen lassen dürfen, denn er würde sich sofort erschießen oder die Pulsadern aufschneiden.

Bei dem Gedanken schüttelte es sie.

Petra sah sie überrascht an. »Schmecken Ihnen die Spaghetti nicht? Ich finde, dass die Küche sie heute gut hingebracht hat.«

»Die Nudeln sind gut. Ich habe nur an etwas anderes gedacht.«

»An nichts Erfreuliches, was?«, fragte Torsten und hoffte, dass es die Angst vor der weiteren Ausbildung war. Am Vormittag hatte sie sich wider Erwarten gut geschlagen, doch noch war der Tag nicht zu Ende. Er lächelte in sich hinein bei der Vorstellung, wie seine Schülerin heute Abend aussehen würde. »Wie heißt es so schön? Nach dem Essen sollst du ruhn oder tausend Schritte tun. Ich glaube, wir einigen uns auf die tausend Schritte. Leutnant, ich erwarte Sie in einer halben Stunde am Hintereingang. Ziehen Sie was Sportliches an. Es geht über Stock und Stein.«

Henriette spürte seine unterdrückte Heiterkeit und konterte lächelnd. »Sehr schön, Herr Oberleutnant. Ich hatte eben beschlossen, dass es Zeit ist, wieder etwas für meine Figur zu tun.«

»Und was ist mit dir, Petra, machst du auch mit?«, fragte Hans Borchart grinsend.

Petra schluckte und sah ihn funkelnd an. »Mach nur so weiter, Hans, und du wirst am Quartalsende zu erklären haben, wo die Sachen geblieben sind, die du angeblich geordert hast.«

»Das wirst du mir doch nicht antun!« Hans wirkte völlig zerknirscht, doch seine Augen lachten. Er mochte diese kleinen Wortgefechte mit Petra und Torsten.

Das verstand nun auch Henriette, die bei Petras Worten zuerst erschrocken die Luft eingesogen hatte. Sie entspannte sich und aß genüsslich ihren Schokoladenkuchen auf.

Torsten war mit dem Essen bereits fertig und sah demonstrativ auf seine Uhr. »Jetzt sind es noch fünfundzwanzig Minuten, Leutnant. Nicht, dass Sie zu spät kommen.«

»Das fällt mir gar nicht ein«, antwortete Henriette und steckte sich das nächste Stück Kuchen in den Mund.

»Dann bis nachher! Mahlzeit alle zusammen!« Torsten stand auf, sah auf sein Tablett herab und grinste dann Henriette an. »Bringen Sie mein Geschirr weg. Ich habe noch was zu erledigen.«

»Ein Kavalier wirst du bestimmt nicht mehr!«, spottete Hans Borchart.

Torsten kommentierte es mit einer wegwerfenden Handbewegung. »Wir sind hier beim Bund, mein Guter. Da hat ein Leutnant strammzustehen, wenn ein höherrangiger Offizier sich räuspert.«

»Der Herr Oberleutnant hat wie immer recht!« Um Henriettes Lippen zuckte es verdächtig. Renks Versuch, sie daran zu hindern, rechtzeitig am hinteren Tor zu erscheinen, war zu offensichtlich.

Auch Petra begriff, was sich abspielte, und wartete gerade so lange, bis Torsten den Raum verlassen hatte. Dann tippte sie Henriette an. »Sie können ebenfalls gehen. Ich bringe die Tabletts weg, das Ihre ebenso wie das von Torsten.«

»Das meine ja, aber nicht das seine. Das wäre gegen seinen Befehl!« Henriette zwinkerte Petra zu und freute sich, dass sie in der pummeligen Frau eine Verbündete gefunden zu haben schien.

NEUN

Obwohl Torsten sich beeilt hatte, wartete Henriette bereits am Tor auf ihn. »Sie sind sehr pünktlich«, sagte sie nach einem Blick auf die Uhr.

»Sie aber auch!« Torsten musterte die junge Frau neugierig. Bis jetzt hatte er sie immer nur in ihrer blauen Luftwaffenuniform gesehen, doch jetzt steckte sie in eng anliegenden Jogginghosen und einem weißen T-Shirt. An den Füßen trug sie Turnschuhe ähnlich den seinen. Er selbst hatte eine graue Hose und ein gleichfarbiges Trägerhemd angezogen. Auf dem Kopf hatte er eine Baseballmütze mit dem Emblem der San Francisco 49ers.

»Wohin geht es?«, fragte Henriette, da Torsten sich nicht rührte.

»Nach links«, antwortete er und gab dem Wachtposten das Zeichen, die Gittertüre zu öffnen.

»Viel Spaß, Renk«, rief dieser ihm nach.

»Hier kennt Sie anscheinend jeder. Ist das für einen Geheimdienstmann eigentlich okay?«, fragte Henriette, als sie nebeneinander die schmale Straße entlangtrabten, die zum Starnberger See führte.

Torsten zuckte mit den Schultern. »Einige Kameraden waren in Afghanistan und kennen mich von dort. Für die war ich so etwas wie ein Wachhund, der aufgepasst hat, dass ihnen nichts passiert.«

»Eine Frage: Warum ist Major Wagners Gruppe hier in Feldafing stationiert und nicht in München bei der dortigen Dienststelle?«, fragte Henriette weiter.

»Wir sind hierher ausgelagert worden. Früher gehörten wir zur Abteilung IV, aber unser Aufgabengebiet hat sich geändert. Die meisten von Wagners Leuten sind mit unseren Soldaten im Ausland unterwegs und spielen Wachhund. Das ist eigentlich auch mein Job. Aber derzeit spule ich meinen vorgeschriebenen Dienst in der Heimat ab. Nach einem halben Jahr im Ausland müssen wir mindestens drei Monate zu Hause bleiben. In der Zeit helfen wir in den anderen Abteilungen aus. Das ist derzeit auch Wagners Problem. Es geht einfach zu viel schief.« Nach seiner grimmigen Miene zu urteilen, drehte Renk gerade den Leuten, die an all diesen Schwierigkeiten schuld waren, in seiner Vorstellung den Hals um.

Henriette tat sich zunehmend schwer. Ihr Ausbilder schlug ein strammes Tempo an, und sie merkte, dass sie ihr Konditionstraining in der letzten Zeit vernachlässigt hatte. Eine Zeit lang liefen sie stumm nebeneinander am See entlang.

Bald hatte sie sich so weit erholt, dass sie wieder reden konnte. »Dieser Typ bei der Waffenausgabe, Hans Borchart, hat in den höchsten Tönen von Ihnen geschwärmt. Er hat gesagt, Sie hätten ihm das Leben gerettet. Ist das, was Sie damals getan haben, Ihr normaler Job?«

»Mein Job wäre es gewesen, den Anschlag zu verhindern. Aber bringen Sie mal als Europäer eine einheimische Frau auf einem afghanischen Markt dazu, sich auszuziehen.«

»Ich kann mir vorstellen, dass das mit Schwierigkeiten verbunden ist«, sagte Henriette lachend.

»Ein US-Sergeant, der es in Lashkar probiert hat, ist von der Meute in Stücke gerissen worden, und die Amis hatten durch den folgenden Aufstand mehr Verluste, als wenn der Mann es zugelassen hätte, dass die Frau die Bombe zündet.«

»Wissen Sie, dass Sie gelegentlich recht zynisch klingen?«

»Nur gelegentlich? Ich scheine mich zu bessern. Meine letzte Freundin meinte noch, mein Leben bestünde nur aus Zynismus.«

Eine Freundin hatte Renk also auch – oder vielmehr gehabt. Dem bitteren Zug um seinen Mund nach schien diese Beziehung in die Brüche gegangen zu sein. Zunächst spottete Henriette in Gedanken darüber, dass es keine Frau bei einem Typen wie Torsten Renk aushalten könnte. Dann tat er ihr leid, allerdings nur so lange, bis er erneut das Tempo verschärfte und sie die Zähne zusammenbeißen musste, um nicht zurückzubleiben.

Als sie ein Waldstück erreichten, legte Torsten erst richtig los. Henriette konzentrierte sich auf ihre Atmung, um nicht durch plötzliches Seitenstechen behindert zu werden, und auf den Weg, der eher einem Kartoffelacker glich. Renk hatte ihr nicht zu viel versprochen, nun ging es wirklich über Stock und Stein. Doch wenn er geglaubt hatte, ihren Willen damit brechen zu können, sah er sich getäuscht. Sie klebte wie ein Schatten an ihm und hielt jede Tempoverschärfung mit.

Wider Erwarten nötigte Henriette Torsten Respekt ab. Die kleine Halbphilippinin war zäh und ausdauernd. Trotzdem nahm er an, dass sie diesen Geländelauf nicht mehr lange würde durchstehen können. Selbst ihm wurden bereits die Beine schwer, und er ertappte sich dabei, dass er hastiger atmete. Schließlich wurde er langsamer und gab damit auch Henriette die Möglichkeit, sich etwas zu erholen.

»Joggen in der freien Natur hat schon was für sich«, rief sie, um zu beweisen, dass sie noch lange nicht am Ende war.

Torsten musste ein paarmal durchatmen, bevor er antworten konnte. »Deshalb laufe ich mindestens dreimal die Woche diese Strecke, und zwar bei jedem Wetter. Im Winter ziehe ich Laufschuhe mit Spikes an.«

»So ein Paar werde ich mir auch besorgen. Zu zweit macht so ein Lauf viel mehr Spaß als allein!«

»Wenn ich allein bin, kann ich meinen Gedanken freien Lauf lassen. Das kann in unserem Job durchaus von Vorteil sein.«

»Ich werde Sie schon nicht mit irgendwelchem Geschwätz stören. Sie geben einfach das Tempo vor, und ich trabe hinter Ihnen her.« Henriette gelang es sogar zu lachen, als sie Renks verdatterten Gesichtsausdruck sah.

Sie hatte den Eindruck, als kratze sie an seinem männlichen Selbstgefühl, und das machte ihr zunehmend Spaß. Langsam begann sie sich mit dem Schicksal auszusöhnen, ausgerechnet ihn als Vorgesetzten erhalten zu haben. Immerhin konnte sie ihrem Vater Neues über Renk berichten. Den General würde sicher interessieren zu hören, dass der Oberleutnant in Afghanistan einen Kameraden aus einem brennenden Spähwagen herausgeholt hatte. Außerdem konnte sie ihm von ihrem ersten Schießtraining berichten.

Ihre Gedanken kamen wieder auf den Vorfall in Afghanistan zurück. »Darf ich etwas fragen?«

Torsten wandte sich im Laufen halb um. »Schießen Sie los!«

»Ich dachte eben an Hans Borchart. Weshalb muss jemand mit solchen körperlichen Schäden wie er noch in der Kaserne Dienst tun? Er hat doch Anspruch auf eine Rente und könnte es sich zu Hause gemütlich machen.«

»Wollen Sie einen jungen Mann von gerade mal vierundzwanzig Jahren, der, wie Sie sagen, körperliche Schäden davongetragen hat, nach Hause schicken, damit er seine Unzufriedenheit an seiner Frau auslässt? Da ist es tausendmal besser, ihm eine Arbeit zu geben, für die er geeignet ist und bei der er das Gefühl hat, gebraucht zu werden. Hier in der Kaserne kommt er mit Kameraden zusammen, und für die Neuen ist er sogar so etwas wie ein Held. Auf diese Weise geht Hans ausgeglichen nach Hause und freut sich auf seine Frau und das Kind, das bald zur Welt kommen wird.«

Zuletzt hatte Renk sich ein wenig in Rage geredet. Henriette schluckte. »Sie haben recht! Der Mann ist durch den Verlust seiner Gliedmaßen gestraft genug. Ihm jetzt auch noch einen seelischen Schaden zuzufügen wäre grausam.«

»Erstens das, und zum Zweiten ist mir Hans an der Waffenausgabe tausendmal lieber als irgendein uninteressierter Freak, der nur seine Dienstzeit auf möglichst bequeme Weise hinter sich bringen will, oder jemand wie Mentz, der sich für bedeutender zu halten scheint als der Verteidigungsminister.«

»Da haben Sie ebenfalls recht, Herr Oberleutnant. Aber sollten wir jetzt nicht ein bisschen Gas geben? Wir sind ein wenig langsam geworden.«

Torsten knurrte kurz, beschleunigte dann aber in einer Weise, dass Henriette ein Stück hinter ihm zurückblieb. Doch mit der Verbissenheit, die sie sich in den bisherigen zweiundzwanzig Jahren ihres Lebens angeeignet hatte, holte sie wieder auf, und sie erreichten die Kaserne fast gleichzeitig. Kurz nach dem Eingang trennten sie sich. Henriette zitterten die Knie, und sie wusste, dass sie am nächsten Tag einen fürchterlichen

Muskelkater haben würde. Doch die Tatsache, dass es Renk kaum besser gehen würde als ihr, söhnte sie mit ihrer momentanen Schwäche aus.

ZEHN

Geerd Sedersen blickte zufrieden in die Runde. An diesem Ort ging es zwar nicht so feudal zu wie im Turmzimmer der alten Villa, doch die hier versammelten Männer waren für seine weitere Zukunft wichtiger als der Verein der Tattergreise, den er nun hinter sich gelassen hatte. Direkt neben ihm saß Igor Rechmann wie ein großer Bär mit einem viel zu freundlichen, säuglingshaft wirkenden Gesicht. Der Nächste war Caj Kaffenberger, der den trauernden Witwer mimte, insgeheim aber die Millionen zählte, die ihm jener Meisterschuss erspart hatte.

Wichtiger als Kaffenberger war für Sedersen der schlanke Mann mit dem schmalen Gesicht und den weißblonden Haaren zu seiner Linken. Frans Zwengel bedeutete für ihn die Zukunft. Dieser war nicht nur sein Geschäftspartner in Flandern und Mitglied des flämischen Abgeordnetenhauses, sondern auch der Anführer der Geheimorganisation Vlaams Macht, die die Unruhen in Belgien mit allen Mitteln schürte. Der letzte Mann in ihrer Runde war Karl Jasten, den Sedersen nun ebenfalls in seinen inneren Kreis aufgenommen hatte.

Zu Beginn redeten die Männer über die letzten Spiele der Bundesliga, kamen dann aber rasch auf die Unruhen in Suhl zu sprechen.

Zwengel lachte anerkennend. »Ich hätte nie geglaubt, dass ihr Deutschen solch eine durchschlagende Aktion zustande bringt!«

»Die Aktion hat das gewünschte Aufsehen erregt, doch inzwischen ist die Polizei hinter vielen unserer Freunde her und hat auch schon einige gefasst. Wenn einer von denen erwähnt, dass ich bei mehreren Treffen dabei gewesen bin …« Kaffenberger ließ den Rest ungesagt. Sein Unbehagen bei dem Gedanken an die Folgen sah man ihm jedoch an.

»Ich glaube kaum, dass jemand Sie denunzieren wird«, versuchte Rechmann Kaffenberger zu beruhigen.

»Aber wenn doch?«, jammerte dieser.

»… ist es eine verdammte Lüge, gegen die du dich mit aller Entschiedenheit zur Wehr setzen wirst!«, gab Sedersen leicht amüsiert zurück. »Solange du nicht verrückt genug warst, dich mit der Hakenkreuzfahne in der Hand fotografieren zu lassen, kann dir keiner an den Karren fahren.«

Er warf Kaffenberger einen warnenden Blick zu und richtete seine Aufmerksamkeit auf Zwengel. »In Belgien ist es jetzt fast schon zwei Wochen ruhig gewesen. Geht deinen Leuten etwa die Puste aus?«

Der Flame winkte lachend ab. »Ganz im Gegenteil! Wir bereiten uns auf den nächsten Schlag vor. Die flämischen Fäuste werden bald wieder tanzen, und zwar diesmal in Sint-Pieters-Leeuw.«

Auch Sedersen schmunzelte bei der Anspielung auf die Gruppierung Vlaams Vuist, in der sich rechtsradikale Schläger, Fußballhooligans und übermütige junge Burschen zusammengefunden hatten, die einfach nur Radau machen wollten.

Zwengel grinste. »Wir bringen die Wallonen schon dazu, in die Trennung einzuwilligen, und zwar zu unseren Bedingungen. Brüssel und Brabant waren früher flämisch und sollen es wieder sein.«

»Das wird nicht leicht werden.« Sedersen waren die national-ideologischen Vorstellungen des Flamen fremd, und es interessierte ihn nicht, ob diese oder jene Gemeinde zu Flandern zählen sollte, nur weil dort vor zweihundert Jahren Flämisch gesprochen worden war.

»Wir können bereits Erfolge verzeichnen«, erklärte der Flame stolz. »Etliche der Fremden, die sich in den südlichen Gemeinden von Vlaams-Brabant eingenistet hatten, sind inzwischen weggezogen. Außerdem haben wir dafür gesorgt, dass in keiner staatlichen Schule in ganz Flandern Unterricht in Französisch abgehalten werden darf.«

Kaffenberger und Jasten starrten Zwengel irritiert an, denn sie begriffen den Sinn dieser Aktion nicht. Sedersen hingegen schüttelte den Kopf. An Zwengels Stelle hätte er auf die paar Gemeinden von Vlaams-Brabant verzichtet, welche mittlerweile überwiegend von Menschen mit französischer Muttersprache bewohnt wurden. Er selbst würde aus dem rein flämischsprachigen Gebiet einen neuen, modernen Staat formen, in dem er nicht nur zum größten Wirtschaftsmagnaten aufsteigen, sondern auch bestimmenden Einfluss auf die Regierung ausüben konnte. Doch solange Belgien nicht auseinandergebrochen war, musste er sich mit Männern wie Zwengel abgeben, wenn er seine Pläne verwirklichen wollte. Während der Flame von weiteren Erfolgen seiner Schlägertrupps berichtete, dachte Sedersen an seine Wunderwaffe und an die gut fünfzig Patronen, die er noch besaß. Eine davon reservierte er im Geiste für seinen belgischen Gast. Fanatiker dieser Art waren zu gefährlich, um sie auf Dauer unter Kontrolle halten zu können.

Allerdings würde er noch mehr achtgeben müssen als bisher. Obwohl er einige Gruppen am rechten Rand mit Geld unterstützte, hatte er sich, von ganz frühen Tagen abgesehen, strikt von diesen Leuten ferngehalten. Das war nun von Vorteil, denn so war es ihm möglich, in Zukunft eine wichtige Rolle in der neuen Republik Flandern einzunehmen. Vorher aber musste er alles beseitigen, das ihn belasten konnte. Dazu zählten auch die drei Greise, die von den Hütern der Gerechtigkeit noch übrig waren.

»Sie hören mir ja gar nicht zu, Herr Sedersen«, beschwerte sich der Flame, dessen Phantasie sich inzwischen zu einem großflämischen Reich einschließlich des Südens der Niederlande verstiegen hatte.

Sedersen hob den Kopf und blickte Zwengel lächelnd an. »Ich höre Ihnen sehr genau zu! Allerdings bin ich ein Mann, der einen Schritt nach dem anderen macht. In meinen Augen ist es nicht gut, zu viel auf einmal zu wollen.«

»Wenn wir zu zaghaft vorgehen, vergeben wir unsere Chancen. Nur wenn wir rasch und fest zugreifen, haben wir auch Erfolg!«

Der Flame machte keinen Hehl daraus, dass er Sedersen für einen Zauderer hielt. Sich selbst sah er bereits als Staatschef eines starken Flanderns, das, wenn es sich des wallonischen Ballasts entledigt hatte, endlich eine gewichtige Stellung in der europäischen Politik einnehmen würde. Für ihn war Sedersen nur ein Juniorpartner, der ihm half, seinen Einfluss in der flämischen Wirtschaft auszubauen, und ihm überdies Waffen für seine Geheimarmee verschaffte, die er als Kern des neu zu bildenden flämischen Heeres ansah. Dieser Waffen wegen hatte er die Fahrt nach Köln unternommen.

»Wie sieht es mit der nächsten Lieferung aus? Nachdem Rechmann uns letztens einen Haufen Söldner aus den Reihen seiner deutschen Gesinnungsfreunde verschafft hat, brauchen wir neue Gewehre und genügend Munition. Auch wären Waffen wie Granatwerfer, Panzer- und Flugabwehrraketen nicht schlecht. Noch sind wir den Wallonen unterlegen, denn die stellen den größten Teil des belgischen Heeres.«

Sedersen spottete innerlich über den Mann, der nicht begriff, dass gerade der wirtschaftliche Aufschwung Flanderns dazu geführt hatte, dass kaum noch junge Flamen in die Armee eintraten. Es gab genug Möglichkeiten, mehr Geld zu verdienen als den Sold, den der belgische Staat noch zu zahlen in der Lage war. Für viele Männer aus den von Arbeitslosigkeit heimgesuchten Gegenden der Wallonie aber war der Dienst an der Waffe oft die einzige Möglichkeit, überhaupt ein Einkommen zu beziehen. Gerade aus diesem Grund war es notwendig, eine funktionierende flämische Armee aufzubauen.

»Die nächste Lieferung wird bald kommen«, erklärte Sedersen und warf einen kurzen Seitenblick auf Rechmann. »Wie weit sind die Vorbereitungen gediehen?«

»Es soll noch in dieser Woche losgehen. Allerdings werden wir die Sachen nicht so leicht umleiten können wie beim letzten Mal. Ich habe läuten hören, dass die jetzigen Besitzer die Ladung selbst lückenlos bewachen wollen. Also werden wir ein gutes Dutzend Leute brauchen. Die sollten allerdings gut Deutsch sprechen, damit ich mich mit ihnen verständigen kann.«

»Das ist kein Problem. Ich habe genug Männer in meinen Reihen, die Deutsch können«, erklärte Zwengel.

»Das erste Etappenziel der Ladung ist Antwerpen, aber wir werden sie vorher kassieren müssen. Dazu benötigen wir unter anderem ein paar Männer, die fließend Französisch sprechen können. Haben Sie auch solche in Ihrer Mannschaft?« Rechmann lehnte sich grinsend zurück.

Der Flame wirkte zunächst verwirrt, begriff dann aber, was der andere wollte, und rieb sich feixend die Hände. »Sie wollen die Sache den Wallonen in die Schuhe schieben. Das wäre ein Spaß!«

»Also sind wir uns einig. Wenn der Chef nichts dagegen hat, wird Karl den Zug begleiten und überwachen. Wir schlagen, wenn es möglich ist, mitten in Belgien zu, nämlich dort, wo es uns und unseren flämischen Verbündeten optimal in die Hände spielt. Wie sieht es mit Sprengstoff aus? Ich bräuchte einige Kilo.«

»Wollen Sie den Zug in die Luft sprengen?«, fragte Sedersen verblüfft.

Rechmann nickte lächelnd. »Sie haben es erfasst. Da es sich diesmal nicht auf die heimliche Art machen lässt, müssen wir auf andere Weise vorgehen. Das dürfte Ihnen doch recht sein. Oder gibt es Einwände?«

»Tun Sie, was notwendig ist. Hauptsache, wir kommen an den Inhalt der Container. Inzwischen werde ich alles für unsere Umsiedlung nach Flandern vorbereiten. Ich will vor Ort sein, um meine Beziehungen weiter auszubauen und rasch handeln zu können.« … außerdem muss ich mit dem Supergewehr aus Deutschland verschwinden, bevor irgendjemand Verdacht schöpft, setzte Sedersen in Gedanken hinzu. Die bisherigen Morde hatten die Behörden mittlerweile aufgescheucht.

ELF

Sedersen und seine Vertrauten machten sich sofort daran, ihre Pläne in die Tat umzusetzen. Während Rechmann nach Flandern fuhr, um die nötigen Vorbereitungen zu treffen, reiste Karl Jasten in den Süden der Republik. Von ihrem Gewährsmann hatten sie erfahren, an welchem Ort die bewussten Container für Somaliland gefüllt wurden. Daher war es für ihn ein Leichtes, dem Weg der Ladung zu folgen und die von der Bundeswehr getroffenen Schutzmaßnahmen unter die Lupe zu nehmen.

Die bestanden, wie er feststellen konnte, lediglich aus drei Männern in der Dienstkleidung der Deutschen Bahn, die sich nahe bei den bewussten Containern aufhielten und diese nicht aus den Augen ließen. Unbemerkt schoss er mit seinem Handy von dem Zug, den Containern und den Männern Fotos und schickte diese an Rechmann. Dabei brauchte er sich keine Sorgen zu machen, dass die Mobiltelefone jemanden auf ihre Spur führen könnten. Es waren Prepaid-Handys und die angeblichen Käuferadressen erfunden. Nach Abschluss dieser Aktion würden die Geräte in einer Müllverbrennungsanlage in Flandern verschwinden.

Nun galt es für Jasten, die Fahrstrecke des Zuges zu eruieren, und dafür musste er ohne Computer und ähnliche Hilfsmittel auskommen. Der kürzeste Weg hätte ein Stück durch Frankreich und dann durch Luxemburg geführt, aber Bahntransporte folgten ihrer eigenen Logik.

Jasten durchquerte Deutschland daher in einer Zickzackfahrt von Süden nach Nordwesten und bekam heraus, dass der Transport über Köln, Aachen, Verviers und Lüttich nach Antwerpen geleitet werden sollte. Diese Information war für Igor Rechmann Gold wert, der nun genau festlegen konnte, wo sie am besten in Aktion traten.

Als Nächstes wurde ein Kleinwagen mit Sprengstoff präpariert und mit einem gefälschten Autokennzeichen versehen. Dann hieß es warten, bis der Zug den Platz erreichte, an dem der Schlag erfolgen sollte.

ZWÖLF

In München war das Verhältnis zwischen Henriette und ihrem Ausbilder in einen Wettkampf ausgeartet, bei dem Torsten weder sich noch die junge Frau schonte. Als Major Wagner bemerkte, was zwischen den beiden vorging, beschloss er einzugreifen. Daher fand Torsten an diesem Morgen in seinem Büro einen Zettel auf dem Tisch.

»Bei Ankunft sofort zu mir kommen! Wagner.«

Da Henriette anders als sonst nicht im gemeinsamen Büro auf ihn gewartet hatte, vermutete Torsten, dass sie dem Befehl bereits gefolgt war. Wagner konnte sehr ärgerlich werden, wenn man nicht umgehend bei ihm erschien. Daher verließ er das Zimmer noch mit der Tasche mit dem Laptop über der Schulter. Als er Wagners Büro erreicht hatte, klopfte er an und trat ein. »Guten Morgen, Herr Major. Sie sind ja auch schon da, Leutnant!« Torsten lächelte sowohl Wagner wie auch Henriette freundlich zu und blieb vor dem Schreibtisch seines Vorgesetzten stehen.

»Guten Morgen! Wenn man bei so beschissenen Nachrichten von einem guten Morgen sprechen kann«, antwortete Wagner mit griesgrämiger Miene. »Setzen Sie sich, Renk, und Sie auch, von Tarow! Ich habe endlich den Ausbildungsplan fertig. Das Herumjoggen im Wald und das Verballern ganzer Munitionskisten mag vielleicht mehr Spaß machen, aber in unserem Job muss man auch Theorie lernen.«

»Ich habe nur darauf gewartet, bis Sie mir den Ausbildungsplan geben, damit ich weiß, womit ich anfangen soll.« Torsten grinste insgeheim, denn er wollte Leutnant von Tarow ein so großes Pensum aufhalsen, dass es der jungen Frau endlich zu viel wurde.

Wagner kannte Torsten sehr genau und hatte sich vorgenommen, ihm den Spaß zu verderben. »In Den Haag findet an diesem Wochenende ein internationales Symposion über die aktuelle Weltlage statt, bei dem auch die Folgen militärischer Auseinandersetzungen und regionaler Aufstände auf dem Programm stehen. Da das für Sie beide sehr interessant sein dürfte, habe ich mir zwei Teilnehmerkarten besorgen lassen. Hier sind sie!«

Der Major schob Torsten, der Henriette den freien Stuhl überlassen und sich selbst auf die Kante des Schreibtischs gesetzt hatte, eine eingeschweißte und codierte Karte hin. Die andere reichte er Henriette.

Dabei streifte er ihre Uniform mit einem kurzen Blick. »Sie werden an dieser Veranstaltung in Zivil teilnehmen!«

»Jawohl, Herr Major!« Henriette machte es wenig aus, sich innerhalb eines Tages neu ausstatten zu müssen.

Unterdessen wanderte Wagners Blick zu Torsten. »Sie sollten auch nicht gerade in Jeans, schwarzer Lederjacke und womöglich noch mit einer Sonnenbrille auf der Nase dort auftauchen.«

»Diese Kleidung ist die bequemste Art, unauffällig ein Schulterhalfter zu tragen«, antwortete Torsten abweisend.

»Beim Symposion werden Sie Ihre Knarre nicht brauchen. Die lassen Sie brav im Hotelsafe zurück. Leutnant von Tarow wird es mit ihrer Dienstwaffe genauso machen.«

»Ich habe noch keine Dienstwaffe«, wandte Henriette ein.

»Dann lassen Sie sich von Hauptfeldwebel Borchart eine geben. Aber bitteschön nicht seine ganz spezielle Pistole. Ich habe mir zwar sagen lassen, dass Sie damit zurechtgekommen sind, doch im Ernstfall sollten Sie Zuverlässigeres in der Hand halten. Renk, Sie sorgen dafür, dass der Leutnant entsprechend ausgerüstet wird.«

»Warum soll Leutnant von Tarow sich bewaffnen, wenn wir die Pistolen eh im Hotel lassen sollen?« Dabei überlegte Torsten fieberhaft, wie er diesen Ausflug in die Niederlande torpedieren konnte.

Wagner war sich Renks Suche nach einem Ausweg bewusst und grinste. Seine eigene Situation war bescheiden genug. In den Augen übergeordneter Stellen versagten seine Leute auf ganzer Linie, und da tat es gut, auch einmal jemand anderem eins überbraten zu können. »Wir sind hier nicht zum Diskutieren! Ich gebe meine Anweisungen, und Sie führen sie aus. Also ...«

»Wie Sie meinen, Herr Major!« Torsten zuckte mit den Schultern und nahm sich gleichzeitig vor, keinen Finger für Henriette zu rühren. Entweder gelang es ihr auf eigene Faust, sich neue Kleidung und eine Waffe zu besorgen, oder sie blieb hier zurück. Während er Wagner musterte, erschien ihm diese Idee jedoch nicht mehr ganz so gut. Der Major würde explodieren und ihn in die hinterste Walachei schicken, statt ihn mit guten Aufträgen zu versorgen. Daher stand er von Wagners Schreibtisch auf und sah Henriette auffordernd an.

»Kommen Sie, Leutnant! Wir haben nicht viel Zeit, alles zu besorgen, wenn wir morgen fliegen sollen.«

»Sie werden nicht fliegen, Renk, sondern das Auto nehmen. Leutnant von Tarow sieht fit genug aus, um eine Nachtfahrt durchstehen zu können. Sie starten heute Abend um zwanzig Uhr. Um drei Uhr morgens checken Sie im Hotel ein. Wenn Sie sich dann noch ein paar Stunden hinlegen, sind Sie frisch genug, um gegen fünfzehn Uhr an der Eröffnungsveranstaltung teilnehmen zu können.«

»Das haben Sie ja sauber geplant, Herr Major. Hoffen wir, dass Leutnant von Tarow die Strecke in der Zeit auch bewältigt.«

»Sie würde es wahrscheinlich um einiges schneller schaffen. Aber ich will, dass Sie genau um drei Uhr morgens im Hotel ankommen. In unserem Job gewinnt nämlich nicht immer der Schnellste, sondern der, der zur rechten Zeit am richtigen Ort ist. Sehen Sie es als Teil der Ausbildung an. Und noch etwas: Nehmen Sie beide genug Kleidung für zwei Wochen mit. Es könnte sein, dass ich Sie vor Ihrer Rückkehr noch an einen anderen Ort schicke. Also dann bis heute Abend um acht!« Wagner senkte den Blick wieder auf seine Akten und zeigte damit, dass sie entlassen waren.

Während Henriette die Sache pragmatisch nahm, knirschte Torsten mit den Zähnen. »Was sollen wir bei einem solchen Zirkus? Die ganze Idee ist hirnrissig«, murrte er auf dem Flur.

»Irgendeinen Sinn wird sie schon haben«, wandte Henriette ein.

Torsten winkte heftig ab. »Höchstens den, uns zu schikanieren! Und das ist Wagner auch gelungen. Kommen Sie, wir schauen noch schnell bei Petra vorbei. Sie muss uns eine Liste mit allem ausdrucken, was wir unterwegs brauchen, und dazu noch die Adressen, bei denen wir die Sachen am schnellsten bekommen. Wenn wir frei Schnauze in die Stadt fahren, um einzukaufen, schaffen wir es niemals, rechtzeitig zurück zu sein.«

»Ich finde es aufregend!«, rief Henriette, während sie

hinter Torsten herrannte und überlegte, was sie dringend brauchte.

Über den Grund, weshalb sie sich für zwei Wochen ausrüsten sollten, machte sie sich im Gegensatz zu Torsten keine Gedanken. Er aber klammerte sich an die Überlegung, dass Wagner ihn und sein weibliches Anhängsel an irgendeiner Stelle doch noch ins Spiel bringen würde. Darauf wies die Anweisung hin, der Leutnant solle sich bewaffnen.

DREIZEHN

Sie fanden Petra schwitzend vor ihrem Computerbildschirm. Neben ihr auf dem Schreibtisch lag eine Schachtel, aus der sie gerade eine Praline herausnahm.

»Hi Petra, darf ich dich kurz stören?«, begann Torsten.

Petra kniff die Augen zusammen. »Mir ist jede Störung recht. Ich bin fertig! Ich schaffe es nicht mehr, aus diesem verdammten Kasten ein brauchbares Ergebnis herauszuholen. Seit Tagen schaufle ich alles an Daten hinein, was ich nur finde, und er zeigt mir immer noch die lange, rote Zunge. Die Auswertungen, die das unheimliche Gewehr betreffen, sind einfach nur bizarr, und was die Waffenlieferung angeht, die auf dem Weg zum Horn von Afrika verschwunden ist, hält der Computer so ziemlich jeden für verdächtig, der den Containern auch nur auf tausend Meter nahe gekommen ist.«

Petra legte den Bildschirmschoner über die Seite, an der sie eben gearbeitet hatte, angelte sich eine weitere Praline und sah Torsten an. »Schieß los. Was gibt es?«

»Neue Befehle von unserem Major Brummerjan. Leutnant von Tarow und ich sollen noch heute Abend in Richtung Den Haag düsen. Vorher müssen wir uns aber neue Zivilkleidung besorgen – und für den Leutnant eine passende Artillerie.«

»Das hört sich nach Stress an.«

»Wagner macht einen draus. Ich wollte dich fragen, ob du uns alles zusammenstellen kannst, was wir brauchen, und auch die Geschäfte, in denen wir die Sachen am schnellsten bekommen. Ich rufe inzwischen Hans an.«

»Ich tu ja alles für dich«, antwortete Petra und rief ein neues Panel auf. Sie war froh, etwas anderes tun zu können, als für Wagner Nüsse zu knacken, die aus Granit zu bestehen schienen. Ihr fehlten einfach Informationen. Im Gegensatz dazu war es für sie kinderleicht, Torstens Bitte zu erfüllen. In weniger als fünf Minuten hatte sie herausgefunden, was er seines Erachtens benötigte.

Sie lächelte herausfordernd. »Braucht ihr auch Unterwäsche, oder habt ihr da genug?«

»Ich habe genug, könnte aber ein bisschen was als Reserve brauchen«, erklärte Henriette.

Petra sah, wie Torsten die Augen verdrehte, und kicherte. »Du wechselst die Unterwäsche im Einsatz nicht, weil du in deinem Kampfgepäck keinen Platz dafür hast.«

Torsten telefonierte gerade mit Hans Borchart und beschloss, Petras Bemerkung zu überhören. »Ich kann mich also auf dich verlassen, Hans? Sehr schön. Wir treffen uns spätestens um neunzehn Uhr in der Halle.« Dann legte er auf und drehte sich zu Henriette um. »Während wir in der Stadt sind, sucht Hans mehrere Pistolen heraus, die für Sie in Frage kommen. Nach unserer Rückkehr können Sie diese testen und die Beste davon mit nach Holland nehmen.«

»Wieso eigentlich nach Holland? Und deshalb die ganze Aufregung? So wie Wagner sich aufgeführt hat, habe ich schon angenommen, ihr müsstet umgehend nach Afghanistan oder in den Kongo ausrücken.« Nun wunderte sich auch Petra über Wagners Eile und fragte sich, ob der Major die beiden nur triezen wollte oder einen höheren Zweck damit verfolgte. Wahrscheinlich aber ging es ihm darum herauszufinden, wie rasch seine Leute auf unerwartete Begebenheiten reagieren konnten.

Unterdessen sah Henriette Torsten verwundert an. »Ich soll mir erst, nachdem wir aus der Stadt zurück sind, eine Waffe aussuchen? Aber Hans Borchart und seine Kollegen machen doch um siebzehn Uhr Feierabend.«

»Der gute Hans macht heute extra für uns Überstunden«, erklärte Torsten schmunzelnd.

Petra reichte ihm zwei Ausdrucke. »Ihr solltet trotzdem nicht zu lange ausbleiben. Da sind eure Laufzettel! Die Geschäfte für Leutnant von Tarow sind rot, die für dich blau markiert. Damit weiß jeder von euch, wo er hinmuss. Soll ich euch auch noch die besten U-Bahn-Verbindungen heraussuchen? Ihr werdet ja sicher nicht mit dem Auto in der Innenstadt unterwegs sein wollen.«

»Warum nicht?«, fragte Torsten, sagte sich dann aber dass es Blödsinn wäre, Zeit für die Parkplatzsuche zu vergeuden.

»Such uns den geeignetsten Park-and-Ride-Platz heraus. Wir fahren von da aus in die Innenstadt, trennen uns dort und treffen uns dann beim Auto wieder. Sind Sie damit einverstanden, Leutnant?«

Henriette nickte, obwohl sie sich in München nicht auskannte und nach den Geschäften würde suchen müssen. »Einverstanden. Ich schaff das schon!«

Da drückte Petra ihr ein weiteres Blatt in die Hand. »Hier, das ist ein Innenstadtplan. Die Geschäfte sind farbig markiert, und die Ziffern bedeuten in ihrer Reihenfolge die Läden, die Sie aufsuchen sollten. Bei der niedrigsten Nummer kaufen Sie nur eine Kleinigkeit, bei dem Geschäft mit der höchsten Zahl hingegen das meiste. Es wäre klug, es als Letztes zu nehmen, sonst müssten Sie zu viel mit sich herumschleppen.«

»Danke. Sie sind wirklich lieb zu mir!« Henriette streckte Petra erleichtert die Hand hin. Diese ergriff sie, hob dann die Schachtel mit ihren Pralinen an und hielt sie Henriette hin.

»Nehmen Sie eine! Die hilft gegen Stress!«

Henriette fasste nach der Praline und steckte sie in den Mund. »Hm, lecker. Darf ich Sie noch etwas fragen?«

»Nur zu!«, kam es von Torsten, der sich angesprochen fühlte.

Henriette blieb jedoch vor Petra stehen. »Sie sagen doch hier fast zu jedem du außer zu mir. Das macht mich ganz verlegen.«

Für verlegen hielt Petra den Leutnant nicht. In ihren Augen war Henriette eine junge und selbstbewusste Frau mit einem Kämpferherzen. Allerdings hatte sie geglaubt, dass diese sie wegen ihrer pummeligen Figur und ihres absolut unmilitärischen Verhaltens verspotten würde. Doch in diesem Moment wurde ihr bewusst, dass Henriette trotz ihres guten Aussehens nicht weniger eine Außenseiterin war als sie selbst. Ihre zierliche Gestalt und das exotische Aussehen verführten viele dazu, sie zu unterschätzen. Auch Torsten gehörte zu diesen Trotteln. Aber dem würden die Augen schon noch aufgehen.

»Dann sagen wir halt du zueinander. Aber jetzt verschwindet! Eure Sachen kaufen sich nicht von selbst.« Damit schob Petra die beiden zur Tür hinaus und setzte sich an ihren Computer. Auch wenn sie nach dieser Pause ebenso wenig auf einen grünen Zweig kam wie vorher, so fühlte sie sich doch besser, und ihr Wille, die Nüsse zu knacken, war wieder erwacht.

VIERZEHN

Major Wagner blickte auf seine Uhr und nickte zufrieden. »Pünktlich wie die Maurer beim Feierabendmachen. So mag ich's. Also, macht es gut, Leute. Und Renk, Sie sollten den Teilnehmern an dem Symposion mit Ihrem griesgrämigen Gesicht nicht die gute Laune verderben.«

Wagner brachte es so trocken hervor, dass selbst Torsten lachen musste. »Ich werde mir Mühe gehen, Herr Major.«

»Übrigens, meine Gratulation zu Ihrem neuen Outfit. Ihre Phantasie haut mich völlig von den Socken!« Wagner musterte seinen Mitarbeiter und schüttelte den Kopf, denn Torsten trug eine neue, schwarze Jeans und eine bauschige, blaue Lederjacke. Das Ding war ein Designerstück und sicher nicht billig gewesen. Aber es hatte fast denselben Schnitt wie die schwarze Lederjacke, die der Oberleutnant sonst trug. Mit seinem wachsamen, ständig wandernden Blick würde Torsten nun eher wie der Bodyguard eines der Teilnehmer wirken. Aber so ist der Junge nun mal, dachte Wagner seufzend und wandte seine Aufmerksamkeit Henriette zu.

Die junge Frau hatte sich ebenfalls für eine Jeans entschieden, allerdings von schilfgrüner Farbe. Eine weiße Bluse, die an der linken Seite mit mehreren roten Rosen bestickt war, sowie eine ärmellose Weste in einem hellen Beige vervollständigten ihre Kleidung. Auf dem Rücksitz des Wagens lagen noch ein kurzer, türkisfarbener Mantel und ein Seidenschal. In dieser Kleidung wirkte Henriette tatsächlich wie ein Oberschichten-Töchterchen und nicht wie eine Soldatin.

Torsten öffnete die Beifahrertür, drehte sich dann aber noch einmal zu Wagner um. »Wie ich Sie kenne, erwarten Sie unseren Anruf aus Den Haag, sobald wir dort angekommen sind.«

Der Major begriff, dass sein Mitarbeiter es darauf anlegte, ihn um drei Uhr in der Nacht aus dem Bett zu holen. »Ich habe andere Mittel herauszubekommen, wann Sie eingecheckt haben«, antwortete er lächelnd und sagte sich, dass Petra dafür den Computer des Hotels anzapfen konnte.

»Gleich ist es acht. Sie können losfahren. Ach ja, Renk. Ich schicke Ihnen am Sonntag eine Mail mit neuen Befehlen.« Mit einem verzerrten Grinsen, das seine Anspannung verriet, trat Wagner zurück und hob die Hand, als wolle er das Startsignal geben.

Henriette ließ den Motor an und legte den Gang ein. Dabei sah sie den Major so durchdringend an, dass dieser unwillkürlich zusammenzuckte. Dann verstand er, worauf sie wartete, und senkt den Arm. »Und Start!«

Mit einem Lachen ließ Henriette die Bremse los und drückte das Gaspedal durch. Der Wagen raste röhrend los und schoss aus der Einfahrt zu den Parkplätzen auf die Straße, die zum Kasernentor führte. Im Rückspiegel sah sie, wie der Major sich an die Stirn tippte. Sie war sich jedoch sicher, dass er nun grinste. Wagner war ein Mann, der einen Scherz vertragen konnte.

Auf den restlichen Metern zum Tor hielt sie jedoch die vorgeschriebene Höchstgeschwindigkeit ein. Der Posten am Tor kannte Torstens Auto und ließ sie passieren. Draußen auf der Straße beschleunigte Henriette und fuhr im forschen Tempo in Richtung Autobahn.

Nach einer Weile wandte sie sich an Torsten. »Wie sollen wir diese Sache angehen, Herr Oberleutnant? Wir können entweder gemütlich fahren und darauf vertrauen, rechtzeitig anzukommen, oder ich trete ein wenig aufs Gas. Dann müssen wir halt kurz vor dem Ziel eine Pause einlegen.«

»Ich hätte nichts gegen einen kurzen Aufenthalt in einem Rasthof. Durch Wagners Antreiberei bin ich nämlich nicht zum Abendessen gekommen.«

»Ich auch nicht«, erklärte Henriette und gab Gas.

Die ersten Kilometer legten sie schweigend und in ihre eigenen Gedanken verstrickt zurück. Dann ertappte Henriette sich dabei, dass sie die Hand zum Einschaltknopf des Autoradios ausstreckte. Sie zuckte zurück und wandte sich an ihren Beifahrer.

»Herr Oberleutnant, haben Sie etwas dagegen, wenn ich Musik höre? Im Augenblick geht es ja noch, aber später in der Nacht könnte ich das Radio brauchen, um wach zu bleiben.«

»Schalten Sie das Ding ruhig an.« Torsten antwortete einsilbig, denn sie hatte ihn gerade in seinen Überlegungen gestört.

Warum tut Wagner so geheimnisvoll?, fragte er sich. Weshalb schickte er sie auf eine Veranstaltung in den Niederlanden, zu der sonst nur Hochkaräter Zutritt hatten? War es Leutnant von Tarows wegen? Deren Vater war immerhin General gewesen, und für ihre weitere Karriere war ein Eintrag über die Teilnahme an diesem Symposion sicher von Vorteil.

Aber es war nicht Wagners Art, sich bei Freunden des alten Generals einzuschmeicheln, indem er dessen Tochter protegierte. Da steckte mehr dahinter. Aber was? Sosehr er auch grübelte, ihm fiel nichts ein. Gleichzeitig vibrierten seine Nerven vor Anspannung, wie er es sonst nur vor entscheidenden Situationen kannte. Da Torsten gelernt hatte, auf dieses Gefühl zu hören, strich er mit einer beinahe zärtlichen Geste über die Stelle seiner Jacke, unter der seine Sphinx 2000 AT im Schulterhalfter steckte. Auch wenn er die Pistole in Den Haag in den Hotelsafe sperren musste, sagte ihm sein Instinkt, dass er sie schon bald brauchen würde.

FÜNFZEHN

Henriette empfand die Fahrt als angenehm. Um die Zeit hatten die Lkws die Autobahn verlassen und standen bei Rasthöfen und auf den Parkplätzen. Auch der Pkw-Verkehr nahm mit jeder Stunde ab, und so kam sie zuletzt so gut vorwärts, dass ihnen genug Zeit blieb, eine Pause einzulegen.

Während sie Sandwichs aßen und Tee tranken, dachte Torsten, dass ihre Fahrt mehr einem Ausflug ähnelte als einer Dienstfahrt. Wollte Wagner vielleicht, dass Leutnant von Tarow und er sich auf dieser Reise besser kennenlernten? Sein Instinkt sagte ihm jedoch, dass etwas im Busch war. Was es sein konnte, würde er hoffentlich Wagners Mail entnehmen können.

Während des Essens behielt Henriette ihre Armbanduhr im Auge. Sie durften sich nicht zu lange aufhalten, sonst würde die Zeit für die letzte Etappe knapp. Im Stillen amüsierte sie sich über ihren Begleiter. Sie konnte sich vorstellen, dass dieser Auftrag nicht gerade nach seinem Geschmack war. Gewohnt, in fremder Umgebung jederzeit auf einen Feind zu treffen, würde er nun drei Tage in einem Konferenzzentrum herumsitzen müssen und durfte nicht einmal seine Pistole mitnehmen.

»Wie sieht es aus? Können wir weiter?« Torsten war mit dem Essen fertig und sah seine Begleiterin an. Diese kaute noch auf dem letzten Bissen herum, stand aber sofort auf und räumte die Tabletts zusammen.

»Lassen Sie mich das machen, oder wollen Sie, dass mich alle für einen verdammten Chauvi halten? Wir sind schließlich in Zivil. Aus dem Grund sollten wir auch unsere militärischen Ränge außen vor lassen. Sie sind für mich Fräulein von Tarow ...«

Henriette unterbrach ihn. »Wenn, dann bitte Frau von Tarow. Sie können auch das von weglassen. Die Zeiten, in denen es mehr Bedeutung hatte, als für die Illustrierten interessant zu sein, sind schon lange vorbei.«

»Also gut, Frau Tarow. Wollen wir aufbrechen?«

»Wie Sie wünschen, Herr ... äh, Renk!« Es machte Henriette Spaß, Torsten ein wenig aufzuziehen. Es ließ ihn nicht ganz so überlebensgroß erscheinen.

Torsten brachte die Tabletts weg und verließ die Raststätte. Henriette folgte ihm und blickte zum Sternenhimmel hoch, der sich wie ein gewaltiges Zelt über das Land spannte. Es war eine stimmungsvolle Nacht, und sie hätte gern ihren Begleiter darauf aufmerksam gemacht. Aber dann würde er sie wahrscheinlich noch weniger ernst nehmen als bisher. Daher setzte sie sich ans Steuer, überprüfte die Entfernung, die sie noch zurückzulegen hatten, und startete den Wagen.

SECHZEHN

Genau fünf Minuten vor drei Uhr lenkte Henriette das Auto auf den Parkplatz des Hotels und sah Torsten fröhlich an. »Na, was sagen Sie dazu, Herr Renk?«

»Wagner wird zufrieden sein. Kommen Sie, lassen Sie uns einchecken. Ich habe nichts gegen ein paar Stunden Schlaf.«

»Das sagt der harte Krieger«, spottete sie.

»Hier bin ich in Zivil und kann mir das leisten«, antwortete Torsten ungerührt, stieg aus und holte das Gepäck aus dem Kofferraum. Dabei fragte er sich, ob Leutnant von Tarow Ziegelsteine eingepackt hatte, da eine der Reisetaschen um etliches schwerer war als die andere. Erst als er in den Lichtkegel am Hoteleingang trat, merkte er, dass die schwerere Tasche seine eigene war. Anscheinend wog Damenunterwäsche um einiges weniger als die für Herren, und er durfte auch nicht das Gewicht der Ersatzmunition vergessen, die er eingesteckt hatte.

»Nehmen Sie die Laptops«, rief er Henriette zu, obwohl diese die beiden Taschen bereits geschultert hatte, und trat ein.

Der Nachtportier hatte bereits bemerkt, dass neue Gäste eingetroffen waren, und empfing sie mit einem freundlichen »Guten Abend!« auf Deutsch.

»Dasselbe!« Torsten stellte die Reisetaschen ab, klemmte die seine zwischen den Beinen fest und sah den Mann an. »Tarow und Renk. Es müsste für uns reserviert worden sein.«

»Ich habe schon alles vorbereitet. Wenn Sie das bitte ausfüllen wollen.«

Der Nachtportier schob Torsten ein Formular hin. Dieser begann zu schreiben und reichte es dann an Henriette weiter, da er deren Daten nicht kannte.

»Wie kommen wir von hier am besten zum Veranstaltungsort dieses Symposions?«, fragte er derweil den Portier.

»Am besten mit dem Fahrrad. Es wird dort weiträumig von

der Polizei abgesperrt, und es gibt auch keine Parkplätze. In den umliegenden Straßen zu parken lohnt sich nicht, denn die Parkzeit ist zeitlich beschränkt.«

»Und was machen wir, wenn wir kein Fahrrad haben?« Torstens Ton wurde schärfer, denn um drei Uhr morgens hatte sich sein Sinn für Humor bereits schlafen gelegt.

Der Nachtportier behielt seine freundliche Miene bei. »Sie können ein Taxi nehmen oder sich ein Fahrrad leihen.«

»Nehmen wir das Fahrrad, dann tun wir wenigstens etwas für unsere Fitness«, meinte Torsten zu Henriette. Diese reichte den Anmeldebogen zurück und gähnte. Jetzt, da sie nicht mehr am Steuer saß, spürte sie die Müdigkeit. »Die paar Kilometer werden wir schon schaffen. Jetzt will ich nur noch ins Bett.«

»Hier ist der Schlüssel«, erklärte der Portier eilfertig.

Torsten sah ihn verwundert an. »Der Schlüssel! Waren denn nicht zwei Zimmer bestellt?«

»Das schon«, antwortete der Mann. »Aber wir sind von den Veranstaltern dieser Tagung gebeten worden, für einen verspätet angemeldeten Gast ein Zimmer zur Verfügung zu stellen. Da Sie ja gemeinsam anreisen, haben wir gedacht, Sie könnten auch zusammen in einem Zimmer …«

»Solche Anzüglichkeiten mag ich um die Zeit nicht mehr hören. Was ist, Leu …, äh Frau Tarow? Wollen wir auf zwei Zimmern bestehen?«

»Wenn Sie in der Besenkammer schlafen möchten, gerne. Aber wenn Sie sich brav benehmen, können wir das Zimmer teilen!« Henriette lächelte freundlich, auch wenn Renks Blick ihr Ausdauerläufe bis zur völligen Erschöpfung androhte. Es machte ihr einfach zu viel Spaß, ihn einmal in seine Schranken weisen zu können.

Torsten hingegen kämpfte mit der Duplizität zu seiner und Petras Ankunft in Mallorca. Auch damals waren zwei Zimmer bestellt gewesen, und man hatte sie zusammen in eines gepfercht. Da er aber um die Uhrzeit keinen Aufstand machen wollte, nickte er unwillig. »Keine Sorge, ich werde mich benehmen.« Er nahm die Reisetaschen wieder auf und wollte zum Aufzug.

»Entschuldigen Sie, doch der Lift ist zwischen ein Uhr und sechs Uhr morgens abgeschaltet. Sie müssen die Treppe nehmen«, rief ihm der Portier nach.

»Welches Zimmer haben wir?«, fragte Torsten Henriette, die den Schlüssel entgegengenommen hatte.

»406. Vierter Stock also. Ich kann meine Sachen aber auch selbst tragen.«

»Noch bin ich kein Tattergreis«, knurrte Torsten und machte sich an den Aufstieg.

Henriette überholte ihn auf der Treppe und öffnete die Tür des Zimmers. Als Torsten hineinschaute, fragte er verdattert: »Will das noch wachsen?«

Auch Henriette schluckte. Das Zimmer war winzig und das Bett höchstens für eine kleine Person bequem zu nennen. Zwischen Bett und Wand befand sich ein Spalt von vielleicht fünfzig Zentimetern. Auf der anderen Seite waren es noch weniger, denn dort stand der Schrank. Sonst gab es weder einen Tisch noch einen Stuhl oder sonst eine Ablagemöglichkeit. Es hätte auch kein weiteres Möbelstück hineingepasst.

»Ich bringe Wagner um!«, stöhnte Torsten fassungslos.

»Haben Sie schon das Badezimmer gesehen?« Henriette zeigte auf eine schmale Tür, die Torsten zuerst für einen Teil des Schranks gehalten hatte. Er ging hinein und fand sich in einer Kammer von etwa zwei mal anderthalb Metern wieder, in die die Toilette, die Dusche und das Waschbecken hineingestopft worden waren.

»Wie war das mit dem Budget, das wir nicht überschreiten dürfen?« Henriette wusste nicht, ob sie lachen oder weinen sollte. Der Raum zwischen Tür und Schrank war gerade so groß, dass sie die Taschen mit den Laptops abstellen konnte.

Die Reisetaschen musste Torsten vorerst auf dem Bett platzieren.

»Ich fange schon mal an, meine Sachen in den Schrank zu räumen. Sie können inzwischen ins Bad gehen!«, erklärte er und zog den Reißverschluss auf.

»Manchmal sind Sie wahrhaftig ein Kavalier«, spöttelte Henriette und verschwand schnell im Bad, um Torsten keine Chance zu einer Replik zu geben.

Während sie sich die Zähne putzte und für die Nacht fertig machte, stopfte Torsten seine Wäsche und seine Kleidung auf eine Weise in zwei Fächer, dass ein Rekrutenausbilder einen Wutanfall bekommen hätte. Dann faltete er seine Reisetasche zusammen und legte sie oben auf den Schrank. Da er sich in dem Raum kaum bewegen konnte, setzte er sich auf die Kante des Bettes und wartete, bis seine Begleiterin fertig war.

Henriette brauchte weniger Zeit, als er angenommen hatte. Zumindest in dieser Beziehung hatte sich ihre Bundeswehrausbildung ausgezahlt, sagte er sich, während er aufstand, seine Lederjacke auszog und in den Schrank hängte. Mit einem kurzen Blick streifte er seine Untergebene, die jetzt einen langen Schlafanzug mit dunkelvioletten Hosen und einem lavendelfarbigen Oberteil trug. Zu seinem nicht geringen Ärger fand er sie attraktiv und wandte ihr daher den Rücken zu, während er seine Toilettensachen heraussuchte.

»Sie brauchen nicht auf mich zu warten. Wenn Sie bereits schlafen sollten, lege ich mich vorsichtig hin«, sagte er über die Schulter hinweg und trat in das Bad. Zu seinem Verdruss schien er darin länger zu brauchen als Leutnant von Tarow. Als er zuletzt in seinen Schlafanzug schlüpfte, genierte er sich direkt, denn er hatte nur kurze Shorts und ein Trägershirt dabei, beide in der olivgrünen Standardfarbe der Bundeswehr. Außerdem wies sein Shirt einen Riss auf, den er beim Einpacken übersehen hatte.

Torsten steckte vorsichtig den Kopf zur Tür hinaus, um zu

sehen, ob seine Begleiterin bereits eingeschlafen war. Zu seiner Enttäuschung lag sie auf den linken Oberarm gestützt im Bett und las in einem Buch.

»Ich glaube nicht, dass jetzt die richtige Zeit zum Lesen ist«, knurrte er.

»Keine Sorge, ich höre schon auf. Es handelt sich um das Programmheft für diese Veranstaltung. Wussten Sie, dass das Symposion vor allem von Nichtregierungsorganisationen durchgeführt wird?«

Kopfschüttelnd trat Torsten aus dem Bad und bemühte sich, das Loch in seinem Hemd zu verbergen. »Nein, ich hatte keine Ahnung. Ich bin mir aber sicher, dass Wagner darüber Bescheid weiß. Wenn mir nur ansatzweise klar würde, warum er uns hierhergeschickt hat, wäre mir wohler.«

»Ich bin mir sicher, dass ein Sinn hinter dem Ganzen steckt. Major Wagner scheint mir kein Vorgesetzter zu sein, der seine Leute nur aus Jux und Tollerei in der Gegend herumschickt.«

»Ihr Wort in Gottes Ohr! Aber darüber sollten wir uns lieber morgen unterhalten – oder besser gesagt heute, wenn wir ein paar Stunden geschlafen haben.« Torsten schlüpfte unter die Decke und stieß sofort gegen Henriette.

»Entschuldigung, ich …«, begann er.

Henriette lachte freudlos auf. »Das Bett ist verdammt schmal. Ich glaube, sogar das meine zu Hause ist breiter als das hier.«

»Wir werden es überleben«, sagte Torsten und dachte dabei an die Erdlöcher, in denen er bei einigen Einsätzen in Afghanistan hatte übernachten müssen. Bequemer war die Matratze hier auf jeden Fall. Er versuchte, Abstand zu seiner Begleiterin zu wahren, schaffte aber nur wenige Zentimeter, dann war das Bett auch schon zu Ende.

»Gute Nacht«, flüsterte Henriette und schaltete das Licht aus. Auch sie musste aufpassen, um nicht gegen Torsten zu stoßen. Während sie mühsam eine Stellung suchte, in der sie einschlafen konnte, dachte sie daran, was ihre Mutter sagen würde, wenn sie wüsste, dass sie ein Bett mit einem jungen Mann teilte. Henriette hielt sich nicht gerade für eine Frau, die auf sexuelle Abenteuer aus war, aber die Ansichten ihrer Mutter waren arg antiquiert. Diese hatte sich bereits aufgeregt, als sie während ihrer Grundausbildung bei einer Übung im Schlafsack zwischen männlichen Rekruten hatte liegen müssen.

Noch während sie darüber nachdachte, dämmerte sie weg. Torsten aber lag verkrampft neben ihr und versuchte, ihre Anwesenheit zu verdrängen. Das dauerte einige Zeit, und als er endlich in einen von wirren Träumen erfüllten Schlaf fiel, wurde es draußen bereits hell.

SIEBZEHN

Geerd Sedersen war so angespannt wie noch selten zuvor in seinem Leben. Zu viel hing von dem Gelingen seines nächsten Coups ab. Daher ließ er sich alle paar Stunden von Rechmann einen kurzen Bericht über die Vorbereitungen schicken. Gelegentlich forderte dieser auch Hilfe an. Für die Ausführung der Aktion waren drei große Lkws notwendig, die jeweils einen vollen Container transportieren konnten, sowie ein Autokran. Bei der letzten Waffenlieferung nach Somaliland waren sie relativ leicht an den Container gekommen, weil der schlecht gesichert auf dem Gelände einer Spedition gestanden hatte. Den privaten Wachdienst dort abzulenken und die Waffen auszuräumen war ein Kinderspiel gewesen. Auch hatte Rechmann den Container mit einer neuen Plombe versehen können, die ihr Gewährsmann bei der Bundeswehr ihnen besorgt hatte. Diesmal aber wurde der Waffentransport von Profis bewacht.

»Rechmann wird schon wissen, was er tut«, versuchte Sedersen sich selbst zu beruhigen, auch wenn er die Sache in Belgien lieber persönlich überwacht hätte. Doch es gab drei Gründe, die dagegen sprachen. Als das Festnetztelefon läutete, hatte er einen davon am Apparat.

»Hallo, Geerd! Gott sei Dank bist du zu Hause. Es ist etwas Schreckliches geschehen!«

»Erst einmal guten Tag, Andreas. Was ist denn los? Du klingst ganz aufgelöst.«

»Hermann ist tot! Er wurde heute gefunden!«

»Machst du Witze? Als ich Hermann das letzte Mal gesehen habe, war er munter wie ein Fisch im Wasser.« Es gelang Sedersen, seiner Stimme erst einen ungläubigen und dann einen bestürzten Tonfall zu geben, während er im Geist die Tatsache verfluchte, dass Hermann Körvers Leichnam ausgerechnet zu diesem Zeitpunkt entdeckt worden war.

»Das Ergebnis der Obduktion steht noch aus. Der Amtsarzt vermutet, dass Hermann durch einen Herzanfall oder eine plötzliche Übelkeit die Fähigkeit verloren haben muss, seinen Wagen zu lenken. Er ist in dem kleinen See in der Nähe der Hauptstraße gefunden worden. Dort muss er schon Wochen gelegen haben, denn der Zersetzungsprozess ist ziemlich weit fortgeschritten. Und weißt du, was das Schlimmste ist?«

»Nein.«

»Hermann muss aus der Richtung meiner Villa gekommen sein! Wenn ich daran denke, dass er vielleicht krank war und mich daheim nicht angetroffen hat, kommt es mir direkt so vor, als wäre ich schuld an seinem Tod.« Andreas von Straelens Stimme verriet, dass der alte Mann weinte.

Sedersen musste sich zusammenreißen, damit man ihm nicht die Erleichterung anhören konnte, die ihn erfasst hatte. Niemand schien den Verdacht zu hegen, dass Hermann Körver umgebracht worden war. Das war ein Vorteil, den er nutzen musste.

»Entschuldige, wenn ich jetzt herzlos klinge. Aber du sagst,

Hermann wäre von dir gekommen. Nicht, dass es schon damals passiert ist, als er mit meinem Gewehr unterwegs war! Die Waffe ist verdammt wertvoll, und wenn sie in die falschen Hände gerät, komme ich in Teufels Küche.«

»Wie kannst du in einer solchen Situation an das Gewehr denken? Der arme Hermann! Ich bin außer mir.«

»Ich bedauere seinen Tod nicht weniger als du. Aber mein eigener Hals ist mir ebenfalls wichtig. Hinter diesem Gewehr sind etliche Geheimdienste her.«

»Und das sagst du jetzt?«, rief von Straelen empört.

»Ich weiß es selbst erst seit ein paar Tagen. Zwar war mir klar, dass es keine normale Waffe ist. Aber ich konnte nicht ahnen, dass es sich um eine so heiße Sache handelt. Habt ihr im Kofferraum von Hermanns Wagen nachgesehen? Ist der Gewehrkasten noch dort?«

Sedersen glaubte fast zu sehen, wie Andreas von Straelen den Kopf schüttelte. »Der Kofferraum war bis auf das Warndreieck und den Verbandskasten leer.«

»Dann bleibt mir nur zu hoffen, dass du recht hast und Hermann später noch einmal zu dir kommen wollte. Der Gedanke, dass er eventuell wegen dieses Gewehrs umgebracht worden sein könnte, erschüttert mich.«

»Das wäre natürlich fatal«, antwortete von Straelen zögernd. Auch wenn er sich in Sedersens Situation hineindenken konnte, wirkte dessen Reaktion zu kalt und berechnend. Irgendwie war der Mann schon immer so gewesen, sagte er sich. Wenn er zurückblickte, musste er sich sagen, dass Geerd ihn und seine Freunde geschickt als Informanten und Lobbyisten ausgenützt hatte. Auch die Sache mit den Hütern der Gerechtigkeit war im Grunde auf seinem Mist gewachsen. Und dieses verdammte Gewehr … Von Straelen konnte seinen Gedankengang nicht beenden, da Sedersens Stimme aus dem Hörer drang.

»Es ist saudumm, dass ich ausgerechnet jetzt für zwei Tage

nach England fliegen muss. Mir liegt das Gewehr wirklich schwer im Magen. Du hast doch einen Schlüssel von Hermanns Wohnung und kennst die Kombination seines Safes. Wärst du so lieb und würdest für mich nachsehen, ob die Waffe noch dort ist? Wenn ja, bring das Ding bitte zu mir.«

Von Straelen sagte sich, dass sein Gesprächspartner noch selbstsüchtiger war, als er es sich hätte vorstellen können, und beschloss, die freundschaftliche Beziehung zu ihm nach dieser Sache zu beenden. Vorher aber würde er noch das Gewehr holen, das bereits so viel Unheil angerichtet hatte.

»Also gut, Geerd, ich tue es! Aber nur, damit die Waffe nicht in Hermanns Nachlass gerät und dieser noch nach seinem Tod in ein schlechtes Licht gerückt wird. Du musst mir versprechen, es gut zu verwahren und es um Gottes willen nicht mehr einzusetzen!«

»Das ist doch selbstverständlich. Danke, Andreas! Das werde ich dir nie vergessen. Bis zu Hermanns Beisetzung bin ich wieder zurück. Sprich mir auf die Mailbox, wann und wo sie stattfindet. Und jetzt entschuldige mich! Sonst startet der Flieger ohne mich.«

»Mach's gut!«, sagte von Straelen noch und beendete das Gespräch.

Sedersen rieb sich die Hände. Allzu lange würde von Straelen gewiss nicht warten, zu Körvers Haus zu fahren, denn er musste verhindern, dass der Nachlassverwalter die Waffe fand.

Auf einmal hatte Sedersen es eilig. Er ging in sein Büro, öffnete den dort eingemauerten Safe und holte das SG21 und mehrere Patronen heraus. Dabei zwang er sich zur Ruhe, denn er durfte die Waffe nicht beschädigen, während er sie und das Zubehör in dem Kasten verstaute, den Rechmann speziell für das Gewehr hatte anfertigen lassen. Nachdem er diesen in der dazugehörigen unauffälligen Reisetasche verstaut hatte, verließ er sein Haus und legte die gut einhundert Meter, die ihn von der alten Halle und den Garagen trennten, im Laufschritt zurück. Dort entschied er sich für einen unauffälligen, schnellen Kleinwagen.

Nach all den Jahren, die er zu dem Altherrenkreis gehört hatte, kannte Sedersen die Angewohnheiten seiner Stammtischfreunde recht genau und legte sich während der Fahrt einen Plan zurecht. Ein paar Kilometer vor dem Ort, in dem Körvers Wohnhaus lag, führte der Weg zunächst eine Weile schnurgerade durch einen Wald und bog dann in einer scharfen Kurve nach rechts ab. An der Stelle musste jeder Fahrer sein Tempo drosseln, um nicht ins Schleudern zu geraten. Sedersen erreichte diese Straße nach einer zügigen Fahrt, bog dort in einen Forstweg ein und suchte eine Stelle, von der aus er die Straße vor der Kurve gut im Blickfeld hatte. Dann packte er das Gewehr aus, legte es sich auf den Schoß und wartete. Andreas von Straelen hatte eine weitere Anfahrt als er und war auch kein besonders flotter Fahrer.

Zwei, drei Autos fuhren die Straße hoch, während Sedersen auf seinen alten Bekannten wartete. Jedes von ihnen reduzierte das Tempo und bog vorsichtig in die scharfe Kurve. Allzu befahren war dieses Straßenstück nicht, und das erleichterte Sedersens Vorhaben. Er kurbelte das Fenster der Beifahrerseite herunter und zielte aus seiner Deckung zwischen den Bäumen auf eine Fahrerin. Als der blaue Ziellaser genau auf ihrer Schläfe stand, zuckte es ihm in den Fingern abzudrücken. Mit einem tiefen Durchatmen senkte er die Waffe und legte sie neben sich auf den Beifahrersitz. Seine Lust zu töten hatte ihn erschreckt.

»Ich darf die Waffe nur einsetzen, wenn ich mir damit einen Vorteil verschaffe«, ermahnte er sich selbst und versuchte, sein aufgewühltes Inneres in den Griff zu bekommen. Er atmete tief durch und nahm den Feldstecher zur Hand.

Fast auf die Minute, die er ausgerechnet hatte, tauchte von Straelens Limousine auf. Ein Stück dahinter folgte ein Kleinwagen, dessen Fahrer nicht genau zu wissen schien, ob er das größere Fahrzeug überholen sollte oder nicht.

Das verunsicherte Sedersen, und er wollte sein Opfer schon für den Moment laufen lassen, weil er keine Zeugen brauchen konnte. Doch dann packte er die Waffe, richtete den Lauf auf von Straelens Wagen und klappte den kleinen Bildschirm auf. Dabei fiel ihm ein, dass er bisher noch nie auf ein sich bewegendes Ziel geschossen hatte. Doch mithilfe des Zielcomputers würde ihm auch dieser Treffer gelingen. Er sah, wie eines der beiden Kreuze, die beim Schuss in einer Linie stehen mussten, leicht zur Seite wanderte, und korrigierte den Anschlagwinkel. Als der Zielpunkt genau auf von Straelens Schläfe zeigte, drückte er ab.

Sedersen nahm sich nicht die Zeit nachzusehen, ob und wie gut er getroffen hatte, sondern legte die Waffe in den Fußbereich des Beifahrersitzes und fuhr an, um sich so schnell, wie es unauffällig möglich war, von der Stelle des Anschlags zu entfernen. Im Rückspiegel sah er, wie von Straelens Wagen ungebremst geradeaus fuhr und in eine Gruppe eng zusammenstehender Bäume raste. Der Fahrer des Wagens, der hinter von Straelen fuhr, hatte rechtzeitig gebremst und hielt nun an.

Sedersen fuhr los, bevor der Fahrer auf ihn aufmerksam werden konnte, und folgte dem Waldweg, bis dieser auf eine andere Straße traf.

Keine halbe Stunde später befand sich der Kleinwagen wieder in der Garage. Sedersen entfernte die Nummernschilder und warf sie in den Metallschredder, den Rechmann sich für solche Zwecke angeschafft hatte. Sobald sein Leibwächter wieder zurück war, würde dieser den Wagen neu lackieren, damit niemand ihn mit dem Gefährt in Verbindung bringen konnte, das jemand in der Nähe des Ortes, an dem Andreas von Straelen ums Leben gekommen war, gesehen haben mochte.

ACHTZEHN

Als Geerd Sedersen auf seine Villa zuschritt, entdeckte er Friedmund Themels protzigen Wagen auf dem Vorplatz. Der alte Herr stand an sein Auto gelehnt und sah ihm neugierig entgegen. Beim Anblick der ihm nur zu gut bekannten Tasche, die dieser über die Schulter gehängt hatte, leuchteten seine Augen auf. »Tag, Geerd! Wie ich sehe, hast du genug Verstand gehabt, das Gewehr aus Hermanns Wohnung zu holen. Wir hätten es ihm niemals überlassen dürfen.«

»Hallo, Friedmund. Was machst du denn hier?« Von Themels Auftauchen überrascht konnte Sedersen seinen Ärger kaum verbergen. Zwar stand der andere ebenfalls auf seiner Liste, aber er konnte ihn schlecht vor der eigenen Haustür erschießen.

Themel fasste ihn am Arm. »Ich bin gekommen, weil ich mit dir zu Hermanns Wohnung fahren wollte, um das Gewehr zu holen. Ich habe einen Schlüssel zu seinem Haus und kenne die Kombination seines Safes. Aber du bist schon vorher auf die Idee gekommen.«

Sedersen schüttelte den Kopf. »Andreas hat mir die Waffe besorgt.«

Spätestens in dem Moment wurde ihm klar, dass er den Mann nicht lebend fortlassen durfte. Daher forderte er Themel auf, mit ins Haus zu kommen.

»Magst du einen Cognac?«, fragte er, als sie kurz darauf in seiner Bibliothek zusammensaßen.

»Gerne!« Themel musterte unverhohlen den Kasten, den sein Gastgeber auf den Tisch gestellt hatte.

»Kann ich die Waffe noch einmal sehen?«

»Erst schenke ich dir den Cognac ein.« Sedersen versuchte, Zeit zu gewinnen. Das Gewehr war noch nicht gereinigt. Wenn Themel es jetzt in die Hand nahm, würde er sehen, dass erst vor kurzem mit ihm geschossen worden war.

»Weißt du, Geerd, ich habe mir in den letzten Tagen einiges durch den Kopf gehen lassen«, fuhr Themel fort. »Die ganze Sache mit den Hütern der Gerechtigkeit war eine Schnapsidee. Andreas und Jost haben nicht den Mumm dazu, und Hermann schon gar nicht. Nun ja, mittlerweile hat ihn der Teufel geholt. Er war halt auch nicht mehr der Jüngste und sah in letzter Zeit nicht gut aus. So ist das Leben. Hauptsache, du hast das Gewehr wieder.«

Während Themel den Kasten mit geradezu verliebten Blicken anstarrte, dachte Sedersen darüber nach, wieso sich sein Gegenüber so wenig aus dem Tod eines Mannes machte, mit dem ihn eine mehr als fünfzigjährige Freundschaft verbunden hatte.

»Hier, dein Cognac«, sagte er und stellte seinem Gast einen gut gefüllten Cognacschwenker hin.

Themel ergriff ihn und lachte. »Du bist kein solcher Reichsbedenkenträger wie Andreas, der immer warnt, wir sollen nicht so viel trinken, wenn wir Auto fahren. Du weißt, was einem richtigen Mann zukommt. Wieso trinkst du denn nicht?«

Sedersen begriff, dass er mithalten musste, wenn er seinen Gast nicht misstrauisch machen wollte. »Ich trinke schon, keine Sorge. Allerdings will ich diesmal keinen Cognac, sondern einen Whisky. Die Flasche war das letzte Geburtstagsgeschenk von Hermann. Wir sollten auf ihn anstoßen. Immerhin war er ein korrekter und ehrlicher Mann – und unser Freund.«

»Recht hast du!«, stimmte Themel ihm zu und trank seinen Cognac aus. »Du kannst mir ebenfalls einen Whisky einschenken. Wir trinken auf Hermanns Wohl und darauf, dass der Teufel ihm in der Hölle nicht zu sehr einheizt.« Er lachte schallend wie über einen guten Witz, dabei empfand er nur noch Verachtung für den Mann, der sich in den letzten Monaten immer mehr zu seinem Nachteil verändert hatte. »Prosit! Auf Hermann!«

Die beiden Männer stießen miteinander an und tranken. Dann stellte Themel sein Glas hart auf die Tischplatte und zeigte auf den Gewehrkasten.

»Es ist gut, dass wir das Ding wiederhaben. Ich habe nämlich eine Liste von Leuten erstellt, die unbedingt liquidiert werden müssen. Es handelt sich um Kinderschänder, Mörder und kriminelle Spekulanten. Jeder Einzelne hat eine Kugel verdient!«

»Vor allem die Spekulanten!« Sedersen wusste, dass sein Gast vor ein paar Jahren den größten Teil seines Vermögens bei einer riskanten Anleihe verloren hatte und seitdem mit Gott und der Welt haderte. Nun schien Themel eine Chance zu wittern, es jenen heimzuzahlen, die ihn damals um sein Geld gebracht hatten. Zu solch einem Rachefeldzug aber war Sedersen nicht bereit.

»Du vergisst den Brand in meiner Waffenfabrik in Suhl. Dort wurden die Patronen hergestellt. Jetzt muss ich die Fabrik entweder wieder aufbauen oder mir ein anderes Werk kaufen. Beides braucht Zeit, und bis dorthin gibt es keine neuen Geschosse.«

»Aber als Hermann das Gewehr mitgenommen hat, waren doch vier Kugeln dabei. Die könnten wir hernehmen, um die Welt von ein paar Schurken zu erlösen, die es wahrlich verdient haben. Ich suche dir die entsprechenden Namen heraus!« Themel zog ein mit Schreibmaschine beschriebenes Blatt aus seiner Jackentasche, bat seinen Gastgeber um einen Stift und begann, alle Kinderschänder und Mörder wieder zu streichen, bis nur noch jene Männer übrig blieben, die er für den Verlust seines Vermögens verantwortlich machte.

Sedersen ließ ihn gewähren. Alles andere hätte nur Streit bedeutet, und den galt es unter allen Umständen zu vermeiden. Dabei schenkte er Themel fleißig nach und tat auch selbst so, als schütte er die Schnäpse ununterbrochen in sich hinein. Das meiste landete jedoch in einer Vase.

»Hier sind die Saukerle!« Themels Stimme wurde bereits undeutlich, und er hatte Mühe, sich auf dem Sessel zu halten, während er Sedersen das Blatt reichte. Dieser überflog kurz die Namen der Männer, von denen die meisten noch nie mit der Justiz zu tun gehabt hatten. Diese Leute umzubringen wäre ganz und gar nicht im Sinn der Hüter der Gerechtigkeit gewesen. Das sagte er aber nicht, sondern tat so, als sei er mit Themel einer Meinung, und füllte nun beide Gläser aus einer anderen Flasche.

»Darauf wollen wir trinken, Friedmund!«

»Auf dein Wohl, Geerd, und auf die wahre Gerechtigkeit!« Themel trank den scharfen Schnaps in einem Zug und begann dann zu keuchen. »Was ist das für ein Teufelszeug? Das brennt einem ja die Speiseröhre und den Magen durch.«

»Das ist etwas ganz Besonderes. Ich habe es bei einer Geschäftsreise in Hongkong besorgt. Die Chinesen sagen, wenn man jeden Tag ein Glas davon trinkt, wird man alt wie Methusalem. Prost, Friedmund! Kerle wie wir vertragen davon noch einen zweiten!« Sedersen füllte Themels Glas neu auf, stieß mit ihm an und ließ den Inhalt seines Glases in der Vase verschwinden, während er sein Gegenüber lauernd beobachtete.

Themel schüttete das Zeug mit Todesverachtung hinunter und stieß dann laut auf. »Du hast recht. Der Zweite geht besser hinunter als der Erste«, sagte er und fasste dann nach dem Gewehrkasten. »Ich will es endlich sehen!«

Widerstrebend öffnete Sedersen den Kasten und holte die Waffe heraus. Bevor sein Gast danach greifen konnte, hob er sie aus dessen Reichweite.

»Vorsicht! Das Ding steckt voller Elektronik. Wenn da etwas kaputtgeht, können wir das Gewehr wegwerfen. Ersatzteile gibt es leider nicht.«

Themel starrte die Waffe an. »Ich würde allzu gerne damit schießen. Nur ein Mal!« In dem Augenblick hatte der alte Mann ganz vergessen, dass ihnen damit eine Patrone für seinen privaten Rachefeldzug fehlen würde. Der Reiz, die Waffe einmal auszuprobieren, war einfach zu groß.

»Das lässt sich machen! Komm, gehen wir ins Freie.« Sedersen nahm eine Patrone und lud die Waffe. Dann schob er seinen Gast auf die Tür zu. Themel konnte kaum noch laufen, so betrunken war er inzwischen. Trotzdem wollte er eine Waffe ausprobieren, die aus einer Entfernung tötete, welche für jede andere Handwaffe unerreichbar war.

Die beiden Männer traten auf den Vorplatz. Da Sedersen um die Villa einen zwei Meter hohen Zaun hatte errichten und Thujen hatte pflanzen lassen, die als Hecken schnell einen dichten, hohen Sichtschutz gebildet hatten, konnte niemand von außen beobachten, was hier geschah. Mit einem Knopfdruck auf den Sender schloss er das noch offene Tor und drehte sich zu Themel um. »Kannst du mir deinen Kofferraum zeigen? Ich möchte wissen, ob wir den Gewehrkasten gut abgepolstert darin transportieren können.«

»Natürlich können wir das!« Friedmund Themel stolperte auf seinen Wagen zu, fing sich am Kofferraumdeckel ab und schloss diesen mühsam auf. »Schau her! Der ist groß genug«, sagte er und drehte sich zu seinem Gastgeber um.

Sedersen hielt die SG21 unter der Achsel und zielte auf ihn. Als der blaue Punkt des Zielerfassungslasers genau auf die Stelle zeigte, hinter der Themels Herz schlug, lächelte er und zog den Abzugshebel durch. »Du wolltest doch wissen, wie diese Waffe funktioniert. Jetzt erlebst du es live!«

Themel wurde nach hinten geschleudert und kippte in den offenen Kofferraum. Auf seinem Gesicht stand noch die Überzeugung, Opfer eines dummen Scherzes zu werden.

Sedersen schob die heraushängenden Beine des Toten in den Kofferraum und schlug den Deckel zu. Danach sah er sich sorgfältig um. Als alles ruhig blieb, atmete er auf und eilte ins Haus. Noch bevor er die Waffe wieder in ihrem Kasten verstaute, nahm er sein Handy und rief Rechmann an.

»Hier Adler, wie steht's?«

»Ausgezeichnet! Nur der Eiswagen lässt noch auf sich warten«, antwortete Rechmann. Das war die Codebezeichnung für den Güterzug mit den Waffencontainern, der immer noch auf einem Abstellgleis bei Aachen stand.

»Kannst du einen Mann entbehren? Ich bräuchte jemanden, der ein wenig Müll wegfährt!«

Rechmann horchte sogleich auf. »Ist es dringend?«

»Allerdings! So bald wie möglich. Derjenige muss aber vertrauenswürdig sein.«

»Keine Sorge! Ich schicke Ihnen schon den Richtigen.« Rechmann war neugierig, stellte aber am Telefon keine Fragen. Da er seinen Anführer kannte, war ihm klar, dass dieser ihn nicht wegen einer Lappalie anrufen würde.

»Er sollte das Zeug auf eine absolut sichere Deponie schaffen«, gab Sedersen zurück und beendete das Gespräch, damit niemand Zeit bekam, die jeweiligen Handys anpeilen zu können. Nun hieß es für ihn warten. Er reinigte das Gewehr und schloss es in seinem Safe ein. Dabei wurde ihm klar, dass sein Haus kein sicheres Versteck mehr für die Waffe war, und er beschloss, seine Zelte in Deutschland abzubrechen und sich möglichst bald in Flandern anzusiedeln. Sein ursprünglicher Plan war gewesen, die Zentrale seines Industrieimperiums im Lauf des Jahres dorthin zu verlagern. Nun würde er es eben etwas früher tun und gleichzeitig dafür sorgen, dass sein Einfluss in jener Gegend bald so groß war, dass er die Entwicklung in Flandern steuern konnte.

NEUNZEHN

Rechmann machte sich selbst auf den Weg, denn Karl Jasten hatte gemeldet, dass besagter Zug sich an diesem Tag nicht mehr Richtung Belgien in Bewegung setzen würde. Grund war auch, dass er letztlich keinem anderen vertraute.

Er würde in der Sache mit drinhängen, wenn jemand, den er geschickt hatte, Sedersen später einmal zu erpressen versuchte oder diesen an die Behörden verriet.

Als er auf den Hof von Sedersens Villa einfuhr, sah er Friedmund Themels schwere Limousine vor dem Haus stehen. Das war an und für sich nichts Besonderes, da Themel schon öfter bei seinem Chef zu Gast gewesen war. An diesem Tag aber sagte ihm sein Instinkt, dass mit dem Wagen etwas nicht stimmte. Er stellte seinen flachen Sportwagen, der zur Abwechslung einmal ein niederländisches Kennzeichen trug, neben dem protzigen Auto ab, stieg aus und schritt zur Tür.

Noch bevor er den Klingelknopf drücken konnte, öffnete Sedersen ihm und blickte ihn verwundert an. »Sie sind selbst gekommen?«

»Ich will, dass die Sache ordentlich gemacht wird«, antwortete Rechmann lächelnd.

Sedersen zog kurz die Augenbrauen hoch. Wie es aussah, wollte sein Leibwächter sich unentbehrlich machen, und das war ihm derzeit recht. »Sie können sogar zwei Sachen für mich erledigen. Das anthrazitfarbige Auto in der Werkstatt benötigt eine gründliche Reinigung und ein totales Facelifting. Außerdem sollte Themels Wagen so entsorgt werden, dass er nicht mehr gefunden werden kann.«

»Keine Sorge, Chef! Wenn ich einen Job übernehme, klappt es auch. Ich muss mich allerdings beeilen. Karl konnte nur sagen, dass der Zug mit den Containern bis Mitternacht stehen bleibt. Er hat einen Bahnbeamten in einer Kneipe darauf angesprochen. Der Kerl hat übrigens keine Ahnung, was für eine heiße Ware sie da transportieren.«

»Und die Wachen, die den Zug begleiten?«, fragte Sedersen gespannt.

Sein Vertrauter kicherte wie ein Mädchen. »Die drei Männeken tun zwar so, als wären sie Bahnbedienstete, aber man merkt ihnen an, dass sie keinen blassen Dunst von dem Job haben. Dafür kümmern sie sich umso auffälliger um unsere beiden Container. Ich weiß schon, wie ich die Kerle auf die Schnauze fallen lassen kann. Keine Sorge, Chef! Der Coup läuft wie geplant. Jetzt kümmere ich mich erst einmal um die anderen Angelegenheiten. Wenn Sie nichts dagegen haben, bringe ich Themels Mühle in die Garage und verpasse ihr ein anderes Outfit, so dass sie nicht auf den ersten Blick erkannt werden kann. Der VW wird ebenfalls umgespritzt und bekommt ein neues Kennzeichen.«

»Ich will Themels Kasten nicht hier haben. Er muss weg, und zwar endgültig!« Sedersen geriet bei dem Gedanken, der Tote könnte länger in seiner Nähe bleiben, beinahe in Panik.

»Der soll ja auch nicht hierbleiben, aber er sollte auch nicht gesehen werden, solange er sich noch im Originalzustand befindet.« Rechmann nickte bekräftigend und sagte sich gleichzeitig, dass er für Sedersen nun wirklich unverzichtbar geworden war.

»Dann gehen Sie an die Arbeit. Ich muss mich wieder um meine Geschäfte kümmern.« Sedersen wollte ins Haus zurück, doch Rechmann hielt ihn auf.

»Ich hätte noch eine Bitte, Chef. Könnten Sie meinen Wagen wegfahren und vor einem größeren Bahnhof parken? Ich habe wenig Lust, mit einem Taxi hierher zurückkommen zu müssen, um ihn zu holen.«

Sedersen wurde ärgerlich. »Aber ich soll ein Taxi nehmen, was?«

»Natürlich werden Sie das nicht. Ich folge Ihnen mit Ihrer Limousine und bringe Sie wieder hierher!«

Sedersen hinterfragte Rechmanns Überlegungen nicht, sondern nickte nur und zog sich für zwei Stunden in sein Arbeitszimmer zurück. Dort studierte er die Liste der Unternehmen, die er in Flandern möglichst billig erwerben wollte. Bei einer Waffenfabrik in Herselt spürte er ein intensives Kribbeln. Die war genau das, was er brauchte. Mit den von Mirko

Gans kopierten Plänen und den Werkstücken aus der niedergebrannten Fabrik musste es mit dem Teufel zugehen, wenn er dort das Spezialgewehr 21 nicht in Serie fertigen konnte. Die Waffe würde den Kampf um Flandern entscheiden.

Während Sedersen seinen Träumen nachhing, veränderte Rechmann das Aussehen des VWs so, dass selbst sein alter Besitzer ihn nicht wiedererkannt hätte. Aber bei Themels Wagen zögerte er, denn ihm war eine Idee gekommen. Grinsend läutete er seinen Anführer aus dem Haus.

»So, Chef, ich wäre so weit. Aber Sie brauchen mich nicht zu fahren, denn mir ist gerade etwas viel Besseres eingefallen. Daher brauche ich den anderen Wagen nicht.« Rechmann holte den Schlüssel für Themels Wagen aus der Tasche und schwang diesen in der Hand.

»Dann stellen Sie Ihren Kasten gefälligst in der Werkstatt ab!«, antwortete Sedersen und fragte sich, was in seinen Vertrauten gefahren sein mochte.

ZWANZIG

Torsten wies auf die Parkplätze, die sich zwischen den beiden Fahrbahnstreifen befanden, was Henriette noch nirgends gesehen hatte. »Stellen Sie den Wagen dort ab, Leutnant. Von hier aus ist es nicht mehr weit.«

Henriette blickte misstrauisch auf die langen Reihen von parkenden Autos und fragte sich, wo sie eine Lücke finden sollte. Sie wurde langsamer und verärgerte damit einen einheimischen Autofahrer. Dieser versuchte sich an ihr vorbeizuschieben. In dem Augenblick entdeckte sie eine freie Stellfläche, blinkte und zog den Wagen herum. Der andere Fahrer stieg auf die Bremse, machte eine beleidigende Geste mit der Hand und fuhr dann rechts mit Vollgas an ihnen vorbei.

»Depp!«, kommentierte Torsten das Verhalten des Holländers.

Henriette zuckte mit den Achseln. »Idioten gibt es überall, warum also nicht auch in den Niederlanden?«

Sie hielt den Wagen an und zog die Handbremse. »Da sind wir. Also, wo kann man hier Poffertjes bekommen?«

»Oben auf der Strandpromenade gibt es mehrere Lokale, in denen das Zeug gemacht wird.« Während Torsten ausstieg, amüsierte er sich insgeheim über seine Begleiterin, die unbedingt diese Zwerg-Pfannkuchen essen wollte. Dabei lief ihm bei dem Gedanken an einen Pfannkuchen mit Speck ebenfalls das Wasser im Mund zusammen.

»Ich glaube, wir haben es besser getroffen als die Leute, die heute schon wieder in dieser öden Veranstaltung herumhocken. Es war schon gestern nervig genug, diesem endlosen Geschwätz von Typen zuhören zu müssen, die sich in erster Linie gerne selbst reden hören. Das wollte ich uns nicht noch einmal antun«, sagte er, während sie nebeneinander den leicht ansteigenden Gehsteig hochgingen.

»Dann wollen wir hoffen, dass Major Wagner keinen minutiösen Bericht von uns verlangt.« Auch wenn Henriette das Symposion für ebenso langatmig und ermüdend hielt wie Torsten, fühlte sie sich unsicher. Ihre Art von Pflichtauffassung war es nicht, berufsbedingte Veranstaltungen zu schwänzen.

»Sollte Wagner auf einem Bericht bestehen, wird Petra uns die Redetexte aus dem Internet ziehen. Aber jetzt habe ich keine Lust mehr, an diesen Schmarrn zu denken. Ich habe Hunger.«

»Ich auch!«, sagte Henriette und blieb vor dem Schaufenster eines Modegeschäfts stehen. Eine grüne Bluse hatte es ihr angetan, und sie sah zu ihrem Begleiter auf.

»Halten Sie Ihren Hunger noch so lange aus, bis ich mir dieses Stück gekauft habe?«

»Wenn Sie zu lange brauchen, hole ich mir in der Passage eine Matjessemmel. Darauf habe ich nämlich auch Appetit.«

»Sie könnten schon vorgehen. Ist das dort vorne die Passage? Gut, dann treffen wir uns am Eingang. Bis gleich!« Henriette betrat schnell das Geschäft, ehe Torsten widersprechen konnte. Während er kopfschüttelnd weiterging, dachte er, dass Frauen doch alle gleich waren. Ihre Gedanken drehten sich in erster Linie um Mode und Kosmetik. Ihr Job kam erst an zweiter Stelle. Die einzige Ausnahme, die er kannte, war Petra. Der machte es nichts aus, wahllos in ihren Kleiderschrank zu greifen. Allerdings fanden sich dort nur eine einzige Sorte Jeans, etliche T-Shirts und ein paar Pullover.

Bis jetzt hatte er geglaubt, in Leutnant von Tarows Kleiderschrank würde es nur Uniformen geben, doch Irren war nun einmal menschlich. Er lachte amüsiert auf, tauchte in die Einkaufspassage von Kijkduin ein und erreichte nach kurzer Zeit das Fischgeschäft.

Er hatte sein Matjesbrötchen gerade bestellt, da stand Henriette schon neben ihm und hielt eine Plastiktasche in der Hand, in der sich dem Umfang nach mehr befinden musste als nur eine Bluse. Wie es ihr gelungen war, das alles in der kurzen Zeit einzukaufen, war ihm ein Rätsel.

Henriette wartete geduldig, bis Renk seinen Matjes erhalten hatte. Während er aß, sah sie sich ein wenig in der Passage um. Es gab Läden, in denen verschiedenste Delikatessen verkauft wurden, Modegeschäfte und mehrere Restaurants. Aber in keinem wurden Poffertjes angeboten.

»Nicht so unruhig, Frau Tarow. Sie kommen schon noch an die Futterkrippe.« Torsten stopfte sich den Rest des Matjesbrötchens in den Mund, warf die Serviette in den Mülleimer und schritt kauend voran. Es ging eine Treppe hoch, und dann sah Henriette das Meer vor sich.

Torsten blieb auf der Uferpromenade stehen und zeigte nach Westen. »Irgendwo dort drüben liegt England!«

»Das mich im Augenblick weitaus weniger interessiert als Poffertjes.« Henriette drehte sich um und sah an den dem

Meer zugewandten Fassaden entlang. Hier gab es ebenfalls eine ganze Reihe von Gasthäusern, doch zumindest beim ersten stand nichts auf der Speisekarte, das sie reizte.

»Das, was Sie suchen, liegt fast am anderen Ende der Promenade«, erklärte Torsten und strebte selbst in die Richtung. Der salzige Matjeshering war zwar nur ein Bissen für den hohlen Zahn gewesen, aber zum ersten Mal seit langem fühlte er sich mit sich im Reinen. Es war schön, noch einmal an diesen Ort gekommen zu sein, und es tat auch nicht mehr weh, dabei an Andrea zu denken, die ihn damals begleitet hatte. Sein Blick schweifte nach Norden. Dort ragte die Seebrücke ein ganzes Stück ins Meer hinaus. Sie schien zum Greifen nahe. Dennoch hätten sie einige Kilometer fahren müssen, um sie zu erreichen. Allerdings war sie in diesen Tagen nur zu Fuß erreichbar, denn die Gegend dort wurde wegen des Symposions strikt abgesperrt. Nur hier in den Vororten war es noch möglich, das Auto zu benutzen. Aus dem Grund hatte Torsten auch Kijkduin als Ziel ihres kleinen Ausflugs vorgeschlagen.

»Hier gibt es Poffertjes!« Henriettes Ausruf beendete Torstens gedanklichen Ausflug.

»Wollen wir hineingehen, oder setzen wir uns ins Freie?«, fragte er.

Henriette musterte die von einer Glaswand umschlossene Terrasse und zeigte auf einen freien Tisch an der Ecke. »Wenn Sie nichts dagegen haben, würde ich mich gerne dorthin setzen. Von da haben wir einen herrlichen Blick auf das Meer.«

Sie ist also doch romantisch, stellte Torsten kopfschüttelnd fest.

»Wenn Sie hier nichts finden, das Ihnen schmeckt, gehen wir eben weiter.«

Erneut riss ihn eine Bemerkung von Henriette aus seinem Sinnieren. Er starrte sie an und sah, dass sie ihm die Speisenkarte hingelegt hatte. »Entschuldigen Sie, ich war gerade in Gedanken. Was haben Sie gesagt?«

»Ich wollte wissen, ob Ihnen etwas auf der Karte zusagt, und da haben Sie den Kopf geschüttelt.«

Sie klang so enttäuscht, dass Torsten ein schlechtes Gewissen bekam. »Ich sagte ja, dass ich in Gedanken war. Ich habe noch gar nicht auf die Karte geschaut.«

»Dann wird es Zeit, denn die Kellnerin kommt schon.«

»Ich muss nicht lange suchen. Ich möchte einen Speckpfannkuchen, ein Wasser und einen Tee.« Torsten lehnte sich entspannt zurück und sah zu, wie seine Begleiterin zwischen mehreren Poffertjesvariationen schwankte und sich schließlich für die mit Eierlikör entschied.

»Wenn ich danach noch Hunger habe, kann ich auch noch etwas anderes nehmen«, sagte sie lächelnd und blickte auf die Promenade hinaus.

»Es gefällt mir hier, Herr Renk. Danke, dass Sie mich hierhergebracht haben.«

»Keine Ursache. Ich sitze auch lieber hier, als mir die furztrockenen Reden irgendwelcher selbsternannter Experten anhören zu müssen, von denen jeder die Patentlösung für alle Probleme der Menschheit zu kennen meint. Nur ist leider keine Einzige davon auch nur entfernt brauchbar.«

»Wenn ich Ihnen so zuhöre, könnte ich fast meinen, Sie hätten jeden Idealismus verloren!«

Torsten zuckte mit den Schultern. »Vielleicht ist das so. Ich habe auf meinen Auslandseinsätzen Dinge erlebt, von denen die Herrschaften, die sich in Den Haag versammelt haben, nichts zu wissen scheinen. Die können sich offensichtlich nicht einmal vorstellen, dass es so etwas gibt.«

»Halten Sie Veranstaltungen dieser Art für sinnlos?«

»Nicht grundsätzlich. Es ist schon richtig, wenn Vertreter der verschiedenen Länder und politischen Gruppierungen miteinander reden. Die Problemlösung muss jedoch vor Ort geschehen. Dort lässt sich nur selten etwas, was woanders geplant wurde, sinnvoll umsetzen. Das verhindern schon die örtlichen Machthaber oder andere Gruppierungen. Diese sind für die eine Seite Terroristen und für die andere Freiheitskämpfer, die auch unschuldige Opfer hinnehmen müssen, um ihr Ziel zu erreichen. Doch im Grunde geht es allen nur um den eigenen Vorteil.«

Henriette blickte ihn interessiert an. »Also hatten Sie einmal Ideale, wurden aber von der Wirklichkeit enttäuscht.«

»Im Moment habe ich jedenfalls mehr Hunger als Ideale.« Torsten grinste und wies mit einer weit ausholenden Handbewegung auf das Meer. »In Augenblicken wie diesen weiß man, dass es sich lohnt zu leben. Andrea hat diesen Ort sehr gemocht. Wir wären auch wieder hierhergekommen, wenn …« Er brach ab.

»Wenn was?«, bohrte Henriette nach.

»Wenn die Sache damals nicht passiert wäre.«

Henriettes Neugier war zu groß, um über die Bemerkung hinweggehen zu können. »Haben Sie sich getrennt?«

»Andrea wurde ermordet!«

»Oh! Das tut mir leid. Ich wollte wirklich nicht … Entschuldigen Sie meine dumme Frage.« Henriette schämte sich so, dass ihr selbst die heiß geliebten Poffertjes nicht mehr schmecken wollten.

»Das braucht Ihnen nicht leidzutun. Sie können nichts dafür.« Torsten schüttelte sich kurz, als müsste er alten Ballast abwerfen, sah dann einen neuen Gast eintreten und kniff die Augen zusammen. Das Gesicht kam ihm bekannt vor. Gleichzeitig spürte er, wie es in seinem Nacken kribbelte.

Der Neuankömmling sah sich kurz um und setzte sich an den Nebentisch, der gerade frei geworden war.

Torsten lächelte breit und sah Henriette an. »Du wolltest doch noch die Poffertjes mit Erdbeeren, Schatz, und ich hätte noch gerne einen zweiten Speckpfannkuchen.«

Von einem Augenblick zum anderen verwandelte Torsten sich von dem Kollegen, der auf Abstand bedacht war, zu einem munteren Touristen, der mit seiner Frau oder Freundin einen schönen Tag verleben wollte.

Henriette wirkte nur eine Sekunde lang verblüfft, dann ging sie auf das Spiel ein und sah vorsichtig zum Nebentisch. »Das ist doch Caj Kaffenberger, dessen Ehefrau mit dieser scheußlichen Waffe umgebracht worden ist«, flüsterte sie.

Torsten starrte auf die Speisekarte und nickte, als habe er dort etwas entdeckt. »Danke! Ihr Gedächtnis ist besser als das meine«, antwortete er genauso leise, um dann in fröhlichem Tonfall die Kellnerin an den Tisch zu rufen.

Während er bestellte, fragte er sich, warum sein Sinn für gefährliche Situationen ihn warnte. Ein Mann wie Kaffenberger hatte jedes Recht, nach Kijkduin zu kommen und hier ein Glas Bier zu trinken. Zum sichtlichen Missgefallen der Bedienung bestellte der Mann sonst nichts.

»Oh, Liebling, was machen wir denn anschließend?« Henriette versuchte, den Schein des Urlaubspaares aufrechtzuerhalten, auch wenn sie nicht begriff, weshalb Renk auf einmal darauf erpicht war, sich länger im Lokal aufzuhalten.

Unterdessen versuchte Torsten sich zu erinnern, in welchem Zusammenhang ihm Kaffenberger sonst noch aufgefallen war. Es konnte nicht allein daran liegen, dass dessen Frau durch ein Geschoss aus einem SG21 den Tod gefunden hatte. Als aber ein hagerer Mann mit schmalem Gesicht und kurzen, weißblonden Haaren eintrat und an Kaffenbergers Tisch Platz nahm, dämmerte es ihm. Der neue Gast war Frans Zwengel, ein flämischer Politiker vom äußersten rechten Rand, der mit aller Macht Flanderns Loslösung vom Königreich Belgien anstrebte. Nun erinnerte Torsten sich, dass Kaffenberger eine gewisse Nähe zur rechtsradikalen Szene in Deutschland nachgesagt wurde. Zwar hatte der Industrielle sich nie offen zu den Rabauken um Rudi Feiling und dessen Epigonen bekannt, aber die Geheimdienste wussten, dass er die Leute mit Geld und anderen Maßnahmen unterstützte.

Als Nächster gesellte sich ein Mann zu den beiden, den Torsten trotz allen Nachdenkens nicht einordnen konnte. Nun begannen die drei ein leises, auf Deutsch geführtes Gespräch. Dabei bedienten sie sich eines Codesystems, das einem unbeteiligten Zuhörer nicht aufgefallen wäre.

Torsten filterte jedoch einige Worte heraus, die ihn misstrauisch werden ließen. Daher holte er sein Handy heraus, mit dem er nicht nur telefonieren, fotografieren und ins Internet gehen, sondern auch Tonaufnahmen machen konnte. Er verbarg das Gerät in der Hand, drehte es aber so, dass er die drei Männer damit belauschen und heimlich fotografieren konnte. Dabei gab er sich alle Mühe, nicht aufzufallen, und richtete scheinbar seine ganze Aufmerksamkeit auf Henriette. Sie unterhielten sich leise und mit einigen Pausen, um die Tonaufnahme nicht zu überlagern, und als die Bedienung ihre nachbestellten Portionen gebracht hatte, begannen sie genüsslich zu essen.

Nach einer Weile schienen die drei Männer sich einig geworden zu sein. Kaffenberger zahlte die Zeche für alle, dann verschwanden sie in verschiedene Richtungen, und keiner, der ihnen auf der Promenade begegnete, hätte angenommen, dass die drei ein paar Minuten vorher noch an einem Tisch gesessen und eifrig miteinander diskutiert hatten.

»Können Sie mir sagen, was das Ganze sollte?«, fragte Henriette, die mit ihrer zweiten Portion Poffertjes kämpfte.

»Noch weiß ich es nicht. Aber Petra wird uns hoffentlich bald mehr sagen können.« Torsten schob seinen fast leeren Teller zurück, nahm sein Handy, wählte Petras Nummer an und sandte ihr die Fotos wie auch die Tonaufnahme.

VIERTER TEIL

DIE CONTAINER

EINS

Auf dem Bildschirm sah Major Wagner so zufrieden aus, dass bei Torsten Renk sämtliche Alarmglocken anschlugen. Sein Vorgesetzter nahm ein Blatt Papier zur Hand, blickte kurz darauf und grinste noch breiter. »Gute Arbeit, Renk, und auch von Ihnen, Leutnant. Diese Leute nicht nur zu fotografieren, sondern auch zu belauschen, ohne dass sie es merken, ist die hohe Kunst unseres Metiers. Die Kerle haben nämlich einen sechsten Sinn dafür, wenn jemand sie überwachen will.«

Torsten wollte kein Gerede hören, sondern Fakten. »Und? Haben Sie herausgefunden, warum die drei sich ausgerechnet in einem Restaurant in Kijkduin getroffen haben?«

»Frau Waitl ist gerade dabei, die Stimmen zu verstärken und störende Nebengeräusche auszufiltern. Was wir bis jetzt gehört haben, ist schon recht aufschlussreich. Aber das ist derzeit nicht Ihr Job. Das Symposion ist nun beendet, und Sie können den nächsten Punkt Ihrer Reise anfahren. Ich habe mir gedacht, eine Schulung bei einer unserer verbündeten Armeen würde dem Leutnant neue Eindrücke vermitteln. Aus dem Grund begeben Sie beide sich jetzt nach Breda. Dort befindet sich ein noch recht neues Ausbildungszentrum der Niederländischen Streitkräfte. Passen Sie aber ein wenig auf sich auf. Das Institut ist durch einige Vorfälle in Verruf geraten.«

»Und was sollen wir dort suchen?« Torsten hatte sich einen Auftrag erhofft, der seinen Fähigkeiten entsprach. Leutnant von Tarow zu einer Schulung bei einer eher kleineren Armee zu begleiten gehörte mit Sicherheit nicht dazu.

»Ich könnte jetzt sagen: Sie gehen dorthin, weil ich es Ihnen befehle. Aber das mache ich nicht. Sehen Sie es als Bereitstellungsraum an, Renk. Es könnte nämlich sein, dass ich Sie dort in der Gegend brauche. Natürlich ist es möglich, dass Sie sich eine Woche lang Vorträge anhören und dann wieder nach München zurückfahren, weil nichts passiert ist. Um es ehrlich zu sagen: Das wäre mir lieber! Aber bis dahin will ich Sie vor Ort haben. Sind Sie damit zufrieden?«

»Das muss ich wohl.« Torsten lachte freudlos, stellte dann aber die Frage, die ihm seit Beginn des Videogesprächs auf der Zunge lag. »Mit wem haben sich Kaffenberger und Zwengel eigentlich getroffen?«

»Mit Piet Eegendonk, wenn Ihnen der Name etwas sagt. Und jetzt machen Sie's gut. Sie auch, Leutnant. Ich muss wieder an die Arbeit.« Damit schaltete Wagner die Verbindung ab und ließ Henriette und Torsten verwirrt zurück.

Henriette sah ihren Vorgesetzten fragend an. »Haben Sie Informationen über diesen Eegendonk?«

»Im Augenblick weiß ich nicht, wer der Kerl ist, aber ich werde es gleich herausfinden.« Torsten schaltete eine Verbindung zu Petra, die überraschend schnell antwortete.

»Hi, wie geht es euch? Habe mir schon gedacht, dass du mich anrufst, weil Wagner eben mit euch gesprochen hat.«

»Kannst du mir sagen, was eigentlich gespielt wird? Wagner faselt davon, dass wir so eine Art Einsatzreserve darstellen sollen. Und wer zum Teufel ist dieser Eegendonk?«

Petra feixte. Es gefiel ihr jedes Mal wieder, wenn Torsten auf sie angewiesen war, um an Informationen zu kommen. »Piet Eegendonk ist der Chef einer niederländischen Splitterpartei, die antimonarchistisch ausgerichtet ist und die Wiedervereinigung der seit der belgischen Septemberrevolution von 1830 geteilten Provinzen Brabant, Limburg und Flandern fordert.«

»Dass es solche Idioten im einundzwanzigsten Jahrhundert noch gibt!« Torsten blies die Luft aus den Lungen und sah dann fragend in die Aufnahmelinse. »Und was ist mit unserem Auftrag?«

»Ich sage da nur: Container! Es ist wieder eine Lieferung

nach Somaliland unterwegs. Sie soll diesmal über Antwerpen verschifft werden, und da sie von drei unserer Leute überwacht wird, dürfte eigentlich nichts passieren. Aber wenn doch, ist dein Typ gefragt.«

Torsten nickte mit angespannter Miene. »Ich verstehe! Wenn alle Stricke reißen, darf ich wieder ran.«

»So kann man es sehen. Allerdings sind die Stricke diesmal festgezurrt, und daher wirst du wahrscheinlich nicht zum Zug kommen. Kann ich sonst noch etwas tun?«, fragte Petra.

»Weißt du, was es mit dem Treffen dieser drei Kerle auf sich hat?«

»Wie es aussieht, wollen mehrere am rechten Rand angesiedelte Gruppen in Deutschland, Belgien und den Niederlanden enger zusammenarbeiten. Aber worum es geht, muss ich noch herausfinden.«

»Dann tu das, Petra. Danke für die Informationen. Bis bald!« Torsten schaltete ab und klappte den Laptop zusammen. »Wie es aussieht, haben wir eine stinklangweilige Woche in Breda vor uns«, brummte er.

Seine Begleiterin war bei weitem nicht so geknickt wie er. »Also ich finde es interessant, mal über den Tellerrand zu sehen und zu erfahren, wie es bei anderen Armeen zugeht.«

»Für Sie mag es ja neu sein. Aber ich habe in den letzten Jahren über verdammt viele Tellerränder geschaut. Meine einzige Erkenntnis war, dass die anderen auch nur mit Wasser kochen.«

Torsten öffnete den Schrank und holte seine Reisetasche heraus, um zu packen. Dabei verrieten seine Bewegungen, wie enttäuscht er war. Er empfand es so, als habe Wagner ihm einen Bissen vor die Nase gehalten und diesen sofort wieder weggezogen. Dabei reizte es ihn, der Verbindung zwischen dem deutschen Industriellen Kaffenberger und den rechtsradikalen Gruppen in beiden Nachbarländern nachzuspüren. Ganz gewiss hatte das Treffen nichts Gutes zu bedeuten. In den Niederlanden war es abgesehen von gelegentlichen Fankrawallen bei Fußballspielen bislang ruhig geblieben, und auch in Deutschland hatte sich außer den Ereignissen vor einigen Monaten in München und letztens den an flandrische Ereignisse erinnernden Aufruhr in Suhl wenig getan. Dafür aber ging es in Belgien von Tag zu Tag schlimmer zu.

Wenn diejenigen, die für diese Unruhen verantwortlich waren, jetzt auch noch Unterstützung durch Deutsche und Niederländer erhielt, würde es zu chaotischen Zuständen kommen, die mit einem Bürgerkrieg vergleichbar waren. Er hoffte auf Petra und darauf, dass diese ihm bei ihrem nächsten Kontakt mehr über diese Sache erzählen konnte.

ZWEI

Bis auf eines hatte Geerd Sedersen alle Probleme beseitigt, die aus seiner Mitgliedschaft im Kreis der Hüter der Gerechtigkeit resultierten. Nur Jost Olböter stand seinem Griff nach noch mehr Reichtum und Macht im Weg. Dieses Mitglied ihrer Tafelrunde war jedoch nicht so leicht zu beseitigen wie die anderen. Zum einen wohnte Olböter mitten in Hamm, wo er das SG21 nicht so einfach einsetzen konnte. Zum anderen ging der alte Mann nicht mehr oft ins Freie, denn der Tod seiner Freunde Hermann Körver und Andreas von Straelen hatte ihn schwer erschüttert. Zu Sedersens heimlicher Genugtuung nahmen die Behörden an, dass beide durch Unfälle nach einem Schwächeanfall ums Leben gekommen waren. Andreas von Straelens Körper war durch den Aufprall seines Autos gegen einen Baum bis zur Unkenntlichkeit entstellt worden, und der Notarzt hatte den zerschmetterten Körper offensichtlich nicht gründlich genug untersucht, sonst wäre ihm die Schusswunde nicht entgangen. So aber forschte niemand nach dem

Projektil, das nach der Durchschlagskraft der Waffe zu urteilen tief im Waldboden stecken musste.

Da Hermann Körvers Leichnam eingeäschert worden war und die Urne später beigesetzt werden sollte, traf Sedersen erst bei von Straelens Erdbestattung wieder mit Olböter zusammen. Der alte Mann wirkte vergreist. Seine Hände zitterten, und er vermochte sich kaum auf den Beinen zu halten. Sedersen trat auf ihn zu und reichte ihm den Arm. »Stütz dich auf mich, Jost. Es ist ja bald vorbei.«

Olböter nickte in düsterer Vorahnung. »Ich habe das Gefühl, unsere Freunde warten bereits auf mich.«

»Aber Jost! Wie kannst du so etwas sagen?« Während Sedersen den besorgten Freund spielte, überlegte er, wie er den anderen umbringen konnte, ohne dass ein Verdacht auf ihn fiel. Für diesen Zweck hätte er Rechmann und Jasten brauchen können. Doch die beiden befanden sich in Belgien, daher musste er die Sache alleine durchziehen.

»Sieh dir diese vermaledeite Saubande an«, ereiferte Olböter sich und zeigte dabei auf einige schwarz gekleidete Frauen und Männer, die vor Trauer zu vergehen schienen.

»Als Andreas noch lebte, wollte er keine von seinen raffgierigen Nichten auf seinem Grund und Boden sehen. Jetzt tun die Weiber, die ihm zu Lebzeiten nur Vorwürfe gemacht haben, so, als hätten sie ihren liebsten Angehörigen verloren. Dabei ist er ihnen nicht einmal einen ordentlichen Leichenschmaus wert.« Olböter schüttelte sich angeekelt, doch Sedersen ergriff sofort die sich bietende Gelegenheit.

»Lass sie doch, Jost. Wir feiern unseren eigenen Abschied von unserem alten Freund – oder besser gesagt, von zwei guten Freunden. Wir werden ein Glas auf Hermann und Andreas trinken und sie so im Gedächtnis behalten, wie sie einmal waren, stolze und entschlossene Männer, für die das Gemeinwohl noch seine Bedeutung hatte.«

»Das hast du schön gesagt, Geerd. Bessere Worte hätte

auch der Pfarrer nicht finden können«, lobte der alte Herr. »Aber sag, hast du irgendwas von Friedmund gehört? Er hat in den letzten Tagen nicht bei mir angerufen, und ich sehe ihn hier nirgends.«

Sedersen tat so, als halte er ebenfalls nach Themel Ausschau, und schüttelte dann den Kopf. »Ich sehe ihn auch nicht.«

»Er wird doch nicht etwa krank sein?« Olböter wirkte besorgt, während Sedersen sich bemühte, ein unbeteiligtes Gesicht zu zeigen. Friedmund Themel war ebenso tot wie die beiden anderen, nur wusste das noch niemand außer ihm und Rechmann. Vielleicht würde sich Themels Schicksal auch niemals ganz auflösen lassen. Sedersen schob den Gedanken an den Toten beiseite und überlegte fieberhaft, was er mit dem letzten Überlebenden machen sollte. Die Beerdigung wäre eine ausgezeichnete Gelegenheit gewesen, Olböter zu beseitigen – wenn er nicht persönlich daran hätte teilnehmen müssen. Den Gedanken, sein Gewehr einem anderen – und sei es Rechmann – zu überlassen, konnte er jedoch nicht ertragen.

»Das hätte ich nicht von Friedmund gedacht. Nicht einmal einen Kranz hat er geschickt.« Olböter war zunehmend empört über die vermeintliche Pietätlosigkeit ihres Freundes.

Sedersen wurde das Thema zu heikel, und er versuchte, den alten Mann abzulenken. »Wollen wir im Anschluss in den *Krug* in der Nähe von Andreas' Anwesen gehen? Dort haben wir schon so manches Mal zusammengesessen. Das würde ihm bestimmt gefallen.«

»Das wird das Beste sein. Treten wir ans Grab und nehmen Abschied von unserem Freund. Danach können wir fahren.«

»Ich kann dich mitnehmen, Jost«, bot Sedersen an.

Olböter schüttelte den Kopf. »Danke, aber ich habe meinen eigenen Wagen dabei.« Nach diesen Worten schlurfte er auf das offene Grab zu und blickte hinein. In dem Augenblick kam der Zufall Sedersen zu Hilfe. Eine der Frauen, die ebenfalls zum Grab wollte, stolperte und prallte gegen den alten Mann.

Dieser kippte nach vorne und stürzte mit einem kurzen Aufschrei in die offene Grube.

Zwar hatte Sedersen instinktiv noch den Arm ausgestreckt, um den anderen festzuhalten, aber dann so getan, als habe er ihn verfehlt. Er vernahm ein hässliches Knirschen, als Olböter mit dem Kopf voran gegen eine Kante des Sarges prallte, und starrte scheinbar erschrocken in die Tiefe.

»Jost, was ist mit dir?«

Der alte Mann rührte sich nicht.

Einige Augenblicke lang hielt der Schock die Anwesenden in den Klauen. Dann brach die Frau, die das Unglück verursacht hatte, in einen Weinkrampf aus, andere wichen Kreuze schlagend von der Grube zurück.

Sedersen hielt es für angebracht, die Initiative zu ergreifen, und winkte die Sargträger heran, die im Hintergrund standen. »He, ihr da! Könnt ihr in die Grube steigen und Herrn Olböter heraushelfen? Mein Gott, hoffentlich ist ihm nichts Ernsthaftes passiert!«

Hoffentlich doch!, dachte er. Als einer der Männer nach unten kletterte und untersuchte, ob man den Verunglückten herausheben konnte, ohne ihm noch weiteren Schaden zuzufügen, war er so angespannt wie selten in seinem Leben.

Nach einer längeren, kaum zu ertragenden Zeitspanne richtete sich der junge Mann, der im Hauptberuf Sanitäter war, auf und sah die Trauergäste verstört an. »Da ist nichts mehr zu machen. Der alte Herr hat sich das Genick gebrochen!«

Sedersen hörte im Geiste die Siegesfanfaren ertönen. Auch wenn es ihm Spaß gemacht hätte, Olböter ebenfalls zu erschießen, war dies die einfachste Lösung für seine Probleme. Daher hatte er Mühe, seine Erleichterung nicht zu verraten.

Zu seinem Glück achtete niemand auf ihn, denn die Unfallverursacherin bekam prompt einen hysterischen Anfall und schrie sich schier die Seele aus dem Leib. »Ich kann doch nichts dafür! Das habe ich wirklich nicht gewollt!«

»Man wird Sie schon nicht einsperren. Wir haben doch alle gesehen, dass es ein Unglück war«, erklärte Sedersen und sah demonstrativ auf die Uhr. »Es tut mir entsetzlich leid, aber ich muss weg. Mein nächster Termin lässt sich nicht verschieben. Ich werde natürlich zu Josts Beerdigung wieder zurück sein.«

Er nickte dem Pfarrer zu, der so bleich wirkte, als sei er selbst ins Grab gefallen, und verließ mit hängendem Kopf den Kirchhof. Als er seinen Wagen startete, tanzten die Gedanken in seinem Kopf, und er sagte sich, dass ihm die Vorsehung gewogen sein musste, sonst hätte sie ihn nicht auf eine so einfache Art von Olböter befreit. Von diesem Tag an wusste niemand mehr außer ihm von den Hütern der Gerechtigkeit. Mit einem befreiten Auflachen nahm er sein Handy heraus und rief Rechmann an. Der konnte ihm jedoch nur sagen, dass die Waggons mit den Containern noch immer in Aachen standen und darauf warteten, nach Belgien gebracht zu werden.

DREI

Die Straße nach Breda führte endlos an riesigen Gewächshäusern vorbei, neben denen auffallend viele Autos mit portugiesischen Nummernschildern standen. Gelegentlich kam Torsten und Henriette ein Lkw entgegen, der Gemüse aus den Anlagen zu den Großmärkten brachte.

»Besonders idyllisch ist das hier nicht gerade«, sagte Henriette bedauernd.

»In dieser Gegend lebt man halt nicht von Touristen, sondern von Tomaten!« Torsten hatte einen Witz machen wollen, merkte aber in dem Moment, dass er Hunger hatte. »Was meinen Sie, Leutnant: Sollen wir noch essen gehen, bevor wir ins Schulungszentrum fahren, oder darauf hoffen, dass wir dort etwas bekommen?«

Henriette bedauerte es, dass Renk sie wieder mit ihrem Dienstrang ansprach. Es wirkte unpersönlich, so als wäre sie ein Gegenstand, der zufällig sprechen konnte, und kein Mensch.

»Ich richte mich ganz nach Ihnen«, antwortete sie, da für einen Soldaten der Wunsch eines Vorgesetzten gleichbedeutend mit einem Befehl war.

Renk schien das ebenso zu sehen, denn als sie die nächste Ortschaft erreicht hatten, deutete er auf ein Restaurant direkt an der Straße. »Halten Sie dort an, Leutnant. Mir ist es lieber, wir kommen satt an, als wenn wir als Erstes die Kantine suchen müssten.«

Henriette bremste ab und schaltete den Blinker ein. Sie musste noch einen Lkw vorbeilassen, dann konnte sie auf den Parkplatz der Gaststätte fahren. Kaum stand der Wagen, stieg Torsten aus und sah sich um. Von nahem war das Restaurant nicht mehr ganz so einladend. Die Speisekarte war kurz, und nur die Tatsache, dass es als Nachtisch Poffertjes gab, hielt ihn davon ab, sofort weiterzufahren.

»Sehen wir uns den Laden mal an.« Sie betraten einen schwach erleuchteten, wenig ansprechenden Raum. Links neben der Tür befand sich die Schanktheke, und im Gastraum selbst stand ein halbes Dutzend Tische, von denen nur ein einziger besetzt war. Dort saßen fünf junge Männer in Uniform. Torsten vermutete, dass diese entweder von einer der nahe gelegenen Kasernen oder aus dem Schulungszentrum kamen, zu dem sie unterwegs waren.

Henriette und Torsten waren immer noch in Zivil, da sie aufgrund von Major Wagners Befehlen keine Uniformen eingepackt hatten. Aber sie hatten ohnehin kein Interesse, sich zu den Soldaten zu setzen, sondern wählten einen Tisch in der Ecke. Die Sitzflächen der Stühle waren klein und unbequem, und auf der Tischplatte lag keine Decke, sondern ein Stück Teppich, das auf die Größe der Platte zurechtgeschnitten war.

»Das nenne ich mal urig«, flüsterte Henriette Torsten zu.

Er hatte die in Plastik eingeschweißte Speisenkarte an sich genommen und bemühte sich, das Ding im Dämmerlicht zu lesen. Zu seiner Enttäuschung waren nur die gleichen Speisen darauf zu finden wie auf dem fleckigen Aushang vor der Tür.

»Was ziehen Sie vor, Kotelett oder Beefsteak? Allerdings nennt man Letzteres bei uns in Bayern Fleischpflanzerl und anderswo eine Bulette«, fragte Torsten seufzend.

Die Auswahl wäre wohl sogar in der Kantine des Schulungszentrums größer gewesen, dachte er mit wachsendem Ärger. Zudem blieb der Mann hinter der Theke stehen und putzte Gläser, anstatt zu ihnen zu kommen und ihre Bestellung aufzunehmen.

Schließlich stand Torsten auf und trat an die Theke. »He, bekommen wir hier was zu essen?«

Der Mann stellte das Glas ab, das er gerade abtrocknete, und sah ihn an. »Du bist Deutscher?«

»Hört man das nicht?«

Obwohl der Wirt nicht schmuddelig aussah, gefiel er Torsten nicht. Der Mann nahm nun mit abweisender Miene einen Block an sich, um die Bestellung entgegenzunehmen.

Torsten orderte für sich und Henriette je ein Kotelett und ein Glas Tee und dazu Poffertjes zum Nachtisch. Dann drehte er dem Wirt abrupt den Rücken und kehrte zu ihrem Tisch zurück. Während er sich setzte, musterte er unwillkürlich seine Begleiterin. In dem herrschenden Zwielicht wirkte ihre sonst nur leicht getönte Haut dunkel und verlieh ihr ein noch fremdartigeres, aber sehr anziehendes Aussehen. Vorsicht!, sagte er sich. Er durfte sich nicht von ihrem Äußeren beeinflussen lassen. Nur wenn es ihm gelang, sie auf elegante Art und Weise loszuwerden, würde Wagner ihm wieder handfeste Aufträge erteilen und ihn nicht als Einsatzreserve für unvorhergesehene Fälle in der Welt herumschicken.

»Ich gehe zur Toilette!« Henriette stand auf und sah sich suchend um.

»Dort!« Der Wirt zeigte auf einen Durchgang neben der Schanktheke, der sowohl zur Küche wie auch zu den Toiletten führte.

»Danke!« Henriette verschwand, während Torsten auf den Tee und das Essen wartete.

Inzwischen beendeten die Soldaten ihre laut geführte Unterhaltung und verlangten frisches Bier. Während der Wirt Henriette und Torsten hatte warten lassen, reagierte er sofort auf deren Bestellung, füllte die Gläser und stellte sie mit einem munteren Spruch auf den Tisch. Die Uniformierten stießen miteinander an und tranken ex. Dann zeigte einer von ihnen auf Torsten.

»Seht euch diesen Moffen an. Weil er keine richtige Frau abbekommen hat, hat er sich eine Wilde aus dem Dschungel eingefangen.«

Er sagte es auf Niederländisch, aber Torstens Sprachkenntnisse reichten aus, ihn zu verstehen. Er nahm den jungen Mann jedoch nicht ernst. Soldaten rissen immer wieder Sprüche, die nicht unbedingt von guter Kinderstube zeugten. Außerdem waren die Männer angetrunken und daher unberechenbar, und eine Prügelei war nicht in seinem Sinn.

Unterdessen brachte der Wirt den Tee. Torsten warf zwei Stück Zucker hinein und sah zu, wie diese sich auflösten. Kurz darauf kehrte Henriette von der Toilette zurück. Als sie an dem Tisch mit den Soldaten vorbeiging, packte einer der Männer sie am Arm.

»He, du Molukkerin! So eine wie dich wollen wir hier nicht haben. Verschwinde und nimm deinen Schlappschwanz dort mit.«

Henriettes Niederländischkenntnisse standen denen von Torsten nicht nach. Mit einem kurzen, aber kräftigen Ruck befreite sie sich und stieß den Mann, der erneut nach ihr greifen wollte, zurück und antwortete ihm in seiner Sprache. »Kümmern Sie sich um Ihre Angelegenheiten!«

Mit einem wütenden Ausruf sprang der Kerl auf. »Das lasse ich mir von einer Schwarzen nicht sagen. Dafür kriegst du Saures!«

Er holte aus, um sie zu ohrfeigen. Henriette wich ihm mit einer geschickten Bewegung aus, sah aber aus den Augenwinkeln, dass auch die anderen Soldaten aufstanden. Da die Kerle mehr zu Torsten hinsahen als zu ihr, begriff sie, dass er ihr Opfer werden sollte. In ihren Augen war er ein Deutscher, der von einer exotischen Frau begleitet wurde und den sie allein aus diesem Grund verprügeln wollten.

Einer der fünf kam mit ausgestreckten Armen auf sie zu und forderte den Wirt auf, eine Schere zu holen.

»Wir werden dir die Haare scheren, Molukkerin«, drohte er und schlug im gleichen Moment zu.

Er war schnell, aber nicht schnell genug. Henriettes Knie sauste hoch und traf ihn zwischen den Beinen. Noch während er keuchend zusammensackte, nahm sie sich den nächsten Kerl vor, der Torsten von hinten angreifen wollte, und schaltete ihn mit einem Judogriff aus. Dann stand sie dem Burschen gegenüber, der den Streit vom Zaun gebrochen hatte.

Er schlug mit beiden Fäusten nach ihr, traf aber nur leere Luft. Ihr Handkantenschlag kam aus der Hüfte heraus und traf sein Brustbein mit der Wucht eines Hammerschlags. Dem Mann blieb die Luft weg. Obwohl er vor Schmerz den Mund aufriss, ohne einen Ton herauszubringen, wollte er erneut zuschlagen. Henriette kam ihm zuvor. Während ihr Angreifer auf sie zukippte, trat sie einen Schritt beiseite und sah sich nach Renk um.

Dieser hatte einen Soldaten mit Faustschlägen zu Boden gestreckt und erledigte eben den zweiten mit einem satten Kinnhaken. Danach wollte er sich den nächsten Angreifer vornehmen, sah aber nur noch Henriette auf den eigenen Beinen stehen.

Verdattert starrte er sie an. »Haben Sie die drei auf die Bretter geschickt?«

»Sehen Sie außer uns beiden noch jemanden?«

»Nur den Wirt, aber der hat sich nicht hinter seiner Theke hervorgerührt.« Torsten wusste nicht, was er davon halten sollte. Seinen Informationen zufolge war das Generalstöchterlein Hubschrauberpilotin gewesen, und die zeichneten sich nur selten durch Nahkampferfahrung aus. Auch wenn die Niederländer angetrunken waren, hatte Leutnant von Tarow sich großartig geschlagen, und wenn er ehrlich war, kränkte es seine männliche Eitelkeit, dass sie einen Mann mehr ausgeschaltet hatte als er.

Mit grimmiger Miene trat er neben einen der Soldaten, der eben dabei war, das Bier herauszuwürgen, das er vorher getrunken hatte, und packte ihn beim Kragen. »Kotzen kannst du draußen! Verschwinde, sonst mache ich dir Beine!«

Der Kerl kämpfte sich mühsam auf die Füße und wankte zur Tür. Jetzt erst schaltete sich der Wirt ein. »He, du kannst meine Gäste nicht einfach auf die Straße setzen!«

Torsten wandte sich zu dem Mann um und entblößte die Zähne zu einem boshaften Grinsen. »Ich kann noch was ganz anders. Und jetzt bring uns das Essen, das wir bestellt haben. Aber Vorsicht mit den Zutaten! Wenn es uns nicht schmeckt, passiert dir dasselbe wie diesen Idioten!«

»Ich rufe die Polizei!« Der Wirt schäumte vor Wut, doch als er Torstens Blick auf sich gerichtet sah, verschwand er grummelnd in der Küche.

Unterdessen schleppten sich auch die anderen Soldaten ins Freie. Torsten folgte ihnen, um sicherzugehen, dass sie ihre Wut über die Prügel nicht an seinem Fahrzeug ausließen. Die fünf stiegen jedoch brav in einen Privatwagen, wobei drei von ihnen den beiden anderen helfen mussten, und fuhren mit aufheulendem Motor los.

Torsten sah ihnen nach, bis sie hinter einer Kurve verschwunden waren, und kehrte dann in die Gastwirtschaft zurück. Seine Begleiterin saß wieder an ihrem Platz und sah so harmlos aus, dass er sich fragte, ob er eben einer Halluzination zum Opfer gefallen war.

»Schätze, dass das eben eines der unliebsamen Vorkommnisse gewesen ist, von denen Wagner gesprochen hat«, sagte er zu ihr.

Henriette stimmte nach kurzem Überlegen zu. »Wahrscheinlich haben Sie recht. Mich wundert es trotzdem, denn im Allgemeinen sind die Niederländer ein tolerantes Volk.«

»Faule Eier gibt es überall. Ich frage mich nur, was sich Wagner dabei gedacht hat, uns ausgerechnet hierherzuschicken.«

»Gewiss hat er gute Gründe«, antwortete sie. Anders als Torsten, der sich immer noch über das Verhalten der fünf Soldaten ärgerte, hatte sie den Vorfall bereits abgehakt. Es brachte nichts, sich über solche Beleidigungen aufzuregen. Das hatte sie schon als Kind gelernt. Außerdem hatten Renk und sie es den Kerlen heimgezahlt.

Nun sah sie ihren Begleiter fröhlich an. »Ich bin mir sicher, dass Wagner uns nicht ohne Absicht in die Niederlande geschickt hat. Hier braut sich etwas zusammen. Das fühle ich.«

»Wenn die Kerle, mit denen wir aneinandergeraten sind, aus der Militärschule stammen, sollten Sie sich dort in Acht nehmen. Ich fürchte, die werden versuchen, sich zu revanchieren. Tragen Sie Ihre Pistole immer bei sich und scheuen Sie sich nicht, die Waffe zu benutzen. Sie müssen die Männer ja nicht gleich erschießen. Ein Treffer ins Bein stoppt sie ebenso gut.«

Henriette nickte lächelnd. »Das werde ich mir merken, Herr Oberleutnant. Sie sollten allerdings ebenfalls auf sich aufpassen, denn Sie sind nicht weniger gefährdet.«

»Das weiß ich! Aber im Allgemeinen bin ich ein härterer Brocken als Sie.«

Daran zweifelte Henriette nicht. Sie hatte zwar nicht sehen können, wie Renk mit den beiden Angreifern fertiggeworden war, aber die beiden hatten hinterher um einiges ramponierter ausgesehen als ihre Gegner. Sie nahm ihre Tasse und musterte Renk über deren Rand hinweg. Er hatte schnell und kompromisslos gehandelt, um ihr zu helfen. In ihren Augen war dies ein gutes Zeichen für ihre weitere Zusammenarbeit. Vielleicht würde aus ihnen wirklich ein Team, wie Wagner es sich wünschte.

Torsten hatte keine Ahnung, was seine Untergebene gerade dachte, war aber erleichtert, dass sie fähig war, sich selbst zu schützen. Sollten sich weitere Zwischenfälle zutragen, würde sie kein Klotz am Bein sein.

Die Gedankengänge beider wurden unterbrochen, da der Wirt mit dem bestellten Essen kam. Der Mann machte zwar ein säuerliches Gesicht, wagte aber nicht, den Mund aufzutun, und an seinen Kochkünsten hatten weder Henriette noch Torsten etwas auszusetzen.

VIER

Die Militärschule lag ein Stück außerhalb von Breda und war bis vor wenigen Jahren ein Hotel gewesen. Nun wurden hier Offiziere für die Niederländischen Streitkräfte und für befreundete Armeen ausgebildet. Torsten hatte nach dem Zwischenfall in dem Restaurant noch einmal Petra angerufen und um Informationen gebeten. Unter der Hand hieß es, dass hinter dieser Schule militärische Kreise steckten, die dem nationalistischen Spektrum zugeordnet wurden und dort mehr zu sagen hatten als das niederländische Verteidigungsministerium. Allerdings musste es auch dort Verantwortliche geben, die das Treiben an der Schule tolerierten.

Torsten fragte sich, ob Wagner sie hierhergeschickt hatte, um Einblick in die Vorgänge an diesem Institut zu bekommen. Es machte ihn schon misstrauisch, dass das Gebäude großräumig von einer Mauer aus Betonplatten umgeben war, die ihn fatal an die Berliner Mauer erinnerte. Als sie sich dem Wachtposten am Tor näherten und Henriette das Seitenfenster herabließ, verzog dieser angewidert das Gesicht.

»Guten Tag. Oberleutnant Renk und Leutnant von Tarow. Wir sind für einen Kurs angemeldet.«

»Welcher Idiot hat das veranlasst?«, platzte der Mann heraus, ohne den Gruß zu erwidern.

»Hier sind unsere Papiere!« Renk streckte sich so weit, dass er mit der Hand zum Fenster an der Fahrerseite kam, und hielt dem Wachtposten seinen Militärausweis unter die Nase.

Der Soldat zog die Stirn kraus, als er Namen und Rang aufgelistet sah, aber nicht die Einheit, zu der Torsten gehörte. Auch auf Henriettes Ausweis war diese nicht verzeichnet.

»Die Ausweise könnten gefälscht sein«, erklärte der Wachtposten. »Außerdem – was haben Moffen hier bei uns verloren?«

»Diese Beleidigung will ich überhört haben«, erklärte Renk. »Und jetzt lassen Sie uns durch! Oder ist die niederländisch-deutsche Waffenbrüderschaft aufgekündigt worden?«

Der Niederländer starrte noch einmal auf die Ausweise und zeigte dann auf eine Art Baucontainer, der neben dem Tor aufgebaut war. »Sie müssen sich beim Offizier der Wache melden!«

»Gerne, wenn Sie uns reinlassen!« Torsten unterdrückte seinen Unmut. Ein ähnlich abweisendes Verhalten hatte er noch nie beim Betreten eines Schulungszentrums erlebt.

Der Wachtposten kämpfte kurz mit sich, ließ dann den Schlagbaum herunter und eilte selbst zum Container. Wenig später kam er mit einem Mann zurück, der die Rangabzeichen eines Leutnants trug.

»Wer sind Sie, und was wollen Sie hier?«, schnauzte dieser Torsten an und versuchte, Henriette nicht zu beachten.

Torsten hielt auch ihm seinen Ausweis unter die Nase.

»Renk und von Tarow, Deutsche Bundeswehr. Wir sind zur Weiterbildung hierher abkommandiert worden.«

»Da muss ich nachsehen!« Der Leutnant verschwand wieder in seinem Container und blieb einige Minuten drinnen. Unterdessen waren andere Autos gekommen und hupten, weil Henriettes und Torstens Wagen die Zufahrt versperrte.

Der Wachtposten wurde nervös und klopfte auf das Autodach. »Fahr ein Stück zurück und mach den Weg frei!«

»Was soll der Unsinn? Wir sind hier angemeldet und wollen rein!« Langsam begann es in Torsten zu brodeln, da kehrte der Leutnant zurück.

»Sie beide sind uns zwar angekündigt worden, aber das muss ein Irrtum sein. Diesen Kurs gibt es bei uns nicht. Daher ist es besser, wenn Sie wieder nach Hause fahren.«

»Ich lasse mich nicht von einem Leutnant abwimmeln, der sich wichtigmachen will, sondern verlange, mit einem Mann zu sprechen, der hier etwas zu sagen hat. Und jetzt machen Sie den Schlagbaum auf! Sie sehen doch, dass auch schon einige darauf warten, eingelassen zu werden.«

Henriette hatte Renk noch nie so arrogant erlebt wie in diesem Augenblick. Der Mann wusste sich wirklich auf alle Situationen einzustellen. Auch der Wachoffizier war ihm nicht gewachsen und gab seinem Untergebenen einen Wink, den Schlagbaum zu öffnen.

»Der Parkplatz ist links neben dem Hauptgebäude. Melden Sie sich sofort an der Pforte. Die werden Ihnen bestätigen, dass Ihre Anmeldung ein Irrtum ist!« Damit trat der Leutnant zurück und ließ den Wagen passieren. Während die anderen Autos folgten, ohne aufgehalten zu werden, wandte sich der Wachtposten an seinen Vorgesetzten.

»Was ist, wenn das die beiden sind, die Maart und dessen Freunde vorhin zusammengeschlagen haben?«

»Ich wette keinen lumpigen Cent dagegen. Oder glaubst du, es gibt hier noch ein zweites Paar, das aus einem Moffen und einer Schwarzen besteht?« Der Leutnant spie angeekelt aus. »Ich werde den Kameraden durchgeben müssen, dass sie nicht gewalttätig werden dürfen. Gerade jetzt können wir uns kein Aufsehen leisten, denn die Sesselfurzer in 's-Gravenhage haben uns ohnehin schon auf dem Kieker.«

»Ich glaube nicht, dass wir Maart und die anderen daran hindern können, dem Moffen die Schnauze zu polieren.« Der Wachtposten klang so, als würde er es am liebsten selbst tun.

Auch dem Leutnant juckte es in den Fäusten. Als misstrauischer Mensch sah er jedoch einen gewichtigeren Grund hinter dem Auftauchen der beiden Deutschen. »Das haben uns sicher die Arschlöcher im Ministerie van Defensie eingebrockt. Der Deutsche und seine schwarze Begleiterin sind deren Lockvögel. Wenn denen etwas passiert, schließen sie uns die Schule.«

»Dann machen wir sie eben ein paar Kilometer weiter südlich wieder auf«, antwortete sein Untergebener.

Der Leutnant nickte mit nachdenklicher Miene. »Das werden wir sowieso bald tun müssen. Hier wird die Luft allmählich dünn.«

»Also können wir unserem deutschen Waffenbruder und seiner Schwester ungehindert zeigen, dass sie keine ehrlichen Niederländer verprügeln können, ohne gewaltigen Ärger zu kriegen.«

Der Leutnant war nicht ganz derselben Meinung, wusste aber, dass er sich gegen seine Kameraden nicht würde durchsetzen können. Außerdem, sagte er sich, dass die Deutschen selbst schuld waren. Was mussten sie die Nase auch in Dinge stecken, die sie nichts angingen.

FÜNF

Rechmann fiel ein Stein vom Herzen, als der erlösende Anruf von Jasten kam. Endlich hatte sich der Zug mit den beiden Waffencontainern in Bewegung gesetzt. Zufrieden verließ er das Haus, in dem er sein derzeitiges Hauptquartier eingerichtet hatte, und betrat die Halle, in der seine Leute auf ihn warteten. Sedersen hatte das Gelände samt dem daneben liegenden kleinen Flugplatz vor zwei Jahren gekauft und zu einem wichtigen Stützpunkt für die nationalen Kräfte Flanderns ausgebaut.

»Na, Jef, alles in Ordnung?«, fragte Rechmann den jungen Flamen, dem er eine besondere Rolle in seinem Plan zugedacht hatte. Jef van der Bovenkant war der einzige Flame im Team, der Französisch wie seine Muttersprache beherrschte. Daher sollte er als Anführer des Trupps auftreten und Befehle auf Französisch rufen. Auf diese Weise sollte die Schuld an dem Überfall auf jene radikalen Gruppen in der Wallonie gelenkt werden, die ihrerseits bereits gegen Flamen in den von ihnen beanspruchten Gebieten vorgegangen waren.

Van der Bovenkant nickte verkrampft. Er hatte in den letzten beiden Jahren an verschiedenen Krawallen teilgenommen, gehörte aber erst seit kurzem zu Zwengels Truppe. Sofort bei einer solch bedeutenden Aktion dabei sein zu dürfen erfüllte ihn mit Stolz. Gleichzeitig aber kämpfte er mit der Angst zu versagen.

Rechmann achtete nicht weiter auf ihn, sondern wandte sich an Lutz Dunker, den er zu seinem Unteranführer ernannt hatte. »Wie sieht es aus?«

»Bestens! Wir können jederzeit aufbrechen.«

»Dann nichts wie rein in die Fahrzeuge. Wenn unsere Späher melden, dass die Straßen frei sind, fahren wir los. Jeder nimmt seine eigene Route. Wir treffen uns wieder bei Gingelom. Aber das muss wie zufällig aussehen, verstanden?«

»Klar, Chef! Jeder von uns ist die Strecke, die er nehmen muss, schon mit dem Auto abgefahren. Wir kennen jedes Schlagloch.« Lutz grinste, denn für ihn war das, was sie vorhatten, ein Heidenspaß und gleichzeitig der Beginn der großen nationalen Revolution, die nach einem Sieg in diesem Land bald darauf auch seine Heimat erfassen würde.

»Noch etwas: Die Funkgeräte werden nur im äußersten Notfall benutzt. Außerdem will ich jeden von euch rechtzeitig am Treffpunkt sehen. Nehmt euch das zu Herzen und vergesst nicht, was mit Verrätern passiert!« Rechmann bemühte sich, drohend auszusehen, was ihm jedoch wegen seines rundlichen Säuglingsgesichtes nicht recht gelang.

Trotzdem nahm keiner der Männer seine Drohung auf die leichte Schulter. Ein paar waren Zeuge gewesen, als Kameraden hingerichtet worden waren, die für Vlaams Macht als Verräter gegolten hatten, und auch der Rest fürchtete die Bärenkräfte des so harmlos aussehenden Mannes.

Rechmann zog sein Handy aus der Tasche und tippte eine Nummer ein. »Hier Willem! Habt ihr gute Sicht?«, fragte er, als sich sein Gesprächspartner meldete.

»Klarer Himmel, weiter Horizont!«, meldete sein Späher.

Dann brach die Verbindung ab.

Rechmann zeigt Dunker den erhobenen rechten Daumen. »Eure Strecke ist frei. Wartet aber mit dem Losfahren, bis ich die anderen Meldungen habe. Ihr macht mir sonst zu viel Lärm!«

Mit einem Lachen schwang Lutz Dunker sich auf den Beifahrersitz eines großen Lasters, auf dessen Ladebühne sich ein mit einer grauen Plane verhüllter Container befand. Gesteuert wurde das Fahrzeug von einem Flamen, der genug Deutsch verstand, um sich mit ihm und den vier Kameraden, die sich in der winzigen Schlafkabine zusammendrängten, verständigen zu können.

Unterdessen rief Rechmann seine übrigen Gewährsleute

an. Die Auskunft war in jedem Fall positiv, und so gab er seinen Männern das Zeichen zum Aufbruch.

Ein Mann, der zurückbleiben musste, öffnete das Tor und winkte den Abfahrenden zu, während ein Fahrzeug nach dem anderen die Halle verließ. Zuerst rollten die beiden mit je einem Container beladenen Lkws an, dann Rechmann mit dem großen Autokran und ein weiterer, leerer Lkw. Diesem folgten vier Kleinbusse, die mit unterschiedlichen Aufschriften versehen waren. Aber sie waren nicht mit Fleisch und Würsten oder Tabakwaren beladen, wie die Werbung darauf suggerierte. Stattdessen hockte je ein gutes halbes Dutzend bewaffneter Kerle mit Pudelmützen und dunklen Pullovern in ihnen. Auf uniformähnliche Kleidung hatte Rechmann verzichtet, da die wallonischen Radikalen so etwas nicht verwendeten. Das letzte Auto war ein alter Toyota, dem in diesem Spiel eine besondere Rolle zugedacht war. Wer sich den Wagen hätte genauer ansehen können, dem wäre unter dem Lenkrad ein ungewöhnliches Gestänge aufgefallen. Zwischen den Füßen des Fahrers stand ein kleiner Elektromotor mit einem daran befestigten Kasten, von dem aus ein Draht zur Antenne des Autos führte, und auf dem Beifahrersitz lag eine Fernsteuerung, mit der normalerweise Modellflugzeuge dirigiert wurden.

Rechmann fuhr seinen Lkw selbst. Während er das Werksgelände verließ, sah er, wie die anderen Lastwagen in verschiedene Richtungen abbogen. Er würde einen Kilometer lang Dunkers Gefährt folgen und dann ebenfalls eine eigene Strecke nehmen.

Selbstzufrieden wandte er sich an Jef van der Bovenkant, der auf dem Beifahrersitz Platz genommen hatte. »Jetzt sind wir mittendrin! Junge, mach deine Sache gut!«

Der Flame nickte, brachte aber kein Wort heraus. In Gedanken wiederholte er noch einmal die französischen Kommandos, die er rufen sollte, und hatte dabei das Gefühl, als würde er diese Sprache bei jedem Wort mehr verlernen.

SECHS

Es war für Karl Jasten nicht einfach, dem Güterzug auf der Spur zu bleiben, da die Bahnstrecke nur abschnittsweise neben einer Autostraße verlief. Aber er kam jeweils rechtzeitig genug bei den Bahnhöfen in Welkenraedt, Limbourg, Verviers und Pepinster an, um den Zug dort passieren zu sehen. Auch in Lüttich gab es keine Probleme. Als der Zug schließlich Awans hinter sich ließ, stieg Jastens Anspannung auf ein kaum mehr erträgliches Maß.

Da hinter Awans eine Straße in der Nähe der Bahnlinie in die gleiche Richtung führte, konnte er den Zug im Auge behalten. Beim Fahren schnappte er sich das Handy und rief Rechmann an. »Wir sind gleich so weit!«

»Wo bist du?«, fragte Rechmann.

»In Fexhe-le-Haut-Clocher!« Jasten verbog sich beinahe die Zunge bei dem fremdartigen Namen.

»Gut. Du kannst heimfahren!« Rechmann schaltete das Handy aus und tippte eine Nummer ein.

»Ja«, meldete sich ein Flame aus Zwengels Truppe, der von seinen Kameraden Peer, der Rammbock gerufen wurde.

»Start!« Rechmann sagte nur dieses eine Wort und trat aufs Gas. Sein Kranwagen und die anderen Fahrzeuge hatten sich auf dem Autobahnparkplatz bei Waremme getroffen und fuhren nun in einer langen Reihe los. Auf dieser Strecke hätte es einige Möglichkeiten gegeben, den Zug zu überfallen, doch die meisten davon befanden sich in Ortschaften oder zu nahe an der Autobahn. Daher hatte Rechmann sich entschlossen, seinen Coup ein Stück östlich von Remicourt durchzuführen.

Dort parkte bereits der präparierte Toyota unweit der Bahnunterführung. Peer, der den Toyota gefahren hatte, wanderte den Bahndamm entlang in die Richtung, aus der der Zug kommen musste. Nach einer Weile stieg er den Damm hoch und sah sich um. Die Straße hinter ihm war leer. Von der anderen Seite näherte sich ein Traktor der Unterführung.

Er machte eine wegwerfende Handbewegung und zog die Fernsteuerung aus seiner Jackentasche. Als er sie einschaltete, setzte sich der Toyota ruckartig in Bewegung und rollte auf die Unterführung zu. Der Mann lenkte das Auto genau unter die Gleise, wartete noch ein paar Sekunden und drückte den Knopf, den Rechmann mit einem Farbstift markiert hatte.

Ein roter Feuerball flammte in der Unterführung auf, dann hallte der Knall wie ein Donnerschlag über das Land. Staub und Dreck wirbelten hoch und verdeckten die Sicht. Trotzdem war Peer überzeugt, dass die Unterführung schwer beschädigt, wenn nicht sogar ganz zerstört worden war.

Nun rannte er los, stieg auf die Gleise und winkte mit beiden Armen, um den Lokführer des herankommenden Zuges auf sich aufmerksam zu machen. Dieser hatte bereits die Explosionswolke in der Ferne bemerkt und sein Tempo verringert. Wenige Schritte vor dem Attentäter hielt der Zug schließlich an. Der Lokführer öffnete die Tür und sah heraus. »Was ist da vorne passiert?«

»Ein Auto ist gegen die Mauer der Unterführung geknallt und explodiert. Ich weiß nicht, ob es auch die Gleise erwischt hat«, antwortete Peer in stockendem Französisch.

»Was ist denn hier los?« Der Mann, der jetzt von hinten herankam, sprach ein besseres Französisch, allerdings mit einem deutschen Akzent.

»Da war ein Unfall«, erklärte der Attentäter und sah aus den Augenwinkeln die Lastwagen und die Kleinbusse seiner Kumpane herankommen.

Die Kolonne hielt an, und der Beifahrer des vordersten Fahrzeugs, eines Autokrans, stieg aus. »Hat es ein Unglück gegeben?« Sein Französisch klang flüssig und hatte einen wallonischen Unterton, wie er südlich von Brüssel üblich war.

»Ein Auto ist gegen die Unterführung geprallt«, rief der

Fahrer des Toyotas ihm zu und zog sich ein paar Schritte zurück, um nicht ins Schussfeld zu geraten.

Danach ging alles blitzschnell. Die Hecktüren der Kleinbusse schwangen auf, je zwei Männer sprangen heraus und schossen ohne Warnung auf den Lokführer, den Zugbegleiter und den MAD-Mann. Noch während diese von Kugeln durchsiebt zusammenbrachen, stürmten die restlichen Männer aus den Kleinbussen den Zug. Schüsse knallten, als sie den zweiten MAD-Mann entdeckten. Dieser hielt zwar seine Pistole in der Hand, kam aber nicht mehr zum Schuss.

Der letzte Überlebende aus Major Wagners Team sah ein, dass er allein gegen die Angreifer nichts ausrichten konnte, und versuchte zu fliehen. Obwohl er jede Deckung ausnutzte, fiel auch er den Kugeln seiner Verfolger zum Opfer. Der Bauer auf seinem Traktor, der hilflos auf die Szene starrte und nicht begriff, was sich vor seinen Augen abspielte, wurde ebenso erschossen wie mehrere Passanten, die von der Explosion angelockt näher gekommen waren.

Rechmann sah zufrieden, dass alles wie am Schnürchen geklappt hatte, und versetzte van der Bovenkant, der mit bleicher Miene bis zum Kranwagen zurückgewichen war, einen Hieb mit der Faust.

»Los, du Idiot! Plärr ein paar Befehle, aber so laut, dass die Kerle, die da hinten gerade stiften gehen, dich hören.« Er zeigte auf ein paar Spaziergänger mit Hunden, die eilig davonliefen.

Der junge Flame nickte und begann französische Worte auszustoßen.

»Lauter!«, fuhr Rechmann ihn an, schwang sich in den Autokran und platzierte diesen so neben dem Zug, dass der Ausleger genau über dem ersten der begehrten Container zum Stehen kam.

Nun traten die Männer, die in den Lastwagen mitgefahren waren, in Aktion. Sie enterten den Container, zerrten Stahlseile hinauf und befestigten ihn. Kurz darauf hing der Behälter am Kran. Der leere Lastwagen fuhr heran. Rechmann setzte den Container darauf ab und sah zu, wie sich das Fahrzeug in Bewegung setzte, damit der Lkw mit dem ersten der Austauschcontainer heranrollen konnte. An diesem waren die Seile, mit denen er hochgehoben werden konnte, bereits angebracht, und so dauerte es nur Sekunden, bis der Behälter auf dem Waggon stand. Mit dem zweiten Container ging es ebenso schnell. Rechmann hätte die Container mit den Waffen auch einfach mitnehmen können, doch er wollte die Behörden und vor allem die Bundeswehr täuschen. Die Container, die jetzt auf den Waggons standen, sahen genauso aus wie die Originale und trugen auch die gleiche Aufschrift.

Rechmann sah noch zu, wie die grauen Planen über die geraubten Container gezogen wurden, dann fuhr er ein Stück zurück und ließ die Überreste des Toyotas an seinen Ausleger hängen. Diese kamen auf den leeren Lkw und wurden dort fixiert. Rasch zogen die Männer eine Plane über das Autowrack, dann fuhren die Lastwagen einer nach dem anderen an. Auch die Männer aus den Kleinbussen kehrten zu ihren Fahrzeugen zurück und verließen den Schauplatz des Überfalls. Als Letzter legte Rechmann den Gang ein, da sah er van der Bovenkant noch immer auf dem Bahndamm stehen und sinnlose französische Befehle brüllen.

»He, zurück in den Wagen!«, rief er und hoffte, dass niemand mehr in der Nähe war und die auf Deutsch gesprochenen Worte vernommen hatte.

Endlich begriff van der Bovenkant, dass er allein auf der Bahnstrecke stand, und rannte zum Autokran zurück. Als er im Führerhaus saß, ließ Rechmann das Fahrzeug anrollen.

Die Leute, die den Überfall aus größerer Entfernung miterlebt hatten, wagten nicht, näher heranzukommen. Einer von ihnen sprach noch ganz aufgeregt in sein Handy, während in der Ferne die Sirene eines Polizeifahrzeugs aufklang.

SIEBEN

Die Männer im Speisesaal starrten Henriette und Torsten herausfordernd an. Gleichzeitig machten sie sich so breit, dass niemand mehr an ihren Tischen Platz fand. Nur ein einzelner kleiner Tisch in der Ecke war noch frei. Über diesem hing ein Plakat an der Wand. »Tisch der Schande« stand dort auf Niederländisch und Deutsch.

»Ich glaube, das gilt uns«, raunte Torsten Henriette zu.

Diese nickte mit verkniffener Miene. Wegen ihres Aussehens war sie in der Heimat schon öfter beleidigt worden, doch noch nie hatte man ihr eine so offenkundige Verachtung entgegengebracht.

»Was machen wir?«, fragte sie.

Torsten ging zu dem Tisch hin, stellte sein Tablett darauf und riss das Plakat ab.

»He, du da, das bleibt hängen«, rief einer der Kerle.

»Nicht, wenn ich hier sitze«, erklärte Torsten eisig. Er nahm seinen Teller vom Tablett und legte dieses auf den Boden.

»So müsste es gehen, Leutnant«, sagte er zu Henriette.

Während diese es ihm nachmachte, standen etliche Soldaten auf und kamen auf ihren Tisch zu. »Häng das wieder auf, Moffe, sonst setzt es was!«, drohte der vorderste.

Torsten zählte sie laut und spottete. »Nachdem fünf von eurer Kragenweite nicht gereicht haben, traut ihr euch zu acht heran. Aber Vorsicht, beim zweiten Mal spiele ich nicht mehr, sondern mache Ernst.«

»Das werden wir ja sehen!«

Vier der Kerle machten Anstalten, auf ihn loszugehen, doch da hielt Torsten wie durch Zauberei seine Sphinx AT2000 in der Hand. »Wenn ihr nicht scharf auf eine Bleivergiftung seid, solltet ihr euch wieder hinsetzen!«

Die Männer starrten auf die Mündung der Waffe und wichen unwillkürlich einen Schritt nach hinten. Torsten sah ihnen an, wie wenig es ihnen passte, vor einem einzelnen Mann und einer Frau kneifen zu müssen. Nach einigen qualvollen Sekunden, in denen ihr Stolz arg gebeutelt wurde, kehrten sie zu ihren Tischen zurück und begnügten sich damit, ihn und Henriette zu beschimpfen.

»Verdammter Deutscher! Deine Knarre wird dir nicht ewig helfen!«

»Wir lassen nicht zu, dass du und deine schwarze Hure ehrliche Niederländer zusammenschlagt!«

In diesem Tonfall ging es eine ganze Weile weiter. Torsten presste die Lippen zusammen, ließ die Männer aber reden und steckte die Pistole weg. Mit einer halb angeekelten, halb amüsierten Grimasse wandte er sich an Henriette. »Den Kerlen gehören die Schnauzen einmal gründlich poliert. Aber im Augenblick sind es mir zu viele.«

»Ich frage mich immer mehr, weshalb Wagner uns ausgerechnet hierher geschickt hat«, antwortete Henriette kopfschüttelnd.

»Ich glaube nicht, dass er wusste, was das hier für ein Laden ist. Ihm war wichtig, dass wir nur fünfzig Kilometer von Antwerpen entfernt sind und jederzeit dort eingreifen können«, verteidigte Torsten seinen Vorgesetzten.

»Aber er muss doch gewusst haben, dass das hier keine reguläre Schule ist!«

»Offiziell ist es eine Ausbildungsstätte für niederländische und belgische Offiziersanwärter. Aber nach dem, was wir erlebt haben, scheint es ein getarntes Trainingscamp von Rechtsradikalen zu sein.«

»So getarnt auch wieder nicht, wenn ich sehe, wie die sich hier aufführen«, wandte Henriette ein.

»Unser Auftauchen muss diese Kerle ganz schön provoziert haben.«

»Sie meinen, den Ärger haben wir meinem Aussehen zu

verdanken?« Henriette begann sich nun doch über die rassistischen Sprüche zu ärgern, die die Holländer vom Stapel ließen, und fragte sich unwillkürlich, wie ihr Begleiter wirklich dazu stand.

Torsten überlegte sich seine Antwort genau, um sie nicht zu kränken. »Für die Kerle bin ich ebenfalls ein Feind, weil ich nicht zu ihren Gesinnungsfreunden zähle. Sie sollten nicht glauben, dass alle Angehörigen der Niederländischen Streitkräfte so denken. Ich habe in Afghanistan mit einem Niederländer indonesischer Herkunft zusammengearbeitet, einem Molukker, wie die Idioten hier sagen würden. Der Mann hatte was auf dem Kasten und war schnell wie der Blitz. Von dem könnten die hier sich eine dicke Scheibe abschneiden.«

»Ich glaube kaum, dass die Kerle das gerne hören würden.«

»Ideologie verdummt und schränkt den Sichtwinkel ein. Das verführt dazu, die Leute, die man als Feinde ansieht, zu verachten und damit auch zu unterschätzen. Die fünf Kerle in der Kneipe haben das erlebt. Aber es war weder ihnen noch ihren Kumpanen eine Lehre.«

»Aber was wollen die Leute hier eigentlich erreichen?«, fragte Henriette weiter.

»Das, Leutnant, werden wir noch herausfinden. Die Antwort darauf könnte Wagner nämlich interessieren.« Torsten fand, dass sie genug geschwatzt hatten, und widmete sich seinem Abendessen, das inzwischen kalt geworden war.

ACHT

Henriette und Torsten mussten sich auch diesmal ein Zimmer teilen, waren aber froh, dass sie zusammenbleiben konnten. Den hier versammelten Soldaten und Offiziersanwärtern aus den Niederlanden und Belgien war nicht zu trauen, und gemeinsam würden sie sich wirkungsvoller gegen einen Angriff schützen können. Allerdings war die Unterkunft nicht gerade eine Luxussuite. Sie lag am Ende des Flurs im dritten Stock und enthielt nur wenig mehr als zwei unbequeme Pritschen. Das Fenster war vergittert, und die Tür ließ sich nicht versperren. Letzteres machte Torsten kein Kopfzerbrechen. Kurzerhand stellte er den einzigen Stuhl in der Kammer so unter die Klinke, dass diese nicht niedergedrückt werden konnte. Das war zwar kein dauerhafter Schutz, aber wenn jemand eindringen wollte, würde genug Lärm entstehen, um sie zu wecken.

Er kontrollierte noch einmal seine Sphinx AT2000 und legte sie ans Kopfende des Bettes. Dann sah er Henriette auffordernd an. »Sie sollten Ihre Artillerie ebenfalls griffbereit halten, Leutnant, für den Fall, dass wir nächtlichen Besuch bekommen.«

Seine Begleiterin nickte mit verkniffener Miene, wirkte aber so entschlossen, dass er sich fragte, ob sie sich mit einem oder zwei Warnschüssen zufriedengeben oder gleich auf mögliche Eindringlinge schießen würde. Er überlegte, ob er sie darauf ansprechen sollte, zuckte dann aber mit den Achseln. So wie er die Kerle kannte, gaben die erst auf, wenn ein paar von ihnen verletzt waren. Da er Leutnant von Tarow zutraute, dass sie nicht auf Tote aus war, wandte er sich näherliegenden Dingen zu.

»Wie ist es mit Zähneputzen und Ähnlichem? Wir haben hier nur die Toilette und ein kleines Waschbecken. Zur Gemeinschaftsdusche zu gehen und dabei in der einen Hand die Zahnbürste und in der anderen die Pistole zu halten habe ich wenig Lust.«

»Ich auch nicht. Es gibt hier zwar nur kaltes Wasser, aber das muss fürs Erste reichen. Sie können sich ja umdrehen, wenn ich mich wasche, und besonders dann, wenn ich die Toilette benutze!« Henriette bedachte die Kloschüssel, die ohne

Abtrennung in einer Ecke des Raumes stand, mit einem vernichtenden Blick.

Torsten gefiel diese Anordnung ebenso wenig. »Wie es aussieht, haben die Kreise, die in diesem Bau das Sagen haben, die Hütte sehr schlicht eingerichtet, um zu verhindern, dass sich die falschen Leute zur Ausbildung hierherschicken lassen.«

»Den meisten dürfte es hier zu spartanisch sein.«

»Wer putzt sich als Erster die Zähne, Sie oder ich?«, fragte sie.

»Sie! Ich schalte inzwischen meinen Laptop ein.« Torsten setzte sich so auf seine Pritsche, dass er dem Waschbecken den Rücken zukehrte, und öffnete den Reißverschluss seiner Computertasche. Er hörte, wie seine Begleiterin den Wasserhahn aufdrehte, sich die Zähne putzte und schließlich wusch. Dabei reizte es ihn, sich umzudrehen und zu schauen, wie weit Leutnant von Tarow sich entblättert hatte. Sie war ein hübsches, kleines Ding, mit dem er unter anderen Umständen gerne geflirtet hätte. Außerdem hatte sie sich auf dieser Reise als gute Kameradin erwiesen. Aber da sie ihn aufgefordert hatte, ihr beim Waschen den Rücken zuzukehren, wollte er sie nicht enttäuschen. Daher las er seine Mails und suchte im Internet nach Seiten, die ihm Auskunft über diese angebliche Militärschule geben konnten.

Es gab etliche Texte darüber, manche sogar von erstaunlicher Offenheit. Ein Kursteilnehmer lobte ausdrücklich, dass niederländische und flämische Patrioten an diesem Ort unter sich sein konnten. Immer mehr kam Torsten zu der Überzeugung, dass es sich bei dieser Einrichtung um eine nationalistische Kaderschmiede handelte. Doch was war der Sinn dieser Schule? Auch in anderen Armeen versuchten Mitglieder der rechten Szene Karriere zu machen, aber sie taten es im Geheimen. Jemand, der diese Schule absolviert hatte, war jedoch als Rechtsradikaler abgestempelt, und die entsprechenden Stellen wussten, wes Geistes Kind er sein musste.

»Sie können jetzt ran!«

Der Ausruf seiner Begleiterin beendete Torstens Überlegungen. Er schaltete den Laptop ab und verstaute ihn. Als er mit entblößtem Oberkörper vor dem Waschbecken stand, musterte Henriette ihn verstohlen und entdeckte die Spuren von Schussverletzungen, die durch kosmetische Operationen fast unkenntlich gemacht worden waren.

Ihre Bewunderung für ihren Ausbilder stieg. Renk war wirklich ein Held. Umso trauriger stimmte sie sein persönliches Schicksal. Es musste schwer für ihn gewesen sein, seine Partnerin durch ein Verbrechen zu verlieren. Gerne hätte sie mehr darüber erfahren, aber sie traute sich nicht, ihn zu fragen.

Da sie ihn nicht offen anstarren wollte, kehrte sie ihm den Rücken. Lust, ihren Laptop auszupacken, hatte sie keine. Mit Sicherheit hatte ihre Mutter ihr eine Mail geschickt, und darauf wollte sie in dieser Situation lieber nicht antworten. Das, was geschehen war, durfte sie ihr nicht schreiben, um sie nicht zu erschrecken, und ihr stand nicht der Sinn danach, von holländischer Tulpenseligkeit zu berichten.

»Also dann, gute Nacht, Leutnant!«, hörte sie Torsten sagen.

»Gute Nacht, Herr Oberleutnant!« Einen Vorteil hatten die elenden Betten hier, dachte Henriette dabei. Die Liegen standen an den Längsseiten des Zimmers, und dazwischen war der Durchgang zu Waschbecken, Toilette und Fenster. Daher mussten sie nicht nebeneinanderliegen und würden sich daher auch nicht behindern, wenn etwas Unvorhergesehenes geschah.

Außerdem war es besser, wenn sie nicht auf Tuchfühlung kamen. Renk war auch nur ein Mann, und es hätte ihrer guten Meinung über ihn einen Dämpfer versetzt, wenn er irgendwann zudringlich geworden wäre. Dann aber fragte sie sich, ob er an einem Halbblut wie ihr überhaupt Interesse haben würde. Die Kerle, die in den anderen Zimmern schliefen, hatten sie zwar beschimpft und beleidigt, aber gleichzeitig so gewirkt, als würden sie sie am liebsten gleich auf den Rücken legen. Solange sie sich in diesem Gebäude aufhielt, musste sie aufpassen, dass nicht einige dieser Widerlinge sie abfingen und in einem versteckten Winkel vergewaltigten. Bei diesem Gedanken tastete sie nach ihrer Pistole.

Im anderen Bett begann Renk leise zu schnarchen. Henriette hoffte, dass es nicht lauter würde, sonst würde sie nicht einschlafen können. Doch da wälzte er sich herum, und das Schnarchen hörte auf. Trotzdem blieb Henriette noch eine Zeit lang wach, denn sie war einfach zu aufgewühlt, um sich entspannen zu können.

NEUN

Ein Geräusch riss Henriette hoch, und sie griff noch im Halbschlaf nach ihrer Pistole. Da vernahm sie Renks Stimme. »Vorsicht, Leutnant! Erschießen Sie mich nicht aus Versehen.« Gleichzeitig erklang der Klingelton seines Handys, und sie erinnerte sich, von diesem Laut geweckt worden zu sein.

»Keine Sorge, Herr Oberleutnant. Ich lege die Waffe wieder weg.«

Torsten lachte leise und nahm dann den Anruf entgegen. »Hier Renk!«

»Wagner! Ich brauche Sie und Leutnant von Tarow. Es ist eine fürchterliche Sauerei passiert.«

»Die ich jetzt ausbügeln soll, was?«

»Dazu brauchen Sie aber ein verdammt großes Bügeleisen. Erinnern Sie sich noch an den Transport nach – Sie wissen schon wo?«

»Natürlich!«

»Beim ersten Mal ist ein Container ausgeräumt worden,

ohne dass wir herausbekommen hatten, wie das zugegangen ist und wer dahintersteckt. Jetzt ist wieder etwas passiert. Man hat den Zug angehalten und sowohl den Lokführer wie auch unsere Begleitmannschaft erschossen. Es gibt einige Zeugenaussagen, die sich aber stark widersprechen. Die einen wollen einige Lkw mit Freischärlern gesehen haben, andere wiederum sprechen von Kleinbussen voller Bewaffneter. Die Behörden der Provinz Lüttich sind vollkommen hilflos. Weder wurden die Banditen verfolgt, noch gibt es irgendein Verdachtsmoment. Außerdem sollen noch alle Container des Zuges vorhanden sein. Aber gerade das macht mich stutzig. Man überfällt keinen Zug, nur um ein paar Leute zu erschießen.«

»Und was sollen wir jetzt tun?«

»Die ganze Sache ist verdammt heikel. Wenn herauskommt, dass wir bestimmte Dinge in gewisse Gegenden exportieren, ist hier der Teufel los. Daher können wir auch nicht offen hingehen und verlangen, die Container und deren Inhalt sehen zu dürfen. Es muss heimlich geschehen, und das ist euer Job. Die belgische Bahn will den Zug morgen nach Antwerpen bringen. Dort werden sie in kürzester Zeit auf ein Schiff verfrachtet. Bevor die Container umgeladen werden, müssen Sie sich überzeugen, dass mit ihnen alles in Ordnung ist. Aber das darf niemandem auffallen. Haben Sie mich verstanden?«

»Klar und deutlich. Der Zug dürfte jedoch ins Hafengelände einfahren, und das wird Tag und Nacht gut bewacht. Haben Sie eine Idee, wie wir dort hineinkommen können?«

Torsten ging es weniger darum, auf das Gelände zu kommen. Das traute er sich zu. Doch um in die Container zu gelangen, musste er deren Plomben entfernen, und das würde spätestens beim Beladen des Schiffes auffallen. Wenn die Zollbeamten dann nachschauten, würden sie, falls es sich noch um die Originalcontainer handeln sollte, Dinge sehen, die sie nichts angingen.

»Ich habe schon etwas vorbereitet. In Ihrem Wagen befindet sich der Schlüssel zu unserem Geheimquartier in Burcht. Dort finden Sie alles, was Sie brauchen. Passen Sie auf den Leutnant auf. Ich will nicht, dass ihr etwas passiert.«

»Während es um mich nicht schade wäre, was?« Torsten grinste und fragte dann, wo der Schlüssel zu finden sei.

»Er ist im Kofferraum zwischen zwei Schichten der Gummimatte festgeklebt. Die genaue Adresse in Burcht schicke ich per Mail. Renk, mir geht es nicht nur um die Container. Ich will wissen, wer für den Tod unserer Leute verantwortlich ist! Die Kerle müssen gefasst werden.«

»Ich tue mein Bestes!« In Renks Nacken kribbelte es. Wie schon so oft hatte sein Instinkt ihn nicht getrogen. Hier war Größeres im Gang, und er würde herausfinden, was es war. »Schicken Sie Ihre Mail, Herr Major, und dann machen wir uns auf die Socken. Ach ja, wissen Sie übrigens, in welchen Stall Sie uns geschickt haben? Das ist keine Militärschule, sondern ein Ausbildungszentrum von Nationalisten. Kann es sein, dass sich einer der hiesigen Generäle für einen kommenden Diktator hält?«

»Wenn es so ist, sollen sich die Holländer darum kümmern. Sie haben anderes zu tun. Ich maile Ihnen jetzt die Adresse. Danach können Sie selbst entscheiden, ob Sie weiterschlafen oder sich, wie Sie sagten, sogleich auf die Socken machen wollen. Damit erst einmal gute Nacht, Renk – und auf Wiedersehen!«

Renk vernahm das Knacken, mit dem Wagner die Verbindung unterbrach, und steckte sein Handy wieder weg. Während er nur mit Shorts und einem Unterhemd bekleidet seinen Laptop herausholte und einschaltete, setzte Henriette sich auf die Kante seines Bettes.

»Ich habe nicht alles verstanden. Gab es wirklich einen Überfall?«

»Wagner sagt es. Aber die Sache ist verrückt! Was hätten die Banditen davon, unsere Leute abzuknallen, wenn sie nichts mitnehmen?«

»Also haben sie etwas mitgenommen«, schloss Henriette daraus.

»Davon ist auch Wagner überzeugt, und deswegen sollen wir auch nachschauen. Ah, da ist schon seine E-Mail.« Torsten öffnete die Nachricht und stellte fest, dass der Major ihm nicht nur die Adresse des geheimen Unterschlupfs geschickt hatte, sondern auch mehrere Berichte in deutscher, französischer und flämischer Sprache, die sich um den Überfall drehten.

»Idioten! Da ist es kein Wunder, dass in Belgien alles drunter und drüber geht«, rief er empört, als er las, dass die Behörden der Provinz Limburg erst mit großer Verzögerung dem Hilfeersuchen der Lütticher Polizei nachgekommen waren. Bis dahin hatten die Banditen genug Zeit gehabt, sich hundert und mehr Kilometer vom Ort des Verbrechens zu entfernen und unbehelligt ihr Versteck zu erreichen.

»Gibt es Probleme?«, fragte Henriette.

»Hauptsächlich die Erkenntnis, dass die Belgier sich in einer Abwärtsspirale befinden, die das Land zerstören wird, wenn sie nicht bald etwas dagegen tun. Die wallonische Polizei hat zuerst nur einen einzigen Streifenwagen geschickt, und dessen Besatzung hat sich damit aufgehalten, Zeugen zu befragen. Anschließend haben sie eine Runde gedreht, aber natürlich nichts mehr entdeckt. Stattdessen hätten sie sofort einen Hubschrauber anfordern müssen. Doch ohne eine Genehmigung der Limburger Behörden hätte der die Provinzgrenze nicht überfliegen dürfen. Also haben sie die Polizei in Limburg aufgefordert, einen Hubschrauber einzusetzen. Dort haben sich jedoch alle auf den Standpunkt gestellt, dass sie das, was drüben in der Provinz Lüttich passiert ist, nichts anginge. Es hatte ja nur ein Dutzend Tote gegeben!«

»Das ist der ideale Nährboden für Kerle, wie sie sich hier in der Schule befinden. Sie sagten doch, dass hier auch Belgier ausgebildet werden.«

»Ich würde Belgier auf Flamen eingrenzen«, erklärte ihr

Torsten, während er den letzten Bericht überflog, ohne darin etwas Neues zu entdecken. Er schaltete den Laptop aus und blickte auf. »Was meinen Sie, Leutnant, wollen wir jetzt gleich aufbrechen, oder haben Sie Sehnsucht nach einem Frühstück in trauter Runde?«

Henriette verzog das Gesicht. »Mich ärgert nur eins: Die Kerle werden denken, wir hätten uns aus Angst vor ihnen aus dem Staub gemacht.«

Torsten hob die Hand und deutete auf die Tür. »Still! Da draußen tut sich was.«

Sofort griff Henriette nach ihrer Pistole. Aus den Augenwinkeln heraus sah sie, dass auch Renk seine Schweizer Sphinx in die Hand nahm.

Das leise Tappen von Schritten war zu vernehmen, es folgten unterdrückte Stimmen. Torsten und Henriette konnten jedoch nicht verstehen, was gesagt wurde. Jemand versuchte, die Türklinke niederzudrücken. Doch die wurde von innen durch die Rückenlehne des Stuhles blockiert.

»Die verdammten Moffen haben die Tür verbarrikadiert«, fluchte jemand.

»Sei still«, wies ihn ein anderer zurecht. »Kommt! Ich habe eine Idee.«

Den Rest konnten Henriette und Torsten nicht verstehen. Dafür hörten sie gleich darauf ein schabendes Geräusch, als würde ein schwerer Gegenstand den Flur herangeschleppt.

»So ist es richtig«, sagte einer, als die Laute vor der Tür endeten. Ein Plätschern klang auf, das Henriette die Nase rümpfen ließ.

»Pinkeln die etwa gegen unsere Tür?«

»Nein, es sei denn, sie hätten zum Abendessen reinen Spiritus getrunken. Los, ans Fenster!« Noch während er es sagte, drang Qualm in den Raum.

»Die Kerle haben draußen etwas angezündet«, rief Henriette erschrocken.

»Im Schadensbericht stünde dann wahrscheinlich, dass einer von uns beiden im Bett geraucht und damit den Brand verursacht hat!« Torsten zog den Stuhl von der Tür weg und öffnete diese. Doch er schaute nur auf die Rückwand eines schweren Schrankes und auf ein Feuer, das immer stärker aufflammte. Rasch schlug er die Tür wieder zu und drehte sich zu seiner Begleiterin um.

»Hier kommen wir nicht raus. Also bleibt uns nur das Fenster.«

»Aber das ist vergittert«, wandte Henriette so ruhig ein, als ginge es um eine theoretische Diskussion.

»Wir müssen die wichtigsten Sachen an uns nehmen! Dann sehen wir zu, wie wir das Gitter aushebeln. Hier, Ihr Laptop!« Torsten hielt Henriette die Tasche mit dem Computer hin und hängte sich seinen eigenen über die Schulter. Danach stopfte er die Geldbörsen, ihre Papiere und so viel Kleidung, wie noch hineinging, in eine der Reisetaschen.

»Den Rest müssen wir zurücklassen«, sagte er mit Blick auf die Tür, die sich allmählich schwarz verfärbte und am unteren Rand bereits glimmte. »Es wird nicht mehr lange dauern, dann brennt es hier lichterloh. Bis dahin sollten wir verschwunden sein.«

»Uns was machen wir mit dem Gitter?«

Torsten trat ans Fenster, öffnete es und musterte das Hindernis. Schon am Abend hatte er gesehen, dass es nicht aus eingemauerten Stangen bestand, sondern an vier Stellen verschraubt worden war.

»Jetzt gilt es! Stellen Sie sich hinter mich, falls es Querschläger geben sollte.« Mit der Rechten zog er seine Pistole, mit der anderen Hand schob er Henriette nach hinten. Dann zielte er neben die erste Schraube und drückte ab.

Der Knall des Schusses hallte wie ein Donnerschlag durch den Raum. Henriette presste sich beide Hände auf die Ohren, ließ sie aber sofort wieder sinken und nahm ihre Pistole heraus.

»Zu zweit geht es schneller«, rief sie und legte auf das Metallstück an, das eine andere Schraube hielt.

»Lassen Sie das«, schrie Torsten noch, aber da zog sie bereits den Stecher durch.

Plastiksplitter flogen durch die Luft. Gleichzeitig schlugen die ersten Flammen durch den Türspalt in den Raum. Rauch breitete sich aus. Torsten hielt die Luft an und riss mit aller Kraft an den Stangen. Das Gitter wackelte, aber hielt.

»Noch einmal«, rief er und schoss auf die schon schief hängende Schraube.

»Jetzt die auf der anderen Seite!« Henriette wollte feuern, doch Torsten hielt sie auf.

»Das schaffen wir auch so. Los, packen Sie mit an!« Er zerrte am Gitter und bog es ein Stück auf.

Henriette stemmte ein Bein gegen die Brüstung und zog mit dem gesamten Körpergewicht. Als Torsten sich neben ihr ins Zeug legte, brachen im gleichen Moment die beiden letzten Halterungen.

Schnell stellten sie das Gitter beiseite und versuchten, frische Luft von draußen zu schnappen.

Henriette stöhnte auf. »Elf, zwölf Meter in die Tiefe. Das wird hart!«

Trotz ihrer Worte zögerte sie nicht, sondern stieg aus dem Fenster und begann hinabzuklettern. Bei einer verputzten Wand wäre sie abgestürzt, doch hier fand sie zwischen den Klinkersteinen genug Platz für ihre Finger- und Zehenspitzen.

Torsten sah ihr einen Augenblick zu, warf dann die Reisetasche hinab und folgte. Kaum war er draußen, zerbarst die Tür mit einem heftigen Knall. Flammen schossen in die Kammer und setzten sie in Brand.

Als Torsten hochblickte, leuchtete das Fenster in hellem Rot. »Einer der Posten hätte längst das Feuer bemerken und Alarm schlagen müssen«, rief er Henriette zu.

Dieser waren das Feuer und die Wachtposten gleichgültig,

denn es fiel ihr schwer genug, sich nach unten zu hangeln. Als sie sich an einem Fenster im ersten Stock festhalten konnte, um zu verschnaufen, wollte sie schon aufatmen. Da vernahm sie Torstens Warnruf.

»Vorsicht!«

Im gleichen Augenblick sah sie, wie jemand von innen das Fenster öffnete und mit den Fäusten nach ihr schlug. Henriette wich aus, wusste aber, dass der nächste Hieb sie von der Mauer fegen würde. Da schrie Torsten zornig los. »Du Idiot, die Hütte brennt!«

Der Mann senkte die Fäuste. »Was sagst du?«

Erst jetzt nahm er den Brandgeruch wahr und stürmte zur Tür.

Henriette kletterte rasch weiter, bis sie am Fensterbrett hing, und schätzte die Entfernung zum Boden ab. Dann ließ sie sich mit entschlossener Miene fallen und federte ihren Fall auf dem Kiesstreifen, der rund um das Gebäude verlief, so geschmeidig ab wie eine Katze.

Torsten folgte ihrem Beispiel und kam neben ihr zu stehen. »Das ist ja gerade noch mal gut gegangen«, sagte er und zeigte auf die Flammen, die aus dem Fenster ihrer Kammer schlugen.

»Langsam sollten die Schlafmützen hier die Feuerwehr rufen. Sonst brennt ihnen der Kasten ab.« Henriette überlegte, ob sie selbst Alarm geben sollte. Immerhin schliefen zahlreiche Menschen in dem Haus. Auch wenn es sich bei ihnen um rassistische Fanatiker handelte, so wünschte sie doch keinem den Tod.

Torsten hob die Reisetasche auf, die er aus dem Fenster geworfen hatte, holte seine Kleidung und seine Schuhe heraus und begann sich anzuziehen. Die Sphinx AT2000, die er unter sein Unterhemd gesteckt hatte, wanderte wieder ins Schulterhalfter. Dafür nahm er das Handy zur Hand und drückte den Notruf.

»Ich melde einen Brand. Hier ist die Adresse«, sagte er, als sich die Feuerwehr meldete, und gab die entsprechenden Daten durch. »Damit haben wir getan, was wir konnten. Jetzt sollten wir uns auf den Weg machen!«

»Mich wundert, dass die Kerle alle noch schlafen. Immerhin haben wir ein paarmal geschossen«, sagte Henriette kopfschüttelnd.

»Diejenigen, die den Brand gelegt haben, werden sich hüten, ihn zu melden, und die anderen haben wahrscheinlich zu tief ins Glas geschaut. Aber die Sirenen der Feuerwehrautos werden sie schon wecken. Kommen Sie! Ich habe keine Lust zu warten, bis es einem trotteligen Polizeibeamten einfällt, uns als Zeugen hier festzunageln.«

Henriette stimmte ihm zu und rannte hinter ihm her. Ihr Wagen kam schon in Sicht, als sie bemerkte, dass sie noch immer ihren Schlafanzug anhatte und barfuß war. »Können Sie das erste Stück fahren, wenigstens so lange, bis ich richtig angezogen bin?«, fragte sie.

Statt einer Antwort stieg Torsten an der Fahrerseite ein, warf die Reisetasche auf den Rücksitz und verstaute seinen Laptop. Auch Henriette stellte den ihren nach hinten und zerrte ihre Sachen aus der Tasche. Als sie ihre Schlafanzughose abstreifen wollte, bremste Torsten sie. »Es reicht, wenn Sie erst einmal die Bluse anziehen.«

Henriette wollte noch fragen, warum, sah dann aber selbst, dass sie sich dem Schlagbaum am Eingang näherten, und halb entkleidet hätte sie ein seltsames Bild abgegeben.

Der Wachtposten war derselbe wie bei ihrer Ankunft. Als er sie im Auto sah, grinste er dreckig und winkte ihnen zu halten.

»Wo wollen wir denn hin?«

»Mit dir nirgends«, konterte Torsten kühl. »Und jetzt mach die Schranke auf!«

»Ohne schriftliche Anweisung darf ich das nicht«, behauptete der Mann.

»Vielleicht reicht dir die?« Schneller, als der Niederländer schauen konnte, hielt Torsten seine Pistole in der Hand.

Der Kerl schluckte und wollte zurückweichen.

»Aufmachen, sonst knallt's!«

Der Wachtposten musste in Torstens Augen zu jenen gehören, die über den üblen Streich, den man ihnen hatte spielen wollen, Bescheid wussten, denn sonst hätte er beim Klang ihrer Schüsse Alarm gegeben.

Da der Mann noch immer zögerte, stieg Henriette aus, stieß ihn beiseite und drückte den Knopf, mit dem die Schranke geöffnet werden konnte.

»Gut gemacht!«, lobte Torsten, während er die paar Meter vorfuhr. Dabei ließ er den Wachtposten nicht aus den Augen. Der hatte zwar sein Gewehr umgehängt, wagte aber nicht, es in Anschlag zu bringen. Dann erst schien ihm einzufallen, dass er hinter dem abfahrenden Wagen herschießen konnte, und er grinste.

Henriette bemerkte die Veränderung seiner Haltung und erriet seinen Gedanken. Schnell nahm sie ihre Waffe zur Hand und richtete sie auf den Mann. »Her mit dem Gewehr!«

Der Soldat zögerte einen Moment, dann ließ er die Waffe langsam von der Schulter rutschen. Diese knallte mit einem metallischen Laut auf den Asphalt. Sofort deutete Henriette dem Mann an zurückzutreten. Dann bückte sie sich und hob das Gewehr auf. Wenige Sekunden später saß sie neben Torsten und lachte.

»Wir können losfahren!«

»Gleich.« Torsten steckte noch einmal den Kopf zum Seitenfenster hinaus. »He, Bursche! Du brauchst den Schlagbaum nicht runterzulassen. Die Feuerwehr kommt nämlich gleich, denn deine Kumpel haben den Flur in Brand gesetzt. Schätze, dass sich ein paar Dutzend deiner Kumpane gerade in Todesgefahr befinden.« Damit gab er Gas und ließ den Wachtposten entgeistert zurück. Dieser starrte ihnen einige

Augenblicke nach, stürzte dann in das Wachlokal und drückte auf sämtliche Alarmknöpfe.

Torsten hörte die Sirenen aufheulen und nickte seiner Begleiterin erleichtert zu. »Wenigstens hatte der Kerl genug Verstand, die Leute zu warnen! In deren Haut möchte ich nicht stecken. Feuerwehr und Polizei werden den Brand untersuchen und Fragen stellen, weshalb das Feuer ausgerechnet an der Stelle ausgebrochen ist. Wenn Brandexperten kommen, dürften sie herausfinden, dass unsere Tür verbarrikadiert worden ist. Schätze, dass die Niederländische Armee die Schule nach diesem Vorfall schließen wird.«

»Dann hätten wir wenigstens etwas erreicht«, antwortete Henriette und zog ihre Hosen an.

ZEHN

Geerd Sedersen war beeindruckt. Seine Leute hatten nicht nur die beiden Waffencontainer an sich gebracht, sondern sich auch unter Ausnutzung der innerbelgischen Zwistigkeiten problemlos in ihren Stützpunkt zurückziehen können. Selbst wenn die Polizei doch noch hier auftauchen würde, war nichts mehr zu finden. Die beiden Container waren inzwischen neu lackiert und anders beschriftet, ebenso die Lkws und die Kleinbusse, die an dem Unternehmen teilgenommen hatten. Der gesprengte Toyota befand sich längst in der Schrottpresse, und auch sonst waren alle Spuren so gut verwischt, wie Sedersen es sich nur wünschen konnte. Da niemand wusste, was in den ausgetauschten Containern gewesen war, würde auch eine Entdeckung der Waffen nichts bringen, denn er konnte nachweisen, dass in einer seiner Fabriken ältere Fabrikate auseinandergenommen und fachgerecht entsorgt wurden.

»Das habt ihr ausgezeichnet gemacht!«, lobte er Rechmann.

Der grinste über das ganze Babygesicht. »Nachdem wir die richtige Stelle ausgewählt hatten, war alles ganz einfach. Die Behörden von Lüttich und von Limburg stehen zueinander wie verfeindete Staaten. Da rührt keiner einen Finger für den anderen. Außerdem hält jeder die Fanatiker von der anderen Seite für die Schuldigen. Es war eine gute Idee, van der Bovenkant auf Französisch herumbrüllen zu lassen. Die flämischen Behörden sagen jetzt zu den Wallonen: Das ist eure Sache! Uns geht das nichts an. Außerdem heizt unser Freund Zwengel die Stimmung an, indem er einige alte Skandale aus der Wallonie wieder hochkochen lässt.«

»Gut so! Mit dem Zeug dort«, Sedersen wies mit dem Kinn auf die beiden Container, »können wir ein paar hundert Leute ausrüsten. Diese Männer kommen allerdings nicht unter Zwengels Kommando.«

»Das wird ihm nicht schmecken«, wandte Rechmann ein.

Sedersen zuckte mit den Achseln. »Das ist mir egal. Ich benötige eine gewisse militärische Macht als Faustpfand, denn es geht um sehr viel. Glauben Sie, ich würde die nationalen Kreise hier unterstützen, um hinterher mit einem warmen Händedruck abgespeist zu werden?«

»Das kann Zwengel nicht riskieren! Sie sind dafür zu tief in seine Pläne eingeweiht, Chef.«

»Und könnte deswegen schnell tot sein. Nein, Rechmann, das riskiere ich nicht. Sorgen Sie dafür, dass wir eine eigene Armee aufstellen können, und rekrutieren Sie vor allem Deutsche. Da die Behörden in der Heimat nach dem Theater in Suhl schärfer gegen die freien Kameradschaften vorgehen, müssten Sie genug Männer anwerben können.«

»Mannschaftsränge bekomme ich auf jeden Fall zusammen. Allerdings fehlen uns dann die militärischen Führungskräfte. Zwengel lässt die seinen in Breda ausbilden, da er aus der belgischen Armee nicht genug Nachwuchs rekrutieren kann.«

Sedersen tat diesen Einwand mit einer Handbewegung ab.

»Ein paar der Kerle werden sich doch wohl als Offiziere eignen. Ich verlasse mich ganz auf Sie. Und jetzt sehen wir uns erst einmal an, was uns die Deutsche Bundeswehr geschenkt hat.«

Er trat auf den ersten Container zu. Lutz Dunker, der mit seinen Kumpanen den Kern der Freischärlertruppe bildete, die Sedersen aufbauen wollte, zwickte die Verplombung ab und befahl seinen Männern, die Schrauben zu lösen, mit denen die Türe versperrt war.

Kurz darauf konnte Dunker den Container öffnen. Dieser war mit Holzkisten gefüllt, die eine neutrale Aufschrift trugen. Zusammen mit Rechmann holte Dunker eine der Kisten heraus, stellte sie auf den Boden und stemmte den Deckel mit einem Brecheisen auf.

Sedersen beugte sich gespannt vor, um zu sehen, was sich in der Kiste befand. Als Rechmann eine Abdeckung aus Pappe entfernt hatte, kamen acht Sturmgewehre zum Vorschein. Sie waren nicht gerade neu, aber gut gepflegt. Sedersen nahm eines davon heraus und musterte es mit einem Gefühl der Überlegenheit. Seinem SG21, das er in einem Tresor im Keller untergebracht hatte, konnten diese Waffen niemals das Wasser reichen. Hier in Belgien aber würden die Gewehre gute Dienste leisten.

Mit einem zufriedenen Nicken reichte er Rechmann die Waffe. »Ausgezeichnet! Damit sind wir eine ernst zu nehmende Macht im Kampf um Flandern.«

»Die paar Gewehre wären dafür zu wenig. Aber wenn die Ausbeute so bleibt, können wir mit dem Inhalt dieser beiden Container eine kleine Armee aufstellen. Doch was machen wir mit Zwengel? Er wird die Waffen für seine Vlaams Macht haben wollen.«

»Wenn er Zicken macht, schicke ihn zu mir. Ich werde ihm erklären, dass ich die Waffen für meine Leibwache brauche.« Sedersen streichelte die offene Kiste und schritt auf den Ausgang der Halle zu.

Vor dem Tor drehte er sich noch einmal um. »Sie haben erzählt, dass Sie die Container auch diesmal durch andere ersetzt haben. Aber wird das die Bundeswehr nicht merken? Immerhin habt ihr drei ihrer Leute erschossen.«

»Ich glaube nicht, dass die Bundeswehr da noch was machen kann. Die dortigen Drahtzieher müssten zugeben, dass sie heimlich Waffen verschieben, und das käme in der Öffentlichkeit sehr schlecht an. Die Opposition würde toben, und die Zeitungen würden die Nachricht ausschlachten. Da müssten einige Minister gehen.«

»Und wenn doch? Was habt ihr in den falschen Containern verpackt? Wieder Eisenschrott wie beim letzten Mal?«

»In dem einen steckt Müll, den eine Firma, die zu unserer Gruppe gehört, illegal entsorgen wollte, und in dem anderen Friedmund Themels Wagen samt ihm selbst im Kofferraum.«

»Sind Sie übergeschnappt?«, rief Sedersen erschrocken. »Wenn das herauskommt …«

»Weiß immer noch keiner, wer den alten Bock auf dem Gewissen hat. Selbst wenn Ihre DNA-Spuren in dem Auto zu finden sind, wäre das nicht von Bedeutung. Sie waren ein enger Freund von ihm und sind öfters in seinem Wagen mitgefahren.« Rechmann begann zu lachen, als hätte er einen lustigen Witz erzählt.

Auch Sedersen bog ein wenig die Lippen. Der Mann hatte recht. Niemand würde ihm etwas nachweisen können. Kurz stellte er sich den Trottel vor, der als Erster den Container öffnen und nachsehen würde, was drinnen war. Dabei atmete er tief durch und ging wieder auf Rechmann zu.

»Also gut, vergessen wir die Sache! Wir haben genug anderes zu tun. Ihr Französisch sprechender Flame bringt mich auf eine Idee. Wir könnten jetzt ein paar tote Flamen brauchen, natürlich mit einem überlebenden Zeugen, der aussagen kann, dass die bösen Wallonen hinter diesen Morden stecken.«

»Bis jetzt hat Zwengel die Anschläge organisiert. Er wird

toben, wenn wir ihm in die Suppe spucken«, wandte Rechmann ein.

»Er wird es sich gefallen lassen müssen! Sie müssen nur auf diesen einen Flamen, diesen …«

»Van der Bovenkant«, half Rechmann seinem Anführer aus.

»Genau! Den müssen wir im Auge behalten. Am besten stecken Sie ihn zu unseren Jungs. Ich muss jetzt gehen, denn ich habe ein Gespräch mit wichtigen flämischen Wirtschaftsbossen. Einige davon wollen sich gegen Zwengel stellen, weil ihnen seine Pläne nicht passen, Teile der Wallonie zu kassieren, nur weil dort zu Adam und Evas Zeiten Flämisch gesprochen wurde.«

»Ich kann mir nicht vorstellen, dass er auf Waals-Brabant verzichten wird, zumal die meisten der dort lebenden Wallonen Nachnamen tragen, die auf eine flämische Herkunft schließen lassen.«

Sedersen legte Rechmann den Arm um die Schulter. »Der Kampf um die derzeit französischsprachigen Gebiete auf flandrischem Boden bringt uns rein gar nichts ein, außer neuen Feinden. Es besteht sogar die Gefahr, dass sich Frankreich zu Gunsten der Wallonen einmischt, und das will ich keinesfalls riskieren. Ich würde sogar auf Brüssel und den Landstreifen von Vlaams-Brabant verzichten, der die belgische Hauptstadt von der Wallonie trennt, wenn wir dafür den Rest von Flandern als Freistaat bekommen. Zwengel und seine Leute haben jedoch nur ihre idiotischen Träume im Sinn und vergessen darüber die jahrzehntelang geschaffenen Tatsachen. Meine Freunde und ich werden seinen Einfluss schon zu bremsen wissen. Aber vorerst brauchen wir ihn noch als nützlichen Idioten, der alle Aufmerksamkeit auf sich zieht.«

Es gab Stunden, in denen Rechmann mit Sedersens kalter Logik haderte. Sein Anführer hatte Zwengel gegenüber so getan, als stünde er voll und ganz auf dessen Seite. Gleichzeitig arbeitete er bereits daran, den Flamenführer zu entmachten.

Er hingegen nahm die Prinzipien ihrer Bewegung ernst. Die Wallonen hatten die Flamen viele Jahre lang unterdrückt und die Sprachgrenze weit nach Norden in deren Gebiet verschoben. Es war daher das Recht der Flamen, dieses Land für sich zu fordern. Rechmann wäre bereit gewesen, dabei mitzuhelfen, aber Sedersens Argumente brachten ihn davon ab. Es war unsinnig, das Erreichbare durch übertriebene Forderungen zu riskieren. Außerdem gehörte seine Treue Sedersen und nicht Zwengel.

Daher atmete er tief durch und nickte. »Ich verstehe, Chef. Wir werden die Sache schon so hinbiegen, wie wir es brauchen.«

»Dann ist es gut. Kümmern Sie sich um meinen Auftrag. Aber es darf kein Wort Deutsch oder Flämisch gesprochen werden, verstanden?«

»Aber wird es nicht auffallen, wenn nur einer Französisch brabbelt und die anderen den Mund halten?«, wagte Rechmann einzuwenden.

»Dann sorge dafür, dass zwei oder drei Männer ein paar französische Ausdrücke lernen, und zwar so, dass es halbwegs echt klingt. Da die Flamen selbst kaum Französisch sprechen, dürften sie nicht merken, dass die Unseren keine echten Wallonen sind.«

Sedersen klopfte Rechmann noch einmal auf die Schulter und verließ dann endgültig die Halle. Auf dem Weg zu seinem Auto dachte er daran, dass er diesen Topf, wie er Belgien nannte, noch einmal richtig anheizen musste, denn seine Ernte würde er erst dann einfahren können, wenn der Staat auseinandergebrochen war.

ELF

Das Geheimquartier bestand aus einem Schuppen am Ende einer Schotterpiste außerhalb von Burcht.

Henriette warf dem schäbigen Bau einen zweifelnden Blick zu. »Glauben Sie, dass wir hier etwas ausrichten können?«

»Wir werden es jedenfalls versuchen«, antwortete Torsten.

»Aber was ist, wenn unsere beiden Container bereits verladen wurden? In dem Fall haben wir keine Chance mehr, sie zu untersuchen!«

»Das sind sie nicht. Petra hat dafür gesorgt, dass sie auf dem Hafengelände gut erreichbar abgestellt worden sind. Allerdings müssen wir die Sache morgen Nacht durchziehen. Jetzt sollten wir uns erst einmal hier umsehen.«

Torsten holte den Schlüssel heraus und trat auf das Tor des Schuppens zu. Dieser hatte aus der Entfernung nicht sonderlich groß gewirkt, aber das lag an den Bäumen, die ihn teilweise verdeckten. Im Licht der Autoscheinwerfer konnte er sehen, dass die Wände aus dunkelroten Klinkern bestanden, während man das Dach mit grauen Platten gedeckt hatte. Fenster konnte er keine erkennen, dafür gab es kleine Lüftungsschlitze knapp unter dem Dachsims.

Neugierig steckte er den Schlüssel ins Schloss und sperrte auf. Innen war es so dunkel wie in einer Gruft. »Bringen Sie mir die Taschenlampe«, rief er seiner Begleiterin zu.

Henriette gehorchte, und beide sahen kurz darauf einen großen Raum mit einer Montagegrube vor sich. Eine Werkbank an der Seite und ein Schrank mit verschiedenen Werkzeugen verstärkten den Eindruck, das Gebäude enthalte eine Autowerkstatt. Ganz am Ende befand sich eine weitere Tür.

»Platz ist genug. Also sollten wir den Wagen hereinbringen, damit niemandem das deutsche Nummernschild auffällt«, sagte Torsten, während er auf einen Lichtschalter drückte, den er eben entdeckt hatte. Mehrere Deckenlampen glommen auf und verbreiteten gedämpftes Licht. »Nicht schlecht! Wenn wir die Tür hinter uns schließen, merkt von draußen keiner, dass sich hier etwas tut.«

»Ich hole den Wagen!«, rief Henriette und eilte hinaus.

Unterdessen öffnete Torsten mehrere Schubfächer, fand aber nur gewöhnliches Werkzeug, wie es in eine Autowerkstatt gehört. Als er die rückwärtige Tür öffnen wollte, fand er diese versperrt.

»Also geht es hier nach draußen«, sagte er leise zu sich, berichtigte sich aber sofort. Von außen hatte das Gebäude länger gewirkt. Also musste sich hinter dieser Tür noch ein Raum befinden. Er probierte seinen Schlüssel aus, und siehe da, er passte. Torsten öffnete jedoch nicht sofort, sondern wartete, bis seine Begleiterin den Wagen über der Grube geparkt und das Eingangstor hinter sich geschlossen hatte. Dann erst drückte er die Klinke und zog die Tür auf. Sofort sah er sich einer weiteren Tür gegenüber, die statt eines Schlosses einen kleinen Bildschirm und eine Computertastatur aufwies.

Er drehte sich zu Henriette um. »Die Hütte hier hat Wagner bestimmt nicht extra für uns einrichten lassen.« Während er es sagte, leuchtete der Bildschirm hell auf, und als er sich über ihn beugte, konnte er einen Schriftzug lesen.

»Geben Sie Ihren Namen und Ihr Geburtsdatum ein!« Darunter erschien die entsprechende Eingabemaske.

Torsten tat wie gefordert und wurde nach dem vollen Namen seiner Begleiterin gefragt. »Ich glaube, das machen Sie, Leutnant!« Damit trat er einen Schritt zurück und ließ Henriette an die Tastatur.

»Henriette Corazon von Tarow«, tippte sie ein. Der Computer dachte jedoch nicht daran, sie so einfach durchzulassen, sondern fragte sie nach dem Geburtsnamen ihrer Mutter. Henriette beantwortete auch dies und erhielt eine weitere Frage. Diesmal wandte sie sich an Torsten.

»Ich glaube, das ist für Sie. Ich habe keine Ahnung, wie der Typ heißt, den Sie in Tallinn ausgeschaltet haben.«

Torsten übernahm wieder den Platz am Terminal und gab den Namen ein. Als Antwort erhielt er die Aufforderung, den Namen noch einmal laut zu wiederholen.

»Hans Joachim Hoikens!«, erklärte er.

»Nun soll Ihre Begleiterin die Namen ihrer beiden Brüder, deren Dienstrang und die Nummern ihrer Einheiten nennen.«

Henriette befolgte die Anweisung, während Torsten langsam zu kochen begann. Es war zwei Uhr morgens, sie hatten einen feigen Anschlag mit Mühe und Not überlebt, und nun sollte er auch noch Rätsel lösen.

»Eine einfache Stimmerkennung hätte auch ausgereicht, aber nein, Wagner muss sein Spiel mit uns treiben«, sagte er knurrend.

Da erschien auf einmal der Begriff »safety first« auf dem Bildschirm und dann Petras lachendes Gesicht.

Zuerst glaubte Torsten, es handele sich um eine Liveübertragung, doch er merkte rasch, dass es sich um eine Aufzeichnung handeln musste.

»Guten Morgen, ihr zwei. Ich hoffe, ihr hattet einige schöne Tage in Den Haag und Breda. Jetzt aber hört das Vergnügen auf, und der Ernst des Lebens beginnt. Ihr könnt jetzt hereinkommen und euch die Berichte ansehen, die es bis jetzt über diesen ominösen Zugüberfall gibt.« Während der Bildschirm erlosch, öffnete sich die Tür.

»Ich hoffe nicht, dass wir diesen Scherz jedes Mal mitmachen müssen, wenn wir den Raum betreten wollen«, schimpfte Torsten.

»Es wäre arg lästig«, stimmte Henriette ihm zu. Dann aber vergaßen sie die umständliche Identifizierungsprozedur und starrten mit großen Augen auf den etwa zwanzig Quadratmeter großen Raum, der mit einem Schreibtisch, einem modernen Computer mit anhängenden Geräten, einer Ausziehcouch mit Platz für zwei, einem Tisch mit zwei Stühlen, einem großen Kühlschrank und einem weiteren Schrank ausgestattet war.

Da Henriette Durst hatte, öffnete sie den Kühlschrank und holte sich eine Cola heraus. »Für Sie auch eine?«, fragte sie.

Torsten nickte, konnte sich aber nicht verkneifen, sie zu tadeln. »Wenn Sie das nächste Mal eine Tür öffnen, schauen Sie sich diese genauer an. Eine gut platzierte Sprengladung befördert Sie schneller ins Himmelreich, als Sie denken können.«

Henriette erstarrte mitten in der Bewegung. »Ist es wirklich so schlimm?«

»Noch viel schlimmer! In diesem Gebäude vertraue ich auf die Sicherheitsmaßnahmen, weil ich weiß, dass Petra dahintersteckt. Andere Verstecke aber können längst von einer gegnerischen Seite manipuliert und mit Fallen versehen sein. Manchmal macht das auch ein Agent der eigenen Seite, weil er sich verfolgt fühlt und ebendiese Leute ausschalten will.«

Torstens Laune besserte sich, weil er Leutnant von Tarow die Gefährlichkeit seines Berufs so richtig unter die Nase reiben konnte. Wenn er es richtig machte, brachte er sie vielleicht sogar dazu, vor Entsetzen den Dienst zu quittieren.

Doch im nächsten Moment wunderte er sich selbst, denn ihm war gerade klar geworden, dass er plötzlich keine Lust mehr auf solche Spielchen hatte. Zwar war es manchmal lästig, auf das Generalstöchterlein aufpassen zu müssen. Andererseits hatte sie sich bisher bei allen auftauchenden Problemen ausgezeichnet geschlagen, und es war angenehm, jemanden zu haben, mit dem er reden konnte.

»Wie ich schon sagte: Man muss aufpassen. Aber mit der Zeit lernt man es automatisch, auf verdächtige Spuren zu achten. Unser Job wird dadurch nicht ungefährlicher, aber die Überlebenschancen erhöhen sich rapide.«

Henriette lächelte ein wenig gezwungen, nahm dann eine

zweite Coladose aus dem Kühlschrank und riss sie auf. »Hier, Herr Oberleutnant.«

Torsten nahm die Dose entgegen und setzte sie an die Lippen. Erst beim Trinken merkte er, wie durstig er war. Er glaubte, noch immer Rauch zu schmecken und zu riechen. Hätten die Idioten in Breda statt Spiritus Benzin verwendet, so wären Leutnant von Tarow und er kaum rechtzeitig aus dem vergitterten Zimmer gekommen. Zu gerne hätte er den Männern in jener Offiziersschule die Rechnung für ihren feigen Anschlag präsentiert. Der Auftrag, den Major Wagner ihm erteilt hatte, war jedoch wichtiger als seine persönlichen Rachegefühle. Daher setzte er sich an den Schreibtisch, schaltete den Computer ein und wartete, bis dieser hochgefahren war.

Als Erstes erschien Petras Gesicht, und sie stellte einige Fragen, um seine Identität unzweifelhaft zu bestimmen. Ihm wäre es lieber gewesen, direkt mit ihr sprechen zu können, anstatt sie als Aufzeichnung zu erleben. Als sie jedoch die Frage stellte, was sie und er an jenem einen Nachmittag in ihrem Hotelzimmer auf Mallorca getrieben hatten, war er kurz davor, die ganze Sache abzubrechen. Er warf einen schiefen Blick auf Henriette, die das nun wahrlich nichts anging, und forderte sie auf, seinen Laptop aus dem Auto zu holen.

Henriette befolgte den Befehl, und er musste sich zurückhalten, um nicht die Tür hinter ihr zu schließen und sie in den Garagenraum zu sperren. Stattdessen wandte er sich wieder dem Bildschirm zu.

»Wir haben … äh, miteinander geschlafen!« Er hoffte, es leise genug gesagt zu haben. Als Henriette kurz darauf zurückkam, wirkte ihr Gesicht zwar müde und abgespannt, aber sonst wie immer. Also hatte sie nichts mitbekommen. Torsten atmete erleichtert auf und zeigte dann zur Couch. »Schlafen Sie eine Runde. Der Morgen kommt früh genug.«

»Danke! Aber wenn Sie mich benötigen, bleibe ich selbstverständlich wach.« Henriettes Blick wanderte begehrlich zum Computerbildschirm. Die Berichte, von denen Petra Waitl gesprochen hatte, interessierten auch sie. Trotzdem wollte sie nicht gegen Renks Willen aufbleiben.

Torsten las ihr die Gedanken an der Nase ab und lachte leise. »Zu neugierig, um schlafen zu können, was? Na, dann kommen Sie her und setzen sich neben mich. Die Sache geht Sie ja genauso an. Das heißt, wenn diese dumme Fragerei endlich aufhört. In München wird Petra einiges von mir zu hören bekommen.«

»Sie muss doch sichergehen, dass wir es sind, die auf ihre Daten zugreifen.«

»Natürlich muss sie das. Aber es macht ihr Spaß, mich zu triezen.« Während er es sagte, veränderte sich der Bildschirm und forderte ihn auf, seine beiden Daumen auf zwei weiß leuchtende Felder zu legen. Torsten tat es seufzend und atmete im nächsten Moment auf, weil er endlich Zugriff auf den Computer bekam. Als er dann den Bericht las, den sie aufbereitet hatte, lobte er Petra für ihre ausgezeichnete Arbeit.

Er konnte nicht nur die Aussagen der wenigen Zeugen lesen und sogar anhören, sondern erhielt durch computergenerierte Bilder auch einen Eindruck, wie der ganze Überfall vonstattengegangen sein musste. Petra hatte mehrere Möglichkeiten berechnet und lieferte ihm alle Versionen. Ihrer Analyse zufolge hatten sich die Lkws und der Autokran auf keinen Fall zufällig an dieser Stelle befunden.

»Ich bin mir sicher, dass die Container geklaut worden sind«, erklärte ihre Computerstimme, während Fotos der Großbehälter auf dem Bildschirm erschienen. »Die belgische Staatsbahn behauptet zwar, es wären noch alle Container vorhanden, aber meiner Meinung nach sind unsere beiden ausgetauscht worden. Anders als diesmal gab es beim ersten Raub keinen Überfall, aber möglicherweise einen ähnlichen Austausch. Damals standen die Waggons lange auf einem Abstellgleis in Lüttich. Wer dort Zugang hatte und auf die Kranbrücken zugreifen konnte, hatte die Möglichkeit, den Container gegen einen anderen auswechseln.«

»Und warum haben unsere Kunden das nicht auch diesmal gemacht?«, fragte Torsten, da Petras Stimme so lebendig klang, als säße sie am anderen Ende der Leitung.

Zwar hatte er es nur mit einer Aufzeichnung zu tun, aber Petra schien seine Frage erwartet zu haben. »Diesmal war ein unauffälliges Vorgehen nicht möglich, da der Zug ohne Aufenthalt durch Belgien fahren sollte. Außerdem wurde er durch drei unserer Leute bewacht. Wer an die beiden Container wollte, musste Gewalt anwenden.«

Danach erschien wieder ein Text mit verschiedenen Berechnungen, die Petra angestellt hatte. Laut Aussage eines Zeugen hatten die Banditen einen wallonischen Dialekt gesprochen. Nun gab es zwar etliche, durchaus schlagkräftige wallonische Nationalisten in Belgien, trotzdem war Petra sicher, dass die Flamen der Vlaams Fuist dahintersteckten.

»Mehr Informationen bekommst du, wenn wir miteinander sprechen«, sagte die Petra-Aufzeichnung noch, dann erschien wieder der normale Einstiegbildschirm.

»Und was machen wir jetzt?«, fragte Henriette.

»Sie können im Internet surfen, wenn Sie Lust haben. Ich lege mich jetzt hin.« Torsten fühlte sich zwar aufgekratzt, wusste aber, dass er den Schlaf brauchte, um in Form zu bleiben. Er ging zur Couch, zog diese zum Bett aus und begann, sich zu entkleiden.

Henriette warf noch einen Blick auf den Bildschirm, der jetzt auf Stand-by ging, und entschloss sich, ebenfalls zu Bett zu gehen. Lieber hätte sie zwar mit Renk über diese ganze Sache gesprochen, aber da er schlafen wollte, mochte sie ihn nicht stören.

ZWÖLF

Das Klingeln eines Telefons weckte Henriette und Torsten am nächsten Morgen auf. Beide griffen instinktiv zu ihren Handys und merkten dann erst, dass es ein ganz anderer Klingelton war als der ihre.

»Verdammt, irgendwo muss hier ein Telefon versteckt sein«, fluchte Torsten und sprang aus dem Bett. Doch als er suchen wollte, klang plötzlich Lachen auf.

»He, du Held in Unterhosen! Zieh dich an und setz dich an den Computer.«

»Petra!« Torsten riss es herum. Tatsächlich erschien auf dem Computerbildschirm jetzt Petras rundliches Gesicht. Sie grinste amüsiert, griff dann irgendwohin und brachte eine riesige Kaffeetasse zum Vorschein.

»Einen Kaffee könnte ich jetzt auch brauchen«, entfuhr es Torsten.

Petra trank genüsslich einen Schluck und stellte ihre Tasse wieder weg. »Ihr könnt welchen kochen. Dafür müsst ihr nur in den Keller steigen.«

»Wo siehst du hier einen Keller?«, fragte Torsten verärgert.

»Einen Moment!« Petra betätigte einige Tasten, und wie von Zauberhand hoben sich mehrere Bodenplatten im hinteren Teil des Raums und gaben eine schmale Treppe frei, die nach unten führte.

»So, jetzt könnt ihr hinabsteigen«, erklärte Petra feixend.

»Kannst du uns vielleicht auch sagen, wie wir die Türen, Geheimtüren und was es hier sonst noch gibt auch ohne deine tätige Mithilfe öffnen und schließen können?«

»Ich bin gerade dabei, euch freizuschalten. Ihr seid nämlich früher gekommen, als Wagner und ich erwartet haben.« Petra begleitete ihre Worte mit einem Stakkato auf der Tastatur und grinste dann Torsten an.

»Jetzt sind eure Stimmen gespeichert. Ihr kommt mit ›Petra mach auf‹ überall hin. Zur Sicherheit speichere ich eure Fingerabdrücke, falls böse Leute euch die Zungen abschneiden.«

Torsten schüttelte wenig amüsiert den Kopf, auch Henriette fand Petras Witze gewöhnungsbedürftig. Doch die Computerspezialistin war noch nicht fertig. »Da böse Jungs auch versucht sein könnten, euch die Daumen oder einen anderen Finger abzuschneiden, müsst ihr den Daumen der einen Hand und den kleinen Finger der anderen Hand benützen, um die Sperren zu überwinden. Es reicht auch, wenn einer von euch den Daumen hernimmt und der andere den kleinen Finger.«

»Danke, dass deine bösen Jungs uns wenigstens diese beiden Finger lassen«, spottete Torsten.

»Ich richte mich auf alle Eventualitäten ein«, antwortete Petra ungerührt und tippte weiter. »So! Jetzt seid ihr auch nicht mehr in Breda gewesen. Auch wenn die Deppen dort behaupten, ihr hättet den Bau angezündet, sagt ihnen der Anstaltscomputer etwas anderes. Übrigens hätten die Holländer das Gerät längst anzapfen sollen. In Breda wird eine Geheimarmee ausgebildet, ähnlich wie die des verblichenen Generals Ghiodolfio in Albanien. Ich fürchte, es wird in eurer Weltgegend bald heiß hergehen. Bei meiner Suche bin ich auf eine Gruppierung gestoßen, die sich Vlaams Macht nennt.«

»Könnten das die Kerle sein, die den Zug überfallen haben?«, fragte Torsten.

Petra antwortete mit einem Schulterzucken. »Ich habe gerade erst herausgefunden, dass es diese Bande gibt. Über ihre Aktivitäten weiß ich noch gar nichts. Eigenartig ist nur, dass der Zugüberfall äußerst exakt vorbereitet und durchgeführt worden ist. Das schaffen keine Zivilisten, sondern nur Leute mit einiger Erfahrung.«

»Versuche herauszufinden, ob es belgische Soldaten oder Exsoldaten gibt, die für eine solche Aktion in Frage kommen«, forderte Torsten sie auf.

Petra wollte bereits in die Tasten greifen, als Wagner neben ihr erschien. Sein Gesicht wirkte angespannt, und sein Blick war drängend. »Vergessen Sie die Kerle für den Augenblick, Renk, und kümmern Sie sich um die beiden Container. Das ist jetzt wichtiger.«

Torsten nickte zwar, brachte aber sofort einen Einwand. »Vor heute Nacht wird da nichts gehen. Oder sollen wir am helllichten Tag hineingehen und nachschauen?«

»Auf normalem Weg werdet ihr nicht in das Hafengebiet hineinkommen, es sei denn, du willst das Wachpersonal erschießen«, sagte Petra kichernd.

»Sollen wir vielleicht fliegen?«, fragte Torsten harsch, denn er hasste es, wenn um den heißen Brei herumgeredet wurde.

»Sie werden nicht fliegen, sondern schwimmen!«, erklärte Wagner säuerlich. »In dem Depot, in dem Sie sich gerade befinden, lagern Taucheranzüge. Ihr beide könnt gleich hier in Burcht in die Schelde steigen, dem Fluss durch Antwerpen folgen und dann in den Hafen eindringen. Nehmen Sie aber einen Schraubenschlüssel mit, mit dem Sie die Tür der Container aufschrauben können.«

»Ich werde in den nächsten Baumarkt gehen und einen kaufen!«

»Jetzt stellen Sie sich nicht so an, Renk!«, wies Wagner Torsten zurecht. »Sie finden das entsprechende Werkzeug natürlich vor Ort. Oder haben Sie die Schränke in der Halle vergessen?«

»Wenn Sie mir jetzt noch sagen können, welche Größe ich nehmen soll, wäre ich Ihnen sehr verbunden.« Torsten ärgerte sich über das Getue seines Vorgesetzten, obwohl er wusste, unter welchem Druck er stand.

Wagner erklärte ihm erstaunlich ruhig, welches Werkzeug er benötigen würde, und blickte ihn dann an, als erwarte er Wunder von ihm. »Tun Sie, was Sie können, Renk. Ich verlasse mich auf Sie. In Ihrem Quartier finden Sie alles, was Sie brauchen!«

»Das Depot hier haben Sie sicher nicht nur unseretwegen anlegen lassen, oder?«, warf Torsten ein.

Der Major schüttelte lächelnd den Kopf. »Für Sie allein stürzen wir uns natürlich nicht in solche Unkosten. Die Anlage besteht schon seit etlichen Jahren und wurde vor kurzem mit Frau Waitls Mithilfe aufgerüstet. Wissen Sie, es gibt immer mal wieder Schiffe, von denen wir wissen wollen, wohin sie fahren und welche Häfen sie unterwegs aufsuchen. Da ist so ein Stützpunkt Gold wert.«

»Dann hoffen wir, dass er es auch jetzt ist.« Torstens Müdigkeit war inzwischen zwar geschwunden, aber seine Stimme verriet seine Gereiztheit.

Petra und Wagner störten sich jedoch nicht daran, sondern gaben ihre Anweisungen und warteten dann, bis Torsten in den Keller gestiegen und die in einem Schrank verstauten Taucheranzüge entdeckt hatte.

Als er sich zurückmeldete, blickte Petra auf ihre Uhr. »So, Kaffeepause! Ich brauche jetzt Kalorien, damit meine kleinen grauen Zellen nicht eingehen. Vor Einbruch der Nacht braucht ihr euch nicht auf die Socken zu machen. Vorher melde ich mich noch einmal!«

Während Petra ihren Platz verließ, trat Wagner vor die Computerkamera. Torsten hatte seinen Vorgesetzten noch nie so angespannt erlebt. Die Sorgen hatten tiefe Spuren in das Gesicht des Majors gegraben, und in seinen Augen lag ein Ausdruck höchster Wut, gemischt mit Mutlosigkeit. »Renk, wenn Sie die Container untersucht haben, gebe ich Ihnen freie Hand für die Suche nach den Schweinen, die unsere Männer umgebracht haben. Finden Sie diese Kerle und sorgen Sie dafür, dass sie ihre gerechte Strafe erhalten.«

»Ich werde tun, was ich kann!« Torsten spürte, wie sein Jagdinstinkt erwachte. Noch verfügte er über zu wenige Teile des großen Puzzles. Doch mit jeder Stunde und jedem Tag würde er mehr Informationen sammeln, bis er die Banditen ausgeräuchert hatte. Seine Hand tastete unbewusst nach der Sphinx AT2000, doch er ließ sie sofort wieder los. Nicht Rache, sondern Gerechtigkeit war sein Ziel. Wenn er sich von seinen Gefühlen leiten ließ und die Schurken einfach niederschoss, war er nicht besser als der Kerl, der mit dem kopierten SG21 in der Weltgeschichte herumballerte.

Dieser Gedanke elektrisierte ihn. »Herr Major, hat sich unser infamer Mörder wieder gezeigt?«

Wagner schüttelte den Kopf. »Nein! Dabei bin ich mir sicher, dass er erneut zugeschlagen hat oder es bald wieder tun wird. Wenn so einer Gefallen am Töten gefunden hat, hört er nicht eher auf, als bis er aus dem Verkehr gezogen wird. Aber das ist nicht Ihr Job. Ihre Aufgabe ist es, die Container zu kontrollieren und danach die Zugräuber auszuräuchern.« Damit unterbrach der Major die Verbindung.

Torsten wandte sich mit einem verkrampften Lächeln zu Henriette um. »Dann tun wir halt Wagner den Gefallen. Sie bringen mich heute Abend zu einer Stelle am Fluss, an der ich abtauchen kann, und holen mich ein paar Stunden später wieder dort ab.«

»Wäre es nicht besser, wenn ich mitkommen würde?«

»Wie Wagner richtig sagte, soll ich nicht fliegen, sondern schwimmen. Aber Sie waren bei der Luftwaffe und nicht bei der Marine.«

»Sind Sie ein ausgebildeter Kampfschwimmer?«, wollte Henriette wissen.

»Ich habe eine dem nahekommende Ausbildung mitgemacht«, antwortete Torsten, während er einen Neoprenanzug, eine Tauchmaske und Sauerstoff-Flaschen samt anderen Ausrüstungsgegenständen aus dem Keller holte.

Henriette gab nicht auf. »Ich habe ebenfalls Tauchkurse gemacht, wenn auch privat und nicht bei der Bundeswehr. So war ich zum Beispiel zwei Wochen in Österreich am Attersee und zwei Wochen am Roten Meer.«

»Das bisschen Schnorcheln, das Sie dort gemacht haben, können Sie wohl kaum Tauchen nennen«, spottete Torsten.

»Sie brauchen aber jemanden, der Ihnen den Rücken freihält und für Sie Schmiere steht«, antwortete Henriette beherrscht, obwohl ihr die Macho-Art, die Renk jetzt wieder an den Tag legte, auf die Nerven ging. Er schien auch einer von den Männern zu sein, die der Ansicht waren, dass nur richtige Kerle in die Bundeswehr gehörten und Frauen höchstens als Ärztinnen und Sanitäterinnen geduldet werden sollten.

Mit ihrem Einwand allerdings hatte Henriette die Befürchtung angesprochen, die Torsten eben durch den Kopf gegangen war. Der Antwerpener Hafen war nicht irgendein Bassin, bei dem nach Feierabend das Licht ausgedreht wurde. Hier wurden Tag und Nacht Container verladen, und es würde nicht einfach sein, neugierigen Blicken zu entgehen. Doch ihm widerstrebte es, seine Begleiterin mitzunehmen. Zwar bestand die einzige Gefahr darin, von Hafenarbeitern oder dem Sicherheitsdienst erwischt und verhaftet zu werden, aber …

Torsten brach den Gedankengang ab, denn er erinnerte sich an eine Vorrichtung, die er unten bei den Taucheranzügen gesehen hatte. Es waren zwei zigarettenschachtelgroße Kästchen gewesen, die durch ein dünnes Kabel miteinander verbunden waren. Ein weiteres Kabel führte von jedem Kästchen zu Kopfhörern, die in eine Tauchermütze eingebaut waren.

»Auf diese Weise müsste es gehen«, sagte er leise.

»Ich kann also mitkommen?« Henriette schöpfte Hoffnung, als Renk nickte.

»Ja, aber Sie bleiben an der Leine, verstanden!«

»Leine? Wieso?«

»Warten Sie! Ich zeige Ihnen gleich etwas«, antwortete er und stieg in den Keller. Als er wieder hochkam, legte er die Teile der Vorrichtung auf den Tisch. »Es geht darum, dass wir uns verständigen können. Mit Funk geht es schlecht, denn der könnte abgehört werden. Diese Dinger hier funktionieren ähnlich wie ein Kindertelefon aus zwei Büchsen und einer Schnur. Nur ist das Kabel hier annähernd hundert Meter lang. Wir müssen darauf achten, dass wir nahe genug zusammenbleiben und die Leine nicht irgendwo hängen bleibt und reißt. Allerdings sage ich Ihnen eins: Wenn Sie einen Fehler machen und unseren Auftrag versauen, können Sie sich wieder hinter das Steuer Ihres Hubschraubers setzen und den Rest Ihrer Dienstzeit bei der Luftwaffe verbringen.«

Torsten hoffte schon, dass seine Begleiterin sich dieser Gefahr nicht aussetzen würde. Doch Henriette nahm die zweite Tauchmütze, die er mit hochgebracht hatte, zog sie sich über den Kopf und sah ihn dann fragend an. »Und wie geht es weiter?«

Torsten nahm eine Taucherbrille, setzte sie ihr auf und steckte ein weiteres Kabel in eine Buchse am unteren Rand der Brille. »Jetzt können Sie reden!«

Henriette tat es und sah Torsten lachen.

»Sie müssen schon warten, bis ich das Zeug ebenfalls aufgesetzt habe. Übrigens werden die beiden Kabel zum Kopf am Taucheranzug festgemacht, damit sie nicht durch eine unbedachte Bewegung abgerissen werden. Aber das werden wir heute Nachmittag testen. Jetzt will ich zurück ins Bett.«

Auch Henriette war immer noch hundemüde, trotzdem bedauerte sie, dass sie das einfach aussehende Kommunikationssystem nicht auf der Stelle ausprobieren konnte.

DREIZEHN

Geerd Sedersen musterte jeden Einzelnen der flämischen Unternehmer mit forschendem Blick. Wenn seine Pläne gelingen sollten, musste er genau wissen, wen er auf seine Seite ziehen konnte. Doch die flämischen Wirtschaftsmagnaten würden ihn nur dann unterstützen, wenn genug für sie heraussprang. Im Augenblick schien einigen von ihnen der zu erwartende Profit nicht der Mühe wert zu sein.

Vor allem kam es auf Gaston van Houdebrinck an, einen großen, schwer gebauten Mann, der seine Statur wie eine Waffe einsetzte, um seine Ziele durchzusetzen. Ausgerechnet dieser schüttelte nun den Kopf. »Ich sehe nicht, welchen Nutzen wir aus einer Trennung von der Wallonie ziehen würden. Damit schneiden wir uns nur von einem Markt ab, den wir jetzt problemlos beliefern können.«

»So problemlos auch nicht«, wandte ein anderer ein. »Die Erzeugnisse einiger meiner Fabriken werden im Süden boykottiert.«

»Das hat auch seine Gründe«, antwortete van Houdebrinck mit einem Hauch Verachtung in der Stimme.

Sedersen wusste, worauf van Houdebrinck anspielte. Der Mann, der sich hier beklagte, hatte sich mehrfach mit Aktivisten der Vlaams Fuist ablichten lassen und dabei antiwallonische Sprüche von sich gegeben. Das mochte man in Namur, Mons, Charleroi und Lüttich überhaupt nicht. Wallonische Fanatiker hatten als Antwort auf die verbalen Angriffe des Industriellen mehrere Filialen der Warenhauskette, die er dort aufgekauft hatte, gestürmt und demoliert. Mit solchen Zwischenfällen ließ sich in Flandern jedoch hervorragend antiwallonische Stimmung machen. Sedersen war sicher, dass es zu weiteren Ausschreitungen in beiden Teilen Belgiens kommen würde. Dann konnte es nicht mehr lange dauern, bis die beiden Völker begriffen, dass es keinen gemeinsamen Weg mehr für sie gab.

Während die anderen Versammlungsteilnehmer heftig diskutierten, überlegte er, ob er später nicht auch in der Wallonie tätig sein sollte. Dort gab es genug marode Firmen, die er für ein Butterbrot aufkaufen konnte. Schließlich interessierte es ihn nicht, ob das Geld, das in seine Taschen floss, von Flamen oder Wallonen ausgegeben wurde.

Als van Houdebrinck mit den Knöcheln der rechten Hand auf den Tisch klopfte, um für Ruhe zu sorgen, richtete Sedersen seine Aufmerksamkeit wieder auf das Gespräch. Am liebsten hätte er selbst versucht, die anderen Teilnehmer zu seiner Ansicht zu bekehren, doch in deren Augen war er ein Ausländer, der nur deswegen zu dieser Sitzung zugelassen worden war, weil er seine Hände bereits in zu vielen flämischen Unternehmen stecken hatte. Von belgischer Politik sollte er ihrer Ansicht nach jedoch die Finger lassen. Zwar saßen in diesem Kreis Gesinnungsfreunde, die in seinem Sinne handelten, doch nicht einmal zusammengenommen brachten sie das Gewicht auf, welches van Houdebrinck auf die Waagschale legen konnte.

»Ihr vergesst die EU! Sie wird niemals zulassen, dass ihr Zentrum Brüssel in den Strudel eines auseinanderfallenden Belgiens hineingezogen wird«, erklärte dieser beschwörend.

Giselle Vanderburg, eine elegante Frau mit der Figur eines Mannequins und einem messerscharfen Verstand, der sie zu einer der führenden Immobilienmaklerinnen Flanderns gemacht hatte, lachte spöttisch auf. »Brüssel ist immer noch unsere Stadt, und die EU hat uns nichts dreinzureden! Mir wäre es fast lieber, sie würde alle Institutionen aus unserem Land abziehen. Was hat uns die EU in Brüssel denn gebracht? Zigtausend Pendler und Zuzügler aus der Wallonie, die jetzt so tun, als wäre es eine wallonische Stadt, und EU-Angestellte, die ebenfalls Französisch plappern. Auf die können wir wirklich verzichten.«

»Wir verdienen gut an der EU in Brüssel«, konterte van Houdebrinck. »Außerdem ist es eine Tatsache, dass die Bewohner der Stadt schon weitaus länger mehrheitlich Französisch sprechen. Was wollen Sie mit diesen Leuten tun? Sie über eine noch nicht existierende Grenze jagen?«

»Wenn sie nicht freiwillig gehen, ja!«, brüllte einer von Zwengels engsten Verbündeten dazwischen.

Van Houdebrinck machte eine abwertende Handbewegung in die Richtung des Mannes und richtete beschwörende Worte an die anderen Unternehmer. »Meine Damen und Herren, es ist schon schlimm genug, dass sich das Gesindel auf den Straßen versammelt und die öffentliche Ordnung stört. Dabei ist es bereits zu Mord und Totschlag gekommen! Wollen wir uns wirklich mit solchen Leuten gemeinmachen?«

Giselle Vanderburg warf ihm einen vorwurfsvollen Blick zu. »Wer mordet denn hier? Nicht wir Flamen! Denkt an die armen Kerle von der Staatsbahn, die auf offener Strecke überfallen und umgebracht worden sind. Die Täter waren Wallonen! Das mussten selbst die wallonischen Zeugen zugeben, die dieses Schurkenstück beobachten konnten. Die Ermordeten waren brave flämische Bahnangestellte und ein paar deutsche Kollegen.«

Van Houdebrinck unterbrach sie. »Unter den Ermordeten waren auch Wallonen!«

Die Maklerin ließ sich nicht beirren. »Da seht ihr, wie skrupellos diese wallonischen Banditen vorgehen. Es wird nicht mehr lange dauern, und dann fallen sie in unserem eigenen Land über uns her und ermorden Frauen und Kinder. Ich sage euch, es gibt nur eine Möglichkeit für uns, die Zukunft zu gestalten: Das ist die freie Republik Flandern! Ohne den wallonischen Ballast werden wir einen reichen, starken Staat aufbauen.«

»Vielleicht mit einem Frans Zwengel als Minister- oder gar als Staatspräsident?«, fragte van Houdebrinck spöttisch.

Einige lachten. In ihren Augen war Zwengel der Chef einer radikalen Splitterpartei, der wegen seiner Umtriebe über kurz oder lang ins Gefängnis wandern würde.

Die Vorstandsvorsitzende eines Getränkekonzerns winkte mit beiden Händen ab. »Zwengel ist der Letzte, der etwas zu sagen haben darf. Hat einer von euch sein letztes Pamphlet gelesen? Nein? Ihr solltet aber die Kernpunkte seiner Politik kennen, damit ihr wisst, mit wem ihr es zu tun habt. Zwengels Ziel ist ein großflämischer Staat, der außer der Region Flandern auch den südlichen Teil der Niederlande, ein Drittel der heutigen Wallonie sowie alle Gebiete in der Bundesrepublik Deutschland umfassen soll, die irgendwann einmal zum Herzogtum Brabant, der Grafschaft Limburg, dem Fürstbistum Leuk oder zum einstigen Herzogtum Burgund gehört haben. Wie auffällig muss der Mann eigentlich noch werden, bis er aus dem Verkehr gezogen werden kann? Mit ihrem Geplärre bringen Zwengel und seine Anhänger neben den Wallonen auch noch die Niederländer, die Deutschen und wahrscheinlich auch die Franzosen gegen uns auf. Diesen Umtrieben müssen wir Einhalt gebieten! Wenn es zu einer Trennung zwischen uns und der Wallonie kommen sollte, dann muss dies in aller Ruhe und mit demokratischen Mitteln vonstattengehen und darf nicht geradewegs in einen Bürgerkrieg führen.«

»Ich bin gegen eine Trennung«, erklärte von Houdebrinck mit eisiger Stimme. »Als Gemeinderat meines Heimatorts habe ich einen Eid auf den König geleistet, und niemand wird mich dazu bewegen können, diesen zu brechen. Jeder von euch weiß, dass ich ein guter Flame bin, doch solange es in Belgien einen König gibt, bin ich auch Belgier. Es lebe der König!«

Dieser Aufruf wurde von einigen der Anwesenden aufgenommen. »Lang lebe König Albert II. und nach ihm König Filip!« Gläser wurden gehoben, und während Sedersen seinen Ärger nur mühsam verbergen konnte, prosteten mehrere Männer und Frauen einander zu.

Van Houdebrinck wandte Zwengels Verbündeten mit einer verächtlichen Geste den Rücken zu und sah zufrieden, dass die Wirtschaftsführer, die seine Meinung teilten, die Mehrheit ausmachten. »Wir müssen mehr Druck auf unsere flämischen Politiker ausüben, damit sie ihre Forderungen mäßigen. Es bringt uns nichts, wenn Belgien zusammenbricht und die gesamte Wirtschaft den Bach heruntergeht.«

»Das wird sie aber, wenn wir uns nicht die wallonischen Bettelsäcke vom Hals schaffen!«, brüllte einer seiner Gegner, doch ihm stimmten nur diejenigen zu, die bereits vorher mit Zwengel im Bunde gewesen waren.

Für Sedersen war die Veranstaltung eine einzige Enttäuschung. Er hatte gehofft, dass es seinen Verbündeten gelingen könnte, auch die übrigen flämischen Unternehmer auf ihre Seite zu ziehen. Stattdessen ging das gegnerische Lager sogar gestärkt aus dieser Zusammenkunft hervor.

»Daran ist nur von Houdebrinck schuld«, sagte er kurze Zeit später zu Zwengel, der in der Nähe des Versammlungsorts auf ihn und seine Anhänger gewartet hatte.

»Ich habe den Kerl für einen guten Flamen gehalten. Aber er ist ein halber – was sage ich! –, ein ganzer Wallone. Der Teufel soll ihn holen!«, giftete der Nationalist. »Was wollen Sie jetzt tun? Etwa aufgeben und mit eingezogenem Schwanz verschwinden?«

Sedersen hob abwehrend die Hände. »Dafür ist der Zug bereits zu weit gefahren. Ich werde mehr Dampf machen, und dann wird die Sache so laufen, wie wir es erwarten.«

»Vielleicht sollten wir auf die Verbindung mit den Niederländern verzichten. Hier in Flandern ist dieses arrogante Pack nicht gerade beliebt«, mischte sich einer der Zwengel-Anhänger ein.

»Da kannst du recht haben! Wenn hier zu viele Holländer herumschwirren, bekommen die Leute Angst, wir wollten Flandern den Niederlanden anschließen. Dazu hat hier wirklich keiner Lust«, sprang ein Dritter ihm bei.

Zwengel ballte die Fäuste. »Wir brauchen Eegendonk und seine Miliz, wenn wir nicht Leuten wie van Houdebrinck das Feld überlassen wollen.«

Sedersen teilte diese Einschätzung. Ohne eine bewaffnete Macht im Rücken konnten sie nichts erreichen. Trotzdem würde er Zwengel und den Niederländer unter Kontrolle halten müssen, damit ihm der geplante Umsturz nicht entglitt. Im Augenblick jedoch war van Houdebrinck seines großen Einflusses wegen für ihre Sache weitaus gefährlicher als ein paar Holländer. Er überlegte schon, das SG21 einzusetzen, schüttelte dann aber den Kopf. Es durfte hier keine Morde geben, bei denen die Behörden Parallelen zu den Vorfällen in Deutschland erkennen konnten. Aber er musste den Mann, der aus sentimentalen Motiven an Albert II. von Belgien hing, aus dem Weg räumen. Dazu benötigte er Rechmanns Talente.

VIERZEHN

Torsten und Henriette brachen kurz vor Einbruch der Dunkelheit auf. Bis auf das Kopfteil hatten sie die Neoprenanzüge bereits angezogen und mit T-Shirt und Bluse getarnt, um nicht aufzufallen. Der Rest ihrer Ausrüstung befand sich im Kofferraum ihres Wagens.

»Es wird ja keiner auf unsere Hosen schauen«, meinte Torsten grinsend, während seine Begleiterin den Wagen durch das Industriegebiet von Burcht zur Schelde lenkte.

Henriette blickte kurz an sich hinab. Ihr Taucheranzug war eine Nummer zu groß, während Renks Anzugbeine bereits an den Waden endeten. Aus unerfindlichen Gründen hatten Wagners Leute nur Taucheranzüge mittlerer Größe in dem Depot gelagert, anstatt auch zu berücksichtigen, dass jemand auf blanken Sohlen fast eins neunzig messen konnte. Ihre Brüder hätten das Ding nicht mehr verwenden können.

»Sie sollten mehr auf die Straße als auf meine Beine schauen!«

Torstens Zwischenruf brachte Henriette dazu, sich wieder auf ihre Aufgabe zu konzentrieren. »An welcher Stelle sollen wir in die Schelde steigen?«

»Ein Stück weiter vorne ist ein Platz, an dem wir ohne Probleme ins Wasser kommen. Um die Zeit treibt sich dort gewöhnlich auch niemand herum. Allerdings müssen wir durch die ganze Stadt schwimmen, um zu den Häfen zu gelangen. Flussabwärts geht es, aber der Rückweg wird hart werden.«

Henriette konnte Renks Stimme nicht entnehmen, ob dies ein letzter Versuch war, ihr das Mitkommen auszureden.

»Ich werde es schaffen«, antwortete sie bestimmt und hörte ihren Begleiter leise lachen.

»Das will ich hoffen! Wir werden den Scooter zunächst mitschleppen und ihn erst auf dem Rückweg einsetzen, wenn wir gegen die Strömung zu kämpfen haben. Ich konnte nicht feststellen, wie gut seine Akkus aufgeladen sind, und will nicht das Risiko eingehen, hinterher bei einer der vielen Hafenanlagen an Land klettern zu müssen.«

»Eine kleine Hilfe ist besser als gar keine Hilfe«, sagte Henriette leichthin, um ihre Nervosität zu verbergen.

»Noch etwas: Auf dem Weg durch die Stadt sollten Sie aufpassen, immer beim Scooter zu bleiben. Unser Kommunikationsdraht ist keine Sicherheitsleine. Das Ding reißt, wenn zu viel Zug darauf kommt.«

»Ich werde achtgeben!« Henriette bemühte sich, freundlich zu bleiben, obwohl Renks ständige Ratschläge an ihren Nerven zerrten. Andererseits verstand sie seine Beweggründe. Immerhin war sie neu in dem Geschäft, und er trug die Verantwortung für sie.

Nun ging es an langen Fabrikhallen vorbei, und bald sah sie die Schelde vor sich, in deren Wasser sich das Licht der Straßenbeleuchtung widerspiegelte. Henriette starrte so gebannt darauf, dass Torsten sie anranzte. »Achtung! Das Navi sagt, dass Sie gleich links abbiegen müssen.«

Mit einem leichten Grummeln befolgte Henriette die Anweisung, die sie wieder von der Schelde weg führte. Gleich darauf forderte das Navigationssystem sie auf, erneut abzubiegen. Vor ihnen lag ein asphaltierter Platz, von dem zwei Zufahrten zu Werkshallen abgingen. Dahinter lag die von Renk genannte Anlegestelle. Im Grunde handelte es sich nur um eine schmale, ein Stück in den Fluss hineinragende Pier, aber sie bot eine gute Möglichkeit, in den ansonsten mit Zäunen oder dichter Vegetation gesäumten Fluss zu steigen.

»Stellen Sie den Wagen da drüben ab«, befahl Torsten. »Dort beginnt der Stadtpark. Wenn jemand unser Auto bemerkt, wird er annehmen, wir würden spazieren gehen oder die Einsamkeit für gewisse Dinge ausnützen.«

Henriette gehorchte, zog dann den Zündschlüssel ab und sah Renk fragend an. »Was machen wir mit dem Schlüssel?«

»In einen wasserdichten Beutel stecken und mitnehmen.« Ohne weiter auf sie zu achten, stieg Torsten aus und sah sich forschend um. Soweit er feststellen konnte, befand sich niemand in der Nähe. Auf dieser Seite der Schelde hatten die Arbeiter längst Feierabend gemacht, und der Werksschutz der einzelnen Firmen interessierte sich nicht für einen Wagen, der außerhalb ihres Aufsichtsbereichs parkte.

Torsten holte seine restliche Tauchausrüstung heraus und streifte sich die Kappe über. Während er das Ventil der Sauerstoff-Flasche öffnete und diese auf dem Rücken festschnallte, sah er, dass seine Begleiterin neben dem Auto stand und noch immer den Zündschlüssel in der Hand hielt.

»Achtung«, rief er und warf ihr einen der beiden wasserdichten Beutel zu.

Henriette fing ihn auf, verstaute den Autoschlüssel darin und kam dann auf ihn zu. »Wo sind meine Sachen?«

»Noch im Kofferraum! Warten Sie, ich helfe Ihnen!« Torsten wollte ihr die Tauchkappe über den Kopf ziehen.

»Nein Danke, das mache ich lieber selbst. Dann weiß ich, dass das Ding richtig sitzt.« Henriette schloss ihren Taucheranzug bis zum Hals und setzte sich die Kappe auf. Bei der Sauerstoff-Flasche ließ sie sich von Torsten helfen, kontrollierte vorher aber, ob das Ventil auch richtig eingestellt war. Dann schlüpften beide in die langen Schwimmflossen.

Renk steckte seine Sphinx AT2000, mehrere Schraubenschlüssel und die Ersatzplomben in einen wasserdichten Beutel, den er vor der Brust befestigte.

»Das sollten Sie auch tun«, riet er Henriette.

»Glauben Sie, dass wir schießen müssen?«, fragte diese besorgt.

Torsten schnaubte. »Wie sagt Wagner immer so schön? Er werde nicht fürs Glauben bezahlt, sondern fürs Wissen. Und ich weiß wirklich nicht, ob wir Schwierigkeiten mit dem Wachpersonal bekommen oder gar auf Banditen stoßen. Wir werden jedoch nur dann schießen, wenn es keinen anderen Ausweg gibt.«

»Ich würde am liebsten gar nicht schießen«, gab Henriette zu.

»Ich auch nicht. Wenn man uns entdeckt, haben wir einen erbärmlich schlechten Job gemacht. Jetzt kommen Sie endlich! Wir sind zum Arbeiten hier und nicht zum Schwatzen.« Torsten nahm das Kommunikationsgerät und hakte es am Gürtel ein. Dasselbe tat er bei Henriette.

»Jetzt testen wir einmal, wie die Dinger funktionieren!« Er setzte die Taucherbrille mit dem integrierten Mundstück auf und stöpselte die Verbindung ein. Henriette folgte seinem Beispiel und sah ihn fragend an.

»Können Sie mich hören?«, fragte er.

Henriette nickte. »Laut und deutlich. Und Sie?«

»Sie können ruhig ein wenig leiser reden. Noch brauche ich kein Hörgerät.« Torsten lachte, hob den Scooter aus dem Kofferraum und schloss diesen.

»Kommen Sie, Leutnant. Es wird Zeit.« Nach einem letzten Blick in die Runde, wo nichts Verdächtiges zu erkennen war, stapfte er los. Henriette rollte das Verbindungskabel an ihrem Gürtel ein wenig ein, damit es nicht über die Erde schleifte, und folgte Torsten. Auf dem Weg zum Pier wurde ihr bewusst, dass dies ihr erster richtiger Einsatz für ihre neue Dienststelle war.

FÜNFZEHN

Jef van der Bovenkant war hundeübel. Zwar hatte Zwengel, sein verehrter Anführer, ihm erklärt, die Tat müsse vollbracht werden, wenn sie das große Ziel erreichen wollten. Trotzdem würgte es ihn bei dem Gedanken, in Kürze mitzuhelfen, eine unschuldige flämische Familie auszulöschen, nur um die Schuld daran den Wallonen in die Schuhe schieben zu können. Natürlich wollte er nicht, dass dieses Französisch sprechende Volk weiterhin von Flandern gefüttert und gehätschelt wurde wie ein Kranker, der in der Klinik am Tropf hängt. Dafür hatten die Wallonen die Flamen zu lange beherrscht und wie dumme Bauern behandelt.

Sollen sie sich doch von Paris ernähren lassen, sagte Jef sich und versuchte, seine Gewissensbisse zu unterdrücken. Doch auch dieser Gedanke wog das Gefühl nicht auf, dass er auf dem Weg war, seine Hände in das Blut von Unschuldigen zu tauchen. Da half ihm auch Zwengels Bemerkung, dass der Zweck die Mittel heilige, wenig.

Die anderen Männer in dem Kleinbus, der seiner Aufschrift nach aus einem Nest bei Namur stammte, schienen keine Zweifel zu kennen. Rechmann, der hünenhafte Deutsche mit dem Säuglingsgesicht, lachte gerade schallend, während sein Stellvertreter Lutz Dunker seine Pistole durchlud und tätschelte, als könne er es nicht erwarten, auf Menschen zu schießen.

Sie waren zu neunt, alle mit Tarnanzügen der französischen Armee bekleidet und mit französischen Pistolen und Sturmgewehren bewaffnet. Trotzdem fragte Jef sich, wie diese Männer eine wallonische Terrorbande darstellen wollten. Er war der Einzige, der fließend Französisch mit Brüsseler Dialekt sprach. Die anderen durften den Mund nicht aufmachen, denn trotz aller Bemühungen klangen die paar französischen Brocken, die er ihnen beigebracht hatte, einfach grauenhaft. Jeder, der diese Sprache halbwegs beherrschte, musste den deutschen Akzent heraushören.

Trotz seiner Übelkeit und seiner Angst war Jef froh, dass Rechmann für dieses Verbrechen außer ihm nur Deutsche ausgewählt hatte. Flamen, die andere Flamen oder gar eine Frau oder ein Kind töteten, wären ein Alptraum für ihn gewesen.

»He, Kleiner, wenn du kotzen musst, halte den Kopf zum Fenster hinaus«, spottete Rechmann, dem der Zustand des neben ihm sitzenden Burschen trotz der Dunkelheit nicht entging. Er saß selbst am Steuer und fuhr die Autobahn in Richtung Lüttich. Hasselt und Diepenbeek lagen bereits hinter ihnen.

»Wir sind bald da«, setzte er sein einseitiges Gespräch mit van der Bovenkant fort.

Jef schluckte und versuchte sich zusammenzunehmen. Das Unternehmen war wichtig für Flandern!, beschwor er sich. Dennoch fragte er sich, ob es der Sache guttat, wenn sie auf diese Art gefördert wurde.

»Du weißt, was du zu tun hast?« Rechmanns Stimme wurde schärfer, denn es hing in erster Linie von dem jungen Flamen ab, ob ihr Vorhaben so gelang, wie er es geplant hatte.

»Ich werde ein paar Sätze auf Französisch sagen, während ihr die Leute umbringt!« Jefs Stimme zitterte so, dass Rechmann wütend schnaubte.

»Nimm dich zusammen, Bürschchen! Wenn du die Sache versaust, nehme ich dich persönlich zur Brust.«

Diese Drohung ließ Jef zusammenzucken. Ich hätte mich

nie auf diese Kerle einlassen dürfen, fuhr es ihm durch den Kopf. Doch der Übergang vom fröhlichen Rabauken, der mit anderen Parolen skandierend durch die Straßen gezogen war und sich mit Wallonen geprügelt hatte, zum Handlanger kaltblütiger Mörder war so schleichend vor sich gegangen, dass er zu spät begriffen hatte, worauf er sich einließ. Es war ein Fehler gewesen, sich von Zwengels Parolen begeistern zu lassen und dem Mann bedenkenlos zu folgen. Doch wenn er nun ausstieg, würde Rechmann ihn mit derselben Gleichgültigkeit umbringen, mit der er eine Fliege zerquetschte.

»Junge, wenn ich mit dir rede, erwarte ich eine Antwort!«, schnauzte Rechmann ihn an.

»Ich ... ich werde es schon schaffen!« Wie um sich selbst davon zu überzeugen, wiederholte Jef die französischen Sätze, die er sich zurechtgelegt hatte.

»Ist ja schon gut! Hauptsache, du bringst dein Maul in dem Moment auf, in dem es nötig ist.« Rechmann verließ die Autobahn bei der Ausfahrt Tongeren und folgte der Nationalstraße 79 bis in die Stadt und bog dann auf die N 69 ab. Sie näherten sich der Grenze zur Provinz Lüttich. Wenn ich zu weit fahre, erwischt es Leute auf der verkehrten Seite, dachte er mit einem gewissen Amüsement. Irgendwann, hatte Sedersen ihm erklärt, würden sie auch dort Todeskommando spielen müssen. Aber das musste im richtigen Augenblick geschehen. Nun galt es erst einmal, den Zorn der Flamen anzustacheln.

Kurze Zeit später bog er nach links ab in Richtung Lauw. Von hier aus konnte man bereits in die Wallonie hinüberspucken. Rechmann blickte kurz auf die Anzeige des Navigationssystems. Sie waren schon in der Nähe des Hauses, das Karl Jasten am Vortag ausgewählt hatte. Für diese Aktion waren zwei Dinge wichtig: Das Gebäude musste weit genug weg von ihrem eigenen Hauptquartier und gleichzeitig einsam liegen, damit die Nachbarn nicht sofort herbeieilen konnten.

»Kameraden, haltet die Waffen bereit! Wir führen die Sache

wie besprochen durch.« Rechmann hielt den Wagen knapp hundert Meter vor dem Haus an und stieg aus. Die deutschen Neonazis mit Lutz Dunker an der Spitze folgten ihm sofort, während Jef wie festgewurzelt sitzen blieb.

Rechmann ging um den Kleinbus herum und klopfte gegen die Beifahrertür. »Rauskommen! Und mach keinen Unsinn, verstanden?« Da einer seiner Begleiter kurz die Taschenlampe einschaltete und in den Wagen hineinleuchtete, sah er den Flamen nicken.

Sein Ärger galt aber dem Mann mit der Taschenlampe. »Mach die Funzel aus, du Idiot! Oder willst du die Leute auf uns aufmerksam machen? Und du, Kleiner, gehst jetzt brav zu dem Haus und sagst dort dein Sprüchlein auf.«

Ein harter Stoß mit dem Ellbogen trieb Jef in Richtung des Gebäudes. Für einen Augenblick überlegte der junge Flame, ob er die Dunkelheit ausnützen und fliehen sollte. Vielleicht konnte er damit das Leben der Menschen retten, die jetzt noch ahnungslos vor ihrem Fernseher saßen oder schon schliefen.

Doch bevor er einen Schritt zur Seite machen konnte, packte Lutz Dunker ihn am Arm. Dieser war in seiner Heimat der Anführer einer kleinen Gruppe Neonazis gewesen, die kaum mehr hatten tun können, als hie und da Ausländer, Obdachlose oder Behinderte zu belästigen und zwischendurch zu Kameradschaftsabenden zu fahren. Nun aber verlieh ihm die Waffe in seiner Hand jene Macht über Leben und Tod, die er sich so lange gewünscht hatte.

»Mach keinen Unsinn!«, warnte er Jef auf Deutsch.

Der blickte nach unten und sah im Licht der schmalen Mondsichel den Lauf der Pistole schimmern, die Dunker in der Hand hielt. Eine Kugel war auf jeden Fall schneller als er, und wenn die Nachbarschaft durch die Schüsse aufmerksam wurde, würden noch mehr Menschen sterben als nur die Familie in dem Haus, das jetzt wie ein dunkler Klotz vor ihm aufragte.

Jef erreichte die Tür und sah das beleuchtete Klingelschild

vor sich. Der Name, den er dort las, verstärkte seine Gewissensqualen, denn so hieß auch ein guter Freund von ihm.

Als er sich umdrehte, sah er, dass Rechmanns Leute ihre Positionen eingenommen hatten. Wer auch immer die Tür öffnete, würde sie nicht mehr rechtzeitig schließen können.

»Mach jetzt!«, fuhr Rechmann Jef mit leiser Stimme an. Der junge Mann streckte die Hand in Zeitlupentempo aus und hoffte, die Klingel würde nicht funktionieren oder es käme wenigstens niemand heraus.

Da griff Lutz Dunker an ihm vorbei und läutete Sturm. »So macht man das!«, erklärte er Jef spöttisch.

Dieser starb beinahe vor Schreck, als er im Haus Schritte hörte und plötzlich Licht aus dem kleinen Viereck des Flurfensters drang. Dann drehte jemand den Schlüssel um.

Jetzt ist die letzte Chance, die Leute zu warnen, fuhr es Jef durch den Kopf, doch er brachte kein Wort über die Lippen.

Die Tür wurde einen Spalt breit geöffnet, und ein Mann mittleren Alters sah heraus. »Sie wünschen?« Eigentlich hätte Jef jetzt auf Französisch antworten sollen, doch Lutz Dunker gab ihm keine Gelegenheit dafür. Der Neonazi hob seine mit einem Schalldämpfer versehene Pistole und drückte ab.

Der Knall des Schusses erschien Jef so laut, dass man ihn seiner Meinung nach nicht nur in Lauw, sondern auch drüben in Oreye hören musste. Tatsächlich war es nicht viel mehr als ein unterdrücktes Knacken, das nicht einmal bis ins Innere des Hauses drang.

»Wer ist es denn, Simon?«, rief eine Frauenstimme.

Rechmann gab seinen Männern einen Wink. Sofort drangen vier von ihnen mit Dunker an der Spitze ins Haus, während der Rest draußen Posten bezog.

Jef hörte, wie jemand aufkreischte und sofort darauf verstummte. Das Geräusch der schallgedämpften Schüsse erahnte er mehr, als dass er es hörte. Trotzdem war ihm bewusst, dass Dunker und seine Kumpane ein Massaker veranstalteten.

»Wenn der Idiot alle abknallt, bringe ich ihn um«, fluchte Rechmann und versetzte Jef einen heftigen Stoß.

»Los, rein mit dir! Und plappere gefälligst Französisch!«

Jef stolperte in den gekachelten Flur und stand Sekunden später in einem schmucken Wohnzimmer, an dessen Seitenwand die Fahne Flanderns hing. Er starrte darauf, sah dann zwei starre Gestalten am Boden liegen, eine etwa vierzigjährige Frau und einen halbwüchsigen Burschen. Beide hatten kleine Löcher auf der Stirn und lagen in größer werdenden Blutlachen. Der Anblick drehte Jef die Eingeweide herum, und er glaubte, jeden Augenblick erbrechen zu müssen. Dann bemerkte er ein kleines Mädchen, das etwa acht Jahre alt sein mochte und sich verzweifelt in die Lücke zwischen Couch und Wand presste. Ein älteres Kind versuchte, sich neben der Anrichte unsichtbar zu machen, indem es seinen Rock über den Kopf zog.

Dunker, dessen Gesicht hinter einer Maske in Tarnfarben verborgen war, hob gerade die Pistole, um auch die beiden Kinder zu erschießen. Da versetzte Rechmann ihm einen Schlag auf den Arm und deutete mit einer Bewegung des Kopfes zur Küchentür. Dunker stürmte hin und rammte sie mit der Schulter auf. Neben dem Kühlschrank kauerte eine ältere Frau und versuchte mit zitternden Fingern ein Handy zu bedienen. Rechmanns Komplize trat hinter sie, setzte den Lauf seiner Waffe auf ihren Nacken und schoss.

Die Frau wurde wie durch einen heftigen Schlag nach vorne geschleudert und blieb reglos liegen. Die Mädchen schrien entsetzt auf und versuchten sich noch kleiner zu machen.

Rechmann, der wie alle eine Maske übergezogen hatte, blitzte Jef an. »Jetzt rede schon!«, schien sein Blick zu sagen.

Jef biss sich auf die Zunge, um den Speichelfluss anzuregen, und befeuchtete sich die strohtrockenen Lippen.

»Los, Hände hoch!«, befahl er auf Französisch. Seine Stimme schien kratzig und mit einem fürchterlichen flämischen Akzent behaftet zu sein.

Die Kinder reagierten nicht. Er gab noch einen weiteren Satz von sich und drehte sich dann zu Rechmann um. »Macht endlich ein Ende!«

»*Oui, mon capitaine*!« Rechmann hob die Linke, um Lutz Dunker daran zu hindern, das Opfer zu töten. Dann schritt er auf das größere Mädchen zu, zielte und schoss.

Jef wandte sich ab. Er hörte den dumpfen Knall der Pistole und schoss förmlich aus dem Haus hinaus.

Lutz Dunker folgte ihm und drückte ihm eine Plastiktüte in die Hand, die er in der Küche gefunden hatte. »Wenn du kotzen musst, dann tu es hier herein. Lass aber kein Bröckchen auf den Boden fallen. Die Spezialisten der flämischen Polizei würden damit rasch herausfinden, wer die Leute hier umgelegt hat!«

»Ich habe sie nicht umgelegt«, fuhr Jef entsetzt auf.

»Mitgegangen, mitgefangen, mitgehangen«, spottete Dunker.

Unterdessen kam Rechmann aus dem Haus. »Gab es was Auffälliges?«, fragte er die Männer, die Wache gehalten hatten.

»Nichts«, antwortete einer.

»Dann nichts wie zurück zum Wagen. Passt aber auf, dass ihr nichts verliert, was uns verraten kann!«

Diese Warnung war überflüssig, denn keiner der Männer hatte etwas eingesteckt, was auf ihn hinweisen konnte. Nicht einmal Zigaretten hatten sie bei sich, damit keine achtlos weggeworfene Kippe zu einer verräterischen Spur würde.

Rechmann hat an alles gedacht, durchfuhr es Jef, und es macht ihm Spaß, Leute umzubringen. Auf einmal fror er, und er war froh, als sie den Kleinbus erreichten und er sich wieder auf den Beifahrersitz setzen konnte. Für sein Gefühl hatte der Überfall Stunden gedauert, doch als er jetzt auf die Leuchtanzeige der Uhr im Armaturenbrett blickte, begriff er, dass er erst vor knapp fünf Minuten ausgestiegen war. Sein letzter

Gedanke galt dem kleinen Mädchen, das Rechmann am Leben gelassen hatte, damit es berichten konnte, böse Wallonen hätten sie und ihre Familie überfallen, und er ekelte sich vor sich selbst.

SECHZEHN

Obwohl Henriette und Torsten den Scooter mitschleppten, kamen sie besser voran als erwartet. Ihnen kam nicht nur zugute, dass sie mit der Strömung schwimmen konnten, sondern auch der Umstand, dass es auf der Strecke keine Brücken gab und in der Nacht nur wenig Schiffsverkehr herrschte. Torsten überprüfte mehrmals das Kommunikationskabel, das ihn mit Henriette verband, sparte sich aber seinen Atem für den Tauchgang und gab ihr nur die notwendigsten Anweisungen, die sie zu seiner Erleichterung sofort befolgte.

Da ihre Taucherbrillen mit Restlichtverstärkern ausgerüstet waren, erwies sich die Dunkelheit nicht als großes Hindernis, wie Henriette befürchtet hatte. Dennoch orientierte sie sich mit allen Sinnen. Als sie ein sich näherndes Geräusch vernahm, tippte sie Torsten an.

»Ich höre was«, meldete sie so leise, dass er es kaum verstand.

»Ein Schiffsmotor. Warten Sie, ich sehe mal nach, wie weit der Kasten von uns entfernt ist!« Mit einem einzigen Flossenschlag schoss er zur Oberfläche, kam aber nur mit dem halben Kopf aus dem Wasser. Nicht weit von ihnen entfernt tuckerte ein Ausflugsdampfer die Schelde hoch. Sein Deck und die Innenräume waren hell erleuchtet, und man konnte Musik, fröhliche Stimmen und lautes Lachen vernehmen.

»Die feiern Antwerpen bei Nacht«, gab er Henriette durch, als er wieder abtauchte, und wies sie mit einer Berührung an der Schulter an weiterzuschwimmen.

»Wir müssen aufpassen, dass wir nicht unter einen solchen Kasten geraten. Eine Schiffsschraube wirkt wie ein Hackmesser, und ich habe keine Lust, als blutiges Bündel irgendwo weiter stromabwärts ans Ufer gespült zu werden.«

»Ich auch nicht.« Henriette horchte, um den Abstand zu dem Ausflugsschiff bestimmen zu können. Kurz darauf hatten sie den Dampfer passiert und schwammen schneller. Ein tiefschwarzer Schatten tauchte zu ihrer Rechten auf und schien sie förmlich zu erdrücken.

»Was ist das?«, fragte Henriette erschrocken.

»Der Steen, die alte Burg von Antwerpen. Das Ding tut uns mit Sicherheit nichts!« Torsten lachte leise und winkte seiner Begleiterin, enger bei ihm zu bleiben. Die Burg blieb hinter ihnen zurück, und bald darauf machte der Strom eine Biegung nach links.

Hier begann das Hafengelände, und Torsten befahl Henriette, auf das Ufer zuzuhalten. »Wir dringen über die Kattendijksluis ein. Dort herrscht weitaus weniger Betrieb als weiter oben. Allerdings müssen wir schnell sein und dürfen nicht vergessen, auf die vorbeifahrenden Autos zu achten.«

»Okay!« Henriette biss die Zähne zusammen und schwamm auf die Schleuse zu.

Zu ihrem Glück waren die Krampen, die eine ins Wasser führende Leiter bildeten, recht breit, und so konnten sie gleichzeitig an der Mauer vor dem geschlossenen Schleusentor hochsteigen. Kurz vor der Kante der Ufermauer sahen sie sich noch einmal um und kletterten dann rasch an Land. Trotz der hinderlichen Flossen liefen sie im Schatten eines mehrstöckigen Gebäudes rasch über die betonierte Fläche und gelangten ungesehen auf die andere Seite des Schleusentors. Torsten hatte zunächst noch erwogen, den Scooter vor der Schleuse an den Krampen der Leiter festzubinden, aber die Gefahr, dass das Ding durch einfahrende Schiffe und Schleusenbewegungen beschädigt wurde, war ihm zu groß. Zudem konnte er nicht mit Sicherheit sagen, ob sie das Hafengebiet an dieser Stelle verlassen würden.

»Das hätten wir geschafft. Jetzt müssen wir wieder ins Wasser«, sagte Torsten und begann, mit dem Scooter belastet an den eisernen Griffen hinabzuklettern, die von der Kaimauer nach unten führten.

Henriette folgte ihm und achtete währenddessen darauf, dass der Kommunikationsdraht nirgends hängen blieb. Kurz darauf tauchten beide unter und drangen in das Kattendijkdok ein. Um zum Churchilldok zu gelangen, in dessen Nähe laut Petra die gesuchten Container stehen sollten, mussten sie weitere Bereiche des Hafens durchqueren. Obwohl in der Nacht nur einzelne Frachter entladen wurden, war das gesamte Gelände taghell ausgeleuchtet. Dennoch kamen sie unbemerkt voran und bogen schließlich in das Becken des Churchilldoks ein.

Dort entdeckten sie beim Auftauchen einen Sicherheitsmann, der mit einem Hund patrouillierte.

»Was machen wir jetzt?«, fragte Henriette besorgt.

Torsten kontrollierte noch einmal seinen GPS-Kompass und wies mit der Rechten auf eine große Lagerhalle, vor der zwei Reihen Container standen. »Dort muss ich hin. Ich lasse die Flossen und die Sauerstoff-Flasche hier bei Ihnen. Unser Verbindungsdraht ist lang genug. Wenn etwas Auffälliges geschieht, warnen Sie mich.«

Henriette nickte, obwohl sie keine Ahnung hatte, wie sie das weitläufige Gelände unter Beobachtung halten sollte, ohne selbst entdeckt zu werden. Sie war so angespannt, dass einzelne Muskeln unkontrolliert zuckten, während sie den Wachmann beobachtete, der eben in Richtung Kanaldok B1 verschwand.

»Wenn Sie sich jetzt beeilen, könnten Sie es schaffen!«, raunte sie ihrem Vorgesetzten zu.

Torsten hatte sich aller Ausrüstungsgegenstände entledigt,

die er nicht benötigte, übergab sie Henriette und kletterte zum Kai hoch. Oben spähte er vorsichtig über die Kante und prüfte, ob jemand in der Nähe war. Dann schwang er sich aufs Trockene und spurtete los.

Henriette, die ebenfalls bis zur Kante hochgeklettert war, sah, wie er im Laufen das Verbindungskabel ausrollte, ohne dass es sich nur einmal straff zog. Obwohl die Container, von denen teilweise bis zu sieben übereinandergestapelt worden waren, ihn nach kurzer Zeit verdeckten, schien er sie noch zu sehen.

»Vorsicht! Sie strecken den Kopf zu weit über die Kaimauer!«, hörte sie ihn sagen. Dann wurde es still.

SIEBZEHN

Die riesige Hafenanlage war zu groß, um flächendeckend überwacht werden zu können. Torsten wusste zwar von Petra, dass es Kameras gab, aber die Computerspezialistin hatte ihm versprochen, in deren Steuerung einzugreifen. Daher konnte er sicher sein, dass sie weder ihn noch Henriette aufzeichnen würden. Nun prüfte Torsten noch einmal den GPS-Kompass und stellte fest, dass er den gesuchten Containern sehr nahe gekommen war. Um zu ihnen zu gelangen, musste er jedoch in das grelle Licht zurückkehren, das die an turmhohen Masten befestigten Lampen verbreiteten.

Torsten zögerte einen Augenblick und wurde für seine Vorsicht belohnt, da just zu dem Zeitpunkt der Nachtwächter mit seinem Hund zurückkehrte. Das Tier schien etwas zu wittern, denn es hielt den Kopf in den Wind und zerrte an seiner Leine.

Verdammter Mist!, dachte Torsten und überlegte, wie er das Viehzeug und den Wächter ausschalten konnte. Da legte an der anderen Seite des Hafenbeckens ein Frachter ab und steuerte mit schäumender Heckwelle in das Kanalbecken des Hafens hinaus. Der Gestank nach Diesel und anderen Dingen, die durch den Kamin und die Lüftungsöffnungen hinausgepumpt wurden, überlagerte Torstens Witterung, und der Hund beruhigte sich wieder.

Kurz darauf verließ der Wächter erneut den Kai am Churchilldok. Torsten schlüpfte aus seinem Versteck und rannte an den Containern entlang. Nicht lange, da wies ihm die auffällige Aufschrift des ersten den Weg. Petra hatte es fertiggebracht, beide Container als unterste eines hoch aufgestapelten Blocks zu platzieren, so dass er sie ohne Mühe erkennen und erreichen konnte. Weitere Stapel aus Containern boten ihm genügend Deckung. Er kniete sich vor den ersten, zog seinen Schraubenschlüssel aus dem Beutel, entfernte die Plombe und begann die Sicherungsbolzen abzuschrauben. Schließlich konnte er einen Türflügel entriegeln und vorsichtig öffnen, damit ihn kein Geräusch verriet. Als er mit der Taschenlampe das Innere des Containers untersuchte, fand er seine Befürchtungen bestätigt. Es gab keine getarnten Waffenkisten darin, sondern Schutt.

Sein Fluchen drang zu Henriette. »Ist es so schlimm?«

»Der erste Container ist mit Abbruchmaterial gefüllt. Ich schaue mir jetzt den zweiten an.«

»Vorsicht, der Wächter kehrt gerade zurück. Außerdem kommt ein Schiff herein.«

Torstens Antwort war nicht druckreif. Er schloss die Klappe wieder und hielt nach dem Wächter Ausschau. Der aber starrte nur auf den riesigen Containerfrachter, der eben von mehreren Schleppern in das Churchillbecken gezogen wurde. Das gab Torsten Zeit, die Türen sorgfältig zu verschließen und eine neue Plombe anzubringen.

Auch den Verschluss des zweiten Containers konnte er ohne Mühe abschrauben und hineinschauen. Ungläubig starrte er auf die einzige Fracht, die diese Riesenblechbüchse enthielt. Es handelte sich um eine protzige Limousine, die mit Ketten festgebunden war. Als er sich dem Wagen näherte, stach ihm ein bestialischer Gestank in die Nase.

Im Fahrgastraum der Limousine entdeckte er jedoch nichts, was den Gestank hätte verursachen können. Dann stellte er fest, dass der Kofferraumdeckel nicht richtig geschlossen war. Vorsichtig öffnete er, und ihm quoll ein Schwarm Fliegen entgegen. Dann sah er den Toten. Dieser war bereits so verwest, dass er ihn nur anhand des dunklen Anzugs und der kurz geschnittenen Haare als Mann identifizieren konnte. Woran er gestorben war, war jedoch nicht zu erkennen.

»Scheiße, Scheiße und dreimal Scheiße«, fluchte Torsten, während er den Kofferraumdeckel zudrückte und den Container ebenfalls wieder verschloss. Zu seiner Verwunderung antwortete Henriette nicht, und als er um eine Ecke des Containers spähte, sah er genau an der Stelle, an der er vorhin an Land gegangen war, die Bordwand eines Containerriesen aufragen, dessen Leinen eben von einigen Arbeitern an den Pollern befestigt wurden.

Doch wo war Leutnant von Tarow? Torsten verfluchte sich, weil er die junge Frau mitgenommen hatte, ohne an die Gefahren zu denken, die ihr hier drohten. Wenn sie zwischen dem ankommenden Schiff und der Kaimauer zerquetscht worden war, würde Wagner ihm den Kopf abreißen.

»Leutnant, wo sind Sie?«, rief er, so laut er es vertreten konnte, in das Sprechgerät. Bei dem Gedanken, dass Henriette wirklich etwas passiert sein könnte, wurde ihm eiskalt, und er rannte auf das Schiff zu.

ACHTZEHN

Henriette hielt die Stellung, solange sie es vermochte. Als oben auf dem Kai Leute herumliefen, presste sie sich gegen die Mauer, um nicht entdeckt zu werden. Zwei, drei Augenblicke später aber forderte der Riesenfrachter ihre ganze Aufmerksamkeit. Er kam bedrohlich näher und würde, wie es aussah, genau an der Stelle anlegen, an der sie sich befand. Damit hatte Renk gewiss nicht gerechnet. Eilig band sie die Ausrüstungsgegenstände, die er bei ihr zurückgelassen hatte, aneinander und befestigte sie ebenso wie den Scooter an einem Krampen ganz unten auf dem Boden des Hafenbeckens, damit nichts in den Wirbeln, die das Schiff verursachte, auftauchte und die Aufmerksamkeit auf sich zog.

Sie sah sich noch einmal kurz an der Wasseroberfläche um, konnte aber nichts anderes wahrnehmen als den näherkommenden Schiffsrumpf und die Menschen oben auf dem Kai. Dann wurde es für sie Zeit abzutauchen. Mit einem bangen Blick streifte sie das dünne Kabel, das sie mit ihrem Begleiter verband. Sie konnte nur hoffen, dass es sich in dem aufgewühlten Wasser nicht irgendwo verhakte und riss. Auch bestand die Gefahr, dass einer der Arbeiter, die nun auf dem Kai herumwuselten, über die Leine stolperte und sie entdeckte.

Mit dem Gefühl, zu lange gewartet und ihren Partner enttäuscht zu haben, hangelte sie sich wieder an den eisernen Krampen hinab, bis sie den Grund des Hafenbeckens erreichte, und befestigte den wild kreisenden Scooter mit einer zweiten Sicherungsleine, damit er sich nicht losriss. Als sie nach oben schaute, sah sie einen schier endlosen, dunklen Schatten, der sich über sie senkte.

Gleichzeitig wurde der Sog der Schiffsschrauben, die das Wasser unter dem Kiel in einen Hexenkessel verwandelten, so stark, dass sie den Karabiner der letzten Sicherungsleine an ihrem Gürtel befestigte und das Gegenstück an dem vorletzten Krampen. Die vorderen Schiffsschrauben, die der Steuerung dienten, ließen zu ihrem Glück nur eine Kreisbewegung entstehen, aber die hinteren rissen das Wasser unter dem Schiff weg. Einen Augenblick fürchtete Henriette voller Panik, ihr Sicherungsseil würde nicht standhalten. Wenn es riss, würde sie auf das Heck zugesaugt und von den hinteren Schiffsschrauben in Stücke geschlagen werden.

Dann aber schüttelte sie die Angst ab und klammerte sich an die Krampen der Leiter. Das Schiff war nun fast über ihr, zwischen dessen flachem Boden und dem Grund des Hafenbeckens blieb kaum mehr als ein Meter freier Raum. Erneut schaltete der Lotse die Schiffsschrauben ein, und sie wurde wie von der Faust eines Riesen gepackt und nach hinten gezerrt.

Wenn der Gürtel reißt, bin ich geliefert, schoss es ihr durch den Kopf, und sie klammerte sich mit beiden Armen an die Krampen. Gleichzeitig spürte sie, wie der Scooter in den Sog der Schraube geriet und wild hin und her taumelte. Wenn das Gerät sie erwischte, würde es ihr die Knochen brechen. Zudem bestand die Gefahr, dass Renks Sachen verlorengingen, und dann konnte er nicht mehr tauchen. Daher zerrte sie, als der Sog einen Augenblick nachließ, mit einer Hand das Bündel an sich, klemmte es zwischen Oberschenkel und Bauch ein und verhakte beide Beine in den Krampen. In dieser Embryonalstellung hing sie eine schier endlos lange Zeit an der Kaimauer und sprach unwillkürlich eines der Gebete, die ihr ihre streng katholische Mutter beigebracht hatte.

Der Schiffsmotor machte einen Lärm, der ihr die Trommelfelle zu zerreißen schien, und es gab nichts mehr außer ihr selbst und ihrem Willen zu überleben. Sie wurde hin und her geworfen und prallte mehrfach so hart gegen die Kaimauer, dass sie glaubte, ihre Knochen würden zertrümmert. Dennoch spürte sie keinen Schmerz, sondern nur eine entsetzliche Angst, die ihr unerwartete Kräfte verlieh.

Wie lange dieser Zustand andauerte, hätte sie hinterher nicht mehr zu sagen vermocht. Irgendwann hörten die Schiffsschrauben auf, sich zu drehen, und die mächtigen Dieselmotoren verstummten.

Es dauerte eine Weile, bis Henriette begriff, dass sie es überstanden hatte. Das Wasser um sie herum bestand nun zu einem großen Teil aus Schlamm, und die Sicht wurde so schlecht, dass sie nicht einmal mehr den Boden des Schiffes sehen konnte, obwohl sie nur die Hand auszustrecken brauchte, um ihn zu berühren.

Jetzt erinnerte sie sich auch wieder an Renk. »Herr Oberleutnant, hören Sie mich?«, rief sie erschrocken. Für einige Augenblicke blieb es still, doch dann hörte sie Renk so laut reden, als stünde er direkt neben ihr.

»Leutnant, endlich! Wo sind Sie?«

»Da, wo Sie vorhin aus dem Wasser gestiegen sind, nur auf dem Boden des Hafenbeckens.«

»Sind Sie verletzt?«

Henriette schüttelte den Kopf, obwohl das in dem Schlammwasser wirklich niemand sehen konnte. »Nein, mir geht es gut!«

Das war eine höllische Übertreibung, denn jetzt, da die unmittelbare Gefahr vorbei war, spürte sie jeden Stoß, den sie erhalten hatte, doppelt und dreifach.

»Bleiben Sie da, wo Sie sind, und wickeln Sie das Kommunikationskabel langsam ein. Ich versuche, zu Ihnen zu kommen!«

Danach schwieg Renk, doch Henriette konnte seine keuchenden Atemzüge hören. Während sie wartete, überlegte sie, wie weit er von ihr entfernt sein konnte. Mehr als die hundert Meter, die das Kabel maß, sicher nicht. Doch dazwischen war alles möglich. Es konnte sogar sein, dass er in der falschen Richtung suchte und irgendwann das Kabel abreißen würde. Oder es riss, weil es zu tief im aufgewühlten Schlamm steckte. Es war schon ein Wunder, dass es bis jetzt gehalten hatte.

Während ihre Gedanken in einem wirren Tanz hüpften, holte sie langsam das Kabel ein. Plötzlich verstummten seine Atemgeräusche, und sie kämpfte gegen einen Panikanfall an. Ihr Entsetzen wurde noch größer, als sie auf einmal das andere Ende des Kommunikationskabels in der Hand hielt, ohne dass Renk daran hing. Noch während sie sich fragte, was mit ihm passiert sein könnte, spürte sie eine Berührung an der Schulter. Sehen konnte sie in der Schlammbrühe zwar nichts, doch ihre tastenden Hände zeigten ihr, dass es sich um ihren Begleiter handeln musste.

Er tippte sie noch einmal an und zog sie in eine Richtung. Der Karabinerhaken, mit dem sie sich an dem Eisengriff befestigt hatte, hielt sie jedoch auf. Mit zitternden Fingern öffnete sie ihn und folgte Renk. Im letzten Augenblick dachte sie an das Bündel mit den Ausrüstungsgegenständen und den Scooter, löste beides von dem Krampen und zog es hinter sich her.

NEUNZEHN

Auf der anderen Seite des Schiffes kamen sie wieder an die Wasseroberfläche. Da Torsten ohne Sauerstoff-Flasche hatte tauchen müssen, war er halb erstickt und so erschöpft, dass er sich nicht mehr aus eigener Kraft über Wasser halten konnte. Henriette packte ihn gerade noch rechtzeitig, zog ihn an sich und sorgte mit langsamen, aber kraftvollen Bewegungen ihrer Schwimmflossen dafür, dass sie nicht wieder versanken.

»Nehmen Sie meine Sauerstoff-Flasche, bis ich die Ihre wieder festgeschnallt habe. Dann geht es Ihnen besser.« Henriette koppelte ihren Versorgungsschlauch von der Tauchmaske ab und steckte ihn an Renks Maske.

Torsten atmete das Sauerstoffgemisch mit tiefen Zügen ein und nickte ihr erleichtert zu. »Danke! Ich musste den Atem länger anhalten, als ich gerechnet hatte. Aber jetzt geben Sie mir das Ende des Verbindungskabels. Ich will nicht, dass uns jemand zufällig hören kann.«

Sofort stöpselte Henriette den Stecker des Kabels wieder ein »Hören Sie mich?« Als er etwas brummte, schnallte sie ihm die Sauerstoff-Flasche auf den Rücken und reichte ihm seinen Atemschlauch. Dann drehte sie kurz das Ventil auf und blies das Wasser heraus. Es war so schmutzig, dass Torsten es selbst in dem diffusen Zwielicht der Laternen auf der anderen Seite des Hafenbeckens sehen konnte.

»Was haben Sie mit dem Schlauch gemacht?«, fragte er verwundert.

»Ich? Nichts! Das dürfte der Schlamm sein, den die Schiffsschrauben aufgewirbelt haben!«

»Auch egal! Es muss gehen.« Auf seine Anweisung presste Henriette noch einmal Luft durch den Schlauch, dann klinkte sie ihn in seine Maske ein.

»Jetzt könnte ich meine Flossen brauchen«, brummte er.

»Ich gebe sie Ihnen und halte Sie fest, bis Sie die Dinger angezogen haben.« Henriette packte mit einer Hand seinen Gürtel und hielt ihm mit der anderen die erste Flosse hin.

Torsten zog die Beine an und schlüpfte hinein. Die andere Flosse folgte, und so konnte er nun selbst mit langsamen Bewegungen Wasser treten.

»Geschafft! Jetzt sollten wir verschwinden«, sagte er, nachdem er auch noch den Rest seiner Ausrüstung an sich genommen und verstaut hatte. Trotz seiner Erschöpfung schleppte er den Scooter hinter sich her, denn er wagte es nicht, das Gerät im Hafengelände einzusetzen.

Ehe Henriette ihm folgte, blickte sie noch einmal zu dem Containerriesen hoch, der wie ein Berg über ihnen aufragte. Es kam ihr immer noch wie ein Wunder vor, dass das Schiff sie weder erdrückt noch in die Schraube gezogen hatte. Die Nachwirkungen ihres verzweifelten Kampfes um ihr Überleben spürte sie jedoch am ganzen Körper. Ihr tat alles weh, und an einigen Stellen brannte die Haut, als wäre sie mit Säure eingerieben worden. Außerdem war Wasser unter den Neoprenanzug geraten und vermittelte ihr ein Gefühl, als hätte sie in die Hose gemacht. Sie zischte eine leise Verwünschung.

Sofort hielt Torsten an. »Ist etwas mit Ihnen?«

»Nein!« Henriettes Antwort klang zu schroff, um wahr zu sein.

Mitten im Hafen konnte Torsten ihr nicht helfen. Daher fragte er nicht nach, sondern befahl ihr knapp, ihm zu folgen. Der Rückweg durch die einzelnen Hafenbecken dehnte sich zu einer Ewigkeit, und sie glaubte schon nicht mehr, dass sie die Kattendijksluis je erreichen würden. Doch kurz darauf tauchte die Schleuse vor ihnen auf. Diesmal war das flussnahe Tor geschlossen, so dass sie ein längeres Stück ohne Deckung über Land laufen mussten, um es zu umgehen und in die Schelde steigen zu können. Aber auch jetzt verließ sie das Glück nicht, denn der zurückkehrende Ausflugsdampfer zog die Aufmerksamkeit der Hafenarbeiter auf sich.

Im Fluss angelangt, schaltete Torsten den Scooter ein und forderte Henriette auf, sich an dem Griff auf ihrer Seite festzuhalten. Er hatte bemerkt, dass ihre Schwimmbewegungen unregelmäßig und kraftlos wurden, und versuchte, ihr Mut zu machen. »Mit dem Gerät ist der Rückweg trotz der Gegenströmung weitaus leichter zu bewältigen.«

Henriettes Neugier überwog ihre Schmerzen. »Darf ich fragen, was Sie im zweiten Container entdeckt haben?«

»Ein Auto mit einer Leiche. Das wird Wagner gar nicht gefallen.«

»Mir gefällt das auch nicht!«, rief Henriette entsetzt aus.

»Glauben Sie etwa, ich würde darüber lachen? Da steckt eine elende Teufelei dahinter. Wenn die Container verschifft werden, kommen sie erst irgendwo in Afrika wieder an Land. Dort würde der Tote wahrscheinlich sofort verbuddelt werden, und kein Schwein würde je erfahren, um wen es sich handelt.«

»Und wie wollen Sie verhindern, dass er auf ein Schiff geladen wird? Vielleicht werden sie gerade auf den Kasten gehievt, der uns so viele Probleme bereitet hat.« Henriette fühlte sich müde und zerschlagen und sah deswegen alles in trübem Licht.

»Das will ich nicht hoffen. Petra wird sich etwas einfallen lassen müssen«, erklärte Renk und schaltete den Scooter auf volle Leistung.

ZWANZIG

Als die beiden endlich Burcht erreichten, hellte sich der östliche Horizont bereits auf. Noch schlief die Stadt, doch bald schon würden die Menschen geschäftig in die Werkstätten, Werften und Fabriken eilen. Bis dorthin mussten sie in ihrem Versteck sein oder zumindest im Wagen sitzen.

An ihrem Ausgangspunkt angekommen kletterte Henriette mit kraftlosen Bewegungen auf den Steg und humpelte auf das Auto zu.

Torsten musterte sie besorgt. »Sie sind also doch verletzt.«

»Das ist nur eine Kleinigkeit!«, tat sie ihre Blessuren ab und begann, Sauerstoff-Flasche, Schwimmflossen, Brille und Mütze in den Kofferraum zu werfen. Auch Torsten entledigte sich seiner Taucherausrüstung, stopfte sie zusammen mit dem Scooter in den Kofferraum und schlug den Deckel zu.

»Soll ich fahren?«

»Es geht schon!«, log Henriette und setzte sich mit zusammengebissenen Zähnen hinter das Steuer.

Torsten nahm neben ihr Platz und reichte ihr die Bluse, die sie im Auto zurückgelassen hatten. »Ziehen Sie die an, damit wir unsere Tarnung aufrechterhalten. Es ist zwar unwahrscheinlich, dass jemand um die Zeit auf unsere Tauchanzüge aufmerksam wird, aber wir sollten kein Risiko eingehen.«

»Da haben Sie recht!« Henriette ergriff die Bluse und schlüpfte hinein. Dabei fuhr ihr ein stechender Schmerz durch die linke Schulter. Sie unterdrückte den Wehlaut und schloss die Knöpfe. Dabei beneidete sie Renk, der einfach nur sein T-Shirt überzog und sich dann mit einem verzerrten Grinsen zurücklehnte.

»Das hätten wir geschafft!«

»Noch nicht ganz. Wir müssen noch in unser Versteck!«, widersprach Henriette und startete den Wagen. Bereits das Lenkrad festzuhalten bereitete ihr höllische Schmerzen. Doch die Disziplin, die sie sich in langen Jahren antrainiert hatte, half ihr, das Auto über die teilweise mit Kopfsteinpflaster befestigten Straßen zu fahren. Als sie etliche Minuten später vor dem schuppenartigen Gebäude ihres Verstecks anhielt, standen ihr Schweißtropfen auf der Stirn, und sie fühlte sich so schwach, dass sie sich am liebsten heulend in eine dunkle Ecke verkrochen hätte.

Torsten sprang aus dem Wagen, rannte zum Tor und öffnete es hastig. Dabei hoffte er, dass nicht zufällig jemand vorbeikam und ihn im nass gewordenen T-Shirt und den Hosen des Taucheranzugs sah. Henriette riss sich zusammen und steuerte den Wagen in die Halle. Als das Auto schließlich stand und Torsten das Tor hinter ihnen zuziehen konnte, atmeten sie beide auf.

Aber dann begriff Torsten, dass ihm das Schlimmste noch bevorstand. Er musste Wagner so schnell wie möglich berichten, was er gesehen hatte, und das würde seinem Vorgesetzten ganz und gar nicht gefallen. Da ihm die Nachricht unter den Fingernägeln brannte, wandte er sich kurz an seine Begleiterin. »Ich übermittle Wagner die Neuigkeiten. In der Zeit sollten Sie in den Keller steigen und sich waschen. Das Wasser im Hafen ist nicht gerade das gesündeste. Anschließend sehe ich mir Ihre Verletzungen an. Ein bisschen Verbandszeug haben wir ja hier.«

Während Torsten sich an den Computer setzte und Henriette den Rücken zuwandte, zog sie Bluse und Taucheranzug aus. Obwohl ihr vor Schmerzen die Tränen übers Gesicht liefen, versuchte sie, ihrer Stimme einen normalen Klang zu geben. »Danke, Herr Oberleutnant. Ich fühle mich wirklich ein wenig flau!«

Sie schlüpfte aus der Kleidung, die sie unter dem Neopren getragen hatte, bis sie nur noch Höschen und BH trug, und starrte angewidert auf die Bescherung. »Das Zeug werde ich nicht mehr anziehen können.«

»Haben Sie Ersatzwäsche dabei?«, fragte Torsten, dem einfiel, dass er seine Kleidung in Breda hatte liegen lassen.

»Es müsste noch etwas in der Tasche sein!« Henriette wollte die Sachen holen, hielt aber inne. Schmutzig, wie sie war, wollte sie die Unterwäsche nicht anfassen. Die Alternative war jedoch, unbekleidet aus dem Keller zu steigen. Dann aber winkte sie ab. Sie war eine Soldatin, und schamhafte Ziererei war in diesem Fall wirklich unnötig. Daher zog sie sich ganz aus, kletterte in den Keller und füllte das Waschbecken mit warmem Wasser. Während sie sich einseifte und mehrfach tief Luft holte, weil die Lauge in ihren Schürfwunden brannte, wartete Torsten oben ungeduldig auf die Verbindung mit Wagner. Es schien eine Ewigkeit zu dauern, bis die Seite aufgebaut war und das übernächtigte Gesicht des Majors auf dem Bildschirm erschien.

Wie er es erwartet hatte, war der Major in seinem Büro geblieben und hatte auf seine Informationen gewartet. »Wie sieht es aus?«

»Wollen Sie eine höfliche oder eine ehrliche Antwort?«, fragte Torsten.

Wagner kniff die Augen zusammen. »Okay, die ehrliche!«

»Dafür gibt es nur ein Wort: beschissen!«

»Die Container sind also ausgetauscht worden.«

»Ja! In dem einem befindet sich Schutt. Ob noch was anderes darunter liegt, konnte ich nicht feststellen.«

Renks Tonfall ließ Major Wagner aufhorchen. »Was ist in dem anderen Container?«

»Eine große Limousine!« Torsten machte eine kurze Pause, um sich die nächsten Worte zurechtzulegen, doch Wagner folgte einer falschen Spur. »Autoschmuggel also!«

Torsten schüttelte den Kopf. »Nein, der Wagen ist recht rau mit Ketten festgezurrt und dadurch beschädigt worden. Interessanter ist das, was in seinem Kofferraum steckt.«

»Lassen Sie sich nicht jedes Wort einzeln aus der Nase ziehen! Was haben Sie gefunden?«

»Einen Toten, der, wie ich schätze, schon vor etlichen Tagen das Zeitliche gesegnet hat. Es handelt sich wahrscheinlich um einen älteren Mann. Mehr kann ich nicht sagen.«

»Das ist eine verdammte Sauerei!«, sagte Wagner und fluchte so laut, dass es durch die ganze Kaserne hallen musste. Dann schnaubte er. »Auf alle Fälle ist es keine Fracht, die nach Somaliland gelangen sollte.«

Torsten sprach das aus, was ihm schon länger durch den Kopf ging. »Die Container mit den Waffenladungen sind nicht zufällig ausgetauscht worden. Es muss eine undichte Stelle in unserer Abteilung geben.«

»Oder bei den Firmen, die die Sachen für uns verschicken«, wandte Wagner ein. »Ich werde mich darum kümmern. Die Container müssen wir auf jeden Fall in die Hand bekommen, aber das wird Frau Waitl für uns regeln. Haben Sie sich das Kennzeichen gemerkt?«

»Natürlich!« Torsten nannte Wagner das Kennzeichen und hörte, wie dieser auf die Tasten seiner Computeranlage klopfte.

Als der Major fertig war, sah er Torsten mit einem schiefen Grinsen an. »Ganz verkalkt bin ich doch noch nicht. Ich habe mir ein paar von Frau Waitls Tricks merken können und kenne nun den Besitzer. Der Wagen ist auf einen pensionierten Richter namens Friedmund Themel zugelassen, der seit einiger Zeit vermisst wird. Schätze, Sie haben ihn gefunden. Das ist auch eine Sache, der wir nachgehen müssen, denn einige von Themels Freunden haben ebenfalls kurz hintereinander das Zeitliche gesegnet. Es hieß zwar, sie seien bei Unfällen ums Leben gekommen, aber da bin ich mir nun nicht mehr so sicher.«

»Leutnant von Tarow und ich können jederzeit zurückkommen und die Sache übernehmen«, bot Torsten an.

Wagner schüttelte den Kopf. »Sie bleiben vorerst vor Ort. Die Container wurden in Belgien vertauscht, und das muss einen Grund haben. Wer zum Teufel braucht dort Waffen? Finden Sie es heraus! Ich werde dafür sorgen, dass Frau Waitl Ihnen alle Unterlagen mailt, die sie eruieren kann. Und damit gute Nacht, Renk, oder besser gesagt, guten Morgen! Wir sprechen uns heute Nachmittag wieder.« Damit schaltete der Major die Verbindung ab und ließ Torsten mit einem Haufen unbeantworteter Fragen zurück.

EINUNDZWANZIG

Als Henriette aus dem Keller kam, riss sie Torsten aus seinem Grübeln. Sie hatte sich gewaschen und das einzig vorhandene Handtuch um die Hüfte gebunden, damit sie nicht ganz nackt herumlaufen musste. Trotzdem zeigte sie noch genug blanke Haut, so dass Torsten die Abschürfungen und Blutergüsse sehen konnte, die sie sich im Churchillbecken zugezogen hatte.

Durch die Zähne pfeifend trat er auf sie zu. »Da werden wir was tun müssen! Das Wasser im Hafen ist eine Giftbrühe, und wir müssen verhindern, dass sich Ihre Verletzungen entzünden. Warten Sie, ich wasche mich nur rasch, und dann sehe ich, was im Erste-Hilfe-Schrank zu finden ist.«

»Ich werfe Ihnen unser Handtuch hinunter, sobald Sie unten sind!«

»Das Vier Jahreszeiten ist dieser Unterschlupf nicht gerade. Ich hätte Wagner darauf ansprechen sollen, dass wir ein besseres Quartier brauchen.«

Henriette winkte ab. »So schlimm ist es auch nicht. Wir müssen uns nur ein paar Sachen besorgen. Oder wollen Sie mit blanker Haut in Ihre Jeans steigen?«

Torsten lachte auf und ging zur Falltür. »Vorher sollten wir noch ein paar Stunden schlafen. Warten Sie, bis ich Sie verarztet habe. Sonst wachen Sie sehr abrupt auf, wenn ich Ihnen Jod auf Ihre Verletzungen pinsele.«

Mit den Worten stieg er hinab, und Henriette hörte, wie er Wasser in das Becken einließ. Sie löste das Handtuch und warf es erst einmal auf die Couch. Dann schlüpfte sie in einen frischen Slip und streifte ein Hemdchen über. Kurz überlegte sie, ob sie schon den einzigen Schlafanzug anziehen sollte, den sie gerettet hatte, verwarf den Gedanken jedoch wieder, denn sie wollte warten, bis Renk sie verpflastert hatte.

Obwohl Torsten sich beeilte, war Henriette bereits im Sitzen weggedämmert. Als er sie am Arm berührte, schreckte sie aus einem Alptraum hoch, in dem sie gerade von einem riesigen Schiff gegen die Hafenmauer gedrückt und zerquetscht wurde.

»Schon fertig?«, murmelte sie schlaftrunken und sah jetzt, dass er sich ebenfalls das Handtuch um die Hüften gewickelt hatte. Auch hatte er bereits den Verbandskasten aus dem Schrank geholt und zeigte ihr nun zwei Tuben.

»Flüssiges Jod haben wir hier nicht, dafür aber Jodsalbe und ein anderes Zeug, das gegen Blutergüsse und Ähnliches helfen soll. Legen Sie sich hin und zeigen Sie mir, wo es Ihnen wehtut.«

»Vor allem da hinten«, sagte Henriette und zeigte dabei mit der rechten Hand auf ihre linke Schulter.

»Dann fangen wir dort an!« Er presste Salbe auf ein steriles Tuch und trug diese vorsichtig auf. Trotzdem stöhnte Henriette auf.

»Tut mir leid«, entschuldigte er sich.

»Sicher nicht so leid wie mir selbst.« Henriette versuchte zu lächeln, aber es wurde nur eine Grimasse daraus. »Es ärgert mich, dass ich Ihnen solche Umstände mache. Ich hätte klüger sein und wegschwimmen sollen, als das Schiff auf mich zugekommen ist.«

»Dafür hätten Sie das Kommunikationskabel abkoppeln müssen, und dann hätte ich Sie in der aufgewühlten Schlammbrühe nicht wiedergefunden. Sie haben Ihre Sache ausgezeichnet gemacht, Leutnant. Wenn jemand Schuld an diesem Desaster hat, dann bin ich es, weil ich Sie in diese gefährliche Situation gebracht habe.«

Während sie sich scherzhaft stritten, wer mehr Schuld an der Situation trug, arbeitete Torsten weiter und versorgte alle Verletzungen, die er sehen konnte. »Tut sonst noch was weh?«, fragte er, als er damit fertig war.

Henriette wollte schon den Kopf schütteln, sagte sich dann aber, dass übertriebene Schamhaftigkeit fehl am Platz war, wenn sie so bald wie möglich wieder einsatzfähig sein sollte.

»Hier oben am Bein ist noch etwas und noch höher ebenfalls.« Mit diesen Worten zog sie ihren Slip nach unten, so dass Torsten zwei gut geformte Pobacken vor sich sah. Eine davon wurde allerdings durch einen hässlichen Bluterguss entstellt.

»In den nächsten Tagen sollte keiner auf den Gedanken kommen, Ihnen auf den Hintern zu klopfen. Ich glaube, dem fahren Sie mit sämtlichen Krallen ins Gesicht.« Torsten lachte ein wenig gezwungen, denn seine Begleiterin war wirklich eine schöne Frau. In dem Augenblick war er froh um das Handtuch, das er umgelegt hatte, denn sein Körper reagierte auf sie. Wäre sie nicht seine Kollegin und hätte er sie an anderer Stelle kennengelernt, wäre er in Versuchung gekommen.

Er schalt sich einen Idioten. Für Leutnant von Tarow war er nicht mehr als ein vorgesetzter Offizier. Auch hatte sie ihr Höschen nicht hinuntergezogen, um ihn sexuell zu reizen, sondern weil sie sich dort einen argen Pferdekuss zugezogen hatte, der dringend behandelt werden musste.

FÜNFTER TEIL

NEUE SPUREN

EINS

Geerd Sedersen saß auf einem Sessel mit ausgebleichtem, orangefarbigem Überzug im Wohnzimmer der großen Villa, in der er sein flämisches Hauptquartier aufgeschlagen hatte, und hielt ein Glas guten Cognacs in der Hand. Mit hämisch verzogenem Mund starrte er auf die Bilder, die der Nachrichtensender brachte.

»Ist das das Haus, das ihr überfallen habt?«, fragte er Rechmann, der es sich in einem anderen Sessel gemütlich gemacht hatte.

Der grinste. »Keine Ahnung! Ich habe die Hütte nur im Dunkeln gesehen.«

»Es ist das Haus, Chef«, meldete sich Karl Jasten, der als Einziger der Anwesenden bei Tageslicht an dem Gebäude vorbeigefahren war. Wegen der im Garten spielenden Kinder und der exponierten Lage hatte er es als ideales Ziel für ihren Überfall eingestuft.

Nun sahen sie, wie die Polizei ein lockeres Spalier für mehrere Personen bildete, die auf das Haus zutraten. Ein älterer, untersetzter Herr mit Brille und ein kräftig gebauter Mann Mitte vierzig in dunkelblauen Uniformen mit tiefvioletten Schärpen und schwarzen Handschuhen wurden begleitet von einer älteren Frau mit einem eleganten, schwarzen Kostüm und Hut mit breitem, geschwungenem Rand, um den sich ein schwarzer Schleier wand. Sie hielt dunkle Lilien in der Hand und legte diese mit einem schmerzlichen Ausdruck auf die Schwelle des Hauses.

Etliche Reporter, die sich bislang im Hintergrund gehalten hatten, durchbrachen das Spalier, eilten auf die drei zu und hielten ihnen Mikrophone hin.

»Eure Majestät, dürfen wir um einen Kommentar bitten?«, fragte einer von ihnen den älteren Herrn.

König Albert II. von Belgien zog eine Miene, als wünschte er den Fragenden zum Teufel. Die Augen glänzten feucht, und er wischte sich mit der rechten Hand darüber, während er die Linke um den Griff seines Säbels krampfte, so als müsse er sich daran festhalten. Erst nachdem seine Gemahlin ihm einen sanften Stups versetzt hatte, wandte er sich den wartenden Journalisten zu. »Wir haben es hier mit einem Verbrechen zu tun, wie man es sich schrecklicher und sinnloser kaum vorstellen kann«, sagte er mit leiser Stimme.

»Eure Majestät, hier in Flandern macht das Gerücht die Runde, diese Familie sei von wallonischen Freischärlern umgebracht worden. Wie stehen Sie zu dieser Aussage?«

Bevor der König antworten konnte, mischte sich ein anderer Journalist in französischer Sprache ein. »Dies ist eine infame Unterstellung! Es gibt in Belgien keine wallonischen Freischärler, dafür aber genug flämische Gruppen, denen jede Schandtat zuzutrauen ist.«

»Das ist eine gemeine Lüge! Jeder weiß, dass die Mörder Wallonen waren«, schrie ein Flame dazwischen.

Für einige Augenblicke schienen der König, die Königin und ihr jüngster Sohn vergessen zu sein. Die Reporter warfen einander Vorwürfe und Verleumdungen an den Kopf, bei denen sich die Zuschauer in der Villa in Balen vor Lachen bogen.

»Hier sehen wir den Grabgesang Belgiens«, spottete Geerd Sedersen und prostete Zwengel zu, der gerade den Raum betrat. »Auf den ersten Ministerpräsidenten der Republik Flandern!«

»Auf Großflandern!«, rief dieser mit einem beredten Seitenblick auf Piet Eegendonk, der in diesem Punkt mit ihm einer Meinung war.

Sedersen rümpfte insgeheim die Nase über die beiden Fanatiker und nahm sich nicht zum ersten Mal vor, sie in dem

Augenblick, in dem er sie nicht mehr benötigte, aus dem Verkehr zu ziehen. Nun aber richtete er sein Augenmerk wieder auf den Bildschirm. Die Kamera war noch immer auf den König gerichtet, der die streitenden Journalisten mit einer Geste des Abscheus bedachte.

»Seien Sie ruhig!«, fuhr er sie an. »Sie verhöhnen mit Ihrem Geschrei die Menschen, die hier gestorben sind!«

Der Ausbruch des Königs zeigte Wirkung. Albert II. winkte je einem Vertreter der flämischen und der wallonischen Medien, näher zu kommen, und blickte mit entschlossener Miene in die Kamera. »Dieses Verbrechen hier in Lauw ist nicht weniger abscheulich als der Überfall auf den Güterzug bei Remicourt. Unschuldige Menschen mussten sterben, weil andere ihre selbstsüchtigen Ziele mit aller Macht verfolgen und dabei die Würde, die Unversehrtheit und das Leben ihrer Mitbürger mit Füßen treten. Es ist an der Zeit, dass die schweigende Mehrheit in Belgien aufwacht und diesen Mördern und ihren Gesinnungsgenossen ein lautes und vernehmliches Halt entgegenruft. Die Mehrheit der Flamen und die meisten Wallonen wollen ungeachtet ihres Stolzes auf ihre Regionen Belgier bleiben. Dies muss mit aller Leidenschaft zum Ausdruck gebracht werden, damit jene kleine Gruppe, die unsere Heimat in zwei Teile zerbrechen will, endlich erkennt, dass ihre Untaten ihnen nur die Verachtung ihrer Mitbürger einbringen und überdies die unnachsichtige Verfolgung durch die Polizeikräfte beider Landesteile nach sich zieht!«

Die Stimme des Königs wurde während seiner kurzen Ansprache immer lauter, bis er die Fassung verlor. Zuletzt musste Prinz Laurent seinen Vater stützen, während Königin Paola beruhigend auf ihn einsprach.

Auch die Reporter wirkten betroffen. Selten zuvor hatte Albert II. so deutliche Worte gefunden. Der Gedanke, dass jene, die ihre Opfer offensichtlich wahllos ausgesucht und getötet hatten, auch sie umbringen könnten, schien die Männer und

Frauen, die für die belgischen Medien und die Weltpresse berichteten, nachdenklich zu stimmen.

Die Journalistin einer japanischen Fernsehanstalt stellte eine Frage, die die Menschen ebenfalls berührte. »Eure Majestät, was geschieht mit dem kleinen Mädchen, das den Überfall auf dieses Haus als Einzige überlebt hat?«

Diesmal übernahm nicht der König, sondern seine Gemahlin die Antwort. »Mein Sohn Laurent hat zusammen mit seiner Frau beschlossen, die Kleine ebenso zu adoptieren wie den Sohn des Bahnbediensteten, der durch den Mord an seinem Vater zur Waise geworden ist.«

»Sentimentales Geschwätz! Mehr bringen sie nicht mehr zustande«, höhnte Sedersen und stellte den Fernseher ab.

Im Gegensatz zu ihm sah Zwengel so aus, als hätte er in eine Zitrone gebissen. »Sie hätten diese Leute besser nicht umbringen lassen, Sedersen. Ich habe auf einmal ein schlechtes Gefühl dabei.«

»Wir waren uns doch einig, den Hass zwischen den Volksgruppen so weit zu steigern, dass nur noch eine Trennung möglich ist«, gab Sedersen verärgert zurück.

»Das schon! Aber mir gefällt die Ansprache des Königs nicht. Mit der könnte er etliche, die wir bereits für uns gewonnen haben, wieder auf seine Seite ziehen. Denken Sie nur an Gaston van Houdebrinck! Der Kerl wird alles unternehmen, um die flämischen Wirtschaftsbosse in seinem Sinn zu beeinflussen. Da können weder Sie noch ich noch Giselle Vanderburg etwas ausrichten.«

Sedersen wandte sich ab. »Wen interessiert schon das Geschwätz dieses alten, sentimentalen Narren!«

»Wir sind hier nicht in Deutschland, sondern in Belgien. Das Wort des Königs kann hier mehr bewegen als unsere gesamte Propaganda. Er ist das lebende Symbol der Einheit des Landes.« Zwengel, der bislang Sedersens Plänen vorbehaltlos zugestimmt hatte, fragte sich nun, ob es ein Fehler gewesen war, sich mit diesem Mann zusammenzutun. Sedersen war kein Mensch mit Idealen, sondern nur auf seinen Profit aus. Für die Hilfe, die der Deutsche ihm hatte zukommen lassen, würden er und seine Bewegung einen hohen Preis bezahlen müssen. Dabei war es noch keineswegs sicher, ob er es bis zum Ministerpräsidenten von Flandern bringen würde. Es gab genug Rivalen in den national gesinnten Kreisen, und die Anführer jener Parteien, die sich bislang nicht offen für eine Sezession ausgesprochen hatten, würden nicht von einem Tag auf den anderen jeden Einfluss verlieren.

Zornig darüber, dass er gerade dieser Leute wegen auf Sedersens Unterstützung angewiesen war, schaltete er den Fernseher wieder ein, um den Rest der Übertragung zu sehen.

Niemand achtete auf Jef van der Bovenkant, der ganz hinten Platz genommen hatte und mit brennenden Augen auf den Bildschirm starrte. Die Worte des Königs hatten ihn bis ins Mark getroffen, und beim Anblick der Männer, in deren Gesellschaft er sich befand, wurde ihm erneut übel.

ZWEI

Als Henriette erwachte, fühlte sie sich so zerschlagen wie nach einem Boxkampf über fünfzehn Runden. Ihr taten alle Knochen im Leib weh, und ihre Muskeln protestierten bei jeder Bewegung. Eine Weile blieb sie mit geschlossenen Augen liegen, hörte dann aber Renks Stimme.

Er hatte jedoch nicht sie angesprochen, sondern unterhielt sich via Videokonferenz leise mit Petra. Bekleidet war er mit einem einfachen T-Shirt in Nato-Oliv und der unvermeidlichen Jeans. Seine Pistole hatte er neben sich auf dem Schreibtisch liegen, als erwarte er jeden Augenblick einen Angriff feindlicher Kräfte.

»Wie spät ist es?«, fragte Henriette, die ihre Uhr vor dem Waschen abgelegt und im Keller vergessen hatte.

Torsten drehte sich zu ihr um und verzog seine Lippen zu etwas, was einem Lächeln nahekam. »Ausgeschlafen, Murmeltier?«

»Bin ich so lange im Bett gewesen?«, fragte Henriette erschrocken.

Torsten schüttelte den Kopf. »So schlimm ist es auch nicht. Es ist gerade mal«, er sah kurz auf die Uhrzeit des Monitors, »15.35 Uhr. Wir haben noch genug Zeit, um Wäsche und Ähnliches einkaufen zu gehen.«

»Zuerst einmal habe ich Hunger.«

»Wie gut sind Ihre Kochkünste auf einem Zweiplattenkocher?«

»Nicht besonders. Zu Hause haben wir eine Köchin. Zwar habe ich ihr das eine oder andere Mal über die Schulter geschaut, doch mehr als Kaffee kann ich nicht kochen.«

Torstens Lächeln wurde breiter. »Dann müssen wir mit dem auskommen, was ich auf den Tisch zaubern kann.«

»Und das wäre?«

»Dosenfraß! Oder besser gesagt, wir kaufen uns ein paar Tiefkühlgerichte und machen sie warm. Essen gehen will ich nicht, sonst wird es zu spät zum Einkaufen.«

Henriette seufzte tief. »Dann habe ich also doch zu lange geschlafen.«

»Lassen Sie sich von Torsten nichts einreden«, mischte Petra sich in das Gespräch ein. »Ich schicke euch gleich die Öffnungszeiten der entsprechenden Geschäfte. Dann könnt ihr entscheiden, ob genug Zeit für einen Imbiss in einem Restaurant bleibt.«

»Besorge mir lieber die Unterlagen, die ich brauche«, antwortete Torsten bissig.

Petra lachte. »Ein satter Soldat kann weiter laufen als ein hungriger. Also schlagt euch die Mägen voll! Bis ich das ganze

Zeug besorgt und ausgewertet habe, wird es Mitternacht werden. Ich muss verdammt vielen Spuren folgen, und da kann ich eine kleine Entspannung brauchen.« Sie beugte den Kopf über die Tastatur und tippte einige Befehle ein. Kurz darauf tauchte die Meldung auf Torstens Bildschirm auf, dass eine neue Mail angekommen sei. Sie enthielt die versprochenen Informationen über alle Geschäfte, Supermärkte und Kaufhäuser in ihrer Nähe. Als besonderen Service hatte Petra auch noch die Anschriften etlicher Restaurants hinzugefügt.

»Wie ihr seht, habt ihr genug Zeit, zuerst gemütlich zu essen und danach einkaufen zu gehen. Die Geschäfte, die lange genug aufhaben, sind vorne mit einem Stern gekennzeichnet. Jetzt muss ich weiterarbeiten. Lasst es euch derweil gut gehen.«

Mit diesen Worten beendete Petra die Verbindung. Torsten starrte noch einige Augenblicke auf den Schirm und druckte dann die Liste mit den Geschäften und Restaurants aus.

»Wenn der Steuerzahler wüsste, wofür unsere teure Rechnerzeit verwendet wird«, meinte er kopfschüttelnd.

»Ich sehe das nicht als vergeudet an. Mit leerem Magen kann ich der Bundesrepublik Deutschland nicht so dienen, wie diese es von mir erwartet. Hat Petra etwas Interessantes mitteilen können?«

Henriettes abrupter Themenwechsel überraschte Torsten. Er kniff kurz die Lippen zusammen und nickte. »Petra glaubt, zum ersten Mal eine Spur entdeckt zu haben, die es zu verfolgen gilt. Wie es aussieht, hat sich unser nächtlicher Ausflug doch gelohnt.«

»Aber was es ist, wollen Sie mir nicht sagen?« Henriette war enttäuscht, hatte sie doch gehofft, der Erfolg der gemeinsamen Aktion würde Renk dazu bringen, sie endlich als vollwertige Kollegin und nicht mehr als lästiges Anhängsel anzusehen.

Torsten lächelte jedoch nur und deutete auf den Bildschirm, der eben auf Stand-by umschaltete. »Petra will, dass ich den Rechner eingeschaltet lasse, damit sie ihn mitbenutzen kann.

Bis wir zurückkommen, weiß sie sicher mehr und kann es Ihnen besser erklären, als wenn ich Ihnen jetzt die paar Brocken hinwerfe, die ich bis jetzt von ihr gehört habe.«

»Ich wüsste es trotzdem gerne«, antwortete Henriette sichtlich gekränkt.

»Von mir aus! Aber nicht jetzt und hier, sonst läuft uns die Zeit davon. Ich erzähle Ihnen unterwegs, was Petra mir mitgeteilt hat. Wenn ihre Vermutung zutrifft, sind wir endlich ein Stück weitergekommen!«

DREI

Als die beiden Reisebusse auf dem Parkplatz hielten, der die Villa von den beiden großen Hallen und dem Flugfeld von Keiheuvel trennte, sah Sedersen verblüfft auf. Noch mehr wunderte er sich beim Anblick der jungen Männer in Kampfanzügen, die mit vollen Seesäcken aus den Bussen stiegen und sich in einer Reihe aufstellten.

Für einen Augenblick glaubte er seine Pläne verraten und erwartete, die Soldaten nähmen jetzt ihre Waffen und stürmten die Gebäude. Da sah er Piet Eegendonk auf die Männer zueilen und sie begrüßen. Auch er schien höchst überrascht zu sein. Jetzt hielt es Sedersen nicht mehr in seinem Kommandoraum. Er eilte hinaus, zog im Laufen das Handy heraus und rief Rechmann an.

»Was gibt es, Chef?«

»Hast du die Soldaten gesehen, die eben angekommen sind?«

»Nö! Ich bin in der Werkstatt und spritze unseren Kleinbus um, damit er nicht mit den Morden in Lauw in Verbindung gebracht werden kann.«

»Lass das jetzt und trommle unsere Jungs zusammen. Sie

sollen bereit sein, falls Eegendonk versuchen sollte, hier die Macht zu übernehmen.«

Rechmann musste lachen. »Ich glaube nicht, dass Eegendonk das versuchen wird. Meiner Meinung nach will er nur seine Privatmiliz in Sicherheit bringen. Er hat sie bisher in einer Militärschule in Breda ausbilden lassen, und da hat es letztens Probleme gegeben.«

»Ihr Wort in Gottes Ohr, Rechmann. Aber wir sollten uns trotzdem vorsehen. Eegendonk hat jetzt fast dreimal so viele Leute vor Ort wie wir. Wenn auch noch Zwengels Flämische Macht zu ihm hält, sind wir angeschissen.«

»Bis jetzt regiert immer noch Geld die Welt, Chef, und über das verfügen Sie und Ihr Freund Kaffenberger. Zwengel braucht Sie, denn er kann seine Aktionen nicht aus eigener Tasche bezahlen. Wenn Sie ihm und Eegendonk den Geldhahn zudrehen, sehen die beiden dumm aus der Wäsche.«

»Ich aber auch, Rechmann. Dann hätte ich nämlich einen Haufen Geld in den Sand gesetzt und könnte überdies noch von den Kerlen erpresst werden. Außerdem kann ich es mir nicht leisten, mit den Unruhen in Belgien in Verbindung gebracht zu werden. Meine ganze Reputation wäre beim Teufel. Ehe das geschieht, sorge ich dafür, dass sich unsere niederländischen und flämischen Freunde in der Hölle wiederfinden.«

Sedersen wurde ruhiger und erwog bereits einige Aktivitäten in diese Richtung. Doch bevor er einen Kampf um die Macht in der nationalflämischen Bewegung anzettelte, musste er in Erfahrung bringen, ob das überhaupt nötig war.

»Rechmann, Sie sammeln trotzdem unsere Männer und bewaffnen sie. Eegendonks Leute sollen sehen, dass wir ebenfalls eine stattliche Streitmacht aufstellen können.« Damit beendete er das kurze Gespräch und dachte erst hinterher daran, wie riskant es gewesen war, das Handy zu benutzen. Wenn ihn die falschen Leute abgehört hatten, konnten sie diese Aufzeichnung jederzeit gegen ihn verwenden.

»Wir müssen schneller vorankommen! So rinnt mir die Zeit wie Sand durch die Finger«, rief er aus und ballte die Fäuste. Was nützte es ihm, Menschen umbringen zu lassen, um die Volksgruppen gegeneinander aufzuhetzen, wenn ein Wort dieses Tattergreises auf dem Thron genügte, um die Bevölkerung in Ehrfurcht erstarren und ›Es lebe Belgien!‹ schreien zu lassen. Also musste der König verschwinden.

Sedersen machte eine Bewegung, als halte er ein Gewehr in der Hand und schieße damit. Dann leuchteten seine Augen auf, und er nickte zufrieden. Schließlich war er auch nach Belgien gekommen, um einige seinen Absichten im Weg stehende Leute zu beseitigen, und Albert II. war der Mann, der seine Pläne am meisten behinderte. Wenn der König tot war, würde dieses Land fast von selbst auseinanderbrechen und Flandern ihm zufallen wie eine reife Frucht. Doch bevor er sich aufmachen konnte, den König zu erschießen, musste er sich um die Leute aus Breda kümmern.

Sedersen verließ das Gebäude und ging zu den Bussen. Die Soldaten hatten sich inzwischen zwanglos zusammengefunden und auf ihre Seesäcke gesetzt. Nur einer stand noch bei Eegendonk und redete eifrig auf diesen ein. Als die beiden Männer Sedersen auf sich zukommen sahen, verstummten sie.

Eegendonk schüttelte verärgert den Kopf. »Meine Leute mussten ihr Quartier Hals über Kopf verlassen, nachdem sie unangenehmen Besuch bekommen und Leute in unseren Datenbanken herumgewühlt haben.«

»Ich hoffe, dort waren keine geheimen Informationen gespeichert«, kommentierte Sedersen trocken.

»Keine Angst! Alles, was von Bedeutung ist, haben wir auf einen PC geladen, der keinen Internetanschluss besitzt, und unser Mailverkehr lief über einen unauffälligen Code. Wichtige Botschaften sind gar nicht erst über unsere Computer und Server gelaufen. Trotzdem ist das Ganze ärgerlich. Wir …«

Sedersen bremste den Redefluss des Mannes. »Erzählen Sie

das alles drinnen bei einem guten Schluck Wein oder Cognac. Hier im Freien ist es mir zu ungemütlich.«

»Gerne! Allerdings wäre mir ein Bier lieber, und gegen einen guten, alten Genever als Abschluss hätte ich nichts einzuwenden.«

»Ich glaube, unsere Vorräte sind groß genug, um Sie zufriedenzustellen. Für Ihre Leute werden wir allerdings weitere Lebensmittel einkaufen müssen. Das sind ja prächtige Burschen! Mit denen werden wir die nationale Revolution in Flandern durchsetzen können.« Sedersen signalisierte Eegendonk mit einer energischen Geste, ihm zu folgen.

VIER

Er führte Eegendonk ins Wohnzimmer der Villa und rief nach jemandem, der sie bedienen sollte. Als sei dies ein Zeichen gewesen, marschierten Rechmann, Lutz Dunker und dessen Spießgesellen aus Sachsen-Anhalt auf dem breiten Flur auf, der die Villa in zwei Hälften teilte. Mittlerweile waren die Männer in der Lage, sich mit den Einheimischen zu verständigen. Daher hatten sie ihre Reihen mit Freiwilligen aus Zwengels Vlaams Macht aufgefüllt und stellten in ihren Kampfanzügen, den umgeschnallten Pistolen und den MPs über dem rechten Arm eine martialisch wirkende Truppe dar.

»Sie haben wohl auch in Deutschland ein Ausbildungszentrum eingerichtet, in dem Sie Kämpfer für unsere Sache schulen«, sagte Eegendonk ebenso beeindruckt wie erschrocken.

Sedersen verkniff sich ein höhnisches Lachen. Von Dunkers Leuten hatte kaum jemand den Grundwehrdienst in der Bundeswehr durchlaufen, aber der Drill, dem Rechmann die Männer unterwarf, hatte sie zu Kampfmaschinen gemacht. Das war kein Wunder, denn während seiner aktiven Zeit beim Militär hatte Rechmann es bis zum Hauptfeldwebel gebracht. Weiter hatte er nicht aufsteigen können, denn einem Mann mit dem Körper eines Schwergewichtsboxers und dem Gesicht eines kleinen Jungen hatten die höheren Offiziere nicht viel zugetraut. Dabei war Rechmann in Sedersens Augen fähig, selbst den Posten eines Generals ausfüllen zu können.

Eegendonk, der die niederländischen Streitkräfte im Range eines Majors verlassen hatte, maß die in einer Reihe angetretenen Männer mit dem Blick des Kenners. Auf ihn wirkten sie weniger wie Soldaten als wie Kampfhunde, die nur darauf warteten, von der Leine gelassen zu werden. An den Augen der meisten glaubte er ablesen zu können, dass sie im Gegensatz zu seinen Soldaten bereits getötet hatten.

»Beeindruckend«, lobte er mit leicht säuerlicher Miene.

»Das sind Ihre Männer auch. Doch um die nationale Revolution in Flandern durchführen zu können, brauchen wir mindestens zehn- bis zwanzigtausend Mann unter Waffen.« Sedersen sprach damit das Problem an, das ihm auf der Seele brannte.

Eegendonk winkte ab. »Bis jetzt haben wir in Breda über fünfhundert Mann ausgebildet, und die meisten von ihnen sind als Offiziere geeignet. Die Hälfte davon tut noch im niederländischen Heer Dienst, und die anderen gehören zu den flämischen Freiwilligen, die wir jederzeit zusammenrufen können.«

Sedersen hob die Augenbrauen. »Das dürfte noch nicht notwendig sein. Die meisten Freiwilligen gehören zu Zwengels Flämischer Macht und werden an den Orten gebraucht, an denen sie sich im Augenblick befinden. Wir sollten eher die Aktivisten der Flämischen Faust eingliedern und militärisch ausbilden. Dann haben wir in einem Monat genug Soldaten, um uns gegen alle Gegner durchsetzen zu können. Allerdings dürfen wir uns keine weiteren Fehler erlauben. Es wird uns dem Ziel nicht näher bringen, auf beiden Seiten der niederländisch-belgischen Grenze Brände zu legen und zu hoffen, dass wir sie wieder löschen können.«

Für einen Augenblick sah es aus, als wollte Eegendonk ihm widersprechen. Der aus der niederländischen Provinz Limburg stammende Mann wusste, worauf der Deutsche anspielte. Eegendonk hatte zur gleichen Zeit, in der die Republik Flandern gegründet wurde, den Süden der Niederlande abspalten und mit dem neuen Staat vereinigen wollen. Doch hatte er derzeit weder die Mittel noch die Zeit, diese Sezession vorbereiten zu können.

Auch wenn Sedersen recht hatte, passte ihm die bestimmende Art des Deutschen nicht, und er nahm sich vor, so bald wie möglich mit Zwengel über ihn zu sprechen. Wenn sie den Mann nicht bald an die Kandare nähmen, würde er sie zu seinen Marionetten machen.

Unterdessen erklärte Sedersen seinen Männern, dass sie wieder an ihre Arbeit gehen sollten. Als sie eine Vierteldrehung machten, um abzumarschieren, rief er sie zurück: »Einer soll hierbleiben und mich und meinen Gast bedienen.«

Rechmann befahl seinen Leuten jedoch abzutreten. Während diese Richtung Eingangshalle marschierten, öffnete er eine Tür auf der Küchenseite. »He, Bovenkant, dein Typ ist gefragt!«, brüllte er, als stünde er auf dem Exerzierplatz.

Nur wenige Sekunden später stürmte Jef van der Bovenkant die Treppe zum Vorratskeller hoch und blieb vor Rechmann stehen. »Was soll ich tun?«

Anstelle von Rechmann sprach Sedersen ihn an. »Bringen Sie einen Cognac und ein Bier. Rechmann, ich hätte Sie gerne bei dem Gespräch dabei. Was trinken Sie?«

Sedersens Leibwächter trat ins Wohnzimmer. »Auch ein Bier! Schwing die Hufe, Junge! Wir haben Durst. Und schließ die Türflügel.«

Jef ärgerte sich, wie ein Dienstbote behandelt zu werden. Da er jedoch weder Dunkers deutschen Neonazis noch Zwengels Kerntruppe angehörte, schoben ihm die anderen all die Aufgaben zu, die sie selbst nicht erledigen wollten. Einen Vorteil hatte es jedoch, die Anführer zu bedienen. Die Männer nahmen in seiner Gegenwart kein Blatt vor den Mund, und so war er der wohl am besten informierte Mann im Lager. Allerdings wusste er nicht, was er mit diesem Wissen anfangen sollte, denn er hatte Angst vor den Kerlen, die gezeigt hatten, dass ihnen selbst das Leben eines Kindes nichts wert war.

Am liebsten hätte Jef sich in die Büsche geschlagen. Doch der Gedanke, gefangen und als Verräter hingerichtet zu werden, hielt ihn davon ab. Daher servierte er die bestellten Getränke, setzte sich dann neben der Tür auf einen Stuhl, um weitere Befehle abzuwarten, und spitzte die Ohren.

»Was war eigentlich in Breda los?«, wollte Sedersen wissen.

Eegendonk stärkte sich mit einem Schluck Bier. »Vor ein paar Tagen wurden uns zwei deutsche Offiziere als Teilnehmer für einen Lehrgang angekündigt. Wir dachten zunächst, es handele sich um Gesinnungsfreunde. Doch als sie ankamen, war nur einer davon ein Mann. Der andere Offizier war weiblich und zudem eine Halbasiatin. Die beiden fingen sofort Streit mit meinen Jungs an und verprügelten ein paar davon auf üble Weise. Danach haben sie unsere Schule angezündet und sind spurlos verschwunden. Wir konnten den Brand gerade noch rechtzeitig löschen, doch als der Leutnant der Wache die Namen, Dienstränge und Einheiten des Pärchens ausdrucken wollte, um sie der Polizei zu übergeben, waren deren Daten im Computer gelöscht. Nicht einmal mehr die Anmeldung zum Kurs war noch vorhanden, so als hätte es die zwei nie gegeben.

Dabei hatte ich die entsprechenden Einträge selbst gesehen. Irgendjemand muss in unseren Computern herumgefummelt haben. In meinen Augen ein abgekartetes Spiel. Einigen im Verteidigungsministerium ist unsere Schule schon länger ein Dorn um Auge, die müssen das eingefädelt haben. Aber das wird diesen Sesselfurzern nichts bringen. Wir haben die Computer sofort vom Netz genommen und mitgebracht. Da wir nicht wissen, wie sie manipuliert worden sind, sollten wir die Geräte vernichten.«

»Sie und Ihre Leute haben gut reagiert, Eegendonk. Rechmann soll sich der Computer annehmen. Er ist ein Spezialist für solche Fälle. Es wird keine Festplatte und kein USB-Stick übrig bleiben, auf dem der Feind noch etwas entziffern könnte.«

»Wenn Sie nichts dagegen haben, fange ich gleich damit an.« Rechmann trank sein Bier aus und trat auf Jef zu.

»Wenn du mir noch einmal diese mit Kirschsaft versetzte Brühe vorsetzt, die nur ein Belgier Bier nennen kann, reiße ich dir den Kopf ab«, drohte er ihm und verließ mit Eegendonk im Schlepptau den Raum.

Sedersen blickte den beiden nach und griff nach seinem Cognacschwenker. Während er genüsslich trank, begrüßte er insgeheim Eegendonks Pech mit seiner Militärschule. Nun stand der Niederländer ohne Rückhalt da und war auf ihn angewiesen. Wenn er es geschickt anfing, konnte er Eegendonk sogar als Verbündeten gegen die allzu forschen Flamen in Zwengels Gefolge gewinnen.

FÜNF

Als Henriette und Torsten in ihren Unterschlupf zurückkehrten, war Petras Gesicht bereits auf dem Bildschirm zu sehen. »Na, hat's geschmeckt?«, fragte sie.

Torsten stellte die Einkaufstüten ab und setzte sich vor den Computer. »Hallo, Petra! Du bist heute früh dran. Und zu deiner Frage: Ja, wir waren bei einem ausgezeichneten Chinesen.«

»Dann ist es euch besser ergangen als mir. Ich habe heute

erst eine einzige Bratwurst bekommen, und die hat Wagner mir mitgebracht«, antwortete Petra und wurde sofort von ihrem Vorgesetzten unterbrochen.

»Es waren zwei Bratwürste! Außerdem haben Sie vier Krapfen und zwei Donuts vertilgt, die ich Ihnen zusammen mit einer Literkanne Kaffee besorgt habe.«

»Das reicht doch nicht, um mein Gehirn in Schwung zu halten.« Petra seufzte, denn sie wusste selbst, dass sie auf diese Weise ihr Übergewicht niemals loswerden würde. Dann aber richtete sie ihre Gedanken wieder auf die Nüsse, die es zu knacken galt.

»Sie können sich ruhig neben Torsten setzen, Leutnant. Er bellt zwar manchmal, beißt aber selten«, sagte sie zu Henriette und hob die Arme zu einer ausgreifenden Geste. »Euer Fund im Container hat Wagners und meine Gehirnwindungen animiert, schneller zu denken. Und ob ihr's glaubt oder nicht, wir haben eine Spur gefunden!«

»Bislang ist es nur eine Vermutung. Beweise haben wir noch keine«, stellte Wagner klar.

»Aber ausgezeichnete Berechnungen!«, konterte Petra gelassen. »Der Tote im Container könnte die entscheidende Spur sein. Friedmund Themel war früher Richter und ist damals für seine teils recht drastischen Urteile bekannt geworden. Aus diesem Grund hat man ihn ein paar Jahre früher in den Ruhestand geschickt. Aber das allein besagt noch nichts. Interessanter ist, dass er seit vielen Jahren einem Freundeskreis angehört hat, zu dem außerdem Hermann Körver, Jost Olböter, Andreas von Straelen und der Industrielle Geerd Sedersen gehörten. Bis auf Sedersen mit jetzt fünfundvierzig Jahren waren die Männer alle über siebzig.«

»Waren?« Torsten merkte auf.

»Waren! Körver, Olböter und von Straelen sind nämlich ebenfalls tot. Zwei von ihnen sind angeblich Autounfällen zum Opfer gefallen, der Dritte ist in das offene Grab eines seiner

Freunde gestürzt und hat sich beim Aufprall auf den Sarg das Genick gebrochen.«

»Hat jemand nachgeholfen?«, fragte Torsten angespannt.

»Eine Verwandte des Toten ist gestolpert und hat ihn angerempelt. Das war wahrscheinlich der einzige echte Unfall. Ich vermute, dass es den Mann sonst genauso erwischt hätte wie seine Freunde.«

»Jetzt reden Sie nicht so lange um den Brei herum, Frau Waitl«, unterbrach Wagner sie. »Hören Sie, Renk! Nachdem Sie uns das Auffinden von Themels Leichnam gemeldet hatten, habe ich meine Beziehungen spielen und dessen Haus durchsuchen lassen. Dabei sind uns einige bemerkenswerte Notizen in die Hände gefallen. Darunter war eine lange Liste von Namen, die Themel mit eigener Hand aufgeschrieben hatte. Die ersten vier stimmen mit den Männern überein, die von unserem infamen Mörder mit dem nachgebauten SG21 erschossen worden sind. Die restlichen Namen gehören zu Kriminellen, die vor Gericht relativ glimpflich davongekommen waren, mehreren Anwälten, die jeden schmutzigen Trick anwenden, um ihre Mandanten freizubekommen, sowie Richtern, die nach anderen Aufzeichnungen Themels ihrer laschen Urteile wegen eine Schande für ihren Berufsstand seien. Außerdem – und das ist besonders interessant – standen auch einige Finanzfachleute in dieser Auflistung, auf deren Rat hin Themel Aktien gekauft hatte, welche hinterher nicht einmal mehr ein Butterbrot wert waren.«

»Themel hat also eine Todesliste erstellt. Aber wie kommt so ein Mann zu unserem vermissten Scharfschützengewehr?«

»Du hast den fünften Mann dieser Gruppe vergessen, Torsten«, fuhr Petra fort, »nämlich Sedersen. Der ist wohl nicht ganz zufällig der Besitzer der Waffenfabrik in Suhl, in der das SG21 gefertigt worden ist. Der Mann hatte auch Mirko Gans eingestellt, der bei dem Brand in der Fabrik umgekommen ist. Als unsere Leute Gans' Wohnung genauer durchsuchten, haben sie ein Blatt Papier gefunden, das in seinem Schreibtisch nach hinten gerutscht und an der Rückwand hängen geblieben ist. Es war die Konstruktionszeichnung eines Einzelteils des SG21. Gans muss diese Zeichnung aus dem Gedächtnis heraus angefertigt haben. Wenn ihm das bei allen Teilen gelungen ist, hat er das Gewehr ohne Probleme nachbauen können.«

Torsten stieß einen Fluch aus. »Ich hatte den Schreibtisch selbst untersucht, aber wohl nicht gründlich genug, sonst hätte ich die Zeichnung finden müssen.«

»Machen Sie sich deswegen keine Gedanken, Renk. Sie hätten den Schreibtisch schon zerlegen müssen, um an diese Skizze zu kommen.« Major Wagner rieb sich über die Stirn, schob Petra beiseite und setzte sich selbst vor die Kamera. »Zu Sedersen: Der Mann kauft Fabriken ein, um sie wieder in Schwung zu bringen und dann mit Profit weiterzuverkaufen. Doch genau das hat er bei der Waffenfabrik in Suhl nicht getan. Er hat sogar die Produktion herunterfahren lassen, um sich ganz auf die Fertigung der Prototypen unseres Supergewehrs zu konzentrieren. Das muss einem doch zu denken geben. Was meinen Sie, Renk?«

Torsten nickte, fand aber noch einen Haken. »Das passt nicht zusammen. Man kopiert keine geheime Waffe, nur um ein paar Leute damit zu erschießen.«

»Wir haben noch keinen Beweis, dass Sedersen dahintersteckt, aber Frau Waitls Berechnungen nach ist davon auszugehen. Weshalb die Waffe dann auf diese Weise verwendet worden ist, darüber können wir nur Vermutungen anstellen. Sicher ist jedoch, dass sich der Kreis um Themel und Sedersen mit den Urteilen der Gerichte beschäftigt hat. Am Ende von Themels Liste haben wir einen ausradierten Eintrag gefunden und wiederherstellen können. Dort hat der Mann etwas von den Hütern der Gerechtigkeit geschrieben, die alle auf dieser Liste der ihnen gebührenden Strafe zuführen würden.«

»Wahrscheinlich haben diese fünf Männer sich als Geheimbund gesehen, der Todesurteile gegen Menschen verhängen wollte, die es ihrer Meinung nach verdient hatten«, setzte Petra hinzu.

»Und wer hat die Urteile vollstreckt?«, wollte Torsten wissen.

Petra breitete die Hände aus, um zu zeigen, dass sie nur Vermutungen liefern konnte. »Da haben wir drei Männer zur Auswahl. Der Erste ist Sedersen selbst. Die Tatsache, dass er das Gewehr für diesen Zweck zur Verfügung gestellt hat, spricht dafür. Ein weiterer Kandidat ist Igor Rechmann, ein früherer Hauptfeldwebel bei der Bundeswehr, der jetzt Sedersens Leibwächter spielt. Rechmann hat übrigens immer noch Kontakt zu verschiedenen Stellen bei der Bundeswehr, und das führt uns noch zu einem anderen Aspekt. Zunächst aber will ich bei diesem Thema bleiben. Ein weiterer Verdächtiger ist ein Kleinkrimineller namens Karl Jasten, der ebenfalls für Sedersen arbeitet. Auch ihm wäre zuzutrauen, den Henker für diese Hüter der Gerechtigkeit gespielt zu haben.«

Sie langte mit der Rechten aus dem Bereich hinaus, der von der Kamera erfasst wurde, und hielt sich dann an ihrer voluminösen Kaffeetasse fest. Ein bedauernder Ausdruck huschte über ihr Gesicht. »Leer. Dabei brauche ich jetzt dringend eine Koffeinspritze.«

»Ich hole Ihnen welchen! Informieren Sie die beiden vor Ort bitte weiter.« Wagner verließ das Zimmer, während Torsten die Schultern straffte, als erwarte er eine unmittelbare Bedrohung.

»Was heißt hier vor Ort?«

Petra hob die Hand. »Alles der Reihe nach. Jetzt sind wir erst einmal bei dem Punkt, dass Sedersen das SG21 nachbauen ließ und diese Waffe anschließend zur Exekution der Leute auf Themels Todesliste verwendet wurde. Allerdings wurde auch die Millionärsgattin Nicole Kaffenberger mit diesem Gewehr erschossen, obwohl sie nicht auf der Liste stand.«

»Du solltest dich kürzer fassen. Ich habe keine Lust, Rätsel zu raten«, warf Torsten verärgert ein.

»Das ist kein Rätsel«, antwortete Petra lächelnd. »Nicole Kaffenberger war die Ehefrau des Industriellen Caj Kaffenberger, eines engen Geschäftspartners von Sedersen. Kaffenberger wird übrigens nachgesagt, die rechte Szene in Deutschland mit Geld und Material zu unterstützen. Rechmann selbst soll, bevor er zu Sedersen gekommen ist, einer freien Kameradschaft angehört haben. Klingelt es jetzt bei dir?«

»Nicht im Geringsten«, gab Torsten zu.

»Denk daran, wie die Neonazis Suhl terrorisiert haben. Während dieses Krawalls wurde Sedersens Firma angezündet, und mindestens sechs Leute wurden darin umgebracht. Hältst du das für einen Zufall?«

Torsten schüttelte den Kopf. »Das habe ich von Anfang an als abgekartetes Spiel angesehen und so zu Protokoll gegeben.«

»Kaffenbergers Frau hatte die Scheidung verlangt, und ich schätze, dieser Umstand dürfte zu ihrem frühen Ableben geführt haben.«

»Das könnte stimmen. Aber was ist mit dieser Gruppe, diesen, wie nanntest du sie …?«

»Hüter der Gerechtigkeit«, half Petra aus. »Ich nehme an, dass Sedersen die Männer beseitigen ließ, weil er andere Ziele hatte.«

»Was weißt du darüber?« Bevor Torsten Petra anschnauzen konnte, endlich mit den Fakten herauszurücken, nahm sie ihm den Wind aus den Segeln.

»Was für Pläne er hat, musst du ihn selbst fragen. Ich kann nur so viel sagen: Sowohl Sedersen wie auch Kaffenberger haben in letzter Zeit stark in Belgien investiert – oder, besser gesagt, in Flandern. Du hast Kaffenberger selbst mit einem holländischen und einem flämischen Extremisten in Kijkduin beobachtet. Sedersen hat vor einiger Zeit ein altes Fabrikgelände in Balen gekauft, und in dessen Nähe liegt ein kleiner Flughafen, der zurzeit vorrangig von einem Club für Oldtimerflugzeuge genützt wird. Es ist mir gelungen, in deren Computer hineinzukommen. Es werden verdammt wenig Flugbewegungen registriert, obwohl Satellitenfotos zeigen, dass immer wieder moderne Geschäftsflugzeuge dort stehen. Auch Kaffenberger ist mit seiner Cessna Citation dort gelandet, ohne dass dies vermerkt worden ist.«

»Das stinkt!« Torsten fasste sich an die Stirn. »Weißt du noch mehr darüber?«

Petra schüttelte bedauernd den Kopf. »Ich kann nicht einmal beweisen, dass alles so stimmt, wie ich es dir gesagt habe. Aber ich bin mir sicher, dass es so sein muss!«

»Dann ist die Sache doch ganz einfach. Wir lassen Kaffenberger, Sedersen und deren Handlanger verhaften und verhören sie, bis sie gestehen«, schlug Torsten vor.

Unterdessen war Wagner mit einer Thermoskanne voll Kaffee zurückgekehrt und lachte freudlos auf. »Wenn alles so einfach wäre, ließe sich in der Welt weitaus leichter Frieden halten. Aber ohne handfeste Beweise lacht uns jeder Ermittlungsrichter aus. Also müssen Sie und Leutnant von Tarow uns diese Beweise besorgen.«

Henriette war froh, dass Wagner ihren Namen erwähnte, denn sie war sich während des Gesprächs zunehmend überflüssig vorgekommen. Dann fiel ihr ein, dass Renk wegen seines Führerscheinentzugs weiterhin auf sie angewiesen war, und sie atmete auf.

»Können Sie uns die Daten für das Navigationsgerät schicken?«, fragte sie Petra, nicht zuletzt um zu zeigen, dass sie sich Gedanken über ihr weiteres Vorgehen machte.

»Das kommt alles noch, Leutnant. Ich schicke euch auch die Satellitenfotos. Ihr müsst allerdings aufpassen. Ich vermute nämlich, dass Sedersen und seine Leute sich mit flämischen Extremisten verbündet haben, und die Kerle gehen über Leichen. Ich bin mir sicher, dass diese Leute den Zug mit den beiden Containern überfallen und auch gestern eine Familie bei Tongeren ermordet haben. Ein paar französische Brocken machen für mich noch lange keinen Wallonen. Beide Male wurden übrigens Kleinbusse der gleichen Marke benutzt. Es wäre interessant festzustellen, wie viele Lackschichten bei denen bereits aufgetragen worden sind.«

»Das haben Sie mir noch gar nicht gesagt, Frau Waitl«, warf Wagner empört ein.

»Wenn mein Gehirn so schlecht versorgt wird, vergesse ich eben manche Dinge.« Petra seufzte und wies auf ihren Bauch. »Da ist schon wieder ein Riesenloch drin. Ich brauche dringend was zu essen.«

»Die Kantine ist bereits geschlossen«, sagte Wagner säuerlich.

»Dann gehe ich eben in ein Restaurant.« Petra klang so entschlossen, als wolle sie sofort den Computer ausschalten und verschwinden.

Wagner fasste sie am Arm. »Können wir uns nicht eine Pizza bringen lassen? Renk und Leutnant von Tarow werden sicher noch Fragen haben, die Sie und ich beantworten müssen.«

Petra überlegte kurz und nickte. »Also gut, bestellen Sie was. Ich will eine große Pizza mit Schinken, Tomaten, Oliven, Salami und Sardellen.«

»Sie können wegen mir jede Pizza bekommen, die es beim nächsten Italiener gibt, Hauptsache, Sie kriegen heraus, wie wir diesen Schuften das Handwerk legen können.«

Bei diesem Versprechen strahlte Petra über das ganze Gesicht. »Ich nehme Sie beim Wort, Herr Major. Für Sie wird es allerdings nicht ganz billig werden, denn in meinem Stammristorante gibt es eine Menge verschiedener Pizzen.«

Zwar hatte Wagner seine Worte anders gemeint, als Petra sie auffasste, aber er sagte nichts, sondern ging, um die Bestellung aufzugeben. Unterdessen erklärte Petra, was Henriette und Torsten bei ihren nächsten Aktionen alles bedenken sollten.

Die beiden hörten ihr aufmerksam zu und sahen sich dabei mehrfach an. Um Henriettes Lippen lag dabei ein so entschlossener Zug, dass Torsten insgeheim lächelte. Um sie brauchte er sich keine Sorgen zu machen. Wie zäh die junge Frau war, hatte sie bereits bewiesen. Er kannte etliche Kollegen, die nicht im Hafenbecken geblieben wären, als der Containerfrachter auftauchte.

Henriette beobachtete ihren Kollegen ebenfalls. Der harte Ausdruck um seine hellblauen Augen versprach ihren Gegnern nichts Gutes. Nach all dem Herumtappen im Nebel sah er zum ersten Mal eine deutliche Spur vor sich und würde dieser wie ein Jagdhund folgen. Sie selbst war bereit, das Ihre zu tun, um dieser Mörderbande das Handwerk zu legen. Die Salben, mit denen er ihre Abschürfungen und blauen Flecken behandelt hatte, wirkten bereits, und sie war sicher, spätestens in zwei Tagen wieder voll und ganz einsatzfähig zu sein. Und wenn es sein musste, auch eher.

SECHS

Diesmal hatte Geerd Sedersen seine engsten Verbündeten und Helfer zur Beratung versammelt. Neben Eegendonk und Zwengel waren Rechmann, Jasten und Kaffenberger anwesend. Selbst Lutz Dunker, der immer mehr in die Rolle von Rechmanns Stellvertreter bei Sedersens Leibgarde hineinwuchs, durfte teilnehmen.

Jef van der Bovenkant befand sich ebenfalls im Raum, wenn auch nur als Kellner. Nachdem jeder sein Getränk erhalten hatte, saß der junge Flame neben der Tür und lauschte, während er scheinbar vor sich hindöste.

»Zum Wohl!« Sedersen hob seinen Cognacschwenker und stieß mit Kaffenberger, Zwengel und Eegendonk an, während er Rechmann und Dunker, die sich Bier hatten einschenken lassen, nur kurz das Glas entgegenhielt. »Es ist gut, dass wir heute alle zusammenkommen konnten, denn es gibt einiges zu besprechen.«

»Da haben Sie verdammt recht, Sedersen. Mit dem Mord an der flämischen Familie haben Sie die Leute so verschreckt, dass ich Mühe habe, genügend Männer für unsere nächste Aktion zusammenzubringen. Wir wollen den Markt in Sint-Genesius-Rode stürmen und die wallonischen Händler, die sich dort immer noch breitmachen, zum Teufel jagen. Aber dafür brauche ich mindestens zwei- bis dreitausend Aktivisten.«

Zwengel gab sich keine Mühe, seinen Frust zu verbergen, und setzte seine Tirade fort. »Ich habe Sie gewarnt, Belgien über Ihren deutschen Kamm zu scheren, doch Sie wollten nicht auf mich hören. Die flämische Bevölkerung ist schockiert und denkt nicht daran, genügend Hass auf die verdammten Wallonen zu entwickeln.«

Sedersen lachte spöttisch auf. »Sie haben eines vergessen, meine Herren. Einen Sieg erreicht man nicht durch zögerliches Handeln, sondern nur durch entschlossenes Durchgreifen. Und das werden wir jetzt tun!«

»Was haben Sie denn nun schon wieder vor?«, fragte Zwengel.

»Das Haupthindernis für eine erfolgreiche Sezession ist der König. Also werden wir ihn ausschalten.«

Der Flame starrte Sedersen aus weit aufgerissenen Augen an. »Sie wollen Albert II. umbringen? Das können Sie nicht tun!« Zwengel schlug unbewusst das Kreuz.

»Und warum nicht?«, fragte Sedersen schneidend. »Dieser alte Knacker ist die letzte Klammer, die den morschen Staat hier zusammenhält. Sobald er tot ist, werden die Flamen ihren eigenen Weg gehen und die Wallonen ebenso.«

»Das ist Unsinn! Wenn Albert II. tot ist, tritt sein Sohn Filip an seine Stelle, und wir haben um keinen Deut gewonnen, sondern nur noch mehr Rückhalt in der Bevölkerung verloren«, erklärte Zwengel mit Nachdruck.

»Dann muss Filip ebenfalls ins Gras beißen.« Sedersen war nicht bereit, sich von den Sentimentalitäten des Flamen beeindrucken zu lassen. Er hatte den König im Geist bereits zum Tode verurteilt, und er wollte dieses Urteil mit seinem Wundergewehr vollstrecken.

Zwengel nickte zögernd. »Vielleicht haben Sie recht, und der Staat bricht nach König Alberts Tod tatsächlich auseinander. Nur wird uns das in der jetzigen Situation nicht allzu viel bringen. Mein Freikorps ist noch zu klein und nicht einsatzbereit, und die anderen Parteien, die über die Mehrheit im Parlament von Flandern verfügen, werden sich diese auch weiterhin sichern. Im Kampf um die Macht sind sie für uns größere Feinde als die Wallonen.«

Dieses Argument konnte Sedersen nicht wegschieben. Er kaute auf seinen Lippen herum und sah Rechmann an, der die bisherige Diskussion sichtlich belustigt verfolgt hatte. »Was meinen Sie? Ist diese Sache aus der Welt zu schaffen?«

»Natürlich! Es müssen eben noch mehr Köpfe rollen.« Rechmann deutete einen Schuss mit einem Gewehr an, eine Geste, die nur Sedersen und Jasten verstanden, da die andern nichts von dem weit tragenden Scharfschützengewehr 21 wussten.

Zwengel wiegte besorgt den Kopf. »Nach allem, was letztens passiert sind, kommt niemand mehr nahe genug an den König oder dessen Familie heran, um einen sicheren Schuss riskieren zu können. Und falls er es doch schafft, hat er keine Chance, unbemerkt zu entkommen. Wenn dazu noch bekannt wird, dass ein Flame der Attentäter ist, haben wir alles verloren. Dann nehmen nicht einmal mehr die Aktivisten der Vlaams Fuist ein Stück Brot von uns an.«

»Also müssen wir die Fronten in Flandern klären, bevor wir den König erledigen. Als Erster wird van Houdebrinck dran glauben müssen«, antwortete Sedersen in einem Ton, als rede er über das Wetter. Innerlich aber gierte er danach, den Mann zu liquidieren. Noch immer wurmte es ihn, dass van Houdebrinck sich in der Konferenz mit den flämischen Wirtschaftsführern so heftig gegen seine Pläne ausgesprochen hatte. Jetzt sah er die Chance, den Mann zu bestrafen und damit das Haupt der belgientreuen Flamen auszuschalten.

Gegen diesen Plan hatte auch Zwengel nichts einzuwenden. Sein Groll gegen den Wirtschaftsboss war noch größer als der von Sedersen, denn van Houdebrinck hatte ihn in mehreren bedeutenden Organisationen kaltgestellt. Daher stimmte er eifrig zu, als Sedersen, Rechmann und die anderen Pläne schmiedeten, wie sie sich dieses Mannes entledigen konnten.

SIEBEN

Torsten Renk lud die Daten, die er von Petra erhalten hatte, auf eine SD-Card und wollte sie anschließend in seinen Laptop kopieren. Doch gerade, als er den Befehl dazu geben wollte, zog er die Hand zurück. »Das ist zu riskant. Wenn die Kerle uns ausräuchern und den Kasten erbeuten, bekommen sie zu viel Informationen.«

»Sind die Daten denn nicht mit einem Passwort gesichert?«, fragte Henriette.

»Das schon. Aber Petra würde keine zwei Minuten brauchen, um alle Passwörter auf dem Gerät zu knacken. Was sie kann, vermag ein anderer vielleicht auch.« Torsten klappte das Gerät wieder zu und begann, einige Seiten auszudrucken.

Henriette sah ihm erstaunt zu. »Ist es nicht gefährlicher, die Daten als Loseblattsammlung mitzunehmen?«

»Ich drucke nur ein paar Karten und allgemeine Informationen aus. Wenn es sein muss, kann ich das Zeug verbrennen. Beim Laptop geht das nicht so leicht.«

Henriette musste lachen. »Haben Sie überhaupt Zündhölzer bei sich?«

»Selbstverständlich! Ebenso zwei Feuerzeuge und eine Schachtel Zigaretten als Tarnung.« Torsten holte die genannten Gegenstände aus seinen Taschen und hielt sie Henriette hin. Die Zigarettenschachtel war angebrochen, und es fehlten bereits etliche Zigaretten.

»Rauchen Sie etwa heimlich auf dem Klo? Ich habe Sie noch nie mit einer Zigarette gesehen!«

Torsten lachte. »Ich bin Nichtraucher. Aber ich kaufe mir immer mal eine Schachtel, reiße sie auf und schmeiße ein paar Zigaretten weg. Deshalb wundert sich auch niemand, wenn ich ein Feuerzeug mit mir herumschleppe.«

»Das sollte ich wohl auch tun. Nur darf Mama die Zigaretten nicht sehen. Die würde mir gewaltig den Kopf waschen. Immerhin hat sie es geschafft, Papa vom Rauchen abzubringen, und auch dafür gesorgt, dass meine Brüder keine Glimmstängel mehr anrühren. Wenn jetzt ich damit anfange, würde sie ausrasten.« Henriette kicherte, wurde aber rasch wieder ernst. »Was, glauben Sie, werden wir in Balen finden?«

»Wenn ich das wüsste, müssten wir nicht hinfahren. Wie sieht es übrigens mit Ihnen aus? Haben Sie Ihre Verletzungen halbwegs auskuriert, oder sollen wir noch einen Tag warten?«

Henriette taten die geprellten Rippen noch immer weh, und sie musste die Zähne zusammenbeißen, um trotz des Pferdekusses auf dem Allerwertesten geradeaus gehen zu können. Dennoch winkte sie ab. »Ich bin so gut wie wiederhergestellt. Sie brauchen keine Rücksicht auf mich zu nehmen.«

»Auf Sie nehme ich auch keine Rücksicht, sondern auf mich. Es kann leicht etwas schiefgehen, wenn der Partner wegen einer Verletzung nicht durchhält.«

»Danke!« Henriette strahlte Torsten an.

Er wirkte verdattert. »Danke? Äh, wieso?«

»Weil Sie mich eben Partner genannt haben. Das tut gut!« Während sie es sagte, nahm Henriette sich vor, alles zu tun, um Renk nicht zu enttäuschen.

Torsten wollte schon darauf antworten, er habe es nur ganz allgemein gemeint, schluckte die Bemerkung aber hinunter, um Henriette nicht zu kränken. Außerdem war sie, solange Wagner ihn nicht von ihr erlöste, tatsächlich seine Partnerin.

Er murmelte etwas wie »gern geschehen« und kümmerte sich wieder um seine Ausdrucke. »Hier ist dieser Flugplatz, der angeblich vom Aeroclub Keiheuvel benützt wird. Östlich davon befinden sich mehrere große Hallen sowie eine alte Villa, die Sedersen gehören. Das ganze Gelände ist, wie es aussieht, von einer erst kürzlich errichteten Mauer umgeben, deren Krone mit Stacheldraht und Glasscherben unerwünschte Besucher abhält.«

Henriette folgte seinem Zeigefinger, der von einem Symbol zum anderen wanderte, und sah ihn dann fragend an. »Aber wie kommen wir auf das Gelände?«

»Das müssen wir erst in Erfahrung bringen. Packen Sie Ihre Siebensachen. Es kann sein, dass wir ein paar Tage ausbleiben. Wir werden uns in Balen, Lommel oder Wezel ein Zimmer mieten, damit wir nicht andauernd hierher zurückfahren müssen. Allerdings glaube ich nicht, dass wir viel zum Schlafen kommen. Wir werden die Villa, die Hallen und den Flughafen Tag und Nacht überwachen.«

»Ich dachte, wir sollen uns hineinschleichen und herausfinden, was dort gespielt wird?« Henriette klang enttäuscht, sie hatte von Renk ein entschlosseneres Vorgehen erwartet.

Torsten schüttelte lächelnd den Kopf. »Sie müssen noch einiges lernen, Leutnant. Wilde Attacken waren vielleicht früher einmal etwas für die Kavallerie. Wir aber gehen mit Verstand vor. Es nützt uns nichts, wenn wir die Vögel aufscheuchen und dann ein leeres Nest vorfinden.«

»Wahrscheinlich haben Sie recht.« Henriette zog die Schultern ein, denn für ihr Gefühl hatte sie sich wieder einmal blamiert.

Torsten hatte nicht vor, sie zu schonen. »Wenn Sie Ihre Vorstellungen von unserem Beruf aus James-Bond-Filmen haben, sollten Sie sich von dieser Idee verabschieden. Wir haben weder die Lizenz zum Töten noch jenes sagenhafte Ermittlungsglück, das die Drehbuchschreiber ihrem Action-Helden in die Rolle schreiben. Unser Job ist es, zu beobachten, den richtigen Moment abzuwarten und dann zuzuschlagen.«

»Tut mir leid, das war eine dumme Bemerkung.«

Renk grinste in sich hinein. Er hatte seine Partnerin nicht ohne Absicht in ihrem Überschwang bremsen wollen. Es brachte nichts, wenn sie ungeduldig wurde und dadurch Fehler beging. Nun gab er sich wieder versöhnlich. »Sie haben nichts Dummes gesagt, Leutnant. Und vor allem, Sie haben nichts Dummes getan – so wie ich bei meinem ersten Einsatz. Mein Ausbilder ist damals ziemlich sauer gewesen, weil ich übereilt gehandelt hatte. Uns wäre damals beinahe ein Wissenschaftler entkommen, der Baupläne für ein spezielles Drohnenabwehrgerät ins Ausland hatte schmuggeln und an eines der von dem damaligen US-Präsidenten als Schurkenstaaten bezeichneten Länder verkaufen wollen.«

Torsten wunderte sich selbst, weil er den Bock, den er damals fast geschossen hätte, so einfach zugab. Aber wenn es half, Leutnant von Tarow vorsichtiger zu machen, war es ihm das wert.

»Ich freue mich, dass Major Wagner Sie zu meinem Ausbilder bestimmt hat!« Noch vor ein paar Tagen hätte Henriette sich eher die Zunge abgebissen, als das zu sagen. Jetzt merkte sie zu ihrer Überraschung, dass sie es ernst meinte. Sie war ihm dankbar für seine offenen Worte. Damit zeigte er ihr, dass auch er nicht von Anfang an vollkommen gewesen war und dies auch von ihr nicht verlangte.

»Wagner weiß, was er tut«, antwortete Torsten amüsiert. Bis jetzt hatte seine Begleiterin ihn nur positiv überrascht, und er hoffte, dass dieser Zustand noch länger anhalten würde. Trotzdem kehrte er noch einmal den knurrigen Vorgesetzten heraus. »Ich hatte Ihnen doch befohlen, Ihre Sachen zu packen. In einer Viertelstunde fahre ich los – und wenn ich mich selbst hinter das Steuer klemmen muss.«

Henriette salutierte übertrieben zackig. »Herr Oberleutnant, ich werde rechtzeitig fertig sein.«

»Sie wären die erste Frau, die ich kenne, der das gelingt«, brummte Torsten und vergaß dabei ganz, dass sie mit dem Packen schon einmal schneller gewesen war als er.

ACHT

Bei der Fahrt durch das ländliche Flandern hingen Henriette und Torsten ihren eigenen Gedanken nach und sprachen nur wenig miteinander. Als sie die Ortschaft Wezel erreichten, spannten sich beide unbewusst an. Torsten hatte über die Touristeninformation eine kleine Pension im Nachbarort von Balen ganz in der Nähe von Sedersens Besitz ausfindig gemacht. Von dort aus war es möglich, die Hallen und die Villa zu Fuß zu erreichen. Außerdem hoffte er, ein Zimmer zu bekommen, von dem aus sie die Flugbewegungen auf dem winzigen Airport überwachen konnten. Diese Aufgabe sollte Leutnant von Tarow übernehmen, während er selbst sich draußen umsehen wollte.

Vorerst aber galt es erst einmal, ihr Quartier zu beziehen. »Sind Sie wirklich sicher, dass Sie es mit mir in einem Doppelzimmer aushalten werden?«, fragte Torsten nicht zum ersten Mal.

Henriette lachte hell auf. »Wir hatten bereits in Den Haag

ein Doppelzimmer, dann in Breda, und die letzten Nächte haben wir zusammen in einem einzigen Raum in Burcht verbracht. Glauben Sie, ich würde ausgerechnet jetzt anfangen zu zicken?«

»Nein, aber ich wollte Ihnen die Chance geben, endlich ein Zimmer für sich allein zu haben.«

Im Grunde hätte Henriette nichts dagegen gehabt, in einem Einzelzimmer zu wohnen. Sie befürchtete jedoch, von Renk nicht mehr umfassend informiert zu werden. »Keine Sorge. Ich halte es mit Ihnen schon aus. Immerhin schnarchen Sie nur selten!«

»Wenigstens was.« Torsten wollte noch etwas sagen, doch da meldete sich die Automatenstimme des Navigationssystems und wies Henriette an, bei der nächsten Einmündung rechts abzufahren. Da das Navi auch gleich eine weitere Richtungsänderung ankündigte, schwieg Torsten und sah zu, wie Henriette den Wagen geschickt über die schmalen Straßen am Rand von Wezel lenkte.

Kurz darauf kam ihnen ein Pkw entgegen, dessen Fahrer sich in der Mitte der Straße hielt. »He, was soll das?«, rief Henriette empört, als der andere keine Anstalten machte, rechts zu fahren. Stattdessen betätigte er ausgiebig die Lichthupe.

»So ein Affe!« Henriette fuhr in eine Einfahrt und ließ den fremden Wagen durch. Dabei fauchte sie so wütend, dass Torsten Angst hatte, sie würde wenden und dem Wagen folgen, um dem Fahrer die Meinung zu geigen.

Rasch legte er ihr die linke Hand auf den Unterarm. »Fahren Sie ganz normal weiter und sehen Sie sich nicht um.«

»Weshalb?«

»Haben Sie die Kleidung des Kerls gesehen?«

»Darauf habe ich nicht geachtet.«

»Hätten Sie aber tun sollen! Der Bursche trug die gleiche Uniform wie unsere lieben Freunde aus Breda. Ich glaube, ich habe den Burschen dort auch gesehen.«

»Meinen Sie, dass er uns erkannt hat?«, fragte Henriette besorgt.

»Ich glaube nicht, dass er in diesem Fall so großspurig aufgetreten wäre. Übrigens treibt er das gleiche Spiel jetzt mit einem anderen Autofahrer. Wir dürfen uns aber nicht in falscher Sicherheit wiegen. Auch wenn der Kerl uns jetzt nicht erkannt hat, so wird er sich irgendwann doch an uns erinnern.«

Henriette warf ihm einen irritierten Blick zu. »Aber was machen die Soldaten aus Breda hier?«

»Wir könnten dem Mann folgen und ihn fragen«, spottete Torsten und rief sofort: »Halt!«, denn Henriette machte Anstalten zu wenden. »Das war nur ein Scherz, Leutnant! Aber was diese Kerle angeht: Möglicherweise haben die sich hierher verzogen, weil sie nach dem Brand in ihrem Bau Angst haben, es könnten sich Leute um sie kümmern, denen sie lieber aus dem Weg gehen. Außerdem haben wir ja selbst die beiden Extremisten Eegendonk und Zwengel belauscht. Wahrscheinlich stellen die Militärschüler aus Breda so eine Art Prätorianergarde dieser Leute dar.«

»Damit haben wir den ersten Beweis, dass hier nicht alles stimmen kann.« Henriette lächelte nun wieder, als amüsiere sie sich bestens. Ihre Augen strahlten, und sie schien es nicht erwarten zu können, Sedersen und seinen Kumpanen in die Suppe zu spucken.

Auch Torsten war zufrieden. »Wie es aussieht, hat Petra wieder einmal ausgezeichnete Recherchearbeit geliefert. Jetzt liegt es an uns, handfeste Beweise zu beschaffen, damit die Kerle ausgehoben werden können.«

Der Anblick eines schmalen, für diese Gegend aber recht hohen Hauses lenkte seine Gedanken in eine andere Richtung. »Ich glaube, da ist schon unsere Pension!«

Henriette bremste den Wagen und fuhr die enge, schräg nach oben führende Einfahrt hoch. Der Parkplatz neben dem Gebäude war klein, aber dennoch hatten zwei Fahrer ihre

Autos so hingestellt, als wären sie die Einzigen auf der Welt. Henriette musste so nahe an die Hausmauer fahren, dass Torsten auf seiner Seite nicht aussteigen konnte.

Mit einem nicht zu deutenden Lächeln wandte sie sich ihm zu. »Der Wagen hier ist doch gepanzert, nicht wahr?«

»Ja, warum?«

»Weil ich mir überlege, meine Tür schwungvoller aufzumachen, damit diese Idiotenschaukel neben uns eine saftige Delle abbekommt.«

»Lassen Sie den Wagen leben. Es gäbe nur Ärger.« Torsten holte den Laptop und die übrigen Unterlagen vom Rücksitz, sagte sich dann aber, dass es vielleicht zu auffällig war, so bepackt als angeblicher Tourist in der Pension zu erscheinen. Daher wartete er, bis Henriette ausgestiegen war, und kletterte über die Fahrerseite ins Freie. Dann hob er seine Reisetasche aus dem Kofferraum. Zwar war diese gut gefüllt, aber mit ein paar Handgriffen schaffte er genug Platz für seinen Laptop.

Henriette reichte ihm ihre Reisetasche. »Können Sie mir meinen Laptop reichen, Herr Oberleutnant?«

»Gerne. Aber sobald Sie mit Ihren Sachen fertig sind, heißt es nicht mehr Sie und Oberleutnant, sondern Schatz und du!«

»Zu Befehl, Herr Oberleutnant!« Schelmisch lächelnd berührte Henriette mit ihrer Rechten die Stirn, als würde sie salutieren. Danach sah sie Torsten mit großen Augen an.

»Wärst du so lieb, meinen Koffer zu tragen, Schatz? Mir ist er zu schwer!« Damit trippelte sie lächelnd auf den Eingang des Hauses zu. Torsten seufzte und hob die beiden recht großen Gepäckstücke auf. Während er Henriette folgte, ließ er den Blick schweifen. Das Haus war dreistöckig, wobei das oberste Stockwerk bereits im Dachgeschoss lag. Das Dach hatte man mit grauen Ziegeln gedeckt, die nur wenig dunkler waren als der Rauputz der Außenmauern. Den einzigen Farbfleck stellte die große, dunkelrote Tür dar, die in einem auffallenden Kontrast zu der Eintönigkeit des Hauses stand. Über dem Eingang war ein schlichtes, weißes Schild mit schwarzer Aufschrift angebracht. Darauf stand der Name Leclerc, und daneben hatte man das Symbol für Übernachtung gemalt.

Die Pension befand sich am Ende der Straße, die in diesem Teil nur auf einer Seite bebaut war. Auf der anderen erstreckte sich ein schmales Waldstück, durch dessen Baumstämme man hie und da Mauer und Dächer der beiden großen Hallen sehen konnte, die zu Sedersens Besitz gehören mussten. Bei dem breiten Grünstreifen zwischen den Bäumen und der Mauer handelte es sich um den kleinen Flughafen. Da sich das graue Haus ausgezeichnet für die Überwachung des Flugverkehrs zu eignen schien, überlegte Torsten, wie er es anstellen konnte, ein Zimmer auf dieser Seite und möglichst im obersten Stock zu bekommen.

Die Haustür war nicht verschlossen, daher drückte Henriette sie auf und hielt sie fest, so dass Torsten mit den beiden Reisetaschen passieren konnte. Dahinter lag ein schmaler Flur, in dessen Mitte ein kleines Pult mit einer Glocke stand, die ein Souvenir aus der Schweiz zu sein schien.

Da sich niemand sehen ließ, nahm Henriette die Glocke und läutete. Einen Augenblick später schoss eine mittelgroße, untersetzte Frau in einer geblümten Kittelschürze um die Ecke. Ihre Hände waren feucht, und eine ihrer grauen Strähnen hing ihr in die Stirn.

»Goede dag«, grüßte sie und sah Henriette und Torsten über den Rand ihrer Brille hinweg neugierig an.

»Guten Tag! Mein Name ist Renk. Ich habe über die Touristeninformation ein Zimmer für zwei Personen bei Ihnen bestellt.« Obwohl Torsten gut Niederländisch sprach, verwendete er seine Muttersprache.

Die Pensionswirtin sah ihn interessiert an. »Ah, der Herr ist Deutscher.« Danach betrachtete sie Henriette mit einem zweifelnden Blick. »Ihre Frau?« Sie sprach ein Mittelding zwischen Niederländisch und Deutsch.

Torsten schüttelte den Kopf. »Nein, wir sind noch nicht verheiratet.«

Die Miene der Frau wurde abweisend. »Ich weiß nicht, ob ich unverheirateten Leuten ein Doppelzimmer geben kann.«

Jetzt bemerkte Torsten das silberne Kruzifix, das die Pensionswirtin um den Hals trug, und stöhnte innerlich auf. Eine bigotte Frau mit antiquierten Ansichten hatte ihm gerade noch gefehlt.

»Wir wollen bald heiraten«, log er.

»Ihre Braut ist aber nicht von hier«, fuhr die Frau fort und verwendete das Wort »hier« für den gesamten Westen Europas.

»Ich bin in Deutschland geboren und aufgewachsen«, erklärte Henriette mit einer gewissen Schärfe.

»Dann gehören Sie sicher zu den Boatpeople, die vor diesen schrecklichen Kommunisten aus Vietnam geflohen sind«, schloss die Belgierin aus ihren Worten.

Henriette war stolz auf die philippinische Herkunft ihrer Mutter und wollte der Pensionswirtin schon sagen, dass sie sich irrte. Doch da begann diese einen längeren Vortrag über ein befreundetes Ehepaar, das auch so ein armes Waisenkind aus Vietnam adoptiert hatte. »Die sind später nach Brüssel gezogen«, setzte sie hinzu und nahm dann ihr Gästebuch zur Hand. »Also, da Sie nun einmal hier sind, will ich Sie nicht wieder wegschicken. Aber ich kann Ihnen nur ein Zimmer auf die Straße hinaus geben!«

Torsten hätte die Frau am liebsten umarmt. Das war nämlich genau das, was er wollte. Dagegen zog Henriette ein zweifelndes Gesicht. »Muss das sein? In der Nacht hört man sicher den Verkehr, und dann ist da auch noch der Flughafen.«

»Darüber müssen Sie sich keine Gedanken machen. Am Abend ist hier auf der Straße nichts los, und es kommen auch keine Flugzeuge mehr. Selbst am Tag starten und landen nur wenige Maschinen. Früher war das anders. Als die Leute des Aeroclubs noch Vorführungen gemacht haben, war hier viel los. Jetzt landen nur noch ein paar Geschäftsleute dort, die nicht den Umweg über die Lufthäfen von Antwerpen oder Eindhoven machen wollen.

Mein Neffe war früher als Platzwart bei dem Club angestellt. Aber als der Flughafen von anderen Leuten übernommen worden ist, hat es ihm dort nicht mehr gefallen, und er musste sich eine Stelle in Turnhout suchen. Die, die dort jetzt den Ton angeben, sind komische Typen. Nun, ich will nichts gesagt haben!« Die Frau sah sich unwillkürlich um, als hätte sie Angst, belauscht zu werden.

Torsten und Henriette wechselten einen Blick. Ihr Misstrauen war geweckt, und beide beschlossen jeder für sich, Frau Leclerc zu einem günstigeren Zeitpunkt noch einmal über die Verhältnisse auf dem Flugplatz auszuhorchen. Torsten hoffte, dass sie ihm sogar etwas über jene Hallen erzählen konnte, die Sedersen gekauft hatte.

Zufrieden schrieb er seinen Namen in das Gästebuch und setzte die Tarnadresse in München hinzu, die aus nicht viel mehr als einem Briefkasten bestand. Danach schob er das Heft Henriette hin. Diese trug sich ebenfalls ein, verzichtete dabei aber auf das von in ihrem Namen und wählte als Adresse die gleiche, die ihr Begleiter angegeben hatte.

Frau Leclerc war sichtlich erleichtert, dass ihre neuen Gäste offensichtlich zusammenlebten und auf eine Ehe zusteuerten, und wurde sofort freundlicher. »Ich könnte Ihnen vielleicht doch ein Zimmer auf den Garten hinaus geben. Es ist erst ab nächster Woche reserviert.«

»Leider bleiben wir länger hier«, antwortete Torsten mit gespielter Enttäuschung. »Aber Sie haben ja gesagt, dass es vorne nicht zu laut ist. Das halten wir sicher aus. Meinst du nicht auch, Schatz?«

Henriette nickte. »Sicher tun wir das. Vielleicht ist es sogar schöner, wenn wir den Flugzeugen beim Starten und Landen zusehen können. Ich finde das faszinierend.«

»Da werden Sie nicht viel zu sehen bekommen. Wie ich schon sagte, tut sich da kaum was. Eigentlich könnte mir das ja recht sein – wegen des Lärms meine ich –, aber früher sind oft Flieger bei mir abgestiegen, die bequem zu Fuß zu ihren Maschinen kommen wollten. Die Leute, die jetzt dort landen, schlafen drüben in der Villa. Ich weiß gar nicht, ob sie das dürfen. Schließlich ist das kein Hotel. Aber es traut sich ja keiner, was zu sagen.« Die Pensionswirtin kniff die Lippen zusammen, als habe sie schon mehr berichtet, als sie eigentlich wollte, und forderte ihre Gäste auf, ihr nach oben zu folgen.

Die Treppe war überraschend breit und führte in schnurgerader Linie in das nächsthöhere Geschoss. Als Frau Leclerc laut überlegte, ob sie ihre Gäste nicht im ersten Stock unterbringen sollte, winkte Torsten ab. »Ich bin lieber ganz oben, müssen Sie wissen. Es gefällt mir, nur noch Gott über mir zu wissen.«

»Ich habe ein schönes Zimmer oben. Aber das Bad ist eine Etage tiefer«, erklärte die Pensionswirtin.

»Wie ist es mit der Toilette?«, fragte Henriette.

»Wir haben in jedem Zimmer eine Toilette einbauen lassen. Mit den Bädern ging das nicht, weil nicht genug Platz dafür war.«

»Hoffentlich ist die Toilette vom restlichen Zimmer abgetrennt«, flüsterte Henriette Torsten zu.

Er nickte mit verkniffener Miene und dachte bei sich, dass es mit einem männlichen Untergebenen doch weniger Probleme gab als mit einer Frau, die viel Aufhebens um ihre Intimsphäre machte.

Unterdessen hatten sie das Dachgeschoss erreicht, das mit der Deckenverkleidung aus Holz und den mit einer Blümchentapete beklebten Wänden einen wohnlichen Eindruck machte. Das Zimmer, in das Frau Leclerc sie führte, war größer als erwartet, hatte aber Dachschrägen zu beiden Seiten. Der Platz, an dem Torsten aufrecht stehen konnte, war nur wenige Quadratmeter groß und wurde zudem durch einen kleinen Tisch und zwei zierliche Stühle eingeengt.

Torsten sah sich nach der Toilette um und entdeckte eine durch eine Wand abgetrennte Stelle unter der Dachschräge, an der sich eine Tapetentür befand. Er öffnete diese und sah dahinter die Kloschüssel und ein winziges Waschbecken. Da der Raum maximal einen Meter fünfzig hoch war, würde sich sogar Henriette bücken müssen, wenn sie das stille Örtchen benutzen wollte. Trotzdem atmete er auf, denn die abgetrennte Toilette würde ihnen das Zusammenleben auf engstem Raum erleichtern.

»Ich glaube, hier gefällt es mir«, sagte er und merkte dann erst, dass er noch keinen Blick zum Fenster hinaus geworfen hatte. Rasch holte er dies nach und lobte sich dann selbst für die Wahl des Quartiers. Von hier aus konnten sie sowohl die beiden Hallen wie auch das gesamte Flugfeld unter Beobachtung halten.

In einem hatte Frau Leclerc allerdings recht. Viel machte der Flugplatz wirklich nicht her. Eine Art Hochsitz mit einer geschlossenen Kanzel diente als Tower, und neben der Landebahn standen mehrere Maschinen, darunter auch ein alter, grau lackierter Doppeldecker mit belgischem Hoheitszeichen.

»Kann man sich den Flugplatz einmal ansehen?«, fragte Torsten die Pensionswirtin, als wäre er ein normaler deutscher Tourist, der sich keine Sehenswürdigkeit entgehen lassen wollte.

»Früher wäre das kein Problem gewesen. Aber seit die neuen Leute dort das Sagen haben, werden sogar kleine Jungs verscheucht, die sich die Flugzeuge ansehen wollen.« Erneut klang Frau Leclercs Stimme bitter und ein wenig ängstlich.

Noch während Torsten überlegte, wie er sie dazu bringen konnte, mehr von den neuen Besitzern des Flugplatzes zu erzählen, spielte sie ihm mit der nächsten Bemerkung in die Hände. »Wie steht es mit dem Mittagessen? Ich habe heute etwas mehr gekocht, weil ein paar Freundinnen zu mir kommen wollten. Doch da die Bahnlinie von Antwerpen hierher gesperrt worden ist, mussten sie leider absagen. Man hat an den Gleisen verdächtige Gegenstände gefunden, müssen Sie wissen. Es ist wirklich unerfreulich, was derzeit in unserem Belgien passiert.« Die Frau seufzte und erklärte dann, sie hätte genug Käsesoufflé und Fritten für ihre neuen Gäste, wenn diese so gut sein würden, ihre Einladung anzunehmen.

»Das tun wir gerne. Vorher aber wollen wir noch auspacken«, antwortete Torsten erfreut.

»Ich erwarte Sie beide in fünfzehn Minuten!« Frau Leclerc lächelte ihm und Henriette zu und verließ eilig den Raum, um Vorbereitungen für die Bewirtung zu treffen.

Henriette wartete, bis die Tür hinter ihr geschlossen war, und sah Torsten dann fragend an. »Ich muss mal für kleine Mädchen.«

»Dort hinter der Tür!«

Henriette öffnete und schüttelte den Kopf. »Ich glaube, das ist eher für ganz kleine Mädchen!« Dann schlüpfte sie mit eingezogenem Kopf in das Gelass und schloss die Tür hinter sich.

Torsten öffnete seine Reisetasche, holte den Feldstecher heraus und trat ans Fenster. Nun sah er das Flugfeld, die dort geparkten Maschinen und die beiden großen Hallen dahinter so deutlich, als stünde er direkt davor. Es tat sich nicht viel. Der Tower schien unbesetzt zu sein, und es war nur ein einzelner Mann zu sehen, der die Landebahn entlangschlenderte. Er trug eine Art Uniform und hatte ein Pistolenkoppel und einen Schlagstock umgeschnallt.

Torsten richtete seine Aufmerksamkeit nun auf die Villa, die von hier oben trotz der Mauer, die das Grundstück umgab, wenigstens teilweise auszumachen war. Das Haus wirkte vernachlässigt, während der riesige Parkplatz, der zwischen dem Gebäude und einer der beiden Hallen lag, genauso neu aussah wie die Mauer. Bis auf ein paar Fahrzeuge war die Fläche leer. Einige Augenblicke später aber erschien eine Gruppe junger Männer in Turnhosen und Trikothemden, die von einem Mann in Uniform angeführt Runden drehten. Mehr konnte Torsten nicht erkennen, denn die Mauer versperrte ihm den Blick auf das Erdgeschoss der Villa und große Teile des Grundstücks.

Trotzdem war er mit seinen ersten Beobachtungen zufrieden. Sorgfältig notierte er sich die Nummern der Flugzeuge, die er später an Petra weitergeben wollte. Sie würde herausfinden, wem die Maschinen gehörten.

»Wenn Sie noch zur Toilette gehen wollen: Ich bin fertig!«

Torsten gab seinen Beobachtungsposten auf, legte das Fernglas auf den Tisch und ging zur Toilettentür.

»Sie können inzwischen Ihre und meine Sachen in den Schrank hängen!« Es war die Rache dafür, dass Leutnant von Tarow ihn vorhin zum Kofferträger degradiert hatte.

Das war auch Henriette klar, aber sie ging mit einer Handbewegung darüber hinweg und war bereits fertig, als Torsten sich aus dem Toilettenverschlag herausschraubte.

»Die Viertelstunde, von der Frau Leclerc gesprochen hat, ist gleich um. Ich glaube, wir können hinuntergehen«, sagte er und öffnete ihr höflich die Tür.

NEUN

Die Pensionswirtin hatte das Essen in ihrem Wohnzimmer aufgetragen. Der Raum wurde von einer voluminösen Kredenz beherrscht, auf der allerlei Nippes aus verschiedenen Regionen Belgiens stand. Darüber hing ein großes, helles Kruzifix, das von den Bildern des vormaligen Königspaares Baudouin und Fabiola sowie des jetzigen Königs Albert II. und seiner Frau Paola flankiert wurde. Mit einem gewissen Respektsabstand zierten auch andere Fotos die Wand, auf denen die Hausherrin in jungen Jahren sowie ein honorig wirkendes älteres Paar zu sehen war.

In der Mitte des Raums befanden sich ein wuchtiger Ausziehtisch, vier hochlehnige Stühle sowie ein Sofa, das zwei Personen Platz bot.

Frau Leclerc forderte Henriette und Torsten auf, Platz zu nehmen, und verteilte das Essen. Dabei half ihr eine ältere Frau. »Das ist meine Nachbarin«, erklärte sie. »Sie ist eine bessere Köchin als ich und hat heute für mich gekocht. Wenn nur wir zwei uns an den Tisch hätten setzen können, wäre sie sehr enttäuscht gewesen.«

»Es ist schon ein Kreuz mit unserem Belgien, dass nicht einmal mehr die Züge fahren«, sagte die Nachbarin in ihrem stark vom Dialekt eingefärbten Niederländisch.

Torsten hatte Probleme, sie zu verstehen, während Henriette ihr ganz selbstverständlich antwortete. Als er sie verwundert ansah, lächelte sie. »Ich war als Kind ein Jahr lang Gastschülerin in Hasselt. Damals habe ich die Sprache gelernt und bemühe mich seither, sie immer wieder zu sprechen.«

»Sie waren hier bei uns in Flandern? Das ist aber schön!« Falls Frau Leclerc Vorbehalte gegen die junge Halbasiatin gehegt hatte, so waren diese jetzt verschwunden. Sie und ihre Nachbarin verwickelten Henriette in ein Gespräch, das so munter dahinplätscherte, dass Torsten ihm nur mit Mühe folgen konnte.

Nun ärgerte er sich über seine Begleiterin, die ganz so tat, als wären sie wirklich zur Sommerfrische hier, und wollte sie mehrfach bremsen. Doch gegen die Phalanx der drei Frauen kam er nicht an.

»Kommen Sie, nehmen Sie doch noch mal von dem Soufflé«, forderte Frau Leclerc ihn auf.

»Danke, es schmeckt wirklich ausgezeichnet. Darf ich Sie etwas fragen?«

»Natürlich«, antwortete die Pensionswirtin, während sie ihm eine große Portion auf den Teller wuchtete. »Es sind übrigens auch noch Fritten da. Hausgemacht natürlich, nicht das Zeug aus dem Supermarkt.«

»Ich hätte gerne auch noch welche!« Henriette hatte sich zunächst nur eine kleine Portion der fettglänzenden Kartoffelstäbchen genommen. Die schmeckten ihr aber derart gut, dass sie auf Nachschlag hoffte.

Mit ihrer Bitte kam sie jedoch Torsten in die Quere, der die Wirtin eben nach den Leuten in der Fabrik ausfragen wollte. Doch Frau Leclerc verschwand erst einmal in der Küche. Als sie zurückkehrte, war die große Schüssel wieder voll mit Pommes frites.

Sie füllte Henriettes Teller und sah dann Torsten an. »Sie wollen doch sicher auch noch welche.«

Torsten nickte, obwohl er das Gefühl hatte, bald zu platzen. »Danke! Aber noch einmal zu meiner Frage …«

»Ihr Glas ist leer. Wollen Sie noch einen Saft, oder soll ich Ihnen nicht doch ein Bier bringen?«, unterbrach ihn seine aufmerksame Gastgeberin.

»Nein, danke! Saft reicht.«

Torsten erntete von seiner Gastgeberin einen verwunderten Blick. Anscheinend kam sie nicht darüber hinweg, dass ein Mann wie er ein Bier ablehnen konnte. Sie goss ihm Apfelsaft ein, und auch Henriette bekam welchen.

Als Torsten nun seine Frage stellen wollte, kam Henriette ihm erneut zuvor. »Als wir vorhin die Straße entlanggefahren sind, ist uns ein Autofahrer entgegengekommen, der die ganze Fahrbahn für sich beansprucht und mich gezwungen hat, unseren Wagen in eine Einfahrt zu lenken.«

»Das war sicher wieder einer der Kerle von da drüben.« Frau Leclerc machte eine Kopfbewegung in Richtung Flughafen.

»Das sind keine guten Leute«, setzte ihre Nachbarin hinzu.

»Früher war es hier besser, aber seit dieser Deutsche sich dort eingekauft hat …« Dann besann sie sich auf die Nationalität der Gäste und lächelte verlegen. »Nicht, dass Sie denken, ich hätte etwas gegen Deutsche. Ich will auch nichts gegen den neuen Besitzer der Villa sagen, sondern bin nur mit seinen Angestellten nicht einverstanden. Bei denen handelt es sich um Flamen und Niederländer, müssen Sie wissen, und die führen sich hier auf, als gehörte ihnen die ganze Gegend. Wenn einer nur ein Wort gegen sie sagt, durchstechen sie ihm die Reifen seines Autos oder verprügeln ihn.«

»Ich sage, das sind Kerle von der Vlaams Fuist!«, ergriff Frau Leclerc wieder das Wort. »Natürlich darf man das nicht offen sagen. Die Leute haben zwar einen hohen Zaun um das ganze Gelände gezogen, aber man kann trotzdem sehen, was sie dort machen. Die Kerle sind bewaffnet, und manchmal hört man sie schießen.«

Ihre Nachbarin hob warnend den Zeigefinger. »Gehen Sie diesen Leuten lieber aus dem Weg. Die haben einen unserer besten Ärzte von hier vertrieben, weil er dunkelhäutig war. Seine Eltern stammten aus dem Kongo, müssen Sie wissen.«

»Sie haben ihn und seine Familie bedroht, und deswegen musste er den Ort verlassen.« Frau Leclerc seufzte in Erinnerung an den von ihr hochgeschätzten Hausarzt.

»Diese Leute sind ganz schlimm. Sie haben sogar Panzer!«

»Nun ist aber gut! Du willst doch unsere Gäste nicht erschrecken, sonst reisen sie womöglich gleich wieder ab«, wies Frau Leclerc ihre Nachbarin zurecht.

»Keine Sorge, wir bleiben.« Während Torsten seine Gastgeberin zu beruhigen versuchte, lobte er seine Begleiterin im Stillen. Leutnant von Tarow war es gelungen, mit einer scheinbar harmlosen Frage die beiden Frauen dazu zu bringen, Einzelheiten zu berichten. Jetzt wirkten sie erschrocken und baten ihre Gäste, ja nichts weiterzuerzählen.

»Keine Sorge, wir verraten schon nichts«, versprach Torsten und schüttelte dann in vermeintlichem Erstaunen den Kopf. »Warum tun denn die hiesigen Behörden nichts gegen diese Leute?«

»Die haben entweder Angst oder sind bereits von dem Gesindel unterwandert. Wenn heute eine Gruppe junger Burschen die Straße hochkommt und in meinem Haus alles kurz und klein schlägt, rührt kein Gendarm den Finger.« Frau Leclerc klang bedrückt.

Daher wechselte Torsten schnell das Thema. »Das Käsesoufflé und die Fritten waren ausgezeichnet. Ich habe schon lange nicht mehr so gut gegessen.«

Die Pensionswirtin und ihre Freundin sahen ihn mit leuchtenden Augen an. »Wirklich?«, fragte die Nachbarin.

Torsten nickte lächelnd. Um seine Worte zu unterstreichen, bohrte er seine Gabel in mehrere Fritten, tauchte diese in die Sauce und führte sie zum Mund.

»Mir hat es auch ganz wunderbar geschmeckt«, stimmte Henriette ihm zu.

Die beiden älteren Frauen sahen sich glücklich an. »Das freut mich«, erklärte die Pensionswirtin. »Aber Sie waren auch ganz hervorragende Gäste. Das muss auch gesagt werden.«

»Herzlichen Dank!« Henriette lächelte freundlich, während sie überlegte, wie sie das Essen abschließen könnte, um mit Torsten in Ruhe über all das reden zu können, was sie hier erfahren hatten. Sie hatte die Rechnung jedoch ohne ihre belgische Pensionswirtin gemacht.

»So, jetzt trinken wir noch eine Tasse Kaffee und essen Konfekt. Kennen Sie belgische Pralinen?«

»Ja«, sagte Torsten. »Die Dinger schmecken gut, aber man sollte hinterher jede Waage meiden.«

Frau Leclerc nickte lächelnd. »Nun, eine oder zwei werden Sie doch essen können!«

»Wir werden morgen eben ein wenig länger joggen.« Henriette freute sich auf den Kaffee und die Nachspeise, denn es erinnerte sie an zu Hause. Da sorgte ihre Mutter auch immer mit Kaffee und Konfekt dafür, dass die Gäste nicht gleich nach dem Essen vom Tisch aufsprangen. Als sie die erste Praline im Mund zergehen ließ, erschien es ihr skurril, dass weniger als einen halben Kilometer von dieser friedlichen Idylle entfernt Männer leben sollten, die über Leichen gingen.

ZEHN

Während Henriette und Torsten in Frau Leclercs Pension Kaffee tranken und sich Pralinen schmecken ließen, bereitete Geerd Sedersen den Tod des Wirtschaftsführers van Houdebrinck vor. Am liebsten hätte er den Mann mit seinem Supergewehr erschossen. Aber um das höhere Ziel, das Attentat auf den König, nicht zu gefährden, wollte er das SG21 nicht einsetzen, denn er durfte die Behörden in Belgien keinesfalls auf diese Waffe aufmerksam machen.

»Stimmen die Informationen, die Sie uns über van Houdebrinck gegeben haben?«, fragte Sedersen, während er die Notizen überflog, die er von Zwengel erhalten hatte.

»Selbstverständlich! Gaston van Houdebrinck wird morgen an der Segelregatta vor Oostende teilnehmen. Sein Boot hat das Kürzel GVH 1.«

»Eingebildet ist der Kerl wohl gar nicht. Aber uns kann es nur recht sein, dass er sein Schiff mit seinen Initialen und einer Eins hat kennzeichnen lassen. Auf diese Weise ist es leicht zu finden. Was schlagen Sie vor, Rechmann?« Sedersen blickte seinen Vertrauten auffordernd an.

Dieser starrte sinnend vor sich hin. »Wenn wir ein paar Pfund Sprengstoff mit einem Funkzünder auf van Houdebrincks Kahn unterbringen können, ist er geliefert.«

»Übernehmen Sie das?«, fragte Sedersen.

Rechmann schüttelte den Kopf. »Das würde ich gerne. Aber wenn mich jemand sieht, wird er mich mit Sicherheit gut beschreiben können. Auch wenn die hiesige Polizei meist sämtliche Hühneraugen zudrückt, wird sie bei einem Mord an einem ihrer größten Wirtschaftsbosse den Arsch aus dem Sessel wuchten. Bringt dann jemand den Attentäter mit mir in Verbindung, können wir unsere weiteren Pläne vergessen.«

»Und wer soll die Sache durchführen?«, fragte Sedersen scharf.

»Karl! Wenn jemand die Gabe hat, unauffällig aufzutreten, dann ist er es.«

Es hätte Rechmanns Lobeshymne nicht bedurft, denn Sedersen wusste selbst, was er an Jasten hatte. »Ich bin einverstanden. Sprengstoff und Zünder haben wir genug, und es wird Zeit, dass wir mehr in die Luft gehen lassen als nur ein Segelboot.«

Zwengel verzog das Gesicht. »Wir sollten es nicht übertreiben. Ein paar verprügelte Ausländer und verjagte Wallonen sehen uns die Leute nach. Aber wenn wir zu viel Terror machen …«

Sedersen wusste, dass der Mann damit den Mord bei Lauw meinte, doch er war nicht bereit zurückzustecken. »Falls Sie es noch nicht begriffen haben sollten: Das hier ist kein Spiel, sondern der Kampf um die Macht in Flandern. Wir können nur gewinnen, wenn wir unsere politischen Gegner radikal ausmerzen. Kompromisse gibt es nicht!«

Vor wenigen Wochen hatte Zwengel bei einer Veranstaltung beinahe dieselben Worte benutzt, doch aus Sedersens Mund klangen sie härter und bedrohlicher. Sich gegen den Deutschen zu stellen wagte Zwengel jedoch nicht, und so tröstete er sich damit, dass mit van Houdebrinck sein schärfster Kontrahent beseitigt würde.

ELF

Entgegen seiner Ankündigung fuhr Igor Rechmann doch nach Oostende. Allerdings wollte er nicht selbst in Aktion treten, sondern die Ausführung Jasten überlassen. Während er den Wagen nach Westen lenkte, bastelte sein Kumpan auf dem Beifahrersitz ungeniert an seiner Bombe herum.

Schließlich wurde es Rechmann zu bunt. »Kannst du nicht damit aufhören? Du jagst uns sonst noch in die Luft!«

»Flattern dir die Nerven, Igor?«, fragte Jasten spöttisch.

Rechmann schnaubte. »Wie oft habe ich dir schon gesagt, du sollst mich Walter nennen!«

»Ich zähle schon gar nicht mehr mit!« Jasten grinste und arbeitete weiter an seiner Höllenmaschine.

»Dann solltest du es ab sofort tun! Beim nächsten Mal setzt es eine Ohrfeige, danach breche ich dir die Nase, und bei einem dritten Mal schlage ich dir sämtliche Zähne aus!«

»Also gut, wenn du es so willst, sage ich eben Walter zu dir. Aber du brauchst keine Angst vor meinem Schätzchen zu haben. Noch ist die Bombe nicht scharf. Ich mache nur einen kleinen Umbau, damit ich sie besser verstecken kann. Ich habe mir die Pläne von Houdebrincks Segelboot angesehen. Ein ziemlich großer Kasten, wenn du mich fragst. So ein Ding hätte ich auch gerne, mit einer weiblichen Besatzung, bei der man segeln auch mit v und ö schreiben kann.«

»Wie viele Leute passen auf das Boot?«, fragte Rechmann, während er einen Lkw überholte.

»Mindestbesatzung sind drei. Da ich aber keinen Finger rühren würde, wären das drei tolle Mäuse für ebenso tolle Nächte.«

»Angeber!« Rechmann konzentrierte sich wieder auf den Verkehr. Neben ihm bastelte Jasten fröhlich weiter. Einige Zeit später drehte er sich um und legte das Paket auf den Rücksitz.

»Pass auf, dass es beim Bremsen nicht nach vorne rutscht und hochgeht«, warnte Rechmann ihn.

»Also doch Muffensausen! Ich habe dir doch schon gesagt, dass das Ding nicht scharf ist. Dafür muss ich noch das Zündkabel befestigen und den Funkempfänger einschalten. Anschließend brauche ich nur noch auf diesen Knopf zu drücken – und puff!« Jasten holte ein winziges Handy aus der Tasche und drückte spielerisch auf die bewusste Taste.

Rechmann zuckte zusammen. »Idiot!«, schimpfte er und nahm sich im Stillen vor, seinem Begleiter irgendwann, wenn er nicht mehr gebraucht wurde, das Genick zu brechen.

Jasten achtete nicht auf die schlechte Laune seines Kumpans, sondern drehte das Autoradio auf und sang misstönend einen englischen Schlager mit. Dabei fühlte er sich so zufrieden wie lange nicht mehr. Seit er in Sedersens Truppe eingetreten war, hatte er alles getan, um sich unentbehrlich zu machen. Wenn das Attentat auf van Houdebrinck gelang, würde er früher oder später sogar Igor Rechmann übertreffen. Dieser war zwar intelligent und skrupellos, aber sein Aussehen würde immer ein Hemmschuh für eine größere Karriere bleiben. Er hingegen ... Karl Jasten gab sich ganz seinen Träumen hin und sah sich bereits als Geschäftsführer eines der Konzerne, die Sedersen in Flandern aufbauen wollte. Erst kurz vor ihrem Ziel holte Rechmanns Stimme ihn in die Gegenwart zurück.

»Nächster Halt Oostende, Endstation, alles aussteigen!«

Sie hatten die Autobahn verlassen und rollten nun durch die Außenbezirke der Stadt in Richtung Zentrum. Rechmann hatte Sedersen schon mehrmals zu Konferenzen in der Stadt chauffiert und kannte daher den Weg. Diesmal aber bog er nicht kurz vor der Innenstadt zu dem feudalen Hotel ab, in dem sein Chef abzusteigen pflegte, sondern suchte einen Parkplatz auf, der nur wenige hundert Meter vom Yachthafen entfernt lag.

»Bleibt es bei dem, was wir ausgemacht haben?«, wollte Rechmann wissen.

»Von meiner Seite steht nichts entgegen!« Jasten stieg aus, öffnete die hintere Seitentür und holte seinen Rucksack heraus, der so vollgepackt schien, als müsse er jeden Augenblick platzen. In einem außen angebrachten Netz steckte eine Trinkflasche, in einem anderen eine aufgerollte Gummimatte.

»Glaubst du nicht, dass du damit auffällst?«, fragte Rechmann.

Jasten drehte sich lächelnd zu ihm um. »Ich hab's nicht vor. So sehe ich aus wie jeder x-beliebige Tourist, der von einer Attraktion zur anderen eilt und sich dabei von mitgebrachten Wurstsemmeln und Mineralwasser ernährt. Sollte jemand tatsächlich etwas bemerken, so wird er sich zwar an meinen Rucksack erinnern, aber kaum an mein Gesicht.«

Ohne sich weiter um seinen Begleiter zu kümmern, nahm er die Bombe, die wie eine größere Getränkedose aussah, öffnete sie und befestigte ein kurzes Stück Draht in zwei Anschlussbuchsen.

»So, jetzt ist das Ding scharf!« Er grinste, als Rechmann unwillkürlich einen Schritt zurückwich, und zog die Gummimatte heraus. Darin wickelte er die Bombe ein und steckte beides wieder in das Rucksacknetz.

»Was machst du, wenn dir ein Taschendieb die Bombe stibitzt?« »Ich glaube nicht, dass es seiner Gesundheit guttäte. Das Ding explodiert nämlich, wenn sich jemand daran zu schaffen macht.« Jasten grinste, winkte dann aber ab. »Keine Angst, das wird nicht passieren. Kein Dieb interessiert sich für eine alte Gummimatte. Und jetzt *au revoir*, wie der Franzmann zu sagen pflegt.«

Keine drei Sekunden später schlängelte Jasten sich zwischen den geparkten Autos hindurch. Rechmann sah ihm nach und fragte sich, ob sein Kumpan übermütig geworden war. Hoffentlich bringt er die Sache zu einem guten Ende, dachte er und bedauerte es, dass er van Houdebrinck nicht auf seine Weise aus der Welt schaffen konnte. Doch den Überfall eines wallonischen Todeskommandos auf einen bekannten Flamen, der für die Einheit Belgiens eintrat, würde ihnen niemand abnehmen.

ZWÖLF

Karl Jasten schlenderte in Richtung Stadtzentrum und erreichte nach wenigen Minuten den Yachthafen. Vor ihm lag das Museumsschiff Mercator, und hinter diesem erstreckten sich auf beiden Seiten des Hafenbeckens die Anlegestellen der Segel- und Motorboote. Wegen der Regatta war es dort brechend voll. Dutzende Menschen befanden sich bei den Booten, schrubbten die Decks und die Aufbauten oder saßen einfach nur an Bord und tranken Bier.

Trotz der vielen Boote fiel es Jasten nicht schwer, van Houdebrincks Yacht zu finden. Sie war eine der größten hier, und das Kürzel GVH 1 glänzte dunkelrot am Rumpf. Auch hier war ein Mann beschäftigt, das Boot zu säubern. Jasten kümmerte sich daher nicht weiter um die Yacht, sondern trat erst einmal auf den Steg, der die Mercator mit dem Ufer verband, und kaufte sich eine Eintrittskarte, als wolle er das Schiff besichtigen. Für die Einrichtung im Innern interessierte er sich jedoch wenig, und so stieg er bald wieder nach oben. Vom Deck aus konnte er die Boote im Yachthafen unauffällig mustern. Der Mann auf van Houdebrincks Boot war inzwischen mit seiner Arbeit fertig, verließ die Yacht und verschwand in Richtung Innenstadt.

Es juckte Jasten in den Fingern, zum Boot zu gehen und seine Bombe anzubringen. Da er jedoch nichts überstürzen wollte, beendete er seinen Rundgang auf der Mercator und schlenderte anschließend die Uferpromenade entlang. An einem Fischstand kaufte er sich ein Stück gebratener Scholle und eine Flasche Cola. Damit setzte er sich auf eine Bank und begann zu essen. Sein Blick schweifte immer wieder über das Meer.

»Es hat keinen Sinn, England erspähen zu wollen. Dafür ist es doch ein wenig zu weit«, sagte jemand neben ihm auf Deutsch.

Jasten drehte sich um und sah einen Mann mittleren Alters hinter sich stehen, der in einem zu engen T-Shirt mit dem Aufdruck Oostende und einer Art Jogginghose steckte. Der Mann konnte ein Tourist sein, aber auch ein Lkw-Fahrer, der auf die Fähre nach Dover wartete. Jasten lachte nur, warf die Reste seiner Mahlzeit in einen Abfallkorb und ging weiter.

Der an sich harmlose Zwischenfall ging ihm jedoch nach, und er fragte sich, ob es nicht besser gewesen wäre, nachts in den Hafen einzudringen und die Bombe unten am Rumpf des Bootes zu befestigen.

Allerdings hätte ein Taucher im Hafenbecken, der durch Zufall entdeckt wurde, mehr Aufsehen erregt als ein harmloser Tourist, der sich ein Segelboot näher ansehen wollte.

Trotzdem war ihm die Begegnung mit dem Deutschen Warnung genug. Er mied die Lokale an der Strandpromenade und durchquerte die Innenstadt, um auf einem anderen Weg zum Yachthafen zurückzugelangen.

Dort lehnte er sich an das Geländer und tat so, als sähe er sich die Mercator an, äugte dabei aber immer wieder zu van Houdebrincks Boot hinüber. Dort war alles ruhig. Auch auf den restlichen Booten waren jetzt um die Mittagszeit kaum noch Menschen zu sehen.

Mit einem Ruck stieß Jasten sich vom Geländer ab und ging weiter. Eine bessere Gelegenheit als jetzt würde nicht mehr kommen. Mit forschem Schritt, als gehöre er dazu, betrat er den Steg, schloss die Tür mit dem Schlüssel auf, den Zwengel ihm hatte besorgen müssen, und wandte sich van Houdebrincks Boot zu. Obwohl sein ganzer Nacken kribbelte, machte er nicht den Fehler, sich umzusehen, ob ihn jemand beobachtete. Jeder, der ihn sah, musste den Eindruck gewinnen, er gehöre zur Crew.

Auf dem Boot angelangt, kniete er sich neben der Tür hin, die in die Kabine führte. Um sie zu öffnen, hätte er besseres Einbruchswerkzeug und vor allem mehr Zeit gebraucht.

Dann aber wurde sein Blick von dem Abfalleimer angezogen, der sich direkt neben der Tür befand. Der Mann, der vorhin hier gewesen war, hatte diesen geöffnet und das Schloss des Deckels nur eingehakt, aber nicht wieder einschnappen lassen. Gespannt öffnete Jasten den Deckel. Wie es aussah, hatte der Mann eine Tüte Fritten mitgebracht, diese hier gegessen und das Papier in den Abfalleimer geworfen. Da er nicht annahm, dass der Abfalleimer vor dem Start der Regatta noch einmal geleert werden würde, zog Jasten die Gummimatte aus dem Rucksacknetz, wickelte die Bombe aus und deponierte sie in dem Blechbehälter. Die fettige Frittentüte legte er als Tarnung darüber.

Dann stopfte er die Matte wieder in das Netz und tat so, als komme er aus der Kabine. Er betrat den Steg und schritt gemütlich davon. Allerdings kehrte er nicht zum Parkplatz zurück, sondern nahm sein Mobiltelefon und rief Rechmann an. Dieser meldete sich sofort. »Hallo! Bist du's?«

»Wer soll ich sonst sein? Das Ei ist im Nest. Sonst wie gehabt.« Jasten beendete das Gespräch, tippte eine Nummernkombination und schickte diese weg. Nun war der Funkzünder der Bombe scharf geschaltet, und er durfte auf keinen Fall den Auslöser drücken.

Als Rechmann einige Zeit später seinen Kumpan auf einer Ausfallstraße einholte und ins Auto einsteigen ließ, hatte Jasten seine Jacke gewendet. Statt in schlichtem Blau leuchtete sie jetzt in grellem Orange, und auch sein Rucksack war verändert. Das Papier, mit dem er ihn ausgestopft hatte, lag in mehreren städtischen Abfallkörben, Gummimatte und Trinkflasche waren in den Rucksack gewandert. Keiner, der ihn eine gute Stunde vorher am Yachthafen gesehen hatte, hätte ihn bei einer zweiten Begegnung wiedererkannt.

Zufrieden mit dem Verlauf seiner Aktion setzte er sich ins Auto und grinste Rechmann an. »Die Sache war kinderleicht. Jetzt muss morgen nur noch ein Knopf gedrückt werden.«

»Das will der Chef selbst machen!«, erklärte Rechmann.

Jasten seufzte entsagungsvoll. »Schade! Das hätte mich gereizt. Aber so ist das Leben. Wir Kleinen machen die Arbeit, und die Chefs haben den Spaß.«

»Du wirst noch oft genug deinen Spaß haben und ich auch. Da gibt es noch andere Leute, die wir aus der Welt schaffen müssen. Zu denen gehören auch unsere Freunde Zwengel und Eegendonk. Du kannst dir aussuchen, wen von beiden du ins Jenseits befördern willst.«

»Überlass mir den Holländer. Seit die Kerle unsere Mannschaft beim letzten Fußballländerspiel zerlegt haben, juckt es mich in den Fingern, es einem von denen heimzuzahlen. Aber sag, warum müssen wir eigentlich wieder nach Hause fahren? Wir hätten doch genauso gut in Oostende bleiben können?«

»Der Chef braucht mich morgen als Chauffeur. Du kannst inzwischen diese Klapperkiste umspritzen. In einer neuen Farbe sieht sie doch gleich anders aus. Um die Kennzeichen kümmere ich mich. Ich habe schon ein paar im Vorgriff hergestellt.«

Jasten fuhr auf. »Heißt das etwa, dass ich morgen im Quartier bleiben soll? Das kann der Chef von mir nicht verlangen. Ich möchte zusehen, wie van Houdebrinck hochgeht.«

»Schmink dir das ab. Du wirst Oostende so schnell nicht wiedersehen. Oder willst du, dass sich einer an den Kerl erinnert, der etwas zu auffällig an van Houdebrincks Segelkahn herumgeschnüffelt hat?«

»Ich habe dort nicht auffällig herumgeschnüffelt!«, erwiderte Jasten beleidigt, doch sein Kumpel lachte ihn aus.

DREIZEHN

Nach einem ausgezeichneten Frühstück kehrten Henriette und Torsten erleichtert, aber doch ein wenig ermüdet in ihr Zimmer zurück. Frau Leclerc war ebenso redselig wie anstrengend.

»Irgendwie muss die Frau einen Narren an uns gefressen haben«, stöhnte Henriette.

»Ich glaube, sie hält uns eher für Mastgänse, die sie stopfen will. So viel wie gestern und heute habe ich schon lange nicht mehr gegessen. Wenn das so weitergeht, brauche ich in ein paar Tagen neue Jeans, weil ich in meine alten nicht mehr hineinpasse.«

»Dagegen hilft Bewegung. Sollten wir nicht ein wenig nach draußen gehen?« Henriette sehnte sich nach einem ausgiebigen Dauerlauf, doch Torsten schüttelte den Kopf.

»Sie werden im Zimmer bleiben und das Flugfeld, die Hallen und die Villa mit dem Feldstecher beobachten. Und passen Sie auf, dass Sie niemandem auffallen!«

»Wie war das mit dem Du im Dienst? Wenn Frau Leclerc mitbekommt, dass wir uns siezen, wird sie sich wundern«, fragte Henriette, die sich ärgerte, weil sie hier eingesperrt bleiben sollte.

»Dann müssen wir eben dafür sorgen, dass sie nichts mitbekommt. Das gilt vor allem für mich. Ich duze ungern eine Frau gegen ihren Willen. Aber im Augenblick muss es sein.« Torsten nickte Henriette kurz zu und kontrollierte dann den Sitz seines Schulterhalfters.

»Also Schatz, halte wacker die Äuglein offen. Ich gehe ein wenig an die frische Luft.«

»Wann kommst du wieder?«, fragte Henriette und erntete ein Schulterzucken.

»Keine Ahnung! Ich will mir die Umgebung ansehen und

überlegen, wie wir weiter vorgehen können. Das kann bis zum Nachmittag dauern. Also nicht enttäuscht sein, wenn ich nicht zum Mittagessen auftauche.«

»Du hast doch nur Angst, dass Frau Leclerc dich noch mehr mästet!« Henriette war zwar nicht nach Scherzen zumute, doch sie wollte sich nicht anmerken lassen, dass sie gekränkt war. Oberleutnant Renk hatte den Eindruck erweckt, als könne er sie nur zum Chauffieren und Aus-dem-Fenster-Schauen brauchen.

Und doch machte sie sich Sorgen um ihn. »Pass gut auf dich auf. Die Kerle da drüben sind keine harmlosen Trinkkumpane.«

»Ich lasse mich von denen schon nicht zu einem Drink einladen.« Torsten grinste, schlüpfte in seine Jacke und ging zur Tür. »Bis bald. Schreiben Sie alle Flugbewegungen auf, die Sie sehen.«

Henriette stöhnte innerlich auf, weil Torsten schon wieder in die höfliche Anrede verfallen war, holte sich aber ihren Notizblock, setzte sich so ans Fenster, dass der Vorhang sie verdeckte, und richtete den Feldstecher auf das Flugfeld.

Torsten überlegte, ob er ihr noch ein paar Verhaltensmaßregeln geben sollte, unterließ es dann aber. Wenn ihm wirklich etwas zustoßen sollte, würde seine Begleiterin es früh genug merken. Er winkte ihr noch kurz zu und verließ das Zimmer. Auf dem Weg nach draußen lief ihm ihre Pensionswirtin über den Weg. »Sie wollen sicher eine Weile ins Freie gehen.«

Torsten nickte. »Ich brauche einen kleinen Spaziergang!«

»Aber warum nehmen Sie Ihre Braut denn nicht mit?«

»Sie fühlt sich nicht wohl und hat sich ein wenig hingelegt!« Torsten lächelte bei dieser Lüge und hoffte, dass Frau Leclerc sich mit dieser Erklärung zufriedengeben würde.

Diese aber starrte ihn erschrocken an. »Oh Gott, wirklich? Vielleicht kann ich helfen. Wenn Sie Kopfschmerztabletten brauchen …«

Torsten hob abwehrend die Hände. »Es ist nichts Schlimmes. Wissen Sie, es ist wegen … Sie wissen schon.«

Zuerst sah Frau Leclerc ihn verwundert an, doch dann huschte ein Ausdruck des Verstehens über ihr Gesicht. »Sie meinen das Monatliche. Das kann manchmal schlimm sein. Braucht Ihre Braut wirklich nichts?«

»Nein, nur ihre Ruhe. Sie schläft jetzt, und wenn sie am Nachmittag aufwacht, wird sie sich wie neugeboren fühlen.« Während er es sagte, durchfuhr es Torsten, dass er Leutnant von Tarow unbedingt wegen der angeblichen Beschwerden aufklären musste, bevor diese mit Frau Leclerc zusammentraf. »Ich werde Ihrer Frau eine Tasse Tee zubereiten und nach oben bringen«, bot die Belgierin an.

Torsten schüttelte den Kopf. »Lassen Sie sie bitte schlafen. Sie wacht sehr leicht auf, wissen Sie, und das wollen wir doch nicht.«

»Selbstverständlich nicht!« Frau Leclerc wirkte ein wenig enttäuscht, doch darauf konnte Torsten keine Rücksicht nehmen. Er verabschiedete sich freundlich von der Pensionswirtin und verschwand nach draußen.

Auf der Straße steuerte er sein Ziel nicht sofort an, sondern schlug einen Bogen in Richtung Ortskern und näherte sich dem Flughafen von der anderen Seite. Schnell stellte er fest, dass er an dieser Stelle nicht weiterkam. Ein gut zwei Meter hoher Maschendrahtzaun, der von einem Stacheldraht gekrönt wurde, umgab das Flugfeld und die dazugehörenden Gebäude.

Torsten hätte darüberklettern oder den Draht unten lösen können, um sich ein Loch darin zu schaffen. Doch damit hätte er seine Tarnung als harmloser Urlauber aufgegeben, und das schien ihm zu riskant. Daher schlenderte er am Zaun entlang, bis er auf die Zufahrt des Flughafens traf. Diese konnte mit einem Tor versperrt werden, das im Augenblick offen stand. Torsten trat hindurch, die Hände in den Hosentaschen vergraben, und steuerte auf die neben der Landebahn abgestellten Flugzeuge zu.

Er kam etwa hundert Meter weit, da stürmte ein uniformierter Wächter herbei und schnauzte ihn an. »He, Sie da! Das hier ist Privatgrund! Da haben Sie nichts verloren!«

»Jetzt regen Sie sich nicht auf. Ich will ja nichts stehlen, sondern nur die Flugzeuge ansehen. Der Doppeldecker dort ist wirklich scharf.« Torsten ging noch ein, zwei Meter weiter.

Da verstellte der Mann ihm den Weg. »Verschwinden Sie!«

»Lassen Sie mich doch wenigstens das Oldtimerflugzeug anschauen«, bat Torsten, der auf dem Weg zu dieser Maschine das gesamte Gelände hätte überblicken können.

Der Uniformierte blieb stur. »Raus, sage ich! Sonst werde ich ungemütlich.« Dabei griff er mit seiner Rechten zum Pistolenkoppel und öffnete es.

Torsten begriff, dass er hier nichts mehr ausrichten konnte. Trotzdem ging er noch nicht, sondern deutete zu dem Doppeldecker hinüber. »Können Sie mir wenigstens sagen, um was für eine Maschine es sich handelt, wenn ich sie schon nicht anschauen darf?«

Jeder an Flugzeugen Interessierte hätte ihm diese Frage beantworten können, doch der Kerl hier zuckte nur mit den Achseln. »Keine Ahnung! Und jetzt zieh Leine.«

»Na dann, auf Wiedersehen!«, sagte Torsten und wandte sich ab.

»Aber nicht mehr hier auf dem Flugplatz«, rief ihm der Uniformierte nach.

Als Torsten sich umdrehte, sah er, dass der Mann ihm folgte und ihn nicht aus den Augen ließ. Kaum hatte er das Tor des Flugplatzes passiert, schloss der Wächter es hinter ihm und versperrte es. Seiner Miene nach zu urteilen ärgerte er sich, weil er nun von seinem Wachhäuschen ein ganzes Stück laufen musste, wenn einer der Flugzeugbesitzer zu seiner Maschine gelangen wollte und er ihm das Tor öffnen musste.

Während Torsten einen weiteren Bogen schlug, um in die Nähe der Villa zu kommen, fragte er sich, wieso sich die Kerle ein so unverschämtes Verhalten leisten konnten. Selbst wenn hier alle für einen Abfall von Belgien waren, so hätten zumindest die Flamen ein Interesse daran haben müssen, dass sich kein solches Gesindel in ihrer Nähe einnistete.

VIERZEHN

Auch der zweite Teil seines Erkundungsganges endete mit einer Enttäuschung, denn Torsten konnte nicht mehr erkennen als die hohe Mauer, die das gesamte Gelände umgab, und das aus Metallplatten bestehende Tor, das bis zur Mauerkrone reichte. Überdies wurde die Zufahrt zu dem Grundstück von zwei Männern bewacht, die ihm bekannte Uniformen trugen.

»Was machen die Niederländer hier?«, fragte Torsten sich und spürte, wie sich ihm die Nackenhaare aufstellten. Von Petra wusste er, dass die Männer aus der Militärschule von Breda spurlos verschwunden waren. Zwar hatten Henriette und er bei ihrer Ankunft bereits einen dieser Kerle gesehen, aber nicht daran gedacht, dass die ganze Bande hierhergekommen sein könnte. Das war eine unangenehme Wendung der Dinge. Die Niederländer kannten ihn und seine Begleiterin und würden nicht zögern, sie aus dem Weg zu räumen.

Bei dem Gedanken begriff Torsten, dass er mit einem Mal Angst bekommen hatte. Das Gefühl galt jedoch weniger ihm selbst als Leutnant von Tarow. Zuerst sagte er sich, dass sie doch ein Klotz am Bein sei, der ihn bei wichtigen Aktionen behinderte. Dann aber musste er daran denken, wie beherzt seine Begleiterin bisher gewesen war, und schüttelte unwillkürlich den Kopf.

Kneifen und die Schuld daran ihr zuschieben galt nicht. Er würde die Sache hier durchziehen. Daher wanderte er gemütlich weiter wie jemand, der frische Luft schnappen wollte, ohne direkt zu joggen, und inspizierte das ummauerte Grundstück. Zu seiner Enttäuschung bot sich nirgendwo eine Möglichkeit, das Gelände einzusehen. Er hätte auf einen der Bäume klettern müssen, die nur ein paar Schritte von der Mauer entfernt aufragten. Doch das würde den Bewohnern selbst dann nicht entgehen, wenn sie nur halb so aufmerksam waren wie der Mann vom Flughafen.

Als er das Grundstück umrundet hatte und schon nicht mehr daran glaubte, auf diese Weise etwas erfahren zu können, kam ihm der Zufall zu Hilfe. Das Eingangstor wurde geöffnet, und eine schwere Limousine schoss heraus. Sie fuhr so schnell, dass er den Fahrer nicht erkennen konnte. Dafür aber vermochte er einen Blick in das Innere zu werfen. Bei den beiden großen Hallen standen dieselben Wachcontainer, die er vor der Militärschule in Breda gesehen hatte, und in der Nähe der Villa parkten mehrere Autos und Kleinbusse unterschiedlicher Größe und Marken. Ein Stück dahinter standen zwei Panzerspähwagen der französischen Marke Panhard.

Zu seinem Bedauern schlossen die Wachen das Tor wieder, bevor er noch mehr erkennen konnte. Dennoch war er zufrieden. Frau Leclerc hatte zwar die Radpanzer erwähnt, das hätten jedoch auch Fahrzeuge sein können, deren Waffen ausgebaut worden waren und die jemand als Geländewagen benutzte. Nun hatte er mit eigenen Augen gesehen, dass beide Panhards ihre 90-Millimeter-Kanonen und das schwere MG trugen.

Erschreckender noch war für ihn die Tatsache, dass es sich bei den Uniformierten im Gelände nicht um Soldaten der regulären belgischen Armee handelte.

Mit dem Gefühl, seinem Vorgesetzten Wagner und auch Petra einige interessante Neuigkeiten mitteilen zu können, wollte er zur Pension zurückkehren. Ein Blick auf die Armbanduhr zeigte ihm, dass es bereits auf Mittag zuging. Er dachte an Leutnant von Tarow, die sicher Hunger hatte, und spürte im gleichen Moment, wie sein Magen zu knurren begann. Aus diesem Grund machte er einen Abstecher in ein asiatisches Lokal, das er auf dem Hinweg entdeckt hatte, und bestellte dort zwei Portionen Bami Goreng.

Bis das Essen fertig war, setzte er sich an einen Tisch und trank ein Glas Wasser. Obwohl der Laden blitzsauber wirkte, war er der einzige Gast. Dennoch schien das Restaurant zu florieren, denn eben packte eine ältere Frau mehr als zehn Portionen in Tüten und rief etwas in ihrer Muttersprache.

Als nicht sofort jemand antwortete, wiederholte sie ihre Worte um etliches schärfer. Jetzt tauchte ein junger Bursche auf, streckte abwehrend die Arme aus und redete wie ein Wasserfall auf die Frau ein.

Schließlich kam noch eine hübsche junge Frau, die anscheinend in der Küche arbeitete. Sie unterbrach den Redefluss des Burschen und deutete energisch nach draußen.

Torsten hatte zwar vor einiger Zeit einen Grundkurs in Chinesisch hinter sich gebracht, aber die beiden Frauen und der Mann redeten viel zu schnell, und außerdem in einem Dialekt, von dem er nur hie und da ein Wort zu verstehen glaubte.

Da die Angelegenheit ihn zu interessieren begann, stand er auf und gesellte sich zu den dreien. »Entschuldigen Sie! Gibt es Probleme?«

»Nein, nein, es ist alles in Ordnung!«, rief die ältere Frau etwas zu schnell.

»Wenn ich Ihnen helfen kann, tu ich das gerne.«

»Das schaffen wir schon«, sagte das Mädchen, das seiner Schätzung nach nicht älter als achtzehn Jahre sein konnte. Während die beiden Frauen seine Einflussnahme heftig abwehrten, war der junge Mann gesprächiger. »Es geht um die Lieferung hier. Ich soll sie in die Villa bringen. Aber die Leute dort sind sehr unfreundlich. Das letzte Mal wollten sie nicht bezahlen, und als ich etwas gesagt habe, bin ich geschlagen worden.«

»Warum nehmt ihr von denen noch eine Bestellung entgegen?«, fragte Torsten verwundert.

Die junge Frau seufzte und sah ihn ängstlich an. »Wenn wir ihnen nichts verkaufen, kommen sie und schlagen uns alles kurz und klein. Außerdem haben sie uns angedroht, dass sie …« Sie brach ab und sah mit zusammengebissenen Zähnen zu Boden.

An ihrer Stelle berichtete der junge Mann weiter. »Die Kerle haben angedroht, wenn wir ihnen nicht gehorchen, würden sie meine Schwester vergewaltigen, und zwar alle hintereinander. Wir wären schon längst fortgezogen, wenn es uns möglich wäre. Doch dieses Lokal ist unser gesamter Besitz. Und solange diese Leute hier das Sagen haben, finden wir keinen Käufer. Also sind wir gezwungen weiterzumachen, auch wenn uns diese Kerle schlecht behandeln und wir umsonst für sie kochen müssen. Zum Glück helfen uns ein paar Nachbarn. Sie trauen sich zwar nicht mehr in unser Lokal, aber sie bestellen immer wieder bei uns und geben sogar mehr Trinkgeld als üblich, weil sie sich für ihre Landsleute in der Villa schämen.«

In dem Moment ritt Torsten der Teufel. Er klopfte dem jungen Burschen auf die Schulter. »Hast du noch so eine Schürze, wie du sie anhast, und vielleicht eine Mütze oder einen Hut, den ich aufsetzen kann?«

»Was wollen Sie machen?«, fragte die junge Frau.

Torsten lachte übermütig auf. »Ich fahre die Sachen zur Villa. Eine Frage: Hat man dich hineingelassen, oder musstest du das Essen am Eingang abliefern?«

Der Chinese schüttelte den Kopf. »Nein, ich musste es bis ins Haus tragen. Aber das können Sie doch nicht tun!«

»Warum denn nicht? Los, besorge mir die entsprechenden Klamotten, und dann liefere ich für dich aus. Oder bist du so scharf darauf, Prügel zu bekommen?«

»Nein, aber die werden Sie verprügeln!«

»Das werde ich überleben!« Torsten versetzte dem Burschen einen Stoß. Einen Augenblick lang blieb dieser noch stehen, dann rannte er los.

Seine Schwester sah Torsten kopfschüttelnd an. »Sie sind verrückt, ganz verrückt!«

»Ich weiß! Was kostet das Zeug eigentlich?«

»Insgesamt achtundneunzig Euro. Aber Sie werden keinen Cent davon bekommen.« Die junge Chinesin wollte noch mehr sagen, doch da kam ihr Bruder zurück. In der Hand hielt er eine saubere, grüne Schürze, ein Hemd nach der Mode Maos und die dazu passende Ballonmütze.

»Hier, das habe ich mir mal als Souvenirs besorgt. Vielleicht passt es Ihnen.« Er wollte Torsten aus der Lederjacke helfen und berührte dabei das Schulterhalfter. Erschrocken fuhr er zurück. »Wer sind Sie?«

»Niemand, der dich etwas angeht.« Verärgert, weil er auf eine so saudumme Weise die Existenz seiner Waffe preisgegeben hatte, schnappte Torsten sich Hemd, Schürze und Mütze und zog sich um. Den beiden Frauen fielen beinahe die Augen aus dem Kopf, als sie das Schulterhalfter mit der Pistole sahen.

»Kein Wort davon, verstanden? Wenn die Kerle fragen sollten, wer ihnen das Essen gebracht hat, war es ein Bekannter aus Brüssel, der Sie besucht hat.«

»Sie sind aber kein Belgier!«, wandte die ältere Chinesin ein.

»In Brüssel leben viele, die keine Belgier sind.« Da das Hemd weit genug war, zog Torsten es über dem Schulterhalfter an. Danach stülpte er die Mütze auf den Kopf und besah sich kurz im Spiegel der Toilette. In der Verkleidung war er sich selbst fremd. Daher nahm er auch nicht an, dass die Kerle aus der Militärschule von Breda ihn wiedererkennen würden.

FÜNFZEHN

So ganz schien der junge Chinese Torstens Motiven nicht zu trauen, denn er begleitete ihn bis zur Einmündung des Weges, der zur Villa führte, und stieg erst dort aus.

»Ich warte hier auf Sie«, sagte er und streichelte dabei seinen alten Renault, als müsste er von ihm Abschied nehmen.

Torsten fuhr weiter und sah kurz darauf die Mauer und das Tor vor sich. Die Wachtposten kannten den Wagen mit seiner Werbeaufschrift und öffneten ihm. Als er passiert hatte, sahen die beiden Männer sich an.

»Das war diesmal aber nicht der Chen«, sagte einer.

Sein Kamerad lachte. »Der hatte wohl keine Lust auf neue Prügel.«

Unterdessen näherte Torsten sich der Villa, hielt direkt davor an und aktivierte die Handykamera. Als er ausstieg, blickte er sich unauffällig um. Dabei gelang es ihm, die beiden Panhard-AML-Panzer aufzunehmen und auch die Gruppe Uniformierter, die mit dem Gewehr über der Schulter im Gleichschritt über den großen Parkplatz marschierte. Wie es aussah, wurden hier Rekruten für die Rebellenarmee ausgebildet. Die flämischen Behörden mussten blind sein, dass sie diese Auswüchse nicht im Keim erstickten. Der Preis für diese Nachsicht würde wahrscheinlich mit Blut bezahlt werden müssen.

Als sich ihm ein Bewaffneter näherte, holte Torsten die Tüten aus dem Auto und ging schwer beladen auf die Tür zu. Seine Handykamera steckte nun im Futteral am Gürtel und schoss automatisch ein Foto nach dem anderen.

Die Haustür war verschlossen, und Torsten hatte keine Hand frei, um zu klingen, doch der Freischärler in seiner Nähe dachte nicht daran, ihm zu helfen. Schließlich zog er das Bein hoch und drückte den Klingelknopf mit dem Knie.

Kurz darauf wurde aufgemacht, und ein junger Mann sah

heraus. Auf Torsten wirkte er nicht gerade wie ein harter Bursche, sondern verängstigt und wie gehetzt.

»Was willst du?«, fragte er.

»Ich blingen das Essen!« Torsten bediente sich einer künstlich hohen Stimme und sprach das R wie ein L aus, so wie es die Chinesen in schlechten Filmen tun mussten.

»Essen! Für wen?«

»Ich nix wissen. Nul geheißen, hielhel blingen.« Torsten entschuldigte sich in Gedanken bei allen Chinesen für seinen Auftritt und grinste den Freischärler gleichzeitig an.

Dieser drehte sich um und rief ins Treppenhaus hinein: »Hat jemand von euch etwas beim Chinesen bestellt?«

»Ja, wir«, klang es mit starkem deutschen Akzent zurück.

Torsten spitzte die Ohren. Nun wurde die Sache noch interessanter. Petra hatte bereits den Verdacht geäußert, dass Geerd Sedersen in die belgischen Wirren verstrickt war, und hier schien er auf den Beweis dafür gestoßen zu sein.

Zwei Männer in tarnfarbigen Kampfanzügen kamen die Treppe im Flur herunter. Jeder hatte ein Kampfmesser und eine Pistole am Gürtel hängen, und sie sahen ganz so aus, als wüssten sie diese auch zu gebrauchen. Trotzdem war Torsten froh, auf diese zu stoßen und nicht auf die Kerle aus Breda.

»Ich blingen Essen«, imitierte er den chinesischen Fernsehdetektiv Charlie Chan, dessen Abenteuer zum Truppenbetreuungsprogramm in Afghanistan gehört hatten.

»Dann trage es gefälligst nach oben«, sagte einer der Deutschen. Er dachte jedoch nicht daran, Torsten die Tür aufzuhalten. Das musste der ängstliche Flame tun. Dieser führte ihn auch die Treppe hinauf in einen großen Raum, der als Kantine für die hier versammelten Freischärler zu dienen schien.

Torsten zählte über dreißig Männer, von denen die meisten sich auf Deutsch unterhielten. Nur an einem Tisch saß eine Gruppe, die Niederländisch sprach. Drei davon kannte er aus Breda und kehrte ihnen unauffällig den Rücken zu.

Als er jetzt die Tüten auf den Tisch stellte, behielt er seinen pseudochinesischen Singsang bei.

»Wil haben hiel dleizehnmal Flühlingslolle und neunmal Kung-Fu-Suppe«, sagte er, während er auszupacken begann. Innerhalb weniger Minuten hatte er die Essen ausgeteilt und sah den Anführer der Deutschen, einen jungen, hageren Mann mit überheblicher Miene, freundlich an. »Das machen fül heute achtundneunzig Eulo. Dazu kommen Essen von letzte Woche, machen zusammen zweihundeltundsiebzig Eulo!«

Der Soldat wollte gerade die Styroporverpackung seines Essens aufreißen, fuhr jetzt aber so wütend hoch, dass er einen Teil der Soße verschüttete.

»Scheiße!«, rief er, und das war sicher nicht das, was er eigentlich hatte sagen wollen. Dafür packte einer seiner Kumpane Torsten und zerrte ihn herum. »Welcher Märchenerzähler hat etwas davon gesagt, dass wir zahlen würden? Das Essen ist sozusagen die Steuer, damit ihr verdammten Chinesen im Ort bleiben dürft.«

»Ohne Geld wil nix können kaufen neues Fleisch und Gemüse. Dann wil auch nix mehl kochen können.« Torsten blieb freundlich, war aber angespannt wie eine Stahlfeder. Er wollte herausfinden, wie weit er gehen konnte, bevor die Kerle Ernst machten. Außerdem gewann er so Zeit, alles zu fotografieren, was interessant genug erschien, und davon gab es hier eine Menge. In einer Ecke waren Panzergranaten aufgestapelt. Außerdem lagen dort einige Handfeuerwaffen sowie mehrere Personenminen. Wie es aussah, diente das Zimmer auch als Schulungsraum.

Torsten interessierte sich auch für die Karten, die an der Wand hingen. Eine davon mit der Überschrift »Republik Flandern« stellte wahrscheinlich das Gebiet dar, das Frans Zwengel und Piet Eegendonk für ihren geplanten Staat fordern wollten. Es kostete ihn Mühe, sich nicht gegen die Stirn zu tippen, denn sie hatten sowohl Dünkirchen in Frankreich als auch Breda, Eindhoven und Maastricht in den Niederlanden sowie Krefeld, Mönchengladbach und Aachen in der Bundesrepublik dazugeschlagen.

Diese Typen haben nicht mehr alle Tassen im Schrank, dachte Torsten und wunderte sich, weshalb ein erfolgreicher Geschäftsmann wie Sedersen sich mit solchem Gesindel umgab.

Als der Anführer der Deutschen ihm einen Stoß versetzte, sah er ihn treuherzig an. »Wil blauchen das Geld!«

»Ein paar Ohrfeigen kannst du haben, Schwarzkopf!« Der andere holte aus und schlug zu, doch Torsten wich ihm mit einer geschickten Bewegung aus.

»Du, der Kerl ist kein echter Schwarzkopf. Er sieht fast aus wie ein richtiger Mensch!«, rief einer dazwischen.

Der Mann, der Torsten hatte schlagen wollen, verzog höhnisch das Gesicht. »Wahrscheinlich hat seine Mutter mit einem Hiesigen gebockt. Trotzdem haue ich ihm aufs Maul, wenn er nicht gleich Leine zieht.«

»Was ist denn hier los?« Ein schlanker, sportlicher Mann um die vierzig kam durch die Tür und blieb vor Torsten stehen. Dieser wandte sich ihm zu, um ihn vor die automatische Linse zu bekommen.

»Die Hellen hier haben Essen bestellt, wollen aber nicht zahlen. Das haben sie schon letzte Woche nicht getan.« Diesmal rutschte ihm ein R durch, aber es fiel den anderen nicht auf.

Torsten hatte Sedersen auf den ersten Blick erkannt und wartete gespannt auf dessen Antwort.

Der Industrielle zog seinen Geldbeutel und holte einen Zweihunderteuroschein heraus.

»Hier«, sagte er zu Torsten und funkelte dann seine Männer ärgerlich an. »In Zukunft bezahlt ihr eure Sachen, verstanden! Schließlich seid ihr keine Räuberbande und gehört auch nicht zur Mafia.« Damit verschwand er wieder und ließ die Männer in der Kantine allein.

Torsten steckte das Geld ein und wandte sich zum Gehen. »Auf Wiedelsehen, die Hellschaften!«

Es war gut, dass die Kerle aus Sedersens Leibschar seine Gedanken nicht lesen konnten. Das Herrschaften hatte er nicht einfach so entstellt, sondern dabei durchaus an das englische »hell«, Hölle, gedacht, in die er die gesamte Bande wünschte.

SECHZEHN

Dem junge Chen fielen fast die Augen aus dem Kopf, als er Torsten unbehelligt aus der Villa zurückkommen sah. »Wie haben Sie das gemacht?«, fragte er, nachdem er eingestiegen war. Sein Niederländisch war dabei so perfekt, dass Torsten wegen seines Auftritts bei Sedersens Leuten noch nachträglich Zahnschmerzen bekam. Dann aber zuckte er mit den Achseln. Er hatte ein Klischee dieser Kerle bedient, und sie hatten es ihm abgenommen. »Weißt du, ich hatte einfach Glück. Oder besser gesagt, diese Kerle sind strohdumm. Ich habe so gesprochen wie Schauspieler, die in schlechten Filmen die Chinesen darstellen, so in der Art: Sind die ehlenwelten Hellen zuflieden!«

»Trotzdem hatten Sie großes Glück«, antwortete der junge Bursche und wusste nicht, ob er sich für den verrückten Fremden freuen oder neidisch sein sollte, weil er im Gegensatz zu diesem verprügelt worden war.

Während Chen losfuhr, hörte Torsten ein Flugzeug und sah hinaus. Es war erst das zweite an diesem Tag. Viel schien auf diesem Flugfeld wirklich nicht los zu sein.

Noch während er darüber nachdachte, kam ihnen ein heller Mittelklassewagen entgegen. Aus einem Impuls heraus ergriff Torsten seine Handykamera und schoss ein paar Fotos von dem Auto und den beiden Insassen. Es geschah so unauffällig, dass selbst sein Begleiter es nicht merkte.

»Sie wollen telefonieren?«, fragte Chen.

»Ich wollte, habe es mir aber anders überlegt.« Torsten grinste, denn im Rückspiegel sah er, wie der Wagen zur Villa abbog. Damit gehörten dieser groß gewachsene Kerl mit dem kindlichen Gesicht, der am Steuer gesessen hatte, und das schmale Handtuch neben ihm auch zu Sedersens Leuten. Vielleicht kann Petra etwas mit den Fotos anfangen, dachte er, während er den Renault vor dem kleinen chinesischen Lokal abstellte.

Die Besitzerin und ihre Tochter warteten bereits an der Tür. »Ihnen ist hoffentlich nichts passiert?«, fragte die ältere Frau besorgt.

Torsten schüttelte lachend den Kopf. »Nicht das Geringste!« Er entledigte sich seiner Verkleidung und drückte sie Chen in die Arme. »Hier, mit bestem Dank zurück. Für Sie habe ich auch noch was«, sagte er an die Mutter gewandt und reichte ihr den Zweihunderteuroschein.

Die Frau starrte ihn an wie ein Weltwunder. »Aber wie haben Sie das geschafft?«

»Ich habe in dem Laden drüben einen der großen Bosse getroffen und ihm erklärt, dass seine Leute noch Schulden hätten, da hat er mir diesen Schein gegeben.«

Zum ersten Mal auf dieser Reise war Torsten zufrieden. Er hatte den Feind ausgemacht und konnte seinem Vorgesetzten neue Informationen liefern. Außerdem war es ihm gelungen, die Freischärler zu täuschen und bis in ihr Hauptquartier vorzudringen. Wäre Belgien noch der Staat, der er vor wenigen Jahren gewesen war, würden die Behörden diesem Treiben rasch ein Ende bereiten. Doch inzwischen beherrschten die Schreier die Straße, und kein Beamter wagte es aus Angst um sich und seine Familie, sich gegen diese Flut zu stemmen.

Die Wirtin und ihre Kinder unterhielten sich derweil leise in ihrer Muttersprache. Der Geldschein, den Torsten ihnen gebracht hatte, wog die Summe nicht auf, um die Sedersens

Bande sie bereits geprellt hatte, und auch nicht all die Demütigungen und Beleidigungen. Aber es war ein Zeichen der Hoffnung.

»Herzlichen Dank«, sagte Chens Schwester mit einem schüchternen Lächeln.

»Keine Ursache! Haben Sie übrigens die beiden Portionen Bami Goreng fertig, die ich bestellt habe?«

»Ich bringe sie gleich!« Die junge Frau eilte fort, und als sie zurückkam, drückte sie Torsten eine volle Plastiktüte in die Hand.

»Hier, ich hoffe, es schmeckt Ihnen!«

»Das hoffe ich auch!« Torsten stellte die Tüte auf den Tisch und holte seine Geldbörse heraus. »Wie viel macht das?«

Die ältere Chinesin hob erschrocken beide Arme. »Nein, ist Geschenk!«

»Sie haben uns Mut gemacht. Dafür sind diese zwei Portionen wirklich nicht zu viel.« Die junge Frau sah Torsten bittend an, doch der schüttelte den Kopf.

»Sie haben genug Schwierigkeiten mit diesen Kerlen. Da will ich nicht auch noch was umsonst von Ihnen. Aber wenn Sie sich das Essen nicht bezahlen lassen wollen, ist das hier die Miete für den Wagen, den Sie mir vorhin geliehen haben!«

Torsten zog einen Zwanzigeuroschein hervor und drückte ihn Chen in die Hände. »Wenn du das nächste Mal was zu diesen Kerlen bringen musst, sag ihnen, ihr Chef habe erklärt, sie müssten ihr Essen bezahlen.«

»Wenn ich das sage, bekomme ich höchstens noch mehr Prügel«, antwortete der junge Mann unglücklich.

»Vielleicht auch nicht!« Torsten klopfte ihm aufmunternd auf die Schulter, nahm die Essenstüte und nickte den beiden Frauen kurz zu. »Ich muss jetzt weiter, sonst verhungert meine Partnerin noch. Auf jeden Fall viel Glück für die Zukunft. Vielleicht klappt es ja, und ich kann irgendwann hier gemütlich mit Freunden essen!« Damit drehte er sich um und ging.

Die drei im Lokal blickten ihm nach, bis er in eine andere Straße abbog, dann schüttelte Chen den Kopf. »Der Mann ist wirklich vollkommen verrückt! Wie ist er nur auf die Idee gekommen, diesen Leuten das Essen zu bringen?«

Seine Schwester rieb sich nachdenklich über die Stirn. »Er hatte einen Grund dafür. Doch das sollten wir so schnell wie möglich vergessen. Für uns war er Vetter Wufan aus Brüssel, der uns heute besucht hat.«

Ihr Bruder wollte etwas entgegnen, doch da läutete das Telefon und rief sie in den normalen Alltag zurück.

SIEBZEHN

Leutnant von Tarow wirkte missmutig, als Torsten das Zimmer betrat. »Da sind Sie ja endlich! Ich wollte schon eine Suchmeldung aufgeben.«

»Fehler! Hier heißt es immer noch du, besonders an der offenen Tür – und falls Madame Leclerc an Türen lauscht, sollten wir auch hier drinnen beim Du bleiben.« Torsten stellte seine Tüte auf den Tisch und begann auszupacken. »Ich habe was zu essen mitgebracht. Ich hoffe, du magst Bami Goreng!«

»Ich habe Hunger wie ein Wolf! Aber sollen wir wirklich zusammen essen? Was ist, wenn drüben was passiert?«

»Falls ein Flugzeug kommt, hören wir es. Sonst ist von hier aus sowieso nichts Wichtiges festzustellen.«

Henriette war beleidigt, weil er die Stunden, die sie hier am Fenster gesessen und durch den Feldstecher gestarrt hatte, als nutzlos abtat. »Ich habe immerhin dich und den Typen vom Flughafen beobachtet, als ihr miteinander geredet habt. Der sah nicht gerade freundlich aus.«

»Er war es auch nicht. Aber erzählen Sie … äh, erzähl noch mal ausführlich, was du alles gesehen hast.« Torsten packte noch immer aus und wunderte sich, weil die Zahl der Styroporschachteln auf dem Tisch immer größer wurde.

Auch Henriette schüttelte den Kopf. »Woll... willst du uns mästen oder für eine kommende Hungersnot vorbeugen?«

»Eigentlich sollte es nur ein schlichtes Bami Goreng sein. Aber wie es aussieht, habe ich die falsche Tüte erwischt!« Torsten schämte sich, weil er für das Ganze nur poplige zwanzig Euro im Lokal zurückgelassen hatte. Dabei hätte er gleich sehen müssen, dass die junge Chinesin mehr als nur die beiden bestellten Menüs eingepackt hatte.

»Es ist ein Geschenk! Ich habe jemandem einen kleinen Gefallen getan«, sagte er und machte Henriette damit neugierig.

»Welchen Gefallen?«

»Da ich auch Wagner und Petra davon informieren muss, möchte ich es ungern zweimal erzählen. Wir sollten jetzt essen. Ich habe nämlich auch Hunger. Außerdem werden die leckeren Sachen sonst kalt.«

Dagegen wusste Henriette nichts einzuwenden. Sie spürte jedoch, dass ihr Begleiter mehr Erfolg gehabt hatte als sie. Da sie seinen Bericht so rasch wie möglich hören wollte, brachte sie keinen Einwand mehr vor, sondern griff wahllos nach einer Schachtel und öffnete sie.

»Ah, Hummerkrabben! Die mag ich besonders gerne. Gibt es irgendwo auch Reis?«

Torsten reichte ihr eine Schachtel. »Hier! Du kannst alles haben. Da ist noch eine Portion.«

»Wenn ich das alles essen soll, werde ich noch zu einer Kampfkugel wie Petra.« Kaum hatte Henriette es gesagt, bereute sie es. »Tut mir leid, ich wollte Frau Waitl nicht beleidigen. Sie ist wirklich nett.«

»Sie ist der beste Kumpel, den man sich denken kann. Es ist nur schade, dass sie für den Außendienst nicht in Frage kommt«, antwortete Torsten und klaute sich eine Hummerkrabbe. »Das hier wäre für Petra wahrscheinlich die Vorstufe zum Paradies. Wenn wir die Sache hier abgeschlossen haben, lade ich sie und natürlich auch dich in dieses Lokal ein. Das habe ich den Besitzern bereits versprochen.«

Henriette begriff, dass dieses Lokal eine Rolle in Renks Bericht spielen würde, und musste sich zwingen, nicht alles in sich hineinzuschlingen, um schneller mit dem Essen fertig zu werden.

Torsten bemerkte ihre Unruhe und grinste. »Ich habe dir schon einmal gesagt, dass Geduld die wichtigste Eigenschaft ist, die jemand in unserem Beruf besitzen sollte. Wird man hibbelig, macht man leicht Fehler!«

»Das habe ich eben bemerkt. Ich habe nämlich ein Stück gebackene Banane in die Sojasauce getaucht!« Henriette musste über sich selber lachen und nahm es Torsten nicht übel, dass er darin einstimmte.

ACHTZEHN

Kaum war das Essen beendet, wies Torsten seine Begleiterin an, die Reste abzuräumen. Er holte seinen Laptop aus dem Schrank, stöpselte das Telefon ab und steckte das Modem, das zu seiner Ausrüstung gehörte, in die Buchse. Als Henriette zurückkam, gluckste sie vergnügt vor sich hin.

»Was ist denn jetzt los?«, fragte Torsten.

»Ich bin eben Frau Leclerc über den Weg gelaufen. Der sind schier die Augen übergegangen, als sie die vielen leeren Schachteln gesehen hat. Sie sagte, Männer könnten manchmal recht dumm sein und meine Beschwerden kämen gewiss nicht von Regelblutungen. Sie habe dabei nie einen Bissen über die Lippen gebracht, versicherte sie mir und ist nun überzeugt, dass es für meinen Hunger nur eine einzige Erklärung gäbe.«

»Und die wäre?«

»Sie meint, ich sei schwanger!«

»Äh?«

»Dasselbe habe ich auch gedacht. Aber Frau Leclerc wird dich für den Rest unseres Aufenthalts hier als werdenden Vater betrachten. Hoffentlich machst du dann auch ein glückliches Gesicht. Es würde unserer Tarnung auf jeden Fall den letzten Kick geben.«

»Verrat das aber nicht zu Hause, sonst fällt es Wagner noch ein, dich mit einem künstlichen Babybauch in den nächsten Auftrag zu schicken.«

Obwohl es von Torsten spöttisch gemeint war, hörte Henriette vor allem heraus, dass er ihr einen zweiten Auftrag zutraute. Das war für sie wertvoller als jedes Lob.

»Wenn es uns hilft, würde ich es machen«, sagte sie und kicherte, weil Torsten in dem Moment aussah, als hätte er Zahnschmerzen.

»Dann brauchen wir ein neues Heimatquartier. Was meinst du, wie unsere lieben Freunde in der Kaserne uns durch den Kakao ziehen würden.«

»Wenn Sie noch länger so dumm herumschwätzen, ziehe ich Sie durch den Kakao, Renk!«

Von Torsten unbemerkt hatte Petra die Verbindung durchgeschaltet, und Wagner, der hinter ihr stand, hatte die kurze Unterhaltung ebenfalls mitbekommen. Jetzt grinste der Major vom Bildschirm und zwinkerte Henriette zu. »Ich mag innovative Mitarbeiter, Leutnant, die für neue Ideen aufgeschlossen sind. Aber jetzt will ich wissen, was Sie beide herausgefunden haben.«

»Eine Menge Fotos, Herr Major. Bei dem altmodischen Telefonanschluss hier wird es aber ein wenig dauern, bis die bei Ihnen angekommen sind. In der Zwischenzeit erstatte ich Bericht.«

»Darauf bin ich gespannt. Schicken Sie Ihre Bilder und schießen Sie los!«

Nachdem Torsten die Übertragung gestartet hatte, begann er zu erzählen. Zuerst hörten Henriette und die beiden in Feldafing stumm zu, doch als er erzählte, er wäre als chinesischer Pizzabote verkleidet in das Hauptquartier der Freischärler eingedrungen, verschluckte Wagner sich fast vor unterdrücktem Lachen. »Das ist doch sicher einer Ihrer Witze, oder?«

»Das kein Witz, Hell Wagnel. Ich haben Essen in die Villa geblacht und mit den Hellschaften geledet.« Torsten imitierte sich dabei selbst in einer Weise, dass Petra und Henriette sich vor Lachen bogen.

Wagner bemühte sich, eine strenge Miene beizubehalten, doch die Mundwinkel zuckten verdächtig. »Auf so eine Idee können auch nur Sie kommen, Renk.«

»Diesen Scherz hätte ich nicht bei jedem gewagt. Aber diese Freischärler sind in ihrer Ideologie blind geworden für Selbstverständliches.«

»Auf alle Fälle hast du einige hochinteressante Fotos geschossen. Dieser Typ hier«, Petra gab einen Befehl ein, so dass Henriette und Torsten den hageren Deutschen auf dem Bild sehen konnten, »ist Lutz Dunker, der Anführer des Mobs, der für den Aufruhr in Suhl verantwortlich zeichnet.«

»Damit haben wir den Beweis, dass diese Sache von Sedersen gesteuert wurde. Er hat seine eigene Fabrik niederbrennen lassen, um alle Spuren zu verwischen.« Wagner ballte die Fäuste, wusste aber selbst, dass seine Vermutung nicht ausreichte, einen internationalen Haftbefehl gegen Sedersen zu erwirken.

Petra kicherte. »Der Kerl hat zwar alles getan, um seine Spuren zu verwischen, aber ein Fehler ist ihm doch unterlaufen. Er und seine Leute hätten Friedmund Themels Leiche niemals samt Auto in den Container stecken dürfen. Damit haben sie uns den entscheidenden Hinweis geliefert!«

»So leid es mir auch um den Mann und die anderen Toten tut, so bin ich doch froh um diese Spur. Ohne den Toten im Container wären wir weiterhin im Dunklen getappt, während Sedersen und seine Bande ungestört ihr Unwesen treiben könnten. Wenn Sie jetzt die Spur des SG21 bei ihm aufnehmen, dürften wir den Kerl endgültig am Wickel haben.« Das Letzte hatte Wagner eigentlich nur so vor sich hingesagt.

Torsten fasste es jedoch als Auftrag auf. »Wir werden sehen, was wir tun können, Herr Major. Ich bin jetzt mit meinem Bericht am Ende. Haben Sie noch etwas zu sagen, Leutnant?«

»Hier im Dienst heißt es du und Schatzi«, stichelte Henriette und zuckte dann bedauernd mit den Achseln.

»Für mich war dieser Tag eine Enttäuschung. Es sind nur drei Flugzeuge gelandet, eines ist gestartet. Ich habe mir ihre Kennnummern notiert und gebe sie Ihnen jetzt durch.« Sie nahm den Zettel und begann langsam und deutlich zu lesen.

Petra tippte die Bezeichnungen in ihren Computer ein und ließ mehrere Programme laufen. Danach meldete sie sich mit säuerlicher Miene. »Da ist kein Treffer dabei. All diese Maschinen sind ordnungsgemäß in ihren Heimatländern registriert und gehören Geschäftsleuten, die noch nicht in den Ruf gekommen sind, mit Rechtsradikalen zusammenzuarbeiten. Ich werde aber weiter am Ball bleiben. Vielleicht hat der eine oder andere doch ein Skelett auf dem Speicher.«

»Suchen Sie danach, Frau Waitl, und wenn Sie sämtliche Datenschutzgesetze der Welt brechen müssten. Das Letzte habe ich nicht gesagt, verstanden?« Wagner wirkte nervös, denn er wusste, dass seine Leute sich bei ihrer Arbeit oft genug am Rande der Legalität entlanghangeln mussten.

»Können wir nicht die hiesige Polizei oder die belgische Armee dazu bringen einzugreifen?«, fragte Torsten. »Für mein Gefühl muss diese Eiterbeule so rasch wie möglich aufgeschnitten werden. Die haben Größeres vor. Dessen bin ich mir sicher!«

»Haben Sie einen Anhaltspunkt? Natürlich nicht! Und ich ebenso wenig.« Wagner sah für Augenblicke alt und erschöpft aus. Seit Wochen musste er seinen Vorgesetzten Rede und Antwort stehen und hatte ihnen bisher nicht den geringsten Anhaltspunkt liefern können.

»Renk, von Tarow, das Schicksal unserer Truppe steht auf dem Spiel. Oben heißt es bereits, dass man uns besser wieder in den normalen Dienstbetrieb eingliedern sollte. Dann sind solche Aktionen wie jetzt für Sie passé. Stattdessen dürfen Sie ein halbes Jahr Kindermädchen bei Auslandseinsätzen spielen und haben dann sechs Wochen Urlaub, bevor Sie sich irgendwo auf einem Stützpunkt in Arizona oder Utah die Beine in den Leib stehen, weil Sie einem General oder Oberst als Leibwächter zugeteilt worden sind. Wollen Sie das?«

»Kein Bedarf!« Torsten verzog das Gesicht.

»Das habe ich mir gedacht. Doch wenn Sie das verhindern wollen, müssen Sie mir Sedersens Kopf bringen, und zwar so, dass der Rest von ihm noch dranhängt und wir ihn befragen können.«

»Keine Sorge, Herr Major. Den kriegen wir!«

»He, Torsten! Ich habe hier gerade die Fotos von den Leuten im Auto. Der Große, der aussieht wie ein Bär mit Babygesicht, ist Sedersens Handlanger Igor Rechmann, und der Dünne ist Karl Jasten. Die Bahnangestellten, die mit unserem Transport zu tun hatten, haben einen dürren Kerl mit einem Allerweltsgesicht erwähnt. Wir werden den Zeugen die Fotos vorlegen. Vielleicht haben wir jetzt die zweite und entscheidende Spur der vertauschten Container.«

»Schön wär's!« Torsten stellte fest, dass der Datentransfer mittlerweile abgeschlossen war, und verabschiedete sich von Petra und Wagner. Danach baute er die Anlage ab und steckte das Telefon wieder ein. Er konnte gerade noch seinen Laptop verstauen, da klingelte es auch bereits.

Seufzend hob er ab. »Ja, bitte?«

»Ich bin es«, antwortete eine Stimme, die er als die von Frau Leclerc identifizierte. »Ihrer Braut geht es jetzt doch ein wenig besser, und da habe ich mir gedacht, wir könnten heute Abend vielleicht zusammen im Garten grillen!«

»Danke, das ist sehr nett von Ihnen!«, antwortete Torsten und hätte die kontaktfreudige Frau am liebsten erwürgt.

NEUNZEHN

Es war ein Tag wie aus dem Bilderbuch, dachte Geerd Sedersen, während er durch das Fenster auf das Meer hinausblickte. Das Wasser glitzerte im Licht der Sonne, und am Himmel waren viele Möwen, aber keine einzige Wolke zu sehen. Es wehte ein sanfter Wind oder, wie die Segler es nannten, eine leichte Brise. Diese war gerade richtig für die bevorstehende Regatta, die mit einer Bootsparade begann. Die Ersten verließen gerade den Yachthafen und segelten gemächlich am Kai des Montgomerydok entlang.

Sedersen blickte durch ein Opernglas und suchte van Houdebrincks Boot. Der Unternehmer stand selbst am Steuer, neben ihm war eine junge Frau, die Sedersen als seine Tochter identifizierte. Drei junge Männer bildeten den Rest der Besatzung.

Einer war der Sohn eines Geschäftspartners van Houdebrincks aus der Wallonie. Damit wollte der Industrielle ein Zeichen setzen, ebenso mit der großen schwarz-gelb-roten Fahne am Heck und den gleichfarbigen Bändern, die am Mast flatterten. Auch andere Teilnehmer der Regatta hatten die belgischen Farben aufgezogen, um Treue zu ihrem Heimatland zu bekunden. Im letzten Jahr hatten noch die Fahnen Flanderns das Bild geprägt. Sedersen war damals als Zwengels Gast hier gewesen und erinnerte sich noch gut daran, wie stolz der Nationalistenführer ihn auf diesen Umstand aufmerksam gemacht hatte.

An diesem Tag hockte Zwengel mit mühsam beherrschter Miene auf einem Sessel und würdigte das Geschehen draußen im Hafen und auf dem Meer keines Blickes. Dafür trank er bereits das dritte Glas Cognac, das ihm ein aufmerksamer Kellner serviert hatte.

Sie befanden sich in der obersten Etage des Europa-Centrums in einer Art Clubraum, der vor allem von flämischen Nationalisten benützt wurde. Hierher wurden nur Leute eingeladen, die der Flämischen Bewegung mindestens einhunderttausend Euro im Jahr spendeten. Auch Sedersen ließ diese Summe springen, holte das Geld aber doppelt und dreifach wieder heraus, indem er den radikalen Kräften in Flandern Waffen und Material verkaufte. Das Trauma, zwar die Unabhängigkeit gewinnen zu können, dabei aber große Teile Vlaams-Brabants an die Wallonen zu verlieren, motivierte nicht nur die radikalen Kräfte vom rechten Rand dazu, sich zu bewaffnen. Auch die gemäßigten Parteien stellten seit neuestem Milizen und Schutztruppen auf, und dadurch hatte Zwengel einiges an Einfluss verloren. Sedersen, der seine Fäden weiter spann als der Radikalenführer, hielt sich für den Einzigen, der das Schicksal Flanderns wirklich steuern konnte.

Sein Blick suchte erneut van Houdebrincks Boot, und dabei streichelte er das kleine Handy, das er von Jasten bekommen hatte. Er musste nur eine Taste drücken, dann war von Houdebrinck tot – und mit ihm dessen Tochter und die drei jungen Segler aus Flandern und der Wallonie.

Nun gesellte sich Giselle Vanderburg zu ihm, die zu den eifrigsten Befürwortern der flämischen Unabhängigkeit zählte, und wies auf das Meer hinaus. »Von hier oben hat man wirklich den besten Blick auf die Segelparade, finden Sie nicht auch?«

»Da haben Sie recht, Frau Vanderburg. Obwohl ich mir vorstellen kann, dass es noch einen schöneren Platz gibt, diese Parade zu genießen, und zwar auf einem der Boote, die daran teilnehmen.« Sedersen lächelte freundlich, denn Giselle Vanderburg sah nicht nur gut aus, sondern war auch eine erfolgreiche Immobilienmaklerin, die ihm schon einige Filetstücke in Flandern besorgt hatte.

Die Frau strich ihr knappes rotes Kostüm glatt, damit ihre Figur noch besser zur Geltung kam, und nickte. »Da haben Sie recht, Herr Sedersen. Während meiner Ehe habe ich mit meinem Mann jedes Jahr an dieser Parade teilgenommen. Ich muss mich berichtigen: mit meinem Exmann. Wir sind seit drei Monaten geschieden. Er nimmt übrigens immer noch an der Parade teil. Doch diesmal hat er ein dummes Huhn an Bord, für das nichts anderes spricht als Silikon im Busen und Botox im Gesicht.«

Sedersen betrachtete Giselle Vanderburg genauer und schätzte sie auf etwa fünfunddreißig. Ihr passte es ganz offensichtlich nicht, dass sie von einer Jüngeren ausgebootet worden war, und so hielt sie nach einem Mann Ausschau, der ihren Exgatten an Bedeutung und Vermögen noch übertraf. Er überlegte, ob die Frau nicht die richtige Partnerin für ihn wäre. Sie kannte in Flandern Gott und die Welt, und eine Ehe mit ihr würde seinen Status in diesem Land erhöhen.

Da er nicht gleich Antwort gab, rümpfte die Frau ein wenig die Nase. Ihr gefiel der schlanke, sportliche Mann, und das nicht nur, weil er reich war. Ihn umgab eine Aura, die ihm etwas Besonderes verlieh, etwas, was sie bisher noch bei keinem gespürt hatte. Es war eine gewisse Härte an ihm und der unbedingte Wille, sein Ziel zu erreichen. Außerdem war er ein bekennender Anhänger eines freien Flanderns und hatte Freunde und Verbündete in den verschiedensten Gruppierungen und Parteien.

Lächelnd lehnte sie sich an ihn und bemerkte zufrieden, wie seine Augen begehrlich aufblitzten. Giselle Vanderburg wusste, wie attraktiv sie war, das verstand sie bei ihren Geschäften durchaus zu nutzen. Allerdings war sie nur selten mit einem ihrer Geschäftspartner im Bett gelandet. Heute aber schien der richtige Tag dafür zu sein.

»Ich hätte einige schöne Angebote für Sie, Herr Sedersen. Vielleicht können wir am Abend darüber reden?«

Er begriff, dass sie damit nicht nur Sex meinte, obwohl es ihn im Augenblick mehr reizte, mit ihr zu schlafen, als Geschäfte abzuschließen. Trotzdem durfte er ihren Einfluss nicht außer Acht lassen. An ihrer Seite konnte er vielleicht selbst in die Politik gehen und sich einen Posten angeln, durch den er noch mächtiger wurde.

Dann aber schüttelte er den Kopf. Obwohl einer seiner Großväter Flame gewesen war, würde ihm seine deutsche Abstammung immer nachhängen. Da war es besser, die Frau vorzuschicken. Giselle Vanderburg würde gewiss eine ausgezeichnete Ministerpräsidentin abgeben. Mit diesem Gedanken legte er ihr den linken Arm um die Schulter und lächelte. »Entschuldigen Sie, ich war eben nicht ganz bei der Sache. Aber noch einmal zu der Parade. Ich würde wirklich zu gerne einmal mitsegeln, doch leider verstehe ich zu wenig davon. Ich bräuchte jemanden, der die Sache in die Hand nehmen kann.«

»Ich verfüge über sämtliche Segelpatente, um eine größere Yacht steuern zu können. Für mich wäre selbst van Houdebrincks *Zilvermeeuw* nur ein kleines Boot«, sagte Giselle Vanderburg mit einem gewissen Stolz und versäumte es nicht hinzuzufügen, dass ihr Exmann es nicht so weit gebracht habe wie sie. »Er ist über den Küstensegelschein nicht hinausgekommen. Aber so war es bei den meisten seiner Projekte. Er ist immer an seiner Unzulänglichkeit gescheitert, sogar bei unserer Scheidung. Als wir geheiratet haben, fürchtete er, er könne für Verluste bei meinen Immobiliengeschäften haftbar gemacht werden, und hat streng auf Gütertrennung bestanden. Jetzt ist mein Vermögen mehr als zehnmal so groß wie das seine, und er bekommt keinen lumpigen Cent von mir!«

Während der nächsten Viertelstunde enthüllte Giselle Vanderburg etliche Einzelheiten aus ihrer Ehe und ihrem Geschäftsleben, teils, um sich für Sedersen interessant zu machen, teils auch, weil sie froh war, endlich mit jemandem über all das reden zu können. Die meisten ihrer Freundinnen verübelten ihr die Scheidung, weil sie ihren gut aussehenden, charmanten Ehemann angeblich so schofelig behandelt habe, und der Rest interessierte sich mehr für Kosmetik und Mode als für die Gefühle, die in ihr tobten.

Sedersen spürte, dass es ihm leichtfallen würde, diese Frau für seine Pläne einzuspannen. Sie war ehrgeizig und sehnte sich gleichzeitig nach Aufmerksamkeit. Das war genau die Kombination, die er schätzte. Bei all den Überlegungen vergaß er nicht, aus welchem Grund er nach Oostende gekommen war. Er verfolgte van Houdebrincks Boot, das an der Spitze der Parade fuhr und dessen große belgische Fahne herausfordernd zu ihm heraufleuchtete. Wieder streichelte er das kleine Handy in seiner rechten Hosentasche und verspürte eine sexuelle Anspannung, die nach Entladung schrie. Ähnlich hatte er sich gefühlt, wenn er das SG21 auf ein Opfer angelegt hatte. Nun aber wurden diese Gefühle durch die Anwesenheit einer ebenso attraktiven wie willigen Frau verstärkt.

Der Wunsch, den Handyknopf zu drücken und dann mit Giselle Vanderburg in der für ihn reservierten Hotelsuite zu verschwinden, wurde immer mächtiger. Doch noch war van Houdebrinck samt seinem Boot zu nahe am Ufer, und zu viele Segler waren in seiner Nähe, die ihm bei einer Explosion zu Hilfe eilen konnten. Er hatte nichts davon, wenn sein Opfer zwar schwerverletzt, aber noch lebend geborgen und in eine Klinik gebracht wurde. Van Houdebrinck musste sterben. Überlebte der Mann, würde er die flämischen Nationalisten für diesen Anschlag verantwortlich machen und diese mit aller Kraft bekämpfen. Mit dem Nimbus des Märtyrers behaftet, konnte er bei einer Volksabstimmung vielleicht sogar die Mehrheit der Flamen für den Verbleib bei Belgien gewinnen.

Sedersen knurrte bei der Vorstellung und irritierte die Frau neben ihm. »Was haben Sie?«

Er machte eine wegwerfende Handbewegung. »Auf die Dauer wird es mir langweilig, auf die Boote und das Meer zu starren. Wollen wir nicht an die Bar gehen?«

»Gerne!« Giselle Vanderburg hakte sich bei ihm unter und ließ sich zur Bar führen, die im vorderen Bereich des Clubzimmers eingerichtet worden war. Dort entdeckte Sedersen seinen Fahrer. Er hatte nicht nur Jasten, sondern auch Rechmann in Balen zurückgelassen, damit sie nicht durch einen dummen Zufall in Oostende wiedererkannt wurden. Stattdessen hatte er einen von Lutz Dunkers Kumpanen als Chauffeur mitgenommen. Allerdings war der Kerl kein guter Griff gewesen, wie die Kreuze auf dem Bierdeckel bewiesen.

»Sie sollten jetzt mit dem Trinken aufhören«, sagte er eisig.

Der Bursche starrte auf sein noch halbvolles Glas und streckte die Hand aus, um wenigstens das noch zu leeren. Sedersen war jedoch schneller als er, packte das Gefäß und goss den Inhalt in das kleine Spülbecken hinter der Theke. Dann winkte er den Barkeeper zu sich.

»Dieser Mann hier«, er deutete mit dem Daumen auf seinen Chauffeur, »bekommt heute keine alkoholischen Getränke mehr, verstanden? Ich selbst hätte gerne einen Pierre Ferrand und Sie, liebste Giselle?«

»Ein Glas Veuve Clicquot!« Die Frau lächelte erfreut, als Sedersen zu seinem Cognac auch ein Glas davon bestellte, um mit ihr anstoßen zu können.

Das Gespräch mit der Immobilienmaklerin half Sedersen, seine Anspannung unter Kontrolle zu halten. Giselle wusste intelligent zu plaudern und hielt ihm zwischendurch einige ausgewählte Immobilien wie einen Köder hin. Doch schon bald war sie es leid, nur von Geschäften zu reden, und sah den Mann über den Rand ihres Glases hinweg an.

»Vor dem späten Nachmittag werden die ersten Boote nicht

zurück sein. Sollten wir diese Zeit nicht besser für uns verwenden?«

»Das sollten wir!« Sedersen atmete tief durch und zog die Rechte, mit der er Jastens Handy umklammert hatte, aus der Hosentasche.

Für Giselle Vanderburg hatte es so ausgesehen, als würde er sich vor Erregung in den Schritt greifen. Zufrieden lächelnd leerte sie ihr Glas Champagner mit einem anzüglichen Züngeln und schritt anschließend beschwingt auf den Ausgang des Clublokals zu.

Sedersen wollte ihr folgen, doch da hielt sein Chauffeur ihn auf. »Was soll ich jetzt tun?«

Dem Mann war anzusehen, dass es ihm nicht passte, hier auf dem Trockenen zu sitzen. Doch Sedersen war die Gefahr zu groß, dass er in der Stadt weitersaufen würde.

»Sie warten hier auf mich, bis ich zurückkomme«, sagte er und bemerkte zufrieden, wie der andere vor Enttäuschung schluckte. Das nächste Mal werde ich mich wieder von Rechmann fahren lassen, nahm er sich vor und folgte der Frau.

Sein Fahrer stierte ihm neidisch nach. Der Chef konnte trinken, was und so viel er wollte, und jetzt verschwand er auch noch mit einem heißen Feger, an den keine seiner bisherigen Freundinnen heranreichte. Aber so ist nun einmal das Leben, dachte er. Ein Mann wie Sedersen konnte sich alles leisten, während er selbst sich mit einem Glas Bier und irgendeinem Dorftrampel zufriedengeben musste, der bereit war, unter ihm zu zappeln.

»Es wird Zeit, dass wir hier die Macht übernehmen«, sagte er, aber zu seinem Glück leise genug, dass keiner der Anwesenden um ihn herum es hörte. Die Männer und Frauen, die hier versammelt waren, hielten sich für gute Flamen und träumten von dem Tag, an dem sie ihre Fahne am höchsten Mast aufziehen konnten. Mit Männern vom Schlage Zwengels wollten sie jedoch, obwohl viele von ihnen seine Bewegung finanzierten, nicht in einen Topf geworfen werden.

ZWANZIG

Giselle Vanderburg hatte sich in dem Hochhaus eine Wohnung eingerichtet, in der sie sich mit Kunden traf, die nicht in ihrem Maklerbüro gesehen werden wollten. Aus diesem Grund glich das vordere Zimmer einem Zwitter aus Wohnzimmer und Büro. Auf der einen Seite standen ein dunkelbrauner Schreibtisch mit zwei bequemen Drehsesseln sowie ein antiker Schrank, auf der anderen eine weiße Ledercouch und ein Couchtisch aus Glas, dessen Fuß aus einem nackten, auf dem Rücken liegenden jungen Mann aus Bronze bestand, der die Platte mit den Händen und einem Knie hielt. Das andere Knie war nur leicht angewinkelt und gab den Blick auf das frei, was ein männliches Wesen von einer Frau unterschied.

Während Sedersen sich umsah, trat Giselle Vanderburg an den Schrank, in dem ein Fernsehgerät und eine kleine Bar untergebracht waren, nahm zwei Gläser aus einem Fach und füllte eines mit Cognac und das andere mit Likör.

»Auf Ihr Wohl, Herr Sedersen!«

»Auf das Ihre, Giselle!« Er trank, stellte das Glas ab und zog die Frau mit einem raschen Griff an sich.

Für so stürmisch hatte sie diesen Verehrer nicht gehalten und setzte daher jene strenge Miene auf, mit der sie schon den einen oder anderen zudringlichen Mann in seine Schranken verwiesen hatte.

»Wenn Sie mir das Kleid zerreißen, dann …«

»… bekommen Sie ein neues!« Sedersens Erregung war zu groß, um sich noch beherrschen zu können. Er packte ihr Kleid am Dekolleté und riss es mit einem heftigen Ruck auf. Darunter trug Giselle einen fleischfarbigen BH, der nun ebenfalls unter seinen Händen entzweiging. Als Sedersen ihr auch noch die Reste des Kleides und das Höschen vom Leib fetzte, fragte Giselle sich, ob sie seinen Charakter falsch eingeschätzt hatte.

Bis jetzt hatte sie ihn für einen Kavalier gehalten, doch was er jetzt mit ihr machte, kam einer halben Vergewaltigung gleich.

»Wenn Sie sich nicht benehmen können, wird aus uns nichts werden«, fauchte sie empört.

Sie brachte Sedersen damit so weit zur Vernunft, dass er nicht auf der Stelle über sie herfiel. Dafür sah er sie fragend an. »Ich dachte, Sie wollten es?«

»Natürlich will ich mit Ihnen ins Bett – oder sagen wir besser: mit dir! Nahe genug kennen wir uns ja bereits, um du zueinander sagen zu können.«

Sedersen betrachtete die nackte Frau und grinste. »Ich glaube, das kann man so sagen.« Ruhiger geworden streckte er die rechte Hand aus und berührte ihre Brüste. Diese waren nicht übermäßig groß, aber fest, und als er über die rosa angehauchten Spitzen strich, federten diese nach.

»So ist es besser«, lobte sie ihn und wies dann auf eine Tür am Ende des Raumes.

»Jetzt sollten wir wirklich ins Bett gehen.« Sie fasste nach seiner Hand und zog ihn mit sich. Das andere Zimmer glich einem Traum. Der Schrank, die Anrichte und das Bett waren mit Blattgold überzogen, und die Bettvorleger und die Bettwäsche waren ebenfalls goldfarben.

Diesen Anblick hatte Giselle Vanderburg bisher nur wenigen Männern gegönnt. Doch zumindest eines ihrer besten Geschäfte hatte sie hier zu einem guten Ende bringen können. Das Geschäft aber, auf das sie jetzt zusteuerte, würde alles andere in den Schatten stellen. Mit einem Gefühl innerlichen Triumphes wandte sie sich Sedersen zu und begann, sein Jackett aufzuknöpfen.

»Wenn wir es so machen, wie ich es will, wird es länger und viel schöner sein«, sagte sie schmeichelnd und hoffte, sich diesen Mann genauso unterwerfen zu können wie die anderen vor ihm.

Sedersen keuchte bei der Berührung und krampfte gleichzeitig die Finger seiner Rechten um das Handy. Am liebsten hätte er den Knopf jetzt gedrückt, um sich voll und ganz seiner Partnerin widmen zu können. Doch dann kam ihm ein Gedanke, der ihn stärker elektrisierte als alles vorher.

»Mach weiter!«, forderte er die Frau auf.

Giselle streifte ihm das Jackett ab und ging dann zum Hemd über. Während sie Knopf für Knopf öffnete, küsste sie seinen durchtrainierten Körper und kam dabei immer tiefer. Kurz darauf segelte das Hemd zu Boden, und ihre Hände öffneten den Reißverschluss seiner Hose. Sein Penis war hart wie Stein und zuckte, als ihre Finger darüberstrichen. Sie glaubte schon an eine vorzeitige Ejakulation und befürchtete, er werde einige Zeit brauchen, bis er wieder in der Lage wäre, sie zu befriedigen. Dabei brannte sie selbst so lichterloh, dass sie ihn am liebsten auf das Bett gezogen hätte. Doch wenn sie Macht über ihn gewinnen wollte, musste sie behutsam vorgehen und vor allem dafür sorgen, dass er diese Stunde niemals vergaß.

Als sie seine Unterhose nach unten zog und sein Glied freilegte, ragte es kampfbereit nach vorne und schien nur darauf zu warten, in sie einzudringen. Erleichtert glitt sie nieder und hinterließ mit ihrer Zunge eine feuchte Spur auf seinem Bauch. Dann schnappte ihr Mund zu, und sie hörte, wie er vor Lust aufschrie. Auf diese Weise hatte sie letztens einen Mann befriedigt, den sie nicht noch näher an sich hatte herankommen lassen wollen. Sedersen hingegen wollte sie nur noch einmal aufheizen, bevor es richtig zur Sache ging. Daher hörte sie schnell wieder auf und zog ihn in Richtung Bett. Dabei sah sie, dass er ein kleines schwarzes Mobiltelefon in der rechten Hand hielt.

»Das brauchst du doch jetzt nicht«, sagte sie und versuchte es ihm abzunehmen. Er stieß sie jedoch unerwartet heftig zurück.

Bis jetzt hatte Sedersen sich ihrer Führung überlassen, doch nun ergriff er selbst die Initiative. Er drückte sie auf die weiche Matratze und schob sich zwischen ihre Beine.

Ihre Augen funkelten, als er in sie eindrang, und sie fühlte ihren ersten Orgasmus bereits kommen, kaum dass er sein Becken ein paarmal hin und her bewegt hatte.

Sedersen hörte seine Partnerin stöhnen und fühlte, wie sie ihm die Finger wie Krallen in den Rücken schlug. Der Schmerz verstärkte nur seine Lust, und seine Bewegungen wurden schneller und härter. Seine Anspannung war jedoch so groß, dass es eine schier endlose Zeit dauerte, bis ein Ziehen in seinen Lenden ankündigte, dass er gleich kommen würde.

Im dem Augenblick, in dem er sich in die Frau ergoss, drückte er mit dem Daumen der Rechten den Zündknopf des Handys und steigerte damit seinen Orgasmus in einer Weise, dass er es kaum mehr zu ertragen glaubte.

EINUNDZWANZIG

Gaston van Houdebrinck sah, wie Oostende immer weiter hinter seinem Boot zurückblieb, bis zuletzt nur noch das Europa-Centrum über den Horizont aufragte. Dort würden jetzt die aufrechten Flamen, wie sie sich nannten, zusammensitzen und feiern. Die meisten dieser Leute kannte er, und von etlichen hielt er sogar einiges. Daher nahm er sich in dieser Stunde vor, mit den Vertrauenswürdigsten unter ihnen zu reden und sie von ihren separatistischen Zielen abzubringen. Dabei musterte er die jungen Leute, die ihn begleiteten. In seiner Crew arbeiteten Flamen und Wallonen einträchtig als Team zusammen, ohne an ihre Herkunft zu denken.

»Belgien hat einhundertachtzig Jahre als Staat funktioniert. Da müsste es doch möglich sein, dass es noch einmal einhundertachtzig Jahre in Frieden und Wohlstand vor sich hat«, sagte er zu sich selbst. Einen Erfolg konnte er schon verzeichnen. Zum ersten Mal seit Jahren hatten die Fahnen Belgiens bei den teilnehmenden Schiffen wieder zugenommen, und das hielt er für ein ermutigendes Zeichen.

Van Houdebrinck zog einen Energieriegel aus der Tasche, riss die Packung auf und begann zu essen. Als er das Papier in den kleinen Abfalleimer neben dem Niedergang werfen wollte, sah er, dass dieser nicht richtig geleert worden war, denn es lag eine Frittentüte darin und darunter etwas, was wie eine Coladose oder eine leere Keksschachtel aussah. Van Houdebrinck ärgerte sich über die Abfälle, die Julien am Vortag noch hätte entsorgen sollen.

Er warf die leere Packung des Energieriegels in den Eimer und konzentrierte sich wieder auf die Regatta. Seine Konkurrenten hatten während der letzten Minuten ein wenig aufgeholt, und so trieb er seine Mannschaft an, die Segel zu trimmen. Er drehte das Steuerrad, bis die Yacht wieder hoch am Wind lag, und sah zufrieden zu, wie die anderen Boote hinter ihnen zurückblieben.

In dem Augenblick drückte Sedersen den Zünder. Um van Houdebrinck wurde es auf einmal hell und heiß. Er spürte noch den heftigen Schlag, mit dem ein Teil des Abfallkorbs seinen Brustkorb durchschlug. Dann war es vorbei.

Die Mannschaften auf den Booten, die der *Zilvermeeuw* folgten, sahen den Feuerball und Teile des Schiffes hochwirbeln. Kurz darauf vernahmen sie die Detonation. Als sie auf den Ort des Unglücks zusteuerten, fanden sie nur noch ein paar kleine Wrackteile und drei im Wasser treibende Leichen. Van Houdebrincks Tochter lebte noch, da sie vorne am Bug gestanden hatte und von der Wucht der Detonation ins Wasser geschleudert worden war. Allerdings hatten herumfliegende Teile sie schwer verletzt, und die Ärzte in der Klinik von Oostende, in die sie eine Stunde später eingeliefert wurde, äußerten sich skeptisch, was ihre Überlebenschancen betraf.

Die Regatta, die als buntes, fröhliches Fest begonnen hatte, war zu einem Fanal des Bösen geworden.

SECHSTER TEIL

DIE ROTE BARONESS

EINS

Henriette beäugte misstrauisch die Ausrüstungsgegenstände, die Renk vor ihr ausbreitete. »Glauben Sie wirklich, dass wir damit in die Fabrik hineinkommen?«

»Wenn Ihnen nicht von jetzt auf gleich ein Paar Flügel wachsen, so dass Sie hineinfliegen und mich mitnehmen können, ist es der einzige Weg. Ziehen Sie sich um! Wir haben nicht mehr viel Zeit.«

Zögernd streifte Henriette ihr T-Shirt über den Kopf und öffnete den Reißverschluss ihrer Jeans. Als sie schließlich in Slip und Hemdchen vor Torsten stand, warf dieser ihr einen kurzen Blick zu, wandte sich aber sofort wieder seiner Ausrüstung zu. Er trug bereits das hautenge Trikot aus Kunststoff-Fasern, hatte die Kapuze aber noch nicht aufgesetzt. Nach kurzem Nachdenken zog er außerdem noch seine Alltagskleidung darüber. »Nur für den Fall, dass wir unterwegs Frau Leclerc begegnen. Ihr darf nichts auffallen. Dann kann sie auch nichts weitererzählen.«

Henriette zeigte mit einem Kichern auf die Reisetasche, in die Renk alles stopfte, was er glaubte mitnehmen zu müssen. »Ich hoffe nicht, dass Frau Leclerc uns begegnet. Sonst denkt sie noch, wir wollten die Zeche prellen.«

Torsten schloss die Reisetasche und funkelte seine Partnerin missbilligend an. »Wenn Sie die Pension so langsam verlassen, wie Sie sich umziehen, werden wir der guten Frau ganz bestimmt über den Weg laufen.«

»Entschuldigung, ich bin ein bisschen nervös!« Henriette zog das zweite Hosenbein über und suchte nach einem Knopf, um die Hose zu schließen.

»Soll ich Ihnen helfen, den Klettverschluss zuzumachen?« Torsten wurde zunehmend ungeduldig.

»Ich schaffe es schon, Herr Oberleutnant!« Während Henriette die Hose schloss, dachte sie daran, dass sie und Renk bis vor wenigen Minuten noch brav beim Du eines verliebten Paares geblieben waren. Doch jetzt in der Anspannung vor ihrer nächsten Aktion waren sie wieder in das dienstliche Sie zurückgefallen. Das tat ihr leid, denn es vermittelte ihr das Gefühl, nur das ungewollte Anhängsel ihres Vorgesetzten zu sein. Dabei war ihr durchaus bewusst, dass sie selbst daran schuld war, hatte sie doch während Renks Erklärungen zu oft jenes Wort gebraucht, das er aus seinem Vokabular gestrichen zu haben schien, nämlich »unmöglich«.

Mit grimmiger Miene schlüpfte sie in das Oberteil ihres Trikots und zerrte so lange an den Ärmeln, bis sie richtig saßen. »Eigentlich hätte Major Wagner meine Konfektionsgröße kennen müssen«, schimpfte sie, weil das Trikot so eng saß, dass sich der Klettverschluss nicht über der Brust schließen ließ.

»Lassen Sie mich mal ran«, sagte Torsten und zog so kräftig, dass die Ränder weit genug überlappten. »Die Größe stimmt schon. Nur ist das Trikot für einen Mann gemacht. Seien Sie froh, dass Sie keinen üppigen Busen haben! Sonst müssten Sie hierbleiben und auf mich warten.«

»Wenn Major Wagner nicht darauf bestanden hätte, dass ich mitkommen soll, hätten Sie mich sowieso hier zurückgelassen!«

Torsten entgegnete nichts, sondern kontrollierte noch einmal den Sitz ihres Trikots und fand, dass sie trotz des beengenden Oberteils darin weiblicher aussah als in T-Shirt und Jeans. Verwundert, weil er ausgerechnet in dieser Situation auf so etwas achtete, reichte er ihr die Pistole. »Hier! Da Sie noch kein Schulterhalfter haben, werden Sie sie in Ihre Beintasche stecken müssen. Ziehen Sie normale Kleidung darüber, dann können wir aufbrechen.«

Henriette beobachtete, wie sich Renks Gesicht mit einem Mal veränderte. Der mürrische Zug um seinen Mund schwand, die hellen Augen glänzten, und um die Mundwinkel lag ein Lächeln, als wäre das, was vor ihnen lag, ein fröhliches Spiel. Dennoch wirkte er hochkonzentriert. Sie hingegen war so nervös, dass es ihr kaum gelang, sich die Röhre ihrer Jeans über das linke Bein zu ziehen. Reiß dich zusammen, Mädchen, befahl sie sich. Du hast einen Mann neben dir, der in etlichen europäischen Ländern Orden erhalten hat. Renk weiß, was er tut. Er wird keine Fehler machen, und du darfst das auch nicht.

Seufzend schloss sie ihre Hose, doch statt sogleich aufzubrechen, öffnete sie zunächst die Mineralwasserflasche und trank sie in einem Zug leer.

»Wehe, wenn Sie unterwegs Pipi machen müssen«, drohte Renk und schulterte seine Reisetasche.

Bei diesen Worten musste Henriette kichern, und als sie auf die Tür zuging, diese vorsichtig öffnete und horchte, ob sie Frau Leclercs Schritte auf den knarrenden Dielen vernahm, spürte sie, dass seine Bemerkung ihre größte Unsicherheit vertrieben hatte.

ZWEI

Henriette und Torsten verließen das Haus, ohne Frau Leclerc zu begegnen und ihr erklären zu müssen, warum sie sich zu nächtlicher Stunde mit einer Reisetasche auf den Weg machten. Während sie in Richtung Villa gingen, hingen sie stumm ihren Gedanken nach. Henriette versuchte der Angst Herr zu werden, einen Fehler zu machen und damit die ganze Aktion zu gefährden. Torsten hingegen überlegte, wie er an einen Beweis für Sedersens Schuld gelangen konnte.

Schon kurz darauf mussten sie darauf achten, nicht in den Bereich der Suchscheinwerfer zu geraten, mit denen Sedersen den Gebäudekomplex und einen Teil des Flughafens ausleuchten ließ. Nach einem Zickzackkurs mit mehreren Zwischenspurts erreichten sie unbemerkt die Umfassungsmauer, die den Stützpunkt der Freischärler umgab. Torsten machte ein Zeichen, als wolle er neue Anweisungen geben. Da hörten sie jenseits der Mauer Schritte.

»Vorsicht!«, raunte er Henriette zu. »Unsere Freunde machen Rundgänge. Wir müssen herausfinden, in welchem Abstand sie wiederkommen.«

Da er kein Risiko eingehen durfte, bedeutete dies, notfalls stundenlang an dieser Stelle zu verharren. So weit kam es aber nicht, denn sie fanden rasch heraus, dass die Wachen ihre Rundgänge im Halbstundenrhythmus durchführten.

Kaum hatten die Freischärler zum zweiten Mal ihren Standort passiert, versetzte Torsten seiner Begleiterin einen aufmunternden Klaps.

»Auf geht's!« Rasch schlüpfte er aus T-Shirt und Jeans und stand im schwarzen Trikot vor ihr. Jetzt zog er die Kapuze über und schwärzte sich das Gesicht. Für ein paar Sekunden sah Henriette seine Augen im Widerschein des Flutlichts hell aufleuchten. Dann setzte er die Nachtsichtbrille auf und begann, ihre Ausrüstung auszupacken.

Erst jetzt wurde Henriette bewusst, dass sie noch immer wie erstarrt dastand. Nach einem tiefen Durchatmen entledigte auch sie sich ihrer Alltagskleidung, legte diese zusammen und reichte sie Torsten. Er verstaute sie mit seinen eigenen Sachen in der Reisetasche und versteckte diese unter einem Busch etwa zwanzig Meter von der Mauer entfernt. Als er zurückkehrte, reichte er seiner Begleiterin vier kleine Kissen, an denen Bänder mit Klettverschlüssen befestigt waren.

Obwohl Henriette im Pensionszimmer auf Torstens Rat hin die sich eigenartig anfühlenden Polster mehrmals angelegt und an der Wand getestet hatte, tat sie sich im Dunkeln schwer. Noch während sie mit dem ersten Teil kämpfte, hatte

Torsten zwei Kissen an den Knien und zwei an den Ellenbogen befestigt. Jetzt half er ihr, sie ebenfalls anzulegen, und heftete ihr den Beutel mit ihrer Ausrüstung mit Klettverschlüssen auf den Rücken.

Dann deutete er nach oben. »Wir klettern jetzt zusammen auf die Mauer und warten unterhalb der Kante, bis die Suchscheinwerfer in eine andere Richtung gewandert sind. Dann steigen wir über den Draht und klettern auf der anderen Seite hinunter. Verstanden?«

»Das war eine klare Anweisung, Herr Oberleutnant. Ich werde es schaffen.«

»Das sollten Sie auch. Ich kann Sie ja schlecht über den Zaun werfen.« Torsten grinste und verstaute seinen Ausrüstungsbeutel auf dem Rücken. »Also noch mal: Dort oben ist Stacheldraht, und der dürfte unter Strom stehen. Aber solange wir nicht mit blanker Haut daran kommen, stört uns das nicht. Unsere Anzüge und Handschuhe bestehen aus einer speziellen Mikrofaser, die uns gegen elektrische Schläge schützt und auch nicht so leicht zerreißt, falls wir hängen bleiben sollten. Also bewegen Sie sich nicht zu zaghaft.«

»Verstanden, Herr Oberleutnant!« Aus Angst, jemand könnte sie hören, wisperte Henriette nur.

Torsten klopfte ihr noch einmal auf die Schulter und zeigte dann auf die Kissen an den Knien. »Mit diesen Dingern können Sie sich an jeder Wand hochhangeln. Sie müssen sie nur richtig einsetzen. Was habe ich Ihnen vorhin erklärt?«

»Ich muss sie kräftig gegen die Wand drücken und sie langsam abrollend wieder lösen«, erklärte Henriette mit belegter Stimme. Auch wenn die Mauer nicht besonders hoch war, konnte sie nicht glauben, dass sie wie eine Fliege daran hochklettern sollte.

Torsten nickte. »Es ist ärgerlich, dass Sie nur kurz mit diesen Haftkissen geübt haben. Also konzentrieren Sie sich bei jeder Bewegung auf das, was ich Ihnen gesagt habe.«

Ausnahmsweise war Henriette mit ihm einer Meinung. Bislang war sie noch mit allen Problemen fertiggeworden, und das hatte sie auch jetzt vor. Sie sah zu, wie Torsten an die Mauer trat, das rechte Bein hob und das am Knie befestigte Kissen mit einer knappen, aber kraftvollen Bewegung dagegenpresste. Dasselbe machte er mit dem linken Ellbogen. Nun begann er zu klettern.

Er erinnerte Henriette weniger an ein Insekt als an eine Eidechse, die sich gemächlich an der glatten Wand hochhangelt. Mit einem flauen Gefühl im Magen folgte sie seinem Beispiel und presste das erste Kissen gegen die Mauer. Es hielt. Auch das zweite Kissen sog sich förmlich daran fest. Nun verstand sie auch, weshalb Renk diese unbequemen Kissen verwendete. Im Gegensatz zu Saugnäpfen brauchten sie keinen glatten Untergrund, sondern ließen sich auf unebenen Flächen verwenden.

Als Renk oben angelangt war, befand sie sich bereits auf halber Höhe. Sie wäre noch schneller vorwärtsgekommen, wenn sie die Haftkissen mit den Händen hätte bedienen können. Aber ihr Vorgesetzter hatte darauf bestanden, dass sie die Hände frei haben mussten, um jederzeit die Waffen ziehen zu können.

Während Henriettes Gedanken wie Schmetterlinge umherflogen, schloss sie zu Torsten auf. Er fasste sie an der Schulter und drückte sie ein wenig zurück.

»Vorsicht, der Scheinwerfer!«

Henriette kauerte sich an die Wand und sah den hellen Kegel des Scheinwerfers über sich hinwegstreichen. Kaum war es wieder dunkel, kletterte Torsten weiter. Sie sah, wie er sich mit zwei Fingern am Draht festhielt, ohne einen elektrischen Schlag zu bekommen, und tat es ihm gleich, obwohl ihr ein wenig mulmig zumute war. Doch als sie den Draht berührte, passierte nichts, und sie überwand das Hindernis schneller, als sie es sich hätte vorstellen können. Wie Renk löste sie das letzte Klebekissen von der Außenseite, stieg in der gleichen

Bewegung über die Stacheldrahtkrone und hing im nächsten Moment innen an der Mauer.

Der Abstieg dauerte nicht ganz so lange, weil sie sich ein Stück fallen lassen konnten. Als die Suchscheinwerfer das nächste Mal die Stelle ausleuchteten, an der sie hereingekommen waren, befanden sie sich bereits hundert Meter weiter im Schatten eines Kleinbusses und sahen sich um.

DREI

Henriette bewunderte, wie geschmeidig Renk sich durch das gefährliche Terrain bewegte, das kaum Deckung bot. Zudem schien er förmlich zu riechen, wann die unregelmäßig kreisenden Lichtsäulen in ihre Richtung schwenkten, und konnte sich jedes Mal rechtzeitig in Sicherheit bringen. Als es ihm einmal nicht gelang, presste er sich auf den Boden, der an dieser Stelle ebenso dunkel war wie sein Trikot. Obwohl sie selbst keine zwanzig Meter von ihm entfernt hinter einem Kleinwagen kauerte, konnte sie ihn kaum erkennen. Für einen Augenblick stellte sie sich die Wächter vor, die im Vertrauen auf ihre Sicherheitsmaßnahmen wahrscheinlich nur einen gelangweilten Blick auf ihre Monitore warfen und daher gar nichts wahrnahmen.

Nachdem der Kegel des Scheinwerfers weitergewandert war, sprang Torsten auf und rannte Richtung Villa. Kaum hatte er das Haus erreicht, drehte er sich kurz um und winkte Henriette, ihm zu folgen.

Obwohl sie eine Nachtsichtbrille trug, fiel es ihr schwer, ihn auszumachen, da sein Trikot die verräterische Wärmestrahlung zum größten Teil verbarg. Tief durchatmend blickte sie zu den Scheinwerfern hinüber, die jetzt auf eine der Hallen gerichtet waren, und rannte los, bereit, sich jeden Augenblick zu Boden zu werfen. Sie schaffte es jedoch bis zu Torstens Standort und wurde von diesem sofort in Deckung gezogen.

»Bevor wir in das Haus einsteigen, nehmen wir uns eine der großen Hallen vor.«

»Was glauben Sie, werden wir dort finden?«

»Sie wissen doch, was Wagner immer so gerne sagt: Wir werden vom Vaterland nicht fürs Glauben bezahlt, sondern fürs Wissen. Und dafür müssen wir in die Hütte da drüben hinein.« Er sah sich um, rannte weiter, bis er die größere Halle erreicht hatte, und verschmolz mit der Farbe der Mauer.

Bevor Henriette ihm folgen konnte, hörte sie Schritte und Stimmen. Sie presste sich noch enger an die Wand und blieb stocksteif stehen.

»... bin ich froh, wenn es endlich losgeht«, hörte sie jemanden auf Niederländisch sagen.

»Und ich erst! Langsam kotzt es mich an, hier herumzulungern. Ich komme vor Langeweile fast um«, antwortete ein Landsmann.

»Herumlungern würde ich das, was wir hier tun, nicht nennen. Entweder zwiebelt uns Eegendonk, dass uns das Wasser im Arsch kocht, oder wir schieben nachts Wache. Dabei wird es langsam Zeit, dem Gesindel draußen beizubringen, wer hier das Sagen hat. Aber unsere Bonzen haben einfach nicht den Mut dazu.«

»Der Deutsche hat ihn. Deswegen mögen Zwengel und seine Freunde den Mann nicht. Das sind alles Hosenpisser, sage ich dir. Aber Sedersen packt zu! Du hast doch beim Abendessen auch die Nachrichten gesehen. Dieser Verräter van Houdebrinck wird uns nicht mehr in die Quere kommen.«

»Du tust ja gerade so, als würdest du am liebsten einen Moffen als unseren Anführer sehen!«, rief der andere Freischärler empört aus und erntete von seinem Kumpan ein schallendes Lachen.

»Willst du auf Dauer Zwengels Leibwächter spielen, mit

dem einzigen Höhepunkt, gelegentlich mal einen Schwarzkopf vermöbeln zu können? Ich möchte höher hinaus, und das bedeutet derzeit, sich Sedersens Leuten anzuschließen. Das ist ein harter Haufen, sage ich dir! Die zucken nicht zurück, wenn es darum geht, jemanden umzulegen.«

»So wie die armen Hunde in Lauw? Bleib mir mit Sedersen und seinem Gesindel vom Leib. Das sind doch Killer und keine Patrioten!«

Die beiden Freischärler stritten noch, als sie außer Hörweite kamen. Henriette wartete noch einen Moment ab, dann rannte sie los. Erst unterwegs dachte sie wieder an die Scheinwerfer. Sie hatte jedoch Glück, denn sie konnte in dem Augenblick um die Ecke biegen, als einer der Lichtkegel die Stelle streifte, die sie eben passiert hatte.

Torsten erwartete sie bereits und hielt sie fest, damit sie nicht über eine auch mit dem Nachtsichtgerät nicht wahrnehmbare Kante stolperte. »Sie warten hier, bis ich einen Weg hineingefunden habe«, sagte er und rannte weiter. Als chinesischer Pizzabote verkleidet hatte er sich ein Bild von den Gegebenheiten verschaffen können und fand daher auf Anhieb eine Tür. Mit seiner kleinen Stablampe suchte er das Schlüsselloch und probierte einen ersten Dietrich aus. Er musste einen leichten Widerstand überwinden, dann gab das Schloss nach. Noch während er ins Innere schlüpfte, winkte er Henriette nachzukommen.

Kurz darauf standen sie in einer großen Halle, die vom Scheinwerferlicht, das durch Fenster unter dem Dach hereinfiel, in ein unruhiges Halbdunkel getaucht wurde. Auf den ersten Blick konnten sie ein paar Lkws und eine Reihe von Kleinbussen und Lieferwagen erkennen.

Als sie ein Stück hineinschritten, deutete Torsten auf einen wuchtigen Kranwagen am anderen Ende der Halle. »Der dürfte Wagner brennend interessieren!«

Er zog seine Kamera heraus und visierte das Fahrzeug an.

Das Objektiv war empfindlich genug für Aufnahmen im Halbdunkel, denn ein Blitz hätte sie verraten können.

Während Torsten den gesamten Wagenpark fotografierte, sah Henriette sich weiter um. Mit einem Mal stutzte sie, warf noch einen zweiten Blick in eine Ecke, in die nur hie und da ein wenig Licht fiel, und zupfte ihren Begleiter am Ärmel. »Stehen dort hinten nicht zwei Container?«

Torsten drehte sich um und sah die Kästen nun ebenfalls. »Tatsächlich! Gut aufgepasst, Leutnant. Bleiben Sie jetzt hier, und decken Sie notfalls meinen Rückzug. Ich will sehen, ob ich ein paar Fotos von den Containern machen kann.«

Ohne Henriettes Antwort abzuwarten, leuchtete Torsten mit dem dünnen Strahl seiner Stablampe den Weg in jene Ecke aus, um nicht über Kisten und Metallteile zu stolpern, die in diesem Teil der Halle herumlagen. Den dünnen Strahl konnte man von draußen nicht sehen, da die Suchscheinwerfer genügend Reflexe in der Halle erzeugten.

Einige Sekunden später hatte er die Container erreicht. Deren Türen standen offen, so dass er hineinsehen konnte. Zwar waren die Großbehälter teilweise entladen worden, aber es lagen noch genug Kisten darin herum, die ihm verrieten, dass sie jene Fracht enthalten hatten, die für Somaliland bestimmt gewesen war. Als mehrere Scheinwerfer gleichzeitig die Halle trafen, schoss er ein paar Fotos und kehrte dann zu Henriette zurück.

»Wäre Belgien ein normales Land, könnten wir jetzt verschwinden, Wagner informieren und gemütlich zusehen, wie die Kerle hier eingebuchtet werden. Da wir aber nicht wissen, wer hier noch Freund ist und wer mit den Freischärlern sympathisiert, müssen wir auf eigene Faust handeln.«

»Was haben Sie vor?«, fragte Henriette.

Torsten wies in Richtung der Villa. »Ich will mich im Wohnhaus umsehen. Bleiben Sie inzwischen hier!«

»Und wer deckt Ihren Rückzug, wenn die Kerle Sie entdecken?«

»Das ist ein Argument. Kommen Sie!« Torsten öffnete die Tür einen Spalt und spähte hinaus. In dem Augenblick, in dem draußen Dunkelheit herrschte, verließ er die Halle und eilte weiter.

Henriette rannte hinter ihm her. Die Kletterkissen an Knien und Armen behinderten sie, doch sie hatten nicht gewagt, die Dinger abzunehmen und in einem Versteck zurückzulassen. Behielten sie sie an, waren sie jederzeit in der Lage, über die nächste Mauer zu klettern.

VIER

Das Gelände um die Villa wurde weitaus häufiger ausgeleuchtet als der Rest des Geländes. Daher hielt Henriette es für fast unmöglich, unbemerkt an das Gebäude heranzukommen, rief sich aber sogleich selbst zur Ordnung. Laut Torsten existierte das Wort »unmöglich« nicht. Er lief ohne zu zögern an der Halle entlang zu einer Stelle, an der man ihn von den Wachcontainern aus nicht bemerken konnte, und überquerte die freie Fläche in Richtung Villa in dem Moment, in dem die Scheinwerfer darüber hinweggestrichen waren. An der Rückseite des Hauses verbarg er sich im Schatten einiger Büsche, bis die Wächter auf ihrem Rundgang vorbeigekommen waren. Dann kletterte er flink wie ein Affe zum ersten Stock hoch, in dem zumindest auf dieser Seite kein Licht brannte.

Als Henriette, die ihm weitaus langsamer gefolgt war, ihn erreichte, hatte er bereits mit einem Glasschneider ein Stück aus einer Fensterscheibe geschnitten. Vorsichtig griff er durch das Loch, tastete nach dem Griff des Fensters und öffnete es. Noch während die beiden Flügel auseinanderklappten, schwang er sich ins Innere und lauschte angestrengt. Nach einer Weile schaltete er für einen Moment seine Stablampe ein. Das Zimmer war bis auf ein paar in der Ecke aufgestapelte Kartons leer.

Mit einem Gefühl der Erleichterung drehte er sich um, half Henriette hinein und schloss das Fenster. Dann schlich er lautlos zur Tür. Als er diese einen Spalt weit öffnete, vernahm er Stimmen. Im Korridor brannte kein Licht. Daher zog er seine Sphinx AT2000 und trat vorsichtig hinaus.

Auf dieser Etage war alles still, doch weiter oben unterhielten sich einige Männer in einem Mischmasch aus Niederländisch und Deutsch. Gerade berichtete jemand von der Aktion in Suhl, die in seinen Augen weitaus erfolgreicher gewesen war als die Schlägereien mit der Polizei, die sich die Aktivisten der Vlaams Fuist in verschiedenen Orten um Brüssel herum geliefert hatten.

Ein Flame protestierte energisch. »Ihr Deutschen müsst erst einmal fünf- bis achttausend Leute auf die Beine bringen, um mit uns mithalten zu können. Wir können jederzeit und an jedem Ort in Belgien zuschlagen.«

»Auch in der Wallonie?«, fragte der Deutsche lauernd.

»Selbstverständlich! Und dabei verstecken wir uns auch nicht hinter französischen Floskeln und Autos mit wallonischen Aufschriften!«

»In jedem Krieg gibt es Geheimoperationen, und für die braucht man richtige Kerle. Ihr seid doch gerade für eine Schlägerei auf der Straße gut.«

Eine Berührung am Ärmel brachte Torsten darauf, dass er nicht in die Villa eingestiegen war, um sich die Prahlereien dieser Banditen anzuhören. Er schloss kurz die Augen und versuchte sich den Plan des Gebäudes ins Gedächtnis zu rufen, den Petra in einem alten, im Internet ausfindig gemachten Immobilienangebot entdeckt hatte.

»Worauf warten wir noch?«, fragte Henriette leise.

Torsten erinnerte sich, dass Sedersen am Tag zuvor aus dem

obersten Stockwerk gekommen war. Dort lagen wahrscheinlich seine Privaträume. »Folgen Sie mir in einem Abstand von etwa zehn Metern. Aber seien Sie dabei so leise wie eine Maus«, flüsterte er Henriette ins Ohr und lief auf die Treppe zu. Diese lag jedoch voll im Sichtbereich des hell erleuchteten Flurs der unteren Etage. Petras Plan hatte Torsten entnommen, dass es in dem Gebäude einen Aufzug gab, und er machte sich auf die Suche danach. Er entdeckte ihn am anderen Ende des Flurs und drückte kurz entschlossen auf den Knopf.

»Was machen Sie denn da?«, fragte Henriette verwirrt.

»Psst!« Torsten legte sich den Zeigefinger auf die Lippen und zog die Pistole.

Als er die Tür des Aufzugs öffnete, war die Kabine leer. Mit einem schnellen Schritt trat er in den Aufzug, zog Henriette mit sich und drückte noch in der Bewegung auf den obersten Knopf. Zu Henriettes Erleichterung war der Aufzug weitaus jünger als das Gebäude und lief fast lautlos.

Auf dieser Etage brannte ebenfalls kein Licht. Torsten drückte die Tür auf und lief ein paar Schritte den Flur entlang, während Henriette beim Aufzug wartete und den Knauf ihrer Pistole vor Aufregung mit beiden Händen umklammerte.

Im bleistiftdünnen Strahl seiner Lampe konnte Torsten mehrere Türen ausmachen, und als er eine davon öffnete, sah er im Licht der wandernden Scheinwerfer die Umrisse etlicher Kisten mit den Aufschriften deutscher und französischer Waffenhersteller.

Er schloss die Tür wieder und spähte in zwei weitere Zimmer. Sie glichen dem ersten wie ein Spiegelbild. Mit einem kurzen Aufblitzen seiner Stablampe bedeutete er Henriette, zu ihm aufzuschließen. »Das ist nicht gerade die Umgebung, in der Sedersen hausen wird. Schätze, er ist ein Stockwerk weiter unten zu finden«, erklärte er ihr.

»Was wollen Sie mit Sedersen machen, ihn etwa entführen?«

Torsten schüttelte den Kopf. »Ich bin eigentlich nur wegen des SG21 hier. Falls Sie es vergessen haben sollten: Es ist unser Job, dieses Gewehr in unsere Hände zu bekommen, ebenso alle Pläne, die Sedersen davon besitzt.«

Torsten stieg die Treppe hinunter, während Henriette bis zehn zählte und ihm dann mit zusammengebissenen Zähnen folgte.

FÜNF

Mitten auf der Treppe blieb Torsten stehen und wartete, bis Henriette zu ihm aufgeschlossen hatte. »Da ist etwas«, flüsterte er. Im selben Augenblick schaltete jemand das Flurlicht an. Eine Tür ging auf, und sie sahen durch die Holzstangen des Treppengeländers einen Mann aus einem Zimmer treten.

Es war Sedersen. Zum Glück blickte er nicht in ihre Richtung, sondern stieg die Treppe hinab. Kurz darauf hörten sie, wie er mit einigen Männern im Aufenthaltsraum sprach, doch seine Worte gingen im allgemeinen Geräuschpegel unter.

Torsten befahl Henriette mit einer knappen Handbewegung, auf der Treppe zu warten, und eilte zu der Tür, aus der Sedersen gekommen war. Diese hatte außen nur einen Knauf und musste mit einem Schlüssel geöffnet werden, aber das stellte nur ein geringes Hindernis für ihn dar. Doch gerade als er einen biegsamen Spachtel aus seinem Beutel holte, sah er im Zwielicht einen Schatten neben sich auftauchen. Er riss die Waffe hoch, um zuzuschlagen, erkannte aber im letzten Moment Henriette.

»Machen Sie das nie wieder, Leutnant! Es gibt Leute, die haben einen nervöseren Zeigefinger als ich«, wies er sie leise, aber schneidend zurecht.

»Es tut mir leid, ich …« Henriette brach ab und sah ihn mit schuldbewusster Miene an.

»Jetzt fangen Sie nicht gleich an zu heulen!«

»Nein, tu ich sicher nicht.« Ihrer Behauptung zum Trotz wischte Henriette sich mit dem Handrücken über die Augen.

Torsten kümmerte sich nicht weiter um sie, sondern öffnete die Tür und spähte hinein. Drinnen war es stockdunkel, da Sedersen die Fensterläden geschlossen hatte.

»Kommen Sie!« Torsten zog Henriette mit sich. Kaum hatte er die Tür hinter ihnen geschlossen, hörte er, wie eine andere Tür geöffnet wurde und jemand den Flur entlangkam.

Die Person blieb vor Sedersens Zimmer stehen und klopfte fordernd.

Henriette blieb stocksteif stehen und presste eine Hand auf den Mund. Torsten schlich hinter die Tür und hob die Pistole, um zuschlagen zu können, sowie der andere hereinkam.

Da hörten sie Sedersen von unten rufen. »Rechmann? Kommen Sie herunter!«

Sofort entfernten sich die Schritte, und Henriette stieß die angehaltene Luft aus. »Das war knapp!«

»Wie es aussieht, schlafen unsere Freunde nicht, sondern erörtern, welchen ihrer üblen Pläne sie als Nächstes in die Tat umsetzen können.« Torsten ließ den Strahl seiner Taschenlampe durch den Raum wandern.

Die Einrichtung bestand aus einem großen Tisch, mehreren Stühlen und einem altmodischen Schreibtisch mit Rolltüren, die beim Öffnen nach unten glitten. Hinter dem als Büro dienenden Raum lag ein weiteres Zimmer mit einem schmalen Bett und einem mehrtürigen Kleiderschrank. Von da aus ging es in ein Bad, in das die Toilette von Frau Leclercs Pension gut und gern zehnmal hineingepasst hätte.

Nach einem kurzen Rundblick interessierte sich Torsten für den Inhalt des Schreibtischs. Die altmodischen Schlösser stellten seinem Dietrich keinen ernsthaften Widerstand entgegen, und er konnte die Rolltür geräuschlos hinabfahren. Als er die dahinterliegenden Schubfächer herauszog und vorsichtig durchsuchte, pfiff er leise durch die Zähne. »Sehen Sie hier, Leutnant. Das müssen die kopierten Pläne für das SG21 sein. Jetzt fehlt uns nur noch die Knarre selbst.« Er steckte die Pläne in seinen Beutel und suchte anschließend einen Geheimschrank oder einen Safe, der groß genug war, die Waffe aufzunehmen. Doch weder in Sedersens Büroraum noch im Schlafzimmer war etwas in der Art zu finden. Zuletzt wandte Torsten sich Sedersens Nachtkästchen zu. Zwar benötigte er erneut sein spezielles Werkzeug, um es zu öffnen, doch dann hielt er einen Schlüssel mit einem komplizierten Bart in der Hand.

Er zeigte ihn Henriette, bevor er ihn einsteckte. »Der muss zu einem Safe gehören. Jetzt müssen wir nur noch herausfinden, wo das Ding steckt.«

»Nach dem Schlüssel und der Länge des Gewehrs zu urteilen, muss es sich um einen ziemlich großen Panzerschrank handeln. Wenn man die Statik dieses alten Baus in Betracht zieht, würde ich glatt behaupten, das Ding steht im Keller«, antwortete sie nachdenklich.

»Damit dürften Sie recht haben. Wir machen es wieder wie gehabt. Ich gehe voraus, und Sie folgen mir.«

Henriette trat zur Seite, damit er Sedersens Räume als Erster verlassen konnte.

SECHS

Sedersen musterte seine Männer und nickte zufrieden. Jeder von ihnen war ein Garant für seinen Erfolg. Einige, vor allem Rechmann, zählten sogar doppelt und dreifach. Aber für seine Pläne waren drei weitere Personen mindestens ebenso wichtig, nämlich Giselle Vanderburg und die beiden Anführer der rechtsnationalen Gruppierungen in Flandern und dem Süden der Niederlande. Über diese wollte er ebenfalls mit seinen Anhängern sprechen.

»Piet Eegendonk ist gestern nach Limburg und Nord-Brabant gefahren, um weitere Kämpfer für unsere Sache zu rekrutieren. Daher werden wir diesen Stützpunkt zu einer Kaserne ausbauen und die Männer hier ausbilden. Außerdem will ich, dass Rechmann und Dunker Freiwillige bei ihren Gesinnungsfreunden in Deutschland anwerben und aus ihnen eine Leibgarde für mich bilden.«

»Wir werden Ihre Leibstandarte sein, mein Führer!«, rief Dunker, der bereits einige Flaschen Bier geköpft hatte.

Sedersen warf ihm einen tadelnden Blick zu. »Ich sagte Leibgarde, Dunker! Anklänge an den Nationalsozialismus wird es bei uns nicht geben. Hier in Flandern haben die Menschen nicht vergessen, dass ihre Heimat mehrere Jahre lang von der deutschen Wehrmacht besetzt gehalten wurde.«

Lutz Dunker zog den Kopf ein und schmollte. Er und seine Kumpane hatten sich jahrelang Machtphantasien hingegeben, und es fiel ihm schwer, diesen Rüffel hinzunehmen.

Sedersen schenkte der enttäuschten Miene des Mannes keine Beachtung. »Wie Gewährsmänner mir berichtet haben, konnten wir unsere Spuren in Deutschland restlos verwischen. Also ist es für euch alle möglich, hier in Flandern ein neues Leben zu beginnen. Dafür aber müsst ihr weitaus unauffälliger auftreten als bisher. Um die Macht in diesem Land zu übernehmen, brauchen wir die Hilfe der hiesigen Patrioten. Eegendonk und Zwengel werden dafür sorgen, dass wir diese erhalten, denn die beiden sind inzwischen ganz auf unsere Unterstützung angewiesen. Die Ansprache des belgischen Königs hat etliche Flamen dazu gebracht, auf Abstand zu den Nationalisten zu gehen.«

Ein hinterhältiges Lächeln stand auf Sedersens Lippen. Im

Grunde störten ihn weder die Aktionen Alberts II. noch die des verblichenen van Houdebrinck. Für die Männer und Frauen, die in der flämischen Wirtschaft das Sagen hatten, war er einer der Ihren. Keiner dieser Leute hielt ihn für einen Fanatiker vom Schlage Zwengels, und es brachte ihn auch niemand mit dem Überfall auf den Güterzug oder gar den Morden von Lauw in Verbindung. Bei Zwengel sah das anders aus. Der hatte in der Vergangenheit ein paarmal zu oft Drohungen gegen Wallonen und politische Gegner ausgestoßen, und die fielen nun auf ihn zurück. Damit war der Führer der Rechtsradikalen kein Konkurrent mehr um die Macht in Flandern.

Zufrieden mit der Entwicklung befahl Sedersen Jef van der Bovenkant, ihm einen Cognac einzuschenken. Er nahm das Glas entgegen, sog den Duft ein und trank einen Schluck. Als er den Schwenker auf den Tisch zurückstellte, blitzten seine Augen triumphierend auf. »Wir sind schon sehr weit gekommen, Männer. Aber wenn wir siegen wollen, müssen wir weiterhin entschlossen handeln. Aus diesem Grund will ich auch noch das letzte Glied zerschlagen, das dieses verdammte Belgien zusammenhält, und das ist die Königsfamilie. Rechmann, ich will bis morgen Ihre Vorschläge hören, wie wir Albert II. und seine Sippschaft ausschalten können, ohne dass der Verdacht auf uns fällt.«

»Mach ich, Chef!« Anders als Dunker hatte Rechmann den ideologischen Verirrungen früherer Tage inzwischen Adieu gesagt. Zwar empfand er ein gewisses Bedauern darüber, auf alte Symbole und Gewohnheiten verzichten zu müssen, doch der Lohn dafür waren Macht und Ansehen, die er auf anderem Wege niemals erhalten würde.

Sedersen wusste, dass er sich auf Rechmann hundertprozentig verlassen konnte. Der Mann war seine rechte Hand geworden und würde auch in Zukunft dafür sorgen, dass ihm niemand gefährlich wurde. Zwengel und Eegendonk aber mussten ausgeschaltet werden, sowie sie ihre Schuldigkeit getan hatten. Wenn die beiden für immer von der Bildfläche verschwanden, würden selbst stramm rechte flämische Patrioten aufatmen. Auch Lutz Dunker würde noch hart an sich arbeiten müssen, wenn er sich nicht entbehrlich machen wollte.

»Wir trinken jetzt noch einen Schluck auf unseren Sieg, und zwar alle bis auf Dunker. Der hat heute schon mehr als genug gehabt und sollte sich in Zukunft stark zurückhalten.«

Dunker sah so aus, als würde er sich am liebsten in einem Mauseloch verkriechen, und einige seiner Untergebenen genierten sich sichtlich, die Getränke entgegenzunehmen, die Jef van der Bovenkant austeilte. Doch Rechmanns mahnendes Hüsteln brachte auch den Letzten dazu, sein Glas zu erheben und es auf Sedersens Erfolg zu leeren.

Dieser trank den Männern zu und blickte anschließend auf seine Armbanduhr. »Es ist spät geworden. Wir sollten zu Bett gehen. Jasten, Sie kontrollierten noch einmal die Wachen. Dunker ist nicht mehr nüchtern genug dafür.«

»Wissen Sie, was Sie mich können?«, fuhr der Betrunkene auf. Da packte Rechmann ihn und schob ihn zur Treppe.

»Marsch ins Bettchen! Ab morgen trinkst du weniger, sonst kriegst du es mit mir zu tun!«

SIEBEN

Während Dunker sich mühsam die Treppe hinunterhangelte, um zu dem Zimmer zu gelangen, das er mit einigen seiner Kumpane teilte, schimpfte er leise vor sich hin. »Ich soll weniger trinken? Pah! Ein Kerl wie ich verträgt noch etliches mehr. Ich soll keine Aussprüche und Symbole aus der NS-Zeit von mir geben oder zeigen? Wenn ich erst einmal ganz oben bin, hat mir keiner mehr was zu befehlen, auch Sedersen nicht. Der ist ja nicht einmal ein richtiger Kamerad, sondern nur eine Geldsau, die glaubt, mit einem Hunderteuroschein alles kaufen zu können. Auch wenn der Kerl unsere Bewegung verrät – ich tue es nicht!« Er brabbelte noch eine Weile vor sich hin und blieb kurz vor seiner Zimmertür stocksteif stehen.

Sedersen hatte schon bei ihrer Ankunft in Belgien aus Rücksicht auf die Flamen und Niederländer ihrer Truppe verboten, Naziuniformen oder auch nur Hakenkreuzbinden zu tragen, was Dunker schon damals sauer aufgestoßen war. Nun beschloss er, es diesem hochnäsigen Frack zu zeigen. Mit einem wütenden Fauchen kehrte er um und lief die Treppe hoch zu dem Raum, in dem er und seine Kumpane auf Rechmanns Anweisung hin alle NS-Devotionalien hatten abstellen müssen.

Er öffnete die Tür, stürzte auf die Kartons zu und riss einen von ihnen auf. Als Erstes leuchtete ihm das Rot einer Hakenkreuzfahne entgegen. Er nahm sie in die Hand, entfaltete sie und strich mit seliger Miene über den Stoff. Da blähte sich das Tuch in seiner Hand wie unter einem Luftzug. Gleichzeitig spürte er Kälte von außen eindringen.

Unwillkürlich blickte er zum Fenster. Auf den ersten Blick bemerkte er nichts und wollte sich schon wieder abwenden. Da entdeckte er in der Scheibe ein gut handtellergroßes Loch, gerade groß genug, dass jemand den Arm hindurchstecken konnte.

So schnell war Dunker noch nie nüchtern geworden. Er stopfte die Fahne zurück in den Karton, stürmte aus dem Zimmer und brüllte mit voller Lautstärke: »Alarm!«

»Was ist los?«, hörte er Rechmann rufen, und einen Augenblick später stürmte der Hüne heran. »Wenn das ein Spaß gewesen sein sollte, breche ich dir sämtliche Knochen!«

Statt einer Antwort deutete Dunker auf das Loch in der Scheibe. Rechmann trat näher, untersuchte die glatte Schnittfläche und begann zu fluchen. »Scheiße! Da ist jemand eingestiegen. Schlafen denn die Wachtposten?«

Er zog sein Handy hervor und drückte ein paar Tasten. »Alarm! Wir haben einen unerwünschten Besucher hier«, rief er, kaum dass sich der Angerufene gemeldet hatte.

»Gut gemacht«, rief er danach Dunker zu und eilte nach draußen, um den Rest der Mannschaft zu alarmieren.

ACHT

Gerade als Henriette und Torsten den Keller gefunden hatten, in dem ein großer Safe so geschickt eingemauert war, dass man ihn nur bei genauerem Hinsehen erkennen konnte, erschollen Alarmrufe im gesamten Gebäude. Daraufhin wurden Befehle gebrüllt, und sie hörten, wie Leute eilig die Treppen hinabliefen.

»Das klingt gar nicht gut!«, sagte Torsten zwischen zusammengebissenen Zähnen.

Henriette spürte, wie ihre Handflächen feucht wurden, so dass sie die Pistole nicht mehr richtig festhalten konnte. Rasch klemmte sie sich die Waffe unter die Achsel und rieb sich die Hände an ihrer Hose trocken. »Was machen wir jetzt?«

»Wir schauen zu, dass wir an das SG21 kommen, und verschwinden dann durch das Schachtfenster. Öffnen Sie es schon mal!«

Torsten eilte zur Rückwand und steckte den Safeschlüssel ins Schloss. Als er ihn drehte, ging jedoch nur eine dünne Metalltür auf und gab die gepanzerte Front des eigentlichen Safes mit einem Zahlenschloss frei. Um die Kombination herauszufinden, hätte er absolute Stille gebraucht, doch bei dem Lärm, den Sedersens Männer machten, brauchte er es gar nicht erst zu versuchen. Mit einer resignierenden Geste schob er die Klappe zu und zog den Schlüssel ab, damit man zumindest nicht auf den ersten Blick erkennen konnte, dass sie an den Inhalt des Safes hatten gelangen wollen. Er steckte den Schlüssel ein und trat zu Henriette, die mit dem Gitter kämpfte, welches vor dem Schachtfenster angebracht war.

»Ohne Werkzeug kommen wir hier nicht durch!«, sagte sie nervös.

»Lassen Sie mich sehen!« Torsten schob sie hinter sich, damit er in der Enge genug Platz hatte, und streckte die Hand aus, um das Gitter zu untersuchen. Da vernahm er draußen ein metallisches Knacken und trat sofort zurück. Im nächsten Augenblick feuerte jemand eine Salve aus einer MP in den Fensterschacht. Ein paar Kugeln prallten ab und schwirrten als Querschläger durch den Raum.

»Den Fluchtweg können wir vergessen«, stieß er aus.

»Das war's dann wohl! Über den Flur kommen wir auch nicht mehr raus.« Henriette war zur Tür getreten und öffnete sie vorsichtig. Sofort schlug eine Salve aus mindestens einem halben Dutzend Feuerwaffen in die Tür ein. Zum Glück bestand das Türblatt aus Metall und fing die Geschosse auf.

Sie entdeckte einen dünnen, innen angebrachten Riegel und schob ihn vor. Dann drehte sie sich zu Torsten um. »Gibt es einen Plan B?«

Er wies auf den Fensterschacht. »Das war mein Plan B.« Mit einem zischenden Laut nahm er den Beutel von seinem Rücken ab, öffnete ihn und holte eine MP5 heraus.

»Wir haben nur die eine Maschinenpistole, und es gibt hier auch keine Deckung. Am besten legen Sie sich flach auf den Boden, während ich mit unseren Freunden Agent und Terrorist spiele.« Er lud die Waffe durch und sah noch einmal bedauernd zum Schachtfenster. »Schade, dass wir keine Handgranaten dabeihaben. Damit hätten wir das Gitter heraussprengen und den Kerlen da draußen die Hölle heißmachen können!«

Henriette musterte ihn ungläubig. »Und Sie meinen wirklich, wir kämen weit? Dafür laufen hier zu viele Bewaffnete herum.«

»Da haben Sie auch wieder recht. Verdammt, wir sitzen wie die Ratten in der Falle, und die Banditen wissen das.«

»Kommt hierher! Der Kerl ist da drinnen«, hörten sie jemanden draußen schreien. Gleichzeitig wurde die Tür erneut unter Feuer genommen.

»Das Türblatt ist ziemlich dick. Vielleicht kommen die Kerle da nicht durch«, rief Henriette Torsten durch den Lärm der Schüsse zu.

Dieser warf einen Blick auf den Riegel, der sich unter den Einschlägen bog. »Könnten wir die Tür richtig zusperren, hätten wir vielleicht eine Chance. Ich schätze, die Burschen werden sie bald auframmen, und dann geht es uns an den Kragen. Ob sie es wohl zuerst mit Gasgranaten probieren oder gleich mit Handgranaten?«

»Mir wäre eine Handgranate lieber. Wenn wir schnell genug sind, könnten wir sie packen und damit das Fenstergitter absprengen!« Henriettes Grinsen wirkte wie ein Zähnefletschen.

In dem Moment versetzte Torsten ihr einen Stoß, der sie in eine Ecke trieb, und hechtete hinter ihr her. Henriette sah noch, wie der Riegel wegflog und die Stahltür aufschwang. Dann ratterten Maschinenpistolen los und überschütteten den Kellerraum mit einem Kugelhagel.

Torsten duckte sich noch tiefer, als Querschläger durch den Raum flogen. »Wir müssen Wagner Bescheid sagen!«

In dem Höllenlärm, der hier herrschte, verstand er sich selbst nicht mehr. Er zog sein Handy, sah aber sofort, dass er keine Verbindung zum Netz bekam.

Wütend drückte er Henriette die MP in die Hand. »Wenn einer der Kerle seine Nase hereinsteckt, schießen Sie!« Während seine Begleiterin noch nickte, kroch er bis zum Fensterschacht und streckte das Mobiltelefon aus dem Fenster.

Hoffentlich komme ich jetzt ins Netz, dachte er. Anhand der Geräusche würde Wagner sofort wissen, dass hier der Teufel los war.

Kaum war ihm dieser Gedanke durch den Kopf geschossen, entdeckte einer der Kerle vor dem Fenster seinen Versuch, Kontakt aufzunehmen, und feuerte. Rasend schnell zog Torsten die Finger zurück, spürte aber dennoch einen harten Schlag gegen die Hand. Der Handschuh war zerrissen, und sein Mobiltelefon bestand nur noch aus Trümmern. Obwohl auch ein paar Tropfen Blut zu sehen waren, schien die Hand nicht sehr verletzt.

»Geben Sie mir Ihr Handy. Ich versuche es noch einmal«, rief er, als die Kerle draußen eine kurze Pause einlegten.

Henriette warf ihm das Ding zu, und diesmal gelang es ihm, Verbindung zum Netz zu bekommen. Für mehr als einen kurzen Notruf blieb ihm jedoch keine Zeit, denn vor dem Kellerraum klang eine harsche Stimme auf.

»Wir wissen, dass du da drin bist! Komm mit erhobenen Händen heraus, sonst bist du dran.«

»Sie wissen anscheinend nicht, dass wir zu zweit sind!« Torsten sah sich unwillkürlich um, ob Henriette sich nicht doch verstecken konnte. Doch es gab nur vier kahle Wände.

»Wir sind am Ende!« Torstens Wut auf sich selbst wuchs, weil er Henriette mitgenommen und damit in Gefahr gebracht hatte.

»Wollen Sie sich etwa ergeben?« Henriette war anzusehen, wie wenig ihr diese Wendung der Dinge passte.

»Wollen Sie sich zusammenschießen lassen? Solange wir leben, gibt es immer noch Aussicht zu entkommen! Vorher müssen wir aber noch etwas erledigen.«

Er kniete nieder, zog die Pläne, die er in Sedersens Zimmer gefunden hatte, aus dem Beutel und zündete sie mit seinem Feuerzeug an. Während die Blätter verbrannten, nickte er Henriette zu. »So, jetzt können wir denen sagen, dass wir aufgeben.«

In dem Moment begannen ihre Belagerer wieder zu schießen. Torsten drückte Henriette zu Boden und versuchte, sie mit seinem Körper vor herumfliegenden Querschlägern zu decken.

»Aufhören!«, schrie er, so laut er konnte. »Wir geben auf!«

Obwohl er es mehrmals wiederholte, stellten die Freischärler das Feuer erst ein, als ein Teil von ihnen die Magazine leergeschossen hatte. Dann hörten sie erneut jemanden rufen. »Werft eure Waffen heraus! Danach kommt ihr mit erhobenen Händen hinterher. Aber dalli! Eine weitere Chance bekommt ihr nicht!«

NEUN

Passt auf! Wir haben es mit mehreren zu tun. Schießt aber nur, wenn ich es sage«, flüsterte Igor Rechmann seinen Leuten zu und starrte angespannt auf die offene Tür. Wer mochten die Kerle sein, und wer konnte sie geschickt haben? Er sah, wie die erste Waffe aus dem Kellerraum geworfen wurde. Es handelte sich um eine Pistole. Als er sie aufhob, stellte er fest, dass das Magazin noch voll war. Mit einer gewissen Verachtung für den Feigling, der sich nicht getraut hatte zu schießen, reichte er die Waffe an Dunker weiter.

Die zweite Pistole folgte, und diesmal pfiff er durch die Zähne. Das war ein wertvolles Stück, eine Sonderanfertigung der Sphinx AT2000. Diese Handfeuerwaffe, das hatte er während seiner Bundeswehrzeit erfahren, gab es nicht einfach im Laden zu kaufen. Dem Besitzer musste es höllisch wehtun, das Ding zu verlieren.

Bei der dritten Waffe handelte es sich um eine MP5, die aufgrund ihrer geringen Ausmaße gerne von Angehörigen der Spezialtruppen verwendet wurde. Rechmanns Anspannung stieg, und er bedeutete seinen Männern mit einer Geste, auf der Hut zu sein. Links von ihm nahmen nun Eegendonks Niederländer Aufstellung, die bisher die oberen Teile des Gebäudes durchkämmt hatten.

»Habt ihr noch jemanden entdeckt?«, fragte er.

Maart, der in Breda mit Henriette aneinandergeraten war und hier in Balen als Eegendonks Stellvertreter fungierte, schüttelte den Kopf. »Nein, niemand! Inzwischen ist der ganze Trupp auf den Beinen. Hier kommt keine Maus ungeschoren davon.«

»Hoffentlich!« Rechmann schwieg, denn eben kam der erste Eindringling aus dem Saferaum und hielt die Hände wie befohlen oben. Ihm folgte eine zweite, um einiges kleinere Gestalt. Die Kleidung der beiden gab keinen Hinweis auf ihre Herkunft, denn sie trugen eng anliegende, schwarze Trikots mit Kapuzen und hatten sich die Gesichter geschwärzt.

Trotzdem war Rechmann sicher, dass es sich bei dem kleineren Gefangenen um eine Frau handelte. Das, sagte er sich, ließ sich beim Verhör ausnützen. Jetzt trat er erst einmal auf den groß gewachsenen Mann zu und hielt ihm die erbeutete Sphinx unter die Nase.

»Wer seid ihr, und woher kommt ihr? Rede, sonst blase ich dir das Gehirn aus dem Kopf!«

»Dafür solltest du aber vorher die Waffe entsichern«, antwortete Torsten weitaus gelassener, als er sich fühlte.

Ein paar Männer im Hintergrund lachten. Wütend fuhr Rechmann herum und richtete die Pistole auf sie. »Wenn ihr nicht sofort das Maul haltet, lernt ihr mich kennen!«

Obwohl sein Babygesicht dabei fröhlich strahlte, zogen die Männer die Köpfe ein. Sie wussten, dass Rechmann am gefährlichsten war, wenn er völlig harmlos aussah.

Nachdem er die Kerle eingeschüchtert hatte, wandte Rechmann sich wieder Torsten zu. »Du hast meine Frage noch nicht beantwortet. Wer seid ihr?«

Er erhielt keine Antwort. Torsten wusste zwar, dass man ihn schon bald härter anfassen würde, aber er wollte erst einmal

Zeit gewinnen. Wenn Wagner seinen Notruf erhalten hatte, würde er alles daransetzen, sie hier herauszuhauen.

»Meine Hand ist verletzt und tut saumäßig weh«, behauptete er deshalb, um den anderen abzulenken.

Rechmanns Blick wanderte kurz zu dem zerfetzten Handschuh seines Gefangenen, und er zuckte dann mit den Achseln. »Ist nicht mein Bier oder, besser gesagt, nicht meine Hand!«

»Das nicht, aber ich wäre Ihnen trotzdem dankbar, wenn mich jemand verbinden könnte.«

»Sag erst, wer du bist«, fuhr Rechmann Torsten an.

»Würdest du mir glauben, wenn ich dir sage, dass ich Zwerg Nase bin?«

»Ich bin gespannt, wie lange du glaubst, hier den harten Kerl mimen zu müssen. Wir bringen dich schon zum Reden. Und wenn nicht dich, dann die da.« Rechmann trat mit einem schnellen Schritt auf Henriette zu und riss ihr mit der Rechten den Brustteil ihres Trikots auf. Als die bis jetzt eingeklemmten Brüste freilagen, machten einige der Männer Stielaugen.

Maart drehte sich zu seinen niederländischen Kameraden um. »Glaubt ihr dasselbe wie ich, Kumpels?«, fragte er.

»Was meinst du damit?«, wollte Rechmann wissen.

Der Niederländer trat einen Schritt auf Torsten und Henriette zu. »Die haben zwar die Gesichter geschwärzt, aber ich erkenne die Stimme des Kerls. Das sind die beiden, die uns in Breda den ganzen Scheiß eingebrockt haben!«

»Die beiden deutschen Offiziere?« Im ersten Moment erschrak Rechmann und verfluchte die Tatsache, dass Eegendonk seine Garde ausgerechnet hierher gebracht hatte.

»Ja, das sind sie. Der lange Kerl und die Molukkerin.«

»Wenn schon, dann Philippinin. Die Molukken gehören zu Indonesien, und mit denen habe ich nichts zu tun«, rückte Henriette die Tatsachen zurecht.

»Das ist doch mir egal! Jeder von euch ist ein dreckiger Molukker!« Maart packte sie am Hals und grinste dreckig.

»Du hast mir in Breda in die Eier getreten. Das vergesse ich dir nicht. Ich werde …«

»… sie erst einmal loslassen und dann das Maul halten«, unterbrach Rechmann ihn.

Er stieß den Niederländer zurück, gab sich dann aber versöhnlich. »Du und deine Freunde könnt später euren Spaß mit ihr haben, es sei denn, sie reden so, dass der Chef zufrieden ist.«

Das war sein Auftakt, die Gefangenen weichzukochen. Sollten sie weiterhin Austern spielen wollen, kannte er noch etliche Methoden, die beiden kleinzukriegen.

ZEHN

Beim ersten Alarmruf hatte Sedersen sich voller Panik in seine Zimmerflucht zurückgezogen und hinter sich zugesperrt. Erst nach einer Weile fiel ihm sein Wundergewehr ein, und er starb beinahe bei dem Gedanken, diese Kommandoaktion könnte der Beschaffung dieser Waffe dienen. Daher war er überaus erleichtert, als er hörte, dass die Eindringlinge gefasst worden waren. Mit festen Schritten, um nicht zu zeigen, wie sehr er eben noch gezittert hatte, verließ er sein Zimmer und stieg nach unten. Immer noch überlief es ihn heiß und kalt bei der Vorstellung, was alles hätte passieren können. Obwohl zehn Mann aus Eegendonks Truppe eingeteilt worden waren, das Gelände und die Gebäude unter Kontrolle zu halten, und die technische Sicherheitsausrüstung Hunderttausende gekostet hatte, war es zwei Personen gelungen, unbemerkt einzudringen. Kochend vor Wut betrat er den Keller und blieb vor den Gefangenen stehen.

Rechmann trat an seine Seite. Sein Gesicht glänzte wie das eines zufriedenen Kleinkindes, doch seine Stimme verriet die

Anspannung. »Das sind die zwei, die schon in Breda Ärger gemacht haben. Wie es aussieht, sind sie Eegendonks Leuten gefolgt. Wir können von Glück sagen, dass wir sie erwischt haben.«

»Das ist schon der zweite Fehler, den Eegendonk und seine Kerle gemacht haben. Ich frage mich, was in dieser angeblichen Militärakademie in Breda überhaupt gelehrt worden ist!« Sedersens Stimme klang schneidend.

Da Eegendonk in den Niederlanden weilte, antwortete Maart an dessen Stelle. »Ich weiß nicht, wie das geschehen konnte. Wir haben bestimmt keinen Fehler gemacht! Dennoch muss uns irgendjemand auf die Spur gekommen sein.

Sedersen winkte verächtlich ab. »Nichts als Geschwätz! Ihr solltet euch besser am Riemen reißen. Ich kann keine holländischen Touristen auf Ausflugsfahrt brauchen.«

»Müssen wir uns das gefallen lassen?«, rief einer der Niederländer empört.

Maart kaute auf den Lippen herum, traute sich aber nicht, etwas zu erwidern. Ihm war klar, dass sein Anführer vorerst mehr auf Sedersen angewiesen war als dieser auf ihn. Daher schluckte er die Beleidigung und trat einen Schritt zurück. »Wenn Sie erlauben, schaue ich nach oben und kontrolliere alle Wachhabenden, um herauszufinden, wie die Eindringlinge ins Haus gekommen sind.«

»Tun Sie das«, antwortete Sedersen. »Verdoppeln und verdreifachen Sie die Posten. Hier darf keine Maus mehr raus oder rein ohne meine Erlaubnis.«

»Jawohl!« Maart salutierte vor Sedersen wie vor einem Offizier und entfernte sich im Laufschritt. Ein Trupp seiner Männer folgte ihm. In Gedanken drehten die Niederländer dem arroganten Deutschen jedoch den Hals um. Es machte sie wütend, von diesem aufgeblasenen Wicht abhängig zu sein, der nicht einmal einer der Ihren war. Doch wenn er sie fortschickte, mussten sie mit eingezogenen Schwänzen nach

Hause fahren und wieder als Mechaniker oder Hilfsarbeiter anfangen, und dazu hatte keiner von ihnen Lust.

»Die zwei wollen nicht reden«, erklärte Rechmann unterdessen seinem Chef.

»Dann bringe sie dazu! Ich muss wissen, wer sie geschickt hat.«

»Wir sperren sie in den hinteren Keller. Der hat nicht einmal ein Schachtfenster, aber ebenfalls eine Feuerschutztür.«

Als Sedersen nickte, wies Rechmann seine Männer an, Henriette und Torsten die Hände auf den Rücken zu fesseln und sie in den anderen Keller zu schaffen. Er steckte sich Torstens Schweizer Pistole in den Hosenbund und folgte ihnen scheinbar ruhig und selbstzufrieden.

ELF

Als die schwere Türe hinter den Freischärlern zugefallen war, sah Torsten Henriette entschuldigend an. »Es tut mir leid, dass ich Sie in die Sache mit hineingezogen habe!«

»So ist nun einmal unser Job. Es hätte auch anders ausgehen können.« Henriette versuchte, gleichmütig zu erscheinen, doch im Grunde hatte sie wenig Hoffnung. Da diese Banditen unter anderem für den Überfall auf den Güterzug verantwortlich waren, würden ihnen ein paar Tote mehr nicht das Gewissen belasten. Sie dachte an ihren Vater, der bitter enttäuscht sein würde, weil sie schon bei ihrem ersten Auftrag versagt hatte. Noch viel schwerer würde die Nachricht von ihrem Tod ihre Mutter treffen. Im Stillen bat sie sie um Verzeihung.

Ihr und Torsten blieb jedoch keine Zeit, länger über ihre Situation nachzudenken, denn Sedersen und Rechmann kehrten mit mehreren bewaffneten Begleitern zurück.

Rechmann baute sich vor seinen Gefangenen auf. »Ihr habt jetzt die einmalige Chance, uns alles zu erzählen, was wir wissen wollen. Es sei denn, ihr bettelt danach, dass wir euch hart anfassen.«

»Sie können uns mal«, gab Henriette zurück.

»Ich hätte die Sache gerne wie unter zivilisierten Menschen geklärt, aber es geht auch anders. Fesselt den Kerl, und zwar richtig!«

Vier Freischärler rissen Torsten zu Boden und drückten ihn mit ihrem Gewicht nieder, während zwei andere mehrere Kabelbinder um seine Hand- und Fußgelenke banden.

»Der wäre versorgt«, meldete Dunker, der es genoss, vom gescholtenen Prügelknaben zum Helden geworden zu sein.

Rechmann klopfte ihm auf die Schulter. »Brav! Und jetzt haltet das Weibsstück fest!«

Zwei von Dunkers Kumpanen packten Henriette und zerrten sie zu Rechmann. Einer griff ihr dabei an den Busen und rieb seine Hüfte an ihr.

»Die Kleine wäre doch etwas für hinterher. Meinst du nicht auch, Igor?«

Er konnte kaum schnell genug denken, da saß ihm Rechmanns Rechte im Gesicht. Der Hieb schleuderte ihn nach hinten, und da er Henriette nicht losließ, riss er sie und seinen Kumpan mit sich.

»Ich sage es nur noch ein Mal! Dem Nächsten, der mich Igor nennt, breche ich sämtliche Gräten. Und jetzt macht, dass ihr auf die Beine kommt!« Rechmann sah zufrieden, wie die Kerle die Köpfe einzogen. Diese Leute gehorchten nur einer Autorität – und das war nackte Gewalt.

Mit spöttischer Miene wartete er, bis die beiden aufgestanden waren und die Gefangene hochzerrten. Dann packte er Henriette an der Kehle. »Du und dein Freund, ihr habt jetzt die letzte Gelegenheit zu erklären, wie ihr auf unsere Spur gekommen seid, bevor es wehtut.«

»Aus uns bekommst du nichts heraus«, keuchte Henriette.

Rechmann schlug ebenso ansatzlos zu wie bei seinen eigenen Leuten. Die junge Frau spürte Blut auf den Lippen, biss aber die Zähne zusammen.

»Also, was ist?«, fragte Rechmann und versetzte ihr, als er nicht sofort Antwort bekam, einen weiteren Schlag.

Obwohl er wusste, dass er gegen die etwa zwanzig Mann, die sich in dem Raum drängten, keine Chance hatte, versuchte Torsten, seine Fesseln abzustreifen, um seiner Begleiterin beistehen zu können. Die Kabelbinder, mit denen die Kerle ihn gefesselt hatten, schnitten jedoch nur tiefer ein.

Rechmann beobachtete Torstens Anstrengungen und grinste. Es brachte nichts, den Mann selbst zu schlagen. Dafür war der Kerl ein zu harter Brocken. Gewiss war die Frau seine Schwachstelle. Beim nächsten Schlag holte Rechmann betont langsam aus, damit der Bursche es auch ja in voller Gänze sah. Die Hand traf Henriette mit der Wucht eines Hammers und riss ihr fast den Kopf von den Schultern. Sie spürte, wie ihr linkes Auge sich zu schließen begann, und sagte sich, dass sie in den nächsten Tagen besser nicht in einen Spiegel schauen sollte. Eine Sekunde später wunderte sie sich über sich selbst, dass sie in einer Situation, in der es um Leben und Tod ging, an ihr Aussehen denken konnte.

Torsten knirschte vor Wut mit den Zähnen, begriff aber, dass er nicht das Geringste ausrichten konnte. »Halt!«, rief er, als Rechmann erneut ausholte. »Ich sage Ihnen alles, was Sie wollen.«

Henriette schrie auf. »Renk, Sie halten den Mund, ganz gleich, was die Kerle mit mir machen, verstanden? Unser Auftrag ist wichtiger als einer von uns!«

»Die Kleine ist ja recht mutig. Mal sehen, ob sie das auch noch ist, wenn meine Männer sie so richtig durchgebumst haben!« Rechmann nahm Henriette nicht ernst und wollte sie mit der Drohung einer Massenvergewaltigung erschrecken. Die junge Frau spie ihm jedoch nur vor die Füße. Da ihre Lippen bluteten, glänzte ihr Speichel im Licht der Neonleuchten rot.

Mit dem einen Auge, das noch offen war, blinzelte Henriette Torsten zu. »Wir von Tarows haben immer unsere Pflicht erfüllt, Renk, auch wenn diese uns auf einen Weg ohne Wiederkehr führte. Sie sagen nichts!«

»Sie vergessen, dass ich Ihr Vorgesetzter bin, Leutnant. Ich werde reden, aber nur, wenn unsere Gastgeber Sie ab sofort in Ruhe lassen – und zwar in jeder Beziehung!«, antwortete Torsten, so ruhig er es vermochte, und sah dann zu Rechmann hoch. »Also gut. Leutnant von Tarow und ich sollten der Verbindung zwischen deutschen Neonazis und rechtsradikalen Gruppen in den Niederlanden und Belgien nachspüren. Bei unserer Recherche sind wir auf die Militärschule in Breda gestoßen. Von dort war es nicht mehr weit bis hierher.«

Torstens Erklärung klang so schlüssig, dass Rechmann ihm im ersten Augenblick glaubte. Dabei behielt er die Frau aufmerksam im Auge.

Henriette sah es und fauchte wütend los. »Renk, Sie sind ein elender Schwächling! Und das nennt sich Offizier der Bundeswehr.«

Beim ersten Mal hatte Rechmann Torstens Nachnamen nicht recht verstanden. Doch jetzt horchte er auf. »Sagtest du Renk? Von dem habe ich doch schon gehört. Bist du vielleicht der Idiot, der auf Hajo Hoikens' Kopf aus gewesen ist? Ich habe in Kameradenkreisen so etwas läuten hören.«

»Sie gehen wohl oft in die Kirche, weil Sie es läuten hören«, gab Henriette wütend zurück.

Ohne auf sie zu achten, versetzte Rechmann Torsten einen üblen Fußtritt. »Hoikens war ein guter Kumpel von mir und der Beste in meiner Ausbildungskompanie. Damals sind wir oft bei einem Bier zusammengesessen und haben Pläne geschmiedet, wie wir diese morsche Republik zerschmettern und aus ihrer Asche ein neues Deutsches Reich errichten können.«

»Heute können Sie auch etwas, nämlich mich am Abend besuchen!« Torsten wälzte sich herum und grinste trotz seiner schmerzenden Rippen zu Rechmann hoch. »Ihr Freund Hoikens hat bereits ins Gras gebissen! Wenn Sie so weitermachen, blüht Ihnen das Gleiche.«

»Von dir vielleicht? Dafür hast du den Hintern zu weit unten!« Rechmann trat Torsten noch einmal in die Rippen und wollte eben das Verhör weiterführen, als einer der anderen Freischärler hereinkam und Sedersen mehrere verkohlte Papierfetzen reichte. Dieser starrte darauf und hielt sie dann Rechmann unter die Nase.

»Die beiden waren in meinem Zimmer und haben dort Gans' Pläne und meinen Safeschlüssel gestohlen. Wie es aussieht, sind sie hinter meinem Spezialgewehr her!«

Rechmann drehte sich mit einer Miene, die jene, die ihn nicht kannten, als Ausdruck höchster Zufriedenheit angesehen hätten, zu Torsten um. »Du wolltest mich eben verscheißern, du Mistkerl. Ihr seid nicht hinter unseren Verbindungen zu den Holländern her!«

Sedersen sah seinen Gefolgsmann erschrocken an. »Verdammt, woher kann die Bundeswehr erfahren haben, wer das zweite SG21 besitzt?«

»Ich bringe die beiden zum Reden, das verspreche ich.« Rechmann begleitete seine Worte mit einem weiteren Fußtritt und grinste, als er Torstens Rippen knacken hörte.

»Das war nur die erste der Rippen, die ich dir eintreten werde. Wenn ich mit dir fertig bin, hast du mir alles erzählt, was ich von dir wissen wollte, und wirst mich anbetteln, dir endlich den Gnadenschuss zu geben.«

»Sie sind sehr von sich überzeugt.«

»Im Gegensatz zu dir habe ich auch allen Grund dazu. Also, wie seid ihr auf uns gestoßen?« Rechmann hob den Fuß, als wolle er erneut zutreten, ließ es dann aber sein, als Torsten zu reden begann.

»Euer Tippgeber für die Container hat nach eurem Überfall auf den Zug Muffensausen bekommen und uns alles erzählt, was er wusste. Danach mussten wir nur noch euren Spuren folgen.«

Rechmann ballte die Rechte. »Dafür werde ich Mentz sämtliche Gräten brechen!«

Bei dem Namen Mentz klingelte es bei Torsten Sturm. Karl Mentz war der Vorgesetzte seines Freundes Hans Borchart in der Feldafinger Kaserne. Er hatte ihn zwar für einen eigenartigen Kauz gehalten, aber niemals gedacht, er könnte mit Rechtsradikalen und Terroristen in Verbindung stehen. Obwohl Mentz es auf der Karriereleiter nur bis zum Hauptfeldwebel geschafft hatte, bekam er in seiner Position genug mit, um für Schurken wie Rechmann und Sedersen von Nutzen zu sein.

»Wir müssen uns darüber unterhalten, was wir jetzt tun sollen«, forderte Sedersen Rechmann auf, da ihm der Schrecken in die Glieder gefahren war.

»Jetzt aufzugeben ist sinnlos. Wir müssen unsere Aktionen nur schneller umsetzen als bisher geplant.« Rechmann winkte seinen Leuten mitzukommen und verließ den Keller, ohne sich weiter um Henriette und Torsten zu kümmern.

Dunker hielt ihn im Vorraum auf. »Was machen wir mit den beiden?«

»Die sind erst einmal sicher verstaut. Was mit ihnen passiert, überlegen wir morgen oder, besser gesagt, heute bei Tag.« Damit war für Rechmann die Sache vorerst erledigt. Er betrat den Aufzug, in dem Sedersen schon auf ihn wartete, und fuhr nach oben. Bevor sie ausstiegen, lachte er auf. »Sie haben mich gefragt, wie wir die belgische Königsfamilie ausschalten können. Jetzt weiß ich, wie wir vorgehen müssen.«

ZWÖLF

Kaum hatten die Kerle den Raum verlassen, wälzte Torsten sich herum, um nach Henriette zu sehen. »Wie geht es Ihnen?«

Henriette keuchte wie nach einem langen Lauf. »Man könnte sagen, ich habe mich schon besser gefühlt. Aber das eine Auge ist noch offen, und beim zweiten sehe ich auch noch durch einen Spalt. Da meine Zähne noch im Kiefer sitzen, habe ich das Ganze besser überstanden, als zu befürchten war.«

»So wie ich diese Kerle einschätze, werden sie uns bald auf kleiner Flamme rösten. Daher sollten wir etwas Gehirnschmalz aufwenden, um herauszufinden, wie wir von hier verschwinden können.«

»Ich glaube nicht, dass das so einfach ist. Wir müssten erst einmal unsere Fesseln loswerden und dann aus dem Keller herauskommen. Meiner Meinung haben wir nur dann eine Chance, wenn es Wagner gelingt, unsere Spur aufzunehmen.«

»Still«, herrschte Torsten seine Begleiterin an. »Wir wissen nicht, ob wir hier abgehört werden. Daher sollten wir verfängliche Äußerungen vermeiden.«

»Entschuldigung!« Henriette schämte sich so sehr, dass ihr die Tränen in die Augen schossen.

Unterdessen versuchte Torsten nachzudenken, begriff aber nur eines: Solange sie so gut verschnürt herumlagen wie jetzt, war an Flucht nicht zu denken.

Das war auch Henriette klar, und da sie nicht so straff gefesselt worden war wie ihr Begleiter, sagte sie sich, dass sie nun die Initiative übernehmen musste.

DREIZEHN

Sedersen ließ sich von Jef van der Bovenkant einen doppelten Cognac servieren, bevor er sich seinen engsten Vertrauten zuwandte. Dabei bemerkte er, dass er noch immer die verkohlten Reste der Pläne des SG21 in der Hand hielt. Angewidert ließ er sie fallen und forderte Jef auf, ihm ein sauberes Tuch zu bringen.

»Wie konnte das nur passieren? Wir haben doch alle Spuren gut verwischt!«, fragte er Rechmann sichtlich niedergeschlagen, während er sich die Rußspuren von den Händen rieb.

»Jetzt nur keine Panik, Chef«, erklärte sein Stellvertreter mit mühsam erkämpfter Gelassenheit. »Hätten die deutschen Behörden gewusst, dass wir hinter dem Ganzen stecken, hätten sie nicht bloß die beiden Schnüffler geschickt. Die vermuten zwar was, halten aber nicht den Fetzen eines Beweises in der Hand.«

»Und wie sollen wir weiter vorgehen?«

»Ich sagte es schon: weitermachen und die Schlagzahl erhöhen! Übermorgen wird Gaston van Houdebrinck beerdigt. Wie es hieß, wird die gesamte königliche Familie dort anwesend sein. Eine bessere Gelegenheit, diese Sippschaft auf einen Schlag zu erledigen, werden wir so schnell nicht mehr bekommen.«

Während Sedersen wieder Hoffnung schöpfte, zuckte Jef van der Bovenkant zusammen. In seinen aktiven Tagen bei der Flämischen Faust hatten er und seine Kameraden wüste Parolen gegen den Staat Belgien, gegen die Wallonen und gegen alle Ausländer gebrüllt, den König aber stets ausgenommen. Seinetwegen hätte Albert II. sogar König von Flandern bleiben können. Er erinnerte sich daran, dass er als Kind in der Schule gelobt worden war, weil er einen schönen Aufsatz über den Sinn der Monarchie in Belgien geschrieben hatte. Als

Belohnung hatte er sogar Schloss Laeken, den Wohnsitz der Königsfamilie, besuchen dürfen.

Als er nun Sedersen und dessen deutschen Handlanger über König Albert, seine Frau und deren Nachkommen reden hörte, als wären sie Ungeziefer, das es zu vernichten galt, bäumte sich alles in ihm auf. Das waren keine Menschen mehr, sondern Monster! Wieder tauchten die Toten des Überfalls auf die Bahnlinie und die ermordeten Kinder in Lauw vor seinem inneren Auge auf, und er fragte sich, wieso er sich mit solchen Leuten eingelassen hatte. Natürlich war er immer noch für ein freies Flandern, aber er wollte das Land nicht diesen Ungeheuern ausgeliefert sehen. Alles in ihm drängte danach, Sedersen und Rechmann zur Rede zu stellen. Er begriff jedoch, dass er sich nichts anmerken lassen durfte, wenn er nicht als Verräter liquidiert werden wollte. Nur wenn er weiter den Trottel für die Kerle spielte, hatte er eine Chance, Albert II. zu warnen. Dafür brauchte er nur ein Telefon und ein paar Minuten Zeit.

Noch während er sich in Gedanken die Worte zurechtlegte, fiel ihm ein, dass er den König nicht einfach anrufen konnte. Weder kannte er die Nummer, unter der Schloss Laeken zu erreichen war, noch eine Person, die er informieren konnte. Wenn er aber die ihm bekannten flämischen Behörden anrief, lief er Gefahr, auf einen Anhänger Zwengels zu treffen, der seine Warnung sofort an Sedersen weitergab.

Trotzdem wollte er einen Weg suchen, dieses Verbrechen zu verhindern. Wenn der König und der Kronprinz starben, gab es niemanden mehr, der mäßigend auf die Menschen in seinem Heimatland einwirken konnte. In dem Chaos, das dann zwangsläufig entstand, würden Männer wie Sedersen, Zwengel und Eegendonk ihre Ziele erst recht mit brutaler Gewalt verfolgen und dem flämischen Volk eine Regierung aufzwingen, die es wahrlich nicht verdient hatte.

Während Jef van der Bovenkant verzweifelt überlegte, wie

er den König retten konnte, berieten die Männer, die er bedienen musste, wie der Anschlag durchzuführen sei, ohne auf den jungen Flamen zu achten. Der war für sie nicht mehr als ein Möbelstück, das man benutzte und sofort wieder vergaß. Bisher hatte Jef sich deswegen geärgert, nun aber war er froh darüber.

Als Alarm gegeben worden war, hatte man ihn mit einem lächerlichen Auftrag in die Küche geschickt, neben der sich seine Kammer befand, und daher hatte er nicht mitbekommen, was die Ursache für den ganzen Lärm gewesen war. Aber als sich Sedersen und Rechmann nun über ihre beiden Gefangenen unterhielten, machte er sich seine eigenen Gedanken.

VIERZEHN

Zunächst hatte Henriette versucht, ihre Fesseln abzustreifen. Doch obwohl ihre Hände nur mit einem einzigen Kabelbinder hinter dem Rücken zusammengebunden waren, gelang es ihr nicht. Durch die Anstrengung lief ihr der Schweiß über die Stirn und brannte in ihrem verletzten Auge.

»Verdammt! Ich muss das Zeug loswerden!« Sie fluchte und zerrte erneut an dem Kabelbinder.

»Seien Sie nicht so hektisch«, wies Torsten sie zurecht.

»Sie wären auch hektisch, wenn Sie dringend aufs Klo müssten.«

»Das ist unschön für Sie!«

»Für Sie auch, weil Sie sich nicht einmal die Nase zuhalten können«, gab Henriette zurück.

»Vielleicht sind ein paar von den Schurken in der Nähe! Ich versuche, ob ich so laut rufen kann, dass man uns hört. He, ihr da! Kommt her, sonst braucht ihr bald Gasmasken!«

Es dauerte einige Augenblicke, dann wurde die Eingangstür geöffnet. Dunker, der mit zweien seiner Kumpane draußen Wache hielt, schaute herein. »Was ist denn los?«

»Meine Kollegin muss mal aufs Töpfchen!«

»Auf den Trick falle ich nicht herein!« Dunker wollte sich schon wieder abwenden, doch Torsten schnauzte ihn an. »Du Vollidiot! Wir sind beide gefesselt. Hast du Angst, wir würden dir und deinen Kumpanen nachkriechen und euch ins Bein beißen?«

Dunker fuhr herum und lief rot an. »Wenn du willst, kann ich da weitermachen, wo Rechmann aufgehört hat.«

»Ihr seid ja alle solche Helden! Kein Wunder, dass ihr euch nach dem Krawall in Suhl schnell in Belgien verkrochen habt.«

Torsten war nur noch wütend. Er hatte von seiner früheren Freundin Graziella Monteleone gehört, wie diese in einem Camp italienischer Faschisten behandelt worden war. Möglicherweise würde man auch Henriette nicht zur Toilette lassen, sondern sie dann, wenn sie in die Hose gemacht hatte, vor allen Leuten nackt ausziehen und mit einem Wasserschlauch abspritzen.

Auf die Idee kam Dunker jedoch nicht, sondern drehte sich zu seinen beiden Spießgesellen um. »Ihr bleibt hier und passt auf, dass nichts passiert. Ich rede mal mit Rechmann …«

»Mit Igor«, unterbrach ihn einer seiner Freunde grinsend.

»Wenn du ihn in seiner Gegenwart so nennst, macht er Schaschlik aus dir.« Dunker ärgerte sich zunehmend über die ständigen Disziplinlosigkeiten seiner Männer, ohne daran zu denken, dass sein eigenes Verhalten nicht gerade vorbildlich war. Mit schnellen Schritten verließ er den Keller und stieg die Treppe hoch, bis er Rechmanns Zimmer erreicht hatte, und klopfte an.

»Herein!«, scholl es von drinnen heraus.

Dunker öffnete die Tür und trat ein. »Entschuldige, Kamerad Walter. Aber es geht um unsere Gefangenen. Die Kleine muss aufs Töpfchen.«

»Stell ihr irgendeinen Eimer hinein. Das muss reichen«, sagte Rechmann unwirsch, der sich in seinen Überlegungen gestört fühlte.

»Wenn wir die Frau jetzt losbinden, wird sie den Kerl befreien.«

»Befreien? Ach was! Unsere Leute sorgen schon dafür, dass die Gefangenen nicht aus dem Raum kommen. Schneide die Frau los, aber pass auf, dass sie dir nicht in die Eier tritt. Von den Käsköpfen habe ich gehört, dass das eine ihrer Spezialitäten ist.«

Damit war nach Rechmanns Meinung alles gesagt, und er widmete sich wieder der Karte auf seinem Tisch. Dunker sah ihm neugierig über die Schulter und erkannte, dass es sich um den Plan eines kleineren Ortes nahe der Schelde handeln musste. Den Namen konnte er nicht lesen, da Rechmann sein Bierglas darauf gestellt hatte.

Als Dunker den Raum verlassen wollte, rief Rechmann ihn noch einmal zurück. »Du kannst Bovenkant hochschicken! Er soll mir noch ein Bier bringen. Haben wir noch Kartoffelchips?«

»Ich werde Jef fragen. Aber jetzt muss ich los, sonst müssen wir die Zelle unserer Freunde saubermachen.«

»Halt, Dunker, nicht so schnell! Schick Bovenkant zu den Gefangenen. Ihr anderen haltet Abstand und vor allem eure Kanonen bereit.«

»Hältst du diesen Renk für so gefährlich?«, fragte Dunker verblüfft.

Rechmann stieß ein kurzes Lachen aus. »Nicht nur Renk, sondern auch das Weibsstück. Du hast doch gehört, wie die beiden Eegendonks Leute in Breda vermöbelt haben. Wenn die eine Gelegenheit dazu bekommen, machen die auch aus dir und deinen Männern Hackfleisch!«

An dieser Bemerkung hatte Dunker zu schlucken. Er hielt sich selbst und seine Männer für harte Burschen, denen so leicht niemand gewachsen war. Die Behauptung, ein Weibsstück, und dazu eine halbe Schwarze, könne besser sein als er, ließ ihn vor Wut kochen. Aber gegen Rechmann kam er vorerst noch nicht an.

»Jetzt verschwinde endlich! Sonst macht sich die Kleine wirklich noch in die Hose.« Rechmann wedelte mit der Hand, als wolle er eine lästige Fliege verscheuchen.

»Ich bin schon weg!« Mit diesen Worten stapfte Dunker hinaus und brüllte bereits auf der Treppe nach Jef van der Bovenkant. Er fand ihn in der Küche auf einem Stuhl sitzen.

»He, aufstehen, es gibt etwas zu tun!«, schrie Dunker ihn an und versetzte ihm einen Tritt vors Schienbein.

»Was ist denn los?«, fragte Jef, während er sich die getroffene Stelle rieb. Dabei wünschte er sich, Dunker einmal allein in der Nacht und mit einem Knüppel in der Hand zu begegnen. Der Kerl hatte noch einiges bei ihm gut.

»Hol einen Eimer und bring ihn zu den Gefangenen. Dann bindest du das Weibsstück los, damit es in den Eimer scheißen und pinkeln kann.«

Jef nickte verkniffen. Das war wieder eine der unangenehmen Arbeiten, die Dunker und dessen Leute auf ihn abschoben. Noch während er zu der Kammer ging, in der die Reinigungskräfte früher ihre Sachen abgestellt hatten, fiel ihm eine bessere Lösung ein. Aus unerfindlichen Gründen befand sich in einem Abstellraum eine kleine Campingtoilette, und die war sicher besser geeignet als ein schlichter Eimer. Da es zu pressieren schien, beeilte Jef sich und kam schon bald mit dem sperrigen Ding zu Dunker zurück.

Dieser starrte das Mobilklo an und tippte sich an die Stirn. »Was soll denn der Unsinn?«

»Das ist eine Campingtoilette. So ein Ding ist hygienischer als ein offener Eimer.«

»Von mir aus. Komm mit!« Dunker winkte dem Flamen, ihm zu folgen, und ging zum Aufzug. Kurz darauf betraten sie den Teil des Kellers, in dem sich die Zelle mit den Gefangenen befand. Während Jef mit der Campingtoilette hineinging, standen Dunker und dessen Kumpane mit angeschlagenen Waffen an der Tür und gaben spöttische Kommentare von sich.

FÜNFZEHN

Henriette hatte sich mit letzter Kraft beherrschen können, doch nun hielt sie es nicht mehr aus. »Machen Sie schnell«, stöhnte sie, als der junge Flame an ihren Fesseln nestelte.

Jef starrte den Kabelbinder an, mit dem Henriettes Handgelenke gefesselt waren. Die Fesseln hatten tief in das Fleisch eingeschnitten, und die Striemen bluteten schon. Jef fand es widerlich, einen anderen Menschen so zu behandeln, auch wenn es sich um eine Asiatin handelte, die nach den Lehren seines bisherigen Anführers hier in Europa nichts verloren hatte.

Als ihn ein böser Blick aus hellblauen Augen traf, musste er daran denken, dass einer seiner besten Freunde in der Kindheit der Sohn eines Wallonen und einer Frau aus dem Kongo gewesen war. Der hatte zwar keine blauen, aber ebenfalls helle, europäisch wirkende Augen gehabt. Mit einem Mal schämte er sich für all das, was er als Mitglied der Flämischen Faust angestellt hatte. Er erinnerte sich nun deutlich an die großen, entsetzt aufgerissenen Augen einer jungen Afrikanerin, der er im Überschwang nationalistischer Gefühle zuerst den Gemüsestand auf dem Markt umgeworfen und dann auch noch ein paar Ohrfeigen versetzt hatte.

»Die Lehren dieser Kerle sind wie Gift, das sich ins Hirn frisst«, sagte er leise zu sich selbst. Da er die Fesseln mit den

Händen allein nicht lösen konnte, holte er sein Taschenmesser aus der Hosentasche. Es war eher ein Spielzeug und die Klinge nicht mehr besonders scharf, trotzdem gelang es ihm, die Kabelbinder durchzuschneiden.

Kaum war Henriette frei, stemmte sie sich hoch und öffnete ihre Hose. Dabei verdrängte sie die drei feixenden Kerle an der Tür ebenso aus ihren Gedanken wie Bovenkant und Torsten. Jef stellte sich jedoch so mit dem Rücken zu ihr auf, dass er Dunker und dessen Kumpanen die Sicht versperrte.

»He, du Idiot, geh zur Seite!«, rief einer der Kerle.

Jef rührte sich nicht. Kurz darauf hörte er Henriettes Stimme. »Gibt es hier irgendwo Toilettenpapier?«

Das hatte Jef vergessen. Daher zog er eine Packung Papiertaschentücher aus der Hosentasche und reichte sie nach hinten.

»Danke!«, sagte Henriette erleichtert.

Das war ein Wort, das Jef von Sedersens Kerlen noch nie gehört hatte. »Gern geschehen«, antwortete er und verfluchte in Gedanken die Tatsache, dass die beiden Fremden in die Hände dieser Mörderbande geraten waren.

Unterdessen war Henriette fertig und zog ihre Hose wieder hoch. »Sie können sich umdrehen«, sagte sie zu Jef.

Dieser tat es mit trauriger Miene. »Es tut mir leid, ich …« Er brach ab und ging zu Torsten.

»Ich mache Sie jetzt ebenfalls los.«

Während er mit seinem Messer an Torstens Fesseln herumschnipselte, dachte dieser angestrengt nach. Das war doch derselbe Flame, der ihm die Tür geöffnet hatte, als er als Pizzabote verkleidet hierhergekommen war. Schon damals hatte der Bursche nicht den Eindruck gemacht, als fühle er sich in dieser Gesellschaft besonders wohl.

Nachdem der letzte Kabelbinder durchtrennt war, setzte Torsten sich mühsam auf und presste sich die Rechte gegen die Rippen. Zwar taten diese inzwischen nicht mehr so sehr weh wie noch in der Nacht, aber er hielt es für besser, so zu tun, als wäre er stark angeschlagen.

Ohne sich weiter um Jef zu kümmern, sah er zu Henriette hinüber. »Wie geht es Ihnen? Sie sehen ja schlimm aus. Der Kerl, der Sie geschlagen hat, muss pervers sein.«

»Es tut weh, und ich müsste dringend die Schwellung kühlen. Auf dem einen Auge sehe ich überhaupt nichts mehr, und das andere geht auch immer mehr zu.« Henriette ging es ebenfalls nicht so schlecht, wie sie tat. Sie spürte jedoch, dass der junge Flame Mitleid mit ihr hatte, und wollte dies ausnützen. Wenn sie und Renk hier rauskommen wollten, brauchten sie entweder ein Sonderkommando unter der Führung Major Wagners oder jemanden von drinnen, der ihnen zur Flucht verhalf.

»Können Sie mir etwas zu trinken besorgen? Ich vergehe vor Durst.« Damit versuchte sie herauszufinden, wie weit der Flame gehen würde.

Dessen Blick wanderte zu Dunker. »Kann ich den Gefangenen etwas zu essen und zu trinken bringen?«

»Wegen mir können sie verhungern«, sagte Dunker und winkte dann ab. »Mach, was du willst! Aber bring Rechmann vorher noch ein Bier hoch.«

»Ich bin schon unterwegs!« Damit verließ Jef den Keller und eilte die Treppe hoch. Er hörte noch, wie einer von Dunkers Kerlen ihn einen ausgemachten Schwachkopf nannte. Doch anders als in den letzten Tagen verletzte es ihn nicht mehr, denn jetzt hatte er endlich ein Ziel vor Augen.

SECHZEHN

Die Angst, abgehört zu werden, brachte Henriette und Torsten dazu, über dienstliche Dinge zu schweigen. Sie sagten auch nichts über den jungen Flamen, auf den sie beide ihre Hoffnung setzten. Stattdessen erzählte Torsten ein wenig von Afghanistan, in dem er ein Jahr verbracht hatte. Seine Zeit im Sudan streifte er allerdings nur kurz und vermied es dabei, über Hans Joachim Hoikens zu sprechen, den er dort als aktives Mitglied einer besonders gefährlichen Gruppierung der rechten Szene entlarvt hatte.

Henriette hörte ihm interessiert zu und merkte erst nach einer Weile, dass sie beinahe ihre eigene Lage vergessen hatte. »Sie müssen mir irgendwann mehr über Ihre Auslandseinsätze erzählen, Herr Oberleutnant. Aber das hat Zeit, bis wir wieder draußen sind.«

Dunker, der sie belauschte, begann bellend zu lachen und riss die Tür auf. »Hier heraus kommt ihr nur noch auf einem Weg, und der führt direkt in die Hölle. Aber was mich interessieren würde: Geht es bei euch Gebirgstrachtenvereinlern immer so förmlich zu mit ›Jawohl, Herr Oberleutnant, aber selbstverständlich, Herr Oberleutnant‹? Sagt das die Kleine auch, wenn du sie bumst?«

»Der Kitt der Armee ist Disziplin. Aber dieser Begriff ist für dich und deine Kumpane ein Fremdwort. Ihr seid keine Soldaten, sondern bloß Gesindel.«

Torstens Stimme klang so verächtlich, dass Dunker sich drohend in der Tür aufbaute. »Pass ja auf, mein Lieber! Wenn du so weitermachst, poliere ich dir die Fresse, dass du ein Gebiss brauchst.«

»Komm doch herein! Mir dir werde ich auch mit angebrochenen Rippen fertig.«

»Was soll das? Warum reizen Sie diesen Kerl?«, fragte Henriette besorgt.

Torsten zuckte mit den Achseln. »Vielleicht, weil mir seine Visage nicht gefällt.«

In Wahrheit wollte er Dunker so weit bringen, dass dieser sich richtig in Szene setzte und dabei mehr über die Pläne seiner Gruppe verriet.

Henriette schüttelte nur den Kopf, setzte sich an die hintere Wand und lehnte sich zurück. Mit einem Schmerzenslaut und einem verzerrten Gesicht, als sei er stark angeschlagen, setzte Torsten sich in ihre Nähe und kehrte Dunker dabei den Rücken zu.

Dieser hieb mit der Hand durch die Luft, verzog sich aber ohne ein weiteres Wort zu seinen Kumpanen und schloss die Tür.

»Entweder weiß der Kerl wirklich nichts, oder er hält von Natur aus dicht«, flüsterte Torsten Henriette zu.

Diese begriff nun seine Absicht und hob bedauernd die Hände. »Tut mir leid, dass ich Sie gestört habe, Herr Oberleutnant. Aber das da ist der unsympathischste Kerl, der mir je untergekommen ist.«

»Auf meiner persönlichen schwarzen Liste stehen noch ein paar Leute über ihm, Sedersen zum Beispiel, Rechmann oder Jasten. Aber Dunker kommt gleich dahinter.« Torsten lehnte sich ebenfalls an, verschränkte die Hände hinter dem Kopf und blickte starr vor sich hin.

»Kann ich Sie etwas fragen, Herr Oberleutnant?«

Torsten drehte sich so, dass er sie anblicken konnte. »Sie können mich jederzeit fragen. Im Moment habe ich nichts anderes zu tun, als Ihnen zuzuhören.«

Henriette gluckste. »Ihnen kann man die Laune anscheinend nicht so rasch verderben!«

»Ich habe nichts davon, wenn ich jetzt den Kopf hängen lasse. Es macht mich nur verwundbar.«

»… und das mögen Männer nicht. Das kenne ich von meinen Brüdern. Sie sind ihnen irgendwie ähnlich.«

»Ich bin kein niedersächsischer Preisbulle«, antwortete Torsten unerwartet scharf.

Henriette musste lachen. »Wenn, dann westfälische Preisbullen! Aber ich meine nicht die Größe. Ich meine das hier.« Sie zeigte mit der Rechten auf ihren Kopf.

»Danke! Dabei war ich gerade dabei, Sie halbwegs sympathisch zu finden«, antwortete Torsten, der den Vergleich mit den männlichen von Tarows ätzend fand.

»Ich meine es ernst«, sagte Henriette noch immer belustigt, »Sie sind irgendwie eine Mischung aus Dietrich und Michael. Nicht ganz so von sich überzeugt wie mein älterer Bruder und nicht ganz so verletzlich wie der jüngere.«

Torsten stieß einen spöttischen Laut aus. »Michael von Tarow und verletzlich? Der Kerl hat das Gemüt eines Fleischerhunds. Er ist …«

»Alles Tarnung. Er hat Angst davor zu versagen und will deshalb immer der Beste sein.«

»Ich glaube, das ist eine Familienkrankheit!«, stichelte Torsten.

»Wenn Sie mich damit meinen, so muss ich mir diesen Schuh anziehen. Um überhaupt etwas zu gelten, musste ich immer die Beste sein.« Für einen Augenblick gab Henriette einen Teil von sich preis.

Torsten spürte ihre Verletzlichkeit, die sie mit eiserner Disziplin übertünchte, und begriff, dass seine Bemerkung nicht gerade glücklich gewesen war. »Ich wollte Sie nicht kränken, und ich habe eigentlich auch nichts gegen Ihre Brüder. Dietrich von Tarow war mein Kompanieführer bei meiner Grundausbildung. Können Sie sich vorstellen, wie das ist, wenn man frisch zur Bundeswehr gekommen ist und dann so einem Mann in die Klauen gerät? Hauptmann von Tarow kann alles, weiß alles und ist in allem zehnmal besser als jeder andere.«

»Eine gute Charakterisierung von Dietrichs Selbstverständnis. Er ist mit Leib und Leben Soldat und will, dass seine Männer die Besten sind, weil er sagt, dass nur die Besten eine Chance haben.«

»Das könnte sogar stimmen. Wir haben damals mehrere Wettbewerbe gegen andere Ausbildungskompanien gewonnen. Ihr Bruder hat uns dafür aber auch so gezwiebelt, dass uns das Wasser im Arsch kochte. Hm … entschuldigen Sie die deftige Bemerkung.«

Mit einem Mal empfand Torsten die Zeit, die er unter Dietrich von Tarows Kommando verbracht hatte, gar nicht mehr als so schrecklich. »Er war ein ausgezeichneter Soldat. Wir sind zwar von ihm geschunden worden, aber er hat uns nicht absichtlich gequält, wenn Sie verstehen, was ich meine.«

»Ich glaube, ich weiß es. Aber mir ist auch klar, dass so viel Selbstgefälligkeit, wie Dietrich sie ausstrahlt, nicht leicht zu ertragen ist. Das ist ja auch Michaels Problem. Was auch immer er tut, er wird stets an seinem älteren Bruder gemessen. So etwas macht auf die Dauer bitter und ungerecht. Daher übertreibt er es manchmal. Sie hatten ja schon mit ihm zu tun.«

»Oh ja! Es hat uns beiden Beulen und ihm zusätzlich eine Disziplinarstrafe eingebracht, weil er den Streit vom Zaun gebrochen hat.« Torsten schüttelte sich, als er sich an die unangenehme Angelegenheit erinnerte, und lenkte dann das Gespräch auf ein Thema, das ihn im Grunde interessierte, seit er Henriette zum ersten Mal gesehen hatte. »Sie sind ganz anders als Ihre Brüder.«

»Sie meinen vom Aussehen her? Das habe ich von meinen Eltern, und ich denke nicht daran, mich deswegen zu schämen«, antwortete Henriette scharf.

»Warum sollten Sie sich schämen? Sie sind eine hübsche, junge Frau mit einer Figur und einem Gesicht, um die Sie viele Frauen beneiden dürften.«

»Sie verstehen es, selbst noch in der Scheiße … äh, in schwierigen Situationen Komplimente zu machen. Aber ich sehe Ihnen an, dass Sie sich trotzdem fragen, wie ein General wie Heinrich von Tarow nach zwei baumlangen Söhnen zu einer Tochter wie mir gekommen ist.«

»Ist diese Neugier nicht verständlich?«, fragte Torsten.

Henriette zuckte mit den Achseln. »Vielleicht ja, vielleicht nein. Es kommt immer darauf an, wie jemand die Sache sieht.«

»Ich würde es gerne von Ihnen erfahren, um diese Sache, wie Sie sagen, nicht von einer falschen Warte aus zu sehen.« Torsten merkte, dass er sich tatsächlich dafür interessierte. Henriette von Tarow war mutig und zäh. Selbst jetzt gab sie noch nicht auf, sondern suchte genau wie er nach einem Ausweg aus diesem Schlamassel.

»Da wir ohnehin nichts anderes zu tun haben, kann ich es Ihnen ja erzählen. Vor etwa fünfundzwanzig Jahren – Dietrich war gerade zehn Jahre alt und Michael sechs – hatten mein Vater und dessen erste Frau einen schweren Unfall. Ein Lkw raste an einem Stauende in ihren Wagen. Dietrichs und Michaels Mutter starb, und mein Vater wurde so schwer verletzt, dass er monatelang in der Klinik bleiben musste.

Als er schließlich entlassen wurde, konnte er nur mit Krücken gehen und fühlte sich als Krüppel. Er muss damals unerträglich gewesen sein, denn er hat innerhalb weniger Wochen drei Haushälterinnen und mehrere Krankenpflegerinnen, die sich um ihn kümmern sollten, zum Teufel gejagt.

Seine Verwandten wussten sich zuletzt nicht mehr zu helfen. Da kam eine seiner Kusinen auf den Gedanken, eine Krankenschwester aus Asien zu holen, da sie annahm, diese würde mehr Geduld mit dem Kranken aufbringen als eine Europäerin.«

»… und das war Ihre Mutter.«

Henriette bejahte. »Mama war nach Deutschland gekommen, um Geld für ihren Bruder zu verdienen, der Medizin studieren sollte. Die ersten Wochen müssen fürchterlich für sie gewesen sein. Da war der schon recht verwahrloste Haushalt mit den beiden Kindern, und gleichzeitig musste sie mit Papa auskommen, dessen schlechte Laune selbst einen Engel in die Flucht geschlagen hätte. Aber sie hat es geschafft. Schon bald mochten meine Brüder sie, und Papa begann langsam, wieder Lebensmut zu gewinnen. Irgendwann kamen sie und er sich nahe. Meine Eltern haben geheiratet, und fünf Monate später wurde ich geboren.«

»Und wie stehen Sie zu Ihren Brüdern?«, wollte Torsten wissen.

»Sie meinen wohl eher, wie die zu mir stehen. Als ich ein Kind war, haben sie mich wie eine Puppe behandelt, die zufällig gehen und sprechen kann, und dabei jeden verprügelt, der mir etwas antun wollte. Inzwischen haben sie erkannt, dass ich ein Mensch mit einem eigenen Willen und eigenen Vorstellungen bin.«

Obwohl Henriette ihre Geschichte emotionslos erzählt hatte, begriff Torsten, dass ihr Leben nicht leicht gewesen war. Er kannte ihre Brüder. Um sich gegen die beiden durchzusetzen, brauchte es Kraft. Doch als er Henriette ansah, spürte er den Willen, der dieses Persönchen beseelte. Sie würde niemals aufgeben, und das war eine gute Voraussetzung für ihren Job.

Allerdings mussten sie darauf hoffen, dass der junge Flame, den Dunker Jef genannt hatte, ihnen helfen würde. Sonst war Henriettes Weg bereits zu Ende, bevor er überhaupt richtig begonnen hatte.

SIEBZEHN

Das Klingeln des Haustelefons riss Jef aus den Gedanken. Er schnappte nach dem Hörer. »Hier van der Bovenkant.«

»He Jef, bring acht Bier und einen Cognac herauf!«

Bei diesen herrischen Worten ballte der junge Flame in hilfloser Wut die Rechte. In den letzten Stunden hatte er sich überlegt, wie er Sedersen und dessen Bande in die Suppe spucken könnte. Doch seine Möglichkeiten waren einfach zu gering. Zusammen mit Eegendonks Niederländern verfügte der Deutsche über fast zweihundert Mann, von denen etliche gezeigt hatten, dass es ihnen weniger ausmachte, einen Menschen zu töten als ein Huhn.

Während Jef die Getränke einschenkte, wünschte er sich, Gift zu haben, das er hineinmischen konnte. Aber er hatte rein gar nichts, nur seine Wut auf diese Leute und eine fürchterliche Angst.

Trotzdem goss er in eines der Gläser Kriek, von dem er wusste, dass keiner der Deutschen es mochte. Auch die Niederländer lehnten die meisten belgischen Biersorten ab und forderten von ihm Biere aus ihrer Heimat. Doch damit konnte er ebenso wenig dienen wie mit Chips, Erdnüssen und ähnlichen Knabbereien. Er durfte das Gelände nicht verlassen, um im Ort einzukaufen, und Dunkers und Eegendonks Leute waren zu faul dazu. Sie ließen sich die Getränke und das fertige Essen lieber von Chens chinesischem Restaurant und anderen Lokalen bringen.

»Vielleicht schaffe ich es, Chen eine Warnung zukommen zu lassen«, sagte sich Jef. Einen Bleistiftstummel hatte er in einer der Schubladen in der Küche gefunden. Er brauchte jetzt nur noch einen Fetzen Papier. Es konnte auch die Rückseite eines Bieretiketts sein, dachte er, legte eine Flasche ins Spülbecken und ließ Wasser ein. Dann nahm er das Tablett mit den Gläsern und stieg die Treppe zu Rechmanns Zimmer hinauf.

Auf sein Klopfen machte ihm einer von Dunkers Schlägertypen auf. Der Mann sah das Glas mit dem roten Kriek und nahm rasch ein anderes für sich. Auch Dunker, Maart und einige andere mieden das Kriek, bis dieses allein auf dem Tablett stand.

Sedersen roch bereits an seinem Cognac, als auch Rechmann zugriff und ohne hinzusehen einen tiefen Zug nahm. Zuerst schien er nicht einmal zu merken, was er trank, dann aber sah er die rote Flüssigkeit in dem Glas und fuhr auf. »Verdammter Idiot! Ich habe dir hundertmal gesagt, dass du deine belgische Brühe selber saufen kannst!«

Jef stellte sich dumm. »Ich muss nehmen, was da ist.«

Rechmann sah noch einmal das Glas an und schüttete ihm den Inhalt ins Gesicht. »So, und jetzt bringst du mir ein richtiges Bier, verstanden? Sonst prügle ich dich die Treppe hinunter, bis du keinen gesunden Knochen mehr im Leib hast.«

Da Jef dem Mann zutraute, seine Drohung wahrzumachen, sauste er davon. Das Lachen der anderen begleitete ihn, bis er wieder in der Küche war. Dort wischte er sich mit einem Lappen das Gesicht trocken und sah dann an sich hinab. Auf seinem weißen T-Shirt, das mit einem Ausspruch Zwengels bedruckt war, zeichneten sich rote Flecken ab, die ihn fatal an Blut erinnerten.

Seine Hände zitterten, als er eine Biersorte aus dem Kühlschrank zog, die Rechmann mochte. Auch Jef hatte das gerne getrunken – bis jetzt.

Das Klingeln des Telefons riss ihn aus seinen Gedanken. »Ja, was ist?«

»Bring noch mal fünf Bier, aber diesmal richtiges, sonst setzt es was. Ach ja, Herr Sedersen will noch einen Cognac.« Es war Dunker, der sich in Jefs Augen seit seiner Ankunft von einem schmutzigen Ferkel zu einem ausgemachten Schwein entwickelt hatte.

»Ich komme gleich!«, schrie er in die Muschel, legte auf und füllte die Gläser.

Als er kurz darauf erneut in Rechmanns Zimmer trat, sprach er Dunker an. »Das Bier wird langsam alle. Entweder wird bald neues bestellt, oder ihr müsst das trinken, was noch da ist.« Das waren vor allem die speziellen belgischen Biersorten wie Kriek, Framboise, Gueuze und andere, die von Rechmann und den anderen Kerlen als Jauche bezeichnet wurden.

»Wir bleiben nicht mehr lange. Daher lohnt es sich nicht, noch groß Vorräte anzulegen«, erklärte Sedersen kühl.

»Ein paar Tage wird es noch dauern!« Rechmann hatte keine Lust, auf sein Bier zu verzichten. Dann beugte er sich wieder über seinen Plan und zeigte mit einem Bleistift auf einen Punkt. »Das ist die entscheidende Stelle. Hier müssen alle vorbei, die zum Friedhof wollen. Wenn wir da eine Bombe anbringen, können wir die ganze Königsfamilie auf einen Schlag erledigen.«

»Glaubst du, du schaffst das? Da der König und seine Familie anwesend sind, wird man jeden Quadratzentimeter durchsuchen.« Sedersen hätte die Sache am liebsten auf seine Weise gelöst, doch er wusste, dass er dabei nur ein Mal treffen würde. Bevor er zu einem zweiten Schuss kam, würden die Bodyguards ihre restlichen Schützlinge in Deckung gebracht haben. Diesen Nachteil wog auch das Gefühl, den König von eigener Hand getötet zu haben, nicht auf. Er stellte sich neben seinen Stellvertreter und sah auf die Karte.

Rechmann zeigte auf den Parkplatz vor dem Friedhof und grinste. »Lassen Sie mich nur machen, Chef. Ich verspreche Ihnen, dass ich die ganze Bagage erwische.«

Nicht, wenn ich es verhindern kann, fuhr es Jef durch den Kopf. Er blickte an Sedersen vorbei auf den Plan, konnte aber den Ortsnamen nicht lesen, weil Rechmanns leeres Glas darauf stand. Kurzerhand nahm er eines der vollen Gläser und tauschte es gegen das andere aus.

»He, was soll das?«, fuhr Rechmann auf.

»Ich habe nur ein neues Bier gebracht, so wie Sie es verlangt haben!« Jef gelang es sogar, beleidigt zu klingen.

Rechmann winkte ab und vergaß den Flamen im nächsten Moment. Jef zog sich bis an die Tür zurück, blieb dort aber stehen, als wartete er auf neue Anweisungen. Jetzt, da er den Namen des Ortes kannte, in dem Rechmann seinen Anschlag plante, konnte er die Puzzlesteine zusammenfügen. Die Tat sollte auf Gaston van Houdebrincks Beerdigung stattfinden. Diesen Kerlen war wahrlich nichts heilig. Gleichzeitig begriff Jef, dass bei einem solchen Attentat nicht nur die Königsfamilie sterben würde, sondern auch viele andere Trauergäste, die dem Toten die letzte Ehre erweisen wollten.

»Was machen wir eigentlich mit den beiden im Keller? Brauchen wir sie noch?«

Dunkers Frage überraschte nicht nur Jef, sondern auch Sedersen und Rechmann.

»Wir sollten sie noch einmal verhören und ihnen dann eine Kugel verpassen«, sagte Letzterer nach einer kurzen Pause des Nachdenkens.

»Aber nicht, bevor wir die Frau richtig hergenommen haben«, warf einer von Dunkers Leuten ein.

»Wenn euch die Eier so jucken, dass ihr eine Schwarze vögeln wollt, halte ich euch nicht auf!« Da Rechmann sich nach diesen Worten wieder über den Ortsplan beugte, übersah er den verärgerten Ausdruck auf Sedersens Gesicht. Diesem passte es nicht, dass sein Stellvertreter immer mehr das Kommando ergriff und ihm in dem großen Spiel um die Macht nur noch eine passive Rolle zubilligte.

»Hinter was waren diese beiden Typen von der Bundeswehr überhaupt her? Vielleicht hinter dem Plan, den dieser Renk verbrannt hat?«

Dunkers Frage machte Sedersen noch wütender, denn er hatte Eegendonks Leute bisher in dem Glauben gelassen, Renk und dessen Kollegin hätten deren Spuren aufgenommen.

»Richtig! Die beiden haben hier etwas gesucht«, warf Maart sofort ein.

»Ich glaube nicht, dass sie den Plan gesucht haben. Der ist ihnen zufällig in die Hände gefallen. Aber es nützt ihnen nichts, ihn verbrannt zu haben. Ich habe die Pläne eingescannt und hier auf diesem USB-Stick gespeichert. Damit kann ich sie jederzeit in einen PC laden und ausdrucken.« Sedersen zog einen kleinen, silbrigen Quader aus der Tasche und zeigte ihn wie eine Trophäe herum.

Maart beugte sich interessiert vor. »Was sind das für Pläne?«

Sedersen sah ihn selbstgefällig an. »Es sind Pläne, die dafür sorgen werden, dass die flämische Waffenindustrie eine führende Stellung in der Welt einnehmen wird! Hier in Balen will ich damit beginnen.«

Jef hörte aufmerksam zu und sagte sich, dass diese Information die beiden Gefangenen interessierten dürfte. Nach seinen Erfahrungen mit Sedersen traute er diesem zu, seine Waffen an jedermann zu verkaufen, der genug dafür zahlen konnte. Damit aber würde der Mann Flandern in einen noch schlechteren Ruf bringen als sämtliche flämische Nationalisten zusammen.

Noch während er darüber nachsann, drehte Dunker sich zu ihm um. »Was willst du noch hier? Hol lieber frisches Bier! Und schau zu, dass du Kartoffelchips herbringst.«

»Ich würde ja gerne Chips organisieren, aber dafür muss ich in den Ort.«

Noch während Jef hoffte, Dunker würde ihn hinauslassen, blickte Rechmann mit erwachendem Misstrauen auf. »Mir ist es lieber, der Bursche bleibt hier. Er weiß schon zu viel. Schicke lieber einen der Holländer, um was zu besorgen.«

»Wir sind keine Holländer, sondern Limburger und Brabanter«, korrigierte Maart ihn giftig.

»Von mir aus! Und jetzt seid still. Ich muss nachdenken.« Rechmann nahm sein Bier in die Hand und trank es in einem Zug leer. Im nächsten Moment warf er das Glas Jef zu, der hastig danach griff. »Hier, damit du nicht umsonst gewartet hast. Bring mir noch einmal das Gleiche.«

Grinsend wandte er sich an Sedersen. »So, jetzt habe ich alle Teile beisammen. Allerdings müssen wir uns beeilen. Lutz, einige deiner Leute müssen mir zur Hand gehen. Am besten wären Mechaniker oder Schlosser. Herr Sedersen, Sie sollten sich inzwischen von Zwengel informieren lassen, wo die besseren Herrschaften, die zu van Houdebrincks Beerdigung kommen wollen, ihre Kränze besorgen.«

»Soviel ich von Frau Vanderburg weiß, kommen die meisten Kränze aus Holland!«, erklärte Sedersen.

Maart korrigierte ihn sofort. »Das heißt: aus den Niederlanden!«

Sedersen reagierte nicht auf die Bemerkung, aber seiner Miene war anzusehen, was er von solchen Zwischenrufen hielt.

Dafür erschien auf Rechmanns Kindergesicht ein aufforderndes Grinsen. »Rufen Sie auch Eegendonk zurück. Er soll einen Trupp seiner Leute nehmen und einen der Transporter kapern, der Kränze nach Berendrecht bringen will. Ich muss die Farbe und die Aufschrift des entsprechenden Fahrzeugs wissen. Und jetzt an die Arbeit! Wir sind doch nicht zum Vergnügen hier.«

Seinen letzten Worten zum Trotz sah Rechmann so fröhlich aus, als wolle er einen Kindergeburtstag organisieren und keinen Terroranschlag.

ACHTZEHN

Die Hoffnungen, die Torsten in Jef van der Bovenkant gesetzt hatte, schienen sich nicht zu erfüllen. Zwar hatte der Bursche ihnen zweimal etwas zu essen gebracht, es aber nicht einmal gewagt, sie anzusehen. Allerdings überwachten Dunkers Leute den jungen Flamen, als handle es sich bei ihm ebenfalls um einen Gefangenen. Eine der Wachen stand immer nahe genug, um jedes Wort mithören zu können.

Da auch sonst nichts geschah, das sie zu ihren Gunsten auswerten konnten, drohte Torsten langsam zu verzweifeln. Schuld daran waren vor allem die anzüglichen Kommentare, mit denen ihre Bewacher Henriette bedachten. Auch jetzt stand wieder einer in der Tür und sah grinsend zu, wie sie auf der Campingtoilette saß.

Mit einem ärgerlichen Brummen erhob Torsten sich und verstellte dem Mann die Sicht, um seiner Begleiterin wenigstens einen Hauch Intimsphäre zu verschaffen.

»He, Schätzchen, ihr Asiatinnen sollt doch beim Bumsen besonders scharf sein. Willst du nicht zu uns herauskommen und es uns zeigen?«, fragte der Bursche, als Henriette ihre Hose wieder hochzog.

»Mach es dir doch selbst!«, fauchte Henriette ihn nicht gerade damenhaft an. Der Kerl lachte jedoch nur und verschwand wieder nach draußen.

Mit einer müden Bewegung drehte Henriette sich zu Torsten um. »Wie lange, glauben Sie, werden die Kerle noch Ruhe geben?«

Torsten ahnte, dass sie Angst davor hatte, vergewaltigt zu werden, und ballte die Fäuste. »Die Kerle werden mich vorher erschießen müssen!«

»Jetzt drehen Sie nicht durch!«, rief Henriette besorgt und setzte weitaus leiser hinzu: »Um hier herauszukommen, brauchen wir einen kühlen Kopf.«

»Ich würde eher sagen: jemanden, der uns rauslässt«, antwortete Torsten mit einem bitteren Lachen. »Ich verstehe nicht, wo Wagner bleibt. Er muss doch inzwischen gemerkt haben, dass etwas schiefgelaufen ist.«

»Sie warten auf ein Spezialkommando, das uns hier herausholt?«, fragte Henriette.

Torsten wiegte den Kopf. »Eigentlich hätte ich gehofft, wir wären das dem Alten wert.«

»Dann wollen wir hoffen, dass Sie sich nicht irren!« So ganz war Henriette nicht überzeugt. Immerhin hatte Sedersen eine halbe Armee hier versammelt, und gegen die kam auch das halbe oder ganze Dutzend Elitesoldaten eines Sonderkommandos nicht an.

NEUNZEHN

Als Jef Chen mit seinem alten Renault auf das Gebäude zufahren sah, schöpfte er wieder Hoffnung. Rasch eilte er nach unten und stand schon vor der Tür, als der chinesischstämmige Mann dort anhielt.

»Grüß dich, Chen! Was hast du heute dabei?«

Jefs freundliche Begrüßung überraschte Chen.

»Ich bringe fünfundzwanzig Portionen«, erklärte er misstrauisch. Er wagte kaum zu hoffen, dass die Kerle diesmal wirklich bezahlen würden und seine Familie nicht schon wieder auf den Kosten sitzen blieb.

»Ich helfe dir, die Sachen hochzutragen!« Bevor Chen etwas erwidern konnte, packte Jef mehrere große Tüten und schleppte sie in die Küche. Chen folgte ihm mit dem Rest und versuchte so mutig auszusehen, wie er konnte.

»Das macht zweihundertfünfundsiebzig Euro«, erklärte er Jef.

Der griff zum Haustelefon und tippte die Nummer der Werkstatt ein.

»Hier Dunker«, meldete sich Rechmanns rechte Hand.

»Jef hier, das Essen ist da. Es kostet zweihundertfünfundsiebzig Euro.«

»Leg's aus«, forderte Dunker ihn auf.

»Tut mir leid, so viel habe ich nicht.«

»Dann soll das Schlitzauge bis zum nächsten Mal warten.«

»Ich glaube nicht, dass er das tun wird«, antwortete Jef und legte auf. Dann sah er Chen durchdringend an.

»Du musst mir helfen! Hier, nimm diesen Zettel und versteck ihn. Da steht alles drauf.« Er konnte dem anderen gerade noch das zusammengefaltete Bierflaschenetikett zustecken, dann stürmten einige der Männer, die Essen bestellt hatten, zur Tür herein.

Jef hob abwehrend die Hand. »Chen will erst sein Geld sehen!«

»Der soll froh sein, dass wir ihm nicht die Schnauze polieren«, sagte einer, griff aber dann doch in die Hosentasche und zog ein Bündel Geldscheine hervor. Zwei Zehneuroscheine warf er auf den Tisch, den Rest steckte er zurück.

»Jetzt seid ihr dran«, forderte er seine Kameraden auf. Diese murrten, zogen dann aber ebenfalls ihre Geldbörsen. Die Summe, die dabei zusammenkam, war zwar geringer als seine Forderung, doch Chen war froh, überhaupt etwas zu bekommen.

Jef nahm das Geld und reichte es ihm. »Hier! Und jetzt verschwinde. Vergiss aber meine Bestellung nicht.«

Welche Bestellung?, wollte Chen schon fragen, erinnerte sich denn aber an den Zettel, den Jef ihm zugesteckt hatte.

»Ich vergesse sie schon nicht«, rief er Jef noch zu, dann sauste er wie ein Blitz die Treppe hinab.

Die Freischärler sahen ihm nach und lachten. »Der hatte anscheinend Angst, wir würden ihn doch noch vermöbeln«, meinte einer, setzte sich dann hin und machte die Styroporschachtel auf. »Man kann über die Schlitzaugen sagen, was man will, aber ihr Essen schmeckt!«

»Und, was hast du diesmal, Katze nach Art Shanghai?«, fragte einer seiner Freunde spöttisch, während er sich das erste Stück Ente süßsauer in den Mund steckte.

ZWANZIG

Erst als Chen seinen Wagen hinter dem Lokal geparkt hatte und ausstieg, wagte er, den Zettel hervorzuziehen. Es handelte sich um ein zusammengefaltetes Bierflaschenetikett. Zuerst starrte er verständnislos darauf. Dann öffnete er es vorsichtig und musterte die Rückseite. Hier hatte jemand etwas mit Bleistift notiert.

Chen las es und steckte den Zettel sofort wieder weg. Sein Gesicht war grau, als er in das Lokal ging und nach seiner Mutter und seiner Schwester rief.

»Und? Haben die Kerle wenigstens bezahlt?«, wollte seine Mutter wissen.

Chen zog die Geldscheine aus der Hosentasche und reichte sie ihr. »Zumindest einen Teil! Aber seht euch das hier an.« Schnell sah er sich um, ob sie allein waren, dann reichte er den Zettel seiner Mutter.

»Was soll das?«, fragte diese und überließ das Etikett ihrer Tochter, da diese das Niederländische besser lesen konnte als sie.

> Attentat auf königliche Familie geplant. Bei Trauerfeier für G. v. Houdeb. Außerdem Gefangene im Keller der Villa. Deutsche. Bitte um Hilfe.

Die junge Frau wurde blass. »Woher hast du das?«

Ihr Bruder zog den Kopf ein. »Einer der Kerle hat ihn mir gegeben. Es ist ein Flame, keiner der Deutschen oder Niederländer.«

»Das geht uns nichts an! Steck den Zettel in den Ofen. Danach vergessen wir ihn.« Aufgeregt wollte die Mutter ihrer Tochter das Etikett aus der Hand reißen. Diese versteckte es jedoch hinter dem Rücken.

»Mama, wenn das hier wahr ist – und alles sieht danach aus –, dürfen wir nicht so tun, als wüssten wir nichts davon.«

»Wem willst du etwas sagen? Den hiesigen Behörden? Die leiten es doch sofort an diese Schufte weiter. Du weißt, was die uns angedroht haben!«

»Sie wollen uns das Haus anzünden und mich vergewaltigen. Ja, das weiß ich nur zu gut!« Die junge Frau hatte Angst vor den Kerlen, fühlte sich aber auch verpflichtet, Jefs Nachricht weiterzugeben. Schließlich sah sie ihren Bruder an. »Was sagst du dazu, Chen?«

»Am liebsten würde ich es machen, wie Mama es gesagt hat, und das Ding verbrennen.«

Die ältere Frau wollte schon aufatmen, aber ihr Sohn ballte die Fäuste und presste sie in einer hilflosen Geste zusammen. »Aber wenn keiner diese Schurken aufhält, wird Belgien auseinanderfallen! Was uns blüht, wenn dieses Gesindel an die Macht kommt, haben sie uns schon spüren lassen. Also werde ich in Schloss Laeken anrufen und die königliche Familie warnen.«

»Nimm das alte Handy, das uns jemand vor ein paar Wochen als Bezahlung für ein Mittagsmenü zurückgelassen hat. Dann weiß wenigstens niemand, dass wir es waren, die den König angerufen haben«, drängte die Mutter.

Die beiden Geschwister sahen sich kurz an und nickten.

»Das ist eine ganz gute Idee, Mama. Warte, ich hole es.« Chens Schwester eilte davon und kehrte kurz darauf mit einem abgenutzten Handy zurück. »Ich hoffe nur, dass noch genug Geld auf der Karte ist.«

»Es muss reichen!« Chen wusste ebenso gut wie seine Schwester, dass sie, wenn sie jetzt zum Kiosk gingen, um das Handy aufladen zu lassen, hinterher nicht mehr den Mut aufbringen würden, es zu benutzen.

EINUNDZWANZIG

Rechmann trat einen Schritt zurück und betrachtete den Kleinbus kritisch, konnte jedoch keinen Makel entdecken. Mit einem zufriedenen Lächeln drehte er sich zu Sedersen um. »Diesmal haben Eegendonks Käseköpfe ordentliche Arbeit geleistet. Aber es war auch nicht gerade schwierig, einen Transporter mit zwei Mann aufzuhalten und zu kapern. Der Kasten hier ist sogar die gleiche Marke wie der, den ich präpariert habe, die Aufschrift stimmt, und die Kennzeichen sind original. Da fällt auch dem misstrauischsten Bullen nichts auf. So, jetzt können die Jungs die Kränze verstauen. Seid aber vorsichtig!«

Das Letzte galt mehreren Männern aus Dunkers Trupp, die gerade begannen, die erbeuteten Trauerkränze in den hellgrün gestrichenen Kleinbus umzuladen.

»Wie willst du die Königsfamilie ins Jenseits befördern?« Obwohl Sedersen sich im Allgemeinen nicht um die Einzelheiten von Rechmanns Plänen kümmerte, wollte er diesmal nicht im Unklaren gelassen werden.

Sein Leibwächter zeigte sein berüchtigtes Babygrinsen. »In dem Kasten ist genug Sprengstoff, um einen Wolkenkratzer in die Luft zu jagen, und zwischen den einzelnen Sprengstoffpaketen haben wir Beutel mit Nägeln verstaut. Bevor das Zeug hochgeht, werden die Seitenwände des Transporters durch kleinere Ladungen abgesprengt. Dann sausen die Nägel wie Schrotkugeln durch die Luft. Die Bombe wirkt in einem Radius von gut dreißig Metern absolut tödlich und wird noch im Umkreis von mehr als einhundert Metern Leute verletzen oder sogar töten.

Ich habe die Pläne des Friedhofs von Berendrecht genau studiert. Wenn ich den Wagen mit der Bombe auf dem Parkplatz neben dem Eingang abstellen kann, wird die ganze königliche Familie mit einer Menge weiterer Trauergäste hopsgehen. Damit sind wir auf einen Schlag auch die flämischen Politiker und Wirtschaftsbosse los, die uns jetzt noch im Weg stehen.«

Rechmann klang so selbstgefällig, dass Sedersen die Faust in der Tasche ballte. Sein früherer Leibwächter, den er zu seiner rechten Hand gemacht hatte, tat auf einmal so, als wäre er der Kopf ihrer Vereinigung. Gleichzeitig aber musste er Rechmanns Planungen Anerkennung zollen. Dieses Attentat würde Belgien zerreißen und Flandern in eine Krise stürzen, die er aufgrund seiner Vorbereitungen ausnützen konnte, um an die Macht zu gelangen.

Daher zwang Sedersen sich, eine freundliche Miene aufzusetzen, und klopfte Rechmann auf die Schulter. »Ihre Idee ist bestechend! Ich habe nur die Sorge, dass Sie mit dem Wagen nicht durchkommen. Die Gegend um den Friedhof herum wird besonders scharf überwacht.«

»Mir wird schon etwas einfallen, Chef!« Rechmann klang amüsiert. Wie es aussah, beging auch Sedersen den Fehler, ihn zu unterschätzen. Dabei waren Pläne, die einfach aussahen, zwar nicht leichter auszuführen als komplizierte, aber meist sehr viel wirkungsvoller. Er sah auf die Uhr und nickte. »Ich muss jetzt los, Chef. Mein Plan verlangt, dass ich als einer der Ersten dort ankomme.«

»Wollen Sie wirklich selbst fahren? Mit Ihrer Größe und … äh, sind Sie doch recht auffällig.« Sedersen verschluckte im letzten Moment die Anspielung auf Rechmanns Babygesicht. Darauf reagierte der Mann recht eigenartig, und Sedersen hatte mit einem Mal Angst vor ihm. In dem Augenblick begriff er, dass er, wenn er in Zukunft gut schlafen wollte, auch für Rechmann eine Patrone des SG21 reservieren musste.

»Ich glaube kaum, dass sich hinterher noch jemand an mich erinnert. Außerdem übernimmt einer von Eegendonks Männern das Reden für mich. Mein Niederländisch ist nicht so gut, als dass man mich für einen Einheimischen halten könnte.«

Rechmann lachte wie über einen guten Witz, doch seine Worte erinnerten Sedersen daran, dass auch sein Akzent die deutsche Herkunft verriet. Das Handicap, kein Flame zu sein, konnte er jedoch durch eine Heirat mit Giselle Vanderburg wettmachen, die bereits in wenigen Wochen die erste Ministerpräsidentin der Republik Flandern sein würde.

Zufrieden damit, dass seine Pläne bereits so weit gediehen waren, trat Sedersen beiseite und sah zu, wie Rechmann und der Niederländer Maart den Kleinbus bestiegen. Beide trugen hellgrüne Schürzen mit der gleichen dunkelgrünen Aufschrift wie der Wagen. Dazu hatten sie grüne Baseballmützen aufgesetzt, die ebenfalls den Namen der Gärtnerei auf der Stirnseite trugen.

Sedersen winkte den beiden kurz zu und senkte dann die Hand mit einer schnellen Bewegung, als wolle er ihnen das Startsignal geben.

ZWEIUNDZWANZIG

Rechmann fuhr mit zügigem Tempo in Richtung Autobahn und summte einen Schlager. Neben ihm saß jener Niederländer, der, so viel er erfahren hatte, in Breda die Schlägerei mit den beiden Schnüfflern angefangen hatte, die jetzt im Keller des Hauptquartiers gefangen saßen. Nun trug der Mann zum ersten Mal seit Wochen wieder Zivilkleidung und fühlte sich darin sichtlich unwohl.

Schließlich nahm Maart die ungewohnte Kappe ab, legte sie sich auf den Schoß und sah missmutig zu Rechmann hin. »Eine ehrliche Rauferei ist mir lieber als diese Heimlichtuerei!«

»Nur bringt eine – wie du sagst – ehrliche Rauferei nicht viel. Diese Aktion hingegen wird uns beide unsterblich machen. In den Geschichtsbüchern wird noch in tausend Jahren stehen, dass wir beide dem Königreich Belgien den Todesstoß versetzt haben.«

»Dass ihr Deutschen es immer mit tausend Jahren habt. Das hat schon beim letzten Mal nicht geklappt!«, spottete Maart.

»Diesmal wird es klappen«, antwortete Rechmann und schaltete das Autoradio ein. Ihm ging es dabei weniger um musikalische Ablenkungen, sondern um Meldungen über Sperrungen und Umleitungen, die es im Zuge der Trauerfeier geben würde. Dabei ging er in Gedanken noch einmal den Plan durch, während Maart sich auf die Begegnung mit der flämischen Polizei einstellte, die bereits ihre Kontrollposten errichtet hatte.

Nachdem sie die Autobahn erreicht hatten und in Richtung Antwerpen fuhren, überholten sie etliche Lastwagen, deren Ziel der Hafen der Stadt war. Auf den Hauptverkehrsadern merkte man nichts von den Problemen, in denen dieses Land steckte. Auch im laufenden Jahr würden wieder mehr Container umgeschlagen werden als in den Jahren zuvor. Es war, als wolle Europa nicht wahrhaben, was hier geschah, oder es hatte sich bereits mit dem Zerfall des Landes abgefunden.

Bei Lammersberg verließen sie die Autobahn und fuhren über Halle und Sint-Antonius nach St.-Job-in-'t-Goor. Dort wechselten sie auf die A 1, um den Anschein zu erwecken, als kämen sie direkt aus den Niederlanden. Kurz darauf holten sie einen Kleinbus ein, der ebenfalls die Aufschrift einer Gärtnerei trug. Rechmann überlegte, ob er ihn überholen sollte, um vor ihm anzukommen, blieb dann aber hinter dem anderen Wagen, der vermutlich ähnliche Trauerkränze für van Houdebrinck geladen hatte wie sie. Das Fahrzeug würde ihm helfen herauszufinden, wie scharf die Kontrollen vor dem Friedhof wirklich waren.

Nach einer Weile bog der Lieferwagen vor ihnen wie erwartet auf die A 4 ab. Rechmann folgte ihm und sah, dass der erste Kontrollpunkt bereits nach der Abfahrt auftauchte. Als sie anhielten, kamen zwei Polizisten mit vorgehaltenen Maschinenpistolen auf den vorderen Wagen zu. Dessen Fahrer drehte das Seitenfenster herab und redete auf die Männer ein. Gleichzeitig hielt er ihnen einen Zettel hin, der so aussah wie ein Lieferschein. Rechmann lächelte, denn auch in dieser Beziehung hatte er vorgebaut. Einer der Polizisten ging um den

Kleinbus herum und öffnete die Heckklappe. Nun waren die Kränze deutlich zu sehen. Sie lagen einzeln auf Gestellen, damit sie unterwegs keinen Schaden nehmen konnten, und waren mit riesigen schwarzen Schleifen und silbernen oder goldenen Aufschriften versehen.

Zu Rechmanns Freude beließ es der Polizist bei einem kurzen Blick und schlug dann die Hecktür wieder zu. Er nickte seinem Kollegen zu, dieser winkte dem Fahrer zu, und das Gärtnereifahrzeug setzte sich in Bewegung.

Jetzt wandten die Beamten sich Rechmanns Wagen zu. Rechmann bedachte Maart mit einem mahnenden Blick. Dieser kurbelte das Seitenfenster herab und sprach die Polizisten an. »Guten Tag, wir bringen Kränze für die Beerdigung Mijnheer van Houdebrincks!«

Wenigstens gelang es Maart, seine Nervosität zu verbergen, dachte Rechmann und reichte den beiden Polizisten die gefälschten Lieferscheine.

»Sie haben zwölf Kränze geladen?«, fragte ein Polizist.

»Ja!« Das Wort konnte Rechmann noch selbst sagen.

»Haben Sie etwas dagegen, wenn wir uns Ihren Wagen einmal ansehen?«, fragte der Polizist weiter.

»Nein«, sagte Rechmann, und Maart setzte ein »Tun Sie Ihre Pflicht!« hinzu.

Während einer der Polizisten neben dem Lieferwagen stehen blieb und den Lauf einer Maschinenpistole auf die Fahrerkabine richtete, ging sein Kollege nach hinten und wollte die Hecktür öffnen.

»He, die ist verschlossen«, rief er, als das nicht gelang.

Der Lauf der Maschinenpistole wanderte einen Deut höher und zielte jetzt auf Rechmanns Kopf.

»Entschuldigen Sie, ich mache auf!« Rechmann wunderte sich selbst, wie gut er auf einmal Niederländisch sprechen konnte. Doch als er mit der Hand nach dem entsprechenden Knopf greifen wollte, griff der Polizist ein.

»Halt! Heben Sie beide die Hände so, dass ich sie sehen kann, und dann öffnen Sie mit der Linken die Tür!«

Rechmann verfluchte sich, weil er diesen Fehler begangen hatte. Wenn die Bullen misstrauisch wurden und den Kleinbus genauer untersuchten, war sein ganzer schöner Plan beim Teufel.

Jetzt bedauerte er es, dass er die Pistole, die er von dem Bundeswehroffizier erbeutet hatte, zu Hause gelassen hatte. Doch dann sagte er sich, dass es ihm auch nichts nützen würde, die beiden Bullen niederzuschießen. Nur ein Dutzend Schritte entfernt standen weitere, und selbst wenn er auch mit diesen kurzen Prozess machen würde, hätte er keine Chance mehr, die Königsfamilie auszuschalten.

Mit aller Ruhe, die er aufbringen konnte, öffnete er die Fahrertür und lächelte den Polizisten an. »Kann ich jetzt die Hecktüren entriegeln, oder wollen Sie es selbst machen?«

Der Polizist reckte ein wenig den Kopf, um zu sehen, welchen Knopf Rechmann meinte, und nickte. »Machen Sie auf.«

Rechmann gehorchte und bemühte sich dann, nicht allzu angestrengt in den Rückspiegel zu schauen. Nach einer schier endlosen Wartezeit kam die Entwarnung.

»Ihr könnt weiterfahren!« Der Polizist, der hinten nachgesehen hatte, schloss die Hecktür, und sein Kollege gab den Weg frei.

»Auf Wiedersehen!« Rechmann bemühte sich, nicht zu erleichtert zu wirken, als er den Wagen anrollen ließ.

Maart hatte sich nicht so gut im Griff, sondern lachte auf. »Mein Gott, sind das Idioten! Und so was ist die Sicherheit des Staates anvertraut.«

»Halt die Schnauze!«, fuhr Rechmann ihn an. »Hier lungern genügend Bullen herum, um sich jeden, der hier fährt, genau anzusehen.«

Sein Begleiter zog erschrocken den Kopf ein und gab keinen Laut mehr von sich.

Rechmann hatte ohnehin anderes zu tun, als sich um Maart zu kümmern. Die Straße, die durch Berendrecht zum Friedhof führte, war mit Kopfsteinen gepflastert und so uneben, dass sich der Transporter in ein Rüttelsieb verwandelte. Kurz vor ihrem Ziel gerieten sie wieder auf Asphalt. Unterwegs hatten sie Polizisten gesehen, die mit Spürhunden und Spiegeln an langen Stangen die geparkten Autos kontrollierten, und weiter hinten entdeckte Rechmann mehrere gepanzerte Polizeifahrzeuge.

»Sag jetzt noch einmal, dass die Bullen hier nicht achtgeben«, meinte er noch. Dann musste er auf die Bremse treten. Ein Polizist kam auf sie zu, die unvermeidliche FN-Herstal P90 im Anschlag.

»Behalt ja die Nerven«, flüsterte Rechmann Maart zu und kurbelte das Fenster herunter.

»Ihre Papiere«, forderte der Polizist. Unterdessen tauchte ein zweiter Bulle auf der Beifahrerseite auf und hielt Maart mit seiner MP in Schach.

Rechmann holte seinen Ausweis aus der Tasche. Dieser lautete auf einen anderen Namen und wies ihn als eingebürgerten Deutschen aus Antwerpen aus. Es handelte sich um ein Originaldokument, denn einer von Zwengels Leuten arbeitete im Passamt der Stadt und hatte etliche falsche Pässe für seine Gesinnungsfreunde ausgestellt. Maart hingegen besaß einen niederländischen Pass, was ihre Tarnung als Fahrer einer niederländischen Gärtnerei noch überzeugender machte.

»Was wollen Sie, und was haben Sie geladen?« Die Stimme des Polizisten klang forsch.

»Wir wollen zum Friedhof, und geladen haben wir Kränze«, erklärte Maart, der seine Sprache wiedergefunden hatte.

Während die beiden Polizisten einen kurzen Blick wechselten, tauchte ein weiterer Exekutivbeamter auf und steckte seinen Spiegelstab unter den Kleinbus. Auch er arbeitete sorgfältig, konnte hinterher seinen Kollegen allerdings nur sagen, dass er nichts Auffälliges entdeckt habe.

»So, jetzt will ich mir das Innere ansehen«, sagte er anschließend und öffnete die Hecktür. Als er mit seiner Spiegelstange zwischen die Kränze fuhr, wurde Rechmann nervös.

»Machen Sie nichts kaputt!«

Der Polizist kümmerte sich nicht darum, sondern fuhrwerkte weiter mit seinem Stab im Laderaum herum. Allerdings lag die Sprengladung gut verborgen im vorderen Teil des Laderaums und war mit Kränzen verdeckt. Da der Polizist diese nicht beschädigen wollte, zog er seine Stange zurück und überließ seinen Platz einem Kollegen, der einen Spürhund heranführte.

Rechmann blieb ruhig. Von Zwengels Gewährsleuten wusste er, wie die belgischen Spürhunde ausgebildet waren, und hatte sich für eine neuartige Sprengstoffsorte entschieden, die diese Hunde noch nie gerochen hatten. Trotzdem schnupperte das Tier mehrmals und lief ein Stück auf den Wagen zu.

Sein Hundeführer griff schon zum Halsband, um die Leine zu lösen, damit der Hund in den Transporter klettern konnte, doch da blieb dieser unschlüssig stehen und schien nicht mehr zu wissen, was er tun sollte.

»Das Kerlchen mag anscheinend die Blumen auf den Kränzen«, witzelte Rechmann, der den Wagen am Vorabend innen und außen mit einer Flüssigkeit besprüht hatte, die im Allgemeinen Hunde fernhielt.

Der Polizist, der die erste Untersuchung durchgeführt hatte, drehte sich ungeduldig zu seinem Kollegen um. »Und, was ist jetzt?«

»Tinko hat anscheinend keine rechte Lust. Dabei geht der Zirkus erst richtig los!« Der Beamte zeigte auf die Reihe an Autos, die bereits hinter Rechmanns Wagen angehalten hatten. Die Schlange wurde schnell länger. Anscheinend hatten viele Trauergäste mit solch scharfen Kontrollen gerechnet und sich deshalb frühzeitig auf den Weg gemacht.

Der Chef des Polizeitrupps winkte seinen Männern, das

Gärtnereifahrzeug durchzulassen, und wandte sich dem nächsten Wagen zu.

»Puh, noch einmal gut gegangen«, stöhnte Maart. »Ich dachte schon, jetzt hätten sie uns.«

Rechmann sah selbstgefällig auf ihn hinab. »Du solltest nicht erst an die Probleme denken, wenn sie sich stellen, sondern bevor sie überhaupt auftreten. Ich habe den Wagen ausgezeichnet präpariert. Nicht einmal der Hund hat etwas gewittert.«

»Trotzdem hatten wir Glück!«

Rechmann teilte zwar diese Meinung, hatte aber nicht vor, dies seinen Beifahrer wissen zu lassen. Maart und die anderen Niederländer sollten glauben, er wäre ein Mann, der alles und jeden im Griff hatte.

DREIUNDZWANZIG

Auf dem Parkplatz neben dem Friedhof redete ein Polizist auf den Fahrer des Lieferwagens ein, der vor Rechmann und Maart die Polizeisperre passiert hatte, und deutete energisch auf eine Wiese. Ein Schild zeigte, dass dort die Autos der Trauergäste parken sollten.

Das war ein Punkt, mit dem Rechmann nicht gerechnet hatte. Wenn der Polizist von ihm verlangte, ebenfalls dorthin zu fahren, war die Bombe mehr als hundert Meter von der Stelle entfernt, an der sie explodieren sollte. Sie würde zwar einige Dutzend Autos zerstören und etliche Menschen das Leben kosten, nicht aber die töten, für die sie gedacht war.

Rechmann sah, dass die Stelle, die er als ideal empfunden hatte, noch leer war, und lenkte kurz entschlossen seinen Kleinbus dorthin.

Inzwischen hatte der Polizist den anderen Wagen zum provisorischen Parkplatz gescheucht und kam jetzt breitbeinig auf Rechmanns Wagen zu. Dieser spottete in Gedanken über den Möchtegern-Westernhelden und stieg aus.

»Hier können Sie nicht stehen bleiben«, rief der Bulle.

»Aber ich sehe kein Verbotsschild!«, stellte Rechmann sich dumm.

»Die Straße muss frei sein, wenn die Herrschaften vorbeikommen!«

»Wir stehen doch nicht auf der Straße, sondern auf einem ordentlich ausgewiesenen Parkplatz. Hier, sehen Sie. Wir ragen nicht einmal über die Abgrenzungslinien hinaus.«

Genervt von Rechmanns Dickfelligkeit wechselte der Polizist das Thema. »Was haben Sie geladen?«

»Kränze für die Beerdigung. Deshalb müssen wir auch hierbleiben. Es haben einige hohe Herrschaften bei uns bestellt, darunter auch der Präfekt der Provinz Antwerpen. Da können wir nicht wegen jedem Kranz einzeln zu jener Wiese laufen. Hier, wenn Sie die Kränze sehen wollen?« Rechmann ging um den Wagen herum und öffnete die Hecktür.

Der Polizist warf einen kurzen Blick hinein und sah als Erstes den Kranz eines Ministers der flämischen Regionalregierung. In seinem Gesicht arbeitete es, dann sah er noch einmal genau nach, wie der Kleinbus stand, und nickte widerwillig.

»Meinetwegen können Sie hierbleiben.« Damit wandte er sich ab und bedeutete dem Fahrer des nächsten Wagens, zu dem provisorischen Parkplatz weiterzufahren.

Maart sah Rechmann mit einer Mischung aus Unglauben und Faszination an. »Sie sind mir einer! Wir stehen genau auf dem Platz, den Sie ausgewählt haben, und das, obwohl uns die Bullen drei Mal in die Mangel genommen haben. Das soll Ihnen erst einmal einer nachmachen.«

»Es geht nichts über eine gute Vorarbeit und einen kühlen Kopf!«

Der junge Niederländer überlegte kurz und stellte dann die Frage, die ihm schon seit Tagen auf der Zunge lag. »Was meinen Sie, Herr Rechmann, habe ich eine Chance, von Eegendonks Haufen weg zu Ihrer Truppe zu kommen?«

»Die Chance dazu hast du«, antwortete Rechmann, der Maart aber für sich schon als zu nervös und zaghaft eingestuft hatte. Ihm dies jetzt zu sagen wäre jedoch nicht klug gewesen.

VIERUNDZWANZIG

Sedersen hatte es sich im Sessel bequem gemacht, kommandierte Jef herum und ließ den Fernseher nicht aus den Augen. Um ihn herum saßen Dunker, Eegendonk, Jasten und ein halbes Dutzend weiterer Freischärler, die zum engeren Kreis gehörten.

»Die Beerdigung eines so bedeutenden Pinkels macht schon was her«, spottete Dunker, als die Kamera einen ihnen bekannten Kleinbus kurz ins Bild brachte.

»Rechmann steht genau an dem Punkt, an dem er stehen wollte. Respekt! Der Mann hat es verdient, einen hohen Posten in unserer neuen flämischen Armee einzunehmen!«, rief Eegendonk beeindruckt. Eben hatten die Reporter noch einmal auf die scharfen Sicherheitsmaßnahmen hingewiesen, und doch war es Rechmann gelungen, sein präpariertes Fahrzeug genau an dem Ort abzustellen, an dem es seinem Plan nach stehen musste.

»Wann kommt eigentlich der König mit seinem Anhang?«, fragte Sedersen, obwohl er es während der bisherigen Übertragung bereits mehrmals gehört hatte.

»Um halb zwölf. Bis dorthin dauert es noch fast eine Stunde«, erklärte Dunker eilfertig.

»Noch eine Stunde also!« Sedersen trank einen Schluck

Cognac und hob das Glas grüßend hoch, als er sah, wie Giselle Vanderburg vor dem Friedhof aus ihrem Wagen stieg und sich von einem Chauffeur die Tür aufhalten ließ. Sie trug ein dezentes schwarzes Kostüm und trocknete mit einem ebenfalls schwarzen Taschentuch ein paar Tränen, die ihr aus den Augenwinkeln perlten. Auf jeden unbeteiligten Zuseher wirkte sie erschüttert, doch Sedersen wusste, dass sie nur eine Rolle spielte. Gerade erst hatte er mit Giselle auf van Houdebrincks Tod angestoßen und sich dann mit ihr in sein Schlafzimmer zurückgezogen. Sein Körper reagierte auf den Gedanken, und er beschloss, sie heute noch anzurufen, damit sie erneut nach Balen kam. Sie war die aufregendste Frau, die er je kennengelernt hatte, und das beste Aushängeschild, das er sich vorstellen konnte. Gemeinsam würden sie Flandern beherrschen.

Erleichtert stellte er fest, dass sie sich in den hinteren Teil des Friedhofs begab, als wolle sie der Familie und den Vertretern des politischen Establishments den Vorrang lassen. Er hatte sie eindringlich davor gewarnt, zu nahe bei der Königsfamilie zu bleiben, ohne ihr genau zu sagen, was er oder, besser gesagt, Rechmann dort geplant hatte.

Eigentlich hätte auch er an der Trauerfeier teilnehmen sollen, doch er hatte Caj Kaffenberger geschickt und sich selbst mit einem Auslandstermin entschuldigt. Sedersen betrachtete seinen Kompagnon belustigt. Kaffenberger wirkte völlig ungerührt. Bei einem Mann, der kalt lächelnd den Tod seiner Ehefrau in Auftrag gegeben hatte, wunderte ihn das nicht. Sedersen hatte Kaffenberger nicht vorgewarnt und hegte sogar die leise Hoffnung, dass der Mann umkam, denn der war mittlerweile zu unverschämt in seinen Forderungen geworden.

Auch Zwengel war anwesend. Der flämische Nationalistenführer sah verstört aus, als könne er nicht begreifen, dass sein Widersacher auf einmal nicht mehr sein sollte. Dazu trafen ihn etliche böse Blicke, und die anderen Trauergäste rückten von ihm ab. Sedersen entdeckte darunter die Vorstände einiger Konzerne, mit denen er Geschäfte machte, und fragte sich auf einmal, ob es ein Fehler gewesen war, nicht zur Trauerfeier zu fahren. Da er wusste, wo die Bombe versteckt war, hätte er sich ebenfalls an einer Stelle aufhalten können, die Deckung bot.

Er wandte sich an Dunker. »Haben wir noch eine Chance, rechtzeitig zur Beerdigung zu gelangen?«

Dunker blickte auf seine Armbanduhr. »Für eine normale Fahrt würde es reichen, aber bei den vielen Kontrollen schaffen wir es nie.«

»Wir müssen aber.« Sedersen wollte aufstehen, da klingelte das Telefon. Verärgert über die Störung hob er ab und meldete sich nicht gerade freundlich.

»Einer von Zwengels Leuten ist hier. Er will unbedingt mit Ihnen reden«, gab der Posten am Eingangstor durch.

Sedersen überlegte kurz. Wenn er wartete, würde er wertvolle Zeit verlieren und zu spät zur Trauerfeier kommen. Andererseits war er neugierig auf das, was der Mann zu sagen hatte.

»Schicken Sie ihn herein«, befahl er dem Posten.

»Er ist schon unterwegs. Ich wollte ihn nur anmelden.«

Sedersen hörte ein Knacken in der Leitung, als der Wachmann auflegte, und starrte für einige Augenblicke seinen Hörer an. Dann warf er ihn auf die Gabel und gab Jef einen Wink.

»Zwei Cognacs! Und ihr schaltet den Fernseher leiser.«

Während Jef die Gläser füllte, sah Sedersen mehr zur Tür hin als auf den Fernsehschirm. Als kurz darauf Schritte aufklangen und Zwengels Vertrauter Wim Reinaert hereinstürmte, trat er ihm mit beiden Gläsern in der Hand entgegen.

»Sie haben Glück. Ich wollte eben zu van Houdebrincks Beerdigung fahren, um den trauernden Geschäftsfreund zu spielen.«

Der Mann lachte hart auf. »Sie wollten doch die gesamte Königsfamilie dort auslöschen! Aber das können Sie sich abschminken. Der Palast hat eine anonyme Warnung erhalten. Daher wird niemand von dieser hochnäsigen Sippschaft an der Trauerfeier teilnehmen.«

Sedersen starrte Reinaert ungläubig an. »Was sagen Sie da?«

»Der Palast ist gewarnt worden. Die Polizei wird Ihre Bombe entdecken und herausfinden, wer dahintersteckt! Damit können wir alle einpacken. Selbst wenn Belgien geteilt wird, werden die sogenannten gemäßigten Parteien die Kontrolle über das Land übernehmen und Sie, Zwengel und mich verhaften.«

»Nicht, wenn wir schnell genug das Land verlassen!« Sedersen wollte schon den Befehl geben, alles zur Flucht vorzubereiten.

Da mischte sich Dunker ein. »Ganz kann das nicht stimmen. Der Reporter sagte eben, dass Prinz Philippe Brüssel bereits verlassen habe und in weniger als einer Stunde am Friedhof sein werde.«

»Einen wird es also erwischen. Wo hält sich denn der Rest der königlichen Familie auf?«, fragte Sedersen.

»Derzeit noch auf Schloss Laeken. Es ist allerdings geplant, die Frau des Kronprinzen und deren Kinder im Ausland in Sicherheit zu bringen«, berichtete Reinaert.

»Mich würde interessieren, wer den Leuten dort gesteckt hat, dass Sie einen Anschlag planen«, mischte sich Eegendonk ein.

»Sicher keiner von uns«, erklärte Dunker. »Sonst wäre Rechmann schon längst aufgeflogen. Wahrscheinlich hat irgend so ein hirnloser Heini von der Flämischen Macht das Maul nicht halten können. Ich hatte schon immer das Gefühl, dass Zwengel seinen Sauhaufen nicht im Griff hat.«

»Es muss Verrat gewesen sein!«, erklärte Sedersen und musterte Reinaert misstrauisch. Dieser hatte immer versucht, seinen Einfluss auf Zwengel und die Gruppierung einzuschränken. Verfolgte der Flame vielleicht eigene Pläne, in denen er selbst keine Rolle spielen sollte? Doch Sedersen war nicht bereit, sich so einfach abspeisen zu lassen. Wenn er jetzt Flandern fluchtartig verließ, hatte er sein Geld vergebens in dieses Projekt gesteckt. Er dachte an die hohen Kredite, mit denen er flämische Firmen aufgekauft hatte und die nun auf seinen übrigen Firmen lasteten. Gingen seine Pläne nicht auf, war er ruiniert. Er starrte auf den Fernsehbildschirm und sah, dass Rechmanns Bombenfahrzeug noch immer dort stand. Also wusste die hiesige Polizei nicht, aus welcher Richtung der Anschlag erfolgen sollte. Doch wenn er Erfolg haben wollte, brauchte er die Unterstützung von Zwengels Bewegung.

Schwer atmend wandte er sich an Reinaert. »Wie schnell können Sie die Kämpfer der Vlaams Macht zusammenrufen?«

Der starrte ihn erschrocken an. »Wollen Sie das Land in einen Bürgerkrieg stürzen?«

»Nein! Wenn wir schnell genug losschlagen, wird es keinen Bürgerkrieg geben. Belgien ist derzeit wie gelähmt, und das müssen wir ausnützen. Aktivieren Sie jeden Mann und auch Frauen und Kinder. Sie müssen die Zufahrten zu den Kasernen blockieren, damit die Armee nicht eingreifen kann. Glauben Sie, dass Sie das schaffen?«

Reinaert wollte zunächst ablehnen, doch als Dunker mit einem infamen Grinsen die Pistole hob, nickte er. »Ich glaube, ich kann genug Leute zusammenbringen. Die meisten werden aber nicht kämpfen.«

»Den Kampf übernehmen wir. Dunker, Sie bleiben mit fünf Ihrer Leute und zehn Niederländern hier und halten die Stellung. Alle anderen setzen sich in Marsch.«

»Wohin?«, fragte Eegendonk verdattert.

»Nach Brüssel! Ich werde mit meiner deutschen Truppe und Ihren Leuten Schloss Laeken stürmen und die königliche Familie gefangen setzen. Zwanzig Männer, denen Sie Führungsqualitäten zubilligen, sollen das Kommando über die Aktivisten der Flämischen Macht übernehmen und alle wichtigen Straßen- und Eisenbahnknotenpunkte besetzen, ebenso die Fernseh- und Radiosender.«

Alle starrten ihn aus weit aufgerissenen Augen an. »Aber das ist ein Putsch!«, rief Reinaert aus.

»Glauben Sie, Sie würden durch eine ehrliche Wahl an die Macht kommen?«, fragte Sedersen höhnisch.

»Haben wir denn eine Chance?«, fragte Eegendonk besorgt.

Sedersen nickte. »Ich kann mir nicht vorstellen, dass die flämischen Behörden gegen Leute vorgehen, die für die Freiheit Flanderns demonstrieren. Erinnert euch doch: Belgien ist durch eine Revolution entstanden! Jetzt wird es durch eine weitere Revolution untergehen.«

»Und was ist mit den EU-Behörden in Brüssel?«

»Alle Zufahrtswege blockieren. Dasselbe gilt auch für das Nato-Hauptquartier. Vorwärts, Männer! Wir stehen kurz davor, Geschichte zu schreiben.«

Sedersens Stimme hatte etwas Hypnotisches, was nicht nur seine deutschen Söldner, sondern auch Eegendonks Niederländer und die Flamen mitriss. Die Männer klatschten begeistert Beifall, und ein paar schossen ihre Waffen ab.

»Ruhe jetzt!«, rief Sedersen. »Ich habe diesen Plan zusammen mit Rechmann für den Fall entworfen, dass wir überraschend handeln müssen. Jetzt zeigt es sich, dass es gut war vorauszudenken. Van der Bovenkant, gehen Sie in mein Zimmer und holen Sie meine Unterlagen. Sie liegen im obersten Schubfach.«

»Dafür brauche ich den Schlüssel«, sagte Jef.

Sedersen warf ihm das Mäppchen zu. »Machen Sie rasch! Ich will in einer Viertelstunde aufbrechen.«

»Wohin?«, fragte Dunker.

»Nach Brüssel«, hörte Jef Sedersen noch sagen, dann fiel die Tür hinter ihm zu.

FÜNFUNDZWANZIG

Jef wusste, dass er handeln musste, sonst würde Sedersen ganz Flandern ins Chaos stürzen. Doch was konnte er tun? Während er die Treppe hochstieg und Sedersens Zimmertür öffnete, dachte er angestrengt nach. Solange die Hauptmacht der Freischärler hier war, hatte er keine Chance, und seine Situation besserte sich auch dann nicht, wenn der Großteil davon Sedersen nach Brüssel folgte. Gegen Dunker und fünfzehn zu allem entschlossene Männer kam er nicht an.

Bei dem Gedanken wünschte er sich nur noch ein Versteck, in dem er ausharren konnte, bis alles vorbei war. Aber Verkriechen nützte ihm auch nicht viel. Irgendwann würden diese Kerle ihn als überflüssig erachten und umbringen. Er dachte an all die Menschen, die Sedersens Rebellion noch zum Opfer fallen würden, und biss die Zähne zusammen. Er durfte nicht tatenlos abwarten.

Die geforderten Pläne fand er auf Anhieb, doch anstatt sofort wieder nach unten zu gehen, sah er sich in dem Zimmer um. Er war schon mehrfach hier gewesen, um Sedersen zu bedienen. Allerdings hatte er es kaum gewagt, die Einrichtung genauer zu betrachten. Nun legte er jede Zurückhaltung ab und entdeckte in der obersten Schublade des Schreibtisches einen Schlüsselbund mit der Aufschrift »Rechmann«.

Der größere Schlüssel musste zu dessen Türschloss gehören, sagte er sich und steckte den Bund ein. Auf dem Weg nach unten kam er an Rechmanns Tür vorbei und probierte den Schlüssel aus. Er passte.

Jef musste sich beherrschen, um nicht zu juchzen. In Rechmanns Zimmer fand er gewiss eine Waffe, die er zu den Gefangenen hineinschmuggeln konnte, und dann sah die Sache schon ganz anders aus. Nachdem Jef auch noch einen kurzen Blick auf den Aufmarschplan geworfen hatte, den er Sedersen bringen sollte, kehrte er in den Besprechungsraum zurück und setzte sich auf seinen gewohnten Platz neben der Tür.

Um ihn herum herrschte rege Betriebsamkeit. Die Männer suchten eilig Waffen und Ausrüstungsgegenstände zusammen. In einer Ecke stand Reinaert und führte ein Handygespräch nach dem anderen. Sedersen hatte den Raum verlassen, kehrte aber bald zurück und hielt einen futuristisch aussehenden Gegenstand in der Hand, den Jef erst auf den zweiten Blick als Schusswaffe einordnete.

»Wo sind meine Pläne?«, fragte Sedersen scharf.

Jef streckte sie ihm hin. »Hier!«

Sedersen las kurz die ersten Zeilen durch und teilte dann mehrere Blätter unter seinen Leuten auf. »Hier sind eure Anweisungen. Haltet euch daran, sonst kommt ihr euch gegenseitig ins Gehege. Wenn jeder seinen Job macht, gehört Flandern heute Abend uns.«

Reinaert hatte die meisten Blätter bekommen und las sie mit wachsender Unsicherheit durch. »Ich weiß nicht, ob ich so viele Leute in Marsch setzen kann. Außerdem ist unsere Parteimiliz kleiner, als Sie anzunehmen scheinen.«

»Arbeiten Sie die Punkte auf der Liste einen nach dem anderen ab. Je weiter oben sie stehen, umso wichtiger sind sie. Und was Ihre Miliz angeht, wird diese durch Eegendonks Reserven verstärkt. Aber jetzt los! Drei Mann kommen mit mir. Der Rest geht so vor, wie es hier beschrieben ist.«

Jef sah zu, wie Sedersen mit Jasten und je einem von Dunkers und Eegendonks Männern das Zimmer verließ. Eegendonk selbst folgte ihm mit seinem Trupp auf dem Fuß. Jeder Freischärler trug Kampfanzug, Splitterschutzweste und Helm und war mit einem Sturmgewehr oder einer Maschinenpistole bewaffnet.

Nachdem auch Reinaert aufgebrochen war, blieb Jef mit Dunker und dessen Leuten allein zurück. Da die fünfzehn Freischärler das ganze Gelände überwachen sollten, schickte

Dunker sechs von ihnen hinaus. Sechs weitere bestimmte er als deren Ablösung und behielt die letzten drei bei sich, um genug Mitspieler zum Skat zu haben.

»Jef, bring Bier!«, rief er und schaltete den Ton der Fernsehübertragung wieder lauter.

»Ich möchte hören, wenn Walter es krachen lässt«, erklärte er. Seine Kumpane zogen jedoch saure Mienen.

»Ich könnte mich in den Arsch beißen, weil die anderen den Sieg erkämpfen können, während ich hier sitzen und in die Glotze schauen muss«, rief einer von ihnen und hieb mit der Faust auf den Tisch.

Die beiden anderen stimmten ihm zu, doch Dunker winkte lachend ab. »Sollen doch erst einmal die anderen die Köpfe hinhalten. Wir werden schon noch gebraucht. Erinnert ihr euch an Jekaterinburg?«

»Was soll denn das sein?«

»Eine russische Stadt. Dort haben die Bolschewisten den letzten Zaren und dessen Familie hingerichtet. Vielleicht werden wir die Männer sein, die hier die Herrscherfamilie exekutieren.«

»Kamerad Lutz macht einen auf intellektuell«, spottete einer und sah im nächsten Moment in die Mündung von Dunkers MP.

»Vorsicht, Bürschchen. Hier bin immer noch ich der Chef. Wenn dir was nicht passt ...« Dunker ließ den Rest ungesagt, doch die zärtliche Geste, mit der er seine Maschinenpistole streichelte, sprach Bände.

Der Mann ist ein Killer, fuhr es Jef durch den Kopf. Dunker hatte am Töten Gefallen gefunden und sehnte sich danach, es wieder zu tun. Dabei war es ihm mittlerweile vollkommen gleichgültig, ob es Feinde der Bewegung waren oder Kameraden, die er kurzerhand zu Verrätern erklärte. Oder mich, wenn ich ihm nicht schnell genug Bier nachschenke, dachte Jef in einem Anflug von Galgenhumor.

Er versorgte die vier mit Getränken und wollte sich wieder an seinen Platz setzen. Doch da fühlte er den Schlüssel zu Rechmanns Zimmer in seiner Tasche, und das übte eine ungekannte Anziehungskraft auf ihn aus.

»Ich muss nach unseren Biervorräten sehen«, sagte er und wandte sich zum Gehen.

»Bring Chips mit!«, rief Dunker ihm nach.

Eher blaue Bohnen, dachte Jef und schloss die Tür hinter sich. Lautlos stieg er die Treppe nach oben und blieb vor Rechmanns Tür stehen. Mit zitternden Fingern zog er den Schlüssel hervor und steckte ihn ins Schloss.

Als er es nicht gleich aufbrachte, überkam ihn Panik. Er wollte schon davonlaufen, beherrschte sich aber und versuchte es erneut. Diesmal drehte sich der Schlüssel anstandslos. Die Tür schwang auf, und er konnte eintreten. Sofort sperrte er hinter sich zu, lehnte sich gegen das Türblatt und atmete erst einmal durch. Er riss sich jedoch sofort wieder zusammen und suchte nach den Waffen der beiden Deutschen. Rechmann hatte diese an sich genommen, sie aber nicht bei sich gehabt, als er mit dem Bombentransporter losgefahren war.

Schließlich fand er das Gesuchte im Schreibtisch, der sich mit dem zweiten Schlüssel öffnen ließ. Dort hatte Rechmann nicht nur die MP, die beiden Pistolen und die Dienstausweise, sondern auch alles andere deponiert, das die Deutschen bei sich gehabt hatten. Jef steckte die Ausrüstung in einen großen Plastikbeutel, um den Anschein zu erwecken, als habe er etwas aus dem Lagerraum geholt, und verließ das Zimmer.

Beim Hinabsteigen klopfte sein Herz wie ein Schmiedehammer. Auf dem Flur vor dem Besprechungsraum war niemand zu sehen, lediglich Dunkers Stimme schallte durch die Tür. Anscheinend verlor dieser gerade beim Skat, denn er bellte wie ein gereizter Hund.

Auf seinem weiteren Weg legte sich Jef zurecht, was er den beiden Männern erzählen wollte, die die Gefangenen bewachten. Er würde behaupten, Dunker habe ihn geschickt, die beiden Deutschen zu versorgen. Dann musste er eine der Pistolen ziehen und die Leute damit erschießen. Bei dem Gedanken krampfte sich sein Magen zusammen. Er hatte nicht einmal nachgesehen, wie die Waffen zu entsichern waren. Mit feuchten Händen packte er eine der Pistolen und zog sie aus der Tasche. Es war eine elegant wirkende, schwarz-silberne Pistole. Obwohl er diesen Typ nicht kannte, fand er den Sicherungshebel und schob ihn nach vorne.

SECHSUNDZWANZIG

Das Treppenhaus im Keller war leer! Jef konnte sein Glück nicht fassen und musste im nächsten Moment über sich lachen, dass er nicht selbst darauf gekommen war. Immerhin hatte Dunker zwölf Mann zur Geländewache eingeteilt, und mit den restlichen drei spielte er Karten.

»Jef, du solltest mal wieder Kopfrechnen üben«, sagte er zu sich und öffnete die Tür. Die beiden Gefangenen saßen gegen die Rückwand des Kellers gelehnt und sahen ihm missmutig entgegen.

Als jedoch keiner der Freischärler hinter Jef zu sehen war, warf Torsten Henriette einen kurzen Blick zu. »Glauben Sie, was ich glaube?«

»Wie sagten Sie so schön: Wir werden nicht fürs Glauben bezahlt, sondern fürs Wissen.« Henriette verzog angespannt das Gesicht und sah abwartend zu, wie Jef auf sie zutrat.

»Hallo«, sagte er ein wenig schwächlich.

Torsten sah seine Pistole in Jefs rechter Hand und einen Plastikbeutel in der anderen. Obwohl er den Flamen mit Leichtigkeit hätte überwältigen können, wartete er ab.

»Ich glaube, die gehört Ihnen!« Mit diesen Worten reichte Jef die Sphinx AT2000 an Torsten weiter.

Dieser nahm sie entgegen und richtete sie auf Jef. »Sorry, aber ich bin nun einmal misstrauisch. Weshalb wollen Sie uns helfen?«

»Wegen Sedersen! Der will ganz Belgien in einen Bürgerkrieg stürzen. Jetzt ist er mit seinen Leuten losgezogen, um den königlichen Palast zu stürmen. Sein Stellvertreter Rechmann will sogar die gesamte Trauergemeinde bei Gaston von Houdebrincks Beerdigung in die Luft jagen. Sie müssen die Kerle aufhalten!«

Torsten schüttelte unfroh lächelnd den Kopf. »Danke für das Vertrauen, aber Superman wohnt eine Straße weiter!«

»Sparen Sie sich Ihre müden Scherze für zu Hause auf«, fauchte Henriette ihn an. »Dieser Mann hat recht! Wir müssen diesen Verrückten stoppen.«

»Ich warte auf Vorschläge.« Torsten nahm Jef den Beutel ab und holte seine MP5 heraus. Er lud sie durch und sicherte sie. »Als Erstes müssen wir von hier verschwinden. Wie viele Kerle stehen draußen Wache?«

»Keiner. Sedersen hat die meisten mitgenommen und nur fünfzehn Mann unter Dunkers Kommando zurückgelassen.«

»Auch fünfzehn Leute sind ein wenig viel, um sich durch sie hindurchzuschießen. Gibt es vielleicht einen Weg hinaus, ohne dass wir uns mit den Kerlen herumschlagen müssen?«

Jef schüttelte den Kopf. »Das Haupttor wird bewacht, und über die Mauer kommen wir nicht schnell genug. Es gibt zwar noch den Ausgang zum Flughafen, aber dort steht auch ein Wächter.«

»Ein Wächter ist weniger als drei oder sechs«, erklärte Torsten entschlossen.

»Wir müssten allerdings das Tor aufbrechen. Wenn wir einen der Panzer nehmen könnten …«, begann Jef.

»So einen Kasten kann ich in Gang setzen«, unterbrach Torsten ihn.

»Aber die hat Sedersens Trupp alle mitgenommen«, setzte Jef seinen Satz fort.

»Wir sollten draußen weiterreden. Wenn jetzt einer der Kerle herunterkommt, braucht er nur auf der Treppe zu warten, bis wir aus der Kellertür treten«, gab Henriette zu bedenken.

»Ich gehe voraus«, erklärte Torsten, schlich zur Tür und sah sich um. Auf dem Gang war niemand zu sehen.

»Sie können nachkommen, Leutnant!«, rief er Henriette zu. Als diese bei ihm stand, deutete er auf Jef, der noch immer in ihrem bisherigen Gefängnis stand.

»Was machen wir mit ihm? Lassen wir ihn drinnen?«

»Das wäre unfair! Immerhin hat er uns geholfen. Wenn die anderen sehen, dass wir weg sind, werden sie ihn umbringen.«

Obwohl es ihm nicht gefiel, winkte Torsten dem jungen Flamen, mit ihnen zu kommen. Unterdessen spähte Henriette aus der Tür.

»Da ist niemand zu sehen«, meldete sie und stellte dann die Frage, die auch Jef bewegte. »Was machen wir jetzt?«

»Wir sollten verschwinden, und das möglichst, ohne uns auf eine Schießerei mit diesen Kerlen einzulassen.«

»Haben Sie Angst?« In dem Moment, in dem sie sie ausgesprochen hatte, fand Henriette ihre Frage selbst sträflich dumm, denn bislang hatte Torsten es wahrlich nicht an Mut fehlen lassen.

»Nein, aber es wäre fahrlässig, jetzt den Verstand auszuschalten. Schießen werde ich nur, wenn uns nichts anderes übrigbleibt.« Torsten dachte kurz nach und sah dann Jef an. »Du sagst, Sedersen will den königlichen Palast stürmen?«

Der Flame nickte. »Ja! Er ist mit einer ganzen Armee aufgebrochen, um Schloss Laeken zu besetzen. Und das ist noch nicht alles! Sein Stellvertreter Rechmann hat einen Kleinbus zur Bombe umgebaut und will die Trauergäste auf Houdebrincks Beerdigung in die Luft sprengen, weil es ursprünglich hieß, die königliche Familie sei ebenfalls dort. Aber die wurde Gott sei Dank gewarnt!«

Jefs angespanntes Grinsen zeigte Torsten, dass der Bursche etwas mit dieser Warnung zu tun hatte. Doch im Augenblick waren Rechmanns Pläne wichtiger.

»Hoffentlich sind die hiesigen Polizisten auf Zack und fangen das Bombenfahrzeug früh genug ab«, sagte er, doch Jef schüttelte den Kopf.

»Ich habe Rechmanns Wagen vorhin im Fernsehen entdeckt. Er steht genau dort, wo er laut Plan sein sollte.«

»Dann müssen wir schnell sein.« Henriette eilte zur Tür und spähte erneut hinaus. Diesmal prallte sie zurück. »Scheiße, da kommt jemand.«

»Die Kerle legen uns um!«, rief Jef panisch.

»Jetzt mach dir nicht in die Hosen, Junge! Leutnant, Sie geben mir Feuerschutz!« Torsten nahm Anlauf, stürmte los und hechtete durch die offene Tür.

Er landete direkt vor Dunkers Füßen. Dieser starrte ihn an und hob seine MP. Torsten war jedoch schneller als er. Er traf ihn mit einer Kugel in der Schulter und mit einer zweiten im Oberschenkel.

Während Dunker schreiend zu Boden sank, trat Torsten ihm die Maschinenpistole aus der Hand. Gleichzeitig schoss er auf die beiden Kerle, die hinter Dunker die Treppe herabkamen.

Den ersten traf er. Der zweite aber brachte noch die MP hoch und gab einen Feuerstoß ab. Torsten rollte sich blitzschnell um die eigene Achse und merkte dabei, wie es ihm heiß über den Rücken fuhr. Mit zusammengebissenen Zähnen schoss er mehrmals, ohne den Kerl zu treffen. Dafür hatte dieser Torsten vor dem Lauf und wollte eben abdrücken. Da traf es ihn wie ein Schlag, und er kippte haltlos nach vorne.

Torsten kämpfte sich auf die Beine und sah Henriette in der Tür stehen. Sie blies lächelnd über die Mündung ihrer Pistole und zeigte dann auf die drei am Boden liegenden Freischärler.

»Jetzt sind es nur noch zwölf!«

»Dreizehn«, korrigierte Torsten sie. »Unser flämischer

Freund sagte, dass fünfzehn Mann mit Dunker zurückgeblieben sind.«

»Einer muss noch oben sein«, erklärte Jef.

Torsten nickte und hob die MPs der drei Kerle auf. »Die kamen ja wie bestellt! Für jeden von uns eine. Nehmt den Kerlen die Ersatzmagazine ab und steckt sie ein. Wenn es hart auf hart kommt, haben wir eine bessere Chance.« Während Torsten die MPs verteilte und dafür sorgte, dass jede voll geladen und schussfertig gemacht wurde, wechselte er einen kurzen Blick mit Henriette. »Sie fahren jetzt mit dem Aufzug nach oben, verlassen ihn aber unter keinen Umständen.«

»Und was tun Sie?«

»Mir den vierten Skatspieler holen! Unser neuer Freund kann inzwischen die Verletzten in den Keller schleifen.«

»Bei dem hier brauche ich es nicht mehr!« Jef zeigte auf den Mann, den Henriettes Kugel getroffen hatte.

Die junge Frau schluckte, als sie den Toten ansah, und kämpfte mit aufsteigenden Schuldgefühlen. Selbst der Gedanke, dass Renk tot wäre, wenn sie nicht geschossen hätte, half ihr nicht viel.

»Wie ist es mit Ihrer Verletzung? Sollten wir die nicht lieber vorher ansehen?«, fragte sie Torsten, um diesen Gedanken zu verdrängen.

»Dafür haben wir keine Zeit. Los jetzt! Machen Sie ruhig ein bisschen Lärm im Aufzug.« Damit gab Torsten ihr einen Schubs in Richtung des Lifts und schlich die Treppe hoch.

SIEBENUNDZWANZIG

Als Torsten in den Aufenthaltsraum der Freischärler stürmte, fand er diesen leer vor. Auf dem Tisch standen die halbvollen Biergläser. Eins war bei dem überstürzten Aufbruch des letzten Skatspielers umgekippt und hatte eine nasse Spur auf dem Tisch hinterlassen.

Als Torsten vorsichtig zum Fenster huschte und seitlich hinausschaute, sah er den Mann über den Hof rennen. Er schwenkte seine MP und sprach hektisch in ein Handy hinein.

Mit dem heimlichen Hinausschleichen wird es wohl nichts, fuhr es Torsten durch den Kopf. Unwillkürlich blickte er zum Flughafen hinüber. Von hier aus konnte er das Tor erkennen, das den Weg zum Flugfeld versperrte. Es war etwa dreihundert Meter entfernt. Für jemanden, der mit Beschuss rechnen musste, eine verteufelt lange Strecke. Andererseits sah er etliche Freischärler auf den Haupteingang zurennen, um diesen zu blockieren. Es waren mehr als die sechs, die laut Jef Wache halten sollten. Wie es aussah, hatten sie ihre Ablösung alarmiert.

Torsten rechnete sich kurz ihre Chancen aus. Sie hatten dreizehn Mann gegen sich, von denen sich jetzt acht beim Eingang trafen. Drei der fünf anderen entdeckte er auf dem Dach einer Halle, von dem sie einen guten Überblick über das restliche Firmengelände hatten. Es war sinnlos, sie mit den MPs unter Feuer zu nehmen, denn so weit trugen die Dinger nicht. Die drei Kerle dort oben aber hielten weittragende Sturmgewehre in der Hand.

»Und, wie sieht es aus?«

Torsten ruckte herum, erkannte Henriette und löste den Zeigefinger vom Abzugbügel. »Verdammt, ich habe Ihnen doch gesagt, Sie sollen im Aufzug bleiben. Beinahe hätte ich Sie erschossen!«

»Tut mir leid«, presste Henriette hervor. »Aber ich habe es im Lift nicht länger ausgehalten.«

»Befehle sind dazu da, befolgt zu werden!« Torsten bedachte sie mit einem strafenden Blick und wies dann nach draußen. »Die Kerle beziehen Stellung. Wir müssen uns überlegen, wie wir weiter vorgehen sollen.«

»Wir haben doch mein Handy! Damit können wir mit Major Wagner Kontakt aufnehmen. Er wird sich mit den belgischen Behörden in Verbindung setzen und dafür sorgen, dass Sedersen gestoppt wird.« Sie zog das Mobiltelefon heraus, das Jef ihr zurückgegeben hatte, und sah Torsten fragend an.

»Können Sie mir die Nummer von Wagner sagen?«

»Geben Sie her!« Torsten nahm ihr das Handy ab und tippte die lange Reihe von Zahlen aus dem Gedächtnis ein. Zu seiner Erleichterung meldete sich Wagner sofort. »Sind Sie es, Leutnant?«

»Im Augenblick bin ich noch Oberleutnant! Oder haben Sie mich inzwischen degradiert?«

»Renk! Wo sind Sie? Ich war nie froher, Ihre Stimme zu hören. Darum vergebe ich Ihnen Ihre platten Späße. Also, was war los?«

»Sedersens Leute haben uns erwischt und eingesperrt. Im Augenblick versuchen wir zu entkommen. Aber das ist nicht so wichtig. Sedersen und Rechmann planen eine ganz üble Sache. Sie wollen die belgische Königsfamilie und die gesamte politische Spitze Belgiens mit mehreren Attentaten ausschalten. Sie müssen sofort Ihre Verbindungen spielen lassen, um das zu verhindern.«

Wagner antwortete mit einem bitteren Lachen. »Ich würde es ja gerne, aber derzeit sind meine Mittel arg beschränkt. Im Grunde habe ich nicht mehr als mein Handy und Frau Waitls Laptop. Ich bezweifle allerdings, dass irgendjemand auf einen Anruf oder eine E-Mail von uns reagieren wird. Renk, hier in Belgien ist der Teufel los! Flämische Aktivisten blockieren Bahnhöfe, Flugplätze und Kasernen. Auch die EU-Einrichtungen in Brüssel werden belagert. Ich bin froh, dass Frau Waitl und ich bereits gestern nach Brüssel gekommen sind. Heute säßen wir unter Garantie unterwegs fest. Einen Moment. Eben erfahre ich von Frau Waitl, dass die Flamen auf den Autobahnen Lkws anhalten und mit diesen die Grenze zur Wallonie dichtmachen.«

»Das heißt, wir sind auf uns allein gestellt.«

»Das können Sie in Großbuchstaben schreiben und noch unterstreichen. Hören Sie, Renk. Diese Schlipsträger im Ministerium sind gerade dabei, unsere Gruppe aufzulösen. Derzeit stehen nur noch Sie, Leutnant von Tarow und Frau Waitl unter meinem Kommando. Der Rest wurde bereits in andere Dienststellen versetzt. Sie werden es nach Ihrer Rückkehr wahrscheinlich auch, und mich wird man irgendwohin stopfen, wo gerade eine Planstelle frei wird, auf der ich dann die restlichen Jahre beim Bund absitzen muss. Die Herrschaften hörten mir nicht einmal zu, als ich sie auf die Probleme in Belgien aufmerksam machen wollte. In deren Augen habe ich komplett versagt, weil das SG21 verschwunden ist und bisher nicht wiedergefunden werden konnte. In der Hoffnung, doch noch etwas zu erreichen, sind Frau Waitl und ich hierhergekommen, um Leutnant von Tarow und Sie zu unterstützen.«

Wagner klang resigniert. Er hatte seine Abteilung über Jahre aufgebaut und dafür die besten Kräfte gesammelt. Doch jetzt servierten ihn seine bisherigen Förderer eiskalt ab, und das wegen einer Sache, die Wagner nicht einmal zu verantworten hatte. Immerhin trug nicht er, sondern Leute an höherer Stelle die Schuld am Verrat der Pläne für das Supergewehr. Ihm nahm man jedoch übel, dass es ihm bis jetzt nicht gelungen war, die kopierte Waffe zu finden.

Torsten hatte nicht die Zeit, sich Gedanken über die Probleme seines Vorgesetzten zu machen. »Wir sehen zu, was wir tun können, Herr Major. Aber jetzt müssen wir erst einmal unseren eigenen Hals retten.«

Torsten schaltete ab und drehte sich zu Henriette um. »Wir sollten uns auf den Weg machen. Sonst nageln uns die Kerle hier noch fest, und dann können wir überhaupt nichts mehr tun.«

Ein Blick durch das Fenster zeigte Henriette, wie recht er hatte. Die ersten Freischärler hatten ihren Posten beim Eingangstor aufgegeben und arbeiteten sich bereits auf die Villa zu.

»Ich hole den Flamen«, rief sie und stürmte zur Tür hinaus.

Torsten folgte ihr ein wenig langsamer und stellte sie, als sie mit Jef zurückkam, ärgerlich zur Rede. »Wenn einer der Kerle im Flur gewartet hätte, wären Sie jetzt eine Bereicherung für jeden Engelschor!«

»Entschuldigung!« Henriette ärgerte sich wieder einmal über sich selbst, weil sie ohne nachzudenken losgerannt war. Um einiges vorsichtiger näherte sie sich der Eingangstür und spähte hinaus. »Keiner zu sehen!«

Bevor er das Gebäude verließ, wollte Torsten etwas geklärt wissen. Er winkte Jef zu sich und legte ihm die rechte Hand auf die Schulter. »Du hast dich doch bis jetzt frei hier bewegen können?«

Jef nickte. »Hier im Gebäude schon, und auch in den Hallen rundum. Aber zum Eingangstor haben sie mich nicht ohne Aufsicht gelassen.«

»Hast du bei Sedersen irgendwann ein spezielles Gewehr gesehen. Es sieht sehr futuristisch aus und …«

»Das kenne ich! Sedersen hat es vorhin mitgenommen. Haben Sie nicht die Pläne dafür verbrannt? Sedersen hat Sie später deswegen verspottet und erklärt, er habe die Pläne eingescannt und auf einem USB-Stick gesichert. Den hat er in einer Art Innentasche in der Hose bei sich.«

»Was ist denn los? Sie sagten doch selber, dass wir keine Zeit zum Quatschen haben!« Henriette wurde ungeduldig.

»Jetzt haben Sie es mir aber gegeben!« Torsten grinste und schloss zu ihr auf. Als er neben ihr stand, wirkte sein Gesicht angespannt. »Wir werden uns einen der Lkws aus der Halle holen und damit die Sperre am Eingang durchbrechen.«

»Das bringt nicht viel«, unterbrach ihn Henriette. »Wir müssen unbedingt die Menschen auf diesem Friedhof vor Rechmanns Bombe warnen. Mit einem Lastwagen schaffen wir das nie. Dafür brauchen wir schon ein Flugzeug!«

»Ein Flugzeug?«, rief Torsten verdattert, dann folgte sein

Blick Henriettes ausgestrecktem Arm. Drüben auf dem Flugplatz standen neben dem alten Doppeldecker auch einige moderne Jets, die für Reisen bis nach Amerika geeignet waren. Jetzt erinnerte Torsten sich daran, dass Henriette Luftwaffenpilotin war, und lächelte. »Also gut! Machen wir es so. Wir holen uns einen Lkw für die Strecke bis zum Flughafentor.«

»Sedersen hat die meisten Lastwagen mitgenommen. Nur noch der Autokran ist in der Halle«, sagte Jef niedergeschlagen.

»Dann nehmen wir eben den. Mitkommen!« Torsten warf einen kurzen Blick nach draußen, sah, wie einer der Kerle heranzukommen versuchte, und jagte ihm einen Feuerstoß entgegen. Noch während der Kerl in Deckung hechtete, rannte Torsten los. Der Freischärler versuchte auf ihn zu schießen, doch da trieb ihn Henriettes Salve erneut in die Deckung der hinteren Halle zurück.

»Rennen Sie!«, schrie Henriette Jef an und versetzte ihm einen Stoß. Der Flame raste hinter Torsten her und feuerte sinnlos in die Luft. Henriette sah ihm kopfschüttelnd nach, gab dann ein paar gezielte Schüsse in Richtung der Freischärler ab und folgte Jef.

Zwei, drei Kugeln pfiffen unangenehm nahe an ihr vorbei, dann war sie bei der vorderen Halle. Dort hatte Torsten inzwischen das Tor geöffnet. Jetzt schoss er in die Richtung, aus der sich ein Freischärler näherte, und bedeutete Henriette und Jef mit einer kurzen Kopfbewegung, dass sie in den Kranwagen steigen sollten. Er folgte ihnen, feuerte dabei mehrmals nach draußen und setzte sich schließlich hinter das Steuer.

»Brauchen wir keinen Zündschlüssel?«, fragte Henriette, doch da probierte Torsten bereits einen seiner Dietriche aus.

»Das geht auch so«, meinte er, als der Motor schwerfällig ansprang.

»Und jetzt duckt euch!« Mit diesen Worten legte er den Gang ein und drückte aufs Gas.

Der schwere Lkw setzte sich langsam in Bewegung, wurde aber rasch schneller und schoss durch das Tor ins Freie. Torsten sah drei Kerle zunächst wild fuchtelnd herumschreien. Dann feuerten sie aus allen Rohren. Er hörte, wie eine Kugel gegen die Seitentür knallte und als Querschläger durch die Fahrerkabine fegte. Gleichzeitig bekam die Frontscheibe Löcher und Sprünge. Doch dann hatten sie die Kerle hinter sich gelassen und fuhren, so schnell es der Kasten zuließ, auf das Flughafentor zu.

»Festhalten!«, rief Torsten den beiden zu und stemmte sich gegen das Lenkrad, als der tonnenschwere Lkw gegen das eiserne Tor krachte und es aus seiner Verankerung riss. Kurz darauf hielt er den Kranwagen neben den abgestellten Flugzeugen an und sah die anderen beiden erwartungsvoll an.

»Na, wie war ich?«, fragte er grinsend.

Henriette hob vorsichtig den Kopf und stöhnte. »Bei Ihrer Fahrweise ist es kein Wunder, dass man Ihnen den Führerschein abgenommen hat.«

»Halten Sie keine Volksreden, sondern sagen Sie mir lieber, mit welchem Flugzeug wir losdüsen können!« Torsten sprang aus dem Lkw und trieb den Wachtposten mit ein paar Warnschüssen zurück.

Henriette musterte die abgestellten Flugzeuge und deutete dann zur Überraschung ihrer Begleiter auf den alten Doppeldecker. »Wir nehmen den da!«

»Diesen Klapperkasten?« Torsten glaubte, nicht richtig gehört zu haben. Doch da lief Henriette bereits auf das Flugzeug zu, kletterte auf den unteren Tragflügel und von dort auf den Pilotensitz.

»Renk, ich brauche den Nachschlüssel, mit dem Sie eben den Lkw gestartet haben!«

Diesen hatte Torsten in der Eile stecken gelassen. Jetzt rannte er zum Kranwagen zurück. Mittlerweile aber drangen die ersten Verfolger durch das Loch in der Mauer und ballerten drauflos.

Die Waffe in einer Hand haltend schoss Torsten zurück und zog mit der anderen den Schlüssel aus dem Zündschloss des Kranwagens. Im Zickzack hetzte er zum Doppeldecker zurück.

»Das ist ja nur ein Einsitzer!«, rief er erschrocken.

»Geben Sie den Schlüssel her! Sie und Jef steigen auf die untere Tragfläche und halten sich an den Verstrebungen fest. Beten Sie, dass ich das alte Mädchen in die Luft bekomme.«

»Warum nehmen wir kein moderneres Flugzeug?«, fragte Torsten, während er mehrere Freischärler mit einer weiteren Salve in Deckung zwang.

»Weil diese Kästen viel zu aufwendige Sicherheitssysteme haben! Die kann ich auf die Schnelle nicht knacken, es sei denn, Sie bringen unsere Freunde dazu, erst einmal Mittagspause zu machen, anstatt auf uns zu schießen. Diesen Vogel hier kann man notfalls mit einer Haarnadel starten …« Henriette brach ab und probierte den Schlüssel aus. Wenn es mir nicht gelingt, reißt Renk mir den Kopf ab, dachte sie, während sie wild mit dem Schlüssel herumfuhrwerkte.

»Schaffen Sie es nicht?«

»Lassen Sie mich endlich in Ruhe arbeiten, Renk!«, fauchte Henriette ihn an, zählte dann in Gedanken bis drei und versuchte es erneut. Sie hörte, wie der Anlasser ansprang und sich der Propeller eine halbe Umdrehung weit drehte.

»Komm jetzt, altes Mädchen!«, flehte Henriette. Als hätte das Flugzeug es gehört, begann der Motor zu rattern. Nicht zu viel Gas, befahl Henriette sich. Das Flugzeug setzte sich in Bewegung, aber gleichzeitig feuerten ihre Verfolger mit allem, was sie aufzubieten hatten. Torsten und Jef schossen zurück, bis ihre Magazine leer waren. Dann zog Torsten seine Sphinx AT2000 und klopfte Henriette auf die Schulter.

»Es wäre nett, wenn Sie uns vom Boden hochbringen könnten, denn mit meiner Einhandartillerie bin ich gegen die Sturmgewehre dieser Schurken im Nachteil.«

»Die schleppen Panzerfäuste heran!«, schrie Jef entsetzt auf. Torsten drehte sich um und feuerte einige gezielte Kugeln ab.

Zwar spritzten die Kerle auseinander, trotzdem visierten zwei von ihnen mit ihren Panzerfäusten das Flugzeug an.

»Scharf rechts«, brüllte Torsten, um das Knattern des Flugzeugmotors und die Schüsse der Freischärler zu übertönen.

Henriette gehorchte, ohne nachzudenken. Fast im selben Moment zuckte ein Feuerstrahl am Heck des Flugzeugs vorbei und schlug in einem der umstehenden Gebäude ein.

»Noch mal nach rechts«, befahl Torsten.

»In die Richtung wollte ich ohnehin, denn wir müssen gegen den Wind starten, wenn wir vom Boden wegkommen wollen«, antwortete Henriette, während sie das Flugzeug in die angegebene Richtung lenkte und dann den Gashebel bis zum Anschlag durchdrückte.

Die Maschine beschleunigte für die Verfolger überraschend schnell und entging dadurch der zweiten Panzerfaust. Doch die Männer schleppten neue Panzerfäuste und sogar Luftabwehrraketen heran.

Torsten biss die Zähne zusammen und zählte die Sekunden. Schießen war nun sinnlos, da die Freischärler sich längst außerhalb seiner Reichweite befanden. Sie selbst feuerten noch mit ihren Sturmgewehren, vergeudeten aber auch nur ihre Munition.

Das Ende der Startbahn kam rasend schnell näher, und noch machte der Doppeldecker keine Anstalten, sich in die Luft zu erheben. Torsten sah die Kiste bereits in die Umzäunung des Flugplatzes rasen. Da kamen die Räder das erste Mal vom Boden hoch.

»Wir schaffen es!«, rief Jef und schrie im nächsten Moment entsetzt auf, da der Doppeldecker wieder aufsetzte.

Es fiel Henriette schwer, die Geschwindigkeit des Flugzeugs ohne präzise Instrumente zu schätzen. Außerdem wusste sie nicht, wie schnell es beim Start sein musste. Den Blick auf das Ende der Startbahn gerichtet wartete sie, bis sie kurz davor waren, und zog dann das Steuer auf sich zu.

Der Doppeldecker begann zu steigen und flog so knapp über den Zaun, dass Jef unwillkürlich die Beine anzog. Dann aber ging die Maschine so schnell hoch, als hätten die Steine, die Henriette jetzt vom Herzen fielen, sie bislang am Boden festgehalten.

Torsten sah die Freischärler über das Flugfeld rennen und stieß einen übermütigen Schrei aus. Die Kerle schossen zwar immer noch, hätten jedoch genauso gut auf ein vom Wind erfasstes Blatt zielen können. Eine letzte Panzerfaust folgte ihnen, flog aber mehr als vierzig Meter an dem Doppeldecker vorbei.

Aufatmend drückte Henriette die Maschine ein wenig herunter und verschwand nach einem schnellen Schwenk aus den Augen ihrer Verfolger.

»Die Kerle sind wir hoffentlich los. Aber jetzt müssen wir schnellstens zu diesem Friedhof. Hat einer von euch eine Ahnung, wie wir fliegen müssen?«

»Erst mal nach Westen«, erklärte Jef.

Henriette blickte auf den eingebauten Kompass und richtete die Nase des Doppeldeckers danach aus. »Ist das nicht ein braves Mädchen?«

»Vor allem sehr bequem für Passagiere!« Da Torsten sich mit einer Hand festhalten musste, hatte er Schwierigkeiten, seine Sphinx und die erbeutete MP zu verstauen.

»Geben Sie das Ding her!«, forderte Henriette ihn auf und steckte sowohl seine wie auch Jefs Maschinenpistole neben ihren Pilotensitz. In den nächsten Minuten waren alle still. Torsten gelang es trotz seiner unbequemen Haltung, seine Pistole zu laden. Nachdem er sie wieder ins Schulterhalfter gesteckt hatte, forderte er Henriettes Waffe.

»Hier.« Seine Kollegin reichte sie ihm und zog dann die

Maschine etwas höher, um eine bessere Übersicht zu bekommen. »Das ist eine Hawker Fury«, erklärte sie mit einem Hauch von Stolz in der Stimme. »Sie war einmal das schnellste Kampfflugzeug der Royal Air Force.«

»Und wie viel Kilometer hat diese Schnecke geschafft?«, fragte Torsten spöttisch.

»Ihre Höchstgeschwindigkeit steht bei genau 333 Stundenkilometer. Zu ihrer Zeit war sie ein Blitz, zumindest für eine Militärmaschine. Zivile Flugzeuge sind damals bereits doppelt so schnell geflogen. Aber es war für ein Kampfflugzeug wichtiger, beweglich zu sein, um das Maschinengewehr einsetzen zu können. Heutzutage drückt man nur noch auf einen Knopf, und dann knallt es Dutzende von Kilometern entfernt.«

Torsten musste lachen. »Wenn ich Sie so höre, bekomme ich fast das Gefühl, als würden Sie sich in die Zeiten eines Roten Barons zurücksehnen, in denen man noch in das Auge des Feindes blicken konnte.«

Er bekam keine Antwort, denn in dem Augenblick wies Jef nach vorne. »Seht mal!«

Torsten musste sich vorbeugen, um etwas sehen zu können, und entdeckte eine Kolonne von etwa zehn Autos und etlichen schweren Motorrädern, die mitten auf der Autobahn standen.

»Was ist denn da los?«, fragte er, ohne auf eine Antwort zu hoffen.

Da erinnerte Jef sich an die letzte Nachrichtensendung im Fernsehen und sah Torsten über den Rumpf der Maschine hinweg an. »Das muss der Trupp sein, mit dem der Kronprinz zu der Trauerfeier fahren wollte. Wie es aussieht, wurden sie von den Sicherheitskräften hier aufgehalten.«

»Wo der Prinz ist, laufen auch genug Offiziere herum, die etwas veranlassen können. Los, Leutnant, landen Sie die Maschine.«

Während sich hinter der Kavalkade Prinz Philippes die anderen Autos stauten, war die Strecke davor auf etliche hundert

Meter frei und bildete eine ausreichende Landefläche für den Doppeldecker. Henriette flog seitlich an der Kolonne vorbei und wackelte mit den Tragflächen. Dabei hoffte sie, dass die Begleitung des Kronprinzen dies als Zeichen friedlicher Absicht erkennen würde. Die Leute hatten bereits hinter ihren Fahrzeugen Deckung gesucht und hielten Pistolen und MPs bereit.

ACHTUNDZWANZIG

Prinz Philippe fühlte den harten Griff, mit dem die Sicherheitsbeamtin Louise Pissenlit ihn in das Polster des Sitzes presste, während sie halb über ihm liegend mit der Pistole in der Hand Ausschau hielt.

»Langsam müsste der Hubschrauber kommen«, stieß sie nervös hervor.

Der Prinz blickte zu ihr hoch. Louise Pissenlit trug ein schwarzes Kleid seiner Frau und hatte durch einen geschickten Maskenbildner auch deren Aussehen erhalten. Zusammen mit dem Schleier, der vom Hut über ihr Gesicht fiel, hätte dies ausgereicht, um während Gaston van Houdebrincks Beerdigung als seine Gemahlin aufzutreten. Der Attentatsgerüchte wegen hatte er seine Gattin nicht in Gefahr bringen wollen. Er hatte gut daran getan, denn den neuesten Nachrichten nach sah es so aus, als läutete die Trauerfeier für seinen alten Freund das Ende Belgiens ein.

»Ich höre etwas!«, rief der Fahrer des Wagens, der das Lenkrad mit einer Maschinenpistole vertauscht hatte. Auch Prinz Philippes persönlicher Adjutant auf dem Beifahrersitz hielt seine Waffe in der Hand. Dem Thronfolger schien es, als würden seine Getreuen eher einen Angriff erwarten als den Hubschrauber, der ihn zurück nach Laeken bringen sollte.

Da er jetzt ebenfalls Motorengeräusche vernahm, wollte der Prinz sich aufrichten. Seine Begleiterin drückte ihn jedoch sofort wieder nach unten und sprach dabei eifrig in ihr Funkgerät, das sie hinter dem rechten Ohr festgeklemmt hatte.

»Wenn das Ding zu nahe kommt, schießt es ab!«

»Das ist kein Hubschrauber, sondern ein uralter Doppeldecker. Da erlaubt sich anscheinend jemand einen Scherz mit uns!« Der Chauffeur schüttelte verwirrt den Kopf und wollte das Seitenfenster herablassen, um ebenfalls feuern zu können. Da blaffte ihn seine Vorgesetzte an.

»Idiot! Mach sofort wieder zu. Was meinst du, was passiert, wenn die mit Bomben werfen.« Louise Pissenlit starrte auf das Flugzeug, das mit langsamer Geschwindigkeit seitlich an ihnen vorbeiflog und dabei mehrmals mit den Tragflächen wackelte. Ihre Nervosität wuchs, als sie die beiden Männer entdeckte, die zu beiden Seiten des Rumpfes auf den unteren Tragflächen lagen und sich an den Verstrebungen festhielten.

»Das ist seltsam«, fand der Fahrer.

»Was ist denn los?« Prinz Philippe wurde es leid, passiv auf der Rückbank zu liegen, ohne sehen zu können, was draußen vor sich ging. Er stemmte sich gegen seine Leibwächterin und erspähte nun selbst den Doppeldecker, der eben eine Schleife zog und dann auf dem leeren Autobahnstück vor ihnen zur Landung ansetzte.

Etwa fünfzig Meter vor dem vordersten Wagen blieb das Flugzeug stehen. Einer der Männer sprang von der Tragfläche, legte anschließend demonstrativ eine Pistole darauf und kam mit weit ausgestreckten Armen auf den Konvoi zu. In seiner Rechten hielt er eine Plastikkarte, die an einen Identifikationsausweis erinnerte.

Die Leibwächterin wandte sich an den Prinzen. »Der Bursche will anscheinend mit uns reden.«

»Dann tun wir ihm den Gefallen.« Philippe wollte die Tür öffnen, doch sein weiblicher Plagegeist hielt ihn zurück.

»Vorsicht, Königliche Hoheit! Das erledige ich. Ihr anderen passt auf, dass hier nichts passiert.« Mit diesen Worten öffnete Louise Pissenlit die Autotür einen Spalt und wand sich schlangenhaft hinaus. Dabei hielt sie ihre Waffe so, dass sie sie jederzeit einsetzen konnte.

NEUNUNDZWANZIG

Torsten bekam ein Kribbeln im Bauch, als eine Frau auf ihn zukam und ihre Pistole auf seinen Kopf richtete. Wenn sie nervös wurde, brauchte er danach keinen Arzt mehr. Er blieb stehen und streckte die rechte Hand mit seinem Dienstausweis vor.

»Torsten Renk, MAD! Wir sind hinter einer Gruppe von Kriminellen her, Rechtsradikale aus Deutschland, den Niederlanden und Belgien. Sie planen einen Anschlag auf die Mitglieder der königlichen Familie, die zu der Beerdigung van Houdebrincks kommen sollen, gleichzeitig wollen sie Schloss Laeken stürmen.«

»Sie wissen ja verdammt gut Bescheid«, sagte die Belgierin und sah ihn mit schräg gelegtem Kopf an. »Wie, sagten Sie, war noch mal Ihr Name?«

»Torsten Renk, Oberleutnant der Deutschen Bundeswehr«, antwortete Torsten.

»Legen Sie Ihren Ausweis auf den Boden und treten dann zehn Schritte zurück«, befahl Louise Pissenlit.

Torsten tat, was sie von ihm verlangte. Die junge Belgierin näherte sich der Stelle, an der der Ausweis lag, und hob diesen auf, ohne Torsten aus den Augen zu lassen.

»Sie sind Renk?«, fragte sie.

»Ja!«

»Mein Bruder hat mir von Ihnen erzählt. Er war mit Ihnen

im Sudan. Sein Spitzname lautete damals Kamel, weil er in seiner Freizeit immer so viel Durst auf Bier hatte.«

Torsten begriff, dass dies ein Test sein sollte, und durchforstete sein Gedächtnis nach allen belgischen Soldaten, die ihm im Sudan über den Weg gelaufen waren und durch erhöhten Bierkonsum aufgefallen waren. Er musste grinsen. »Bei uns Deutschen hatte er noch einen zweiten, allerdings nicht sehr schmeichelhaften Spitznamen. Er hatte etwas mit dem ersten Teil seines Nachnamens zu tun, der bei uns eine andere Bedeutung hat. Natürlich erinnere ich mich an Jean Antoine Pissenlit.«

»Ich bin Louise Pissenlit!« Die junge Belgierin atmete auf und wandte sich dann an die anderen Sicherheitsbeamten, die inzwischen näher gekommen waren.

»Sie können die Waffe senken. Der Mann ist okay.« Dann galt ihre Aufmerksamkeit wieder Torsten. »Was wissen Sie über die Kerle?«

»Dass es üble Schufte sind. Sie haben die Morde von Lauw auf dem Gewissen und auch den Überfall auf den Eisenbahnzug bei Remicourt. Die gehen über Leichen. Sie müssen daher schleunigst den Friedhof von Berendrecht räumen lassen. Die Bombe steckt in einem präparierten grünen Kleinbus, der auf dem Parkplatz des Friedhofs steht.«

Louise Pissenlit starrte Torsten erschrocken an. »Aber unsere Sicherheitsmaßnahmen …«

»… waren nicht gut genug. Der Kerl, der das ausgeheckt hat, ist absoluter Profi. Er war zwölf Jahre bei der Bundeswehr und hat dort einiges gelernt. Außerdem gibt es sowohl bei Ihnen wie auch bei uns Leute in entsprechenden Positionen, die diese Bande mit Informationen füttern. Rechmann, der die Sache in Berendrecht durchführt, kann Ihnen wahrscheinlich sogar die Namen der Sprengstoffhunde sagen, die dort eingesetzt worden sind.«

Louise Pissenlit war bleich geworden. »Ich werde es sofort

weitergeben. Wenn dort etwas passiert, wäre es eine Katastrophe, auch wenn niemand von der königlichen Familie anwesend ist. Spitzen der Wirtschaft, der Politik und des Kulturlebens unseres Landes haben sich dort eingefunden.«

Sie rief einem Kollegen zu, die Nachricht sofort an die Beamten vor Ort weiterzugeben. Dann wandte sie sich wieder an Torsten. »Kommen Sie mit uns?«

»Nein, ich habe noch was zu erledigen. Sie könnten uns allerdings einen Gefallen tun. Wir hatten vorhin ein Feuergefecht mit einigen Schurken auf dem Flugfeld von Keiheuvel. Jetzt sind unsere Munitionsvorräte arg geschrumpft.«

»Sie kriegen von uns so viele Patronen, wie Sie brauchen!« Louise Pissenlit ging zu den Autos und kam kurz darauf mit mehreren Päckchen zurück. »Hier sind Ersatzmagazine. Ich hoffe, die passen. Wenn nicht, müssen Sie die Patronen einzeln umstecken.«

»Die passen genau. Die Kerle auf der anderen Seite verwenden nämlich die gleichen Schusswaffen wie eure offizielle Armee. Danke und viel Glück!«

»Ihnen ebenfalls viel Glück!« Louise winkte Torsten noch kurz zu und eilte dann zum Auto des Kronprinzen zurück.

Torsten rannte auf die Hawker Fury zu, nahm seine Sphinx AT2000 wieder an sich und reichte Henriette die Reservemunition.

»Was machen wir jetzt?«, wollte seine Kollegin wissen.

»Wir haben einen Auftrag zu erfüllen. Oder haben Sie vergessen, warum wir hinter Sedersen her sind?« Ohne auf eine Antwort zu warten, tippte Torsten über den Rumpf der Maschine hinweg Jef an. »Du solltest lieber absteigen. Es wird nämlich bald heiß hergehen!«

Der junge Flame dachte an die Kinder, die in Lauw umgebracht worden waren, und schüttelte den Kopf. »Ich komme mit! Mit den Kerlen habe ich noch eine Rechnung offen.«

»Okay, ihr Helden! Dann helft mir, unser Mädchen zu drehen. Wir müssen ein Stück zurück, damit ich gegen den Wind starten kann. Anders bringe ich die Fury nicht in die Luft!« Henriette lächelte, doch in ihren hellen Augen leuchtete die gleiche kalte Wut, mit der die von Tarows seit Jahrhunderten in die Schlacht zogen.

DREISSIG

Igor Rechmann wurde langsam ebenso ungeduldig wie die versammelten Trauergäste und die Geistlichen. »Allmählich müsste die königliche Familie auftauchen«, sagte er zu Maart und blickte in die Richtung, aus der diese kommen sollte.

Es tat sich jedoch nichts. Dabei waren hier so viele Menschen zusammengeströmt, dass der Friedhof nicht ausreichte, alle aufzunehmen. Es schien, als wolle halb Belgien Abschied von dem Mann nehmen, der bis zuletzt für den Erhalt ihres Landes gekämpft hatte.

Maart starrte auf die Menge, die sich um den Kleinbus ballte. »Wir hätten aus dem Wagen steigen sollen, als es noch ging!«

»Ich konnte doch nicht ahnen, dass so viele kommen. Jetzt müssen wir uns eben durch die Leute durchboxen!« Rechmann ärgerte sich, denn an einen Hünen mit einem Kindergesicht, der sich mit Gewalt freie Bahn verschaffte, würden sich die Menschen erinnern. Allerdings hätte er den Wagen nicht früher verlassen können, ohne Verdacht zu erwecken.

»Ich hätte den Kasten mit einer Fernsteuerung ausstatten und auf dem Parkplatz abstellen sollen. Dann hätte ich ihn bei der Ankunft des Königs ganz entspannt mitten in die Masse hineinfahren und in die Luft jagen können.« Noch während er es sagte, begriff Rechmann, dass eine Manipulation an der Lenkanlage bei den Kontrollen aufgefallen wäre. Die einzige Chance, ihr Opfer zu erwischen, war die, die er gewählt hatte.

Auf einmal keuchte Maart erschrocken auf. »Da kommen immer mehr Polizisten!«

»Was sagst du da?« Rechmann stemmte sich aus dem Fahrersitz hoch und starrte über die Köpfe der Umstehenden. Tatsächlich strömten immer mehr Uniformierte heran. Teilweise handelte es sich um einfache Streifenpolizisten, doch er entdeckte unter ihnen auch Angehörige von Sonderkommandos mit Splitterschutzwesten, Helmen und Maschinenpistolen.

»Schalt das Radio ein!«

Maart gehorchte und lauschte ebenso überrascht wie Rechmann den verwirrenden Meldungen, die über den Äther drangen. Eines wurde beiden rasch klar: In Belgien herrschte Aufruhr. Rechmann erkannte seinen Plan für den Tag der Abspaltung wieder. »Sedersen muss verrückt sein, die Revolution ausgerechnet jetzt anzuzetteln! Wir sind doch noch gar nicht so weit! Außerdem hätte er uns über die Änderung seiner Pläne informieren müssen. Jetzt sitzen wir beide in der Scheiße!«

»Es muss was passiert sein, da …«, begann Maart, doch Rechmann unterbrach ihn rüde.

»Halt's Maul! Der Reporter quatscht gerade vom König.«

In den nächsten zwei Minuten begriffen beide, dass weder der König noch sonst jemand aus seiner Familie hier erscheinen würde. Inzwischen begannen die Polizisten, die Zuschauer am äußersten Rand zurückzudrängen. Sie arbeiteten sich dabei so zielstrebig auf den Kleinbus zu, dass kein Zweifel blieb.

»Die Schweine wissen von uns!« Rechmann fragte sich, wer sie verraten haben könnte. Sedersen gewiss nicht. Der stand und fiel mit ihm. Also musste es Zwengel oder einer von dessen einheimischen Verbündeten sein. Sein Blick suchte den Flamenführer und fand ihn ganz in der Nähe des Kleinbusses. Wie es aussah, war Zwengel per Handy gewarnt worden, denn er schob sich durch die Leute zum Ausgang. Giselle Vanderburg hatte Sedersens Warnung anscheinend verdrängt, denn sie kam direkt auf den Eingang des Friedhofs zu.

Rechmann wusste, dass Sedersen ein Verhältnis mit der attraktiven Frau angefangen hatte. Daher konnte auch sie genug über dessen Pläne wissen, um ihn und damit sie alle zu Fall zu bringen.

Eine Megaphondurchsage durchbrach Rechmanns Gedankengänge. Der Polizist forderte die Trauergäste auf, Ruhe zu bewahren und den Friedhof zu verlassen. Seine Kollegen schufen inzwischen einen Korridor, der quer durch die Menge fast schon bis zu dem Kleinbus reichte.

Rechmann sah weitere schwerbewaffnete Polizisten die Straße heranstürmen und die Leute vom Bus wegdrängen. Doch der freie Platz, der dadurch entstand, hatte eine Sogwirkung auf die Menschen im Friedhof, die rascher nachströmten, als die Polizisten sie wegschaffen konnten.

Zuletzt gelang es den Exekutivbeamten dann doch, einen Kordon um den Kleinbus zu ziehen. Die Waffen auf das Führerhaus gerichtet, warteten sie, bis ihr Kollege mit dem Megaphon zu ihnen aufgeschlossen hatte. Dieser erkannte, dass das Fahrzeug noch nicht verlassen war, und richtete sein Sprachrohr auf die Fahrerkabine. »Kommen Sie mit erhobenen Händen heraus!«

Rechmann langte unwillkürlich in seine Hosentasche und spürte sein Handy zwischen den Fingern. Alles umsonst, schoss es ihm durch den Kopf. Er hatte für Sedersen gearbeitet und gemordet, um einmal mehr zu sein als der vierschrötige Kerl mit dem Babygesicht, den niemand ernst nehmen wollte. Doch jetzt würde er im Gefängnis landen, ohne Aussicht, je wieder herauszukommen.

Während der Polizist die Aufforderung wiederholte, sich zu ergeben, sah Rechmann seinen Begleiter mit einem eigenartigen Lächeln an. »Du kannst aussteigen, Maart!«

Der junge Niederländer riss die Beifahrertür auf und verließ den Wagen. Rechmann wartete, bis er um das Fahrzeug herumgekommen war und mit erhobenen Händen auf die Polizisten zuging. Dann öffnete auch er seine Tür. Während die Menschen um ihn herum erleichtert aufatmeten, drückte er den Zündknopf.

Er hörte noch, wie die Seitenwände des Kleinbusses abgesprengt wurden. Dann zündete die Hauptladung, und seine Welt verging in einem Feuerball.

EINUNDDREISSIG

Der Friedhof versank im Chaos. Zwar war es den Polizisten gelungen, einen Teil der Trauergäste in Sicherheit zu bringen, doch die Eisennägel, die mit der Wucht von Gewehrkugeln durch die Gegend flogen, richteten zusammen mit der Explosion ein Blutbad an.

Als sich die ersten Überlebenden noch halb betäubt von dem furchtbaren Knall wieder auf die Beine kämpften, war von dem hellgrünen Transporter nichts mehr zu sehen. An der Stelle, an der er gestanden hatte, war ein drei Meter tiefer Krater. Ein Teil der Friedhofsmauer war weggeblasen worden, und der Turm der Kirche stand auf einmal so schief, als wolle er seinem berühmten Vorbild in Pisa nacheifern.

Den Polizisten in der vorderen Reihe hatten ihre Helme, Schutzwesten und Plastikschilde nicht genug Schutz geboten, und die wenigen überlebenden Beamten versuchten, dem Schrecken und dem Chaos Herr zu werden. Doch es gab einfach zu viele Tote und Verletzte. So blieb es für mehr als eine Stunde dem Schicksal überlassen, wer von den blutenden, schreienden Menschen Hilfe bekam und wer nicht. Doch selbst als die Ambulanzen aller umliegenden Gemeinden und Städte im Einsatz waren, dauerte es noch den halben Tag, bis die letzten Überlebenden geborgen waren. Den Ordnungskräften, die mittlerweile durch Beamte aus anderen Provinzen unterstützt wurden, blieb die traurige Aufgabe, die Toten zu zählen und zu bergen.

Der Schock aber, den dieser Anschlag auslöste, lief wie eine Welle durch das ganze Land, und zum ersten Mal seit Jahren fühlten sich auch hartgesottene Flamen wieder als Belgier. Doch die Nachrichten, die dann aus der königlichen Domäne in Laeken kamen, übertrafen selbst diese Katastrophe.

SIEBTER TEIL

DIE ENTSCHEIDUNG

EINS

Sedersen ballte triumphierend die Rechte. Seine Männer hatten die Ziegelmauer um die königliche Domäne von Laeken an drei Stellen gesprengt und drangen nun über die Avenue Jules van Praet, die Chaussée de Vilvorde und die Avenue du Parc Royal auf das Gelände vor. Gleichzeitig sicherte ein mit leichten Luftabwehrraketen ausgestatteter Trupp vom Monument Leopolds II. aus den Parc de Laeken, damit keine Hubschrauber der belgischen Armee in das Gefecht eingreifen konnten. Noch war keiner in der Luft, doch abgehörte Funksprüche hatten ihnen verraten, dass mehrere Kommandanten den bedrängten Verteidigern des Chateau Royal zu Hilfe kommen wollten. Mit Panzern und Mannschaftswagen war das nicht möglich, weil die Anhänger von Zwengels Vlaams Macht und von ihnen aufgehetzte Flamen die Kasernen und Zufahrtswege blockierten.

Das tackernde Geräusch eines Maschinengewehrs beendete Sedersens Gedankengang. Er drehte sich um und sah, wie Eegendonks Niederländer den Palast unter Feuer nahmen. Inzwischen hatte der größte Teil der Polizisten und Soldaten, die das Gelände bewachen und die königliche Familie schützen sollten, sich dorthin zurückgezogen. Einzelne Bewaffnete leisteten noch aus der Deckung von Hecken und Skulpturen heraus Widerstand gegen die vorrückenden Freischärler. Doch wenn die Kerle auf Entsatz hofften, warteten sie vergebens. Eegendonk und Zwengel hatten mehr als vierhundert Mann auf die Beine stellen und die Straßen um den Palast vollständig abriegeln können.

»Passt auf, dass niemand in einem Wagen entkommt!«, rief Sedersen einigen Freischärlern zu. Die Anweisung war überflüssig, denn seine Männer lauerten auf solche Fluchtversuche und hatten bereits panzerbrechende Waffen auf die Zugänge zur königlichen Domäne gerichtet.

Während Sedersen den Sieg bereits vor Augen zu haben glaubte, kauerte Karl Jasten nicht weit von ihm hinter einem Busch. Wenn es galt, aus dem Hinterhalt zu agieren, war der Mann kalt wie Eis. Doch das Krachen der Schüsse um ihn herum und die Schreie sterbender Frauen und Männer setzten ihm zu. Mehr als ein Mal wünschte er sich, er hätte mit Rechmann tauschen können. Einen mit Sprengstoff präparierten Wagen aus sicherer Entfernung mit einem Funkzünder in die Luft zu jagen lag ihm mehr als ein offener Kampf.

»Ich glaube, ich höre die Hubschrauber!«, rief er und sah sich nach einer besseren Deckung um.

Eegendonk, der bei Sedersen geblieben war und den Angriff per Funk koordinierte, lachte spöttisch auf. »Das ist ein Düsenjäger! Wenn der versucht, sich einzumischen, ist er schneller unten als oben.« Auf ein Handzeichen machten seine Männer mehrere Luftabwehrraketen abschussbereit.

Der Düsenjäger kam aus Richtung Schaarbeek und flog so knapp über die Dächer, wie der Pilot es verantworten konnte. Die erste Salve seiner Bordwaffen strich noch wirkungslos über den Park. Als er einen Trupp der Eindringlinge entdeckte und auf sie schießen wollte, waren die Niederländer schneller. Drei Blitze zuckten auf das Flugzeug zu, im nächsten Moment hallte der Klang einer gewaltigen Explosion über Brüssel. Die Maschine wurde in der Luft zerrissen, und ihre Einzelteile gingen als glühender Hagel über dem Großmarktgelände jenseits des Canal de Willebroek nieder.

»Oha, die Feuerwehr wird gleich ordentlich was zu tun haben. Das heißt, wenn sie überhaupt bis dorthin durchkommt«, spottete Sedersen, als erste Rauchfahnen aus den beschädigten Hallen aufstiegen.

»Weiter! Sonst bekommen wir es noch mit der gesamten

belgischen Luftwaffe zu tun!« Eegendonk befahl seinen Männern, schneller vorzurücken, und starrte dann Sedersen an. »Sie haben ein interessantes Gewehr bei sich. Wenn es das ist, was ich vermute, könnten Sie unseren Vormarsch unterstützen. Dort hinten bei dem kleinen Teich haben sich zwei Kerle verschanzt. Wir können unsere MGs nicht einsetzen, weil wir unsere eigenen Männer treffen würden, die sich an die Kerle herangearbeitet haben.«

Sedersen hatte das SG21 zwar mitgenommen, wollte damit aber nur auf wirklich lohnende Ziele schießen. Jetzt blickte er in die Richtung, in die Eegendonk zeigte, und fühlte, wie sein Blut heißer durch die Adern pulsierte. Diese Waffe war der infame Tod, der aus der Ferne kam und gegen den sich niemand zu schützen vermochte.

Mit einem überheblichen Blick auf den Niederländer, der das Gewehr für eine schlichte Weiterentwicklung des HK G11 zu halten schien, lud er die Waffe durch und suchte sein erstes Ziel. Die belgischen Polizisten waren durch die Büsche gut getarnt, doch sein elektronisches Zielfernrohr war scharf genug, um ihre Uniformen im Gewirr der Zweige und Blätter auszumachen. Sedersen legte das SG21 nicht einmal richtig an, sondern schoss aus der Hüfte. Noch während Eegendonk irritiert den Kopf schüttelte, kippte vorne ein Mann aus dem Gebüsch heraus.

»Na, was sagen Sie jetzt?«, fragte Sedersen und richtete den Lauf der Waffe auf das Schloss, denn er hatte hinter einem Fenster einen Schatten entdeckt. Die Zielerfassung zeigte ihm, dass es sich um Prinz Laurent handelte, den jüngeren Sohn des Königs, der sich offensichtlich einen Überblick über die Lage verschaffen wollte. Sedersen schoss sofort, doch da trat der Prinz wieder zurück. Das Projektil knallte gegen den Fensterrahmen und sprengte ein faustgroßes Loch hinein.

»Um die Ecke schießen kann das Ding also nicht. Benützen Sie es, um uns den Weg zu bahnen. Es geht nämlich ums

Ganze, falls Sie das noch nicht begriffen haben sollten!«, sagte Eegendonk mit einem angespannten Auflachen und folgte seiner vorrückenden Truppe.

Sedersen und Jasten, die zurückblieben, sahen ihn Haken schlagend auf den Palast zustürmen.

»Wir sollten uns eine bessere Deckung suchen, bis unsere Leute das Gemäuer da erobert haben«, schlug Jasten vor.

Sedersen schüttelte den Kopf und nahm eine Polizistin aufs Korn, die hinter einer Ecke des Palasts aufgetaucht war und auf die anstürmenden Freischärler feuerte. Als die Frau von seinem Geschoss getroffen zusammensank, sah er Jasten mit glitzernden Augen an. »Das Gewehr ist sein Gewicht hundertmal in Gold wert. Damit kann man das Schicksal ganzer Völker entscheiden!«

Sein nächster Schuss kostete einen weiteren Verteidiger das Leben. Zwar feuerte Sedersen nun immer wieder, um das Vorrücken seiner Männer zu unterstützen, aber das berauschende Gefühl, Herr über Leben und Tod zu sein, machte bald einer zittrigen Ungeduld Platz. Er gierte fast körperlich danach, jenes große, entscheidende Ziel anvisieren zu können, mit dessen Tod sich alles zu seinen Gunsten wenden würde. Doch der König blieb in Deckung. Sedersen vermutete, dass der alte Mann tief unter dem Palast in einem Bunker hockte. Aus dem, das schwor er sich, würde Albert II. nicht mehr lebend herauskommen.

ZWEI

Torsten Renk war froh, dass die Hawker Fury ein eher gemächliches Tempo flog, sonst hätten Jef und er sich nicht lange auf den Tragflächen halten können. Der junge Flame jammerte bereits über seine verkrampften Muskeln, wusste aber genau, dass er, wenn er auch nur einen Moment losließ, sehr tief fallen würde.

»Wie lange dauert es noch?«, fragte er, während der Doppeldecker über die nördlichen Vororte Brüssels schwebte.

»Hoffentlich nicht mehr allzu lange!« Henriette nahm die Schwierigkeiten ihrer beiden Passagiere wahr, sah aber keine Möglichkeit, ihnen die Lage zu erleichtern.

»Das dort vorne müsste schon Grimbergen sein. Der Königspalast liegt dahinter.« Torsten versuchte vergeblich, inmitten des Gewirrs der Häuser den Park auszumachen, in dem das königliche Palais lag. Da flammte ein Stück seitlich voraus ein heller Blitz auf, dem ein Knall folgte, der sogar das Motorengeräusch der Hawker Fury übertönte.

»Da hat es ein Flugzeug oder einen Hubschrauber zerlegt! Wir müssen weiter runter, sonst nehmen die Schufte uns als Nächstes ins Visier«, rief er Henriette zu.

Die aber zeigte lachend auf eine Reihe von sechs Hubschraubern, die aus dem Süden heranflogen. »Da greift die belgische Armee ein. Die wird diesen Spuk rasch beenden.«

Jef van der Bovenkant atmete auf. »Wir sollten uns eine Stelle suchen, an der wir landen können. Ich muss sagen, bei meinem nächsten Flug ziehe ich einen normalen Urlaubsflieger vor.«

Plötzlich sahen die drei mehrere Leuchtpunkte aufsteigen und auf die Hubschrauber zurasen. Gleich darauf zerplatzte der vorderste Helikopter wie ein Luftballon. Drei weitere Hubschrauber teilten sein Schicksal, während die Piloten der beiden letzten Maschinen mit riskanten Manövern ausweichen konnten und zwischen die Häuserschluchten abtauchten.

»Sieht aus, als hätten die Indianer die Fünfte Kavallerie in die Flucht geschlagen«, kommentierte Torsten grimmig.

»Was sollen wir jetzt tun?«, fragte Henriette.

»Wenn wir klug wären, würden wir abhauen und aus sicherer Entfernung zuschauen, wie sich die Belgier gegenseitig die Köpfe einschlagen.«

Henriette warf Torsten einen kurzen Blick zu. »Und? Sind wir klug?«

»Fliegen Sie tiefer, sonst erwischt es uns. Sehen Sie dort drüben das Atomium?«

»Ja!«

»Halten Sie sich links davon. Da vorne, das muss der Park von Laeken sein. Sehen Sie zu, ob Sie irgendwo landen können. Sobald ich abgesprungen bin, starten Sie durch und verschwinden samt unserem flämischen Freund! Vorher stopfen Sie mir noch ein oder zwei Ersatzmagazine in meinen Brustbeutel!« Torsten grinste, als wäre das Ganze ein großer Spaß, doch seine Augen glänzten so kalt wie Polareis. Irgendwo da unten hielt sich Sedersen auf. Den Mann musste er finden und das nachgebaute SG21 samt allen Unterlagen sicherstellen. Dabei durften ihn auch die Freischärler nicht aufhalten, die den Palast belagerten.

Henriette drückte die Nase des Doppeldeckers nach unten, bis sie nur noch ein paar Meter über den Häusern schwebte, und starrte angestrengt nach vorne. Zuerst erwog sie, auf der Avenue du Parc Royal zu landen, entdeckte dann aber Zwengels Luftabwehreinheit beim Leopoldsmonument und zwang die Hawker Fury in eine Linkskurve, um nicht von dort unter Feuer genommen zu werden. Ein Panhard-Schützenpanzer auf der Avenue Jules van Praet erforderte eine weitere Kursänderung, und für ein paar Augenblicke kamen sie nach Norden ab.

Neben ihr fluchte Torsten, doch Henriette ließ sich nicht beirren. Sie steuerte Richtung Osten, überquerte den Canal de Willebroek und drehte die Maschine über den Gleisanlagen des Gare de Formation wieder auf Westkurs.

»Ich hoffe, Ihnen ist auch mit dem Hintereingang geholfen, Herr Oberleutnant«, erklärte sie, als sie knapp über dem Boden zur königlichen Domäne zurückflog.

Sie erhielt keine Antwort, denn in den Gärten machte Torsten zwei Männer aus, die aus der Deckung mehrerer Büsche angestrengt zum Schloss starrten. Nicht weit von ihnen wurde erbittert gekämpft. Auf einmal hob der größere der beiden Männer sein Gewehr und feuerte.

»Dort ist Sedersen!« Obwohl er noch zu weit weg war, um den Schützen erkennen zu können, war Torsten instinktiv klar, dass es sich um den Gesuchten handeln musste.

Er krallte sich mit der Linken am Flugzeug fest und tippte Henriette mit der anderen Hand auf die Schulter. »Bringen Sie mich dorthin und fliegen Sie dabei so langsam, wie Sie können.«

Henriette sah ihn erschrocken an. »Wollen Sie vom Flugzeug springen? Dabei brechen Sie sich sämtliche Knochen!«

»Das wäre Pech!« Während er sich mit einer Hand festhielt, kontrollierte Torsten seine Ausrüstung und lud die MP durch. Er wusste selbst, dass sein Vorhaben schierer Wahnsinn war – aber auch die einzige Möglichkeit, den Kerl zu erwischen.

Henriette hielt die Hawker Fury so tief wie möglich. Zum Glück war der Doppeldecker weitaus wendiger als ein normales Flugzeug und hielt sich auch bei geringerer Geschwindigkeit in der Luft. Daher konnte sie Hindernissen wie Häusern und Bäumen ausweichen, als seien es Slalomstangen. Dennoch fragte sie sich nervös, wie langsam sie die Maschine fliegen durfte, ohne dass diese abschmierte. Selbst wenn sie das Äußerste riskierte, würde es nicht reichen, dass Renk abspringen konnte, ohne sich ein paar Knochen zu brechen.

Aber auch für sie war das Manöver höchst riskant. Selbst wenn die Hawker Fury sich in der Luft hielt, hatten sie und van der Bovenkant kaum eine Chance, ungeschoren davonzukommen. Bis jetzt hatte noch keiner der Freischärler den tief fliegenden Doppeldecker entdeckt. Doch nun wurden einige der Kerle auf das Motorengeräusch aufmerksam und starrten zum Himmel, als erwarteten sie einen weiteren Hubschrauberangriff.

Henriette atmete tief durch und nickte Torsten zu. »Gleich sind wir so weit!«

Torsten packte seinen Beutel mit der Ausrüstung, um ihn kurz vor dem Sprung abzuwerfen. Die MP behielt er jedoch in der rechten Hand, denn sie konnte den Unterschied zwischen Leben und Tod ausmachen.

DREI

Auch Sedersen hörte das Motorengeräusch und sah Jasten feixend an. »Die Belgier scheinen noch ein paar Hubschrauber zu viel zu haben. Nun, die werden unsere Jungs genauso vom Himmel holen.«

»Ich sehe nichts!« Nervös drehte Jasten sich um die eigene Achse und starrte in den Himmel. »Das ist kein Hubschrauber«, murmelte er.

Sedersen beachtete ihn nicht, denn er hatte eben einen weiteren Verteidiger entdeckt und erledigte ihn mit einem lässig angelegten Schuss. Als er sich das nächste Ziel suchen wollte, zupfte Jasten ihn am Ärmel. »Das hört sich an wie ein Sportflugzeug!«

»Und wenn! Dann hat der Pilot Pech gehabt. Eegendonks Leute machen da keinen Unterschied«, sagte Sedersen und feuerte.

Unterdessen blickte Jasten in die Richtung des Motorengeräusches und bemerkte einen Schatten, der über den Rasen des königlichen Parks huschte. Erschrocken hob er den Kopf und sah den alten Doppeldecker heranschweben.

»Das ist doch …« Der Rest erstarb ihm auf den Lippen, als er die beiden Männer mit Maschinenpistolen auf den Tragflächen entdeckte.

»Achtung, Feind!«, schrie er, während er seine Pistole

herauszog und hektisch feuerte. Doch schon nach wenigen Schüssen warf er sich zu Boden, um nicht von dem tieffliegenden Flugzeug erwischt zu werden. Im selben Augenblick sprang einer der beiden Männer ab, rollte ein Stück über den Rasen und riss gleichzeitig die MP hoch.

Jasten sah, wie deren Mündung Feuer spuckte, und spürte die Einschläge. Zeitlupenhaft richtete er seine Pistole auf den Mann, doch als er den Zeigefinger krümmen wollte, fehlte ihm die Kraft dazu. Er sah noch, wie der Boden auf einmal näher kam. Dann war es vorbei.

VIER

Der Aufprall hatte Torsten die Luft aus den Lungen gepresst. Die Seite mit der von Rechmanns Tritt angeknacksten Rippe schmerzte höllisch, doch Arme und Beine waren heil geblieben, und er hatte einen Angreifer mit einer kurzen Stoßsalve erwischt. Doch als er sich jetzt auf die Beine kämpfte und die MP auf Sedersen richten wollte, stand dieser breitbeinig vor ihm und hielt das SG21 im Anschlag.

»Sie sind entschieden lästig, Renk«, sagte er und drückte ab.

Torsten hechtete beiseite, doch trotz der kurzen Entfernung machte das Geschoss einen Bogen auf ihn zu. Im letzten Augenblick riss er den linken Arm hoch und empfand einen heftigen Schlag und ein höllisches Brennen. Dennoch zog er mit der anderen Hand den Abzugshebel der MP durch. Die Einschläge trafen Sedersen in beiden Oberschenkeln. Während der Mann mit einem Aufschrei in die Knie sank, trat Torsten auf ihn zu und prellte ihm das Gewehr aus der Hand.

»Das nehme ich sicherheitshalber an mich. Und ich hätte auch gerne den USB-Stick mit den dazugehörenden Daten.«

Sedersen starrte ihn mit verzerrter Miene an und verfluchte Eegendonk und dessen Männer, die ein ganzes Stück von ihm entfernt den Ring um das königliche Palais immer enger zogen und ihn allein zurückgelassen hatten.

»Ich weiß nicht, wovon Sie reden.«

Zwar hatte Torsten das SG21 noch nie in der Hand gehalten, dennoch hatte er keine Probleme damit, die Waffe durchzuladen. Die Mündung wanderte auf Sedersen zu, und der blaue Laserpunkt zeigte genau auf dessen Stirn.

»Her mit den Daten!«

Der Schmerz in den Beinen ließ Sedersen aufstöhnen, doch er gab nicht auf. »Lassen Sie uns wie vernünftige Menschen miteinander reden. Diese Waffe ist ein Vermögen wert. Ich weiß nicht, was Sie verdienen, aber ich kann Ihnen eine Million geben – pro Jahr! Sie müssen mir nur helfen. Wenn Sie es nicht tun, verblute ich.«

»Sie haben zwei gesunde Arme, mit denen Sie sich selbst verbinden können. Ich habe anderes zu tun.« Torsten war nicht entgangen, dass sich ein Trupp der Verteidiger in einem Seitenflügel des Schlosses in höchster Gefahr befand, und er nahm Sedersen die Brille mit dem Zielbildschirm ab. Die Schärfe des Bildes vor seinem rechten Auge überraschte ihn. Selbst auf die Entfernung konnte er die Freischärler so deutlich erkennen, als stünden sie direkt vor ihm.

Er nahm einen der Männer am MG ins Visier und drückte ab. Der Kerl flog wie von einem harten Schlag getroffen nach vorne und blieb reglos liegen. Mit grimmiger Befriedigung lud Torsten durch und feuerte erneut. Ein zweiter Freischärler wurde getroffen, dann ein dritter.

Sedersen sah es mit knirschenden Zähnen und kroch trotz seiner Verletzung auf die Stelle zu, an der Jastens Pistole im Gras lag. Er hatte sie fast schon in der Hand, als Torsten sich umdrehte und mit zwei schnellen Schritten bei ihm war.

»Das wollen wir doch lieber sein lassen.« Mit einem Fußtritt beförderte er die Pistole aus Sedersens Reichweite.

Gleichzeitig stieß er mit dem Kolben zu, um Sedersen endgültig auszuschalten.

Während dieser bewusstlos zurücksank, nahm Torsten die Pistole an sich und steckte sie in seinen Beutel. Dann lud er das SG21 mit den letzten Patronen, die er fand, und nahm die Freischärler erneut unter Feuer.

Die hatten mittlerweile begriffen, dass ein Feind in ihrem Rücken aufgetaucht war, und ein Trupp von zwanzig, dreißig Kerlen machte kehrt. Torsten feuerte die letzten Patronen des SG21 ab. Dann warf er sich das Gewehr über die Schulter, wechselte das abgeschossene Magazin seiner MP gegen ein volles aus und rannte zu Sedersen. In aller Eile öffnete er dessen Gürtel. Während er mit einer Hand auf die anstürmenden Gegner schoss, tastete er mit der anderen nach der Innentasche, in der sich der USB-Stick mit den Plänen befinden musste.

Als er ihn endlich fand und an sich nehmen konnte, schlugen um ihn herum bereits die Kugeln ein. Er hechtete hinter einen zertrampelten Blumenhügel, der ihm eine minimale Deckung bot. Dabei sah er, dass Blut von seinem Arm über die MP tropfte. Das war's wohl, dachte er und nahm sich vor, so viele seiner Gegner wie möglich mitzunehmen.

Da klangen hinter ihm Schüsse auf, und die anstürmenden Freischärler fielen im Kugelhagel. Verblüfft drehte er sich um und sah eine Gruppe belgischer Fallschirmjäger heranstürmen.

Diese schlossen zu Torsten auf und trieben Eegendonks Männer zurück. Ihr Anführer im Rang eines Hauptmanns winkte kurz zu Renk herüber. »Wir haben gesehen, wie Sie den Kerlen eingeheizt haben. Ihr Gewehr ist verdammt gut. Damit können Sie uns den Weg bahnen!«

»Keine Munition mehr!«, gab Torsten zurück und stieß ein volles Magazin in seine MP.

FÜNF

Nachdem Renk abgesprungen war, drückte Henriette den Gashebel nach vorne, um wieder schneller zu werden. Doch da begann der Motor der Hawker Fury zu stottern.

»Was ist los?«, rief Jef erschrocken.

Henriette entblößte die Zähne zu einem freudlosen Lächeln. »Wie es aussieht, stecken wir in Schwierigkeiten, Kumpel. Der Treibstoff ist alle!«

Kaum hatte sie die Worte hervorgestoßen, fiel der Motor ganz aus. Henriette versuchte, die alte Fury noch ein paar Meter in der Luft zu halten, um wenigstens den Park hinter sich lassen zu können, doch der Boden kam rasend schnell näher. Das Fahrwerk prallte auf und wurde abgerissen. Jef wurde von der Tragfläche geschleudert, während Henriette nach vorne flog und den Steuerknüppel schmerzhaft in den Solarplexus bekam.

Ein paar Meter weiter bohrte sich der Doppeldecker mit der Spitze in den Boden, überschlug sich und wurde von zähem Gebüsch aufgefangen. Sofort nahmen Freischärler die Maschine unter Feuer. Henriette, die kopfüber in ihrem Sitz hing, sah sich schon hilflos eingeklemmt, während die Einschläge näher kamen. Erschrocken zerrte sie an den Sicherheitsgurten und plumpste im nächsten Moment zu Boden. Dabei kam ihre Kehrseite schmerzhaft mit ihrer MP in Berührung.

Sie rollte zur Seite, packte die Waffe und sah, dass Jef auf sie zurobbte. Er hielt seine Maschinenpistole umklammert, erwiderte aber das Feuer nicht, obwohl nicht weit von ihnen Gegner auftauchten.

Henriette gab einen kurzen Feuerstoß ab und sah einen der Freischärler fallen. »Wir müssen zum Schloss, sonst haben uns die Kerle gleich!«, rief sie Jef zu und sprang auf. Dabei konnte sie nur hoffen, dass die Verteidiger von Laeken sie nicht ebenfalls für Angreifer hielten und auf sie schossen.

Jef folgte ihr stumm. Haken schlagend rannten sie auf das Schloss zu, das keine hundert Meter vor ihnen aufragte.

Nach einigen Schritten warf Henriette sich zu Boden, rollte sich zweimal um die eigene Achse und gab einen Feuerstoß auf ihre Verfolger ab. Ob sie traf, konnte sie nicht sagen, doch wenigstens hatte sie sich und Jef ein paar lebenswichtige Sekunden Zeit verschafft. Jef tat es ihr gleich und feuerte dabei sein ganzes Magazin leer.

»Renn!«, schrie Henriette und stürmte weiter. Sie sah, wie eine der Türen des Schlosses geöffnet wurde. Gleichzeitig schlug den Angreifern aus etlichen Fenstern ein Feuerhagel entgegen, der ihr und Jef die Möglichkeit gab, die letzten Schritte zurückzulegen und durch die Tür zu schlüpfen.

Ein belgischer Offizier schlug diese sofort hinter ihnen zu. »Sie haben sich einen seltsamen Ort für Ihre Luftakrobatik ausgesucht«, sagte er grinsend zu Henriette.

Diese salutierte. »Leutnant von Tarow, deutsche Luftwaffe!«

»Ich will ja nichts sagen, aber das war nicht unbedingt der modernste Kampfbomber, den Sie eben geflogen haben. Außerdem wusste ich nicht, dass ihr Deutschen neue Uniformen habt«, antwortete der Belgier mit einem Seitenblick auf Henriettes hautengen, schwarzen Dress.

»Sondereinsatz«, antwortete diese und feuerte durch das zerschossene Fenster auf einen Freischärler, der sich zu nahe herangewagt hatte. Jef erhielt von einem anderen Soldaten ein frisches Magazin und schoss jetzt ebenfalls auf die Männer, die er vor ein paar Wochen noch seine Freunde genannt hatte.

Mitten in das Feuergefecht platzte eine junge Polizistin mit einem Mobiltelefon. »Herr Leutnant! Ihre Schwester ist in der Leitung.«

»Verdammt, ich habe jetzt keine Zeit!«, fluchte der Offizier, packte aber das Handy und bellte hinein. »Was ist los? Ist Seiner Königlichen Hoheit etwas passiert?«

»Nein, Prinz Philippe ist unversehrt. Aber in Berendrecht hat es ein Blutbad gegeben. Es sind bis jetzt mehr als achtzig Tote und über zweihundert Verletzte.«

»Unsere Lage ist auch nicht gerade rosig. Wenn nicht bald etwas zu unseren Gunsten geschieht, sind wir im Arsch.«

»Was ist mit der Luftwaffe?«

Leutnant Pissenlit verzog das Gesicht. »Sonst noch Wünsche? Unsere Gegner haben bereits einen Jet und vier Hubschrauber mit ihren Raketen vom Himmel geholt.«

Henriette, die mithörte, klatschte sich mit der flachen Hand gegen die Stirn. »Raketen! Wir müssen die Luftabwehrstellungen der Rebellen mit Marschflugkörpern zusammenschießen, dann können Hubschrauber mit Truppen landen.«

»Marschflugkörper auf so engem Raum? Da gehen wir alle zum Teufel«, fuhr Pissenlit auf.

»Wenn wir nichts riskieren, sind wir in kürzester Zeit am Ende! Ihr habt doch einen Bunker oder einen tiefen Keller hier. Dahin ziehen wir uns zurück. Verfügt euer Militär ringsum über irgendwelche Luft-Boden-Raketen? Mit denen müsste es zu schaffen sein.«

Pissenlit kniff die Augen zusammen und nickte nachdenklich. »Es ist ein Spiel mit dem Feuer. Wenn auch nur eine der Raketen danebentrifft, sitzen wir in des Teufels Bratpfanne. Aber eine andere Chance sehe ich auch nicht.«

»Haben Sie eine Karte der Gegend?«, fragte Henriette.

Pissenlit unterbrach die Verbindung zu seiner Schwester und rief der Polizistin zu, einen Stadtplan zu bringen. Als die Karte ausgebreitet war, zog Henriette mit einem Stift darauf mehrere Linien. »Die Flugzeuge müssen aus diesen Richtungen angreifen. Die Abwehrraketen stehen hier, hier und hier!« Drei Kreuze vervollständigten ihre Notizen, dann sah sie Pissenlit auffordernd an. »Lassen Sie die genauen Koordinaten durchgeben und sagen Sie den Leuten, dass sie sich beeilen sollen. Ich habe noch einen Kameraden draußen, der will auch gerne noch ein wenig länger leben.«

»Der ist bei unseren Paratroopers. Das wurde eben durchgegeben«, erklärte die Polizistin.

Während Henriette erleichtert aufatmete, schaltete Pissenlit eine Verbindung zum nächsten Luftwaffenstandort und nannte ihnen die Daten. Danach zwinkerte er Henriette lächelnd zu. »Es sind mehrere unserer Maschinen in der Luft. Die Piloten wollten nur noch nicht eingreifen, aus Angst, einen Bürgerkrieg auszulösen. Aber jetzt werden die Jungs uns etwas zeigen!«

Der Leutnant feuerte seine MP leer und bedeutete den übrigen Verteidigern, ihm in den Keller zu folgen, in dem bereits die königliche Familie Zuflucht gefunden hatte.

SECHS

Die Freischärler hatten sich auf Entlastungsversuche vorbereitet und gingen weiter nach Plan vor. Während ein Teil Torsten und die Fallschirmjäger in einen Winkel des königlichen Parks zurückdrängte, rückte der Haupttrupp weiter auf den Palast zu. Dessen Verteidigern schien langsam die Munition auszugehen, denn ihr Gegenfeuer wurde schwächer.

Torsten hatte den bewusstlosen Sedersen verbunden und schleppte ihn mit zu einem Gebüsch nahe der Umfassungsmauer.

»Sie sollten den Kerl liegen lassen. Sonst erwischen die anderen Sie noch«, mahnte ihn der belgische Hauptmann.

»Der Kerl hier ist mein ganz spezieller Gefangener. Ich bin seit Wochen hinter ihm her und lasse nicht zu, dass seine Freunde ihn finden und wegbringen.«

Der Belgier sah Sedersen an und winkte ab. »Schießen Sie ihm eine Kugel in den Kopf, dann sind Sie ihn los!«

»Ich brauche ihn lebend«, erklärte Torsten und fragte den Belgier, ob er ihm sein Handy leihen könne.

»Wollen Sie von Ihrer Freundin Abschied nehmen?«, spottete dieser, reichte ihm aber ein Mobiltelefon.

Während Torsten mit einer Hand auf die Freischärler schoss, tippte er mit der anderen Wagners Nummer ein. Sein Vorgesetzter meldete sich sofort. »Ja, wer ist am Apparat?«

»Renk.«

Wagner hörte das Knattern der Schüsse und begriff, dass Torsten wieder einmal tief im Schlamassel steckte. »Das dachte ich mir! Eine solche Diskomusik legen nur Sie auf. Wo sind Sie?«

»Im Schlosspark von Laeken, nahe der Mauer an der Avenue Jules van Praet gegenüber der Rue de la Balsamine!«

»Es hört sich auch so an, als würde man Sie bald einbalsamieren. Ist es schlimm?«

»Bei mir sind etwa vierzig Leute! Wie viele sich noch im Schloss aufhalten, kann ich nicht sagen. Uns stehen mindestens dreihundert Rebellen gegenüber, wahrscheinlich mehr. Ich habe Sedersen geschnappt und mir auch das Gewehr gesichert!« Er hörte Wagner scharf einatmen. Dann wurde sein Vorgesetzter direkt hektisch.

»Frau Waitl und ich kommen, so schnell wir können. Wir sind in der König-Albert-Kaserne und bringen ein paar Freunde mit.«

»Sind die Kasernen denn nicht blockiert?«, fragte Torsten verwundert.

»Die Leute sind abgehauen, als die Nachricht von dem Massaker in Berendrecht und dem Angriff auf den königlichen Palast die Runde machte. Damit haben unsere Gegner den Bogen überspannt. Bis gleich, Renk! Halten Sie die Stellung!«

Torsten gab dem Belgier das Handy zurück. »Die Kavallerie

ist unterwegs! Wir müssen zusehen, dass wir uns noch ein paar Minuten halten.«

Als wolle er ihn verspotten, bog in dem Moment einer der Panhard-Schützenpanzer um die Ecke und richtete seine Neunzig-Millimeter-Kanone auf sie aus. Der erste Schuss krachte und zerhieb das Geäst eines Baums, der keine zwanzig Meter von Torsten entfernt war. Noch während dieser wütend auf seine MP starrte, die gegen den gepanzerten Koloss ebenso wirkungslos war wie ein gespuckter Kirschkern, setzte einer der belgischen Soldaten in seiner Nähe eine Gewehrgranate auf den Lauf seines Sturmgewehrs, zielte und feuerte.

Torsten sah, wie die Flanke des Panhard durchschlagen wurde. Dann platzte der Panzer unter der Wucht seiner explodierenden Munition auseinander.

Die Belgier jubelten, während Eegendonk einige hundert Meter entfernt fassungslos auf das Panzerwrack starrte. Im nächsten Moment packte ihn die Wut. »Die erste Kompanie soll diese Kerle zum Schweigen bringen. Die Übrigen folgen mir zum Palast.« Während sich etwa hundert seiner Männer der Ecke zuwandten, in der sich Torsten und seine Belgier verschanzt hielten, stürmte der Rest auf die königliche Residenz zu, ohne dass ihnen ein einziger Schuss entgegenschlug.

SIEBEN

Torsten entdeckte die herannahenden Raketen als Erster. »Deckung!«, schrie er. »Das sind verdammt schwere Kaliber!« Sekundenbruchteile später lag er flach am Boden und presste das Gesicht ins Gras, während über ihn die Raketen hinwegpfiffen und sich auf ihre Ziele stürzten.

Eegendonks Luftabwehrkommandos sahen die Raketen ebenfalls kommen und feuerten panisch ihre eigenen Geschosse ab. Bis auf eines verfehlten diese jedoch die Raketen und schlugen zwei Kilometer weiter in Laeken und Helmet ein. Die getroffene Rakete detonierte in der Luft und kam in einem Regen aus Trümmern und Feuer herab. Dann erreichten die übrigen Raketen ihre Ziele.

Der Knall der Explosionen war in ganz Brüssel zu hören. Im weiten Umkreis zersprangen die Fensterscheiben, und die Druckwelle fegte Teile des Palastdachs samt dem Dachstuhl hinweg. Für einige Sekunden herrschte lähmende Stille. Dann ließ das Geräusch schwerer Motoren die Luft vibrieren.

Renk und seine Kampfgefährten wollten eben wieder Stellung gegen die Freischärler beziehen, als seitlich hinter ihnen die Mauer, die die königliche Domäne umgab, an mehreren Stellen von schweren Panzern niedergewalzt wurde. Während die Belgier winkten, richteten sich Panzerkanonen und Maschinengewehre eines Leopard II auf die noch lebenden Freischärler und nahmen diese unter Feuer.

Eegendonk wurde beim Anblick der Panzerkolonne blass. »Verdammt! Zwengel hat doch versprochen, dass seine Leute die Kasernen blockieren.«

»Was sollen wir tun?«, fragte Reinaert.

»Wir müssen so schnell wie möglich die Königsfamilie gefangen nehmen. Haben wir die als Geisel, können wegen mir alle Panzer der Welt dort draußen auffahren.« Mit einer energischen Handbewegung bedeutete der Niederländer seinen Männern, rascher in den Palast einzudringen. Dort sahen sie sich mit der Weitläufigkeit der Anlage konfrontiert. Eegendonk peitschte seine Männer vorwärts und befahl, sämtliche Türen aus den Angeln zu treten, um zu verhindern, dass sich die Gesuchten hinter ihrem Rücken in die bereits durchsuchten Räume einschleichen konnten.

Doch weder in den Seitenflügeln noch im Hauptgebäude war eine Menschenseele zu sehen. »Vielleicht sind sie im Keller«, rief einer der Männer.

»Oder ganz oben, damit Hubschrauber sie holen können.« Eegendonk schickte dreißig Mann nach unten, um die Keller zu durchsuchen, und eilte selbst mit zwanzig anderen nach oben, während der Rest des Trupps eine Verteidigungsstellung im ersten Stock beziehen sollte.

»Die sollen nicht glauben, sie hätten uns schon im Sack! Wir zeigen ihnen, wer den längeren Atem hat!«, rief Eegendonk seinen Männern zu, die mehrere Panzerabwehrraketen nach oben schleppten. Dabei war ihm mittlerweile selbst klargeworden, dass nur die Gefangennahme des Königs oder seiner Familienmitglieder sie vor der totalen Niederlage retten konnte.

Auf einmal hörte Eegendonk von unten Schüsse. »Im Keller ist jemand!«, schrie einer seiner Leute herauf.

Der Niederländer zuckte wie elektrisiert herum und stürmte die Treppe hinunter. Doch als er auf seine Leute traf, standen diese vor einer stählernen Tür. Davor lagen einige seiner Männer in ihrem Blut.

»Die Kerle haben überraschend zu feuern begonnen und sich dann hinter diese Tür zurückgezogen«, meldete ein Freischärler.

»Hol einer die Panzerfäuste! Damit sprengen wir die Tür auf«, befahl Eegendonk.

Der Mann starrte ihn entgeistert an. »Hier im Keller? Aber das reißt alles auseinander!«

»Du kannst natürlich auch hinauslaufen und dich ergeben. Glaube aber nicht, dass auch nur ein Mann einen Finger für dich rührt, wenn sie dir lebenslänglich aufbrummen. Hier haben wir die Chance, diesen verdammten König zu erwischen! Und dann, mein Freund, sieht die Sache wieder ganz anders aus.« Eegendonk gab dem Mann einen Stoß und sah zu, wie dieser nach oben rannte. Von dort erklang kurz darauf der Abschuss einer panzerbrechenden Rakete.

»Einen Leo haben wir erwischt!«, jubelte jemand, dann erbebte das Gebäude unter mehreren harten Einschlägen. Putz rieselte von der Decke, und weiter oben stürzten ganze Mauerteile herab.

Eegendonk stöhnte auf. Was half es, einen Leopard-Panzer außer Gefecht zu setzen, wenn ein Dutzend weiterer zurückschießen konnte? Es würde nicht mehr lange dauern, bis die belgische Armee den Palast stürmte.

»Wo bleibt die Panzerfaust? Los, sprengt diese verdammte Tür mit Handgranaten auf«, brüllte er seine Männer an und eilte dann nach oben, um sich einen Überblick zu verschaffen.

ACHT

Während die Panzer auf den Palast zufuhren, scherte einer aus der Reihe aus und hielt bei Renk und dessen Begleitern an. Als die Luke aufschwang, sah Wagner heraus und grinste über das ganze Gesicht. »Wir sind anscheinend noch rechtzeitig gekommen, Renk.«

»Sitzt etwa Petra am Steuer?«, fragte Torsten.

Wagner schüttelte den Kopf. »Die ist zwar unten, aber der Panzer wird von Hans Borchart gelenkt. Übrigens Danke für den Tipp mit Mentz. Wir haben den Burschen kassiert und verhört. Zuerst wollte er nicht mit der Sprache herausrücken, doch nachdem Petra ihm angedroht hat, ihn mit genügend Lebensmitteln und Wasser in den nächsten Container für Somaliland zu sperren, hat er gesungen. Er hatte schon früh mit den rechtsradikalen Kreisen sympathisiert, sich dann aber auf Anweisung unseres alten Bekannten Rudolf Feiling aus der Szene zurückgezogen, um nicht uns oder dem Verfassungsschutz aufzufallen. Zuerst hat er insgeheim Feiling Informationen zukommen lassen, sich dann aber Rechmann und Sedersen angeschlossen. Denen hat er auch die Sendungen nach Somaliland samt den Containernummern verraten, so dass die das Zeug bei passender Gelegenheit austauschen konnten. Drei gute Leute haben deswegen ins Gras beißen müssen.«

Mit einer unbewussten Geste fuhr Wagner sich über die Augen, die plötzlich zu brennen schienen, und wurde dann bärbeißig. »Sie sagten, Sie hätten Sedersen erwischt?«

»Da ist er«, antwortete Torsten und zeigte auf den Mann, der notdürftig verbunden neben einer Hecke lag.

»Holen Sie ihn und heben Sie ihn zu mir hoch. Das SG21 können Sie mir auch gleich geben. Es ist besser, wenn es niemand sieht.«

»Und was ist mit denen?«, fragte Torsten mit Blick auf die belgischen Soldaten, die in ganzen Kompanien in den Park strömten.

»Ich habe mit dem belgischen Oberkommando ein – sagen wir mal – Gentleman's Agreement getroffen. Wir haben denen bei diesem Schlamassel geholfen, und dafür hören, sehen und sagen sie nichts, wenn wir Sedersen außer Landes bringen. Die restlichen Kerle kommen vor ein ordentliches belgisches Gericht. Jetzt machen Sie schon! Ich bin nicht zum Spaß hier.«

Renk wuchtete denn immer noch bewusstlosen Sedersen hoch. Wagner zog den Verletzten ins Innere des Panzers. »Das wäre erledigt. Jetzt noch das Gewehr!« Er erhielt es und wollte bereits die Klappe schließen, als ihm noch etwas einfiel. »Was ist mit Leutnant von Tarow? Ich hoffe, ihr ist nichts passiert?«

»Sie hat mich mit einem Flugzeug hier abgesetzt und dürfte hoffentlich irgendwo gelandet und in Sicherheit sein. Da ihr Handy noch funktioniert, wird sie sich sicher bald bei Ihnen melden. Aber was ist mit mir? Soll ich nicht besser mit Ihnen kommen?«

Wagner schüttelte den Kopf. »Sie bleiben und sehen zu, dass hier ordentlich aufgeräumt wird. Ich erwarte einen exakten Bericht.« Bevor Torsten noch etwas sagen konnte, schlug er die Klappe zu. Der Motor des Panzers röhrte auf, und dann begann der Leopard sich zu drehen.

Torsten musste beiseitespringen, um nicht überfahren zu werden, und sah dem Gefährt kopfschüttelnd nach. Der Panzer fuhr durch eine der vielen Lücken, die in die Umfassungsmauer gebrochen worden waren, und rollte die Avenue Jules van Praet entlang in Richtung Willebroek-Kanal. Torsten schätzte, dass Wagners Ziel die König-Albert-Kaserne war oder das Nato-Hauptquartier. Dort würde er Sedersen allerdings erst einmal medizinisch behandeln lassen müssen, sonst könnte er nur noch einen Toten nach Deutschland zurückbringen.

Bei dem Gedanken fiel ihm die Stelle ein, an der Sedersens Geschoss ihn gestreift hatte. Als er jedoch hinsah, blutete sie kaum noch, und er begriff, dass er wieder einmal mehr Glück als Verstand gehabt hatte.

Mit dem Gefühl, seinen Job erledigt zu haben, stiefelte er auf die Palastanlage zu. Dort hatten die regulären belgischen Soldaten mittlerweile den größten Teil der Freischärler niedergekämpft und trieben die Gefangenen nach draußen auf den Rasen, wo sie sich mit den Händen hinter dem Kopf auf den Boden setzen mussten.

Ohne die Kerle, die für ihre verbrecherischen Ziele über Leichen gegangen waren, auch nur eines Blickes zu würdigen, ging Torsten weiter. Da entdeckte er das Wrack der Hawker Fury und stieß einen Fluch aus.

So schnell er konnte, rannte er auf die Reste des Doppeldeckers zu und sah ins Cockpit. Dort war niemand. Anscheinend war es seiner Kollegin gelungen, aus dem Kasten herauszukommen. Da er um das Wrack herum keine Leiche entdeckte, begann er zu hoffen, dass Leutnant von Tarow überlebt haben könnte. Dennoch wuchs seine Besorgnis mit jedem Schritt, den er weiter auf den Palast zuging. Die Kampfspuren sprachen eine deutliche Sprache. Dieses Blutbad konnte seine Kollegin niemals überlebt haben.

Ein Soldat eilte ihm mit vorgehaltenem Sturmgewehr entgegen. »Halt, Sie sind verhaftet!«

»Lass das, Junge! Der Bursche ist auf unserer Seite«, rief der Hauptmann des Trupps, der während der heißen Phase mit Torsten zusammen gegen die Freischärler gekämpft hatte.

Dieser tippte kurz mit zwei Fingern gegen eine imaginäre Mütze. »Danke, *mon capitaine*. Es war mir eine Freude, Ihre Bekanntschaft zu machen.« Da es ihn drängte, etwas über Leutnant von Tarow zu erfahren, fragte er den Hauptmann, ob ihm die Frau aufgefallen sei.

»Tut mir leid, bisher habe ich nur die Lumpenhunde gesehen, die den Palast angegriffen haben.«

Torsten überlegte, ob Henriette durch den Park entkommen sein konnte. Doch der Weg nach draußen war einfach zu weit, zudem hatten ihn die Freischärler überwacht. Da es aber vom Wrack bis zum Palast etwa einhundert Meter waren, befürchtete er jetzt das Schlimmste.

NEUN

Als Torsten den Palast erreichte, tauchten dort gerade die ersten Leute aus den Kellern auf, in denen sie sich verschanzt hatten. Einer der Männer sah ihn, eilte auf ihn zu und packte ihn bei den Schultern. »Beim Teufel noch mal. Da denkt man an nichts Schlechtes, und wer steht dann vor einem? Der verrückte Deutsche!«

»Manneken Pis!« In seiner Überraschung verwendete Torsten den Spitznamen, der dem belgischen Leutnant im Sudan verpasst worden war.

»Jean Antoine Pissenlit höchstpersönlich. Verdammt, ich freue mich, dich zu sehen!« Der Belgier wollte noch mehr sagen, da kam Henriette die Treppe hoch, sah Torsten und eilte ihm strahlend entgegen.

»Gott sei Dank ist Ihnen nichts passiert! Ich habe mir solche Sorgen um Sie gemacht!« Sie umarmte Torsten voller Freude und keuchte dann ebenso wie er schmerzhaft auf.

»Sorry, ich habe den Steuerknüppel in den Bauch bekommen«, entschuldigte sie sich.

»Und ich den nächsten Streifschuss. Daher sollten Sie weniger stürmisch sein, Leutnant. Sie haben schließlich einen Invaliden vor sich.«

»Aber Sie leben noch!«, sagte Henriette und ließ ihn los. Dann sah sie ihn an und lächelte. »Sie sind wirklich so, wie Petra erzählt hat. Man kann Sie in ein Becken mit Haien werfen, und die Haie springen voller Angst heraus.«

»Also das ist wirklich übertrieben! Es sei denn, Sie geben Renk ein Kampfmesser in die Hand. Dann überlegen die Haie es sich schon, ob sie nicht besser abhauen sollen.« Pissenlit klopfte Torsten lachend auf die Schulter und übersah geflissentlich dessen schmerzerfüllte Miene.

»Wie sind Sie davongekommen, und wie geht es unserem Flamen?«, wollte Torsten jetzt von Henriette wissen.

»Jef geht es gut. Leutnant Pissenlit und seine Leute haben uns Feuerschutz gegeben. Daher konnten wir in den Palast fliehen.« Henriette wollte noch mehr sagen, doch in dem Augenblick erschien ein alter Herr in dunkelblauer Uniform. Auf seinem Gesicht zeichnete sich noch der Schrecken der letzten Stunden ab, die rechte Hand zitterte.

Pissenlit salutierte. »Eure Majestät, ich melde, dass wir Schloss Laeken von den Banditen gesäubert und diese gefangen oder getötet haben!«

Während König Albert II. aussah, als wisse er nicht, ob er jetzt erleichtert sein sollte, weil es vorbei war, oder voller Trauer um die vielen Opfer, sah Henriette von oben einen Schatten und handelte instinktiv. Sie hechtete auf den König zu und riss ihn um. Gleichzeitig schrie sie mit voller Lautstärke: »Vorsicht!«

ZEHN

Beim Anblick der Panzer und der anstürmenden Infanterie wusste Piet Eegendonk, dass seine Aktion auf Messers Schneide stand. Wenn es seinen Männern nicht gelang, unverzüglich Geiseln in ihre Hand zu bekommen, waren sie verloren.

Wütend schrie er nach unten, endlich den Zugang zu den Kellern aufzusprengen. Doch bevor das geschah, schlugen die ersten 120-Millimeter-Geschosse der Leopard-Panzer in jene Teile des Palastes ein, in denen der Feind seine Leute ausgemacht hatte. Der Lärm der Explosionen hallte durch das Gebäude, Männer schrien vor Angst oder Schmerz, und etliche verstummten für immer.

»Wie weit seid ihr mit dem Keller?«, brüllte Eegendonk vom ersten Stock aus hinunter. Als Antwort hörte er das scharfe Knattern von Maschinenpistolen. Wie es aussah, unternahmen die Verteidiger des Palasts einen erneuten Ausfall.

Besorgt stieg er ein paar Stufen hinab. »Verdammt, was ist los?«

Ein paar seiner Männer rannten die Treppe hoch. Die Gesichter waren grau. »Plötzlich wurden die Türen aufgerissen, und die Kerle haben aus allen Rohren gefeuert. Unten sind alle tot!«, meldete einer.

»Es ist vorbei!« Ein bitterer Geschmack machte sich im Mund des Niederländers breit. Die Aktion war ausgezeichnet geplant gewesen, und seine Männer hatten tapfer gekämpft. Aber die, die ihnen hätten zuarbeiten sollen, hatten versagt. Allen voran Zwengel, der behauptet hatte, notfalls Hunderttausende auf die Straßen bringen zu können, aber auch Sedersen, Rechmann und wie sie alle hießen.

»Wir hätten uns niemals mit diesen Zivilisten einlassen sollen«, sagte er. Doch da waren keine Männer mehr, die ihm zuhörten. Wer von seinem Trupp noch auf den Beinen war, suchte sein Heil in der Flucht. Schüsse fielen, und dann waren scharfe Kommandos zu hören, die darauf hindeuteten, dass sich etliche seiner Männer ergaben.

Mich kriegen sie nicht, fuhr es Eegendonk durch den Kopf. Dabei wusste er nur zu gut, dass er mehr Glück als Verstand brauchte, um heil hier herauszukommen. Da er im Erdgeschoss bereits die belgischen Soldaten hörte, zog er sich nach oben zurück und versteckte sich hinter einem bodenlangen Vorhang.

Er hatte Glück, denn die Soldaten sahen sich nur kurz in dem fast unmöblierten Saal um, entdeckten auf Anhieb nichts und eilten weiter, als von vorne der Ruf kam, dort seien noch Freischärler.

Eegendonk atmete kurz durch, wechselte sein fast leeres MP-Magazin gegen ein volles aus und schlich aus dem Raum. Abgesprengter Putz und Glasscherben knirschten unter seinen Sohlen. Wegen dieser Scherben konnte er die Schuhe nicht ausziehen und auf Strümpfen weiterschleichen, was er gerne getan hätte, da der Kampflärm bereits abflaute und das Geräusch seiner Schritte nicht mehr übertönen konnte. Vorsichtig stieg er die Treppe hinab und prallte im nächsten Moment wieder zurück, als er unten Soldaten sah.

Er hörte, wie unten jemand begrüßt wurde und Witze machte. Wie es aussah, fühlten sich die Feinde sicher. Ein Blick durch ein Flurfenster zeigte Eegendonk, dass der Palast vollständig umstellt war. Hier kam nicht einmal mehr eine Maus durch, geschweige denn ein Mann.

Für einen Augenblick schwankte er, ob er sich verstecken sollte oder noch einmal selbst angreifen, um so viele der Kerle wie möglich mit sich in die Hölle zu nehmen. Er hatte noch keinen Entschluss gefasst, als von unten eine ehrfurchtsvolle Stimme aufklang.

»Eure Majestät, ich melde, dass wir Schloss Laeken von den Banditen gesäubert und diese gefangen oder getötet haben!«

Da wusste Eegendonk, was zu tun war. Er nestelte seine Schnürsenkel auf, zog die Schuhe aus und stieg trotz der Scherben, die ihm in die Fußsohlen schnitten, vorsichtig die Treppe hinab. Jetzt kam es nur noch darauf an, nicht zu früh entdeckt zu werden.

ELF

Bei Henriettes Warnruf rissen Torsten und Pissenlit ihre MPs hoch und feuerten, bevor sie wussten, was überhaupt los war. Eegendonk spürte, wie er getroffen wurde, und zog seinerseits den Abzugbügel durch.

»Ich muss den König erwischen«, durchzuckte es ihn. Wenn ihm das gelang, wäre ihm der ersehnte Eintrag in die Geschichtsbücher sicher.

Dies war sein letzter Gedanke, denn mittlerweile schossen die restlichen Soldaten aus allen Rohren auf ihn. Die Maschinenpistole wurde Eegendonk zu schwer. Er ließ sie fallen und sah, wie die Treppenstufen immer näher kamen. Dann war es vorbei.

Pissenlit hörte erst auf zu schießen, als sein Magazin leer war. Mit wachsbleicher Miene sah er auf den König, dem Henriette und Königin Paola, die eben aus dem Keller gekommen war, gerade auf die Beine halfen, und blies dann die Luft aus den Lungen. »Das war verdammt knapp! Eure Majestät, ich glaube, es ist das Beste, wenn wir Sie mit einem Panzer evakuieren, bevor noch so ein Idiot auf den Gedanken kommt, Sie erschießen zu wollen. Und ihr da durchsucht verdammt noch mal den ganzen Palast. Schaut dabei in jede Ecke und in jeden Kamin. Wehe, es entkommt euch einer von dieser Mörderbande!«

Der letzte Befehl galt den Soldaten, die erschrocken herbeigeeilt waren. Danach reichte Pissenlit dem König den Arm und führte ihn hinaus, während vier seiner Männer Albert II. mit ihren Körpern deckten und gleichzeitig die Waffen im Anschlag hielten.

Das Gleiche machten andere Sicherheitsbeamte mit Königin Paola und den restlichen Mitgliedern der königlichen Familie.

Während die belgischen Soldaten begannen, den Palast mit sämtlichen Nebengebäuden und den gesamten Park zu durchsuchen, blieben Torsten und Henriette für einen Moment allein in der Eingangshalle zurück.

»Ich freue mich, dass Sie mit halbwegs heiler Haut davongekommen sind, Leutnant. Ich habe mir große Sorgen um Sie gemacht.«

»Und ich mir um Sie! Kommen Sie zu dem Verbandskasten da drüben. Ich versorge Sie erst einmal.«

Torsten wollte schon abwehren, ließ sich dann aber zu der Nische ziehen und sah stumm zu, wie Henriette ihm mehrere sterile Mullkompressen auf die Schulter und den Rücken klebte und auch seine Hand frisch verpflasterte.

Als er sein schon arg beschädigtes Oberteil wieder überzog, huschte ein schmerzerfüllter Ausdruck über sein Gesicht. Henriette wollte schon sagen, dass er besser bei einem Arzt aufgehoben sei, verkniff es sich aber. Stattdessen lächelte sie. »Was machen wir jetzt? Hier sind wir überflüssig.«

»Ich habe ehrlich gesagt Hunger. Wollen wir sehen, ob wir in der Gegend ein offenes Lokal finden? In der Avenue de la Reine gab es weiter unten einen türkischen Imbiss, den ich bei meinem letzten Besuch in Brüssel gar nicht mal so schlecht fand.«

»Eine gute Idee«, fand Henriette und hakte sich auf seiner gesunden Seite ein.

ZWÖLF

Drei Tage später waren die Glasscherben und der Schutt in Schloss Laeken beseitigt. Die beschädigten Gebäudeteile hatte man mit Stützen gesichert, und in den Privaträumen des Königs und seiner Gemahlin arbeiteten bereits Maurer und Stuckateure, um diese wieder bewohnbar zu machen. Auch in den angrenzenden Stadtvierteln wurde kräftig aufgeräumt. Den Bewohnern war der Schrecken heftig in die Glieder gefahren, und so verfolgten sie regelmäßig die Fernsehnachrichten, um informiert zu sein, wenn irgendwo neue Unruhen ausbrachen. Doch in diesen Tagen war es in Belgien so still, dass Torsten spöttisch meinte, selbst die Unteroffiziere auf dem Kasernenhof flüsterten, wenn sie ihre Rekruten zusammenstauchten.

An diesem Morgen waren Henriette und er ins Palais du Roi in der Innenstadt beordert worden. Im Wagen krauste Henriette die Nase. »Wieso gibt es in Brüssel eigentlich zwei königliche Paläste? Ich würde meinen, einer wäre genug.«

»Vielleicht ist der eine der flandrische und der andere der wallonische Palast«, spottete Torsten, hob dann aber beschwichtigend die Hand. »Bitte nicht schlagen! Das war nur ein Scherz. Das Palais du Roi, zu dem wir jetzt fahren, ist der Amtssitz des Königs, sprich, seine Arbeitsstelle. Im Château Royal Laeken hingegen wohnt Albert samt seiner Familie, wenn es nicht zufällig wie jetzt ein bisschen gelitten hat. Bevor Brüssel so stark gewachsen ist, muss es ein hübscher Landsitz gewesen sein.«

»Danke für die Erklärung, und geschlagen hätte ich Sie sowieso nicht.« Henriette lachte und wischte sich eine Haarsträhne aus der Stirn.

Ihr Fahrer lenkte den Wagen über die Rue Royale, bog in den Place du Palais ein und hielt vor dem Museum der Dynastie an. »Wir sind da«, sagte er und fragte sich, weshalb in dieser schweren Zeit ausgerechnet zwei subalterne deutsche Offiziere eine Audienz beim König erhielten.

Als der Wagen stand, traten zwei Personen aus dem Schatten des Gebäudes und grüßten militärisch. Jean Antoine Pissenlit und seine Schwester Louise trugen Galauniform und atmeten sichtlich auf, als sie sahen, dass auch Henriette und Torsten sich in Schale geworfen hatten.

Henriette trug Hosen und Jacke im Blau der Luftwaffe mit den Schulterklappen eines Leutnants und hatte das blaue Schiffchen aufgesetzt. Während sie Torsten betrachtete, dachte sie, dass er zum ersten Mal, seit sie ihn kannte, keine Jeans trug, sondern dunkelgraue Uniformhosen und statt der Lederjacke die silbergraue Jacke des Heeres. Besetzt war diese mit den grünen Kragenspiegeln der Infanterie. Außerdem hatte er eine hellgraue Schirmmütze aufgesetzt, die ihn sehr martialisch aussehen ließ. Am auffälligsten war jedoch das Ordensband auf seiner Brust, das auf die Vielzahl der Orden hinwies, die er bereits erhalten hatte.

Als die beiden ausstiegen, entdeckte auch Leutnant Pissenlit diese Ordensspange und schluckte. »Im Sudan hattest du die aber noch nicht«, platzte er heraus und zuckte dann zusammen. »Ich bitte um Entschuldigung, Herr Oberleutnant.«

»Angenommen!« Torsten grinste und versetzte ihm einen leichten Boxhieb gegen die Schulter. »Hast du eine Ahnung, weshalb wir hier antanzen sollen?«

Pissenlit hatte seinen Schock über Torstens Ordensfülle inzwischen überwunden und strahlte über das ganze Gesicht. »Natürlich weiß ich es, aber ich will dir nicht die Überraschung verderben. Kommen Sie jetzt bitte mit.« Das Letzte galt Henriette, die nicht weniger neugierig wirkte als ihr Kollege.

Zu viert betraten sie das Palastgebäude und gingen einen schier endlos langen Flur entlang. Nach einer Weile gelangten sie in einen Vorraum, in dem Torsten und Henriette zu ihrer

Überraschung Major Wagner, Petra und Hans Borchart entdeckten. Die drei winkten ihnen zu, doch sie konnten nicht einmal einen Gruß wechseln, da ein Mann in einem dunklen Anzug auf Torsten und Henriette zukam und sie begrüßte.

»Herr Oberleutnant Renk, Frau Leutnant von Tarow, willkommen im königlichen Palais. Wenn Sie mir bitte folgen wollen!« Der Mann machte eine entsprechende Handbewegung und schritt voran. Henriette und Torsten folgten ihm, flankiert von den Geschwistern Pissenlit, die rasch noch Jagd auf mögliche Flusen auf ihren Uniformen machten. Vor einer breiten Tür nahmen sie Haltung an.

Ein Lakai in Livree und mit weißen Handschuhen öffnete und trat dann beiseite, um den Weg freizugeben. Im Innern des Raumes befanden sich ein alter, wertvoller Sekretär aus dunklem Holz sowie ein wuchtiger Schreibtisch. An diesem saß der König, der offensichtlich Papiere durchgesehen hatte, die er jetzt beiseitelegte.

»Eure Majestät, Oberleutnant Renk und Leutnant von Tarow von der Deutschen Bundeswehr«, stellte der Mann im Anzug Henriette und Torsten vor. Beide salutierten und blieben auf einen Wink ihres Führers stehen.

Albert II. erhob sich schwerfällig und trat auf sie zu. Sein Gesicht war noch bleich, dennoch sah er besser aus als noch vor drei Tagen. Mit einem kurzen Blick stellte Torsten fest, dass auch die Hand des Königs nicht mehr zitterte. »Meine Dame, Herr Offizier! Ich bedauere, Sie so formlos empfangen zu müssen, doch es gilt vieles zu erledigen. Ich muss die Gräben in meinem Land zuschütten, so gut ich es vermag, und werde in wenigen Minuten die führenden Politiker Flanderns empfangen. Doch irgendwann wird die Zeit kommen, in der ich Sie im privateren Rahmen zu mir bitten und Ihnen für all das danken kann, was Sie für dieses Land getan haben. Ich will jedoch nicht versäumen, Sie bereits jetzt so auszuzeichnen, wie Sie es verdienen.«

Der König schwieg einen Augenblick. Dafür traten Louise und Jean Antoine Pissenlit zu seinem Schreibtisch, nahmen je ein kleines, mit blauem Samt überzogenes Etui an sich und stellten sich neben Albert II. Dieser ergriff das Etui, das die Frau in der Hand hielt, und öffnete es. Dabei wurde ein weiß emailliertes Malteserkreuz mit goldenen Kugeln an den acht Spitzen sichtbar. Der König nahm es heraus, reichte das Etui an Louise Pissenlit zurück und sah Henriette an. »In Anbetracht Ihrer Verdienste ernenne ich Sie zum Ritter des Leopoldsordens des Königreichs Belgien!« Er heftete ihr das Abzeichen an die Brust und reichte ihr die Hand. Ein Lächeln spielte um seine Lippen, als er nicht ganz protokollgemäß »Danke!« sagte.

Dann kam Torsten an die Reihe. Dieser vermied es, Henriette, die mit leuchtenden Augen auf ihren Orden sah, einen kurzen Seitenblick zuzuwerfen, sondern sah starr geradeaus. Auch er erhielt den Leopoldsorden, doch ernannte Albert II. ihn nicht zum Ritter, sondern gleich zum Offizier.

Nachdem der König auch Torsten die Hand gereicht hatte, mahnte ein Hüsteln des Herrn im dunklen Anzug, dass der nächste Termin des Königs bevorstand.

Henriette und Torsten salutierten noch einmal und folgten den Pissenlits hinaus. Auf dem Flur drehte Jean Antoine sich um und boxte Torsten spielerisch in die Rippen. »Meinen Glückwunsch! Aber ihr beide habt euch diese Ehren auch redlich verdient. Übrigens werde ich in zwei Wochen auch so ein Ding bekommen, dann aber vor laufender Kamera. Allerdings werde ich ebenso wie Leutnant von Tarow zum Ritter des Leopoldsordens ernannt. Also kann ich auch damit nicht gegen dich anstinken. Ich werde übrigens nicht der Einzige sein, der diesen Orden erhält. Euer Kumpel, Jef van der Bovenkant, wird ebenfalls geehrt. Wir brauchen nämlich auch einen flämischen Helden.«

»Ein Held war Jef nun gerade nicht, aber dafür hat er sich

wacker geschlagen.« Torsten schüttelte lächelnd den Kopf, während Pissenlit ernst wurde.

»Durch die Tatsache, dass ein Flame und ein Wallone gemeinsam geehrt werden, soll dem Land gezeigt werden, dass es auf beiden Seiten Menschen gibt, die zum Staat Belgien stehen. Vielleicht haben die schrecklichen Stunden, die wir durchleben mussten, sogar ihr Gutes, und die Menschen in diesem Land begreifen endlich, dass sie ein Volk sind. Und wenn nicht, so werden sie nach diesen Tagen friedlich auseinandergehen und gute Nachbarn werden. Vielleicht hat ja unser Belgien doch noch nicht ausgedient und bekommt eine neue Chance. Was meinst du?«

Torsten winkte mit beiden Händen ab. »Tut mir leid, aber das ist eure Sache. Ich halte mich da raus.«

DREIZEHN

Major Wagner betrachtete das bescheidene Ambiente des kleinen asiatischen Restaurants und runzelte die Stirn. »War es wirklich nötig hierherzukommen, Renk? Wir hätten auch in einem richtigen belgischen Restaurant mit den Spezialitäten der Region feiern können. Chinesen gibt es doch zu Hause mehr als genug.«

»Wenn das Essen schmeckt, ist es mir wurst, in welchem Lokal wir sind«, erklärte Petra, während sie die Karte studierte.

Um Torstens Lippen zuckte es. »Das Essen hier ist gut, Petra. Das weiß ich aus eigener Erfahrung. Und wir sind hier, weil ich es den Leuten versprochen habe.«

»Wenn Sie schon was versprechen«, knurrte Wagner.

»Dieses Lokal hat eine wichtige Rolle bei der Aufdeckung von Sedersens Plänen gespielt«, gab Torsten gut gelaunt zurück und winkte dem jungen Chinesen, der sofort herbeieilte.

»Was dalf ich den ehlenwelten Hellschaften blingen?« Chen musste sich dabei selbst das Grinsen verkneifen, zwinkerte dann aber Torsten zu. »Wenn Sie einmal einen Job brauchen, können Sie jederzeit zu uns als Ausfahrer kommen. Irgendwie sind Sie doch der bessere Chinese als ich.«

Wagners Ärger schwand, und er begann zu lachen. »Wegen mir können Sie diesen Kerl gleich hierbehalten. Ich wäre froh, ihn los zu sein.«

»Dann kündige ich aber auch und arbeite hier als Kellnerin!« Petra klang so empört, dass Wagner erschrocken zurückruderte.

»Um Gottes willen! Sie will ich um keinen Preis verlieren. Dafür nehme ich sogar Renk in Kauf. Aber jetzt sagen Sie, was wollen Sie essen?«

»Hummerkrabben«, antwortete Petra mit leuchtenden Augen, »und zwar so viele wie möglich!«

»Und Sie?«, fragte Wagner jetzt Henriette.

»Ich esse auch Hummerkrabben.«

»Ich ebenfalls«, sagte Hans Borchart. »Und dazu ein Bier!«

»Dann nehme ich auch die Hummerkrabben. Für den da«, Wagner zeigte mit dem Daumen auf Torsten, »reicht eine Schale mit trockenem Reis. Mehr hat er nicht verdient!«

»Also, Herr Major, da sind Sie aber ungerecht. Ohne Oberleutnant Renks Eingreifen wäre hier das Chaos ausgebrochen«, protestierte Henriette.

»Also meinetwegen. Geben Sie ihm ein bisschen Soße zum Reis!« Wagner atmete kurz durch und lehnte sich dann auf dem Stuhl zurück. Nachdem Chens Schwester die Getränke gebracht und sich wieder zurückgezogen hatte, hob er seinen Bierkelch und stieß mit den anderen an. »Erst einmal Prost! Ich bin froh, dass wir alle gesund zusammensitzen können. Eine Zeit lang sah es wahrlich nicht gut aus. Aber Sie alle haben Ihren Job gemacht, von Tarow und Renk ebenso wie Frau Waitl und Borchart. Ich bin zufrieden mit Ihnen.«

»Danke! Das aus Ihrem Mund zu hören ist eine besondere Freude für mich!« Torsten grinste und trank einen Schluck des Pfirsichbiers, das er sich aus Neugier bestellt hatte.

»Und? Kann man das trinken?«, wollte Borchart wissen. Er zog ebenso wie Wagner reines Trappistenbier vor.

»Es ist auf jeden Fall interessant – und sehr belgisch, muss ich sagen.«

»Pfirsichbier? Das muss ich auch mal probieren«, platzte Petra heraus.

Wagner verzog das Gesicht. »Einer Frau kann es vielleicht schmecken. Aber ein Mann sollte was Gescheites trinken.« Er wurde ernst und fixierte Torsten. »Hier hat sich also Sedersens Hauptquartier befunden.«

»Keine zwei Kilometer weiter südlich. Von der Pension aus, in der wir uns eingemietet hatten, konnten wir einen Teil des Flugfelds, der Hallen und der Villa überblicken, von der aus er seine Aktionen gestartet hat.« Torsten zog ein Gesicht, als hätte er Zahnschmerzen. Zusammen mit Henriette war er vorher noch kurz bei Frau Leclerc gewesen, um ihre Sachen und vor allem ihr Auto abzuholen, und sie hatten zuletzt die Flucht ergreifen müssen, um der redseligen Pensionswirtin zu entkommen.

»Wenigstens haben wir Sedersen und den Nachbau des SG21.« Wagner klang zufrieden, und als Chen ihm einen Riesenteller mit Hummerkrabben hinstellte, war er auch mit der Wahl des Lokals versöhnt.

»Endlich sind wir unter uns«, fuhr er fort und spielte damit auf die beiden Pissenlits an, die ihnen in Brüssel nicht von der Seite gewichen waren. Auch Jef van der Bovenkant vermisste er hier an diesem Tisch nicht. Um den kümmerte sich jetzt die belgische Armee, die verhindern sollte, dass ihr flämischer Held von seinen früheren Freunden umgebracht wurde.

Torsten sah seinen Chef interessiert an. »Also, was gibt es Neues?«

»Es ist uns gelungen, die Sache mit dem aus dem Nichts

aufgetauchten Gewehr und den Morden in Deutschland lückenlos aufzuklären. Es geht alles auf Sedersens Konto. Er hatte die Waffenfabrik in Suhl gekauft, um die niederländisch-flämische Geheimarmee heimlich mit Waffen zu versorgen. Dann erhielt seine Fabrik, vermutlich über seine Beziehungen zu jenen Männern, die er dann ermordet hat, den Auftrag, das SG21 herzustellen, und er konnte seinen leitenden Ingenieur Mirko Gans dazu bringen, die Pläne zu kopieren und die Waffe heimlich nachzubauen. Gans muss ein Genie gewesen sein, sonst wäre ihm das niemals gelungen. Schade, dass er in die falschen Kreise geraten ist. Den Mann hätten wir gut brauchen können.«

»Warum wollte Sedersen das Gewehr? War er von Anfang an auf Attentate aus?«, fragte Henriette.

Wagner schüttelte den Kopf. »Nach dem, was wir beim Verhör von ihm erfahren haben, ging es ihm in erster Linie um Geld. Er wollte hier in Flandern eine Fabrik aufmachen und das Gewehr als eigene Entwicklung an gut zahlende Kunden verkaufen. Aber dann kamen die Hüter der Gerechtigkeit ins Spiel.«

»Was waren das für Kerle?«, wollte Torsten wissen.

»Zuerst ein exklusiver Zirkel. Die Mitglieder hatten seit ihrer Studienzeit zusammengehalten und waren bis auf Sedersen alle über siebzig. Er selbst war der Sohn eines verstorbenen Mitglieds und hat dessen Rang im Kreis geerbt. Nach einem Justizskandal in Berlin sprachen sie darüber, dass es jemanden geben müsse, der Gerechtigkeit übt. Es war im Grunde Stammtischgerede und hätte es auch bleiben können. Doch zwei Männer bohrten weiter. Der eine war Friedmund Themel, ein früherer Richter, der sich fürchterlich über die heutige Justiz ausgelassen haben muss, und der andere eben Sedersen. Dieser sah plötzlich die Chance, sein nachgebautes Gewehr, sozusagen als Vollstecker eines fremden Willens, an menschlichen Opfern ausprobieren zu können.«

»Der Mann kann nicht ganz dicht gewesen sein«, warf Borchart ein.

»Das sind solche Typen meistens nicht. Auf alle Fälle gelang es Sedersen und Themel, die drei anderen Mitglieder ihres Zirkels dazu zu bringen, nicht mehr nur von angeblicher Gerechtigkeit zu reden, sondern diese auch durchzusetzen. Gleichzeitig verstärkte Sedersen seine Beziehungen zu radikalen Kreisen in Flandern. Er hoffte, nach einem Auseinanderbrechen Belgiens dort absahnen zu können. Leute wie Frans Zwengel und die Immobilienmaklerin Giselle Vanderburg, die beide bei dem Anschlag in Berendrecht ums Leben gekommen sind, halfen ihm dabei. Caj Kaffenberger war ebenfalls mit von der Partie. Der Mann hat zwar den Anschlag in Berendrecht überlebt, wird aber die nächsten Jahre wegen Anstiftung zum Mord an seiner Ehefrau im Gefängnis sitzen.

Zwengel und dieser Niederländer Eegendonk wollten mit Sedersens Hilfe an die Macht kommen; der Vanderburg und anderen ging es um Geld und Einfluss. Zum Glück sind ihre Pläne gescheitert. Sonst hätte nicht zuletzt die Gefahr bestanden, dass sie in anderen Ländern Europas Nachahmer gefunden hätten, und danach wäre in der EU das Chaos ausgebrochen!«

»Das war aber eine lange Rede, Herr Major.« Torsten versuchte die Beklemmung, die sich in ihm breitgemacht hatte, mit dieser flapsigen Bemerkung zu vertreiben.

Wagner trank sein Bier aus und bestellte ein neues. Nachdem er es erhalten hatte, sah er Torsten und Henriette nachdenklich an. »Wir hatten Glück, verdammt viel Glück! Wenn ich Sie nicht nach Den Haag und später nach Breda geschickt hätte, wären wir diesen Kerlen nie auf die Spur gekommen. Unsere Aktion hat sie verunsichert. Nur weil Leutnant von Tarow und Sie Eegendonk und seinen Landsknechten auf den Fersen geblieben sind, haben die ihre Pläne überstürzt durchgeführt. Die Kerle hätten vielleicht sogar Erfolg haben können, wenn Sie mich nicht rechtzeitig gewarnt hätten. So konnte ich den Standortkommandanten der König-Albert-Kaserne dazu überreden, entgegen seiner Bedenken mit schwerem Gerät einzugreifen. Frau Waitl, Borchart und Sie beide haben das Ihre dazu beigetragen, dass es trotz der Opfer in Berendrecht und der Verluste in Laeken noch gut ausgegangen ist.«

»Eins will ich noch hinzufügen«, warf Hans Borchart ein und prostete Torsten zu. »Danke dafür, dass du die Ratte in unseren eigenen Reihen ausgeräuchert hast. Mentz war zwar ein eigenartiger Kerl, aber ich hätte ihm niemals zugetraut, dass er uns an solche Schweine wie Sedersen und Kaffenberger verkauft.«

»Warum hat Sedersen eigentlich die Waffencontainer stehlen lassen, wenn er doch selbst eine Waffenfabrik hatte?«, stellte Henriette die Frage, die ihr schon länger auf der Zunge lag.

»In seiner Fabrik wurden außer der Munition für das SG21 nur Pistolen gefertigt. Eegendonk aber verlangte schwere Waffen wie MGs, Flugabwehrraketen und Panzerfäuste. Die Sache mit den Containern ist zwar mit Sedersens Einverständnis geschehen, aber der eigentliche Initiator war Igor Rechmann. Schade, dass wir den Kerl nicht lebend in die Hand bekommen haben. Er hätte uns einiges über die Verflechtungen der rechten Szene verraten können. Rabauken wie dieser Lutz Dunker sind zwar lästig, aber mit denen werden wir fertig. Gefährlicher sind die Männer, die im Hintergrund bleiben und sich dieser Schläger bedienen. Das sind Leute, die Macht und Geld haben und beides skrupellos für ihre Ziele einzusetzen wissen. Sedersen und Kaffenberger sind nur zwei von ihnen. Aber ich fürchte, dass es noch etliche andere gibt. Doch die zu finden ist Gott sei Dank die Aufgabe unserer Kollegen vom BKA. Für uns ist die Sache erst einmal vorbei.«

Damit glaubte Wagner alles gesagt zu haben und widmete sich wieder seinen Hummerkrabben. Auch die anderen aßen weiter, und nach einer Weile hatte sich die Beklemmung, die der Bericht des Majors hinterlassen hatte, wieder verflüchtigt.

Henriette lachte über einen Witz, den Hans Borchart erzählte, Wagner bestellte sich sein drittes Bier, und Petra ließ sich eine doppelte Portion gebackener Bananen mit Honig als Nachtisch schmecken.

Nach einer Weile wandte Wagner sich Henriette zu. »Sie haben wohl auch nicht erwartet, Leutnant, gleich bei Ihrem ersten Einsatz in unserem Team einen Orden zu bekommen.«

»Nein, gewiss nicht.«

»Haben wir überhaupt noch ein Team?«, fragte Torsten besorgt.

Der Major winkte lachend ab. »Man hat uns in Gnaden wieder aufgenommen. In Zukunft können wir sogar freier handeln als bisher. Allerdings sind wir fünf hier am Tisch vorerst unsere gesamte Mannschaft. Bei Bedarf können wir auf Kollegen aus anderen Abteilungen zurückgreifen. Aber jetzt reden wir nicht mehr vom Dienst. Wir haben Feierabend, Leute, und wir haben auch etwas zu feiern. Ohne uns wäre das SG21, dessen Entwicklung Millionen gekostet hat, über kurz oder lang in den Händen von gewissenlosen Schurken und Terroristen gelandet. Was meint ihr, was unsere Freunde in der Nato gesagt hätten, wenn diese Waffe in den Bergen Afghanistans und an anderen Orten gegen ihre Truppen eingesetzt worden wäre?«

»Jetzt haben aber Sie wieder vom Dienst angefangen«, sagte Henriette mit einem amüsierten Lächeln.

»Hört euch dieses Küken an. Es ist zwar noch nicht trocken hinter den Ohren, aber sonst vollkommen in Ordnung. Prost, Leutnant! Na, was wird Ihre Familie zu Ihrem blitzblanken belgischen Orden sagen?«

»Mein Vater wird sich freuen, der Ältere meiner Brüder dürfte ihn nicht ernst nehmen, und Michael wird sich vor Neid in den … äh, Hintern beißen.«

»Das vergönne ich ihm!« Torsten hob sein Glas und stieß mit Henriette an. »Auf Ihr Wohl, Leutnant!«

»Auf das Ihre, Herr Oberleutnant«, antwortete sie.

Petra sah die beiden an und schüttelte den Kopf. »Sagt bloß, ihr seid trotz allem, was ihr miteinander erlebt hat, noch immer nicht per du? Das muss anders werden!«

Für einen Augenblick stutzte Henriette, dann lachte sie auf. »Bei unseren Aktionen in Den Haag und hier in Balen waren wir per du, aber nur streng dienstlich.«

»Dann könnt ihr es auch jetzt sein! Oder bist du wirklich so ein Stoffel, Torsten?«

Dieser machte eine beschwichtigende Geste. »Petra, bitte! Aber wenn Leutnant von Tarow nichts dagegen hat, können wir das alberne Sie vergessen.«

»Also, ich habe nichts dagegen. Herr Oberleutnant, es wäre mir eine Ehre, wenn wir uns duzen würden.« Henriette deutete einen militärischen Gruß an und sah Torsten mit glitzernden Augen an. »Auf unseren nächsten Auftrag, Torsten!«

»Auf unseren nächsten Auftrag«, antwortete dieser und ertappte sich dabei, dass er sich darauf freute.